VOETSTAPPEN IN HET ZAND

Judith Lennox

Voetstappen in het zand

VAN REEMST
UITGEVERIJ

HOUTEN

Tweede druk, 2000

Oorspronkelijke titel: *Footprints on the Sand*
Oorspronkelijke uitgave: Corgi Books, Transworld Publishers Ltd.
© 1998 Judith Lennox

© 1999 Nederlandstalige uitgave:
Van Reemst Uitgeverij, Unieboek bv
Postbus 97
3990 DB Houten

Vertaling: Pieter Janssens
Omslagontwerp: Andrea Scharroo
Omslagillustratie: John Harris
Opmaak: ZetSpiegel, Best

ISBN 90 410 0704 0 / NUGI 301

Ter nagedachtenis aan mijn moeder

Het zandkasteel

1920-1940

1

De eerste keer dat ze hem zag gooide hij een stok weg voor een hond. Zijn gebogen arm tegen een loodgrijze lucht, de hond die de ijskoude zee in zwom om de stok te apporteren, zijn rode das een kleurige vlek in al dat grijs. Ze zag hoe hij zich bukte en de hond een klopje gaf, zonder zich te bekommeren om de rondslingerende waterdruppels die uit de vacht werden geschud. Toen hij de stok nogmaals weggooide, sloot ze haar ogen en zei in zichzelf: *Als hij hem deze keer haalt, ga ik voor stenograaf leren.* Toen ze opkeek zag ze, net zichtbaar boven de golven, de snuit van de hond en de kaken die zich om de stok klemden. Ze draaide zich om en liep terug naar het hotel.

Het was april, een koude, bewolkte april en Poppy was met haar moeder en haar zussen op vakantie in Deauville. Door de oorlog was het gezin Vanburgh meer dan vijf jaar niet in het buitenland geweest, niet sinds de zomer van 1914. Maar Deauville was precies zoals Poppy het zich herinnerde: de lange, witte stranden, de promenade, het casino annex restaurant en de winkels. Zonder de jongemannen in rolstoelen, verspreid als even zovele gekneusde zonnebloemen om een niet-bestaand zonlicht op te vangen, had Poppy, versuft door verveling en rusteloosheid, kunnen denken dat ze nog altijd gevangen zat in haar saaie, Edwardiaanse jeugd.

De ontbijten in het hotel waren doorspekt met mama's klachten over het eten. 'De koffie... niet te drinken... Na alles wat we hebben doorstaan... Het brood... wat een afschuwelijke *kleur*... en de kamers... steenkoud...' Elke morgen wilde Poppy, denkend aan de verminkte jongemannen op het strand, zeggen: *Ja, mama, maar je had tenminste geen zoons!* Maar elke morgen zweeg ze, beet op haar tong en liet Rose en Iris mama's ondermijnde zenuwen kalmeren.

Ze had zich aangewend om na het ontbijt in haar eentje te gaan wandelen, zichzelf in te pakken in de jas van vossenbont die ze vorig jaar april voor haar verjaardag had gekregen en met grote passen over de boulevard te lopen, terwijl haar blonde haren door de harde wind in haar gezicht woeien. Ze probeerde te besluiten wat ze met de rest van haar leven zou doen. Over twee weken zou ze eenentwintig worden. Drie jaar geleden was ze van school gekomen, drie jaren die Poppy zich slechts herinnerde door het ontbreken van opmerkelijke dingen. Zelfs als ze diep nadacht kon ze zich weinig herinneren van wat er in die jaren gebeurd was. Ze was niet verloofd of getrouwd en het aantal jongemannen dat op bezoek kwam in het huis van de familie Vanburgh in Londen was merkbaar geslonken naarmate de oorlog langer duurde. Ze had geen betaalde baan en kon er geen bedenken die haar bijzonder aantrok. De lijfrente die haar vader haar had nagelaten betekende dat ze niet hoefde te werken en wanneer ze dacht aan de baantjes die meisjes van haar leeftijd hadden – verpleegster, onderwijzeres, typiste – had ze moeite zich voor te stellen dat ze iets dergelijks zou doen. Toch wist ze dat ze íets moest doen. Haar oudere zussen waren maar al te duidelijke voorbeelden van wat er van haar zou worden als ze niets deed. Rose verviel met haar zevenentwintig al in de gewoonten en zinswendingen van een oude vrijster en Iris, vierentwintig, liefhebberde in spiritualisme.

De laaghangende, grijze wolken die de horizon verduisterden en het striemen van de regen maakten haar neerslachtig. Ze had een hekel aan Deauville, het leek haar even star, onveranderlijk en zelfgenoegzaam als thuis. Drie keer per dag langs het strand wandelend – voor het ontbijt, na de lunch en rond zonsondergang – begroef Poppy de hakken van haar schoenen diep in het vochtige zand, alsof ze zo de sleur in haar leven kon veranderen.

Op een koude vrijdagochtend zag ze hem opnieuw. Hij was een zandkasteel aan het bouwen. Door het ongebruikelijk slechte weer en het vroege tijdstip was het strand verlaten, op hen tweeën en de langs de vloedlijn dartelende hond na. Het kasteel was een merkwaardig bouwsel met torens, ophaalbruggen en kantelen, bezet met schelpen en versierd met zeewier. Het was het mooiste zandkasteel dat Poppy ooit had gezien. Het verbaasde haar dat iemand zoveel energie kon steken in iets wat zo vergankelijk was.

Het was een lange man, met blonde haren die enkele tinten donkerder waren dan de hare en grote handen die voorzichtig te werk gingen terwijl ze vormen kneedden van het zand. Zijn jas was lang en zwaar en had een kraag van Perzisch lamsbont. De vuurrode das wapperde rond zijn hals en zijn hoofd was bedekt met een zwarte hoed die enigszins groen was uitgeslagen van ouderdom. Ervan overtuigd dat hij, opgaand in zijn werk, haar niet had opgemerkt keek ze toe hoe hij platte schelpen in okergele muren drukte. Het fascineerde haar dat hij zo opging in zoiets kinderlijks; ze schatte dat hij zeker tien jaar ouder was dan zij. Ze lachte hem bijna uit, dreef in gedachten bijna de spot met hem – maar toen brak de grijze lucht open en de eerste zonneschijn in veertien dagen verguldde de kleine torens, daken en spitsen en gaf het kasteel een vluchtig, sprookjesachtig aanzicht. Poppy keerde zich af, verbaasd over de tranen die achter haar ogen prikten. Toen ze terug liep naar het hotel, riep een stem haar na: 'Er horen vlaggen op, vindt u ook niet?' Ze keek om en zag dat hij overeind was gekomen en haar met zijn handen in zijn zakken aankeek. Ze was het gewend dat mannen op die manier naar haar keken, dus sloeg ze de kraag van haar jas op en liep verwaand door.

Maar in de slaapkamer, die ze deelde met haar oudere zussen, merkte Poppy dat ze doelloos op het briefpapier van het hotel zat te krabbelen. Vlaggen, wimpels, banieren. En later, voor het diner, liet ze een cocktailprikker van haar glas in de palm van haar handschoen glijden. Idioot, hield ze zichzelf voor. Morgen zou het zandkasteel verdwenen zijn, meegesleurd door het getij.

Toen ze de volgende ochtend wakker werd, besefte ze onmiddellijk dat er iets veranderd was. Zonlicht scheen door de kieren in de luiken naar binnen. Een baan wit licht lag als een streep op de geboende vloer. Poppy stond op en kleedde zich aan. Eenmaal buiten het hotel, voelde ze de warmte op haar blote armen en gezicht toen ze over de boulevard rende.

Hij was er, op het strand. Het was niet hetzelfde kasteel, maar een nieuw, groter en nog extravaganter. Ze haalde de papieren vlaggetjes uit haar zak. 'Alstublieft,' zei ze en hij glimlachte toen hij naar haar opkeek.

'U mag zeggen waar we ze neerzetten.'

Ze stak een cocktailprikker in een toren, een andere in een hoek van de vestingmuur. Toen rende ze terug naar het hotel, naar mama's gezeur en de saaiheid van Rose en Iris.

Ze waren zogenaamd voor mama's gezondheid naar Deauville gegaan, maar Poppy vermoedde dat mama hoopte een man te vinden voor haar drie ongehuwde dochters onder de andere Britten die er vakantie vierden. Iris was ooit verloofd geweest, maar haar aanstaande man was in 1916 gesneuveld tijdens de slag aan de Somme.

'Ze heeft een foto van Arthur, maar die leek niet erg goed en nu weet ze eigenlijk niet meer hoe hij eruitzag,' legde Poppy Ralph op zekere dag uit. Alleen was hij toen nog geen Ralph; hij was nog meneer Mulgrave.

Ze liepen over de boulevard. Hij was er altijd als ze voor haar ochtendwandeling ging en als vanzelfsprekend raakten ze in gesprek. In de warme voorjaarszon had hij zijn jas en das uitgetrokken en droeg nu een jasje met lappen op de ellebogen. 'En u, meneer Mulgrave?' zei Poppy aarzelend. 'Hebt u...?'

Hij was eerst verbaasd, toen geamuseerd. 'Vechten voor koning en vaderland? Goeie god, nee. Wat een ontzettend weerzinwekkend idee.'

'O,' zei ze, zich de aanplakbiljetten (Uw Land Heeft U Nodig!) herinnerend, en witte pluimen en sommige krantenartikelen. 'Was u gewetensbezwaarde?'

Hij bulderde van het lachen. 'Het enige wat erger is dan in een loopgraaf zitten en beschoten worden, is in een gevangeniscel zitten, koud, hongerig en ellendig, vanwege je *geweten*. Ik ben blij te kunnen zeggen dat ik nooit iets gedaan heb omwille van mijn geweten.'

Ze waren voor een klein café blijven staan. 'Ik heb barstende hoofdpijn,' zei hij. 'Zullen we een kop koffie drinken?'

Poppy besefte dat, als ze het goed zou vinden dat Ralph Mulgrave een kop koffie voor haar kocht, ze toestond dat de grenzen van hun vriendschap opschoven van iets acceptabels naar iets wat dat niet was. Ze had mama niets over meneer Mulgrave verteld; hij was, hield ze zichzelf voor, gewoon iemand met wie ze de tijd doorbracht. Het café was klein, donker, vuil en erg Frans – niet de soort gelegenheid waarvoor mama haar dochters toestemming zou geven. Meneer Mulgrave hield de deur open. Poppy stapte naar binnen.

Ralph bestelde koffie voor hen beiden en een *marc* voor zichzelf. 'Tegen de nadorst,' zei hij en Poppy glimlachte niet-begrijpend. Toen zei hij: 'Ik heb de afgelopen paar jaar rondgereisd. Mexico, Brazilië, de Stille Oceaan...'

'Wat opwindend!' zei ze en ze verafschuwde zichzelf omdat ze praatte als een bakvis. 'Ik heb altijd willen reizen, maar ik ben nooit verder geweest dan Deauville.'

'Afschuwelijk oord,' zei hij. 'Ik haat dat verrekte noorden – krijg er astma van.'

Poppy was geschokt omdat hij in haar aanwezigheid vloekte, maar slaagde erin dat te verbergen.

'Ik heb een tijdlang een zinkmijn in Brazilië gehad,' ging Ralph verder. 'Je kunt er fortuin maken, maar het was niet goed voor mijn longen. En ik heb een boek geschreven.'

'Hoe heet het?'

'*Nimf in uw gebeden.*' Hij deed suiker in zijn koffie.

Poppy's ogen werden groot. De Vanburghs waren niet bijster verfijnd of chic, maar zelfs zij had weleens van *Nimf in uw gebeden* gehoord. Ze herinnerde zich de verontwaardiging van oom Simon toen hij het over het boek had.

'Wat goed van u!'

Ralph haalde zijn schouders op. 'Het bracht wat geld in het latje, maar ik ben eerlijk gezegd niet zo'n schrijver. Ik schilder liever.'

'Bent u kunstenaar?'

'Ik teken graag.' Hij zocht in zijn zak en haalde een potloodstompje te voorschijn. Haar aankijkend begon Ralph op de rand van het menu te schetsen en zijn blauwe ogen werden donker toen hij zich concentreerde. Poppy, opeens zenuwachtig, voelde zich genoodzaakt de stilte te vullen.

'Rose wilde vrijwillig landarbeidster worden, maar mama vond het niet goed, en Iris heeft een tijd in het ziekenhuis gewerkt, maar ze vond het erg vermoeiend. Ik vond dat ik iets moest doen en toen ik van school kwam, heb ik geholpen met verband oprollen, maar ik was er niet zo goed in. Het bleef maar afrollen. En nu weet ik niet goed wat ik moet doen – ik bedoel, meisjes worden geen busconductrice of tractorbestuurder meer. Ik zou wel onderwijzeres of verpleegster kunnen worden, maar daar ben ik waarschijnlijk niet slim genoeg voor en trouwens, mama zou het niet leuk vinden.

Ik zou moeten trouwen, maar er lijken niet veel jongemannen overgebleven en...'

Haar hand vloog naar haar mond alsof ze de woordenstroom wilde stuiten. Hij keek haar aan en zei bedaard: 'Natuurlijk trouwt u. Een mooi meisje vindt altijd een man.' Toen draaide hij het menu om, zodat ze de schets kon zien die hij in een van de hoeken had getekend. Haar hartvormige gezicht, omlijst door blonde krullen, haar blauwe ogen en onmodieus volle lippen. Ze was geschokt en opgewonden tegelijk toen ze zichzelf door zijn ogen zag.

'O!' zei ze, naar adem happend. 'U bent echt een kunstenaar!'

Ralph schudde zijn hoofd. 'Ik heb ooit gedacht dat ik het kon worden, maar het is niets geworden.' Hij scheurde de hoek van het menu en gaf die aan haar. 'Uw portret, juffrouw Vanburgh.'

De zeldzame keren dat Poppy helder kon denken (wanneer ze zich niet zijn gezicht voorstelde of zich woord voor woord herinnerde wat hij tegen haar gezegd had) schrok ze bij het besef hoe gemakkelijk ze zich op verboden terrein had begeven. Het bezoek aan het café werd een gewoonte. En op een goede dag noemde Ralph haar Poppy in plaats van juffrouw Vanburgh en zij op haar beurt noemde hem Ralph. Hij nam haar mee naar een ander café, meer in de achterafstraten van de stad, vol met vrienden die hem omhelsden en haar verwelkomden met kussen en complimenten. Hij vertelde haar over zichzelf: dat hij toen hij zestien was van school was weggelopen en sindsdien niet meer in Engeland was geweest. Hij had door heel Europa gereisd, in schuren en sloten geslapen en was daarna verdergetrokken, naar Afrika en de eilanden in de Stille Oceaan.

Ralph had een hekel aan Engeland en alles wat Engeland vertegenwoordigde. Hij had een hekel aan de grijze motregen, het puriteinse schuldgevoel tegenover plezier en hun zelfingenomen superioriteitswaan. Hij streefde ernaar genoeg geld te sparen om een schoener te kopen en als wijnkoopman de Middellandse Zee rond te varen. Hij maakte makkelijk vrienden – maar dat wist Poppy. Als ze met Ralph door Deauville wandelde, waren er talloze mensen die zwaaiden en glimlachten. Hij was grappig, intelligent, attent en onconventioneel en ze wist ook dat ze verliefd op hem was. Al vanaf de allereerste keer dat ze hem had gezien, toen hij een stok weggooide voor zijn hond. Ze vond het heerlijk en tegelijk beangstigend dat iedereen hem aardig scheen te vinden: het bevestigde dat haar genegenheid juist was, maar opende de mogelijkheid dat haar passie, die haar zo uniek, zo speciaal leek, dat niet was.

Op een dag ontsnapte ze na de lunch aan haar moeder en zussen en ontmoette Ralph in de straat achter het hotel. Hij had een auto geleend, een fonkelend, roomkleurig en kastanjebruin voertuig met een open kap, en hij reed met haar langs de kust om van de bontere genoegens van Trouville te proeven. Hij nam haar mee naar een vriendin, legde hij uit, een Wit-Russische gravin. Elena woonde in een hoog, smal, vervallen huis in een achterafstraat van Trouville. Ralph stelde Poppy voor aan Elena, die donker, exotisch en leeftijdloos was, precies zoals een Wit-Russische gravin hoort te zijn. Het feest, dat al een dag en een nacht duurde, was heel anders dan alle feesten die ze had meegemaakt. Feesten waren, naar Poppy's ervaring, verkrampte en rampzalige aangelegenheden, waarop je blijvende maatschappelijke schande kon oplopen door iemands glas om te stoten of iets verkeerds te zeggen of te vaak met dezelfde partner te dansen. Hier kreeg ze champagne in plaats van limonade. Hier vergiste ze zich in de deur van het toilet en viel een kamer binnen waar een man en een vrouw elkaar zwijgend omhelsden op een chaise-longue van vuurrood brokaat. Hier danste ze de hele middag met Ralph, met haar hoofd tegen zijn schouder terwijl zijn grote, tedere handen haar rug streelden.

Toen ze naar Deauville terugreden zei ze: 'Ik kan je morgen niet zien, Ralph. Ik word morgen eenentwintig, dus ik zal de dag met mama en mijn zussen moeten doorbrengen.'

Hij fronste zijn wenkbrauwen, maar zei niets en ze voegde er enigszins vertwijfeld aan toe: 'En over een paar dagen gaan we naar huis.'

'Wil je dat?'

'Natuurlijk niet, maar ik moet wel.'

'Echt?'

De champagne begon haar uitwerking te verliezen. Ze had hoofdpijn en was moe. Met tranen in haar ogen zei ze: 'Wat kan ik anders?'

'Je zou hier kunnen blijven. Bij mij.'

Haar hart begon te bonzen. 'Hoe dan?' fluisterde ze.

'Je blijft gewoon. Je gaat gewoon niet terug. Dat heb ik ook gedaan.'

15

Ze wilde zeggen: *Voor jou is het gemakkelijk. Jij bent een man*, maar ze zei het niet, want ze waren de hoek omgeslagen die naar het hotel leidde en daar, op het trottoir, stonden mama, Rose en Iris als drie wraakzuchtige schikgodinnen.

Er was geen ontsnappen meer aan. Poppy wilde zich verstoppen in de beenruimte, maar Ralph hield haar tegen. 'Ik zal me voorstellen,' zei hij zelfverzekerd en hij gooide zijn sigarettenpeuk uit de auto terwijl hij naast mevrouw Vanburgh en haar dochters tot stilstand kwam.

Voor Poppy was het een nachtmerrie. Ralph was een en al charme, zijn accent was onberispelijk en hij vloekte niet één keer, maar mama, hoewel ze beleefd deed, doorzag hem. Weer in het hotel hielden de verwijten urenlang aan. Poppy vertelde soms de waarheid (Ralph was van een fatsoenlijke Engelse familie) en loog vaak (ze hadden elkaar een paar keer ontmoet en ze hadden net een ritje door Deauville gemaakt), maar haar moeder vermoedde terecht het ergste. Na een kruisverhoor over Ralphs carrière, verblijfplaats en vooruitzichten bekende Poppy snikkend dat hij geen vaste woon- of verblijfplaats had en afwisselend reisleider, stuurman bij de koopvaardij en scheepsbouwer was geweest. *Arbeider*, zei mevrouw Vanburgh neerbuigend en Poppy wist zichzelf ervan te weerhouden te vertellen over de tijd dat Ralph tegen betaling met de rijke vrouwen van Menton had gedanst, of over de winter waarin hij zichzelf voor verhongering had behoed door suikerbieten te oogsten.

Als Poppy de volgende dag niet jarig was geweest, zouden ze nog diezelfde avond de trein naar Calais en de veerboot hebben genomen. Nu was de verjaardag een stijve, vreugdeloze affaire, een lusteloze dag met ontbijt, lunch en thee en een verplicht bezoek aan twee dames die mama nog van school kende. Iedereen deed weliswaar alsof de schandelijke gebeurtenissen van gisteren niet hadden plaatsgevonden, maar er bleef een sfeer van afkeuring hangen. Poppy had gehoopt op een briefje van Ralph – bloemen misschien. Hij wist dat ze jarig was, maar er kwam niets. Haar kaken deden pijn van het gedwongen glimlachen en toen ze bij de receptie informeerde en opnieuw te horen kreeg dat er geen boodschap was, voelde ze een steek in haar hart.

Tegen de tijd dat het diner achter de rug was wist ze dat mama hem had afgeschrikt, of zijn bedoelingen waren nooit eerbaar geweest, of ze had zich vergist toen ze dacht dat Ralph meer om haar gaf dan om de tientallen andere vrouwen met wie hij bevriend was. Wat kon de aantrekkelijke, ervaren Ralph Mulgrave zien in de dwaze, onnozele Poppy Vanburgh? Morgen zouden ze terug naar Engeland gaan. Ze kon zich haar leven daar nauwelijks herinneren – het leek een droom – maar ze voelde de leegte ervan. Tranen prikten in haar ogen, maar ze knipperde ze weg. Toen het diner voorbij was en mama haar gegaap onderdrukte en Iris en Rose popelden om te gaan bridgen met de kolonel en zijn broer, stond Poppy op van haar stoel.

'Ik ga naar de zee kijken, mama. Ik wil nog één keer de zonsondergang zien.'

Ze liep naar buiten voor haar moeder haar kon tegenhouden. De wind was aangewakkerd en ze sloeg haar armen om zich heen. De zon was een geelgouden bal aan de horizon en de kleuren werden weerkaatst door de kabbelende golven en de laaghangende wolken. Poppy keek lange tijd uit over het water, nam in gedachten afscheid en draaide zich om. Toen zag ze hem.

'Ralph. Ik dacht dat je niet zou komen.'

'Je bent jarig,' zei hij. 'Ik heb een cadeautje meegebracht.' Hij gaf haar een velletje papier.

Ze dacht dat het weer een tekening was, maar toen ze het openvouwde zag ze een officieel ogend formulier in het Frans. In haar verwarring begreep ze er geen woord van.

'Het is een speciale trouwvergunning,' zei hij. 'Ik ben er vandaag voor heen en weer geweest naar Parijs.'

Sprakeloos en met open mond staarde ze hem aan.

'We kunnen morgenmiddag trouwen. En daarna kunnen we naar het zuiden gaan. Ik heb een schitterend idee. Waterkoelers. Er moet een kapitaal te verdienen zijn met waterkoelers.'

'Ralph,' fluisterde ze. 'Ik kan niet...'

'Dat kun je wel.' Hij legde zijn handen om haar wangen en hief haar gezicht op naar het zijne. 'Ik heb het je toch verteld, liefste Poppy. Je loopt gewoon weg. Je pakt een stel schone kleren en je paspoort en je loopt weg.'

'Mama zal me nooit toestemming geven...'

'Je hebt je moeders toestemming niet nodig. Je ben eenentwintig.' Ralph drukte zijn lippen op haar voorhoofd. 'De keus is aan jou, Poppy. Als je wilt kun je zeggen dat ik moet weggaan en dan verdwijn

17

ik en zie je me nooit meer terug. Of je kunt met me meegaan. Ga alsjeblieft mee. Ik breng je naar de heerlijkste plekjes van de hele wereld. Je zult het nooit meer koud hebben, je zult je nooit meer vervelen en nooit meer eenzaam zijn. Zeg alsjeblieft dat je met me meegaat.'

Het papiertje in haar handen trilde. Poppy fluisterde: 'O, Ralph,' en toen rende ze terug het hotel in.

Die nacht verloor Poppy haar maagdelijkheid in een hotel ergens tussen Deauville en Parijs. De volgende dag trouwden ze en ze reisden vervolgens naar het zuiden. In kamers waar de luiken gesloten werden om de brandende zuidelijke zon te weren, bedreven ze de liefde; hun lichamen raakten nooit helemaal verzadigd, hun verrukking over elkaar werd niet uitgedrukt in woorden, maar in strelingen en omhelzingen.

Ralph hield woord: Poppy zag de heuvels van de Provence en de schitterende stranden van de Côte d'Azur en ze verveelde zich nooit en was nooit eenzaam. De geboorte van hun dochter, Faith, in december, bezegelde hun geluk. Inmiddels woonden ze in Italië, in een grote boerderij in Umbrië. Poppy's lijfrente en de royalty's van *Nimf in uw gebeden* hielpen hen door magere maanden heen. Ralph perfectioneerde de waterkoeler die het geld moest opleveren voor de schoener die hij van plan was te kopen. Poppy stelde zich voor hoe ze azuurblauwe zeeën bevoer, met haar baby als Mozes in een mandje op het dek, tegen de zon beschut door een parasol. Wanneer ze 's morgens vroeg in bed lagen en de zon door de luiken scheen, sloeg Ralph zijn armen om haar heen terwijl hij haar de route beschreef die hun schoener zou volgen rond de Middellandse Zee. 'Napels, Sardinië en dan Zakinthos – Zakinthos is het mooiste eiland dat ik ooit heb gezien, Poppy.' Ze zag het in gedachten voor zich, het witte zand en de blauwgroene golven.

Vrienden van Ralph kwamen regelmatig op bezoek, soms bleven ze een paar dagen, maar vaak meerdere maanden. Ralph was gul met zijn tijd, zijn gezelschap, zijn gastvrijheid en het huis galmde altijd van discussies, gesprekken en muziek. In april, toen ze naar Griekenland verhuisden, gingen Ralphs vrienden met hen mee, een chaotische karavanserai om de stormachtige overtocht van de Adriatische Zee mee te maken, te lachen en te kletsen terwijl ze op muilezels door de rotsachtige heuvels reden. Tegen die tijd had Poppy, die zelden was toegelaten in de keuken van haar huis in Londen, geleerd paella's te maken en frittata's, braadstukken en *boeuf bourguignon*. Ze vond koken leuk, maar ze had een hekel aan huishoudelijk werk, zodat ze in een weldoorvoede, gezellige rommel leefden.

Een jaar later schonk ze het leven aan Jake. Jake was een actieve, vermoeiende baby die weinig sliep. Ze waren terug verhuisd naar Italië, naar Napels. De waterkoeler was geen succes gebleken, zodat ze de aankoop van de schoener moesten uitstellen. Intussen deelden ze een huuretage met twee pottenbakkers. De grote, donkere kamers roken naar klei en verf. Ralph zou de financiële kant van de potten-bakkerij voor zijn rekening nemen. Ralphs vrienden, die van Poppy de bijnaam 'de Kostgangers' hadden gekregen, volgden het echtpaar Mulgrave naar Napels. Poppy had inmiddels gemerkt dat Ralph, een man van uitersten, geen kennissen had – ófwel hij beminde met heel zijn hart óf had onmiddellijk een onherroepelijke afkeer van iemand. Voor degenen van wie hij hield was hij onbeperkt vrijgevig. Hij be-heerste de kunst elke vriend het gevoel te geven dat hij of zij de be-langrijkste persoon in zijn leven was. Hij beminde, realiseerde Poppy zich, zoals een kind bemint – kritiekloos, onvoorwaardelijk. Ze be-sefte dat haar jaloezie onredelijk was, een beschamende kleinzielig-heid. Ze waardeerden tenslotte alleen maar wat zij zelf beminde.

Nicole werd geboren in 1923, een pijnlijke en moeilijke bevalling waarbij Poppy, voor het eerst sinds haar trouwen, om haar moeder riep. Poppy was onwel na de geboorte en dus voedde en baadde Ralph de baby. Hij aanbad Nicole, die hij onmiddellijk zag als de mooiste en slimste van de drie.

Toen Poppy hersteld was, reisden ze naar Frankrijk, waar Ralph een bar huurde, omdat de pottenbakkers met de noorderzon en de winst van Ralphs vorige onderneming waren vertrokken. Ze zaten verschrikkelijk krap bij kas en konden zich geen kokkin of kinder-meisje veroorloven. Poppy leerde stoofschotels maken van het nek-stuk van lammeren en gevogelte braden terwijl de kinderen rondlie-pen. Soms was ze zo moe dat ze boven het fornuis in slaap viel. Ze begon een hekel te krijgen aan de Kostgangers, die de opbrengst van de bar opdronken. Toen ze zich beklaagde bij Ralph, zei hij onthutst: 'Maar het zijn mijn vríénden, Poppy.' Ze hadden bittere onenigheid.

Ze werden gered door Genya de Bainville, een oude vriendin van Ralph die, nadat ze had gehoord dat ze zich in de buurt hadden gevestigd, op een dag de bar bezocht en Poppy's grauwe gezicht en Ralphs somberheid opmerkte. Ze nodigde het hele gezin Mulgrave uit op haar kasteel. La Rouilly lag vlakbij Royan, aan de Atlantische kust, en Genya was een Poolse vluchtelinge die met een rijke Fransman was getrouwd. De schoonheid was nog altijd zichtbaar in Genya's gezicht met de hoge jukbeenderen, maar de hitte had haar tere huid geblakerd, zodat deze even gebarsten en gecraqueleerd was als de velden en wijngaarden van haar landgoed. De jaren die Genya van haar schoonheid hadden beroofd, hadden haar ook een groot deel van haar fortuin ontstolen. Delen van La Rouilly verkeerden in staat van verval en hoewel Genya al in de zestig was, hielp ze met de druivenoogst, net als de Mulgraves.

La Rouilly was een vierkant gebouw. De vele ramen waren afgesloten met afbladderende groene luiken, de gazons waren vergeeld en droog, de tuinen een wirwar van ziekelijke begonia's en rozen die veel blad en weinig bloemen hadden. Achter het kasteel lag een stinkende groene plas en daarachter hectaren bos. De zacht glooiende heuvels waren overdekt met wijngaarden. Poppy was dol op La Rouilly. Ze had er eeuwig willen wonen, Sarah, Genya's stokoude dienstbode helpen, koken in de grote keuken, fruit en bloemen kweken op de brokkelige grond. De kinderen en de Kostgangers konden moeiteloos worden ondergebracht in de vele vertrekken van La Rouilly en Genya genoot, net als Ralph, van het gezelschap.

Maar met het naderen van de herfst werd Ralph rusteloos; nieuwe interesses eisten zijn tijd en geld op. Ze werden weer nomaden, jagend op Ralphs dromen van het volmaakte land, het mooist gelegen huis, het plan waarmee het gezin Mulgrave fortuin zou maken. Het ene jaar reisden ze naar Tahiti en Goa, een ander jaar voeren ze naar Sjanghai. Daar kregen ze alle vijf knokkelkoorts en een tijdlang dachten ze dat Nicole niet zou herstellen. Daarna stond Poppy erop in Europa te blijven.

Elke zomer, wanneer het niet ging zoals Ralph had gehoopt, gingen ze terug naar La Rouilly om er van Genya's gastvrijheid te genieten en te helpen met de *vendange*. Poppy mat het verstrijken van de jaren af aan de lengte van haar kinderen langs de gekronkelde wijnranken. In 1932 haalde Jake, tien jaar, Faith in, tot haar verontwaardiging en woede.

En in 1932 leerden ze Guy kennen.

Ralph bracht Guy Neville op een avond in augustus mee naar La Rouilly. Poppy zat in de keuken kippen te plukken. Ze hoorde Ralph roepen bij de achterdeur.

'Waar is die verrekte sleutel van de kelder, Poppy?'

Ze riep: 'Ik denk dat Nicole hem heeft. Misschien heeft ze hem begraven.' Ze hoorde Ralph vloeken en voegde er daarom aan toe: 'Ze is bij Felix. In de muziekkamer.'

Felix, die componist was en regelmatig bezoeker op La Rouilly, was een van Poppy's favoriete Kostgangers.

'Goeie god...' Ralph verhief zijn stem weer. 'Ik heb iemand meegebracht.'

Uit de schemering stapte een jongeman naar voren, die in de deuropening van de keuken bleef staan. Hij zei aarzelend: 'Sorry dat ik zo kom binnenvallen, mevrouw Mulgrave. Ik heb deze meegebracht.'

'Deze' waren een bos klaprozen en ganzenbloemen. 'Gewoon wilde bloemen,' zei hij verontschuldigend.

'Ze zijn prachtig.' Poppy nam het boeket van hem over en glimlachte. 'Ik zoek een vaas. En jij bent...?'

'Guy Neville.' Hij stak zijn hand uit.

Hij was lang en slank en zijn zijdezachte donkere, haren hadden een koperkleurige glans. Ze schatte hem op een jaar of negentien, twintig misschien. Hij had heel aparte ogen, intens blauwachtig groen, met onmogelijk gewelfde oogleden, die rimpelden als hij glimlachte. Hij sprak middenklasse-Engels met een welopgevoed accent, het accent van Poppy's jeugd, en ze voelde een onverwachte steek van heimwee. In gedachten rekende ze haastig uit of het avondeten toereikend was voor een extra gast, besloot dat het kon en veegde haar bloederige handen af aan haar schort.

'Ik ben Poppy Mulgrave. Neem me niet kwalijk. Ik heb zo'n hekel aan dit klusje. De veren zijn al erg genoeg, maar...' Ze trok een gezicht.

'Ik haal de ingewanden er wel uit. Het is niet half zo erg als een long ontleden.' Hij pakte een mes en ging aan de slag.

'Ben je dokter?'

'Ik studeer medicijnen. Ik was in juli klaar met mijn eerste jaar, dus ik dacht, ik ga wat op reis.'

De deur ging open en Faith kwam binnen. 'Nicole huilt omdat ze van pa de sleutel moest opgraven. Maar ik vind het allang goed; het is beter dan dat afschuwelijke kattengejammer.'

21

Faith, elf en een half, was klein en schriel en Poppy's grootste troost. Faith had een vleug gezond verstand waaraan het, vreesde Poppy, zowel haar broer als haar zus ontbrak. Ze was nu gekleed in een lange, kanten onderjurk die over de grond sleepte en een oud vest van Poppy met gaten in de ellebogen. Ze keek de keuken rond en fluisterde: 'Een van pa's wezen en daklozen?'

'Ik denk het wel,' fluisterde Poppy terug. 'Maar hij is erg goed in kippen slachten.'

Faith liep om de tafel heen om Guy beter te kunnen bekijken. 'Hallo.' Guy keek op. 'Hallo.'

Ze keek hem even aan en zei toen: 'Er lijkt altijd veel meer van dat spul in te zitten' – ze wees naar de hoop ingewanden – 'dan je zou verwachten, vind je ook niet?'

Hij grinnikte. 'Inderdaad.'

Ze legde uit: 'Felix geeft Nicole zangles en Jake pianoles, maar hij zegt dat het geen zin heeft iets met mij te doen omdat ik niet muzikaal ben.'

'Ik evenmin,' zei Guy vriendelijk. 'Als ik de juiste noot tref, is het puur geluk.'

Weer naast Poppy aangekomen mompelde Faith: 'Hij ziet verschrikkelijk hongerig uit, vind je ook niet?'

Poppy keek Guy aan. Hij zag er, dacht ze, half verhongerd uit. Alsof hij in geen weken een fatsoenlijke maaltijd had gehad. 'Het duurt eeuwen voordat die kippen gaar zijn – ze zijn oud en taai. Ga eens wat brood en kaas halen, wil je, lieverd?'

Omdat er nog tien gasten op La Rouilly logeerden, die stuk voor stuk Ralphs tijd en aandacht opeisten, besloot Faith Guy te adopteren. Hij intrigeerde haar. Hij had de kippen met zoveel precisie van hun ingewanden ontdaan. Een Mulgrave zou er woest en gewelddadig op los hebben gehakt, met min of meer hetzelfde resultaat, maar met veel meer troep. Onder het eten discussieerde hij met Ralph, maar met een beleefdheid en ingetogenheid die op La Rouilly nooit eerder waren gesignaleerd. Hij beukte niet met zijn wijnglas op tafel om zijn argumenten kracht bij te zetten en stormde niet gepikeerd weg als Ralph hem vertelde dat zijn meningen achterlijk waren. Telkens wanneer Poppy opstond, sprong Guy eveneens op en hielp haar de vuile borden weghalen, hield de deur voor haar open.

Het drinken en praten stokte geleidelijk in de vroege ochtenduren. Poppy was uren geleden al naar bed gegaan en Ralph was in zijn stoel in slaap gevallen. Guy keek op zijn horloge en zei: 'Ik had niet gemerkt... wat onbeleefd van me. Ik moet gaan.'

Hij haalde zijn rugzak op in de keuken en stommelde naar buiten, de nacht in. Faith volgde hem. Op het met grind bestrooide voorplein bleef hij staan en keek met waterige ogen om zich heen.

'Alles goed?'

'Ik ben een beetje de kluts kwijt. Kan me de terugweg naar het dorp niet herinneren.'

'Wil je niet blijven slapen?'

'Ik wil niet...'

'Je kunt een van de zolderkamers nemen, maar die zijn niet geweldig – er vallen stukjes van het plafond. Het is fijner om in de schuur te slapen.'

'Mag ik? Als het niet te veel moeite is...'

'Nee hoor,' zei Faith beleefd. 'Ik haal een deken voor je.'

Nadat ze hem de deken en een kussen had gegeven, liet ze hem in de schuur. 'Je moet gewoon wat stro op een hoop gooien en je oprollen in de deken. Nicole en ik slapen weleens hier, als het heel warm is. Je kunt het beste zo hoog mogelijk gaan liggen, vanwege de ratten.'

Hij legde de inhoud van zijn rugzak in het stro. Ze sloeg hem gade. 'Alles is *opgevouwen*.'

'Gewoonte. Kostschool, snap je.'

Ze schudde het kussen voor hem op en haalde een stompje kaars uit haar zak. 'Je mag dit hebben als je wilt lezen.'

'Bedankt, maar ik heb een zaklamp. Ik zou de boel niet willen platbranden en dat zou best eens kunnen, na wat ik heb gedronken.'

De volgende ochtend bracht Faith Guy het ontbijt: twee perziken en een broodje, in een groezelige theedoek gewikkeld, en een kom zwarte koffie. Hij sliep nog, op zijn hoofd en één uitgestrekte arm na in de deken gewikkeld. Ze bekeek hem en bedacht hoe rustig hij was, hoeveel anders dan Jake, die altijd lag te snurken en snuiven in zijn slaap, en toen zei ze zacht zijn naam. Hij kreunde en opende één blauwgroen oog. Zijn blik scherpstellend zei hij: 'Ik heb een barstende hoofdpijn.'

'Dat hebben pa's gasten vaak, ben ik bang. Ik heb iets te eten voor je meegebracht.'

Hij ging rechtop zitten. 'Ik heb helemaal geen honger.'

Ze ging naast hem in het stro zitten en legde zijn handen om de koffiekom. 'Drink dit dan op. Ik heb hem zelf gezet.'

Guy keek op zijn horloge. 'Elf uur – o god...' Hij kreunde weer en rolde met zijn ogen.

'Alleen Genya en ik zijn wakker. Dat wil zeggen, ik weet niet precies waar Jake is. Dat is mijn broer,' legde ze uit. 'We hebben hem niet meer gezien sinds...' ze keek afkeurend '...dinsdag.'

Het was zondag. Guy zei: 'Maken je ouders zich geen zorgen?'

Faith haalde haar schouders op. 'Jake blijft soms wekenlang weg. Ma maakt zich een beetje druk. Drink je koffie op, Guy,' voegde ze er vriendelijk aan toe, 'dan zul je je beter voelen.'

Hij dronk; ze voerde hem hapjes brood. Na een poos zei hij: 'Ik moet gaan.'

'Waarom?'

'Ik wil niet langer blijven dan ik welkom ben.'

Faith keek hem gefascineerd aan. Ze kon zich niet herinneren dat een van de Kostgangers ooit zoiets had gezegd. 'Pa zou het niet erg vinden. Hij zal zelfs woedend zijn als je vandaag weggaat, want vandaag is hij jarig. We gaan naar een boot kijken die hij wil kopen en daarna gaan we picknicken op het strand. We picknicken op zijn verjaardag altijd op het strand. Hij verwacht dat je komt.'

'Heus?'

'Heus,' zei ze resoluut. 'Waar heeft Ralph je leren kennen, Guy?'

Hij trok een berouwvol gezicht. 'Ik probeerde naar Calais te liften. Een of andere klootzak – sorry, iemand in Bordeaux heeft mijn portefeuille en mijn paspoort gestolen. Ik zal naar het consulaat moeten, denk ik.'

Ze bestudeerde hem opnieuw. Zijn donkere wimpers waren langer dan de hare, wat niet eerlijk leek. 'Waar woon je?'

'In Engeland. In Londen.'

'Hoe ziet je huis eruit?'

'Een doodgewone bakstenen villa in Londen. Je kent die dingen wel.'

Ze kende ze niet, maar knikte. 'En je familie?'

'Ik heb alleen mijn vader nog.'

'Je hebt geen moeder meer?'

'Die stierf toen ik nog heel klein was.'

'Is je vader niet eenzaam, zo in zijn eentje?'

Hij trok een gezicht. 'Hij zegt van niet. Hij zei dat ik moest gaan – hij vindt dat reizen de blik verruimt.'

'Dan moeten de Mulgraves een enorm ruime blik hebben,' zei ze, 'want wij reizen voortdurend.'

Hij keek haar aan. 'Hoe doen jullie dat met school? Hebben jullie een gouvernante?'

'Ma probeert het af en toe, maar ze schijnen altijd te vertrekken. De laatste was bang van spinnen, dus je kunt je voorstellen wat ze van La Rouilly vond. Jake gaat soms naar de school in het dorp, maar hij raakt altijd verzeild in knokpartijen. Felix heeft ons muziekles gegeven en een van de Kostgangers heeft ons leren schieten en paardrijden. Volgens pa zijn dat de belangrijkste dingen.'

In de loop van de daaropvolgende dagen zei Guy af en toe: 'Ik moet echt vertrekken...' maar Faith stelde hem gerust en La Rouilly liet zijn magische uitwerking gelden. Na een poos gleed hij, net als de anderen, in een ander ritme: hij stond laat op, gebruikte langdurige, lome maaltijden, discussieerde en dronk tot in de vroege ochtenduren met Ralph, bracht de dag door in gezelschap van Poppy of Felix of de kinderen.

Toen ze een keer over de slijmerige, met kikkers vergeven plas achter het kasteel roeiden, zeurde Jake Guy aan zijn hoofd om verhalen over school.

'Elke morgen een koud bad? Terwijl je niet eens vies was? Waarom?'

'Grenzend aan goddelijkheid, denk ik,' zei Guy, met de riemen wrikkend.

Alle drie de Mulgraves keken hem wezenloos aan. 'Als je goed gewassen bent, ben je dicht bij God,' legde Guy uit. Hij haalde zijn schouders op. 'Belachelijk natuurlijk.'

'Vertel eens over het ontbijt,' zei Nicole.

'Havermoutpap en bokking. Havermoutpap is een soort pudding van havermeel en bokkingen zijn gerookte vissen met een heleboel graten.'

'Het klinkt smerig.'

'Het was ongelooflijk vies. Maar je moest het eten.'

'Waarom?'

25

'Dat was de regel.'

'Zoiets als de Mulgrave-regels,' zei Faith.

Hij vroeg nieuwsgierig: 'Wat zijn de Mulgrave-regels?'

Faith wierp een blik op haar broer en zus. 'Loop pa niet voor de voeten als hij chagrijnig is,' dreunde ze op. 'Probeer pa over te halen ma het huis te laten kiezen.'

'Als de inboorlingen vijandig zijn,' vulde Jake aan, 'spreek dan een vreemde taal om ze in verwarring te brengen.'

'En als ze echt verschrikkelijk zijn en stenen naar je gooien, laat ze dan nooit, nooit merken dat het je iets doet,' besloot Nicole. 'Vorm één front, koste wat het kost.' Ze staarde Guy aan. 'Was jouw school altijd in dezelfde plaats?'

'Sinds ik twaalf was wel.'

Faith nam de riemen van Guy over. 'Weet je, Guy, wij hebben nooit langer dan een jaar op dezelfde plek gewoond. Afgezien van La Rouilly natuurlijk, maar dat is telkens maar een paar maanden. We zijn stikjaloers op je. Je bent een bofkont.'

'De school was eigenlijk behoorlijk saai. Niks om jaloers op te zijn.'

Faith richtte haar sombere groenblauwe ogen op hem. 'Maar jouw spullen waren altijd op dezelfde plaats. Je had eigen borden en stoelen, niet die van iemand anders. Je had leuke dingen en die raakten niet kwijt en ze werden niet achtergelaten omdat ze niet in een koffer pasten. En je at elke dag op dezelfde tijd.' Er klonk ontzag door in haar stem. 'En je had sokken zonder gaten.'

'Zo had ik het nog niet bekeken.'

Faith begon over de plas te roeien, haar magere armen trokken aan de riemen en de boot schommelde toen ze verward raakten in het eendenkroos. 'Bofkont,' zei ze nogmaals.

De zomer daarna kwam hij opnieuw naar La Rouilly. Faith lag op het dak te zonnen toen ze hem zag, in het begin een iel mannetje, toen onmiskenbaar Guy die het lange, slingerende pad naar La Rouilly opkwam. Ook de daaropvolgende zomer kwam hij op bezoek, en de zomer daarna. Faith beschouwde Guy altijd als haar verantwoordelijkheid. Als enige van de Mulgraves voelde ze iets kwetsbaars in Guy, een donkerder zijde aan zijn luchthartige aard, een bereidheid de problemen van de wereld op zijn schouders te nemen. Als ze hem tegenkwam wanneer hij somber keek, stelde ze een verzetje voor of stak de draak met hem tot hij opvrolijkte. Het fijnste moment van het hele jaar, dacht ze heimelijk, was het moment waarop Guy Neville terugkeerde naar La Rouilly.

Elke zomer zwommen ze in de plas, op de plek waar het water diep, doorschijnend groen was. Elk jaar picknickten ze en aten ze wilde aardbeien die ze aan de randen van de akkers plukten en wegspoelden met de scherpe witte wijn van het kasteel. Elke zomer stelde het hele gezin, inclusief Kostgangers en personeel, zich op op het bordes van La Rouilly wanneer Guy een foto nam met zijn Brownieboxcamera.

In de zomer van 1935 zochten ze truffels in het bos. Nicole maaide in het wilde weg met een stok door het kreupelhout.

'Hoe zien ze eruit?'

'Als vieze stenen.'

'We moeten een truffelhond hebben.'

'Jake heeft Genya's varken.'

'Ik vind truffels trouwens niet lekker. En het is te warm om te wandelen.' Nicole liet zich op de grond zakken, strekte haar blote benen voor zich uit en ging met haar rug tegen een boomstam zitten. 'Laten we woorden raden.'

'Niet genoeg mensen.' Faith tuurde door het donkere bos. 'Ik zie Jake of Guy niet.'

'Of het varken.' Nicole giechelde. 'Overeenkomsten dan.'

Overeenkomsten was een vreselijk ingewikkeld spel dat Ralph had bedacht. Faith zat op een tak boven Nicole. 'Veel te warm. Ik heb al hoofdpijn.'

'Lievelingsdingen dan.'

'Vooruit dan maar. Maar vraag me niets over muziek, want dat kan ik me nooit herinneren.'

Nicole keek op naar Faith. 'Denk eraan, je moet de waarheid zeggen.'

'Erewoord.'

'Lievelingsstrand dan.'

'Zakinthos.'

'Ik vond Capri leuker. Lievelingshuis.'

'La Rouilly natuurlijk.'

'Natuurlijk.'

'Mijn beurt. Lievelingsboek.'

'*Wuthering Heights*. Absolute lievelingsheld – Heathcliff natuurlijk.'

'Hij zou een onmogelijk mens zijn om mee te leven,' zei Faith. 'Hij zou zich opwinden als zijn toast verbrand was of als er niet genoeg suiker in zijn koffie zat.'

'En jij, Faith?'

'En ik wat?'

'Je absolute lievelingsheld.'

Faith zat op de tak en liet haar benen bungelen. Af en toe scheen er een zonnestraal door de takken en verblindde haar.

Nicole riep naar boven: 'Denk eraan, de waarheid!'

'Het is een stom spel.' Ze sprong omlaag en bedolf Nicole onder bladaarde.

'Dat is niet eerlijk.' Nicole was verontwaardigd. 'Je hebt het beloofd. Je moet minstens vertellen hoe hij eruitziet. Is hij donker of blond?'

'Donker.'

'Zijn ogen... zijn die blauw of bruin?'

Ze dacht: *Ze zijn donker blauwachtig groen, de kleur van de Middellandse Zee in de schaduw.* Ze voelde zich onverklaarbaar verdrietig en begon weg te lopen van Nicole, zich een weg banend door de ranken van de wilde knoflook. Nicoles stem volgde haar – 'Dat is niet eerlijk. Dat is gemeen, Faith!' – toen ze de heuvel afrende, buiten gehoorbereik.

Het kreupelhout werd dichter naarmate ze de oever afdaalde. De dikke kluwen kervel en doornstruiken reikte tot haar middel en kleefkruid plakte aan haar rok, dus schortte ze hem op en stopte hem in haar marineblauwe broekje. Hoge groene sprieten streken langs haar dijen. De bomen vormden een donker dak boven haar hoofd, doorboord met strepen goudkleurig licht. De warmte drukte op haar neer toen ze afdaalde in de kom van het dal. Het bos werd dunner, het zonlicht verlichtte de wirwar van doornstruiken en struikgewas. Ze zag dat de bloemen en het gebladerte bespikkeld waren met tijmblauwtjes, vlinders met broze, lichtpurperachtig-blauwe vleugels met een dunne, zwarte rand. Toen Faith dichterbij kwam, stegen ze op in de lucht als fragiele stukjes blauwe zijde, verwaaid door de wind, glanzend in de zon.

De adder lag onzichtbaar opgerold tussen de kruimige bladaarde en het bingelkruid. Even was het alsof de aarde kronkelde onder haar voet en toen beet er iets in haar enkel. Ze zag de slang wegglippen en keek naar de twee gaatjes die zijn tanden in haar huid hadden

28

gemaakt. Vreemd, dacht Faith, hoe dingen van het ene moment op het andere kunnen veranderen van leuk in angstaanjagend. Ze stelde zich voor hoe het gif door haar aderen sijpelde, haar bloed infecteerde, haar hart verkilde. Ze keek snel om zich heen en zag niemand. Het bos leek koud, verlaten, dreigend. Toen, op de hoge oever voor haar, zag ze een schim bewegen. Ze riep en begon tegen de helling op te klauteren.

'Faith?'

Ze hoorde Guy's stem en keek op. 'Ik ben gebeten door een adder, Guy.'

Hij zei snel: 'Niet bewegen. Blijf staan,' en hij rende de helling af, hakte door het kreupelhout en sloeg de netels en doornranken met een stok opzij. Toen hij bij haar was knielde hij op de grond, trok haar sandaal uit, zette zijn mond op haar enkel en zoog, af en toe pauzerend om het gif uit te spugen. Na een poos begon Faith zich van binnen koud en rillerig te voelen en Guy stond op, trok zijn jack uit en sloeg het om haar schouders. Toen tilde hij haar op in zijn armen.

Haar voet voelde aan alsof iemand er met een voorhamer op had gebeukt. Boven haar hoofd, af en toe zichtbaar tussen de donkere takken van de bomen, was de zon een hard, stralend trommelvel dat trilde op de maat van haar kloppende voet. Haar dragend baande Guy zich snel een weg door het bos, de laaghangende takken met zijn schouders opzij duwend. Toen ze uit de beschutting van de bomen kwamen, brandde de zon fel op hen. Hitte en droogte hadden het grasveld veranderd in een vierkant van gebakken aarde; het gras was een stoppelbaard van gedroogd, bruinig raffia. De lucht schitterde. Er klonk een kreet toen Poppy, die de moestuin aan het wieden was, hen zag en over het grasveld naar hen toe rende.

De daaropvolgende paar dagen zat Faith op de versleten sofa in de keuken, met haar gezwollen voet op een stapel kussens. Een eindeloze stroom bezoekers bezorgde haar afleiding. 'Felix heeft voor me gezongen,' vertelde ze Guy, 'en Luc en Philippe hebben met me gepokerd en alle kinderen zijn komen kijken naar de afdrukken van de addertanden. Ik ben het niet gewend, Guy – meestal zijn het Nicole en Jake die alle aandacht krijgen, omdat ze knapper en slimmer en over het algemeen liever zijn.'

De Mulgrave-trekken hadden zich in Faith geconcentreerd tot iets wat geen conventionele schoonheid was. Faith werd soms wanhopig van haar hoge, benige voorhoofd, haar lichtblonde haar dat niet krulde en ook niet sluik was, haar onyxgroene ogen die, hoe ze zich ook voelde, onveranderlijk droefgeestig stonden.

Guy woelde door haar haren. 'Je zult wel geen tijd hebben voor mij.' Ze keek naar hem op. 'O, voor jou heb ik altijd tijd, Guy. Je hebt mijn leven gered. Dat betekent dat ik altijd bij je in het krijt zal staan. Ik ben nu voor eeuwig de jouwe, toch?'

Dat najaar gingen ze naar Spanje. Drie vrienden van Ralph hadden er een boerderij gekocht, waar ze fortuin wilden maken met het kweken van saffraan. 'Zijn gewicht in goud waard, Poppy,' legde Ralph uit. De Mulgraves hadden al eens eerder in Spanje gewoond, in Barcelona en Sevilla, dus verwachtte Poppy blauwe zeeën, citroenbomen en fonteinen op marmeren binnenplaatsen.

Ze schrok van de saffraanboerderij. Het huis dat ze met Ralphs vrienden zouden delen, lag aan de rand van een dorp op een uitgestrekte, kale vlakte en was een vervallen doolhof. Kleine ramen boden uitzicht op land zo droog dat Poppy moeite had te geloven dat hier iets kon groeien. De enige kleuren waren rood, okergeel en bruin. Het dorp werd bevolkt door magere ezels en onderdrukte boeren, wier leefwijze, dacht Poppy, nauwelijks moest zijn veranderd sinds de tijd van de Zwarte Dood. Als het regende, veranderde het stof in modder zo diep dat hij tot Nicoles knieën reikte. Er was overal modder; zelfs de boerenschuren leken van modder. Het huis had geen stromend water en geen fornuis. Water moest gehaald worden bij de dorpsput, eten gekookt boven een open vuur. De saffraanboeren, allemaal mannen, leken geleefd te hebben van zuurdesem brood en olijven – het huis was bezaaid met korsten en pitten. Toen een van Ralphs vrienden Poppy de keuken liet zien, zei hij: 'Ik ben zo blij dat je er bent. Jij zult fatsoenlijke maaltijden voor ons kunnen koken.' Bij het zien van de keuken stond Poppy het huilen nader dan het lachen.

Aan het eind van de week nam ze Ralph apart en zei dat het onmogelijk was. Hij keek haar niet-begrijpend aan. Het huis, legde ze uit. Het dorp. Het koude, door armoede geteisterde land. Ze moesten weg, ze moesten terug naar de beschaving.

Ralph was verbijsterd. Het huis was prima, het gezelschap goed. Waarom zouden ze in godsnaam weggaan?

Poppy redeneerde, Ralph werd opstandig. Hun stemmen werden luider, weerkaatsten tegen de muren. Maar Ralph was onvermurwbaar – ze zouden een fortuin verdienen, als ze maar geduld had, en trouwens, hij had de inkomsten van zijn royalty's en Poppy's jaargeld belegd in knollen en gereedschap. Ze konden onmogelijk weggaan. Toen Poppy haar geduld verloor en een bord naar zijn hoofd gooide, vluchtte Ralph naar de saffraanvelden om zijn gevoelens te verdrinken in een fles zure rode wijn.

Toen ze alleen was veranderde Poppy's woede in verdriet en ze liet zich op een stoel vallen en begon te huilen. In de loop van de daaropvolgende weken probeerde ze het huis bewoonbaar te maken, maar het was haar voortdurend te machtig. Ralphs vrienden lieten een spoor van moddervoeten achter in elke kamer; het keukenvuur, aangetast door de vochtige kou van de vlakte, doofde op de meest ongelegen momenten. Lakens en handdoeken, eenmaal gewassen, beschimmelden voordat ze droog waren. Het ontbreken van vrouwelijk gezelschap maakte haar neerslachtig.

Toen de winter eindelijk voorbij was en een zwak voorjaar naderde, begon ze zich onwel te voelen. Ze weet haar misselijkheid en lusteloosheid aan het klamme huis, de afschuwelijke streek. Maar tijdens een bezoek aan een dokter in Madrid kreeg ze te horen dat ze in verwachting was en dat het kind in september zou worden geboren. Poppy slaakte een zucht van verlichting: haar kind zou geboren worden op La Rouilly, in aanwezigheid van die goeie, ouwe, betrouwbare dokter Lepage.

Hoewel haar leven met Ralph niet in alle opzichten geworden was wat ze ervan verwacht had (maar wat had ze verwacht toen ze, die avond lang geleden in Deauville, met hem naar Parijs was verdwenen?), had ze altijd genoten van haar kinderen en een vierde kind krijgen zou een weelde zijn. Haar eerste drie kinderen waren zo kort na elkaar geboren dat, tegen de tijd dat Nicole kwam, ze bijna te uitgeput was geweest om van haar te kunnen genieten. Poppy breide kleine vestjes, naaide hansopjes en droomde van Frankrijk en uit haar *bateau-lit* leunen en haar zoon in een wieg naast zich zien. Ze was er zeker van dat ze in verwachting was van een zoon.

Ze kreeg een zoon, maar in Spanje, niet in Frankrijk. Haar kind werd twee maanden te vroeg geboren, in de slaapkamer die ze deelde met Ralph. Er was in de wijde omtrek geen dokter te vinden en

31

een vrouw uit het dorp, gekleed in een zwarte schouderdoek, hielp met de bevalling. Poppy had geen wieg, maar dat bleek ook niet nodig; haar baby leefde slechts enkele uren. Ze lag in bed met haar zoon in de kromming van haar elleboog genesteld en beval hem in leven te blijven. Hij was te zwak om aan haar borst te zuigen. De vroedvrouw stond erop een priester te halen, die het kind Philip doopte, naar Poppy's lievelingsoom. Ralph huilde toen het zwakke bewegen van de kinderlongen eindelijk stopte en hij het kind uit Poppy's armen nam.

Een week later stelde Ralph voor eerder naar Frankrijk te vertrekken. Poppy weigerde. Ze had sinds Philips geboorte en dood weinig gezegd, maar nu zei ze zacht maar onwrikbaar nee. Toen Ralph uitlegde dat de grond ongeschikt was gebleken voor saffraan, dat het huis te afgelegen was voor velen van zijn vrienden en dat hij net een schitterend plan had bedacht om het geld dat ze hadden verloren terug te verdienen, bleef ze haar hoofd schudden. Overdag zat ze in de schaduw van de veranda, haar blik gericht op de verschrompelde resten van de planten op het veld en op het kerkhof in de verte.

Midden juli, toen in Madrid de burgeroorlog uitbrak, drong Ralph er opnieuw op aan dat ze zouden vertrekken. Opnieuw schudde Poppy haar hoofd. Pas toen een van Ralphs vrienden haar uitlegde dat de chaos waarin Spanje verwikkeld was een risico vormde voor de kinderen, stemde ze er ten slotte mee in dat Faith ging inpakken.

Twee dagen later verlieten ze Spanje, over land naar Barcelona en van Barcelona naar Nice op een schip vol vluchtelingen, soldaten en nonnen. Terwijl ze op het dek zat en de Spaanse kust zag wegglijden, was het alsof haar hart uit haar borst werd gescheurd.

Op La Rouilly probeerde ze Genya uit te leggen hoe ze zich voelde. 'Ik moest hem achterlaten, in dat afschuwelijke oord, in zijn eentje. Verschrikkelijk, dat ik hem daar in zijn eentje moest achterlaten!' Poppy's stem stokte en ze knipperde met haar ogen. 'Een afgrijselijk oord. Ik dacht dat ik er gek zou worden. Zo troosteloos en smerig en iedereen leek zo arm. En ik heb in de krant gelezen dat ze de kerken in brand steken en de priesters vermoorden. En ik denk steeds maar... ik denk steeds maar, Genya, stel dat ze de graven schenden. Stel dat...?' Poppy's hand kneep in Genya's dunne pols. Ze keek alsof ze moest overgeven.

Genya trok haar tegen zich aan. Poppy's hele lichaam beefde van het huilen. Na enige tijd schonk Genya een glas cognac in en vouwde Poppy's trillende vingers eromheen.

'Drink op, Poppy, je zult je er beter door voelen. Ik heb een nicht in Madrid. Als je me de naam zegt van het dorp waar jullie woonden, kan Manya misschien nagaan of alles in orde is.'

Poppy staarde haar aan. 'O, Genya. Zou je dat willen doen?'

'Het kan even duren. Waar is Ralph van plan dit najaar naartoe te gaan?'

Ze haalde haar schouders op. 'Ik weet het niet. Je weet hoe hij is – ik weet van niets tot de dag dat hij me zegt mijn koffers te pakken.' Haar stem klonk verbitterd. 'De Rivièra misschien. Ralph houdt van de Rivièra in de winter.'

'Dan schrijf ik poste restante naar Nice zodra ik meer weet.'

Poppy stond op en liep naar het raam. Langzaam zei ze: 'Weet je, Genya, een paar ochtenden geleden deed ik de luiken open en ik kon me absoluut niet herinneren in welk land ik was. Het begint er na een tijd allemaal hetzelfde uit te zien. Bomen met vergeelde bladeren, velden waarop niets lijkt te groeien, naargeestige, afbladderende huisjes. Het begint er allemaal hetzelfde uit te zien.'

Ze vertelde Genya echter niet hoe kwaad ze was op Ralph; dat kon ze tegen niemand zeggen. Het was als een levend wezen, een verterende hartstocht, sterker nog dan verdriet, op stille momenten gekoesterd. Hoewel een deel van haar wist dat het niet eerlijk was Ralph de schuld te geven van de dood van Philip – haar lichaam had tenslotte het kind te vroeg afgestoten – verdween haar woede niet. *Als* hij haar niet had meegenomen naar dat afschuwelijke oord; *als* hij niet per se had willen blijven, ondanks haar smeekbeden om te vertrekken. Ze deed iets wat ze nog nooit had gedaan: ze wees hem af in bed, zei dat ze nog niet hersteld was van de miskraam. Het deed haar genoegen de gekwetste blik in Ralphs ogen te zien wanneer ze zijn omhelzingen afwees.

Ze woonden die winter in Marseille, in een appartement in de achterafstraten van de stad. Ralph had het druk met zijn nieuwste onderneming, het verkopen van uit Marokko geïmporteerde tapijten. Poppy reisde elke maand naar Nice, naar het postkantoor. De brief kwam eind februari. Genya schreef: 'Mijn nicht Manya heeft kort na

Kerstmis een bezoek kunnen brengen aan het dorp waar jullie hebben gewoond. De kerk en het kerkhof zijn onbeschadigd, Poppy. Manya heeft bloemen op het graf gelegd, zoals ik haar gevraagd had.'

Op de boulevard, uitkijkend over het kiezelstrand, begon Poppy te huilen. Na enige tijd realiseerde ze zich dat de grijze golven, de bewolkte lucht, haar herinnerden aan die vakantie lang geleden in Deauville, in 1920. Ze wist – al enkele weken – dat Ralph, gekwetst door haar kilheid, een flirt was begonnen met een Kostganger, een zekere Louise. Louise, een onnozel wicht, bedolf Ralph onder kritiekloze bewondering die balsem was op zijn gekwetste trots. Poppy wist dat ze kon kiezen: ze kon doorgaan met Ralph te straffen en hem zo aan Louise of Louises opvolgster geven en haar huwelijk te gronde richten of ze kon hem terugwinnen en hem laten merken dat ze, hoewel er iets was veranderd, nog steeds van hem hield. Ze dacht aan haar kinderen en herinnerde zich een man die op een strand een zandkasteel bouwde, een broos bouwwerk, maar een waarvan de schoonheid haar aan het huilen had gemaakt. Ze snoot haar neus, veegde haar tranen weg en liep naar het station.

Thuis aangekomen liet ze Ralph Genya's brief lezen. Hij zei niets, ging met zijn rug naar haar toe bij het raam staan, maar ze zag dat het velletje papier trilde in zijn handen, dus ging ze naar hem toe, sloeg haar armen om zijn gebogen schouders en kuste zijn nek. Ze merkte dat hij was aangekomen en dat zijn haar meer zilvergrijs was dan blond. Hoewel ze dertien jaar jonger was dan Ralph, voelde ze zich op dat moment veel ouder. Ze bleven lange tijd zo staan, toen gingen ze naar bed en bedreven de liefde.

Maar enkele van de veranderingen in haar waren blijvend. Wanneer Ralph haar een stukje papier liet zien waarop hij getallen had gekrabbeld en zei: 'Ik denk dat we over zes maanden genoeg hebben voor de schoener, Poppy. De zaken gaan goed – de mensen hier zijn bereid tien keer zoveel voor die dingen te betalen dan ze in Noord-Afrika kosten,' glimlachte ze, maar zei niets, in de wetenschap dat geen van zijn eerdere ondernemingen langer dan een jaar had geduurd. Voor het eerst opende ze een bankrekening op haar eigen naam en zette daar de rente van haar jaargeld op in plaats van het aan Ralph te geven. Het appartement waarin ze woonden was klein en hokkerig. Poppy voelde moeilijker tijden.

En ze verlangde naar saaie Engelse zomers, naar grijs berijpte buxushagen en een bleke ochtendzon die tussen kale eiken en beuken door scheen. Tegelijk met haar zoon had ze ook het geloof in een zonnige toekomst verloren. Ze zag de valkuilen, de risico's van hun manier van leven. Op achtendertigjarige leeftijd begon ze, dacht ze, eindelijk volwassen te worden.

Toen, in de zomer van 1937, de eerste week van augustus kwam en Guy nog steeds niet op La Rouilly was verschenen, begon Faith over de uitgestrekte zolders van het kasteel te dwalen, waar ze alleen kon zijn met de hitte en de vliegen en vanwaaruit ze, door kleine, stoffige ruiten, het pad kon zien dat vanaf de weg door het bos slingerde.

De zolders waren vol schatten. Afzichtelijke lampenkappen en onmogelijk saaie, beschimmelde boeken en een kist vol roestige zwaarden. En dozen en nog eens dozen vol kleren. Faith vouwde ze voorzichtig, eerbiedig open. Zijdepapier fluisterde als vlindervleugels. Knopen fonkelden, linten glansden. De op de etiketten geborduurde namen – Poiret, Vionnet, Doucet – klonken als poëzie. In het schemerige licht van de zolders verwisselde ze haar verschoten kleren voor chiffon met de kleur van spinrag en koele watervallen van zijde. In een goud-omlijste spiegel bestudeerde ze haar spiegelbeeld. Het afgelopen jaar had haar veranderd. Ze was langer geworden. Jukbeenderen hadden vorm gegeven aan haar gezicht; pas verworven borsten en heupen zorgden ervoor dat de japonnen goed pasten.

Maar het was alsof opgroeien ook een laag van het oppervlak van haar hart had gepeld. Ze had altijd met plezier uitgekeken naar de komst van Guy Neville op La Rouilly, maar zijn wegblijven deze zomer maakte haar prikkelbaar en onzeker. Hoewel ze allemaal op Guy wachtten – hoewel Poppy 'jeetje' mompelde en op de kalender keek en Ralph en Jake luidkeels ruzie maakten – merkte Faith dat ze de angst die haar had aangegrepen niet kon verwoorden: dat Guy nooit meer naar La Rouilly zou komen. Dat hij hen vergeten was. Dat hij betere dingen te doen had.

Een jaar geleden zou ze gemopperd hebben op Nicole; een jaar geleden zou ze Jakes driftbuien hebben gesust. Nu kon ze het niet. Ze zat gevangen in een web zo dik als de spinnenwebben aan de balken op zolder, een web van verveling, irritatie en verlangen. Ze vroeg zich af of ze verliefd was op Guy en dacht dat, als het zo was, liefde niet zo wonderbaarlijk was als romans je wijsmaakten. Ze had geen zin meer om mee te doen aan de genoegens en afleidingen die La Rouilly in petto had. Zonder Guy had ze geen zin om op de plas te gaan roeien of in het bos te picknicken. Ze had moeite om de dagen te vullen. Vandaar de zolders, die haar koninkrijk waren en verstoken van herinneringen.

Ze zag hem eerst door de een vingertop brede opening in het spinnenweb dat ze van een ruit had geveegd. Een kleine, donkere gestalte, gebocheld vanwege zijn rugzak, op het kronkelpad dat van de weg naar het kasteel leidde. In een oogwenk vergat ze alle verveling, het wachten en rende, zijn naam roepend, de trap af.

Op Ralphs tweeënvijftigste verjaardag picknickten ze op het strand van Royan. Rook dreef loom zeewaarts vanaf een taps toelopende stapel wrakhout. De ondergaande zon baadde de golven in een glanzend, satijnzacht vuur.

Ze praatten over Spanje. Faith keek naar de zonsondergang en luisterde met een half oor naar het gesprek.

'De Republikeinen winnen,' verklaarde Jake.

Felix schudde zijn hoofd. 'Geen schijn van kans, beste jongen.'

'Maar ze móéten...'

'Met hulp van Stalin...' begon Guy.

'Stalin weifelt,' zei Felix laatdunkend. 'Hij is bang dat, als ze merken dat hij de Republikeinen steunt, Duitsland een reden heeft om Rusland aan te vallen.'

De laatste vissersboten voeren, afgetekend tegen een gouden lucht, de haven binnen. Faith keek toe hoe Guy de laatste druppel wijn uit zijn glas opdronk. Ralph trok een nieuwe fles open. 'Hoe dan ook, het raakt ons niet. De hele bloederige knoeiboel raakt alleen de Spanjaarden.'

'O nee, Ralph. Als we toestaan dat Franco wint, worden we er vroeg of laat allemaal in betrokken.'

'In een burgeroorlog? Onzin. Nonsens. De zon heeft je hersens aangetast, Felix.' Ralph schonk Felix' glas nog eens vol.

Een van de Kostgangers, een Franse dichter, zei: 'Spanje is de laatste romantische oorlog, vinden jullie ook niet? Als ik geen leverkwaal had, sloot ik me aan bij de Internationale Brigades.'

'*Romantisch?*' bulderde Ralph. 'Sinds wanneer zijn oorlogen romantisch? Afschuwelijk bloederig gedoe.'

36

'Ralph toch.' Poppy klopte op zijn hand.

Felix wierp nog éen stuk wrakhout op het vuur en hoestte.

'Ik moet je vertellen, Ralph – en jou, lieve Poppy – dat ik eind september naar Amerika vertrek. Mijn visum is eindelijk gekomen.' Felix legde een hand op Ralphs arm en zei zacht: 'Je moet het begrijpen, Ralph. Het is veiliger.'

'Goeie god, man, waar heb je het over?'

'Ik ben joods, Ralph.'

Faith, in het zand zittend, ving de zachte woorden maar net op. Er lag een geduldige, haast medelijdende blik in Felix' ogen. Faith had Poppy de laatste tijd weleens net zo naar Ralph zien kijken.

'Wie zal zeggen wat er binnen nu en twee jaar in Frankrijk gebeurt, Ralph? Waar gaan jullie naartoe als je in de herfst van La Rouilly vertrekt? Spanje is in beroering en Italië heeft zijn eigen versie van het fascisme.' Felix schudde zijn hoofd. 'Ik kan niet blijven.'

Er viel een stilte. De zon raakte de horizon en wierp bronskleurige schaduwen over de gladde zee. Ralph zei opstandig: 'Al mijn vrienden laten me in de steek. Richard Deschamps werkt als bankíér, nota bene, en Michael en Ruth zijn teruggegaan naar Engeland omdat ze hun koters naar een of ander gevangenenkamp van een school willen sturen. Lulu schreef dat ze haar zieke moeder verpleegt. *Lulu.* Verhitte voorhoofden deppend! En Jules heb ik niet meer gezien sinds hij in Tunis verliefd werd op die jongen. En jij, Felix, jij bent een inhalige kleine jood die waarschijnlijk miljonair wordt met het schrijven van muziek voor afschuwelijke Hollywoodfilms.'

Felix was niet beledigd. 'Wat een prettig vooruitzicht. Ik zal je een foto sturen, Ralph, van mijn chauffeur en mijn Daimler.'

Faith zag dat Guy was opgestaan en in de richting van de duinen liep. Ze liep hem achterna, zette haar voeten in de afdrukken die zijn stappen in het zand hadden gemaakt. Ze haalde hem in toen hij naar de top van een duin klom. De ondergaande zon wierp inktzwarte schaduwen in de duinpan aan hun voeten.

Hij glimlachte naar haar. 'Je hebt een mooie jurk aan, Faith.'

Guy zag zelden wat ze aan had. Ze voelde een golf van plezier. 'Het is mijn blauwtje-jurk, Guy, je weet wel, naar de vlinder – dezelfde kleur, zie je.' De zijden crêpe de Chine was licht violetblauw en de mouwen waren afgebiesd met dun zwartfluwelen lint. 'Hij is van Genya geweest, maar hij past haar niet meer en dus heeft ze hem aan mij gegeven. Hij is gemaakt door het modehuis Paquin.'

Guy keek haar niet-begrijpend aan. Ze stak haar hand door zijn arm. 'Je bent een domkop, Guy. Madame Paquin is een heel beroemde modeontwerpster.'

Hij voelde aan de dunne stof. 'Hij staat je goed.'

Haar verrukking werd verdubbeld. 'Vind je?'

Hij fronste zijn wenkbrauwen, keek naar de zee en zei: 'Ik had Ralph willen vertellen dat ik over een dag of twee weg moet, maar het lijkt niet het geschikte moment, vanwege Felix.'

Haar blijdschap verdween, als een kaarsvlam die tussen wijsvinger en duim wordt gedoofd.

'Je bent er pas een paar dagen, Guy.'

Hij haalde zijn sigaretten uit zijn zak. 'Ik maak me zorgen over mijn vader. Hij wil het niet toegeven, maar ik denk dat hij ziek is.' Guy streek een lucifer af, maar de wind blies hem uit. 'Verdomme.' Hij keek haar aan, grinnikte en pakte haar hand. 'Rennen.'

Ze tuimelden de steile helling af en vielen languit en lachend in de duinpan. Guy gooide zijn jack op het harde helmgras. 'Alsjeblieft, Faith.'

Ze ging naast hem zitten. De duinen scheidden hen van de groep op het strand. Zand perste zich tussen haar tenen. Guy bood haar een sigaret aan. Faith had samen met Jake leren roken; ze hield haar verwaaide haren opzij terwijl Guy een lucifer aanstak.

Na een poos zei ze: 'Vertel eens over Londen. Ik vind het altijd zo geweldig klinken.' Poppy had verteld over theedrinken bij Fortnum & Mason en over winkelen bij Liberty en de Army & Navy Store.

'Hackney is eerlijk gezegd afschuwelijk. Veel ellende – vaders zonder werk, kinderen zonder schoenen. De meeste mensen zijn niet verzekerd, wat betekent dat ze moeten betalen voor een dokter. En de huizen waarin ze wonen – smerige souterrains en vochtige kamers die vergeven zijn van kakkerlakken.' Ze hoorde de woede in zijn stem. 'Daarom hebben ze goede dokters nodig, snap je.'

'En je vader is een goede dokter?'

'Een van de beste. Alleen...' Guy drukte zijn sigaret uit in het zand.

'Wat, Guy?'

'Ik had chirurg willen worden.' Hij haalde zijn schouders op. 'Maar pa heeft hulp nodig en de praktijk brengt niet veel op, dus dat lijkt moeilijk haalbaar.' Hij fronste zijn voorhoofd. 'Het doet er niet toe. Waar het om gaat, is goed doen, niet dan? Mensen een beter leven geven... ze een kans geven. Ze niet laten doodgaan aan geneesbare ziekten alleen maar omdat ze toevallig arm zijn.'

Hij ging languit in het zand liggen, met zijn armen onder zijn hoofd. Faith rilde. De zon was bijna onder en het werd kouder. Haar jurk was vliesdun.

'Kom. Leun tegen me aan.' Guy sloeg zijn arm om haar heen en trok haar tegen zich aan. 'Ik hou je warm.'

Ze legde haar hoofd tegen zijn borst. Hij had haar al vaker vastgehouden, toen ze een kind was, wanneer ze bijvoorbeeld gevallen was en hij haar had getroost, maar nu leek zijn aanraking anders. Vreemder, wonderbaarlijker. Ze hoorde hem zeggen: 'En jij, Faith – wat wil jij worden?'

Ze keek op naar de hemel. De eerste sterren werden zichtbaar. Ze glimlachte. 'Ik zou zo'n dame willen worden die in een casino werkt.'

'Croupier?'

'Mmm. Dan zou ik heel aparte jurken kunnen dragen met lovertjes en struisvogelveren. Of ik zou in een film willen spelen, maar volgens pa heb ik een stem als grind in een emmer. Of ik zou poedeltrimster kunnen worden.'

'Bestaan die dan?'

'In Nice hebben ze schoonheidssalons voor poedels, Guy. Ik kan goed met honden overweg en ik weet zeker dat ik de krullers onder de knie zou kunnen krijgen.'

Ze wist dat hij lachte, want zijn ribben onder haar hoofd schokten. Hij zei: 'Je bent in één woord een schat, Faith, en ik zal je verschrikkelijk missen.'

Haar hart bonsde. 'O,' zei ze luchtig, 'ik verwacht dat je me vergeten zult zijn zodra je in Engeland voet aan wal zet. Al die chique plaatsen en mondaine vrouwen. Je zult binnen de kortste keren verliefd worden. Kijk maar eens naar Jake – die wordt elke maand verliefd op een andere vrouw. De laatste was vijfentwintig en had een mantel van vossenstaarten.'

Hij lachte. 'Jake is voor Don Juan in de wieg gelegd, vrees ik.' Zijn hand gleed door haar haren, draaide haar haar rond zijn vingers. 'Trouwens, ik heb niet genoeg geld om zelfs maar aan trouwen te dénken.'

'Nicole gelooft dat er één volmaakte man is die op haar wacht. Ze is ervan overtuigd dat ze, zodra ze hem ziet, zal weten dat hij de ware Jakob is. Denk je dat ze gelijk heeft, Guy?'

'Nicole is zo'n romantica,' zei hij afkeurend en hij voegde eraan toe: 'Maar ik vind, geloof ik, dat je moet wachten tot je de ideale hebt gevonden. Dat het een huwelijk voor het leven zou moeten zijn... en dat er sprake moet zijn van intensiteit... van geestelijke overeenstemming.'

Ze bleef stil liggen. Het moment leek om zijn as te draaien, in evenwicht te hangen, op het punt de ene kant op te vallen of de andere.

Guy zei: 'In elk geval, ik ben voorlopig niet van plan om verliefd te worden op iemand. Ik heb belangrijker dingen te doen.'

Maar ze wist dat verliefd worden niet iets is waarvoor je koos; het koos jou. Ze sloot haar ogen, blij met het donker. Mulgrave-regels, zei ze in zichzelf. Laat ze nooit merken dat het je iets doet.

2

Daags nadat Guy Neville La Rouilly verliet, ging Faith rond een uur of tien in de ochtend Jakes slaapkamer binnen en vond het briefje op zijn kussen. Het luidde: 'Ben naar Spanje om me aan te sluiten bij de Internationale Brigades. Zeg tegen ma dat ze zich niet moet opwinden. Stuur briefkaart.'

Ralph tierde en vloekte en vertrok spoorslags naar de Spaanse grens om zijn zoon te zoeken. Nog geen week later kwam hij alleen terug op La Rouilly, nog altijd vloekend. Nicole trok zich met een stapel boeken en een zak chocolaatjes terug in de ommuurde tuin, maar Faith trotseerde de storm en trachtte Poppy te troosten.

'Ik weet zeker dat Jake het goed maakt. Hij kan heel goed op zichzelf passen. Weet je nog die keer dat hij van het dak viel en we allemaal dachten dat hij dood was, terwijl hij niet meer dan schrammetje had?'

Poppy glimlachte, maar van binnen voelde ze zich afschuwelijk. De gedachte aan haar enige nog levende zoon met een geweer in zijn hand terwijl er op hem geschoten werd, was gruwelijk. Hij is nog geen zestien, dacht ze. Een kind nog.

Ralphs gekwetstheid en woede duurden voort. 'Die jongen heeft nooit een spier verstand gehad. Al die jaren heb ik geprobeerd het in hem te slaan en moet je zien wat hij doet. Gaat er gewoon vandoor.'

Poppy zei nuchter: 'Jij deed hetzelfde, Ralph. Je liep van huis weg toen je zestien was.'

'Dat was heel iets anders. Ik zat op een of andere godvergeten school, in dat godvergeten, naargeestige land. En ik liep niet weg met de bedoeling mezelf te laten doden in andermans oorlog.'

Poppy rilde. Ralph beende weg naar de bar in het dorp om stomdronken te worden. Boven in Jakes kamer probeerde Poppy niet te huilen terwijl ze kasten en laden doorzocht. Ze zocht warme truien en vesten bij elkaar (het kon 's winters bitterkoud zijn in Spanje), schreef een lange brief, maakte er met de kleren een pakje van en stuurde dat via het Rode Kruis naar Jake.

Maar een deel van wat Ralph gezegd had bleef haar bij. Voor het eerst vreesde ze voor haar kinderen. Niet alleen voor Jake, maar ook voor Faith en Nicole. Ze wist dat de verleidingen voor meisjes weliswaar anders waren, maar ze waren er wel. Ze merkte dat ze er spijt van had dat ze haar kinderen geen schoolopleiding had gegeven. Faith was intelligent en gevoelig, maar ze had iets bedeesds, een soort stuurloosheid die ertoe zou kunnen leiden dat ze op drift zou raken, nooit het juiste zou vinden. Wat Nicole betrof: ze was nog maar veertien, maar de dorpsjongens lagen al op de loer bij de poort van La Rouilly, in de hoop een glimp van haar op te vangen. Voorlopig zou Nicole meer aandacht schenken aan een gewonde vogel of een verdwaald poesje, maar zo zou het niet blijven.

In het najaar reisden ze naar het zuiden en vestigden zich ten slotte in Menton. Daar haalde Poppy geld van haar bankrekening en bracht een bezoek aan de moeder-overste van het klooster. Weer thuis nam ze de meisjes apart, haalde diep adem en vertelde hun dat ze de week daarna op school zouden beginnen. 'De nonnen lijken allemaal erg aardig en ze hebben me de prachtige dingen laten zien die de meisjes doen – borduren en tekenen en naaien – en ze doen spellen en er is een koor en ik weet zeker dat jullie hopen vriendinnen zullen maken...' Haar stem stierf weg toen ze de gezichten van haar dochters zag.

Nicole noemde haar prijs: de King Charles spaniël die ze opgesloten had gezien in een plaatselijke dierenwinkel. Faith weigerde. 'Het kan absoluut niet, ma. Ik ben bijna zeventien, veel te oud voor school. Trouwens, ik heb werk gevonden in een lingeriewinkel. Het is heerlijk, want ik moet zijden kousen dragen, zodat, wanneer er heren de winkel binnenkomen, ze zullen zien hoe prachtig die staan en ze zullen kopen voor hun vrouw of hun geliefde.'

Poppy zei zwakjes: 'Maar rékenen... en áárdrijkskunde...'

Faith was niet onder de indruk. 'Ik moet in de winkel wisselgeld teruggeven en dat is heel goed voor mijn rekenen en we hebben veel gereisd, niet dan? Zoveel beter dan in een atlas kijken.'

Poppy gaf toe. Op maandag begon Nicole, gekleed in een donker-bruin uniform waar Ralph uiteraard de spot mee dreef, op de kloos-terschool. Poppy leek haar adem het grootste deel van de dag in te houden, maar Nicole kwam, bijzonder met zichzelf ingenomen, om vier uur weer thuis.

'De andere meisjes zijn niet al te akelig en zuster Hélène zegt dat mijn stem oefening nodig heeft.'

Faith, die een vrije middag had, maakte braakgeluiden, maar Poppy slaakte een diepe zucht van verlichting. Toen ging ze weer aan tafel zitten en maakte haar brief aan Jake af. Ze schreef om de an-dere dag, zonder ooit antwoord te ontvangen, niet wetend of haar zoon nog leefde.

Guy Neville gaf zijn ambitie om chirurg te worden op op de dag dat zijn vader stierf. Na de begrafenis – zijn vaders patiënten ineen-gedoken in dunne jassen in de regen, op eerbiedige afstand van het graf – ging hij terug naar zijn huis in Malt Street. Het galmde en was leeg. Hij had het dienstmeisje, een zenuwachtig ding dat Biddy heet-te, die middag vrij gegeven. Hij smeerde een boterham voor zichzelf en begon zijn vaders boekhouding door te nemen. Het was een kar-wei dat hem na enige tijd weerzin inboezemde, zodat hij zichzelf een glas whisky inschonk en naast de kachel ging zitten zonder de moeite te nemen die aan te steken. Er stonden drie foto's op de schoorsteenmantel: zijn vader, zijn moeder en het laatste kiekje van het gezin Mulgrave dat hij op La Rouilly had genomen. Langzaam dronk hij de whisky op en treurde om hun afwezigheid.

De volgende dag hield Guy het gebruikelijke ochtendspreekuur, in de kamer aan de achterkant van het huis. Hij was er pas om een uur mee klaar en toen pauzeerde hij net lang genoeg om de soep op te eten die Biddy had gemaakt voordat hij visite ging rijden. Het re-gende onafgebroken; hij kon zich niet herinneren wanneer hij de zon voor het laatst had gezien. Het was februari, altijd een drukke tijd. Hij constateerde bronchitis, difterie en schurft en stuurde een ver-moedelijk geval van vroege tuberculose naar de quarantainekliniek. Toen hij klaar was met zijn ronde, deed hij opnieuw een poging met de boekhouding. Om twaalf uur ging hij naar bed en sliep voor het eerst sinds zijn vaders dood goed.

Hij ging volledig op in zijn werk. Hij had weinig tijd voor verdriet of spijt dat hij zijn ambities opzij had gezet. Op een dag werd hij naar een huis in Rickett Lane geroepen, een van de armste wijken van Hackney. Hij kende het gezin, de Robertsons, goed. Joe Robertson had chronische astma en zat als gevolg daarvan beurtelings met en zonder werk. Zijn vrouw was een liefhebbende, zij het wat grofgebekte moeder voor haar vijf kinderen en een goede huisvrouw, voorzover het vochtige, van ongedierte vergeven huisje dat mogelijk maakte.

De patiënt was ditmaal Frank, het zesjarige zoontje. Nadat Guy het kind de pols had gevoeld en zijn buik had onderzocht, wendde hij zich tot mevrouw Robertson.

'Ik zal proberen hem in het St. Anne's te krijgen. Gewoon voor alle zekerheid; het is waarschijnlijk niets ernstigs.'

Het St. Anne's, in Islington, was het dichtstbijzijnde academisch ziekenhuis. Mevrouw Robertson wikkelde Frank in een tot op de draad versleten deken en Guy reed hen naar het ziekenhuis. De dienstdoende dokter op de polikliniek onderzocht Frank en nam Guy toen terzijde. 'Ik geloof niet dat we hem hoeven opnemen. Gewoon een maag die van streek is, vermoed ik.'

'Ik denk dat het blindedarmontsteking zou kunnen zijn.'

'Is het heus?' De hoon was merkbaar. 'Ik zou niet te snel conclusies trekken, dokter Neville.'

Guy had moeite om zich in te houden. 'En als ik gelijk heb?'

'We voeren alleen blindedarmoperaties uit bij onze particuliere patiënten. De jongen zou naar het stedelijk ziekenhuis moeten worden overgebracht.'

Het stedelijk ziekenhuis nam de minder interessante gevallen, die het St. Anne's niet wilde. Het lag midden in een krottenwijk en trok weinig hoog-opgeleid of ervaren personeel.

Guy zei: 'Frank is al ziekelijk sinds zijn geboorte. Ik zou veel geruster zijn als hij hier werd verzorgd.'

'Het St. Anne's is er niet om u te plezieren, dokter.'

De neerbuigende toon dreef Guy tot het uiterste. Hij ging terug naar de kamer en toen Franks temperatuur bleef stijgen, liet hij hem later die dag opnemen in het stedelijk ziekenhuis, waar hij werd geopereerd aan een blindedarmontsteking.

Tien dagen later bracht het oudste dochtertje van de Robertsons een briefje naar de praktijk in Malt Street, waarin Guy werd gevraagd

44

op huisbezoek te komen. Frank was de dag ervoor uit het ziekenhuis ontslagen. 'Hij ziet er niet goed uit, dokter,' fluisterde mevrouw Robertson bezorgd, terwijl ze de trap opklommen naar de slaapkamer die Frank deelde met zijn jongere broer.

Guy was onthutst over wat hij zag. Hoge koorts en een ontstoken wond wezen op een postoperatieve infectie. Hij reed hals over kop naar het St. Anne's, met het kind in een cocon van groezelige dekens naast zich. In de polikliniek zag hij de arrogante assistent met wie hij eerder had gesproken en liep hem, met Frank in zijn armen, voorbij. Toen zag hij een specialist uit een kamer komen. De specialisten pikte je er altijd zó uit: minzame gezichten, duur gekleed en steevast omringd door een groep benauwde co-assistenten en onderdanige verpleegsters met gesteven kappen.

Guy baande zich een weg door het gevolg en tikte op een duur beklede schouder.

'Neem me niet kwalijk, dokter, maar ik heb een patiënt naar wie u moet kijken. Ongeveer een week geleden heb ik geprobeerd dit kind met vermoedelijke blindedarmontsteking in het St. Anne's te laten opnemen. Die hansworst van een assistent van u deed het af als maagpijn en vertelde me dat ze hier trouwens toch geen arme kinderen opereren. Dus werd het kind naar een of andere slager in het stedelijk ziekenhuis gestuurd. En daar hebben ze het naar huis gestuurd met een ontstoken wond.'

Een zuster, die een bijzonder indrukwekkende kap droeg, zei: 'Heus, dokter, u mag geen beslag leggen op de tijd van dokter Stephens...' maar de specialist viel haar in de rede.

'Geen sprake van, zuster. Breng de jongen hierheen.' Een gordijn werd opzijgeschoven.

'We zullen doen wat we kunnen,' zei dokter Stephens, terwijl hij Frank onderzocht. 'Geloof me, we zullen doen wat we kunnen.'

Eén week later bracht de post een kaart. Guy werd uitgenodigd om de vrijdag daarop te dineren met een zeker dokter Selwyn Stephens en mejuffrouw Eleanor Stephens. Onder aan de kaart was een opmerking gekrabbeld: 'Het zal u genoegen doen te horen, dokter Neville, dat Frank Robertson goed herstelt. De zuster vertelde me dat hij de andere bewoners van de kinderafdeling zijn ruime woordenschat leert.'

Aangezien zijn enige kennismaking met Selwyn Stephens kort en niet in alle opzichten hartelijk was geweest, was Guy geneigd een smoesje te bedenken bij het vooruitzicht van een saaie avond in het gezelschap van droogstoppels. Hij besefte echter dat de uitnodiging een genereus gebaar was, een vredesaanbod, en dwong zichzelf te schrijven dat hij de uitnodiging aannam.

De avond was in elk opzicht even vermoeiend als hij had gevreesd. Toen hij zich omkleedde, ontdekte hij dat zijn smokingjasje was aangevreten door de motten en dat Biddy de boord van zijn gesteven overhemd had verschroeid. Mopperend trok hij de onvertrouwde, ongemakkelijke kleding aan en ontdekte vervolgens dat zijn auto niet wilde starten. Hij rende door de ijskoude regen naar het station, miste op het nippertje een trein en moest tien minuten op de volgende wachten. De rijtuigen waren overvol; de punt van een paraplu prikte in zijn teen en hij stond met zijn gezicht tegen een stinkende overjas. En hoewel hij de afstand tussen het station en het huis van de familie Stephens in Bloomsbury in draf aflegde, was hij nog altijd twintig minuten te laat.

Hij had op slag een hekel aan de overige gasten. Er waren drie artsen, een van middelbare leeftijd met een dikke buik en poezelige handen, en twee co-assistenten van het St. Anne's. Er was ook een schrijver wiens bespottelijke naam, Piers Peacock, Guy zich herinnerde van een in een trein achtergelaten boek; hij had een poging gedaan om het te lezen en had gemerkt dat hij het zo irritant en saai vond, dat hij het uit het raam had gegooid en liever naar het voorbijglijdende landschap had gekeken. De twee vrouwen waren zwakke evenbeelden van hun man, zonder één zelfstandige gedachte.

En dan was er Eleanor, de dochter van Selwyn Stephens. Donkere ogen, donker haar, statig in een blauw satijnen jurk. Guy merkte onmiddellijk de vitaliteit, de energie op die ze leek uit te stralen. Ze leek tot een volstrekt andere soort te behoren dan de bleke, afgetobde vrouwen die hij elke dag op zijn spreekuur zag. Eleanor Stephens hield toezicht op het opdienen van de maaltijd en leidde het gesprek met een onopvallende doeltreffendheid. Haar aankijken alleen al was een genoegen, een troost op een avond van saaiheid.

Ze waren aan de kaas toe toen dokter Humphreys zei: 'Ik heb mijn neef onlangs geholpen een praktijk in Kensington te kopen, Selwyn. Een paar jaar geleden afgestudeerd, je weet wel – een goede plaats om te beginnen,' en Guy hoorde zichzelf zeggen: 'Het zou misschien nuttiger geweest zijn voor de mensheid als u een praktijk in Poplar of Bethnal Green voor hem had gekocht.'

Het werd stil. Iedereen staarde Guy aan. Hij staarde uitdagend terug.

'Wat een merkwaardige opmerking.'

Guy ontmoette de blik van dokter Humphreys. 'Vindt u? Er zijn drie keer zoveel praktijken in Kensington als in Hackney.'

Juffrouw Stephens nam het woord. 'Is dat zo? Waarom?'

'Omdat Kensington,' zei Guy onomwonden, 'meer opbrengt dan Hackney.'

Dokter Humphreys depte zijn lippen met zijn servet. 'We moeten allemaal leven, dokter Neville.'

Het bestek was van zilver, het servies van porselein. Guy zei boos: 'We leven er bijzonder goed van. Met als gevolg dat onze armere patiënten gedwongen zijn een beroep te doen op liefdadigheid.'

'Patiënten zouden artsen zoals Selwyn, die het ziekenhuis hun diensten om niet aanbieden, dankbaar moeten zijn.'

Guy's zwakke greep op zijn humeur verslapte. 'Niemand zou voor zijn of haar welzijn – of dat van hun kinderen – afhankelijk mogen zijn van een of andere vrijgevige heer of dame.'

'Nou zeg...'

Selwyn Stephens viel hem in de rede. 'Mijn dochter werkt voor het liefdadigheidsbestuur van het St. Anne's. Kijkt u neer op zulk vrijwilligerswerk, dokter Neville?'

Guy voelde dat hij rood werd. 'Nee. Nee, vanzelfsprekend niet, dokter.' Hij probeerde het uit te leggen. 'Ik wil alleen maar zeggen dat liefdadigheid niet nodig zou moeten zijn. Iedereen zou recht moeten hebben op een goede gezondheid.'

De schrijver glimlachte neerbuigend. 'Bent u socialist, dokter Neville?'

Guy negeerde hem. 'Het systeem dat we momenteel hebben – als we zo'n rommelige lappendeken een systeem mogen noemen – is onrechtvaardig.' Het was een onderwerp dat Guy voortdurend bezighield. 'Patiënten leggen zich neer bij geneesbare ziekten bij gebrek aan geld om de dokter te betalen. Elke dag zie ik vrouwen met bijvoorbeeld vergevorderde schildklieraandoeningen – een baarmoederverzakking en allerlei zweren...'

'Niet onder het eten, beste man,' mompelde de dokter uit Cambridge. 'De dames...'

Guy kalmeerde. 'Neem me niet kwalijk,' mompelde hij.

'En wat is uw oplossing, dokter Neville?' Piers Peacock stak een sigaar op. 'Wie vindt u dat er voor de slechte gezondheid van die ongelukkigen zou moeten betalen?'

'Ik vind dat we dat allemaal zouden moeten doen.'

'Ik ben opgevoed in de overtuiging dat ik niet mijn broeders hoeder ben.'

De zelfingenomen glimlach die deze woorden vergezelde deed Guy's woede weer opvlammen. 'En míj is geleerd niet aan de overkant van de weg door te lopen.'

'En het penningske der weduwe te geven, als dat alles is wat we bezitten,' bracht Eleanor Stephens onverwacht naar voren. 'Iemand nog kaas? Nee? Zullen we de koffie dan gebruiken in de salon?'

Guy ontsnapte naar het toilet, waar hij het raam opensmeet en de ijskoude lucht diep inademde. Zichzelf in de spiegel bekijkend wist hij dat hij zich belachelijk had gemaakt. Hij had te lang alleen gewoond en was de weinige sociale vaardigheden die hij ooit had bezeten, kwijtgeraakt.

Het vergde al zijn wilskracht om naar de salon te gaan. Terwijl juffrouw Stephens een pianosonate van Beethoven speelde, zat Guy in een hoek van de kamer en liet de muziek over zich heen spoelen, hem kalmeren. Om twaalf uur leek het hem toegestaan om te vertrekken, dus nam hij beleefd afscheid, nam zijn hoed en jas aan van het dienstmeisje en stapte naar buiten, de nacht in. Het was opgehouden met regenen, maar de straten en trottoirs glansden als zwarte zijde. Voordat hij de hoek van het plein bereikte, hoorde hij voetstappen over het trottoir in zijn richting rennen. Hij draaide zich om en zag juffrouw Stephens.

'Dokter Neville, uw paraplu!' Ze hield hem op. Ze had een blos op haar wangen van het rennen.

Hij pakte de paraplu aan, bedankte haar en zei: 'Ik ben blij dat ik in de gelegenheid ben u alleen te spreken. Ik moet me verontschuldigen voor mijn gedrag van vanavond. Het was onvergeeflijk.'

Ze lachte. 'Helemaal niet. Ik ben degene die u mijn verontschuldigingen zou moeten aanbieden. Ik had me niet gerealiseerd dat het zo'n stelletje opgeblazen zeurpieten was.'

'Ik dacht...'

'Dat het mijn boezemvrienden waren?' Juffrouw Stephens schudde haar hoofd. 'Vader heeft de pest aan Edmund Humphreys, maar vanwege zijn werk moet hij op goede voet met hem blijven. En we waren hem een uitnodiging verschuldigd. En ik dacht dat Piers Peacock interessant zou zijn – je zou zeggen dat een detectiveschrijver dat is – maar dat was hij absoluut niet, ben ik bang. Goed dat u er was, dokter Neville, anders was ik waarschijnlijk boven mijn pudding in slaap gevallen.'

Hij werd nieuwsgierig. 'Ik zou het waarschijnlijk niet moeten vragen, maar waarom hebt u míj in 's hemelsnaam uitgenodigd?'

Ze glimlachte ondeugend. 'Vader vertelde me over jullie... *ontmoeting* in het St. Anne's. Ik vond het grappig.' De glimlach verdween. 'Afgezien van dat arme jongetje natuurlijk. Maar ik was nieuwsgierig naar u geworden. De meeste jonge artsen zijn doodsbang voor vader. Ik snap niet waarom – hij is zo'n lieverd.'

Guy vermande zich. 'Dan nogmaals: het spijt me dat sommige van de dingen die ik zei niet door de beugel konden.'

'Konden ze dat dan niet? Welke niet? Meende u niet wat u zei, dokter Neville?'

Hij gaf haar eerlijk antwoord. 'Ik meende ieder woord.'

'Mooi zo,' zei ze. 'Want ik had respect voor u. Een mens moet zichzelf trouw blijven.' Ze stak haar hand uit. 'Welterusten, dokter Neville. Ik hoop dat we elkaar nog eens ontmoeten.'

Eleanor Stephens woonde al haar hele leven in het huis aan Holland Square. Sinds haar negende werd de grote villa slechts bewoond door haar, haar vader en het inwonende dienstmeisje. Na de dood van haar moeder had haar vader voorgesteld een huishoudster in dienst te nemen, maar Eleanor had hem daarvan kunnen weerhouden. Ze had gezegd dat ze het niet kon verdragen dat een andere vrouw haar moeders plaats zou innemen. Dat was ook zo, maar het was niet de enige reden. Ze wilde het huishouden zelf leiden. Ze wist toen al dat ze het kon, het huis was gewoon een grotere versie van het poppenhuis in haar slaapkamer. Ze vond het leuk dingen te organiseren. Ze genoot ervan elke ochtend het menu te bespreken met de kokkin en ze wist nog hoe haar moeder altijd met haar vinger langs de schappen streek om het werk van de dienstmeisjes te controleren. Ze liet haar huiswerk niet lijden onder haar huishoudelijke plichten en toen ze zeventien was slaagde ze met schitterende cijfers voor haar eindexamen. Ze wist echter dat ze geen academische instelling had en ging daarom niet naar de universiteit.

De eerste jaren na school, was Eleanor gelukkig thuis. Ze speelde piano in een amateurtrio en volgde een cursus aquarelleren. Ze maakte een begin met een traditie van het geven van dineetjes, waarvoor ze medicijnenstudenten en co-assistenten van het St. Anne's uitnodigde. Ze was aardig voor de meer verlegen artsen en hielp hen om los te komen en ze zette de flirtzieken zachtzinnig op hun nummer. Het werd een eer om voor een van haar dineetjes te worden uitgenodigd. Af en toe hielp ze op de collectedagen van het St. Anne's, maar algauw kreeg ze een plaats in het liefdadigheidscomité aangeboden.

Begin vorig jaar was ze vierentwintig geworden, maar ze voelde zich nog steeds niet op haar plaats. Haar verjaarsfeest – een vijfgangendiner met een twaalftal gasten – verliep vlekkeloos. De complimenten – 'Lieve Eleanor, wat een geweldige gastvrouw. Jij boft maar, Selwyn' – werden werktuiglijk gegeven. Ze had diezelfde complimenten al zeven jaar gehoord. Niet dat ze dacht dat ze niet gemeend waren, maar de herhaling had een afschuwelijke voorspelbaarheid.

Maar pas toen ze op een middag Hilary Taylor tegen het lijf liep op de levensmiddelenafdeling van Fortnum's, begon ze zichzelf vragen te stellen over haar toekomst. Ze kende Hilary nog van school. 'Wat leuk je te zien, lieverd,' had ze gezegd en ze had Hilary op haar wang gekust. Op school hadden ze op Hilary neergekeken omdat ze puistjes had en omdat haar moeder kostgangers had. Hilary's huid, zag Eleanor, was nu fluweelzacht en gaaf. 'Ben je aan het bakken?' vroeg ze. Er lag een pot kersen in Hilary's mandje.

Hilary lachte luid. 'Goeie god, nee! Ik zou niet weten hoe. Ik eet ze als ik in tijdnood zit – ze houden me wakker. Ik weet niet of het komt door de suiker of de marasquin.'

Onder het genot van thee en scones had Hilary Eleanor verteld dat ze tegenwoordig hoofdredactrice was van een chic tijdschrift, *Chantilly*. Eleanor informeerde naar de ring met diamant aan Hilary's ringvinger. 'Jules is autoracer,' legde Hilary uit. 'Ik weet nog niet of ik met hem trouw, want hij wil dat ik met hem naar Argentinië ga en ik ben dol op mijn werk.'

Vervolgens had Hilary Eleanor gevraagd wat zij déed. En Eleanor had zoals altijd gezegd: 'O, niks bijzonders. Mijn werk voor het ziekenhuis. Voor vader zorgen,' maar ze had zichzelf voor het eerst saai gevonden, tuttig zelfs, in plaats van adellijk.

Er was een korte stilte gevallen en Hilary had meelevend gezegd: 'Arme meid. Je bent min of meer opgescheept met het huishouden.' Hilary's woorden hadden haar pijn gedaan. Toen ze die avond in de spiegel keek, had Eleanor haar dure tweedkleding gezien, haar praktisch kortgeknipte krullen en ze had teruggedacht aan Hilary's sluike, tot haar schouders reikende haar en haar eigenzinnig modieuze kleren. Ze besefte dat ze in enkele jaren was veranderd van die intelligente, diep getroffen Eleanor, die zich na haar moeders dood zo geweldig had gered, in die lieve Eleanor die alles zo goed deed. In de nabije toekomst zou ze weleens die arme Eleanor kunnen worden die door de omstandigheden van haar kansen was beroofd.

Ze vond dat ze moest gaan reizen en trok die zomer door Zuid-Frankrijk en Noord-Italië. Het was een interessante maar onbevredigende ervaring. Ze dacht erover een baan te nemen, maar kon niets bedenken waarvan ze meer zou genieten dan van Holland Square en het ziekenhuis. Ze wist dat ze geen bijzondere gaven had en werd overvallen door het afschuwelijke vermoeden dat dit alles was wat het leven te bieden had en dat haar energie, haar doelgerichtheid zouden vervliegen in koffieochtenden, dineetjes en eeuwig besluiteloze comités. Toen dacht ze aan trouwen.

Ze was natuurlijk weleens met een man naar de schouwburg of een feest geweest, maar geen van haar relaties had langer dan een paar maanden geduurd. De co-assistenten die ze voor haar dineetjes uitnodigde, leken zo jong en futloos. Ze werd lid van een bridgeclub en, tot groot vermaak van haar vader, van de Left Book Club. Ze verloor haar maagdelijkheid en vond het een teleurstellende ervaring. Ze nam aan dat vrouwen trouwden om kinderen te krijgen, maar op bezoek bij een vriendin in een kraamkliniek vond ze het pasgeboren kind met zijn verfomfaaide gezicht en schilferige huid afstotelijk. Waarschijnlijk, hield ze zichzelf voor, zou je tegenover je eigen kind iets anders voelen.

Ze was scherpzinnig genoeg om zich te realiseren dat sommige mannen zich lieten afschrikken door haar efficiënte optreden. Ze probeerde luchthartig en frivool te doen, maar vond het ondraaglijk. Ze besefte ook dat ze alle mannen die ze ontmoette, met haar vader vergeleek en te licht bevond.

Het felle zonlicht deed pijn aan zijn ogen toen hij uit de hal van het ziekenhuis kwam. Hij knipperde met zijn ogen en hoorde een stem zeggen: 'Wilt u een margriet voor het St. Anne's kopen, meneer?' Hij draaide zich om en zag Eleanor Stephens op de trappen staan, een collectebus in haar hand. Ze glimlachte toen ze hem herkende.

'Sorry, ik realiseerde me niet dat u het was, dokter Neville. Het is vandaag onze collectedag, ziet u.' Ze droeg een blad waarop nog één witte papieren bloem lag. 'We vragen de mensen een margriet te kopen om het St. Anne's te steunen.'

Guy zocht in zijn zak naar kleingeld en ze speldde de bloem op zijn revers. 'Alstublieft,' zei ze. 'Dat was de laatste. Nu moet ik naar huis; vader zal zijn avondeten verwachten.' Ze keek Guy aan. 'Waar woont u? Kunnen we samen naar huis lopen?'

'Malt Street. Hackney. Niet in uw richting, vrees ik, juffrouw Stephens.'

'Maar het is zo'n prachtige dag... en ik moet mijn benen strekken. Misschien kan ik van u uit een taxi bellen, dokter Neville.'

Hij glimlachte. 'Ik zou blij zijn met het gezelschap.'

De avondspits was bijna voorbij en de straten begonnen leeg te raken. Ze hadden enige tijd zwijgend voortgelopen toen Eleanor zei: 'Een zware dag gehad, dokter Neville?'

'Een vrouw met zwangerschapscomplicaties. Vanwege de kosten hadden ze er nog geen dokter bijgehaald. Het St. Anne's biedt weinig hoop. Wat een verspilling. En er zijn natuurlijk nog andere kinderen. God weet wat er van ze moet worden.'

Ze mompelde medelevend. Enkele wollige wolkenflarden dreven in de blauwe lucht. Guy realiseerde zich dat de stilte te lang duurde, dat hij niet erg onderhoudend was. De oude Guy Neville, die ooit tot de vroege ochtend had gepraat en gelachen op La Rouilly, liet hem de afgelopen tijd in de steek.

Ze sloegen de hoek om naar Malt Street. Ze volgde hem naar binnen. Pas toen hij in het huis was, zag hij het zoals anderen het zouden zien: de stapel jassen in de gang, de stoffige trapleuningen. Het huis was koud en ongastvrij, een karikatuur van een vrijgezellenhuis. Hij dacht aan de ordelijke, schone kamers in huize Stephens en verontschuldigde zich. 'Ik ben niet zo huishoudelijk aangelegd.'

'Hebt u geen dienstmeisje, dokter Neville?'

'Dat wel, maar ze komt zacht gezegd wat onregelmatig.'

'Ik weet dat het tegenwoordig niet meevalt om aan goed personeel te komen, maar mijn grootmoeder woont in Derbyshire en zij heeft altijd een verstandig dorpsmeisje voor me weten te vinden. Ik kan eens met haar praten, als u wilt.'

Guy dacht in zichzelf dat een verstandig dorpsmeisje die arme Biddy alleen maar hysterisch zou maken. Hij vermoedde dat in de woonkamer nog steeds de overblijfselen van het ontbijt zouden staan en ging Eleanor daarom voor naar de voorkamer, die hij als studeerkamer gebruikte. Hij kreunde toen hij er binnenkwam. Het bureau was bedolven onder rekeningen en dossiermappen. Hij had de vorige avond een halfslachtige poging gedaan om ze door te nemen, maar was na tien minuten in slaap gevallen.

'Ik schuif ze wel weg,' mompelde hij.

'Kan ik helpen, dokter Neville?' Eleanor keek naar de rekeningen en kwitanties. 'Ik ben erg goed in die dingen, ik doe mijn vaders hele administratie. Zeg maar wat ik kan doen.'

'Dat zou wel erg veel gevraagd zijn, juffrouw Stephens.'

'Ik vind het echt niet erg... Als u het raam openzet voor wat frisse lucht. En als u een kop thee zou willen zetten. O jee. Ik commandeer u. Vader zegt altijd dat ik zelfs de zwervers die aan de deur komen nog commandeer.'

'Ik probeer mezelf al sinds de dood van mijn vader ertoe te zetten die hele boel door te nemen, maar ik heb geen tijd gehad. Ik ben bezig met het oprichten van een kraamkliniek, weet u. Er zouden zoveel gezondheidsproblemen voorkomen kunnen worden als er fatsoenlijke preventieve maatregelen werden genomen. En als de patiënten niet naar het spreekuur willen komen, moeten we ze bezoeken. Ik heb erover gedacht een verpleegster in dienst te nemen om de baby's te wegen en routineonderzoek te doen...' Hij zweeg en keek haar aan. 'Sorry. Een van mijn stokpaardjes.'

'Het lijkt me een schitterend idee, dokter Neville, maar u moet deze dingen bijhouden, anders wordt het één grote chaos.'

Hij glimlachte scheef. 'Het is alleen maar dat ik een hekel heb aan die papierwinkel.'

'*Ik* niet.' Ze ging aan tafel zitten. Guy gooide het raam open en liep naar de keuken om voor Eleanor thee te halen en een glas whisky met water voor zichzelf.

Toen hij terugkwam keek ze hem fronsend aan. 'Op sommige staat "n.k.". Wat betekent dat?'

Hij keek over haar schouder. 'Nominale kosten,' legde hij uit. 'Voor mensen die te trots zijn om liefdadigheid aan te nemen, maar niet de volledige kosten van de visite en het recept kunnen betalen. We hebben namelijk een paar goed betalende patiënten – kolonel Walker bijvoorbeeld, en mevrouw Crawford – en die berekenen we zes guinjes per kwartaal, wat betekent dat we de armere patiënten vijf shilling of zo in rekening kunnen brengen, al ben ik er tien keer geweest.'

'U bedoelt,' zei juffrouw Stephens langzaam, 'dat die kolonel Walker van u en die mevrouw Crawford uw armere patiënten *subsidiëren?*'

'Ja, zo had ik het nog niet bekeken. Het zal wel naar socialisme rieken. Mevrouw Crawford zou geschokt zijn. Ze denkt dat alle socialisten een verbond met de duivel hebben gesloten.'

Eleanor keek opnieuw naar de paperassen. Haar haar was zo donker dat het bijna zwart was en had een gezonde glans. Het glansde, dacht Guy, als teer... of stroop. Nee, dat klopte niet. Hij had geen aanleg voor poëtische vergelijkingen. Teer of stroop wilde je niet aanraken.

Hij ging verder: 'En natuurlijk moest ik na mijn vaders dood de praktijk kopen. Het staat er momenteel niet al te best voor.'

Ze keek op. 'Arme dokter Neville.' Haar bruine ogen keken meelevend.

'Als u mijn boekhouder wilt worden, juffrouw Stephens, zult u me Guy moeten noemen.'

Ze glimlachte. 'Op twee voorwaarden.'

'Welke?'

'De eerste is natuurlijk dat jij me Eleanor noemt. En de tweede dat je me een glas whisky met water inschenkt. Thee is echt niet sterk genoeg om deze chaos weg te werken.'

Eleanor ging twee keer per week naar het huis in Malt Street om Guy's rekeningen te ordenen. Toen ze al zijn vodjes papier in een degelijk notitieboek had geschreven, nam hij haar als dank mee naar een concert. In de tussentijd probeerde hij iets aan het huis te doen, hij had een glazenwasser ingeschakeld en Biddy ertoe overgehaald de vloeren te schrobben en op te ruimen. Na een poos realiseerde hij zich dat ze zonder het te willen een vast patroon hadden ontwikkeld. Eleanor werkte de hele vrijdagmiddag door om de rekeningen bij te werken en daarna dronken ze samen thee of gingen naar een pub. Toen ze zijn boekhouding eenmaal op orde had, wijdde Eleanor haar energie aan andere dingen, zoals het zoeken van een kruidenier die aan huis wilde bezorgen, een klusjesman om de raamkozijnen te repareren en de voordeur te schilderen, en een betrouwbare wasserij. Toen hij op een vrijdagavond thuiskwam van zijn visites, vond Guy Eleanor op handen en knieën in de bergkast onder de trap.

'Ik zocht een stoffer en blik, Guy, want ik was van plan met het apotheekdossier te beginnen, maar de kast is ontzettend vies en ik kon geen stofdoeken vinden in de keuken of de droogkast, dus zocht ik hier in.' Eleanor schuifelde naar achter en stond op. Met haar mouwen opgerold en een stoffige schort over haar chique jurk zag ze er jonger en kwetsbaarder uit.

'Wat een raar allegaartje! Een oude radio, een kandelaar, dozen vol tijdschriften en een prachtig stoeltje, Regency, wed ik.'

Hij zei: 'Er zit spinrag op je voorhoofd,' en veegde het weg met zijn vinger. Haar huid was koel en glad. 'Ik kook vandaag, Eleanor – je beloning voor het onder handen nemen hiervan. Volgens mij heeft jarenlang niemand zich in die kast durven wagen. Kan roerei ermee door?'

Ze aten in de eetkamer, te midden van zwaar, donker meubilair dat het huwelijksgeschenk van Guy's moeder was geweest.' Eleanor bekeek de foto's in hun zilveren lijsten. 'Is dit je moeder? Ze is heel mooi. Je hebt haar ogen, Guy. En dit moet je vader zijn.' Ze zette de foto terug en pakte de volgende. 'En wie zijn dit. Neven en nichten?'

Hij schudde zijn hoofd. 'Mijn vrienden, de familie Mulgrave.'

'Waar is die genomen? Het huis ziet er indrukwekkend uit.'

'In Frankrijk. Die vrouw –' hij wees Genya aan '– is de eigenares van het kasteel.' Hij glimlachte bij de herinnering. 'Het zijn heel bijzondere mensen, Eleanor. Ik zou je de Mulgraves ontzettend graag willen voorstellen – je zou dol op ze zijn, daar ben ik van overtuigd. Zo origineel, zo anders dan anderen. Ze houden zich alleen aan hun eigen regels. De kinderen zijn voor niets of niemand bang.' Nog terwijl hij dit zei besefte hij dat dat niet gold voor Faith; dat zij, anders dan Jake en Nicole, haar roekeloosheid liet voorafgaan door een scherpe inademing.

Hij vertelde haar hoe Ralph hem had gevonden toen hij bij Bordeaux was gestrand en hem had uitgenodigd op La Rouilly en dat hij er op de een of andere manier een maand was gebleven. 'En Poppy, Ralphs vrouw, is een geweldige vrouw – raakt nooit in paniek, kan altijd alles aan. En de kinderen spreken een half dozijn talen, maar ik geloof niet dat ze ooit één dag naar school zijn geweest.'

'Dat zou het in de toekomst weleens moeilijk voor ze kunnen maken,' zei Eleanor.

'Maar je merkt het niet. Faith – de oudste – lijkt me volkomen perfect zoals ze is.'

'Hoe oud is ze?'

Hij moest even nadenken. 'Zeventien, geloof ik.'

'Is ze mooi? Ze is maar half zichtbaar op deze foto.'

Guy had er nooit over nagedacht of Faith wel of niet mooi was. 'Ik zou het absoluut niet weten.' Hij lachte. 'Ze draagt de meest merkwaardige kleren. Dingen die haar moeder en Genya hebben afgedankt. Edwardiaanse cocktailjaponnen en veren boa's.'

'Het lijkt wel alsof je verliefd op haar bent, Guy.'

Verbaasd keek hij haar aan. 'Natuurlijk niet. Faith is een soort zusje voor me. Ik heb weinig echte familie – ik denk dat de Mulgraves een soort geadopteerde familie zijn.'

'Niet boos worden, Guy. We zijn tenslotte volwassen. Het is niet zo dat we geen van beiden al eerder een intieme relatie hebben gehad.'

Eleanor Stephens had iets ongerepts, zo schoon en zuiver, dat de vraag of ze weleens een minnaar had gehad nooit in Guy was opgekomen. Nu zag hij haar in gedachten in bed met een andere man, haar lichaam glad en stevig en weelderig.

Eleanor lachte. 'Vader zegt altijd dat artsen jong zouden moeten trouwen, zodat ze iemand hebben om hun ontbijt klaar te maken voordat ze vroeg op pad moeten en iemand om hun bed te verwarmen als ze 's avonds laat thuiskomen. O jee –' ze zweeg en begon te blozen. 'Ik bedoelde niet – ik weet dat je me niet zo ziet –'

Ze was zichtbaar in verwarring gebracht. Haar nervositeit was op een ontroerende manier in tegenspraak met haar gewoonlijk zelfverzekerde efficiency. Rouwend om de dood van zijn vader en in beslag genomen door zijn werk had Guy moeite zich te herinneren wanneer hij zich voor het laatst tot een vrouw aangetrokken had gevoeld.

Eleanors overduidelijke gezondheid en vitaliteit vormden een scherp en boeiend contrast met de afgeleefde, zieke vrouwen die hij elke dag in zijn spreekkamer zag. Zijn plotselinge verlangen naar haar overviel hem.

Hij zei: 'Hoe denk je dan dat ik je zie?'

Ze schudde haar hoofd en beet op haar lip. Hij besefte dat anderen haar misschien slechts zagen als de nuchtere, competente Eleanor en haar daarmee onderschatten en hij zei zacht: 'Eerlijk gezegd zie ik je als een heel aantrekkelijke vrouw. Ik zie je als iemand die ik ontzettend graag wil kussen.' En dat deed hij.

Het was middernacht toen Eleanor terugging naar het huis aan Holland Square. Toen ze de hal binnenkwam, riep haar vader: 'Een slaapmutsje?' en ze liep naar de salon.

Hij schonk cognac in en Eleanor rolde zich op aan de voet van zijn lievelingsstoel bij de haard. Hij ging zitten en zei: 'En hoe is het met je onstuimige dokter Neville, lieverd?'

'Guy maakt het prima, maar hij is niet *mijn* dokter Neville.' Maar ze glimlachte in zichzelf.

'O nee? Jullie zien elkaar de laatste tijd anders erg vaak, Eleanor.'

Haar gezicht voelde verhit aan bij de herinnering aan Guy's kussen. 'Vind je dat erg, pa? Vind je hem aardig?' Eleanor realiseerde zich dat ze met ingehouden adem op zijn oordeel wachtte.

Haar vader dacht na. 'Dokter Neville heeft onder collega's een goede naam, geloof ik. Natuurlijk, hij is nog jong. Maar ja, ik mag hem. Een zeker idealisme is nodig in jonge mensen. Ik heb altijd gevonden dat zonder idealisme een dokter de eerste jaren van zijn opleiding nooit zou volhouden. Maar je hoopt dat hij mettertijd was pragmatischer wordt.' Hij zweeg even en vroeg toen aarzelend: 'Ben je verliefd op hem, schat?'

'We zijn... we zijn goede vrienden.' Maar haar hart bonsde als ze aan Guy dacht en iets diep in haar tintelde van opwinding. Ze was beslist verliefd op Guy Neville. Nooit eerder had ze aan romantische liefde toegegeven; ze had gedacht dat het een verzinsel was.

'Hij schijnt niet bepaald welgesteld te zijn,' waarschuwde haar vader. 'Wees voorzichtig, lieverd – van idealen kun je geen huis kopen of een gezin onderhouden.'

'Guy heeft een heel leuk huis.'

'In Hackney?' Selwyn Stephens' stem klonk ongelovig.

'Met een beetje aankleden... De voorkamers zijn heerlijk fris en met hier en daar wat kleur en stoffering zouden ze verrukkelijk kunnen zijn.'

'Die arme dokter Neville wil misschien niet dat zijn huis opnieuw wordt ingericht, Eleanor.' Hij klopte op haar schouder. 'Wees voorzichtig, lieverd – ik denk weleens dat je iets roekeloos hebt.' Zijn stem klonk goedmoedig. 'Maar serieus – Hackney... Heel anders dan Bloomsbury, lieverd. En het leven van een sappelende doktersvrouw... dat is heel anders dan je gewend bent, Eleanor.'

Ze dacht: *Maar ik wil niet wat ik altijd gewend ben! Het vermoeit me, het verveelt me, het heeft niets uitdagends meer. En ik zou zoveel kunnen doen voor Guy. Met mijn hulp hoeft hij geen sappelende huisarts te zijn en hoeft hij niet in Malt Street te blijven.* Maar ze zei alleen maar: 'We zijn gewoon vrienden, vader.'

'Natuurlijk. Maar als je belangstelling serieus wordt, wil ik vanzelfsprekend helpen. Je weet dat ik niet rijk ben, maar ik zou dokter Neville misschien een partnerschap kunnen aanbieden.' Selwyn Stephens glimlachte. 'Dat wil zeggen: mocht hij zijn principes voldoende loslaten om dat te accepteren.'

Ze pakte haar vaders hand. 'O, je bent zo lief voor me! Maar ik ben niet van plan met Guy te trouwen. Immers, wie zou er dan voor jou zorgen?'

'Ik zou me wel redden. Ik zou niet willen dat je voor mij zou opgeven wat je echt wilt.'

Eleanor sloot haar ogen. Guy's stem dreef haar slaperige hoofd binnen. *Faith lijkt me volkomen perfect.* Voordat haar vader haar zei dat ze moe was en beter naar bed kon gaan, bedacht ze dat Faith zo te horen het soort meisje was voor wie mannen meer bewondering hebben dan vrouwen en ze was blij dat Faith Mulgrave ver weg woonde, in Frankrijk.

Meer dan een jaar lang hoorden de Mulgraves niets van Jake. Ze brachten de winter van 1938 op 1939 door in Marseille. Faith hield van Marseille. Op een markt vond ze twee Fortuny-jurken, als worsten opgerold in kokers, en ze vond werk in een café aan de haven. Als ze aan het werk was kon ze de masten zien deinen op het water. Aan de ene kant van het café was een kleine zeilmakerij en aan de andere een kaarsenmaker. Buiten gebeurde altijd wel iets – een ruzie of onenigheid tussen geliefden en één keer werd er voor het café een man neergestoken en Faith moest een tafellaken op de wond drukken om het bloeden te stelpen terwijl de *patron* naar de dokter rende.

Ze serveerde ontbijt en lunch en werkte achter de bar. Er was een pianist en 's avonds werd er gedanst. De clientèle was een mengelmoesje van zeelui en zakenlieden. Een van de zakenlieden, Gilles, droeg chique pakken en had een gebronsde huid, glad zwart haar en een snorretje. Hij reed in een grote grijze auto met kastanjebruine leren stoelen en stond er altijd op dat Faith en niemand anders hem koffie bracht. Nicole, die 's avonds in het café zong, was onder de indruk van Gilles. 'Volgens mij verkoopt hij opium of handelt hij in blanke slavinnen. Denk je eens in, Faith – je zou tot zijn harem kunnen behoren.'

Faith mocht altijd Gilles' ochtendkrant lezen.

'Ik moet weten wat er gebeurt,' legde ze hem uit. 'Het kan oorlog worden en aangezien we niet echt een eigen huis hebben, moeten we bedenken waar we dan het best naartoe kunnen gaan.'

'Als het oorlog wordt, mooie Faith, moet je met me mee naar Noord-Afrika gaan. Ik heb een prachtige villa in Algiers. Mijn bedienden zouden voor je zorgen en je zou nooit meer hoeven bedienen.'

Dat zei Gilles altijd en Faith glimlachte dan en zei heel beleefd: 'Nee, dank je,' intussen stiekem glimlachend om het beeld van zichzelf in harembroek en sluier.

Ralph en Poppy gingen een week naar Nice, om bij vrienden te logeren. Toen Faith op een ochtend het appartement verliet, gaf de postbode haar een door Genya doorgestuurde brief. Ze las hem terwijl ze door de wirwar van steegjes naar het café liep. Hij was van een zekere Luis en er stond in dat Jake ziek was en in een vluchtelingenkamp bij Perpignan zat.

Gilles was al in het café toen ze daar aankwam. Faith schonk hem koffie in en leende zijn krant, las het hoofdredactioneel commentaar over Spanje en maakte plannen. Terwijl ze Gilles een tweede kop koffie inschonk, zei ze: 'Zou ik je auto mogen lenen, Gilles?'

Ze zag dat hij bleek werd maar, altijd een heer, zijn verwarring haastig verborg. 'Natuurlijk. Mag ik vragen waarvoor?'

'Mijn broer zit in een vluchtelingenkamp in Argelès. Hij heeft kennelijk geen papieren en de bewakers geloven niet dat hij een

Engelsman is. Ik dacht dat ze mij misschien zouden geloven als ik daar aankom in jouw schitterende auto en gekleed in een bontjas.'

'Geld maakt altijd indruk,' beaamde Gilles. Hij haalde een sleutelbos uit zijn zak. 'Natuurlijk mag je mijn auto lenen, *ma chère* Faith.' Hij keek haar aan. 'Je kunt rijden, neem ik aan?'

Ze had met Genya's oude Citroën-bestelwagen over de velden rond La Rouilly gereden en verwachtte dat de auto van Gilles min of meer hetzelfde zou functioneren. Ze kuste hem op beide wangen en ging op zoek naar de eigenaar van het café om twee dagen vrij te vragen. Thuis trok ze de blauwtje-jurk aan, Poppy's oude vossenbont en een stel oorbellen met diamanten en bracht lagen lippenstift en poeder aan. Toen ze zichzelf in de spiegel bekeek, vond ze dat ze minstens vijfentwintig leek en verschrikkelijk rijk.

Gilles' auto reed minder makkelijk dan ze had gedacht. Faith maakte er een paar krassen op terwijl ze door de smalle straten naar de rand van Marseille manoeuvreerde, maar gelukkig was de lak niet al te erg beschadigd. Het werd makkelijker toen ze langs de kust in westelijke richting naar Argelès reed. De kap van de auto beschutte haar tegen de ergste wind en de natte sneeuw en ze kon zich voldoende ontspannen om te bedenken wat ze zou doen als ze bij het kamp aankwam.

Eind januari 1939, terwijl het leger van generaal Franco oprukte door Catalonië, was Jake met een colonne van tienduizenden andere vluchtelingen van Barcelona naar de Franse grens getrokken. Hij vorderde slechts langzaam doordat hij griep had. Sjokkend over de hobbelige wegen kwelde zijn hoest hem nog erger dan de vliegtuigen van het Condorlegioen, die hen in het wilde weg beschoten. Hoewel het weer constant onaangenaam was, een mengeling van ijzige regen en natte sneeuw, schommelde zijn lichaamstemperatuur heen en weer tussen uitersten. Soms was het alsof zich een kilte verspreidde vanuit zijn hartstreek, andere keren liep het zweet in straaltjes over zijn gezicht, zo warm had hij het. Hij nam aan dat hij koorts had en hij zou zich het liefst in een sloot hebben opgerold om er te blijven liggen tot het hoesten en het zweten over waren. Maar hij bleef lopen, domweg omdat al zijn vrienden bleven lopen. In deze verwarrende oorlog had hij ontdekt dat trouw aan de vrienden die aan zijn zijde hadden gevochten de enige emotie was waar hij niet ambivalent tegenover stond. Wanneer hij verslapte en even rustte langs de kant van de weg leek het hele mishandelde, gefolterde Spanje voorbij te strompelen – vrouwen met baby's, kinderen die een poppenhoofd of een lekke bal, herinneringen aan een ooit gelukkige jeugd, tegen zich aan klemden. Maar Luis bleef bij hem. Dus stond Jake ter wille van Luis op en dwong zichzelf de ene voet voor de andere te blijven zetten.

Bij de grens aangekomen juichten ze; ze roken de vrijheid. Om zich heen zag Jake veel mannen die bukten en een handvol Spaanse aarde opraapten om mee te nemen naar Frankrijk. Aanvankelijk lieten de Fransen alleen de vrouwen, kinderen en gewonden door. Enkele dagen later kregen de mannen toestemming om hen te volgen. In het kamp in Argelès, niets meer dan wat zandduinen afgezet met prikkeldraad, had Jake nachtmerries. Hij droomde van de jongen die had geweigerd verder te vechten en die door mannen in leren jassen apart was genomen en in het achterhoofd geschoten; hij droomde van de kinderen die hij languit in de modder had zien liggen, neergemaaid door de vliegtuigen van het Condorlegioen; hij droomde van de gevangene die levend was begraven in een sloot langs de weg; een vereffening van oude schulden veronderstelde Jake. Tussen deze nachtmerries in had hij andere visioenen. Hij was op La Rouilly en picknickte in het bos achter het kasteel. Iedereen was er: zijn ouders, Faith, Nicole, Guy, Felix. De zon scheen en Jake was zich bewust van een haast ondraaglijk verlangen.

In Argelès was geen beschutting en, in het begin, geen voedsel of water. Luis groef een kuil in het zand en Jake rolde zich erin op als een dier in winterslaap, zijn uniformjas om zich heen geslagen. In de lange, koude, saaie uren praatten ze over de toekomst. Luis had vrienden in Parijs die een linkse krant uitgaven; daar zou hij naartoe gaan zodra hij kon. Jake moest meekomen – de Parijse meisjes waren mooi, voegde Luis er met een welvend handgebaar aan toe. Jake hoestte en probeerde te glimlachen. Luis maakte zich zorgen over hem en vertelde de gewapende Franse bewaker dat Jake een Engelsman was, maar de bewaker geloofde hem niet. Jake had geen bewijs van zijn nationaliteit, geen paspoort, geen papieren, en toen de koorts op zijn hevigst was, ijlde hij in verschillende talen. De meeste mannen met een buitenlandse nationaliteit waren in oktober, na het ontbinden van de Internationale Brigades, uit Spanje vertrokken. Luis slaagde erin een brief voor Faith, per adres La Rouilly, naar buiten te smokkelen. Jake, die op dat moment niet wist waar zijn familie verbleef, voelde zich soms verschrikkelijk eenzaam.

Hij droomde de afschuwelijke droom over de levend begraven man toen de bewaker hem kwam halen. Vanwege de droom stribbelde hij enigszins tegen, tot Luis hem zei dat hij kalm moest blijven en dat zijn zus op hem wachtte. Het duurde even voordat het tot hem doordrong; hij kon zich Faith niet voorstellen te midden van de smerigheid en de kou van Argelès en kon een snik van verlichting niet onderdrukken. Toen omarmde hij Luis, fluisterde: 'Tot in Parijs,' en volgde de bewaker door de duinen.

Eerst herkende hij Faith niet. Ze droeg haar oude blauwe jurk en ma's bontjas en zag er, gaf hij schoorvoetend toe, op een bepaalde manier adembenemend uit. Dat schenen de bewakers ook te vinden: ze boden haar sigaretten en koffie aan en flirtten op een misselijkmakende manier met haar. Ze lachte en koketteerde op een manier die absoluut niets voor haar was en toen draaide ze zich om en zag hem en haar gezicht veranderde. 'O, Jake,' zei ze en ze rende naar hem toe en omhelsde hem. Hij besefte pas dat ze huilde toen hij haar tranen zijn hals voelde.

Omdat Jake er zo verschrikkelijk uitzag, stelde Faith geen vragen, maar praatte tegen hem. Ze voelde dat hij de afleiding van haar stem nodig had om te voorkomen dat hij instortte. 'Ik heb gezegd dat ik de dochter van een Engelse hertog ben en dat jij mijn broer was. Ik moest ze omkopen – goed dat er wat geld in de auto lag.'

Jake zette grote ogen op toen hij de auto zag en hij zei: 'Goeie god, een *Phantom*,' en ze vertelde over Gilles.

'Ben je zijn minnares?'

'Natuurlijk niet.' Faith rommelde in het handschoenenvak en vond Gilles' flacon cognac. 'Hij is gewoon een klant in het café waar ik werk. Hij is ontzettend aardig. Ik denk dat hij smokkelaar is.'

Ze voerde Jake cognac en stukjes chocolade en sloeg plaids om hem heen opdat hij het niet koud meer zou hebben. Ze reden enige tijd en ze zag dat hij zich merkbaar ontspande, alsof hij Spanje en het kamp achter zich liet. Na een poos zei ze: 'Waarom ben je weggegaan, Jake?'

Hij haalde zijn schouders op. 'Om wat Felix zei. Dat de Republikeinen aan de verliezende hand waren.' Hij lachte. 'Ik dacht dat ik voor de vrijheid vocht. Ik heb het fascistische getij niet bepaald tot staan gebracht, wel?'

Faith keek hem aan. Hij was erg veranderd sinds hij anderhalf jaar geleden van La Rouilly was vertrokken. Zelfs afgezien van de ingevallen wangen, het vuil en de stoppelbaard voelde ze dat de veranderingen ingrijpend en blijvend waren. 'Je was altijd al ziekelijk eerzuchtig, Jake,' zei ze en ze streelde zijn hand terwijl ze dit zei. 'Hoe was het?'

Vlokken natte sneeuw gleden langzaam langs de voorruit omlaag. Jake zei: 'Het regende veel en er zat een gat in mijn laars, zodat ik ontstoken blaren kreeg en ik was het grootste deel van de tijd aan de diarree en ik ben vaak verdwaald. Het was alsof ik het grootste deel van de tijd onderweg was en zodra ik aangekomen was, moest ik ergens anders naartoe. En het was koud en uitputtend en mijn geweer ketste voortdurend.' Hij haalde een gehavende tabakszak uit zijn zak en gaf die aan Faith. 'Rol er een voor me, wil je? Mijn handen trillen te erg.'

Hij hoestte, maar ze rolde een sigaret voor hem. Jake rookte even en zei toen: 'Ik wist nooit precies wat er van me verwacht werd. Ik dacht dat het... zichzelf zou wijzen. Rechttoe rechtaan. Goed en kwaad en zo. Maar dat was het niet.' Hij begon weer te hoesten. Toen hij zich hersteld had, zei hij: 'Ik bedoel, dat was het in zekere zin ook wel en het is verschrikkelijk dat de fascisten gewonnen schijnen te hebben, maar ik heb de gruwelijkste dingen gezien van mensen die geacht werden aan dezelfde kant te staan als ik en dat heeft me aan het denken gezet...' Hij knipperde met zijn ogen en keek lange tijd alleen maar uit het raam, zonder iets te zeggen.

Na een poos zei ze zacht: 'Wat ben je nu van plan, Jake?'

'Van die verdomde hoest af zien te komen.' Zijn gelaatsuitdrukking veranderde en plotseling was daar de vertrouwde betoverende glimlach. 'En daarna ga ik naar Parijs. Een vriend van me kent iemand die daar een krant heeft. Je zou mee moeten gaan, Faith.'

3

In Parijs deelde Jake een appartement in de rue des Sts-Pères op de Rive Gauche met Luis en een Engelse schilder, Rufus Foxwell. Rufus deed minachtend over de krant waar Luis en Jake voor werkten. '*L'Espoir*. Eerder *Le Désespoir*.' Jake was geneigd het met Rufus eens te zijn: de passie die hij ooit voor de politiek had gevoeld, was verdwenen. Bovendien leek het werk voor *L'Espoir* grotendeels te bestaan uit in de regen staan en proberen ongeïnteresseerde voorbijgangers het verrekte ding aan te smeren. Na een maand ging hij weg bij de krant en begon in een bar, waar hij beter betaald werd en in elk geval droog stond.

Jake was weg van Parijs. Hij was weg van de brede straten, de lichte, sierlijke gebouwen en het vroege zonlicht op de Seine. Na de drukkende hitte in de Gironde leek de Parijse lucht sprankelende wijn. De vrouwen waren in elk opzicht even mooi en elegant als Luis had beweerd, met slanke, in zijden kousen gestoken benen en chique hoedjes op glanzende krullen. De eerste de beste dag in Parijs werd hij al verliefd, maar nog geen week later had hij zijn genegenheid al op een ander overgedragen. Hij leerde met een blik, een glimlach zijn belangstelling te laten blijken. Hij achtervolgde de voorwerpen van zijn begeerte met grote hardnekkigheid; dat ze getrouwd waren of non of toegezegd aan een *poilu* en opgesloten in vestingwerken aan de Marne maakte de opwinding alleen maar groter. Hij werd behendig in het schrijven van korte brieven – brieven die precies de juiste hoeveelheid vastbeslotenheid en spijt combineerden – wanneer hij een verovering had gemaakt en er genoeg van kreeg.

Op de dag dat Frankrijk Duitsland de oorlog verklaarde dronken Jake, Luis en Rufus Foxwell tot diep in de nacht cognac. Een week later bracht Rufus Anni mee naar het appartement. Anni was een Duitse en was ooit Rufus' geliefde geweest. Ze was klein en mollig en had kort, donker haar en gitzwarte ogen. Ze droeg broeken en gestreepte gebreide truien en zag eruit, vond Jake, als een neerslachtige, opvliegende scholier. Jake, die zijn nieuwste vriendin, een blondine met lange benen die Marie-Joseph heette, had uitgenodigd voor het avondeten, vond Anni niet erg sympathiek. Ze had vastomlijnde, gênante meningen over alles en nog wat en geen enkele remming om iedereen haar visie duidelijk te maken. Terwijl ze de boeuf bourguignon verorberden die Luis had klaargemaakt, kwam het gesprek als vanzelf op de oorlog. Georges, de hoofdredacteur van de krant, was ervan overtuigd dat die binnen enkele maanden voorbij zou zijn. Toen zei Anni met haar geaccentueerde, schorre stem: 'Waar ga jij naartoe, Luis? Je bent tenslotte een Spaanse communist en in Parijs dus niet veiliger dan ik.'

Iedereen staarde haar aan. Rufus zei: 'Wat bedoel je, Anni?'

Ze stak haar sigaret aan voordat ze antwoordde: 'Ik bedoel, wanneer de nazi's Parijs bezetten, natuurlijk.'

Iemand lachte. Jake zei: 'De nazi's zullen Parijs nooit bezetten. Dat is belachelijk.'

'O ja?' Haar donkere, ondoorgrondelijke ogen vestigden zich op hem. Jake had het gevoel dat hij werd gewogen en te licht bevonden.

'Misschien ben je wat pessimistisch, lieverd.' Rufus schonk de glazen nog eens vol. 'Duitsland heeft in de vorige oorlog vergeefs geprobeerd Parijs in te nemen. Waarom zou het nu anders zijn?'

Anni haalde haar schouders op. 'Omdat mensen verschillen. Omdat de situatie anders is. Alles verandert.'

'Landen niet.'

Ze keek Jake koel aan. 'Negen jaar geleden woonde ik met mijn familie in een leuk appartement in Berlijn. Mijn vader was vakbondsleider. We hadden altijd brood op de plank en ik zou aan de kunstacademie gaan studeren.' Anni hief haar handen op en spreidde haar vingers. 'En nu is mijn vader dood, mag ik niet meer in Berlijn wonen en bezit mijn familie niets meer.'

'Dat was Duitsland,' zei Jake boos. 'En dit is Frankrijk. Dat is heel iets anders.' Anni had een plotseling, gruwelijk beeld in hem opgeroepen van een Parijs vol hakenkruizen en soldatenlaarzen en, erger nog, van een La Rouilly dat niet langer het paradijs was dat de Mulgraves altijd hadden gekend.

Jake wendde zich af en richtte zijn aandacht de rest van de avond op Marie-Joseph. Maar zijn irritatie bleef en toen Marie-Joseph hem de volgende ochtend vroeg probeerde over te halen haar te laten blijven, schudde hij zijn hoofd en legde kortaf uit dat hij zijn zus moest afhalen, die met de nachttrein naar Parijs was gekomen.

Faith vond de *wagon-lit* heerlijk. Er was een opklapbed, een kleine wastafel in een kast en een klein rolgordijn. Ze deelde de slaapcoupé met een oudere non met een krakend korset die, vertelde ze Jake toen ze hem op het Gare d'Austerlitz ontmoette, uren aan één stuk had gebeden.

'Ik dacht dat ze op haar knieën in slaap was gevallen. Ik wilde haar al aanstoten met mijn teen, maar toen bad ze een laatste weesgegroetje en sprong in bed.'

Jake nam Faith mee naar het appartement in de rue Sts-Pères. 'De anderen zijn nu de deur uit,' legde hij uit. 'Ze komen straks. Ik heb een kamer voor je opgeruimd.'

De kamer was klein, zo'n vier vierkante meter, maar het ene, kleine raam keek uit over een wirwar van cafés en marktkramen. Faith straalde. 'O, Jake! Wat prachtig.'

Hij keek op zijn horloge. 'Ik moet naar mijn werk. Red je het? Je kunt uitpakken of iets te eten maken, net wat je wilt.'

Hij vertrok en ze dwaalde door het appartement. Het had weinig zin om uit te pakken, aangezien haar koffer de enige plek was waar ze haar kleren kon laten. In de keuken stond een wankele toren van serviesgoed op het aanrecht en elke pan was aangekoekt met een onherkenbare substantie of stond vol vettig water. Een van de kopjes op tafel lag vol sigarettenpeuken. In de aangrenzende kamer stonden grote schilderdoeken tegen de muur. Faith bekeek ze. Ze was halverwege toen een stem achter haar zei: 'Dat zijn niet mijn beste. Ik schilder de hele handel over.'

Er stond een man in de deuropening. Hij was wat ouder dan Jake, schatte ze, kleiner en peziger, met warrig roodbruin haar en heel donkere ogen. Hij had een slobberige corduroybroek vol verfvlekken aan en een jasje met lappen op de ellebogen en ontbrekende knopen.

'Deze vind ik mooi.' Faith wees naar een doek.

Hij kwam binnen en keek ernaar. 'Niet erg oorspronkelijk. Doet te veel denken aan Marc Chagall.' Hij stak zijn hand uit. 'Rufus Foxwell. Jij moet Faith zijn.'

'Jake moest naar zijn werk,' legde ze uit. 'Hij zei dat het goed was als ik bleef tot hij terugkwam.'

'Ik ben bang dat het absoluut niet goed is,' zei Rufus glimlachend. 'Je kunt je eerste ochtend in Parijs toch niet opgesloten zitten in een krot als dit. Pak je jas, juffrouw Mulgrave. We gaan samen de stad in.'

Hij nam haar eerst mee naar een café voor croissants en koffie en toen voor een boottocht over de Seine. 's Middags, na een lange, lome lunch, gingen ze naar het Louvre, waar ze eindeloos praatten en veel lachten. Terwijl ze door de Tuilerieën slenterden, legde Rufus zijn arm om haar schouders. Weer in het appartement deed Faith een dutje in haar kamer terwijl Rufus in zijn atelier schilderde. Tegen de tijd dat ze wakker werd was Jake thuisgekomen. Hij stelde haar voor aan Luis, die kookte: verleidelijke geuren van knoflook en tomaten verdreven die van verf en lijnzaadolie.

Toen ze gegeten hadden, begon het appartement vol te stromen. Een nogal dom blondje dat Marie-Joseph heette en van wie Faith aannam dat het Jakes nieuwste vriendin was (Jake had nog steeds een afschuwelijke smaak wat vrouwen betreft), een lange, magere man die George heette, een Duits meisje in lange broek en toen begon ze het spoor van namen en gezichten bijster te raken. De kamers stonden bol van sigarettenrook en discussies. Iemand zong, maar klaagde tegen haar dat er geen piano was, dus rende een half dozijn mannen de straat op, rolde een piano uit een naburige bar en hesen hem de trap op, tot groot ongenoegen van de andere bewoners van het flatgebouw. Faith danste met ontelbare partners en iemand plantte een luide, smakkende kus op haar wang. Een kunstenaar bood aan haar te schilderen en een vrouw gaf haar het adres van de *costumier* voor wie ze werkte. 'Ik zoek iets leuks voor je uit het koopjesrek, *chérie*.' Het deed Faith allemaal denken aan de avonden op La Rouilly, toen ze jonger waren.

Met een lichte hoofdpijn vluchtte ze naar de keuken om koffie te zetten. Een grote hoeveelheid lege flessen had zich opgehoopt naast de vuile vaat. Terwijl ze op zoek was naar een schoon kopje hoorde ze de deur achter zich dichtgaan en toen ze omkeek zag ze Rufus. Hij mompelde: 'Niet te geloven dat Jake je zo lang verborgen heeft gehouden. Verdomd onattent van hem, als je het mij vraagt. En wat een prachtige jurk.'

'Vind je hem mooi?' Een vondst van de zolders van La Rouilly, plooien van spinraggrijze kant, daterend, schatte ze, van het eerste decennium van de twintigste eeuw.

'*La Belle Dame Sans Merci*,' mompelde Rufus. 'Alleen en bleek kwijnend...'

Ze liet zich enige tijd kussen en toen maakte ze zich los en zei: 'Rufus. Ik vind je ontzettend aardig, maar...'

'Dit gaat te vlug?' Hij grinnikte. 'Ik dacht dat je een vrije geest was, net als Jake. Maar ik ben bereid te wachten, als je dat wilt, Faith. Minstens tot morgen.'

De palmen van zijn handen lagen plat tegen de muur en sloten haar in. 'Dat is het niet,' zei ze.

'Verdomme. Ben ik je type niet?'

Ze lachte. 'Ik weet niet wat mijn type is.'

'Of is er iemand anders?' Hij scheen de verandering op haar gezicht te zien. 'Aha. Jake zei niet...'

'Nee.' Ze schudde haar hoofd, denkend aan Guy.

Hij zei: 'Denk eraan, ik blijf je achtervolgen. Ik geef het niet gauw op.' Toen ging de deur open en Jake zei opgewekt: 'Handen af van mijn zus, Foxwell, of ik wurg je.'

Rufus sprong weg. 'Niet kwaad bedoeld.'

'Niet kwaad opgevat.'

Faith zocht in een kast. 'Ik kan geen koffiekoppen vinden.'

'Er staan jampotten in het gootsteenkastje. Rufus gebruikt ze soms voor terpentine, hè, Rufus, maar laat je daar niet door weerhouden.'

Ze dronken de koffie op de rand van de keukentafel en keken naar buiten, waar de sterren weerkaatst werden door het gladde, zwarte oppervlak van de Seine. Jake zei: 'Amuseer je je een beetje?' en Faith knikte.

'Je blijft toch wel een paar weken, hè? Er zijn massa's mensen aan wie ik je wil voorstellen.'

'Ik blijf een tijdje.' Ze stak haar hand door zijn arm. 'Jake. Vind je dat we naar Engeland moeten gaan?'

'Engeland? Waarom in godsnaam? Ik dacht dat je Parijs fijn vond.'

'Ik vind het geweldig. Ik bedoelde dat we allemaal naar Engeland zouden moeten gaan. Vanwege de oorlog.'

Jake zei: 'Je praat hetzelfde als die verschrikkelijke Anni.' Hij gooide de drab van zijn koffie in de gootsteen.

'Niet boos worden, Jake. De Engelse Kostgangers zijn allemaal naar huis.'

Hij zat met zijn rug naar haar toe. Na een poos zei hij: 'Naar huis? Waar is thuis voor ons, Faith?'

'Op La Rouilly, neem ik aan. Maar we zijn Engelsen. We hebben een Engels paspoort.' Ze raakte zijn gespannen schouder aan. 'Als er iets ergs mocht gebeuren... áls, Jake... dan kom je toch terug?'

'Je krijgt pa nooit zover dat hij naar Engeland gaat.'

'Het zal niet meevallen, ik weet het, maar ik denk dat ma graag zou willen.'

Hij zei nieuwsgierig: 'Wil je erheen vanwege Guy?'

Ze had Guy al meer dan twee jaar niet gezien. Ze schudde haar hoofd. 'Niet echt. Hij is me inmiddels waarschijnlijk vergeten.'

'Onzin. Guy is geen vergeetachtig type.'

Ze had moeite om zich Engeland voor te stellen en nog meer om zichzelf daar voor te stellen, in een land waar het altijd nat of mistig of koud was. Maar misschien dat juist dat isolement, dat bolwerk in zee, hen zou beschermen. Ze zei opnieuw: 'Je komt toch naar huis, hè, Jake?'

Hij stelde haar gerust. 'Natuurlijk. Ik beloof het, Faith.'

Met Kerstmis reisde Jake naar zijn familie in Marseille, maakte ruzie met Ralph en keerde eerder dan de bedoeling was terug naar Parijs. Terug in de rue Sts-Pères trof hij het appartement verlaten aan, op Anni na, die aan tafel zat en met haar vingers zuurkool at uit een pot.

Jake gooide zijn rugzak op de grond. 'Wat doe jij hier?'

Ze at gewoon door. 'Aardig hoor, Jake. Toevallig mocht ik Rufus zijn flat gebruiken. Ik heb ratten en ze eten mijn spullen op. Rufus dacht dat er met nieuwjaar niemand zou zijn.' Ze keek Jake aan. 'Het lijkt erop dat hij het mis had. Sorry, ik ga wel.'

Hij wist dat hij onbehouwen deed en vermande zich. 'Je hoeft niet weg. Ik ben eerder teruggekomen.'

'Het familiefeest was niet naar je zin?'

'Zoiets.' Hij keek vol afkeer naar de zuurkool. 'Heb je geen lepel?'

Ze wees naar de keuken. 'Ik heb geen zin om andermans afwas te doen.'

De stapel op het aanrecht was nog hoger dan anders. Jake kreunde, zocht in zijn zakken naar lucifers en stak, na een korte worsteling, de geiser aan. Toen begon hij de vaat te sorteren. Vloekend op de afwezige Luis, die oud en nieuw doorbracht in Le Touquet bij enkele rijke vrienden van Rufus, begon hij geïrriteerd af te wassen. Hij was zich voortdurend bewust van Anni, die achter hem aan tafel zat. Na een poos zei ze: 'Ik moet werken, begrijp je. Je hoeft niet bang te zijn dat ik je *amours* verstoor.'

Iets in de klank van haar stem deed zijn ergernis overgaan in woede. Hij zei bits: 'Het gaat je niets aan wat ik doe.'

'Natuurlijk niet. Net wat ik zeg.' Ze stond op en slenterde naar Rufus' atelier. Jake vierde zijn humeur bot op het opruimen van de keuken, tot de vloeren en het tafelblad onnatuurlijk blonken en er in het hele appartement niet één vuil bord meer te vinden was. Toen haalde hij zijn adresboek uit zijn rugzak en begon een lange lijst namen door te nemen. Marie-Joseph was allang opgevolgd door Suzanne, door Martine, door Pepita, maar allemaal hadden ze, ontdekte hij toen hij die oudejaarsavond heel Parijs rondsjokte, eerdere afspraken. Hij begon diep medelijden te krijgen met zichzelf en had bijna spijt dat hij zo plotseling uit Marseille was vertrokken. Weer terug in het appartement lag er een boeket bloemen voor de voordeur, bestemd voor Mademoiselle Anni Schwartz. Hij hoorde de grammofoon binnen; ze had waarschijnlijk de bel niet gehoord.

Hij pakte het boeket, ging naar binnen en klopte op de deur van het atelier. De grammofoon speelde luid 'You're the Cream in my Coffee'. Anni zat aan tafel, diep gebogen over een vel papier. Ze keek op en zei: 'Jake. Ik wist niet dat je iets om me gaf,' en hij keek naar de bloemen en begon te blozen.

'Niet van mij... ze lagen buiten... de grammofoon...'

'Ik weet het *Liebchen*, ik weet het.' Ze zette het volume lager, zodat het lied nog slechts fluisterde op de achtergrond. Toen woelde ze door zijn haren en pakte de bloemen van hem aan. Ze verstond de kunst hem moeiteloos voor gek te zetten. 'Chrysanten... getsie.' Ze keek op het kaartje. 'En van Christian.' Ze trok een gezicht. 'Christian is dodelijk saai. Ik geef ze wel aan de conciërge. Waarom krijg je zo dikwijls bloemen van mannen van wie je ze niet wilt ontvangen?'

Zijn oog viel op de houtsnede op de tafel. 'Dat is mooi,' zei hij. Hij had het niet willen zeggen en hij had haar zeker geen compliment willen geven, maar het was eruit voor hij het wist. De kleine prent toonde een sierlijk kasteel te midden van bossen. Hij vroeg: 'Waar is dat?'

'Nergens in het bijzonder. Al mijn lievelingsplekjes bij elkaar.'

'Het doet me ergens aan denken.' Anni's prent was echter van een veel ouder gebouw dan La Rouilly, een kasteel met torens en spitsen en strak aangelegde tuinen. Hij probeerde het uit te leggen. 'Het ziet er... vredig uit.'

'Dan heb ik vandaag goed werk verricht. Maar wat jou betreft, Jake, ik had niet gedacht je vóór morgen terug te zien. Hebben je vriendinnen je laten stikken?'

Hij zei nors: 'Ze hadden allemaal al iets geregeld.'

'Arme Jake. En is je hart gebroken?'

'Natuurlijk. Ik ben dol op ze.'

Ze begon haar gereedschap op te ruimen. 'Ik had meer het idee dat je op ze neerkeek.'

'Wat een idiote veronderstelling.'

Met een lap veegde ze inkt van de tafel. Ze had een broek vol verf-vlekken aan en een dun geworden overhemd en zag er, vond Jake, nog slonziger uit dan gewoonlijk. Hij hoorde haar zeggen: 'Je flirt met mooie vrouwen en denkt dat ze onbereikbaar zijn, maar als ze je bewondering beantwoorden, wil je ze niet meer. Je wilt alleen wat je niet kunt krijgen.'

'Goeie god,' zei hij. 'Ik dacht dat je kunstenares was in plaats van psychiater.'

Ze glimlachte. 'En nu, arme Jake, redden al je liefjes zich uitste-kend zonder jou. We kunnen maar één ding doen, ben ik bang. We zullen samen oud en nieuw moeten vieren.'

Hij dacht even dat ze hem nog steeds uitlachte, maar toen ze in een kartonnen doos begon te zoeken, en er een iets schoner overhemd uithaalde, zich naar hem omdraaide en zei: 'Vind je niet dat je weg moet gaan, Jake, terwijl ik me verkleed?' realiseerde hij zich dat ze het meende. Hij werd rood, mompelde iets en ging de kamer uit.

Ze gingen naar rokerige keldercafés in verwaarloosde achterbuurten, zaaltjes gevuld met jazz en de zoete geur van hasj. Hij maakte hon-derd nieuwe vrienden en kon zich geen enkele naam herinneren. Om middernacht trok hij haar apart en kuste haar. Haar lippen waren koel op de zijne en na afloop merkte hij dat hij haar observeerde, haar zocht terwijl ze zich door de menigte werkte, lachend en haar vrienden omhelzend. Wat hij ooit afstotelijk vond – haar kortgeknipte haren, haar kleine, sterke lichaam – vond hij nu intrigerend. Tegen de ochtend liepen ze terug naar het appartement. Hij was behoorlijk aangeschoten en zo moe dat alles vaag onwezenlijk leek. Hij had een fles champagne in zijn zak – hij kon zich niet herinneren waar hij hem vandaan had – en hij had een verschaalde smaak in zijn mond van de rook. Anni liep naast hem, met haar handen diep in de zakken van haar jack, onaangetast door vermoeidheid, haar pas even snel en veerkrachtig als altijd. In Rufus' appartement trok Jake de champagne open terwijl Anni glazen zocht en een plaat opzette. 'Op 1940,' zei hij. 'Op liefde, roem en fortuin,' wilde hij verdergaan, maar ze legde haar vinger op zijn lippen en legde hem het zwijgen op.

'Niet aan de toekomst denken,' zei ze terwijl ze zijn overhemd losknoopte.

Ze verleidde hem, iets wat hem niet meer was overkomen sinds hij op zestienjarige leeftijd zijn maagdelijkheid had verloren. Ze deed dingen met hem die geen enkele vrouw ooit gedaan had. Maar dat – de strelingen, de kussen, de topografie van de liefde – was niet wat hem naar adem deed snakken en hem amechtig en uitgeput achterliet, alsof hij kilometers had hardgelopen. Het verschil was dat hij voor het eerst in zijn leven buiten zichzelf was geraakt. Er was geen klein deel van hemzelf meer dat zich afstandelijk opstelde, hem bespotte, haar observeerde, taxeerde en te licht bevond. Toen hij ten slotte terugviel op het kussen, wist hij niet of ze enkele ogenblikken de liefde hadden bedreven of een hele dag. Hij was zijn vermogen om de tijd in uren, minuten, seconden te verdelen kwijtgeraakt. Er was alleen maar Anni: haar huid tegen de zijne, haar geur die zijn longen vulde, haar hart dat een echo was van het kloppen van zijn eigen hart.

Hij werd wakker van het slaan van een deur in het appartement onder hen. Hij was alleen. Hij stond op, naakt nog, en dwaalde van de ene kamer naar de andere. Ze was er niet en zonder de smalle, rode schram die haar nagels op de huid van zijn schouderblad had achtergelaten, zou hij zich hebben afgevraagd of hij zich de gebeurtenissen van die nacht had verbeeld.

De Mulgraves brachten de winter reizend door. Faith had het idee dat ze steeds sneller gingen, in een steeds nauwere spiraal. De sneeuw en de vorst dreven hen van Menton naar Antibes, van Antibes naar St-Jean-de-Luz. Ze bleven overal maar een paar weken. Telkens wanneer ze in een nieuw hotel, pension of huurappartement aankwamen, keek Ralph rond en zei: 'Ja, dit is het,' maar na een maand, soms korter, vervloog zijn tevredenheid, dreef hij hen weer de auto in en bedolf hen onder koffers, vogelkooien en dozen vol boeken.

Ralph had het voor de schoener bestemde geld besteed aan een oude, grote Citroën, die het op ongelegen momenten begaf. Poppy verdroeg de mankementen, de kou en de steeds kleinere, miezerigere huizen met een trek van grimmige lijdzaamheid om haar mond. Nicole, op de achterbank met Minette, haar King Charles spaniël, en haar jonkies, haar konijn en een kooi vol kanaries, rilde in de kale nertsmantel die ze op een markt in Toulon had gekocht. In elke nieuwe stad vond Faith werk in een winkel of restaurant en spaarde haar loon. De helft in francs, de helft in ponden, voor alle zekerheid.

Toen ze op een avond door Noord-Italië reden zat Poppy op de voorbank te dommelen. Nicole staarde uit het raam. Sneeuwvlokken glinsterden in het licht van de koplampen. Ralph, die reed, wierp een blik op de kaart. 'We zijn er bijna.'

Bijna waar? dacht Faith. Welk huis? Welk land? Ze was de naam van de vrienden waar ze zouden logeren vergeten.

'De Lovatts overwinteren altijd in Italië,' zei Ralph zelfverzekerd.

In de vroege ochtend stopte hij voor een huis op een helling. Het was in duisternis gehuld. Faith zag alleen de poorten en de met sneeuw beladen cipressen. Ralph schudde Poppy wakker en begon koffers uit de kofferbak te laden. Nicole stapte uit de auto. De poorten van het huis waren met een hangslot afgesloten. De sneeuw viel onder een scherpe hoek. Met haar jas strak om zich heen geslagen perste Nicole zich door de opening tussen de poortstijl en de heg. Faith volgde haar.

De sneeuw knerpte onder hun laarzen toen ze over de oprit liepen. Geen andere voetsporen in het gladde, witte tapijt, geen licht in het portiek, geen auto op het voorplein. Af en toe liet de maan zich zien en verlichtte de luiken voor de ramen en de gesloten deuren. De zusjes liepen om het huis heen, baanden zich een weg door de tuin. De sneeuw verborg de bloemen in de bloembedden en vervormde de beelden.

Na een poos zei Nicole: 'Er is niemand, hè Faith?' Ze rilde.

'Ze zijn deze winter natuurlijk in Engeland gebleven.'

'Het is te stil. Te rustig. Ik haat het hier.'

Faith gaf geen antwoord. Kijkend naar het afgesloten huis werd ze zich bewust van een gevoel van troosteloosheid. Het was, dacht ze, alsof ze naar de rand van een draaikolk waren geslingerd, niet naar het middelpunt terug konden en aan de buitenkant bleven hangen, buitengesloten.

Nicole bekogelde een beeld met sneeuwballen. De woeste bewegingen van haar armen verbraken de bevroren stilte van het landschap. Klompen sneeuw vielen als een poederige nevel naar de grond. 'Ik kan het niet hebben,' zei ze boos, 'als alles hetzelfde blijft.'

Jake merkte niets van het koude weer of van het steeds somberder wordende nieuws. Wanneer hij bij Anni was, kon hij alleen maar aan haar denken; als ze er niet was werd hij verteerd door de vraag waar ze was, bij wie ze was, wat ze deed. Zoals sommige levensmiddelen schaars waren in Parijs, zo leek Anni zichzelf te rantsoeneren. Soms zag Jake haar weken achter elkaar niet en was hij zich bewust van een ontluikende, haast moordlustige woede, en dan ineens stond ze voor de deur of verscheen in de bar en al zijn wrok verdween. Boos om haar afwezigheid, haar halsstarrigheid, haar vooringenomenheid probeerde hij weleens zich van haar los te maken, maar zijn pogingen duurden nooit langer dan haar volgende telefoontje, haar volgende brief.

Op een keer nodigde ze hem uit in de kamer die ze huurde in de buurt van het kerkhof Père-Lachaise. Er stond een pers in een hoek van de kamer, een tafel vol inkten en houtsnijwerktuigen, en een matras. Verder was er niet veel. Ze vrijden op de matras en staken na afloop een sigaret op en bleven stil liggen, doezelig van genot, nauwelijks in staat om te bewegen terwijl ze de rookkringen nakeken die naar het plafond zweefden. Ze zei: 'We moesten misschien maar eens trouwen,' met een zo gedempte, zo terloopse stem dat hij dacht dat hij haar verkeerd had verstaan.

'Wat?'

'Ik zei: we moesten misschien maar eens trouwen.'

Hij lachte. 'De heer en mevrouw Mulgrave, schrijdend door het middenpad. Zie jij het voor je? Wat zou je dragen, Anni? Witte satijn of je schilderskiel vol inktvlekken?'

Ze gaf geen antwoord. Hij kon haar gezicht niet zien, alleen haar springerige donkere haren in de holte van zijn arm. Zijn woorden galmden door de kleine, sjofele kamer.

Begin mei, na de Noorse overgave aan Duitsland, keerde Rufus terug naar Londen en deed zijn appartement over aan Jake en Luis. Op 15 mei capituleerde Nederland en het Duitse leger rukte op naar het zuiden. Jake, die de gekwelde blik in Luis' ogen zag, sleepte hem mee naar een bar, waar ze een grote hoeveelheid cognac dronken. Jake probeerde hem op te vrolijken, maar Luis keek hem slechts met bedroefde bruine ogen aan en zei weinig. Enkele dagen later kwam Jake thuis van zijn werk en vond er een door Luis ondertekend brief-je. 'Ik ga via Noord-Afrika naar Mexico. Denk aan me. *No pasaran!*' Jake verfrommelde het briefje en smeet het uit het raam. Het Duitse leger stond voor het Kanaal. Het appartement leek Jake veel te groot, leeg en galmend.

Jake probeerde Anni over te halen bij hem in te trekken nu Rufus en Luis weg waren, maar ze schudde glimlachend haar hoofd en zei: 'O nee, Jake. Ik denk niet dat dat een goed idee zou zijn. Je bent te slordig en ik moet alleen zijn om te kunnen werken.'

Hij had het gevoel dat het door zijn vingers glipte. Hij wilde alles wat hij had gevonden vasthouden: Parijs en zijn vreemde, wissel-vallige geluk met Anni. Maar eind mei, toen hij de brief van Faith kreeg, had een groot deel van zijn vrienden de stad al verlaten. Hij wierp een blik op de brief en stopte hem in zijn zak. Hij kon niet naar huis gaan, zoals Faith hem had gevraagd, omdat hij Anni in geen veertien dagen had gezien. Jake wist dat Anni, anders dan Luis en Rufus, niet uit Frankrijk was vertrokken, want hij was enkele keren naar haar appartement gegaan en had door het raam gekeken en de kleren gezien, de netjes opgestapelde kopjes en schoteltjes, de ink-ten en snijwerktuigen en de pers. Als ze het land uit was gevlucht zou ze misschien wel haar groezelige overhemden en geschilferde kop-jes in de steek hebben gelaten, maar hij wist dat ze nooit haar ge-reedschap zou achterlaten.

Hij las de kranten en de radio stond onafgebroken aan in de bar en in het appartement. Terwijl Duitse tanks meedogenloos naar het zui-den trokken en het Franse leger aan de Maas bezweek en de restan-ten van het Britse expeditieleger op de stranden van Duinkerken op redding wachtten, stroomden vluchtelingen uit het noorden mistroostig Parijs binnen. Sommige van de dingen die hij zag kwamen Jake surrealistisch voor: een Nederlandse boer en zijn vee die uitrustten bij Les Invalides, waar de koeien het gras afgraasden en, buiten de stad, de eindeloze stroom rammelende, stoffige auto's vol grootmoeders en kinderen, een matras op het dak van elk voertuig. Duitse vliegtuigen cirkelden rond en lieten hun bommen op de voorsteden vallen. Jake dacht terug aan Spanje en woog keuzes tegen elkaar af.

Maar de cafés werden nog steeds overspoeld door vrouwen in mooie jurken en ongeduldige mannen die bier bestelden en studenten snuffelden nog altijd in de boekenstalletjes op de Rive Gauche. Aanplakbiljetten riepen de burgers van Parijs op: *Chantons quand même! Citoyens! Aux armes!*

Op 10 juni leek Parijs Jake een spookstad. De Champs-Elysées was leeg; de rijken met hun auto's hadden de stad verlaten. Alleen de nieuwsgierigen, de fatalisten en hier en daar een Amerikaan, vanwege hun nationaliteit immuun voor de angst, waren achtergebleven. De zon brandde, een harde, bronzen schijf in de lucht. Jake ging niet naar zijn werk, maar liep van bar naar bar, van café naar café, bezocht alle gelegenheden die hij zich van oudejaarsavond herinnerde, op zoek naar Anni.

Net na de middag werd hij beloond. Een Senegalese saxofonist zei lijzig: 'Anni? Heb haar een paar uur geleden gezien, *mon brave*. Ze was op weg naar het Gare d'Austerlitz.'

Jake rende langs de Seine naar het station. Zijn overhemd plakte aan zijn rug van het zweet. Toen hij het Gare d'Austerlitz naderde hield de dichte menigte rondom het gebouw hem op. Hoewel hij duwde en drong, hoewel hij jonger, sterker en langer was dan de meesten, kwam hij nauwelijks vooruit. Overvallen door een afschuwelijk gevoel van machteloosheid en immense angst dat hij haar nooit meer zou zien, zwom hij tegen een grote mensenvloed in. Hij moest zich dwingen rationeel te denken. Hij liep om de menigte heen naar de achterkant van het station, baande zich een weg door de drom mensen en vond ten slotte een poort die uitkwam op het goederenemplacement. Hij klom ertegenop en hees zich, de scherpe punten op de bovenrand vermijdend, over het hek heen. Tussen de kratten, koffers en kisten door rende hij naar de perrons.

Jake had het idee dat de mensen op het perron samengepakt waren tot één dichte massa. De kinderen huilden niet, maar hun gezichten waren gerimpeld en oud. Hun lelijkheid wekte hem uit zijn eigen angst, maar toen dacht hij: *Anni* en drong zich verder door de menigte heen. Hij schrok van de aanblik van mensen die baby's over de hoofden van de menigte heen doorgaven naar de veiligheid van een zijvertrek, om te voorkomen dat ze platgedrukt zouden worden. Treinen leken willekeurig verspreid over het hele station, met ledematen en gezichten van passagiers tegen de ruiten gedrukt. De hitte was ondraaglijk. Hij zag een oude vrouw flauwvallen, het wegtrekken van kleur uit haar gezicht, het sluiten van haar ogen, maar ze bleef overeind, op de been gehouden door het dringen van de menigte aan beide zijden. Terwijl Jake bij de trein probeerde te komen, zocht hij onafgebroken naar Anni en zijn blik ging van de ene donkerharige vrouw naar de andere.

En toen zag hij haar. Ze zat op een raamplaats in een van de coupés, slechts enkele meters van hem vandaan. De locomotief blies stoom af en Jake deed een laatste wanhopige poging, zwaaide met zijn handen boven zijn hoofd en riep haar naam, leunde met zijn hele gewicht naar voren zonder erop te letten wie hij opzij duwde. Langzaam draaide ze zich in zijn richting en haar ogen achter de glazen afscheiding richtten zich op hem.

Ze draaide het raampje omlaag. 'Jake!' riep ze. 'Wat doe jij hier?'

Hij riep: 'Ik ben je komen zoeken!' Hij probeerde zich weer naar voren te dringen en stak zijn hand naar haar uit. 'Ik moest je zien. Waar ga je naartoe?'

'Naar Nice. Daar tref ik Christian.'

Jake herinnerde zich de chrysanten die Anni op oudejaarsavond had gekregen. Ze waren haar gestuurd door een zekere Christian.

'We gaan trouwen.'

Hij stond abrupt stil, zowel door haar woorden als door de menigte die tegen hem aan duwde.

Ze riep: 'Je moet voor je familie zorgen, Jake. Maak je over mij geen zorgen.'

Eindelijk vond hij zijn stem terug. 'Je zei dat hij saai was – je kunt toch niet met hem tróúwen...'

'Christian heeft een boerderij in Kenia. Daar ben ik veilig.'

Met uitgestoken hand stormde Jake naar voren. Hij voelde dat, als hij haar maar kon aanraken, ze zich zou herinneren wat ze voor elkaar hadden betekend en het dwaze idee om met de onbekende, saaie Christian te trouwen zou laten varen. Het fluitje van de conducteur snerpte terwijl hij riep: 'Je zou met míj moeten trouwen.'

Ze glimlachte. 'Ik dacht dat we het daar al over hadden gehad, *Liebchen.*'

Jake liet zijn armen zakken. Hij herinnerde zich hoe hij met Anni in bed had gelegen en dat ze had gezegd: *We moesten misschien maar eens trouwen.* Hij herinnerde zich ook dat hij gelachen had.

Terwijl de wagons langzaam in beweging kwamen riep ze: 'Trouwens, als ik naar Engeland zou gaan, zou ik geïnterneerd worden.' De trein begon te rijden en wanhopig wierp hij zich naar haar toe.

'Anni!'

'Je moet naar huis gaan, Jake,' riep ze terug. 'Je moet je familie redden. De nazi's zullen alle Britten opsluiten. Je moet...'

Maar de rest van haar woorden werd overstemd door het gillen van de locomotief en het collectieve gejammer van degenen die op het perron werden achtergelaten terwijl de trein over de rails schommelde.

Hij bleef doodstil staan, niet in staat te geloven dat ze weg was, dat hij haar kwijt was. Ten slotte wrong Jake zich terug door de menigte en zocht naar een uitgang. Hij had er meer dan een uur voor nodig om zich door de massa heen een weg te banen naar zijn appartement. Daar dronk hij een groot glas cognac en werd heen en weer geslingerd tussen Anni vervloeken en willen huilen. Toen zette hij de radio aan en hoorde dat het Duitse leger Pontoise naderde, slechts dertig kilometer van Parijs. Toen hij in zijn jaszak naar zijn sigaretten zocht, vond hij de brief van Faith. Nadat hij hem had herlezen, schroefde hij de dop terug op de cognacfles, hield zijn hoofd onder de kraan en gooide wat spullen in een rugzak. Toen verliet hij het appartement, zonder de moeite te nemen de deur achter zich op slot te doen.

Naar het zuiden lopend berekende hij zijn kansen. De scènes bij het Gare d'Austerlitz hadden hem duidelijk gemaakt dat hij geen schijn van kans had om de stad per trein te verlaten. Volgens de radio waren de grote uitvalswegen van Parijs versperd door auto's en vrachtwagens, waarvan er vele zonder benzine stonden. Hij liep door en dacht na en toen zag hij een rij fietsen tegen een muur bij een kerk. Hij koos de nieuwste en stevigste fiets, stapte op en reed de stad uit. Mulgrave-regels, bracht Jake zichzelf in herinnering terwijl zijn benen pijn begonnen te doen en het zweet over zijn gezicht stroomde. Vorm één front, koste wat het kost.

Zelfs La Rouilly was veranderd. De Kostgangers, zoals Felix en Guy, hadden zich naar hun eigen uithoeken van de wereld verspreid en er heerste een onderhuidse spanning. Maar Ralphs overtuiging dat hij en zijn gezin in Frankrijk zouden blijven bleef, tot juni 1940, onveranderd. Toen de radio aankondigde dat het Duitse leger voor Parijs stond, vloekte Ralph, dronk een heleboel en stond de volgende ochtend vervuld van nieuwe vastberadenheid op. Parijs mocht vallen, Tours mocht vallen, Bordeaux mocht vallen, maar La Rouilly niet. Hij schuimde alle tuinschuurtjes af op spaden en schoppen en organiseerde het graven van tankvallen. Met hulp van de meisjes en van Reynaud, de klusjesman, groef hij diepe kuilen in de bossen rondom La Rouilly, die hij met takken bedekte. Genya, Sarah en Poppy sleepten, in opdracht van Ralph, hammen en zakken gedroogde bonen en rijst naar de kelder. Goedkeurend inspecteerde Ralph de provisieschappen, de wijnrekken. 'We kunnen ons hier weken verborgen houden. We zullen ze leren, de klootzakken.'

De avond daarop beval hij Faith en Nicole hem te volgen naar de zolder. Gedrieën klommen ze op het dak van het kasteel. Ralph had drie houten dwarsbalken bij zich. Vanaf het dak konden ze tot aan de verre, zilveren streep van de Gironde kijken en de spiegelende zee. Ralph beschutte zijn ogen met zijn handen.

'We stellen de geweren hier op.' Hij wees eerst naar de schoorsteen, daarna naar de vooruitspringende hoeken van de borstwering. Hier en hier.' Hij legde de dwarsbalken op de plaatsen die hij had aangewezen. 'Die kunnen we gebruiken om te mikken.'

Nicole en Faith wisselden blikken uit. 'Op wat gaan we schieten, pa?'

'Wie, niet wat. De Hunnen natuurlijk.'

Faith trok aan Ralphs mouw. 'Als Jake thuiskomt, gaan we naar Engeland, hè, pa?'

'Engeland! Dat nooit!' Ralph dook het dakraam in. 'Ik ga naar de keuken om Genya te helpen met het maken van patronen.'

Faith ging zitten, met haar rug tegen een schoorsteen, en voelde zich plotseling wanhopig. Nicole kwam naast haar zitten. Faith hoorde Nicole zeggen: 'Als het gebeurt – als ze hier komen, Faith – denk je dat dit dan iets zal uithalen?'

Het leek Faith op dat moment heel goed mogelijk dat ze zouden blijven en dat ze over enkele weken pantserwagens zou zien rijden door de bossen rondom La Rouilly, waar de zware wielen de wilde bloemen zouden pletten en het grasveld zouden omwoelen. Haar angst lag als een steen op haar maag. Zwijgend schudde ze haar hoofd.

'Ik wil niet in de kelder schuilen,' verklaarde Nicole. 'Ik heb een hekel aan de kelder. Het is er te donker en er zitten vleermuizen.'

Zwijgend zaten ze enige tijd naast elkaar, met hun knieën opgetrokken tot hun kin, en keken toe hoe de laatste gloed van de zonsondergang uit de lucht verdween. Ten slotte voegde Faith er neerslachtig aan toe: 'We moeten hem overhalen.'

'Hoe?' zei Nicole honend. 'Pa luistert niet naar je.'

'En hij luistert ook niet naar ma.'

'En Jake is er niet.'

'Jake komt gauw thuis.'

'Jake is een rat, om zo lang weg te blijven. Een verdomde rat. Hij zou met pa moeten praten.'

'Pa luistert nooit naar Jake, dat weet je best, Nicole. In elk geval, ik heb hem geschreven. Hij kan elke dag thuiskomen. Hij heeft het beloofd.'

De lucht was donker geworden. De eerste fonkelende ster was aan de horizon verschenen. Ze keken elkaar aan en fluisterden tegelijk: 'Genya.'

Op dinsdagavond was Jake tot Étampes gekomen, slechts veertig kilometer ten zuiden van Parijs. Op de wegen krioelde het van allerlei voertuigen: auto's en trucks, hooiwagens en zelfs een oud, door een paard getrokken rijtuig. Het herinnerde Jake allemaal op een gruwelijke manier aan zijn vlucht uit Spanje. De files, op vele plaatsen gelardeerd met in de steek gelaten voertuigen, hinderden zelfs de fiets. De woede en de ellende van de vluchtelingen waren tastbaar en hij werd onafgebroken gekweld door de angst dat hij te laat uit Parijs was weggegaan. *Als er iets mocht gebeuren kom je toch terug, hè?* Faiths stem achtervolgde hem. Hij stelde zich zijn ouders en zusjes voor in een kamp zoals dat in Argelès, geïnterneerd als vijandelijke buitenlanders.

Hij overnachtte in een sloot, samen met duizend andere vluchtelingen. De volgende ochtend stond hij vroeg op en nam het eerste pad dat hij tegenkwam dat de grote weg verliet. Hij fietste langs een kudde ossen en door tunnels van tarwe en onder reusachtige, met klimop begroeide beuken door, stopte ten slotte in de schaduw en bestudeerde nogmaals de kaart.

Het over hoge heggen en sloten tillen van de fiets was vermoeiend, maar ten slotte werd Jake beloond met de aanblik van een smalle, kronkelende en verlaten landweg. Hij fietste snel verder tot de schemering hem verhinderde te zien waar hij reed. Toen sleepte hij de fiets achter een heg, rolde zich op tussen het kreupelhout en viel binnen enkele minuten in slaap.

De volgende ochtend werd hij vroeg gewekt door een koe die zijn gezicht likte. Hij ontbeet met ingeblikte perziken en het laatste beetje water in zijn veldfles en ging toen weer op pad. Tegen de middag, toen de zon op zijn schedel brandde, hield hij een boer met een hooiwagen aan en bood zijn laatste beetje cognac aan in ruil voor een lift naar het eerstvolgende dorp. De boer spuugde op de grond en zei niets, maar hij nam de cognac aan en liet Jake zichzelf en de fiets op het hooi hijsen. Jake viel in een diepe slaap en werd met een verbrande neus wakker in een dorp bij Pithiviers. Het werd bevolkt door soldaten en zwerfhonden, die beide even doelloos door de straten zwierven. Alle winkels en het café waren door hun voedselvoorraad heen, maar Jake kocht aardbeien van een oude vrouw die op haar lapje grond aan het werk was. Toen hij haar vroeg waarom ze niet eveneens was gevlucht voor het Duitse leger, haalde ze haar schouders op en zei: 'De zon verschroeit mijn oogst en de droogte doet mijn zaailingen verschrompelen. Wat voor verschil maken de Duitsers dan nog?' Toen vulde ze Jakes veldfles, wenste hem *bonne chance* en ging door met schoffelen.

Buiten het dorp werd hij opnieuw opgenomen in de vluchtelingenstroom. Terwijl ze zich langzaam voortbewogen, hoorde hij in de verte een geluid waarvan hij rilde. Heel even was hij weer op de weg vanaf Barcelona en probeerde hij te ontsnappen aan de vliegtuigen van het Condorlegioen. Met een ruk draaide hij zich om en zag het halve dozijn nietige, zilverkleurige stippen tegen de blauwe hemel. Hij moest zijn hand boven zijn ogen leggen en ingespannen turen om de vorm van de vliegtuigen, hun nationaliteit te kunnen onderscheiden. Zijn hart begon te bonzen toen hij de Duitse Stuka's herkende. Hij zocht om zich heen naar een schuilplaats en zijn oog viel op een sloot aan de andere kant van de weg. Een waarschuwing roepend smeet hij zijn fiets in de sloot. Hij wist dat hij zonder fiets geen schijn van kans had om La Rouilly tijdig te bereiken. Toen, met de kreten van paniek in zijn oren, trok hij kinderen uit auto's en gooide ze plompverloren in de sloot, droeg een broze oude man op zijn rug naar de beschutting van een boom. Hij voelde het inslaan van de bommen in de door de zon gebakken aarde voordat hij de explosie hoorde. Ineengedoken in de sloot, met zijn handen voor zijn oren, werd Jakes angst verdrongen door een woede zo intens dat ze hem uitputte. Toen het bombardement voorbij was, toen de Stuka's hun lol hadden gehad, klom hij uit de sloot en keek om zich heen. Vroeger zou hij gehuild hebben om zo'n aanblik: het verwrongen metaal van de auto's, de bomkraters in de korenvelden, de verbrij- zelde ledematen en uiteengerukte lichamen. Nu, terwijl de exodus weer op gang kwam en de vluchtelingen bleek en wankelend van de schok overeind krabbelden, werden zijn woede en verdriet verdron- gen door de angst dat hij La Rouilly niet op tijd zou bereiken. Hij verachtte zichzelf omdat hij op Anni had gewacht, die niet genoeg van hem had gehouden. Opnieuw verliet hij de grote weg en gaf lucht aan zijn woede en zijn angst in de snelheid waarmee hij trapte.

Over kronkelige landwegen rijdend zag hij niemand tot het midden van de namiddag. Toen, terwijl hij freewheelend van een helling kwam, kreeg hij een auto in het oog die midden op de weg stilstond. Een dure auto, een Alfa, dacht hij, zo'n chic sportmodelletje dat ge- schikter was voor het circuit van Le Mans dan voor Franse landwe- gen. Toen hij dichterbij kwam zag hij de bestuurster in de berm zit- ten. Ze zag er even duur en chic uit als de auto; haar hoofd werd tegen de zon beschut door een breedgerande strohoed en ze rookte een si- garet in een pijpje. Ze was een jaar of dertig, schatte hij, en droeg een prachtig gesneden mantelpak, zijden kousen en een zonnebril. Toen hij remde hief ze haar hoofd naar hem op. 'Ik heb een lekke band,' zei ze, alsof hij een monteur was die ze uit een garage had geroepen.

'Waar gaat u naartoe?'

'Naar een kasteel in de buurt van Blois.'

Jake dacht snel na. 'Ik repareer uw band als u me een lift geeft tot Blois.'

Ze haalde haar schouders op. 'Mij best.'

Ze stak geen hand uit terwijl hij zwetend en hijgend de band repareerde. De wielmoeren waren strak aangedraaid en hij moest al zijn kracht gebruiken om er beweging in te krijgen. Toen hij klaar was en zijn vettige handen had afgeveegd aan het gras en de inhoud van zijn veldfles over zijn hoofd had leeggegooid, legde hij zijn fiets op de smalle achterbank.

'Past net. Kom.'

Ze reed snel en goed en de Alfa nam de smalle, bochtige weggetjes met een snelheid die Jake bijna de adem benam. Hij voelde de kilometers onder zich wegglijden en zijn optimisme keerde terug. Na een poos, in verlegenheid gebracht door haar stilzwijgen, zei hij: 'Als we samen reizen moet ik me misschien voorstellen. Ik ben Jake Mulgrave.'

'De comtesse de Chevillard. Maar je mag me Hélène noemen.' Ze stak haar in een witte handschoen gestoken hand uit. 'Er ligt cognac in het handschoenenvak, Jake.'

Ze dronken onder het rijden. Haar rijden werd sneller, roekelozer. De lucht werd donkerder en de bomen wierpen lange, purperen schaduwen over de weg. In het donker, niet in staat om kaart te lezen, raakten ze de weg kwijt. Het was alsof ze de laatste mensen op aarde waren, over de wegen van landelijk Frankrijk jakkerend, onder een maan die groot en bleek was aan een inktzwarte hemel. De cognac versterkte Jakes gevoel van onwezenlijkheid, het gevoel dat de wereld zoals hij die had gekend voorgoed veranderd was. Toen hij Hélènes oogleden langzaam zag dichtvallen, pakte hij het stuur beet en zei: 'Je bent moe. We kunnen beter even stoppen.'

Ze fluisterde: 'Ja,' en hij keek op zijn horloge. Het was bijna tien uur. Hij zei: 'Laat mij rijden terwijl jij iets zoekt.'

Ze wisselden van plaats; Jake reed en na enige tijd zei ze: 'Hier. Hier afslaan.' Ze reden door een smeedijzeren poort en over een smalle laan met bomen. Ten slotte zag hij, afgetekend tegen het maanlicht, een groot huis. De sprookjesachtige torens en spitsen deden hem denken aan het kasteel van Anni's houtsnede en hij voelde een steek van pijn en woede omdat ze hem verlaten had.

Hij zette de Alfa stil op het plein voor het huis. Hélène stapte uit en liep naar de deur. De treden waren bezaaid met een wirwar van kleren en huishoudartikelen – lepels, sieraden, speelgoed – alsof iemand een rommelmarkt hield in het portiek. Jake probeerde de klink en de deur zwaaide open. Hij stak een lucifer aan en tuurde in de vestibule. Lijsten waar de doeken uit waren gescheurd lagen versplinterd op het tapijt. Lichte plekken op de muren lieten zien waar ze hadden gehangen.

Hij mompelde: 'Plunderaars.'

Ze pakte zijn elleboog beet. 'Misschien zijn ze er nog.'

'Ik denk het niet.' Net als zij fluisterde hij. 'Misschien is er iets te eten. Ik rammel.'

Hij liep terug naar de auto en haalde een zaklamp uit de kofferbak. Weer in het stille huis zocht hij een keuken of een voorraadkast. Het huis was bezaaid met bewijzen van de plundering. Het klikken van Hélènes hoge hakken klonk onnatuurlijk hard. Hij hoorde haar zeggen: 'Ze hebben zelfs niets méégenomen. Alleen maar gebroken – gewoon kapotgemaakt.' Hij zag scherven Venetiaans glas en een Aubusson-tapijt waar iemand met een mes een jaap in had gemaakt en hij was onaangedaan, terugdenkend aan de colonne vluchtelingen, de bommenwerpers.

De keuken en de voorraadkasten waren leeggeroofd. De lege schappen, de gapende kasten hadden iets obsceens. Maar onder een vuilnisemmer vond hij een kist groenten en er zaten, wonder boven wonder, kolen in het fornuis. Hij draaide zich om om te vragen of ze kon koken, besefte toen dat het zinloos was en begon zelf aardappelen te schillen en wortels te schrappen. Ze slenterde de maanverlichte tuin in. Toen de groenten gaar waren, zag hij dat Hélène een kleine bos bloemen midden op tafel had gezet en voor twee personen had gedekt met zilveren bestek en Murano-glas dat de plunderaars om de een of andere reden over het hoofd hadden gezien. 'Er moet een kelder zijn,' zei hij. Hij doorzocht het huis en vond een afgesloten deur, maar geen sleutel. In een bijgebouw lag een bijl en terwijl hij inhakte op de deur, bedacht Jake dat hij geen haar beter was dan degenen die dit mooie huis eerder hadden ontwijd. Maar de wijn was goed; hij had de wijn nodig.

Nadat ze gegeten hadden gingen ze naar boven. De slaapkamers waren weelderig ingericht, de hemelbedden behangen met zijde en fluweel. Jake trok zijn laarzen uit en plofte op het bed. Na enige tijd, toen de gebeurtenissen van de afgelopen dag overgingen in onaangename dromen (de aardbeien die de oude vrouw hem aanreikte

85

waren kleine, kloppende harten; het vlees van de gesneuvelde vluchtelingen in de berm liet los toen hij hun gezicht naar de zon keerde) werd hij met een schok gewekt door het geluid van de deur die openging. Hij kwam overeind en staarde met bonzend hart in het donker. Toen hoorde hij Hélène zeggen: 'Ik kon niet slapen. Ik denk steeds dat ze terugkomen. Vind je het erg als ik bij je kom liggen?'

Ze droeg een zijden negligé en slipje. Ze sloeg de lakens open en liet zich ertussen glijden. Ze vielen in slaap, haar lichaam opgerold tegen het zijne, maar tegen de ochtend werd Jake wakker en raakte met zijn lippen haar satijnzachte schouder aan. Toen hij de liefde bedreef met Hélène, werd zijn begeerte verhevigd door zijn behoefte om zich te wreken omdat Anni hem had verlaten. Daarna stonden ze op, kleedden zich aan en reden verder. Toen ze rond de middag in Blois afscheid namen, gaven ze elkaar een hand en zeiden beleefd vaarwel.

De winst die hij de vorige dag had geboekt werd die middag tenietgedaan. Het begon te regenen, dikke druppels die het zand in modder veranderden. Op een onverharde weg kreeg hij een lekke band en hij deed er een eeuwigheid over om hem te plakken. Toen hij door een dorp kwam waarvan de straten wemelden van de vluchtelingen, zag hij op het bord naast het gemeentehuis een reeks aankondigingen. 'Madame Lebrun, woonachtig naast de kerk, is op zoek naar haar zoons Edouard (vier jaar) en Paul (zes jaar), alhier verdwenen op 11 juni.' En: 'Madame Tabouis, poste restante Bordeaux, is op zoek naar haar achtjarige dochtertje Marianne, op 12 juni verdwenen tien kilometer van Tours.' Naast de bekendmakingen waren foto's geprikt. Jake keek even naar de kleine, glimlachende gezichten, stapte toen op zijn fiets en reed verder.

Hij bracht de nacht door in een schuur halverwege Tours en Poitiers. De boerin gaf hem en een half dozijn anderen soep en zelfgebakken brood. Elke spier in zijn lichaam deed pijn en hij rilde in zijn vochtige kleren. Terwijl ze de lege kommen verzamelde, vertelde de boerin hun dat Parijs was gevallen voor het Duitse leger. Toen overhandigde ze elk van hen een geëmailleerde mok met champagne. '*Liberté*,' zei ze en dronk.

De radio in de keuken van La Rouilly was afgestemd op de BBC. De Mulgraves, Genya en Sarah luisterden naar het nieuws en daarna naar de zachte, verre stem van de Engelse koning die Frankrijk een boodschap van hoop en genegenheid stuurde. Na afloop galmden de klanken van de Marseillaise en 'God Save the King' door het vertrek.

De daaropvolgende stilte werd verbroken door Genya's stem. Ze legde haar kleine, rimpelige hand op Ralphs zware knuist en zei zacht: 'Je moet gaan, lieve Ralph. Jullie moeten allemaal naar Engeland. Daar zullen jullie veilig zijn.'

'Ik kan dat verrekte land niet uitstaan...' begon Ralph, maar Genya kneep in zijn hand en legde hem het zwijgen op.

'Frankrijk zal het overleven. La Rouilly zal het overleven. Je gezin, als jullie blijven, misschien niet. Wanneer al die gruwelen voorbij zijn, zullen jullie terugkomen, lieve Ralph, en dan wordt alles weer zoals het was.'

Nicole knielde naast Ralph. 'Ik wil hier niet blijven, pa.'

Hij blafte: 'Waarom niet? Ben je bang? Ik dacht dat van jullie allemaal uitgerekend Nicole...'

Ze viel hem kalm in de rede: 'Natuurlijk ben ik niet bang, maar ik ben bang dat alles saai en vermoeiend wordt en je weet dat ik daar een hekel aan heb.'

Er stonden tranen in zijn ogen. Hij zei nors: 'En de jongen? Ik kan niet weg zonder de jongen.'

'Jake komt naar huis,' zei Faith. 'Hij heeft het me beloofd.'

Langzaam wendde Ralph zich tot Genya. 'En jij, Genya?'

Genya glimlachte. 'Ik ben veel te oud voor zo'n reis. Ik ben van Polen naar La Rouilly gekomen en op La Rouilly zullen Sarah en ik blijven. Het is ons thuis. Jij, Ralph, hebt geen thuis. Misschien moet je er nu een gaan zoeken.'

Poppy fluisterde: 'Alsjeblieft, Ralph.'

Ralph streek met de rug van zijn hand langs zijn ogen. Toen hij, onmerkbaar bijna, knikte, had Faith het gevoel dat het huis zelf een korte, zachte zucht van verlichting slaakte.

'Dan moeten we gaan inpakken,' zei Poppy.

Nicole omhelsde Ralph. 'Lieve paps.'

'Er zit benzine in de auto.'

'We nemen een van de geweren mee. Nicole, haal een geweer en een doos patronen...'

'En Minette...' Nicole knielde neer naast haar hond. 'En Snip en Snap... en de konijnen... en mijn goudvis...'

'De hond mag je meenemen – kan van nut zijn tegen de Hunnen. Wat de konijnen betreft, die zouden van pas kunnen komen als we door ons voedsel heen raken.'

'Pá!'

'Ik zorg wel voor de konijnen en de poesjes en de goudvis,' zei Genya haastig. 'Maak je geen zorgen, *ma chère*. Ga het geweer nu maar halen voor je vader.'

'Poppy, EHBO-spullen. Verband en desinfecterend middel, voor het geval we gewond raken. Faith – zaklampen en kaarsen, zoveel als Genya er kan missen.' Ralph wendde zich tot Genya. Zijn stem werd zachter. 'Genya, lieverd, ga met ons mee. Je gaat toch met ons mee, hè?'

Ze schudde haar hoofd. 'Nee, Ralph.'

'Maar Pólen... Moet je zien wat die schoften met Polen hebben gedaan.'

'Ik weet het, Ralph. Daarom blijf ik juist. Ik brand La Rouilly liever plat en laat de Poolse vlag in de as wapperen dan dat ik toesta dat ze het innemen. En ik zal als een gelukkig mens sterven als ik weet dat jullie veilig zijn.'

Faith nam zoveel als er in haar gehavende oude rugzak paste mee. De spinraggrijze avondjurk, een cape van Vionnet, de twee geplisseerde Fortuny-japonnen, een zwarte crêpejurk en natuurlijk de blauwtjejurk. Ze vouwde hem zorgvuldig op, een talisman voor een onzekere toekomst, en wikkelde hem in zijdepapier.

Ze deed die nacht geen oog dicht. Talloze keren stond ze op, liep naar het raam en keek uit naar Jake. In de vroege ochtenduren, toen het nog donker was, kleedde ze zich aan en trof Ralph in zijn eentje in de voorkamer, gebogen over een landkaart. Ze trok aan zijn mouw en zei: 'Jake,' en hij gromde: 'Die vindt ons wel,' maar ze zag het verdriet in zijn ogen. Er rolden tranen over haar wangen; boos veegde ze ze weg met haar vingers. Ralph zei: 'Ik had Bordeaux in gedachten, maar ik heb Sophie gebeld en die vertelde dat de stad zo stampvol vluchtelingen zit dat je geen stap kunt zetten.'

'De regering is van Tours naar Bordeaux verhuisd.'

'En de Gironde is ondermijnd en ze bombarderen het station.' Ralphs stem klonk woedend. 'Ik heb daarom besloten dat we naar het noorden moeten rijden. Alle anderen zullen de andere kant op gaan. We gaan naar La Rochelle en zoeken daar een schip. Ik ken hopen mensen in La Rochelle. Bovendien...'

Zijn stem stierf weg, maar ze kende de hoop die hij niet onder woorden durfde te brengen. *Bovendien ontmoeten we Jake misschien op zijn weg naar het zuiden.*

De zon was nog niet op toen ze een uur later van La Rouilly vertrokken. De sterren aan de hemel werden weerspiegeld in het donkere, doorschijnende water van de plas. De twee zusjes zaten op hun knieën op de achterbank van de Citroën en keken, zonder zelfs maar met hun ogen te knipperen, achterom en probeerden Genya, hen nawuivend op het voorplein, en het huis, bleek in het licht van voor de dageraad, in hun geheugen te griffen.

Jakes reis was als een nachtmerrie waarin je zo hard loopt als je maar kunt en merkt dat je niet van je plek komt. Hij wist dat ergens vlak achter hem het Duitse leger zuidwaarts trok en dat hij zijn familie moest vinden voordat de nazi's hém vonden en als vijandelijke buitenlander interneerden. Vluchtige, afgrijselijke taferelen zetten zich onderweg vast in zijn geheugen. Een priester die een oude vrouw op een kruiwagen voortduwde; verweesde kinderen die langs de wegen zwierven, huilend om hun moeder. Een groepje Britse soldaten, gescheiden van hun regiment, die in het struikgewas naar een grammofoon zaten te luisteren. Hij had hen aangesproken om erachter te komen waar hij was en ze hadden hun schouders opgehaald en vrolijk teruggeroepen: 'Geen flauw idee, makker.'

Hij was door zijn proviand heen geraakt en zijn maag krampte van de honger. Al zijn spieren deden pijn. De trappers rondmalen was een automatisme geworden. Hij had het opgegeven zichzelf te vervloeken dat hij niet eerder uit Parijs was weggegaan; hij had de kracht niet meer voor spijt of woede. Soms nam hij niet eens de moeite om dekking te zoeken wanneer de Stuka's overvlogen en fietste door terwijl de bommen om hem heen vielen.

Rond de middag liet hij zich uit het zadel glijden en viel aan de kant van de weg in slaap. Hij werd wakker van een beweging, het schrapen van metaal en rubber. Zijn ogen vlogen open en richtten zich op de man die over zijn fiets gebogen stond.

'Die is van míj,' zei Jake boos.

Een laars trof hem in zijn maag. Hij kokhalsde maar sprong overeind; woede en angst gaven hem vleugels. Tussen de vluchtelingen door zigzaggend slaagde hij erin het achterspatbord vast te pakken. De wielen wiebelden en vertraagden; Jake sprong boven op de dief. Ze smakten tegen de grond. Jake was jonger, sterker, in betere conditie. Hij greep een bos vettig, klittend haar beet en sloeg het hoofd van de ander keer op keer tegen het harde, door de zon gebakken wegdek.

De greep op zijn armen verslapte en de man bleef stil liggen. Jakes eerste gevoel was er een van opluchting dat de fiets onbeschadigd was gebleven tijdens het gevecht. Hij fietste weg. Er zat een bloedvlek in zijn overhemd. Hij verwachtte dat iemand hem zou tegenhouden, ter verantwoording zou roepen. Zo'n honderd mensen moesten gezien hebben dat hij die man een pak slaag had gegeven. Misschien zelfs had gedood. En de fiets was niet eens echt van hem.

Maar niemand riep hem na. Doffe ogen keken hem aan en wendden zich dan af. Toen realiseerde hij zich dat alles anders was geworden, dat niets ooit nog hetzelfde zou zijn.

Faith reed. Af en toe nam de stoet vluchtelingen beide weghelften in beslag en dan leunde Ralph uit het raam en schoot in de lucht en schuifelden de mannen, vrouwen en kinderen naar de rechterkant van de weg en reden de Mulgraves door.

Toen Faith aankwam bij de zijweg die afboog naar La Rochelle, remde ze en keek Ralph aan. Deze schudde zijn hoofd en zei: 'Nee. We kunnen verder noordelijk afslaan.' Ze voelde zich alsof het laatste beetje hoop als zand werd samengeperst in de palm van haar hand en langzaam wegstroomde. Bij elke blonde jongeman die ze onderweg zag begon haar hart te bonzen, eerst van optimisme en dan van wanhoop.

Rond drie uur bereikten ze zijweg die naar de kust leidde. Faith wist dat, als ze verder naar het noorden reden, ze het risico liepen de haven te bereiken nadat het laatste schip was vertrokken of, erger nog, op het Duitse invasieleger te stuiten.

Ralph staarde naar de lange, rechte, stijgende weg voor hen. 'We stoppen en eten wat. Een halfuur. Daarna rijden we door naar La Rochelle.'

De helling leek eindeloos lang. Hij had zich in zichzelf teruggetrokken en was zich niet langer bewust van de brandende zon, zijn honger en dorst of zijn verkrampte ledematen. Hij was Anni vergeten. Heuvelopwaarts fietsend zag Jake in gedachten taferelen uit zijn jeugd. Hij zag kwallen, doorschijnend en met lange tentakels als linten in blauw water dobberen. Hij zag een boerderij in Toscane, waar hij in het koele donker van de schuren en wijnkelders verstoppertje speelde. En hij zag de bossen achter La Rouilly, waar hij met Faith, Nicole en Guy had gepicknickt. Hij vroeg zich af of Guy wist dat Faith van hem hield. Hij dacht dat het fijn zou zijn om zoals Faith te zijn, altijd van dezelfde te houden.

Eindelijk bereikte hij de heuveltop; hij liet zijn voeten van de trappers glijden, leunde met zijn borst tegen het stuur en keek omlaag. De hemel was bezaaid met sterren, hoewel het middag was. Toen Jake met zijn ogen knipperde, verdwenen de sterren. En toen hij nogmaals knipperde, zag hij dat de weg verlaten was, op een eenzame auto in de berm na.

Hij dacht eerst dat hij het zich verbeeldde. Dat, uitgeput en uitgedroogd als hij was, zijn geheugen de geesten van het verleden had vastgehouden en naar het heden had verplaatst. Want daar, onder aan de heuvel, was zijn familie. Ze zaten te picknicken. Poppy gaf sandwiches door, Ralph opende een fles wijn. Minette lag met haar kop in Nicoles schoot en wachtte op kruimels. Jake sloot zijn ogen, maar toen hij ze weer opende was zijn familie er nog steeds.

Hij dacht: *En wie anders dan de Mulgraves zouden picknicken terwijl de wereld vergaat?* Toen hij weer in het zadel klom en van de helling freewheelde, merkte hij dat hij lachte.

Vreemde stranden

juli 1940 - december 1941

4

Londen was groot, grauw en stoffig. Overdag glinsterde het zonlicht op de dakpannen en de sperballonnen waren gouden, saffierblauwe en zilveren spikkels in de lucht zoals ze langzaam ronddraaiden in de wazige hitte. 's Nachts, tijdens de verduistering, waren de sterren het enige licht. Wanneer Faith uit de ramen van haar kamer keek, had ze het idee dat de kluwen van straten en gebouwen eindeloos doorging.

Rufus Foxwell had Faith en Jake voorgesteld het huis dat hij in Mahonia Road in Islington huurde met hem te delen. Het huis maakte deel uit van een vervallen Georgian huizenrij die ooit, lang geleden, elegant was geweest. Rufus had Jake ook het adres gegeven van een pub waar ze een barkeeper zochten en Faith in contact gebracht met een kennis die een gezelschapsdame zocht. Rufus had hun dringendste problemen opgelost: een dak boven hun hoofd en geld om eten te kopen. De nachtmerries bleven. De herinnering aan hun eerste nacht in Engeland achtervolgde Faith. Toen ze na een dag en een nacht varen aankwamen in een vissersdorpje aan de zuidkust, had Ralph erop aangedrongen naar Londen door te reizen. Het dichtstbijzijnde station was enkele kilometers verderop en toen ze een uur of twee hadden gelopen, was het donker geworden en realiseerden ze zich dat ze verdwaald waren. Poppy had gehuild van uitputting. Ze was op haar koffer gaan zitten en had in haar zakdoek gehuild. Ze hadden die nacht in een veld geslapen, opgerold in het koren, aan hun lot overgelaten in een vreemd land. Kijkend naar de sterren had Faith stilletjes gehuild, om Frankrijk, om alles wat ze verloren hadden.

's Morgens hadden ze een bushalte ontdekt, slechts een paar honderd meter verder. De bus had hen naar de station in Woodleigh gebracht. Met het spaargeld van Faith hadden ze kaartjes naar Londen gekocht. Smerig, uitgeput en in het bezit van elf shilling en zes pence waren ze aangekomen bij het huis van tante Iris. Tante Iris was behulpzaam geweest, maar begrijpelijk afstandelijk. Zij en Poppy hadden elkaar in geen twintig jaar gesproken of geschreven. Iris had Ralph, Poppy en Nicole haar vakantiehuisje in Norfolk aangeboden. Faith en Jake waren in Londen gebleven, bij Rufus.

Ze waren snel opgenomen in Rufus' zorgeloze, wisselende vriendenkring. Velen van hen waren in uniform en kwamen 's avonds, dronken, rookten en dansten veel en waren de volgende ochtend vertrokken. De stad liep leeg, op de stations was het een gedrang van militairen en evacués. De sfeer van afwachting, de gespannen verwachting, de geruchten over een invasie, de sirenes die waarschuwden voor luchtaanvallen die nooit plaatsvonden, alles was een afspiegeling van Faiths stemming. Ze had gedacht dat ze zich in Engeland veilig zou voelen, maar merkte dat dat niet het geval was. Ze voelde zich juist verward, ankerloos, ontheemd. Hoewel ze altijd hadden gereisd, hadden hun omzwervingen continuïteit gehad. Ralphs grillen en visioenen hadden hen geleid. Slechts voorspelbaar in zijn onvoorspelbaarheid was hij het middelpunt geweest van hun onafgebroken wentelende universum. Nu, tegen zijn zin opgesloten in een land dat hij verafschuwde, leek hij kleiner, verslagen. Het gezin Mulgrave was in tweeën gedeeld. Door Frankrijk te ontvluchten waren ze niet alleen hun huis en hun geld kwijtgeraakt, maar ook een manier van leven die niet naar Engeland kon worden overgebracht.

De eerste paar weken werd Faith beziggehouden door de avonden in de pub, de eindeloze feesten, het luidruchtige, betraande afscheid wanneer Rufus' vrienden naar het leger vertrokken en de dagen die ze doorbracht met het uitlaten van de honden van haar werkgeefster of zoeken naar het handwerk dat ze steeds zoekmaakte. Toen, in een plotselinge vlaag van ongeduld, overwon ze de merkwaardige weerzin die haar sinds haar aankomst in Londen had overvallen. In de openbare bibliotheek doorzocht ze de telefoonboeken. Ze liet haar vingers langs de kolommen glijden en vond Guy zijn naam. *Dokter G. Neville, Malt Street 7.* Ze noteerde zijn telefoonnummer. Haar hart bonsde. Ze had Guy drie jaar niet gezien. Als ze hem opbelde, zou ze dan, in een afschuwelijke fractie van een seconde, blijdschap, weerzin of gedwongen hartelijkheid in zijn stem horen? Erger nog, zou ze haar naam noemen en hem horen pauzeren, even moeite hebbend om haar te plaatsen?

Het deel van Londen waar Guy woonde was een mengelmoes van dicht bijeen staande huisjes en grote villa's waarvan de rode bakstenen zwart waren van het roet en de laurier- en ligusterstruiken dof van een laag viltachtig stof. Guy's huis was een van de rode bakstenen villa's. Het had een kronkelig tuinpad, torentjes en geschilderde gevellijsten.

'Denk je...?' Ze keek op naar Jake. *Denk je dat hij ons nog zal kennen?*

Jake zei: 'Kom mee, idioot,' pakte haar hand en trok haar mee de tuin in.

In de tijd tussen het rinkelen van de deurbel en het klikken van voetstappen in de gang frommelde Faith de kanten manchet van haar bloes tot een groezelige knoop. De deur ging open en daar stond Guy. Ze zag eerst zijn geschoktheid en toen, tot haar immense opluchting en blijdschap, de opgetogenheid in zijn ogen.

'Faith! Goeie god! Wat geweldig!'

Het gevoel van ontheemdheid ebde weg toen Guy's hart naast het hare klopte, toen zijn armen de lucht uit haar longen persten, toen steeds weer haar naam zei.

Hij liet hen binnen. Het was alsof ze alles heel helder zag: het gekleurde glas in de voordeur, de glanzende planten in koperen potten.

Toen, vanuit een andere kamer, riep een vrouwenstem: 'Zou je me niet eens voorstellen, Guy?' en toen ze in een aangrenzend vertrek keek en de jonge, donkerharige vrouw op een sofa zag zitten, wilde ze zeggen: *Guy, je hebt ons nooit verteld dat je een zus hebt.*

Maar hij sprak eerst.

'Eleanor, mag ik je mijn dierbare vrienden voorstellen, Faith en Jake Mulgrave. Faith – Jake – dit is Eleanor, mijn vrouw.'

Dit is Eleanor, mijn vrouw. Herinneringen tuimelden, scherp en pijnlijk, door haar hoofd. *Ik ben niet van plan verliefd te worden... Ik heb belangrijker dingen te doen.* Ze besefte hoe dwaas en naïef ze was geweest toen ze aannam dat Guy trouw zou blijven aan zo'n terloopse belofte. Hij was zijn woorden waarschijnlijk al vergeten voordat hij het strand had verlaten. Terwijl zij, arme idioot, ze in haar hart had gegrift.

Ze keek hem aan en zag dat hij veranderd was. Zijn warrige, donkere haren waren kortgeknipt en zijn kleren waren anders – netter, beter passend. Toen hij door de kamer liep om Jake de hand te schudden, zag Faith dat zijn pas onregelmatig was.

Faith stond als versteend in de deuropening, alsof de tijd stilstond sinds hij had gezegd: *Faith – dit is Eleanor, mijn vrouw.* Ze was vergeten wat je geacht werd te doen, wat je geacht werd te zeggen. De schok en woede op Jakes gezicht brachten haar terug in de realiteit. Opgewekt zei ze: 'Ik wist niet dat je getrouwd was, Guy. Gefeliciteerd. En je woont in zo'n mooi huis.' Ze wist niet of haar vermogen om te veinzen haar plezier deed of afkeer inboezemde.

'Eleanor heeft het opnieuw ingericht,' zei Guy. 'Toen ik uit Frankrijk terugkwam, herkende ik het nauwelijks.'

Eleanor Neville zei: 'Wilt u niet gaan zitten, juffrouw Mulgrave? Meneer Mulgrave? Wilt u thee?'

'Thee zou heerlijk zijn.' Ze staarde Jake aan. *Laat nooit merken dat het je iets doet.*

Hij begreep de wenk en glimlachte charmant. 'Dat is erg aardig van u, mevrouw Neville, maar we willen u niet tot last zijn.'

'Onzin. We vinden het geweldig dat u ons bent komen opzoeken. We krijgen niet veel bezoek, hè, lieverd? We worden onderhand een bezadigd oud getrouwd stel.' Eleanor lachte.

'Wanneer ben je in Frankrijk geweest, Guy?'

'Een paar maanden geleden. Ik was legerarts bij het Britse expeditieleger.'

'Die arme Guy, hij is gewond geraakt.' Eleanor raakte zijn hand aan. 'We hebben hem weer beter gemaakt.'

'Niets heldhaftigs – mijn enkel gebroken toen ik in een sloot sprong. Helaas hebben ze het verdomde ding niet goed gezet.'

'Guy.'

'Sorry, lieverd. Het heeft me wat vleugellam gemaakt, snap je.'

Eleanor verliet de kamer. Er viel een stilte. Guy glimlachte. 'En jullie? Ik vind het zo heerlijk jullie weer te zien. Ik had nooit gedacht dat jullie naar Engeland zouden komen. Ralph vertelde me altijd dat hij Engeland verafschuwde.'

'Dat is ook zo.' Het beven was opgehouden; ze toverde zelfs een glimlach op haar gezicht. 'Nicole en ik hebben hem zover gekregen.'

'En Genya.'

'We lieten hem geen keus.'

'We hádden geen keus,' zei Jake. 'We zouden geïnterneerd zijn.'

'Afschuwelijk. Stel je voor, opgesloten in een of ander vervloekt gevangenenkamp. Zo saai en kleurloos.' Ze kon nauwelijks geloven dat de lege, loze woorden uit haar mond kwamen. Eleanor Neville was teruggekomen met theeservies; ze nam het kopje aan dat Eleanor haar aanreikte en merkte dat ze er op de een of andere manier zonder het te merken een stuk of zes klontjes suiker in had gedaan. De thee klotste in het schoteltje. 'Neem me niet kwalijk. Ik heb vast jullie hele suikerrantsoen opgebruikt...'

'Eleanor heeft een geheime suikervoorraad.'

'Gewoon een paar dingen gehamsterd,' zei Eleanor luchtig. 'U zei, juffrouw Mulgrave?'

Ze liep naar het raam en snoof de zware, misselijkmakende geur van de lelies op. 'Jake fietste en ik reed en in La Rochelle namen we allemaal de boot. Het was in feite ontzettend leuk. Maar pa vindt Engeland een regelrechte ramp en hij heeft een pesthumeur en Jake en ik zijn dus maar in Londen gebleven.'

'Waar wonen Ralph en Poppy?'

'In een vakantiehuisje in Norfolk. Pa vindt het een bezoeking. De mensen in het dorp vinden hem maar een vreemde snuiter omdat hij zelfs op warme dagen zijn zwarte jas en zijn hoed draagt – je herinnert je zijn oude hoed nog wel, Guy. Maar zie je, pa heeft het hier nooit echt warm.' Haar stem klonk te luid en ze wist dat ze te veel praatte, maar ze kon zichzelf niet tegenhouden. 'Nicole – ons jongere zusje, mevrouw Neville – woont daar ook, maar ze wil er gauw weer weg, want ze wil een beroemde zangeres worden.'

'Blijven Ralph en Poppy in Norfolk?'

'Ik denk niet dat ze momenteel erg veel keus hebben. We hebben niets anders en we zijn al ons geld kwijtgeraakt toen we uit Frankrijk vertrokken. Niet dat we veel hadden.'

'De Duitsers hebben alle Britse bezittingen in beslag genomen,' legde Jake uit.

'Dus zijn we nu armoedzaaiers. Geen nieuwe ervaring voor de Mulgraves, moet ik zeggen.'

'Wat gaan jullie doen?'

Ze keek Guy voor het eerst echt aan sinds hij gezegd had: *Dit is Eleanor, mijn vrouw.* Het was niet eerlijk, dacht ze, dat, hoewel ze hem niet langer dierbaar was, hij niet minder was geworden, niet waardeloos voor haar was geworden.

'Ik heb werk, Guy. Ik zorg voor een oude dame. Rufus heeft haar voor me gevonden.'

'Rufus?'

'Rufus Foxwell. Hij is kunstenaar, maar hij is bij de koopvaardij gegaan. We kennen hem uit Parijs. Mevrouw Childerley is met hem bevriend en ze is heel oud en heeft iemand nodig om mee te praten en om haar honden uit te laten, dus dacht Rufus aan mij. En Jake werkt in een pub, de Grasshopper, hè, Jake?'

'Maar ik neem ook dienst.'

'Welk onderdeel trekt u aan, meneer Mulgrave?'

'De landmacht, denk ik. Ik heb in Spanje gevochten.' Hij grinnikte. 'Onbekend maakt onbemind.'

'Jake was officier,' zei Faith. Ze begon hoofdpijn te krijgen. Ze dacht dat, als ze die walgelijke, mierzoete thee maar eenmaal op had, ze met goed fatsoen kon vertrekken. 'En jij, Guy?'

'Ik ben uit het leger ontslagen vanwege die vervloekte enkel. Misschien maar het beste. Ik heb zo het gevoel dat mijn diensten binnenkort in Londen nodig zullen zijn.'

'Denk je dat de Duitsers Londen zullen bombarderen?'

'Dat is onvermijdelijk, denk je ook niet?' Hij draaide zich naar Eleanor, legde zijn hand op de hare en zei teder: 'Jij en Oliver zullen veilig zijn op het platteland.'

'Wie is Oliver?' Faith verwachtte dat Guy zou zeggen: *Mijn hond,* of: *Mijn schoonvader.*

'Oliver is mijn zoon.'

Ze hoorde dat Jake het woord nam, de leemte vulde, over de oorlog in de Atlantische Oceaan begon en ze kneep in haar handen tot het pijn deed, zodat ze even later kon zeggen: 'Hoe oud is Oliver, mevrouw Neville?'

'Zes maanden. Hij is geboren op nieuwjaarsdag. Guy en ik zijn vorig jaar op nieuwjaarsdag getrouwd, dus Oliver was een prachtig eerste-huwelijksdagcadeau voor ons.'

Guy zei: 'Zou je hem willen zien, Faith? Ik loop met je mee naar de kinderkamer.'

'Je maakt hem nog wakker, Guy. Je weet hoe licht hij slaapt.'

Guy raakte Eleanors schouder aan. 'Ik beloof dat we muisstil zullen zijn. En als hij wakker wordt, wieg ik hem weer in slaap.' Hij glimlachte. 'Oliver is de enige op de hele wereld die mijn zangkunst waardeert, Faith.'

Faith volgde Guy naar de kinderkamer boven. Bij het schijnsel van het nachtlampje zag ze de wieg aan de ene kant van de kamer. Met roze wangetjes lag Oliver op zijn rug te slapen, met de dekens weggeschopt en zijn armpjes boven zijn hoofd. Ze fluisterde: 'Hij is blond, Guy!' en Guy glimlachte en fluisterde terug: 'We denken dat hij een wisselkind is. Hij is zoveel mooier en slimmer dan Eleanor of ik.' Hij bukte zich en kuste zijn zoon of het voorhoofd.

Ze voelde tranen in haar ogen prikken toen ze naar de slapende baby keek. Ze dacht dat de toekomst voor haar even donker en verwarrend was als de onmetelijke stad om hen heen. Maar ze zei: 'Hij is mooi, Guy. Je zult wel trots op hem zijn.'

Jake stond in de gang op haar te wachten. Guy liet haar hun adres opschrijven op een vodje papier. Haar handschrift was vreemd, onregelmatig en grillig. Ze verlieten het huis. Toen Faith over het trottoir liep, stroomden de tranen over haar wangen.

Jake vloekte. 'Gebruik mijn mouw.'

Faith wreef haar gezicht tegen zijn uitgestrekte arm en haalde diep, snotterend adem. Ze hoorde Jake woedend zeggen: 'Hoe kón hij? Hoe kon hij met háár trouwen?'

'Waarom niet? Waarom zou Guy niet trouwen met wie hij wil?'

'Vanwege jou natuurlijk.'

'Doe niet zo raar, Jake.' Haar stem klonk schor. 'Guy is nooit de mijne geweest. Zo is het nooit geweest. Trouwens' – ze dacht terug aan het huis – 'denk eens aan die prachtige kamer. De gordijnen passen bij de kussens. En die mooie bloemen. Dat zou ik nooit kunnen.' Jake kwam weer naast haar lopen en trok haar arm door de zijne en ze liepen heel snel door de donkere, onbekende straten.

Guy zei: 'Wat vond je van hen? Ze zijn geweldig, vind je ook niet?'

Ze waren in de keuken; Eleanor was het theeservies aan het opbergen. Ze zei: 'Jake is heel charmant. Een beetje ruw natuurlijk, maar evengoed charmant. Ik zal hem eens op een etentje vragen.'

'En Faith?'

Eleanor stond met haar rug naar hem toe terwijl ze theelepeltjes poetste. 'Ik vond juffrouw Mulgrave tamelijk vermoeiend, vrees ik.'

101

'Ze leek rusteloos, vind je niet?'

'En die kleren!' Eleanor lachte.

Guy wist niet eens meer wat Faith aan had gehad. Iets langs en zwierigs, dacht hij.

'De zoom van haar jurk was los aan de achterkant,' zei Eleanor. 'En ze had geen kousen en handschoenen aan. En sandalen met touwzolen... lieve help. Ik vrees dat ik vond dat ze de natuurlijke elegantie van haar broer miste.'

'Je bent wel erg streng, vind je niet, Eleanor? Ze zijn waarschijnlijk uit Frankrijk gevlucht met alleen de kleren die ze aanhadden.'

Ze vouwde de theedoek op en legde hem te drogen op het fornuis. 'Natuurlijk. En ik wil niet onaardig zijn. Ik ben ervan overtuigd dat juffrouw Mulgraves recente ervaringen en opvoeding medeverantwoordelijk zijn voor haar wat kleurrijke taalgebruik. Je moet rekening houden met hun zigeunerachtige manier van leven.'

Op haar tenen staand kuste ze hem op zijn wang. Toen hij zijn arm om haar heen sloeg, bedacht hij hoe anders ze aanvoelde dan Faith. Zoveel tastbaarder, zoveel echter.

Boven hoorde hij een vertrouwd geluid. 'Oliver huilt.'

Eleanor luisterde. Het zachte jammeren was net hoorbaar. 'Dat wordt te gek,' zei ze boos terwijl ze zich losmaakte. 'Het is nog maar anderhalf uur geleden dat hij gevoed is. Volgens het boekje moet hij op deze leeftijd vier uur slapen tussen de voedingen.'

'Baby's houden zich niet altijd aan het boekje, liever.' Guy kuste haar nog gefronste voorhoofd. 'Ik ga wel, als je wilt. Misschien heeft hij het te warm.'

'Het is zo vervelend dat we geen goed kindermeisje hebben kunnen vinden.'

De voorraad hardwerkende boerendochters van de oude mevrouw Stephens was uitgeweken naar hogere lonen in de fabrieken en de krijgsmacht. Guy zei zachtmoedig: 'Misschien hadden we Biddy moeten houden.'

'Biddy was incompetent, Guy, en hysterisch.'

Hij liep de keuken uit, dankbaar voor de koele, donkere stilte in de gang. In de kinderkamer nam hij zijn onstuimige zoon in zijn armen. Zijn enkel deed pijn en hij was moe, hoewel het pas negen uur was. Begin die maand had hij de praktijk hervat. Hoewel zijn patiëntenlijst korter was geworden – vele moeders en kinderen waren geëvacueerd en de jongemannen hadden dienst genomen – had hij het nog steeds druk.

Oliver kalmeerde wat en Guy liet zich in de rieten stoel in de hoek van de kamer zakken, met de baby tegen zijn borst gedrukt. Hij sloot zijn ogen en ademde de zoete geur van de babyhuid in. Het afgelopen anderhalf jaar hadden de gebeurtenissen elkaar in zo'n verbijsterend tempo opgevolgd, dat hij weinig tijd had gehad om ze te verwerken. Zijn verloving met Eleanor was kort geweest, de bescheiden bruiloft inderhaast georganiseerd, aangezien oorlog onvermijdelijk had geleken. Hij gaf zichzelf de schuld van de problemen die hun huwelijk had ondervonden. Hij wist dat Eleanor zich eraan had gestoord dat hij Selwyn Stephens' aanbod van een partnerschap in diens exclusieve praktijk had afgeslagen. Hij had haar uitgelegd dat hij dokter was geworden om diegenen te helpen die dat het hardst nodig hadden en hij dacht dat ze het uiteindelijk had begrepen.

Het was vreemd genoeg iets onbenulligs geweest dat tot hun eerste echte ruzie had geleid. Hij was bij een stervende man geroepen en toen hij al het mogelijke had gedaan om het sterven van zijn patiënt te verlichten, was hij thee blijven drinken met de weduwe terwijl ze op de komst van de overige familieleden wachtten. Het was bijna tien uur geweest toen hij naar Malt Street terugkeerde. Bij zijn binnenkomst had hij zich verbaasd over het aantal jassen aan de kapstok in de hal en was hij even verbaasd geweest over de stemmen die in de eetkamer klonken. Het had enkele ogenblikken geduurd voordat hij zich herinnerde wat hem volledig was ontschoten: het diner dat Eleanor had georganiseerd.

Ze bleef de gewone, competente Eleanor tot de laatste gasten vertrokken waren. Toen, terwijl ze de deur sloot, had ze zich naar hem omgedraaid met een kille woede in haar ogen waarvan hij was geschrokken. 'Ik had het voor jou georganiseerd,' had ze gezegd. 'Drie maanden – *drie maanden* heeft het me gekost, Guy, om John Taylor-Quest over te halen mijn uitnodiging te accepteren. Hij had je zo kunnen helpen met je carrière! En waar zat je? Aan de thee met een of andere ordinaire poetsvrouw. Hoe kun je, Guy?'

Haar kilheid, haar woede hadden hem aangestoken. Hij herinnerde zich dat hij had gezegd: 'Ik heb geen hulp met mijn carrière nodig, Eleanor. En mevrouw Tuttle had me veel harder nodig dan John Taylor-weet-ik-veel.'

Ze had twee dagen lang niet tegen hem gesproken. Ze had zich van hem afgekeerd in bed, hem laten smachten naar haar gave, stevige lichaam. Toen had hij aan de ontbijttafel gezien hoe bleek en mager ze eruitzag en toen hij haar ondervroeg, realiseerde hij zich dat ze in verwachting was. Hij had begrepen dat haar humeurigheid te wijten was aan haar toestand en hij had armen vol bloemen voor haar gekocht en ze hadden het bijgelegd. In januari was Oliver geboren. Niet lang daarna had Guy zijn oproep ontvangen en in maart was hij naar Frankrijk vertrokken en twee maanden later gewond naar Engeland teruggekeerd.

Oliver was in slaap gevallen. Guy legde hem nog niet terug in zijn wieg, maar bleef enige tijd zitten om te genieten van de warmte en de nabijheid van het slapende kind. Hij was helemaal weg van zijn kind, maar hij wist dat Oliver geen gemakkelijke baby was en dat Eleanor vaak uitgeput was. Hoewel hij hen alle twee zou missen, dacht hij dat, als de dreigende bombardementen begonnen en Eleanor en Oliver zoals gepland naar het huis van de oude mevrouw Stephens in Derbyshire zouden vertrekken, de lucht van het platteland hen goed zou doen.

Guy herinnerde zich hoe Faith had gekeken toen ze zich vooroverboog om de baby te bekijken. Hij bedacht hoe heerlijk het was geweest haar weer te zien – alsof een ontbrekend stukje van een legpuzzel op zijn plaats was gevallen. En een opluchting ook, de wetenschap dat de Mulgraves niet waren opgeslokt door de vloedgolf die over Frankrijk was geslagen. De koortsachtige schittering die hij in haar ogen had gezien, weet hij aan de reactie op de nachtmerrieachtige vlucht van de Mulgraves uit Frankrijk. *Het was ontzettend leuk,* had ze gezegd, maar Guy, die in Faiths ogen de angst had gezien die nog altijd achter de bravoure lag, geloofde er geen woord van.

Nicole was niet van plan lang in Norfolk te blijven. Ze wilde een beroemd zangeres worden en ze wilde verliefd worden. Ze genoot van haar lange wandelingen met Minette over de zilverachtige schorren en van de glimpen van de zee, grijsgroen en soms met koppen op de golven. Ze was teleurgesteld dat het strand was afgezet met prikkeldraad, met het oog op de verwachte invasie. Het vakantiehuisje van tante Iris, Heronsmead, was klein, met beneden twee kamers en een buitentoilet en boven twee slaapkamers. De tuin was onevenredig groot, een wirwar van netels en doornstruiken, die Poppy onmiddellijk te lijf was gegaan met een zeis. Nicole probeerde Ralph op te monteren, maar hij weigerde vastberaden zich te laten opvrolijken. 'Verschrikkelijk dorp en de inboorlingen zijn stuk voor stuk halvegaren. Ik verzeker je, Nicole, als ik hier nog lang moet blijven, snijd ik mijn polsen door.'

In de loop van de zomer werden de aantallen vliegtuigen die tijdens de Slag om Engeland werden neergeschoten als cricketuitslagen in de plaatselijke krant gepubliceerd. Op de achterpagina van diezelfde krant vond Nicole de advertentie voor een talentenjacht in Cromer. Ze reed erheen op de oude fiets van tante Iris, met Minette in een mand aan het stuur. Er waren nog twaalf deelnemers, voornamelijk danseressen en zangeressen, plus een jongleur en een man met een buikspreekpop. Omdat de piano niet gestemd was, zong Nicole à capella een volksliedje, 'Once I Had a Sweetheart'. Ze had het jaren geleden van een van de Kostgangers geleerd en vond vooral het laatste couplet erg mooi.

'Ik zal een zeil van zilver hijsen en varen naar de zon, en mijn ontrouwe lief zal huilen bij de bron.'

Toen het lied uit was, begon het kleine gehoor enthousiast te klappen. De burgemeester reikte Nicole de eerste prijs uit, een boek over Clark Gable en een reep chocolade. Ze verdeelde de chocolade onder Minette en de andere deelnemers. De man met de buikspreekpop zei: 'Hé, heb je je ook aangemeld voor de voorstelling in Cambridge? Moet je doen, joh – je bent echt ontzettend goed.' Dus leende ze een potlood en maakte aantekeningen op de binnenkant van de chocoladewikkel. Ze had geen rooie cent, maar ze wist meneer Phypers, de eigenaar van de kruidenierswinkel, over te halen haar genoeg te lenen voor een treinkaartje. Het concours, heel wat grootser opgezet dan dat in Cromer, werd gehouden in een kleine toneelzaal in Newmarket Road. Achter het toneel verdrongen de andere meisjes elkaar in het toilet en brachten lippenstift en poeder aan. Nicole haalde een kam door haar haren, kuste Minette en gaf haar muziek aan de pianist.

Ze zong 'What is life to me without thee' uit *Orfeo* van Gluck. Ze had het van Felix geleerd en terwijl ze zong over liefde en verlies, dacht ze terug aan La Rouilly en de wijngaarden en de bossen met wilde knoflook en adders. Ze won, zoals ze had verwacht. Onderweg naar huis, in een wagon geperst met zo'n honderd andere passagiers, bedacht ze hoe ze haar vijf pond prijzengeld zou besteden. Twee shilling en zes pence voor meneer Phypers voor het treinkaartje. Een pond voor pa, om hem op te vrolijken. Tien shilling voor kledingstof en garen. De rest was voor de treinreis naar Bristol, om auditie te doen voor de BBC, zoals de jury van de talentenjacht haar had aangeraden.

Faith stofte de honderden boeken in de bibliotheek van haar werkgeefster een voor een af, maaide het gazon, knipte de heg met een botte schaar en waste alle drie de oude, kribbige honden van mevrouw Childerley. De hitte hield aan en verdorde elke grasspriet. Ze merkte dat ze verlangde naar een zo dramatische, alomvattende gebeurtenis dat de stilten in haar hoofd erdoor gevuld zouden worden. Enkele vrienden van Rufus beweerden dat ze verliefd op haar waren, dus liet ze zich door hen kussen en danste met hen. Als ze danste vergat ze soms wat er gebeurd was, maar als de muziek dan afgelopen was, keerden het verdriet en de vernedering terug. Net als de stad leken haar bewonderaars vreemd en onvertrouwd, maar ze deed haar best om verliefd op hen te worden, bracht hen naar het station als ze uit Londen vertrokken naar hun kazerne of schip.

Op een avond in augustus keerde Rufus laat terug naar Mahonia Road, liet zijn plunjezak op de grond vallen en plofte neer op de bank. De ochtend daarna bracht Faith hem een kop thee. Hij geeuwde en wreef door zijn ogen, ongeschoren en nog in zijn uniform van de koopvaardij.

Ze ging naast hem zitten terwijl hij dronk. Het was zaterdag en ze hoefde dus niet naar haar werk. Toen hij zijn thee op had, gaf hij haar een stoppelige kus op haar wang en zei: 'Ik moet in bad. Is er nog toast, Faith?'

Toen ze een stapel toast had gemaakt, klopte ze op de badkamerdeur. 'Het is klaar. Ben je aangekleed?'

'Niet echt, maar je kunt de andere kant op kijken. Kom met me praten.'

Het badwater was ondoorschijnend vuil van zeep. Ze zei: 'Het is de bedoeling dat je het bad laat vollopen tot aan dat zwarte streepje, Rufus, niet tot aan je nek.' Ze gaf hem het bord en ging op het toiletdeksel zitten, met haar knieën opgetrokken tot haar kin.

Hij zat een sigaret te roken en knipte de as in het water. 'Kom erbij, Faith – uit zuinigheidsoverwegingen natuurlijk.'

Ze schudde haar hoofd. Zijn ogen waren hol en met zijn stoppelbaard zag hij eruit als een losbandige bandiet. Hij zakte onderuit in het water, legde zijn hoofd tegen de gewelfde rand van het bad en sloot zijn ogen. Alleen zijn verwarde haren en zijn knieën waren zichtbaar.

'Hoelang heb je verlof?'

Hij kwam boven. 'Drie dagen. Maar morgen moet ik naar mijn moeder toe. Waar is Jake?'

'Slaapt.'

'Maak hem wakker. We gaan de stad in.' Het water klotste over de rand toen Rufus uit het bad stapte.

Ze dwaalden door de straten en verzamelden vrienden om zich heen zoals een magneet ijzervijlsel aantrekt. 's Middags picknickten ze in Hampstead Heath, aten brood en kaas en appels. Later trokken ze van café naar café. Ze eindigden in Café Royal. Een gezette man van een jaar of vijftig zette zich aan hun tafel.

Rufus maakte een nonchalant gebaar. 'Bruno, mag ik je Jake en Faith Mulgrave voorstellen. Mulgraves, dit is Bruno Gage. Hij schrijft verschrikkelijk scherpe recensies.' Rufus kneep zijn ogen halfdicht. 'Zei je niet dat je vader iets had geschreven, Jake?'

Bruno Gage keek Jake aan. 'Mulgrave? Er was een schrijver die Mulgrave heette... *Nimf in uw gebeden*?'

Jake drukte zijn sigaret uit. 'Pa's enige literaire avontuur.'

'Ken je dat, Linda?' Bruno keek op naar de vrouw die bij hen was komen zitten. Ze schudde haar gave, blonde hoofd. 'Een *succès de scandale*, herinner ik me. Ik heb het op school gelezen. Het werd indertijd ontzettend verdorven gevonden. Nu tamelijk onschuldig natuurlijk. Ik verstopte mijn exemplaar in mijn broodtrommel, onder de vruchtencake.'

'Wat geweldig om een beroemde vader te hebben.'

'Ik vond het eerlijk gezegd volstrekte onzin,' zei Jake. 'Ik heb het halverwege opgegeven.'

'Je moet me voorstellen. Ik zou Ralph Mulgrave heel graag eens ontmoeten.' Bruno keek op zijn horloge. 'En nu moeten jullie allemaal mee naar mijn huis. Ik heb mijn kelder leeggehaald. Ik geef een feest.'

'Bruno heeft echt honderden mensen uitgenodigd,' zei Linda. Haar lichte ogen keken Jake aan.

'Het is mijn *Après nous le déluge*-feest,' legde Bruno uit. 'We moeten al mijn champagne opdrinken en al mijn heerlijke zalm in blik opeten, zodat de Duitsers niets meer hebben als ze binnenvallen.'

Ze verlieten het café. Bruno Gage woonde in een elegant huis van vier verdiepingen in Knightsbridge. Toen hij de tuindeuren opengooide dreef de geur van jasmijn en rozen vanuit de tuin de salon binnen. Bij het ploppen van de champagnekurken slaakte een van de meisjes eerst een kreet en begon toen te gillen van opluchting. 'Ik dacht dat het... ik dacht dat het...' begon ze, zonder haar zin af te maken.

'Als ze vannacht binnenvallen, wil ik te dronken zijn om me er iets van aan te trekken,' zei iemand.

Een andere stem zei: 'Als ze vannacht binnenvallen, hoef ik geen bruidsmeisje te zijn op de bruiloft van mijn nicht en hoef ik niet die verschrikkelijke jurk te dragen.' Er werd gebruld van het lachen.

Iemand zette een plaat op. 'You made me love you, I didn't want to do it...' Rufus nam Faith in zijn armen en ze dansten het grasveld op. Toen hij haar tegen zich aan trok en ze haar ogen sloot, dacht Faith: *Ik ben het bijna vergeten.* Ze had de afgelopen weken het idee gehad dat Guy in haar hart was geëtst, een ets die ze wanhopig probeerde uit te wissen of te vervangen, zijn beeld aan het oog te onttrekken door het te bedekken onder dat van iemand anders. Haar verdriet was voor een deel verdrongen door woede; het besef dat zij minder voor Guy had betekend dan hij voor haar, was diep vernederend.

Het feest werd luidruchtiger en wilder. Op zoek naar de badkamer struikelde Faith over een meisje dat stond over te geven in een Chinese vaas en over een stel in innige omhelzing op de overloop. Toen ze terugkwam zei Rufus: 'Zullen we gaan?' en Faith knikte. Ze had behoorlijk veel gedronken. Onderweg naar huis zongen ze de refreinen van liedjes en Rufus vertelde een heleboel melige grappen. De moppen leken ongelooflijk grappig en het kon haar niet meer schelen dat ze geen wijs kon houden. Rufus' arm lag om haar middel en hield haar overeind wanneer ze struikelde. Toen ze slingerend de hoek naar Mahonia Road omsloegen, herkende ze – omdat het donker was – de man die voor de voordeur van haar huis stond in eerste instantie niet. Toen hij het gelach en gezang hoorde, draaide hij zich naar hen om.

Ze fluisterde: 'Guy.'

Rufus, onvast op zijn benen, tuurde voor zich uit. Faith viel tegen hem aan. Guy stak de straat over.

Hij zei: 'Ik was in de buurt, dus ik dacht ik ga even langs.' Ze zag zijn lip omkrullen toen hij eerst haar aankeek en vervolgens Rufus. 'Maar je hebt blijkbaar andere dingen te doen.'

Toen draaide hij zich om en liep weg. Haar adem stokte en ze drukte haar knokkels tegen haar mond.

Rufus mompelde: 'Vriendelijk type.'

Ze draaide zich naar hem om. 'Zullen we naar binnen gaan?'

Rufus stak de sleutel in het slot. Faith rende naar boven. Als ze tijd kreeg om na te denken zou haar vastberadenheid wankelen. In haar slaapkamer knoopte ze haar jurk los en liet hem op de grond glijden. Rufus legde zijn handen op haar buik en kuste haar nek. Ze was blij dat het licht van de ene lamp zwak was; haar onderjurk was oud en grauw geworden in de was. Zijn lippen raakten de welving van haar ruggengraat aan. Hij pauzeerde slechts één keer, toen ze in bed lagen, en keek haar met ondoorgrondelijke, donkere ogen aan. 'Je hebt dit niet eerder gedaan, hè Faith?'

'Natuurlijk wel.'

Ze had extase of afgrijzen verwacht, maar voelde geen van beide. Het was, vond ze, allemaal tamelijk nietszeggend: een kort binnendringen van het ene lichaam in een ander. Ze was opgelucht toen het voorbij was; ze was een brug overgestoken en had een leven dat ze ontgroeid was achter zich gelaten.

Op het feest danste Jake met verscheidene meisjes, kuste er een paar en dronk vele glazen van Bruno Gages uitstekende champagne. Op zoek naar de badkamer stommelde hij door het huis, opende deuren, keek uit ramen. De kamers hadden een goudkleurige en gelakte glans die hem ergens aan deden denken, hoewel hij de vluchtige herinnering niet onmiddellijk kon plaatsen. Niet La Rouilly; deze krankzinnige chinoiserie vertoonde geen enkele gelijkenis met La Rouilly's verschoten grandeur. Jake probeerde niet te denken aan wat er met La Rouilly gebeurd was, eenzaam achtergelaten op de strook van het bezette gebied die zich uitstrekte langs de westkust van Frankrijk.

Achter hem zei een stem: 'Het interieur aan het bewonderen? Nogal druk, vind je ook niet? Ik merk dat ik er na een tijdje hoofdpijn van krijg.'

Hij draaide zich om. De blonde vrouw uit Café Royal stond in de deuropening. Jake zei verward: 'Ik dacht dat jij en Bruno...' 'Getrouwd waren?' Ze glimlachte. 'Wat een afschuwelijke gedachte.' Ze kwam de kamer in en deed de deur achter zich dicht. 'Ik ben Linda Forrester.' Ze stak haar hand uit.

Jake vond haar mooi: lang, blond en heel slank, met schouders die schuin afliepen als die van een ballerina.

'Ik kan er niets aan doen, maar ik vind dat Bruno tamelijk voorbarig is geweest,' zei ze. 'Ik bedoel, Duitse soldaten die door de tuin klossen – het lijkt niet erg waarschijnlijk. Je kunt het je gewoon niet voorstellen.'

Hij keek naar de tuin met het gazon, gestreept in twee tinten groen, de keurig gesnoeide struiken en kleurrijke planten. Hij slaagde erin de vluchtige herinnering te grijpen en realiseerde zich dat het huis hem deed denken aan het kasteel waarin hij de nacht had doorgebracht tijdens zijn laatste, wanhopige reis door Frankrijk. Hij herinnerde zich de kapotte ruiten, de lichte plekken op de muren waar vroeger schilderijen hadden gehangen.

Hij zei: 'Ik kan het me moeiteloos voorstellen.' Hij keek de kamer rond. 'Rijke buit tenslotte. Een Cézanne en een... een Dufy, is het niet? Ik zou zeggen dat dit huis hoog op de lijst zou staan.'

Haar plotseling oplaaiende woede was alleen zichtbaar in haar lichtblauwe ogen. Ze was, vermoedde hij, de soort vrouw die ervoor zou waken dat ze fronste of glimlachte, voor het geval ze er rimpels van zou krijgen.

'Je probeert me bang te maken.'

Jake haalde zijn schouders op. 'Helemaal niet. Ik geef gewoon mijn mening.'

Ze zweeg even en zei toen: 'Hoewel het een goed excuus is, nietwaar, voor dit hele gedoe?'

Hij keek opnieuw naar buiten en zag wat ze bedoelde met 'dit hele gedoe'. De gasten waren de tuin in gegaan en amuseerden zich rond de bloembedden. Een stelletje omhelsde elkaar in de schaduw van een beuk.

Hij realiseerde zich dat ze, anders dan hij had verondersteld, niet dom was en dat de minzame schoonheid van haar gezicht een masker was voor intelligentie en wie weet meedogenloosheid.

'De oorlog schudt ons door elkaar, als een stok kaarten,' zei ze. 'Vormt andere paren.'

De uitnodiging was onmiskenbaar. Hij nam haar hand in de zijne en liet zijn vingertop over de lange, slanke botten glijden. Hij stopte toen hij bij de ring aan haar ringvinger kwam. 'Je man...?'

'Harold zit in Noord-Afrika.'

Zijn vingers gleden verder over haar blote arm, kwamen toen tot rust en streelden haar nekholte. Ze rilde en zei toen luchtig: 'Het is de eentonigheid die zo ondraaglijk is, vind je ook niet? Ik heb altijd een hekel gehad aan wachten.'

Het is de eentonigheid die zo ondraaglijk is... In gedachten zag Jake de exodus van vrouwen en kinderen die de kou van Spanje, de hitte van Frankrijk verdroegen en voelde een plotselinge, intense afkeer. Hij liet zijn hand langs zijn zij vallen en haalde zijn sigaretten te voorschijn, stak er een op en zei: 'Ik heb ontdekt dat iets wat je zonder moeite kunt krijgen meestal niet de moeite waard is.'

Terwijl hij de kamer uit liep hoorde hij haar zeggen: 'Grappig eigenlijk, Jake – de knapste mannen voldoen vaak niet aan de verwachtingen. Ongeveer zoals een mooie roos zonder geur.'

Toen Faith de volgende ochtend wakker werd, stond Rufus' silhouet afgetekend tegen het raam. 'Ik moet de trein van acht uur halen,' legde hij uit. Hij pauzeerde, één sok aan, één sok uit.

'Wat is er?'

'Je hebt gisteravond tegen me gelogen, hè? Het was wel de eerste keer.'

'Maakt dat iets uit? Iemand moest de eerste zijn.'

Ze zag zijn gezicht betrekken. 'Dat meende ik niet, Rufus,' zei ze snel. 'Niet boos zijn, alsjeblieft.'

Hij ging op de rand van het bed zitten. Hij haalde zijn sigaretten uit zijn zak, bood haar er een aan en stak ze allebei aan. 'Je houdt van iemand anders,' zei hij toonloos.

'Nee. Niet meer.' Faith probeerde het uit te leggen. 'Hij is getrouwd. Hij heeft een zoontje.'

'Dat belet niet...' Rufus zweeg en schudde zijn hoofd. 'Ik weet alleen niet zo zeker of ik het leuk vind zo... inwisselbaar te zijn.'

Er viel een stilte. Tranen prikten in haar ooghoeken. Rufus zei: 'Was het die kerel die hier gisteravond stond te wachten?'

Ze gaf geen antwoord.

'Vertel het me. Ik vind dat je het me verschuldigd bent.'

Ze zei mat: 'Hij heet Guy Neville. Ik ken hem al jaren, sinds mijn elfde. Hij logeerde altijd bij ons in Frankrijk.'

'Hou je van hem?'

Ze zei zonder omwegen: 'Ik heb altijd van hem gehouden. Ik kan me niet herinneren dat ik niet van hem heb gehouden.' Ze zag de pijn op Rufus' gezicht, maar ging verder: 'Ik denk dat ik op het eerste gezicht verliefd op Guy ben geworden. Hij was een kip aan het slachten – stel je voor, verliefd worden op een man die een kip zit te slachten!'

Ze drukte haar vingers tegen haar ogen om de tranen te stoppen. Na een poos trok hij haar tegen zich aan en legde haar gezicht in de holte van zijn schouder. Hij zei: 'Ik ben eens verliefd geweest op een meisje dat op de boerderij van mijn oom werkte. Het was de manier waarop ze tegen de varkens praatte als ze hun stal uitmestte. Ik wilde dat ze zo tegen mij praatte.'

Ze lachte bibberig. 'Weet je, Rufus, Guy heeft mijn leven eens gered. Ik was gebeten door een adder en hij zoog het gif uit de wond. Het is niet zo dat ik met hem wilde tróuwen... ik nam gewoon aan dat hij er altijd zou zijn. Voor mij, bedoel ik.' Ze zei een tijd niets, maar dwong zichzelf terug te denken. 'En nu zie ik in hoe stom ik ben geweest. Ik zag Guy maar een paar weken per jaar. En voor hem was het gewoon een... een vakantie. Maar voor mij was het...'

'Wat?'

'Het mooiste deel van het jaar,' zei ze. 'Het échtste deel. Maar het grootste deel van Guy zijn leven ging de rest van de tijd gewoon door, zonder mij. Ik wist eigenlijk niets van hem. Ik had zijn familie nooit ontmoet. Ik had nooit gezien waar hij woonde. Ik was nog nooit in Engeland geweest.'

Rufus haalde zijn schouders op. 'Die dingen zijn niet per se belangrijk.'

'Toch wel, Rufus. Het is een kwestie van erbij horen, niet?' Haar stem klonk wrang. Na een poos ging ze verder: 'En toen ik hem zag... nou ja, hij leek zo gelukkig. Hij heeft zo'n mooi, keurig huis en een lief zoontje en zijn vrouw is mooi en intelligent en aardig. En ik dacht: waarom heb ik in godsnaam ooit gedacht dat Guy van míj zou houden?'

Hij stond op en begon spullen in een plunjezak te stoppen.

'Haat je me?'

Hij keek naar haar. 'Ik denk het niet. Wat zou het voor zin hebben?'

Ze kromp ineen. Rufus ging verder met inpakken. Terwijl hij zijn plunjezak over zijn schouder hing zei hij: 'Trouwens, er zullen binnenkort belangrijker dingen zijn om me zorgen over te maken. Al die... al die onzin over wie van wie houdt en wie met wie naar bed gaat zal binnenkort zo onbelangrijk lijken. Alleen lijkt het nu nog niet zo en eerlijk gezegd, Faith, denk ik dat ik maar eens ga.' Hij glimlachte wrang. 'Het is tegen mijn principes om over zulke dingen te tobben, dus je zult me wel behoorlijk diep geraakt hebben. Ik beloof je: de volgende keer dat we elkaar ontmoeten zal ik me heel beschaafd gedragen.'

Hij verliet het huis. Ze dacht dat ze zich nog nooit zo diep voor zichzelf had geschaamd. Na een poos stond ze op, nam een bad, kleedde zich aan en ging de deur uit; ze kon de stilte in de kamers niet meer verdragen. Hoewel het nog geen acht uur was, was het al warm. Ze bleef de ene voet voor de andere zetten, stak straten over en sloeg hoeken om, want dat, veronderstelde ze, was wat je moest doen. Maar ze had het idee dat de ene richting even goed was als de andere en dat, als ze de rivier in liep, of een drukke straat op, het weinig zou uitmaken. Zij, die over de halve wereld had gereisd, was haar richtinggevoel kwijt.

Na een poos zag ze het grote Victoriaanse bouwwerk van het station Liverpool Street. Ze stak haar hand in haar zak en telde haar geld. In de trein huilde ze en haar tranen maakten haar blik wazig. Ze liep de paar kilometer van het station naar Heronsmead en arriveerde er rond een uur of drie. Ze liep niet naar de voordeur, maar naar de tuin aan de achterkant van het huis. Ze zag hen voordat ze haar zagen: Ralph zat in een dekstoel, een zonnehoed schuin op zijn neus, te lezen; Poppy zat op haar knieën een bloembed te wieden. De zon stond hoog aan de hemel, het gras was als stro. Haar schaamte en droefheid werden voor een deel weggenomen toen ze wuifde en naar haar familie riep.

De trein vertrok om vijf uur uit Bristol. Hij kroop vervolgens door voorsteden en over platteland, stopte op rangeerterreinen, reed doel-

113

loos heen en weer over roestige sporen. Toen hij eindelijk stopte op een station, zag Nicole dat het bijna halfzeven was. Ze wreef met haar vingers over het vuile glas. Ze kon de naam van het station niet zien – de borden waren weggehaald met het oog op de dreigende invasie – en de aankondiging van de conducteur werd overstemd door het lawaai van locomotieven en reizigers. De meesten van de soldaten die vanaf Bristol met Nicole in de coupé hadden gezeten, stommelden naar buiten en een half dozijn passagiers in burger stapte in. Een man vroeg: 'Is deze plaats bezet?' en Nicole glimlachte en pakte Minette op, die languit op de bank was gaan liggen.

'Minette heeft geen kaartje en zal met alle plezier mijn plaats delen.'

Hij ging zitten. Hij droeg een krijtstreepkostuum en een hoed en had een opgerolde paraplu en een aktetas onder zijn arm. Een Engelse heer, dacht Nicole goedkeurend. Ze vroeg: 'Weet u waar we zijn?'

'Oxford. Dromend van torenspitsen en zo.'

'O.' Ze keek weer uit het raam. 'Het doet een beetje denken aan Florence, vindt u ook niet, alleen andere kleuren.'

Hij glimlachte. 'Dat zal wel.'

'Ik bedoel – goud en groen in plaats van roze en terracotta.'

'Ja.' Hij scheen even na te denken. 'Ja, ik geloof dat u gelijk hebt.'

'Elke stad heeft een andere kleur, vindt u ook niet? Net als namen.'

'Namen?'

'Mijn naam – Nicole – is vuurrood en zwart, die van mijn broer Jake is fel purper en die van mijn zus, Faith, is mooi rozig-bruin.'

'De mijne is David,' zei hij. 'Welke kleur is dat?'

Ze keek hem aan. Zijn ogen waren expressief en intelligent en zijn donkere haren vertoonden een zweem grijs bij de slapen. 'Koningsblauw,' zei ze stellig.

'Echt waar? Ik heb een koningsblauwe das waar ik dol op ben en die ik alleen op zon- en feestdagen draag. Maar helaas eist mijn werk meestal stemmige streepjes.'

'Wat doet u?'

Hij zei vaag: 'O, van alles. Kantoorwerk, heel saai. En u?'

'Ik ben zangeres. Ik heb net auditie gedaan voor een radioprogramma.'

'Echt waar? Wat goed. Hoe ging het?'

114

Ze dacht terug. In het begin was ze zenuwachtig geweest, niet gewend aan de microfoon, maar toen ze eenmaal was begonnen te zingen, had ze zich beter gevoeld. 'Heel goed.'

'U schijnt er vertrouwen in te hebben.'

De trein kwam op snelheid en het platteland werd een wazige groene en bruine streep. Ze legde uit: 'Alles wat ik echt wil, krijg ik ook, ziet u. Het is gewoon een kwestie van graag genoeg willen.'

Hij keek geamuseerd. 'En bent u niet bang het noodlot te tarten?'

Nicole schudde haar hoofd. 'Absoluut niet.' Ze keek hem opnieuw aan. 'Wat is uw lievelingslied?'

Hij dacht na. 'Ik ben gek op Händel. En Mozart natuurlijk. Als ik een lievelingslied moest kiezen, wat ik heel moeilijk zou vinden, zou het denk ik "Dove sono i bei momenti" zijn, uit *Le nozze di Figaro*.'

Zachtjes neuriede ze de openingsnoten. De trein dook een tunnel in. Toen ze eruit kwamen en het weer licht werd, zei ze: 'Wilt u een pruim? Ze zijn heel lekker – ik heb ze vanmorgen geplukt.'

'Een pruim zou heerlijk zijn, als ik u niet ontrief.'

'Het is de bedoeling dat we er jam van maken, maar er is niet genoeg suiker en ik vind ze zo lekkerder.' Ze haalde een bruine papieren zak uit haar muziektas en hield hem die voor. De trein had weer vaart geminderd en het omringende platteland was duidelijk geworden, een lappendeken van grijsbruine dorpen tussen okerkleurige stoppelvelden. De buffers tussen de wagons knersten in een zwoegend ritme. Hij zei: 'Hoe ver moet u?' en ze zei: 'Naar Holt, in Norfolk,' en toen, in een chaos van hond, pruimen, hoed en paraplu stortte hij zich boven op haar en trok haar van de bank op de grond.

Ze besefte niet onmiddellijk wat er gebeurde. Ze wist alleen dat het geluid afschuwelijk was en ze lag op de grond en hij zat over haar heen en wierp een schaduw over haar heen. Zijn hand greep haar arm en belette haar op te staan. Toen ze ineen dook bij het kraken van geweervuur, zei hij scherp: 'Het is niets, het komt allemaal goed,' en toen, terwijl de trein schokkend en snerpend tot stilstand kwam, schoot ze naar voren en sloeg met haar hoofd tegen de deur. De locomotief gilde en ze hoorde het vijandelijke vliegtuig gieren toen het weer hoog de lucht in scheerde.

Alles werd stil en rustig. De stilte werd verbroken door een snik, toen een binnensmondse vloek en een: 'Hé zeg... kijk uit voor de glasscherven.' Nicole opende haar ogen.

115

Hij zei: 'Het spijt me verschrikkelijk – ik zal u wel de stuipen op het lijf hebben gejaagd, maar ik zag het vliegtuig... Alles in orde?'

Ze knikte, te veel buiten adem om iets te zeggen.

'Dan zal ik eens zien of ik iets kan doen. Wacht hier even, wilt u? Ik ben zo terug.'

Ze veegde de glasscherven van de bank, ging zitten en trok Minette tegen zich aan. Aarzelend betastte ze haar achterhoofd en voelde een eivormige bult. Een vrouw aan de andere kant van het gangpad zat te huilen. De kogelgaten in het dak van de wagon leken wel een stipjespuzzel.

Na een minuut of tien kwam David terug. 'Er zijn een paar gewonden, maar er zitten enkele verpleegsters in de trein en die ontfermen zich over hen. De stoomketel is doorzeefd en een paar wagons zijn ernstig beschadigd. Ze sturen een andere trein, maar dat gaat uren duren, vermoed ik. Het is misschien sneller als we onze eigen weg gaan.'

Ze duwde de deur open. Ze stonden midden tussen de velden; ze zag geen huizen, alleen kriskras lopende akkers en heggen en bos. De avondzon glansde op de graanstoppels en de droge zandpaden. Hij sprong als eerste naar buiten en stak toen zijn hand op om haar te helpen.

'Zal ik uw koffer nemen?'

Nicole schudde haar hoofd. 'Hij is niet zwaar en Minette kan lopen.' Ze zette de hond neer, die blafte en langs de rand van het veld rende. 'Weet u waar we zijn?'

'Ergens in Bedfordshire,' zei hij, om zich heen kijkend. 'Als we een dorp kunnen vinden, rijdt er misschien een bus. En u moet uw familie bellen. Ze zullen zich zorgen over u maken.'

'O nee,' zei ze vrolijk. 'Nou ja, ma misschien, maar pa weet dat ik altijd weer kom opdagen. Trouwens, we hebben geen telefoon.'

Ze zag de torenspits aan de horizon. Ze begonnen erheen te sjokken over het stoffige veld. Het was avond, maar nog warm en Nicole trok haar jasje uit en stopte het in haar koffer. Toen ze het dorp bereikten, bleef David voor een pub staan.

'Hebt u zin in een glas cognac? Medicinale doeleinden – kalmeert misschien de zenuwen – nogal angstaanjagend voor u, ginds.'

'Dat soort dingen maakt me niet echt bang,' zei ze, 'maar een glas cognac zou heerlijk zijn.'

116

Omdat de gelagkamer laag en donker en vol was, gingen ze in de kleine achtertuin zitten. David ontdekte dat er over een halfuur een bus naar Bedford vertrok; vanuit Bedford zou er wel een trein naar Cambridge rijden, waar Nicole de aansluiting naar Holt kon nemen. Hij vroeg nieuwsgierig: 'Als in een trein beschoten worden u niet bang maakt, wat dan in 's hemelsnaam wel?'

Nicole dacht na. 'O, alleen zijn. Ik vind het verschrikkelijk om alleen te zijn. En ik heb een hekel aan onder de grond zijn – kelders en zo. En' – ze trok rimpels in haar neus – 'ik heb een hekel aan gezanik.'

Hij stak zijn hand uit. 'Ik realiseer me net – ik heb me niet behoorlijk voorgesteld. U weet niets over me, alleen dat ik een koningsblauwe naam heb. Ik heet David Kemp.'

'Nicole Mulgrave,' zei ze en gaf hem een hand.

Hoewel de verzorging van Oliver Eleanor al snel goed afging, vond ze niet de vreugde die ze van het moederschap verwacht had. Terwijl ze herstelde van de bevalling, realiseerde ze zich dat ze zich verveelde. Het zorgen voor een baby – de eindeloze cyclus van voeden, verschonen, baden, de saaie wandelingen met de kinderwagen, de eentonige spelletjes met rammelaar en teddybeer – vond ze langdradig. Het moederschap was zowel ongelooflijk tijdrovend als pijnlijk saai. Haar geest bleef onbevredigd terwijl haar lichaam uitgeput was. Als ze aan een boek begon, onderbrak Olivers gehuil haar voordat ze een of twee bladzijden had gelezen. Van pianospelen werd hij onrustig. Bezoekjes aan haar vader, haar vriendinnen, werden bedorven door de aanwezigheid van een wakkere, rusteloze baby. Ze wist niet eens meer wanneer ze voor het laatst naar een concert was geweest. Als Guy eens een avond vrij had en Eleanor een meisje uit de buurt had kunnen overhalen om op te passen, was de kans groot dat haar plannen op het laatste moment in duigen vielen. Babysitters waren onbetrouwbaar en Oliver had er een handje van koorts te krijgen net wanneer ze op het punt stonden weg te gaan, zodat Guy zich zorgen maakte over een van de duizenden kinderziektes die Oliver één voor één scheen af te werken.

In maart was Guy naar Frankrijk vertrokken, Eleanor achterlatend met eenzame avonden en nachten, onderbroken door een baby die niet in staat was een vast ritme te ontwikkelen. Op een middag bood een vriendin aan op Oliver te passen terwijl Eleanor naar een bijeenkomst van de Women's Voluntary Service ging. Na afloop van de discussies over veldkeukens, kledingvoorraden en rusthuizen, realiseerde ze zich hoe erg ze al die dingen gemist had – haar comités, dat gevoel deel uit te maken van een wereld dat het lidmaatschap van een organisatie je gaf. Zwangerschapsmisselijkheid had haar gedwongen haar werk in het ziekenhuis op te geven.

Toen ze terugkeerde naar Malt Street was ze laaiend enthousiast. De plaatselijke wvs-afdeling stond onder leiding van een zekere Doreen Tillotson, die tegelijk met Eleanor in het liefdadigheidscomité van het St. Anne's had gezeten. Eleanor kende mevrouw Tillotson als een besluiteloze en inefficiënte leidster. Eleanor wist ook dat ze het zelf veel beter zou doen dan die arme Doreen. Tijdens een twee uur durende discussie noemde ze een half dozijn veranderingen die moesten worden doorgevoerd, van kleinigheden zoals zorgen dat er genoeg theelepeltjes waren (er waren altijd te weinig theelepeltjes) tot belangrijkere kwesties zoals geldinzameling en ledenwerving. Diezelfde avond nog stelde ze een actieplan op en een lijst in volgorde van belangrijkheid van de veranderingen die nodig waren.

Maar Guy keerde gewond terug uit Frankrijk en elke kinderoppas die Eleanor probeerde aan te nemen werd afgeschrikt door Olivers tranen en driftbuien. Ten einde raad nam ze Oliver mee naar een wvs-bijeenkomst. In de bus sliep hij in zijn reismand, maar zodra ze de mand in een hoek van de zaal zette, begon hij te jengelen. Na vijf minuten ging zijn gejengel over in luidkeels huilen. Eleanor probeerde hem in slaap te wiegen, maar hij bleef huilen, dus zette ze de mand na enige tijd in een van de kamers boven en trok de deur stevig achter zich dicht. Het gehuil drong tot beneden door, maar Eleanor negeerde de verwijtende blikken van de andere dames.

Toen zijn gebroken enkel zover was genezen dat hij zichzelf weer kon redden, stelde Guy voor dat Eleanor en Oliver naar Derbyshire zouden gaan om bij haar grootmoeder te logeren. Mevrouw Stephens paste op de baby terwijl Eleanor rustte. In Derbyshire herontdekte Eleanor hoe het was om acht uur ongestoord te slapen. Ze maakte lange fietstochten en toen ze op een avond aangenaam uitgeput in bed viel, realiseerde ze zich beschaamd dat ze Oliver de hele dag niet had gezien en hem geen moment had gemist. Londen echter miste ze wel. Ze was een stadsmens en verlangde naar de winkels, de schouwburgen, de concertzalen, de gesprekken.

Grootmoeder aanbad Oliver en verwende hem verschrikkelijk. Toen Eleanor weer met hem naar Londen ging, huilde hij de hele lange treinreis. Op het station wachtte Guy hen op en haar eerste opwelling was hem te vertellen hoe moeilijk Oliver was geweest. Maar plotseling besefte ze het risico daarvan. Toen de Slag om Engeland begon, stelde Guy voor wat Eleanor al had voorzien: dat zij en Oliver uit Londen zouden weggaan. Eleanor zocht uitvluchten; ze zou een beslissing nemen wanneer de bombardementen begonnen, niet eerder. De zorgrimpel tussen Guy's wenkbrauwen werd dieper, maar hij legde zich bij haar besluit neer.

Toen kwamen de Mulgraves op bezoek. Eleanor zag hoe Faith naar Guy keek. Wat Guy zich niet bewust was, voelde Eleanor onmiddellijk aan. Faith Mulgrave was verliefd op Guy. Toen ze Faith ontmoette, met haar woeste kleren en ongepolijste manieren – vergeeflijk, zelfs enigszins aantrekkelijk bij een man zoals Jake, maar per definitie afstotelijk bij een vrouw – moest Eleanor haar antipathie verbergen. Ze was intelligent genoeg om te begrijpen dat zij en Faith elk appelleerden aan verschillende kanten van Guy's karakter. Ze wist dat ze niet meer zo lang uit Londen mocht weggaan dat Guy ging beseffen dat Faith Mulgrave niet meer het betoverende kind uit zijn herinnering was, maar een volwassen vrouw, een vrouw die niet het zedelijkheidsbesef en de zelfbeheersing had die haar ervan zouden weerhouden van een getrouwde man te houden.

5

Nicole ontmoette David Kemp voor het Cumberland Hotel en ging op haar tenen staan om hem op zijn wang te kussen. Weifelend overhandigde hij haar een bos bloemen. 'Ik dacht... gelukwensen of troost.'

'Gelukwensen,' zei ze en begroef haar neus in de fluweelzachte bloemblaadjes. 'Ik ben uitgekozen om met de Geoff Dexter Band te zingen.'

'Je zult beroemd worden,' zei hij. 'De mensen zullen jaloers zijn als ik ze vertel dat ik pruimen heb gegeten met de beroemde zangeres Nicole Mulgrave.'

Ze gingen het hotel binnen. Nadat ze thee hadden besteld zei ze: 'Over veertien dagen zing ik op mijn eerste concert. Ik heb twee jurken van Harrods mogen uitzoeken. Ze zijn zonder meer fantastisch, David.'

'Waar logeer je?'

'Bij mijn zus, Faith, in Islington. Ze heeft besloten ambulancechauffeur te worden. Ze moet volgende week rijexamen doen.'

'Vertel eens over je familie.'

Ze vertelde hem over Ralph en Poppy, over Jake en Genya en de Kostgangers en over La Rouilly en de landen die ze als kind had bezocht. Toen de thee kwam, schonk ze in en hij zei: 'Het klinkt zo exotisch en avontuurlijk. Ik ben altijd jaloers geweest op mensen met een grote familie. Mijn vader is kort na mijn geboorte gestorven en mijn moeder en ik bleven alleen achter. En we hebben uiteraard altijd in hetzelfde huis gewoond.'

'Waar is je huis, David?'

'In Wiltshire, niet ver van Salisbury.'

'Is het een mooi huis?'

Hij glimlachte. 'Compton Deverall is koud, tochtig en ontzettend ongerieflijk. Maar ik ben er dol op.'

Ze wilde hem nog meer vragen, toen ze de sirene van het luchtalarm hoorde. Ze keek hem aan. 'Loos alarm?'

'Waarschijnlijk wel. Er is een schuilkelder in het souterrain.' Enkelen van de andere gasten verlieten de zaal.

'Suiker?' zei ze kalm; ze bleef op haar stoel zitten en gaf hem de suikerpot aan.

Ze hoorde een ver, vaag *plof*, roerde in haar thee en at een sandwich. Er viel nog een bom en nog een. De eetzaal was nagenoeg verlaten. Ze zei: 'Wat zit er in godsnaam op deze sandwiches...' en toen klonk er een klap en haar theelepeltje rinkelde op het bordje.

David zei: 'Vispastei, ben ik bang.' Hij raakte haar hand aan. 'Het is nog een eind weg, Nicole, maar ik vind echt dat we naar de schuilkelder moeten gaan.'

Ze volgde hem naar beneden. Ze had een hekel aan souterrains, de afwezigheid van licht en zoals het plafond op je drukte. Na een poos zei ze: 'David, ik hou het hier niet uit. Vind je het erg om te gaan?'

Hij keek naar haar en trok een berouwvol gezicht. 'Ik was het vergeten. Je bent niet graag onder de grond. Weet je wat – mijn huis is niet ver weg en de eettafel is onverwoestbaar. Dus als je het niet erg vindt je op straat te wagen...'

Buiten, in de najaarszon, vervloog Nicoles angst. Toen ze opkeek zag ze de V-vormige vliegtuigformaties in de lucht, als trekganzen. Ze zag de witte pluim die opsteeg uit een getroffen gebouw. De wolk waaierde uit, opbollend als een ontplooiend zeil en werd toen breed met een rode rand. Het zag er, vond ze, best mooi uit.

'East End krijgt het zwaar te verduren.' David pakte haar hand en maande haar tot spoed. 'Kom op.'

In een groot huis in een rij aan Devonshire Place ging hij haar voor naar de eetkamer. Nicoles blik werd getrokken naar een foto op het buffet.

'Wat een mooie vrouw.' Het was een portret van een donkere, peinzend kijkende jongedame. 'Wie is het?'

Hij zei: 'Ze heette Susan. Ze is gestorven aan tbc. We waren verloofd.'

'O, David' – ze ging naar hem toe – 'wat erg voor je.' Er stonden tranen in haar ogen.

'Het is lang geleden.'

Toen om kwart over zes het sein 'alles veilig' klonk, gingen ze naar de keuken, waar ze omeletten met sla maakte. 'Mijn moeder stuurt eieren en groenten van thuis,' legde hij uit. 'Ik voel me er nogal schuldig onder. Verwend.'

Ze knabbelde op een slablad. 'Het is heerlijk, David. Je moet je niet schuldig voelen. Dat doe ik ook nooit.'

Hij stond een mandje frambozen voor in de pudding te wassen toen de sirene opnieuw ging.

'We kunnen ze beter onder tafel opeten.'

'We moeten champagne hebben, David. Heb je champagne? Champagne smaakt zo lekker bij frambozen.'

De knal van de champagnekurk vormde een echo van het dreunen van de vallende bommen. Nicole dronk haar eerste glas snel leeg. 'Ze komen dichterbij.'

David legde uit: 'Ze hebben vanmiddag brandbommen gegooid om het doelwit te verlichten. Ik ben bang dat het een zware nacht wordt.'

Ze hield haar glas op. 'Schenk me dan nog maar eens in, lieverd.'

Hij fronste zijn wenkbrauwen. 'Ik weet niet zeker...'

'Wat?'

'Je bent erg jong, Nicole.'

Ze zei verongelijkt: 'Ik ben zeventien!'

'Zeventien... goeie god.' Hij schudde zijn hoofd. 'Ik ben tweeëndertig.'

'Mijn vader is dertien jaar ouder dan mijn moeder,' zei Nicole, 'en ze zijn altijd de beste vrienden geweest. Bovendien' – ze begon te giechelen – 'hoe kun je er in godsnaam uitgerekend nu bezwaar tegen hebben dat ik een paar glazen champagne drink?' Ze moest schreeuwen om boven de herrie van het bombardement uit te komen. Hij keek haar aan en begon eveneens te lachen.

Toen Guy de volgende dag van het ziekenhuis naar huis liep, bedacht hij dat het een soort doop was geweest. Het gevoel van ongeloof dat was gebleven na de oorlogsverklaring een jaar geleden – sinds München misschien – was verdwenen. Het verwoeste landschap waarmee ze op deze mooie septemberochtend werden geconfronteerd ging gepaard met een nieuw besef van realiteit.

Hij was die nacht één keer thuis geweest, om te controleren of Eleanor en Oliver veilig in de Anderson-schuilkelder zaten. De rest van de tijd had hij geholpen met het behandelen van de gewonden van de Blitzkrieg. Nu, ondanks een slapeloze nacht, voelde hij zich vreemd opgetogen. In leven zijn leek op zichzelf al een genoegen. Hij was blij dat het zondag was en hij geen spreekuur had. Hij moest met Eleanor praten, dingen regelen, het station bellen voor de vertrektijden van de treinen naar Derby en daarna kon hij gaan rusten.

Hij zag op tegen hun vertrek – de gedachte terug te keren tot een eenzaam vrijgezellenbestaan stond hem tegen – maar hij wist dat hij geen keus had. Toen hij de hoek naar Malt Street omsloeg, zag Guy dat de huizen ongedeerd waren; er was alleen maar een dunne laag steenstof dat door de wind was aangevoerd en de bladeren en het gras bedekte. Maar hij had de verwoeste huizen in Stepney en Whitechapel nog duidelijk voor ogen, evenals de herinnering aan wat instortende daken en muren met broze menselijke lichamen konden doen.

Thuis vond hij Eleanor in de keuken. Hij kuste haar in haar nek, zich zoals altijd verheugend in haar glanzende haren en rimpelloze huid, haar gaafheid.

'Hoe is het met Oliver?'

'Die slaapt, goddank. Hij heeft de hele nacht in de schuilkelder liggen huilen.'

'Ik zal het station bellen om de vertrektijden van de trein naar Derby te vragen. Kun je vandaag alles in gereedheid brengen, lieverd?'

Ze was kaas aan het raspen voor een saus. Ze zei: 'Olivers kleren zijn allemaal gewassen en gestreken. En ik heb alleen nachtspullen nodig.'

'Nachtspullen? Je zult warme kleren mee moeten nemen, Eleanor. Ik heb het afschuwelijke gevoel dat dit tot in de winter kan duren.'

Zonder zich naar hem om te draaien zei ze kalm: 'Guy, ik breng Oliver naar grootmoeders huis en daarna kom ik terug.'

Hij ging tegenover haar zitten en wreef in zijn ogen. Zijn oogleden zaten onder het steenstof. 'Eleanor,' zei hij, 'ik wil dat je met Oliver naar Derbyshire gaat. En ik wil dat je daar blijft.'

'Nee, Guy.' Ze wikkelde het overgebleven stuk kaas in vetvrij papier en legde het weg. 'Ik kom terug om je te helpen.'

Hij pakte haar hand en probeerde het uit te leggen. 'Ik wil niet dat je weggaat, Eleanor – ik zal je ontzettend missen. Maar ik wil dat je veilig bent.'

'We hebben de Anderson-schuilkelder,' zei ze. 'Ik zal het er gezellig maken met een thermosfles en boeken en dekens. Je zult zien, hij wordt heel aardig.'

'Maar Oliver...'

'Oliver zal het prima maken in Derbyshire. Ik heb grootmoeder geschreven en ze verlangt ernaar hem voor zichzelf te hebben.'

Hij staarde haar aan. 'Je hebt alles al geregeld?'

'Natuurlijk.' Ze streelde zijn hand en stond op, bukte zich om aardappelen uit een zak te halen.

'Zonder mij erin te kennen?'

'Ik wilde je er niet mee lastigvallen, Guy. Je hebt al genoeg zorgen.'

'Oliver is mijn zóón... Niet te geloven dat je je eigen gang bent gegaan en achter mijn rug om zoiets hebt geregeld.'

'Doe niet zo belachelijk, Guy.' Eleanors stem bleef luchtig en onaangedaan. 'Je laat het zo... samenzweerderig klinken. Ik heb gewoon het beste voor ons allemaal gedaan.'

'Het is niet bepaald het beste voor Oliver!' Hij kon zijn toenemende woede niet verbergen.

'Natuurlijk wel.' Ze legde de aardappelen in de gootsteen en draaide de kraan open. 'Hij is er veilig en daar gaat het om.'

'Een kind heeft zijn moeder nodig.'

'Onzin, Guy. Een baby van acht maanden ziet geen verschil tussen de ene persoon en de andere. Zolang hij warm en droog is en gevoed wordt, maakt het Oliver niets uit wie er voor hem zorgt.'

'Ik geloof er niets van, Eleanor – ik denk echt dat je je vergist...'

'Bovendien, we hebben het zelf aardig gered zonder moeder, nietwaar?'

Guy had op kostschool gezeten toen zijn moeder was gestorven. Zijn mentor had hem apart genomen en het nieuws verteld. Als blijk van erkenning van zijn verlies had hij de lunch in de ziekenzaal mogen gebruiken – hij wist nog dat hij ijs had gekregen, alsof dat hem zou troosten in zijn verdriet.

Hij zei boos: 'Ik wil niet dat Oliver het rédt – ik wil dat hij gelukkig wordt.'

'Bedoel je dat ík dat niet wil, Guy?'

Ze draaide zich naar hem om. Voor het eerst zag hij de hardheid in haar ogen. Eleanor legde haar groentemes neer en veegde haar handen af aan een theedoek.

'Het is de beste oplossing voor ons allemaal,' herhaalde ze. 'Oliver zal veilig en goed verzorgd zijn en ik kan je blijven helpen en een echte bijdrage leveren aan de wvs.' Ze glimlachte, maar haar ogen waren nog even hard. 'Kom, Guy – ben je vergeten wat voor knoeiboel het was voordat je mij leerde kennen? En je zult het drukker krijgen dan ooit, vermoed ik. Ik denk niet dat je het zonder mij zult redden.'

Hij had bijna gezegd: *Ik redde het uitstekend voordat ik jou kende*, maar slikte de woorden in toen hij zich realiseerde hoe het zou overkomen. Hij streek door zijn stoffige haren en deed zijn ogen dicht. De herinnering aan Faith zoals hij haar voor het laatst had gezien, kwam in hem op. Toen hij op een avond van het ziekenhuis naar huis liep, had hij zich opeens gerealiseerd dat hij maar een paar straten verwijderd was van het huis waar Faith en Jake woonden. Hij had besloten hen op te zoeken en had er spijt van dat hij dat nog niet eerder had gedaan. En toen had hij Faith gezien in de straat, lachend, kennelijk aangeschoten, om de nek van haar haveloos uitziende begeleider hangend. Het was hem zonneklaar geweest dat ze verliefd waren op elkaar. Hij herinnerde zich niet wat hij tegen haar gezegd had, alleen de schok, het besef dat een illusie plotseling was verstoord.

Guy's woede vlamde op en ebde toen plotseling weg. Hij werd overweldigd door een alles overstelpende uitputting die een nacht lang werken niet had kunnen veroorzaken. Na een poos zei hij lusteloos: 'Als je vindt dat je het zo moet doen, Eleanor, zal ik wel geen andere keus hebben dan me erbij neerleggen.'

'Mooi,' zei Eleanor opgewekt. 'Ik wist wel dat je zou inzien dat het de enige verstandige oplossing is. Goed, Guy, waarom ga je je niet wassen? Je maakt de hele keukenvloer vies. Ik laat een lekker warm bad voor je vollopen en daarna breng ik je wat toast en thee en rust je eens goed uit. Je zult zien, het komt allemaal prima voor elkaar.'

Een vriendin had Faith voorgesteld ambulancechauffeur te worden. 'Je hebt geen diploma's en je kunt niet typen. Autorijden lijkt het enige wat je kunt.' Faith was gepikeerd geweest dat haar vaardigheden zo terloops werden afgedaan, maar het voorstel trok haar niettemin aan. Ze kon 's nachts met de ambulance rijden en overdag voor mevrouw Childerley blijven zorgen, die ze erg aardig was gaan vinden.

Ze slaagde de tweede keer voor haar rijexamen. De examenauto was groot, oud en nukkig, net als de oude Citroën die Ralph in Frankrijk had moeten achterlaten, en dus tamelijk vertrouwd. Ze kreeg een katoenen jas, een bloes en een helm en volgde een EHBO-cursus. De ambulances waren grijs gelakte particuliere auto's met rails voor de brancards. De chauffeurs werkten in ploegen van twee en kregen elke nacht een andere wijk toegewezen.

In het begin was het allemaal erg verwarrend. Faiths grootste angst was dat ze in het donker de weg kwijt zou raken; vele straten waren wegens bomschade of niet-geëxplodeerde granaten afgesloten, zodat haar snel verworven kennis van Londen nagenoeg nutteloos was. Als ze stopte om de weg te vragen, stuurden de mensen, in verwarring gebracht door de herrie en de verwoestingen, haar vaak de verkeerde kant op. Op de plaats waar de bom gevallen was werden de slachtoffers behandeld door artsen en verpleegsters, die de ergste verwondingen verzorgden. Vervolgens schoven Faith en Bunty, haar partner, hen in de ambulance en brachten hen naar het ziekenhuis. Het was de bedoeling dat ze de slachtoffers een label omhing met daarop hun naam en een korte beschrijving van hun verwondingen, maar op de een of andere manier leek ze er nooit tijd voor te hebben. Of ze was haar pen kwijt of kon, in het donker en het stof, niet goed genoeg zien om te schrijven. In het ziekenhuis lieten ze de slachtoffers achter op de EHBO-afdeling en namen de brancards en de dekens mee terug. Vervolgens reden ze terug naar de ambulancepost en wachtten tot ze opnieuw werden opgeroepen.

Er leken zoveel fouten gemaakt te kunnen worden. Soms vergat ze de dekens op te halen en dan maakte de chef een enorme heisa over het verstrekken van nieuwe. Ze ontweek een bomkrater in het wegdek en dan begonnen de slachteroffers achterin te kreunen en te klagen. Eén keer was ze op een volkomen verkeerde plek uitgekomen en het had tien minuten geduurd voordat ze zich realiseerde dat ze in Green Street was en niet in Green Road. Tussen de oproepen door, terwijl ze in het souterrain wachtten bij de telefoons, dronken zij en Bunty eindeloze hoeveelheden thee.

'Het ergste is het in de auto tillen van de brancards,' klaagde Bunty, terwijl ze de ketel nog eens vulde. 'Ik breek zowat mijn rug.'

'Ik was gisteravond zo verdwaald dat ik dacht dat ik in Dover zou uitkomen.' Faith keek Bunty aan. 'En ik ben bang...' Ze zweeg. 'Waarvoor?'

'Voor als het echt ernstig is. We hebben tot dusver nog maar' – ze telde op haar vingers – 'tien gevallen gehad, en geen van allen ernstig gewond. Ik ben bang dat ik misselijk zou worden of gewoon nutteloos.'

'Ik heb een tante die flauwvalt als ze bloed ziet,' beaamde Bunty.

De avond daarna moest Faith haar ergste angst onder ogen zien. Het was een zware aanval; wanneer ze na elke oproep terugkwamen in het souterrain, hadden ze geen tijd om thee te zetten voordat de telefoon opnieuw rinkelde. Om drie uur 's nachts waren de rook en het steenstof zo dicht, dat ze nauwelijks door de voorruit konden kijken. Bunty hing uit het raam en gaf aanwijzingen.

'Langzamer... een beetje naar links, de weg is een puinhoop... langzamer. Stop; er ligt iets op de weg.'

Ze stapten uit de ambulance. Bunty liep verder naar de plek waar het obstakel op het asfalt zichtbaar was in het gedimde licht van de koplampen. Toen fluisterde ze: 'O gód,' en Faith keek omlaag.

Het kind moest door de kracht van de explosie in de lucht geslingerd zijn; het kleine lichaam was opengereten toen het op het wegdek was gesmakt. Faith hoorde dat Bunty begon te huilen, een vreemd droog snikken. Zelf begon ze, vreemd genoeg, niet te huilen of te jammeren of een van de dingen te doen waarvoor ze bang was geweest. Ze haalde een deken uit de ambulance, wikkelde het dode kind erin en legde het teder op een van de brancards. Toen stak ze een sigaret op en duwde die tussen Bunty's trillende vingers. Iemand brulde: 'Doe dat licht uit!' maar ze negeerde hem; ze kon niet geloven dat in dit inferno de speldenpunt van een sigaret vanuit de lucht zichtbaar zou zijn.

De nacht daarop voelde ze zich merkwaardige opgelucht, alsof ze was geslaagd voor een examen. In het begin was ze misselijk geworden bij het loeien van het luchtalarm en het diepe dreunen van de bommenwerpers. Het gieren van elke vallende bom had een hartverlammende paniek veroorzaakt, die ze alleen had kunnen onderdrukken doordat haar angst om zichzelf voor gek te zetten groter was.

Maar haar angst was verrassend snel weggeëbd; zoveel angst kon je domweg niet lang blijven voelen. De herrie en de chaos van de lucht-aanvallen namen je volledig in beslag: het loeien van de sirene, de klap waarmee de brandbommen insloegen, het kraken van instorten-de muren en schoorstenen. De branden die heel Londen leken te overspoelen, de rook die de hemel verduisterde. Ze had verlangd naar drama, ze had verlangd naar afleiding; ze had beide nu gekregen.

Ze ontwikkelde een vaste routine. Ze kwam 's morgens om zes uur thuis, sliep tot een uur, bleef bij mevrouw Childerley tot het tijd was om weer naar de ambulancepost te vertrekken. Ze verdiende als am-bulancechauffeur drie pond per week en bij mevrouw Childerley drie pond en tien shilling. Aan het eind van de eerste week voelde ze zich rijk. De bommen maakten haar bang, maar ze dacht niet dat ze zich in een schuilkelder minder angstig zou hebben gevoeld. Toen ze aan het eind van de eerste twee weken een dag vrij had, ging ze naar Heronsmead en maakte zich zorgen over Ralphs aanhoudende on-vrede en Poppy's bleke gezicht. Ze stelde Ralph voor haar in Londen te komen bezoeken; Poppy, dacht ze, keek opgelucht.

Weer in Londen rinkelde de telefoon in de ambulancepost onaf-gebroken. Ze kregen een andere wijk toegewezen. Faith reed door onbekende straten terwijl Bunty kaart las en aanwijzingen riep. Ze moesten vaart minderen toen ze in een buurt vol verwrongen hekken en kapotte muren kwamen. Vlammen schoten de lucht in, stof steeg op. In de gebombardeerde wijk waren voorwerpen her en der rond-geslingerd en gaven het geheel een surrealistische aanblik. Een jurk hing over een lantaarn, een stoel stond boven op een vuilnisemmer, een aspidistra was op de een of andere manier in een fietsmand te-rechtgekomen. De voorgevel van een flatgebouw was verdwenen en onthulde smoezelig behang en kapot meubilair. Je voelde je een gluurder die in het interieur van andermans huizen keek. Faith wend-de zich af.

Ze parkeerden een eind van de getroffen plek en klauterden over de puinhopen om bij de slachtoffers te komen. De brancard was zwaar en gruis drong in haar handpalmen. Stof verstikte haar. Ze moest in haar ogen wrijven om de gedaanten van degenen die in de ruïnes aan het werk waren te kunnen onderscheiden, de artsen en verpleegsters die zich over hun patiënten bogen, de mannen van de reddingsploeg die stenen en brokken beton opzij schoven, op zoek naar overlevenden, de brandweermannen die de vlammen trachtten te doven. Een van de verpleegsters riep: 'Hierheen, meisjes!' en wenkte Faith en Bunty.

Iemand van de reddingsploeg wrikte een stuk muur op. De verpleegster legde uit: 'Ze hebben haar er bijna uit, maar ze is er slecht aan toe. Neem eerst haar mee en kom dan terug voor de anderen.'

De onder bakstenen bedolven vrouw leek een vormeloze hoop vodden. Een dokter zat op zijn hurken naast haar. Beiden waren roodbruin van het steenstof.

Plotseling zei de dokter: 'Nee. Nee... we zijn haar kwijt,' en hij stond op.

Faith herkende zijn stem onmiddellijk. Ze wist dat het al te laat was om zich om te draaien, te proberen zich te verstoppen. Ze keek toe terwijl Guy het stof uit zijn ogen wreef. Toen, langzaam, richtte hij zijn blik op haar.

'Zo, zo, kijk eens aan. Faith Mulgrave. Dus je hebt genoeg ruimte weten te vinden in je drukke bestaan om wat oorlogswerk te doen.' En voordat ze een antwoord kon bedenken was hij weggelopen en weer verdwenen in de rook en het stof.

Begin november kwam Ralph logeren in het huis in Mahonia Road. Poppy bleef in Norfolk; bang voor de bommen, legde Ralph vol afkeer uit. Rufus, een paar dagen thuis met verlof, liet Ralph Londen zien op de avonden dat Faith moest werken. Op haar vrije avond werden ze voor het eten uitgenodigd. 'Bij Linda Forrester,' legde Rufus uit, terwijl hij zijn das strikte. 'Ik neem aan dat ik, als aan de kant gezette geliefde, tactvol zou moeten zijn en de uitnodiging zou moeten afslaan, maar Linda heeft een kast vol zalm in blik.'

Faith herinnerde zich Linda als de elegante, koele blondine op het feest van Bruno Gage. 'Ze is getrouwd, nietwaar Rufus?'

Rufus haalde een kam door zijn haren, maar het bleef pieken. 'Harold is twintig jaar ouder dan Linda. Met hem getrouwd vanwege zijn geld natuurlijk. Daags nadat Harold naar Afrika was vertrokken, gaf ze een feest om het te vieren. Ik neem aan dat ze opnieuw een kleine bijeenkomst houdt wanneer ze hoort dat hij voor koning en vaderland is gestorven. Ik heb bijna – let wel, bíjna – medelijden met de arme kerel. Hij is alleen zo'n arrogante klootzak dat ik het niet voor elkaar krijg.'

In Linda Forresters luxueuze appartement aan Queen Square aten ze zalm en erwten, weggespoeld met chablis, gevolgd door blancmanger en perziken. Linda droeg een nauwsluitende jurk van witte crêpe met een bies van zilveren kraaltjes aan de hals. Ralph zat aan haar ene zijde, Bruno Gage aan de andere.

'Wat goed, Ralph, een boek schrijven.' Linda reikte Ralph de schaal met peren aan. 'Ik zie er al tegenop om een brief te schrijven.'

Bruno schonk Ralphs glas nog eens vol. 'Vertel eens, Ralph, is "Nimf" geïnspireerd door je eigen ervaringen? Was het meisje in het boek... ik ben haar naam kwijt...'

'Maria,' vulde Ralph aan.

'Was het meisje in het boek een oude vlam?'

'We popelen om het te horen.'

Ralph zei: 'Ik heb haar in Brazilië leren kennen.'

'"Mexicali Rose..."' zong iemand.

'Brazílië, sufferd.'

'"Roses of Picardy" is meer jouw tijd, nietwaar Ralph?'

Ralph leek, dacht Faith, tot leven te komen. De nurkse, gebogen pa van de afgelopen maanden was verdwenen, uitgewist door wijn en goed gezelschap. Maar hij was ouder geworden; de ervaring van weggerukt zijn uit zijn vertrouwde bestaan leek hem tien jaar ouder te hebben gemaakt. Ralph was nu vijfenvijftig en hoewel hij altijd sterk en leeftijdloos had geleken en de wisselvalligheden van het lot moeiteloos van zich af had gezet, zag Faith hoezeer de afgelopen zes maanden hem hadden veranderd. Zijn blonde haar was nu volledig grijs, hij had wallen onder zijn ogen en voor het eerst voelde ze zijn kwetsbaarheid.

Er klonk kabbelend gelach. Ralph had hen vergast op verhalen uit zijn jeugd.

'Gigolo... Ralph toch – ik ben geschokt.'

'Ik zie je al voor me, met een monocle en een sigarettenpijpje. Een echte salonheld.'

Ralph leunde achterover op zijn stoel. 'Heb ik jullie weleens verteld over die keer dat mijn vriendin Bunny en ik ons hadden verkleed als rijkelui en het Crillon wisten binnen te dringen?'

'Vertel op, Ralph.'

'We zijn een en al oor.'

'Ontzettend gewaagd.'

Faith kon het niet langer aanhoren. Ze raakte Ralphs hand aan. 'We moeten gaan, pa. Het is al laat.'

'U hebt nog geen koffie gedronken, juffrouw Mulgrave.'

'Kóffie, Linda?' zei Bruno lijzig. 'Heb je je lichaam verkocht, of je ziel?'

Ralph keek zijn dochter waterig aan. 'Doe niet zo saai, Faith. Ik heb me niet meer zo geamuseerd sinds ik naar dit godvergeten eiland ben gekomen.'

Ze dacht: *Maar ze gebruiken je, pa, en ze lachen je uit* en ze liep de kamer uit. Ze verliet het huis echter niet, maar bleef in de aangrenzende gang. De plafonds waren hoog en voorzien van kroonlijsten, de muren waren elegant roomkleurig en tot heuphoogte betimmerd met donker hout. Het raam was voorzien van verduisteringsmateriaal; ze kon niet naar buiten kijken. Ze stak een sigaret op en had er plezier in de as op het tapijt te laten vallen. Na een poos hoorde ze voetstappen en toen ze zich omdraaide zag ze Linda Forrester.

'Ik dacht dat u wel een kop koffie zou lusten, juffrouw Mulgrave.' Ze gaf Faith een kop en schotel. 'Let maar niet op ze. Ze zijn behoorlijk dronken, ben ik bang. En Ralph is een schat. Zo origineel en amusant. Hij heeft beloofd volgende maand op mijn verjaardagsfeest te komen. U moet ook komen, juffrouw Mulgrave.'

'Ik werk 's avonds meestal. Ik rijd een ambulance.'

'Wat apart. En uw broer – Jake – hoe maakt Jake het?'

'Jake maakt het prima,' zei ze. 'Hij wacht op overplaatsing.'

'Misschien nodig ik hem ook uit.'

Linda's gezicht, dacht Faith, leek een masker. Een bleek, volmaakt masker. 'Zoals u wilt.'

Linda glimlachte. 'Kom mee terug naar de salon, juffrouw Mulgrave. We gaan bezique spelen.'

Toen Linda de deur opende, hoorde ze Ralphs stem.

'Idiote oorlog. Ik heb een jaar in Berlijn gewoond, zie je, vóór de eerste oorlog. Aardige mensen, de Duitsers. Dat er een of andere krankzinnige rondloopt, is nog geen reden om ze allemaal over één kam te scheren.'

'Pa.' Faith legde haar hand op zijn schouder.

Hij keek naar haar op. 'Felix bijvoorbeeld. Felix is een van de besten, waar of niet?'

'Natuurlijk wel, pa.'

'En wat de Italianen betreft... we hebben eens een villa gehad aan de Ligurische kust. Heerlijke streek. Weet je nog, Faith? Iedereen was zo hartelijk. Herinner je je signora Cavalli nog? Geweldige vrouw...' Ze zei zacht: 'Pa, jij moet delen. Iedereen wacht,' en ging, zich neerleggend bij een avond vol ergernis en verveling, naast hem zitten. Ze wist dat dit gezelschap een armzalig surrogaat was voor wat Ralph vroeger had gehad. En dat hij behoefte had aan vrienden, willekeurige vrienden, zelfs wanneer die hem waardeerden vanwege zijn amusementswaarde in plaats van om zijn grote hart.

Om vijf uur in de ochtend verlieten ze de flat. Rufus was al uren eerder naar huis gegaan, maar Faith was bij Ralph gebleven. Ze konden een eind met iemand meerijden en liepen het laatste stuk. Ralph struikelde in het donker over de stoepband en vloekte luidkeels. Het begon al licht te worden. Af en toe bleef Ralph midden op straat staan en staarde naar de ravage. 'Niet te geloven,' mompelde hij. Enorme metalen balken lagen als reusachtige klimopranken verwrongen tussen de gevallen stenen. Eenden zwommen in de tot noodwaterreservoir verbouwde souterrains van ingestorte gebouwen. De flarden behang aan de omgevallen muren werden weerspiegeld als waterige, veranderlijke patronen. Te midden van de ruïnes bloeide een bos wilgenroosjes en nu, in oktober, waren de purperen bloemen veranderd in donzige zaaddozen, waarvan elke zwerm parachuutjes als een rookwolk was.

Na een poos zei Ralph opeens: 'Zei je niet dat je Guy had gezien, Faith?'

'Een paar keer,' zei ze onverschillig.

'Goeie ouwe Guy,' zei Ralph sentimenteel. 'Ik trakteer hem op een borrel. Hackney was het toch, Faith? We zijn er zo. Je kunt me de weg wijzen.'

Ze realiseerde zich vol afgrijzen dat hij stante pede naar Hackney wilde gaan, aangeschoten door Londen zwalkend tot hij in Malt Street was aangekomen. Faith keek haar vader aan. Hij droeg zijn vertrouwde oude jas, rode sjaal en zwarte hoed, maar ze zag dat de jas nu vlekkerig en kaal was, de sjaal gerafeld en dat er een spinnenweb aan de rand van de hoed hing als een stuk grijs kant. In gedachten zag ze Ralph in zijn versleten jas en hoed vol spinrag die op Guy's voordeur klopte en – vloekend en aangeschoten – werd binnengelaten in het keurige huis van de Nevilles.

In paniek zei ze: 'We kunnen nu niet bij Guy aangaan, pa. Hij zal nog slapen.'

'Verrassen hem,' stelde Ralph opgewekt voor.

Ze dacht terug aan Guy op de plaats van het bombardement, aan de minachting, de kritiek in zijn ogen. *Dus je hebt genoeg ruimte weten te vinden in je drukke bestaan om wat oorlogswerk te doen.*

'Pa, we kunnen niet...'

Ralph bulderde: 'Doe niet zo sáái, Faith! Je bent altijd al de saaiste van al mijn kinderen geweest. Guy zal het geweldig vinden ons weer te zien, natuurlijk.'

Ze haalde diep adem. Ze besefte dat ze hem de waarheid zou moeten vertellen. 'Pa, Guy en ik hebben ruzie. Ik denk echt niet dat hij me zal willen zien.'

'Guy is er de man niet naar om rancuneus te blijven. En dat zou jij ook niet moeten doen, Faith. Kom mee.'

Wanhopig zocht ze een uitvlucht.

'Dan nodigen we hem uit voor de lunch, pa. Zondag. Dat is een beter idee, waar of niet?'

Tot haar opluchting knikte hij.

Toen Faith twee dagen later thuiskwam van mevrouw Childerley lag er een brief van Guy op de deurmat. 'Eleanor en ik nemen jullie uitnodiging graag aan. We verheugen ons erop jullie zondag te zien.' De kille, formele toon van de brief deed haar knarsetanden.

Ze besloot dat alles perfect in orde zou zijn. Zich Eleanor Nevilles élégance en charme herinnerend, stelde ze zich ten doel die te imiteren. Ze werd gekweld door nachtmerries: Ralph zou een van zijn redeloze antipathieën ontwikkelen en meedogenloos grof doen tegen Eleanor of enkele bedenkelijke vrienden van Rufus zouden die zondag het lunchuur uitkiezen om langs te komen.

Toen ze zaterdag na haar nachtdienst terugkeerde naar Mahonia Street, ging Faith niet naar bed, maar begon vloeren te schrobben, groenten schoon te maken en bestek te poetsen. Ze schudde de kussens op, zodat ze er bijna hetzelfde uitzagen als die in de salon van Eleanor Neville, zij het dat ze niet bij elkaar pasten, en ze zocht een oude sprei om over de bekraste eettafel te leggen. Ze deed er een halfuur over om het stof uit haar haren te wassen, draaide het tot een redelijk keurige knot, en was nog eens een halfuur bezig met het passen van haar hele garderobe. Ze liet haar keus uiteindelijk vallen op een jurk van zwarte crêpe die een van de Kostgangers, die in de rouw was geweest, op La Rouilly had achtergelaten. Ralph, die om half-twaalf met waterige oogjes en in kamerjas verscheen, keek haar aan en mompelde: 'Goeie god, Faith, je lijkt wel een zendelinge,' en schonk zichzelf iets te drinken in. Terwijl hij naar boven slofte om zich aan te kleden, verstopte ze de whiskyfles in de boekenkast en zette een vaas met bloemen op de eettafel. Ze had alleen Spaans mos en brem kunnen vinden, maar ze vond dat het er leuk uitzag. Toen zette ze de kat, die de melk voor de blanc-manger op zat te likken, buiten de deur en rende het hele huis door, vergeefs zoekend naar bij elkaar passende borden en puddingschaaltjes. Tegen één uur, het tijdstip waarop Guy en Eleanor verwacht werden, was ze duizelig van vermoeidheid.

Maar haar ergste angsten bleken ongegrond. Ralph omarmde Guy en was beleefd tegen Eleanor. Faith schonk iedereen een glas sherry in en ging naar de keuken om voor het eten te zorgen. Ze had gevulde pannenkoeken gemaakt, een gerecht dat makkelijk aan te passen was aan de tekorten in de winkels.

De lunch verliep zonder ongelukken. Ralph en Guy haalden herinneringen op aan La Rouilly, Eleanor vertelde Faith over haar WVS-werk. Af en toe probeerde Ralph Faith en Guy in hetzelfde gesprek te betrekken; Faith negeerde hem. Na het eten verlangde ze naar het vertrek van Guy en Eleanor; ze snakte ernaar op de bank te vallen en te slapen. Maar toen Eleanor aanbood met de afwas te helpen, zei Ralph: 'Geen denken aan. Faith en Guy wassen af. Guy was altijd een goede afwasser, weet ik nog. Het is een mooie dag en jij en ik gaan een eindje wandelen, Eleanor.'

Geïrriteerd realiseerde ze zich dat Ralph een onhandige poging deed om de breuk tussen haar en Guy te lijmen. Toen Ralph en Eleanor de deur uit waren, viel er een lange, pijnlijke stilte. Ten slotte zei Faith stijfjes: 'Je hoeft niet te helpen, Guy; er is weinig te doen.'

Maar hij volgde haar naar de keuken. Ze zag zijn gezicht toen hij de omvang van de ramp in zich opnam, de wankele stapel potten en pannen op het aanrecht, het groenteafval in de slakom, de klodders beslag op het plafond van een pannenkoek die ze te heftig had omgegooid. Ze begon vuile pannen uit de gootsteen te zetten, zodat ze de afwasbak met schoon water kon vullen. Er klotste wat water op de grond, waar het zich vermengde met de uienschillen en klodders beslag.

'Eleanor ruimt op terwijl ze kookt,' zei Guy koel.

Ze staarde hem aan. 'Ik wist niet dat je zo... kattig kon zijn, Guy.'

'Kattig?'

'Ja. En bevooroordeeld. Sinds je Rufus en mij hebt gezien...'

'Rufus... heet hij zo?' Guy pakte de bezem, keerde haar zijn rug toe en begon overdreven hard te vloer te vegen.

Ze trok de bezem uit zijn hand en siste: 'Láát dat, zei ik. Ik doe alles zelf.' De hoop schillen en stof viel op de tegels.

'Zoals je wilt.'

Boos en onnauwkeurig veegde Faith het afval op het blik. Ze probeerde het uit te leggen. 'Rufus is mijn vriend, Guy.'

'Ja. Nou ja, dat was wel duidelijk.'

Zijn spot was merkbaar. Haar zelfbeheersing begaf het; ze hoorde zichzelf gillen: 'Wat heb jij daar verdomme mee te maken?' en hij haalde zijn schouders op en zei: 'Niets natuurlijk. Al zou je met de helft van de mannen in Londen naar bed gaan, dan nog heb ik niet het recht daar iets van te zeggen.'

Ze hapte naar adem en keek hem aan, heel even met stomheid geslagen. Het blik gleed uit haar hand en ze kwam wankelend overeind, leunde tegen de rand van het aanrecht en keek zonder iets te zien uit het raam.

Het bleef lange tijd stil. Ten slotte hoorde ze hem mompelen: 'Sorry. Het spijt me, Faith. Dat had ik niet moeten zeggen.'

Langzaam draaide ze zich naar hem om. Ze fluisterde: 'Ik ben één keer met Rufus naar bed geweest. Het was een vergissing. Een grote vergissing.' Haar stem trilde. 'Vergis jij je nooit, Guy?'

'Natuurlijk wel.' Hij haalde zijn sigaretten uit zijn zak en hield haar het pakje voor; ze schudde haar hoofd. Ze hoorde het sissen van de lucifer toen hij zijn sigaret aanstak. Een voor een liet ze de vuile borden in de gootsteen glijden. Ze voelde zich leeg, uitgeput, overweldigd door een bijna ondraaglijke vermoeidheid. Tranen vertroebelden haar blik en ze had hoofdpijn, maar ze ging stug door met haar pogingen de rommel op te ruimen. Ze hoorde Guy zeggen: 'Het punt is: ik wil gewoon niet dat je gekwetst wordt.'

Ze zweeg, beet op haar lip, haar handen ondergedompeld in het vettige water.

136

'Je vriend... Rufus... hij was in het uniform van de koopvaardij.'

'Hij zit weer op zee.' Ze veegde haar zeephanden af aan haar rok en draaide zich naar hem om.

'Je zult hem wel missen.' Ze wist dat hij een poging tot verzoening deed. 'Je zult je wel zorgen over hem maken.'

'Ik mis hem inderdaad en ik maak me zorgen over hem.' Haar blik ontmoette die van Guy en ze voegde er kordaat aan toe: 'Zoals je je zorgen maakt over een vriend.' Ze liet de ketel vollopen en zette hem op het fornuis.

Hij stond met zijn rug naar haar toe en keek uit het raam. Hij zei plotseling: 'Ben je niet eenzaam hier, Faith. Of bang?'

Ze schudde haar hoofd. 'Niet echt. Ik ben te moe om bang te zijn.' Ze begon kastdeuren open te rukken.

'Wat zoek je?'

'De theepot.'

'Die heb je net in de provisiekast gezet.'

Ze liep naar de provisiekast en daar stond hij, tussen potten marinade. Ze kon zich absoluut niet herinneren dat ze hem daar had neergezet. Ze liep terug naar het fornuis, maar knoeide toen ze het theeblik openmaakte. Kleine zwarte blaadjes dwarrelden op de grond. Ze hoorde Guy zeggen, met een vermoeidheid die de hare evenaarde: 'O, in godsnaam, Faith, ga zitten en laat mij het doen.'

'Het lukt wel, dank je.' Ze was er alleen niet zo zeker van dat het zou lukken; haar geest leek verdoofd van vermoeidheid.

Hij schoof een stoel bij en zette haar erop. Toen hij thee had gezet liet hij borden in het vuile water plonzen. 'De vaatkwast hangt aan de haak naast de deur,' zei ze, maar haar stem klonk brabbelend. Ze sloeg hem enige tijd gade, van plan om op te staan en te helpen, maar ze scheen zich niet te kunnen bewegen en na een tijd liet ze haar hoofd op haar armen zakken en viel in slaap.

Toen ze de hoek van de straat omsloegen zei Eleanor tegen Guy: 'Pannenkoeken als hoofdgerecht! Wat merkwaardig.'

'In Frankrijk is het heel gewoon.'

'Echt waar?' Eleanor geloofde het niet. 'En die vaas met onkruid op tafel... en de *coiffure* van juffrouw Mulgrave... Ze zou er zo op vooruitgaan met een leuk kort kopje. Ik zal haar de naam van mijn kapster geven.'

Gruwend bij de gedachte aan Faith met een leuk kort kopje zei Guy: 'Lijkt je dat niet een beetje... onbeleefd?'

'O, je weet dat ik het tactvol zou brengen, Guy. Echt, het zou het arme meisje goeddoen. We zullen hen nu ook moeten uitnodigen, neem ik aan, dus dan kan ik haar Angela aanbevelen.'

Ze liepen enige tijd zwijgend verder. De wandeling duurde langer dan ze hadden verwacht door de vele omleidingen wegens bomschade. Toen ze in Malt Street aankwamen, keek Eleanor op naar de ontbrekende dakpannen, de kapotte ruiten die waren vervangen door stukken hardboard en mompelde afkeurend.

'Als het nog erger wordt zullen we bij mijn vader moeten intrekken.'

Guy deed de deur van het slot. Zoals altijd verwachtte hij half Oliver te horen huilen en zoals altijd was het besef dat hij Oliver in geen weken of zelfs maanden zou zien rauw en pijnlijk.

'Wat een rommel!' zei Eleanor. Een piramide van steenstof was uit een scheur in de muur op de traploper gevallen.

Hij zei: 'Als je met Oliver naar Derbyshire was gegaan, zoals ik voorstelde, zou je hier niet mee gezeten hebben.'

'O, Guy, laten we er nou niet weer over beginnen.' Eleanors stem klonk geduldig, quasi-opgewekt, alsof ze een nukkig kind zijn zin gaf. Ze hing haar jas en hoed op. 'Alles gaat prima, zoals ik heb voorspeld. Ik heb vanmorgen nog een brief van grootmoeder gekregen – ik zal hem je laten lezen – ze zegt dat Oliver het uitstekend maakt. Hij heeft er weer een tand bij.'

Guy vroeg zich af hoe erg Oliver veranderd zou zijn wanneer hij hem weer zag. Baby's veranderen zo snel. De pijn van het missen van Oliver was als een wond. In zijn studeerkamer, met de deur open, sloot Guy zijn ogen, met zijn rug naar Eleanor, en luisterde pas na een tijdje naar wat ze zei.

'... het huis aan Holland Square is zoveel degelijker gebouwd. En verder weg van East End natuurlijk.'

Hij realiseerde zich dat ze nog steeds probeerde hem over te halen naar haar vaders huis te verhuizen. Hij zei vastbesloten: 'We kunnen onmogelijk uit Malt Street weg, Eleanor. Denk eens aan mijn patiënten.'

'De praktijk zou hier kunnen blijven, Guy. Er rijdt tenslotte een bus en je hebt een fiets. Je zou heel makkelijk in Malt Street kunnen komen voor je spreekuur.'

Hij zag ervan af erop te wijzen dat bustochten tegenwoordig langdurige en onvoorspelbare avonturen waren. In plaats daarvan zei hij: 'Het zou niets worden, Eleanor. Denk eens aan de spoedgevallen. Ik moet hier zijn voor als ze me snel nodig hebben.'

Ze plukte dode bloemen uit de vaas op de schoorsteenmantel. 'Er zijn telefoons, Guy.'

Hij snoof. 'Hoeveel van mijn patiënten hebben telefoon?'

'Ik bedoelde dat er telefooncellen bestaan.'

'Sommigen van mijn patiënten zijn niet vertrouwd met telefooncellen. De meeste oude dames hebben er nog nooit gebruik van gemaakt.'

Ze zei opgewekt: 'Dan wordt het tijd dat ze het leren,' en ging door met het verwijderen van dode rozen, die ze netjes op een oude krant legde.

'Doe niet zo idioot, Eleanor!' Guy's stem klonk scherp. 'Er is geen sprake van dat we naar Holland Square verhuizen. Ik peins er niet over.'

Ze ging door met de bloemen; hij sloeg haar een poos gade, ging toen naar haar toe en zei: 'Niet boos zijn, Eleanor, alsjeblieft.' Hij legde zijn hand op haar schouder. 'Ik snap best dat het moeilijk voor je is. En ik weet dat je je zorgen maakt over je vader.' Hij boog zijn hoofd en kuste haar nek. Hij kon zich niet herinneren wanneer ze voor het laatst hadden gevrijd. Zijn nachtdiensten en Eleanors wvs-werk betekenden dat ze zelden een hele nacht het bed deelden.

'*Guy*,' zei ze, maar hij bleef haar kussen. Haar huid was stevig en schoon, haar haar zacht en veerkrachtig. Hij stak een hand uit en trok het gordijn dicht.

Ze zei: 'De buren... als er een luchtaanval komt...'

'Als er een luchtaanval komt, zijn we hier veiliger dan boven.' Hij begon de voorkant van haar bloes los te knopen.

'Nee, Guy.' Ze maakte zich los en bracht haar haren in orde. 'Ik moet de werkroosters voor de theewagens maken. Ik ben er al te laat mee.'

Ze liep de kamer uit. Hij schoof het gordijn weer open en keek uit het raam, tussen de wirwar van witte strepen op de ruiten door. Een stemmetje galmde in zijn hoofd: *Vergis jij je nooit, Guy?* Hij zette de woorden van zich af, ging in een fauteuil zitten, deed zijn ogen dicht en dommelde in.

Nicole had niet meer dan een vaag idee van wat David Kemp deed; hij had duidelijk gemaakt dat hij niet veel over zijn werk kon zeggen en eigenlijk interesseerde het haar niet zo. Dat hij vaak op reis was, wist ze; dat hij een heleboel beroemde mensen kende, vermoedde ze. Ze wist ook dat hij altijd even aardig, teder en gul was. Hij bood elke situatie – van een trage kelner tot vallende bommen – met onwrikbare kalmte en rustige zelfverzekerdheid het hoofd. Ze had nog nooit zo iemand ontmoet. Nicole realiseerde zich na enige tijd dat elk deel van Davids dag in kaart was gebracht, dat hij met grote regelmaat contact hield met vrienden en kennissen, dat zijn leven werd beheerst door een ordelijkheid die hij vanzelfsprekend vond.

Wanneer ze op reis was schreef ze hem, soms verscheidene keren per week, lange, slordig geschreven brieven. Ze zong twee keer per maand met de Geoff Dexter Band in Londen; het concert werd via de radio uitgezonden. Ze was ook begonnen aan een tournee door het land en nam deel aan voor de soldaten georganiseerde concerten. Ze vond het heerlijk: het reizen in donkere, overvolle treinen door een naamloos Engeland; in avondjurk en rubberlaarzen over een akker sjokken naar een of andere afgelegen lucht- of landmachtbasis. Maar het heerlijkst vond ze het applaus, halfhartig wanneer ze het podium opklom, en veranderd in stormachtig tegen de tijd dat ze haar slotnummer zong.

Ze ontdekte hoe ze kon zorgen dat het publiek van haar hield. Ze paste haar songs aan aan haar toehoorders en hun stemming. Meestal begon ze haar optreden met iets opwindends, liet dan het tempo wat dalen, werd verleidelijk. Tegen het eind bewoog ze haar publiek tot tranen met een weemoedig, klaaglijk nummer en ze besloot uiteraard met een lied dat aansporend en vaderlandslievend was. Ze kon kinderlijk zijn en de oudere mannen aan hun ver verwijderde dochters herinneren, en ze kon een verleidster zijn. Ze gaf elke man het gevoel dat ze alleen voor hem zong.

Hoewel ze dol was op zingen, had ze een hekel aan enkele aspecten van de manier van leven die de tournees haar opdrongen. De naargeestige pensionnetjes, de afkeurende hospita's. Ze was niet kooplustig, maar had wel altijd van mooie dingen gehouden. Goorheid en lelijkheid maakten haar van streek. Ze vond het verschrikkelijk om een badkamer met vreemden te moeten delen. Een rand van haren en schuim in een badkuip maakte haar misselijk.

In november, toen ze optrad voor de troepen in de legerkampen bij York, werd Nicole ingekwartierd in een haveloos pension in de achterafstraten van de stad. Haar kamer was klein en hoog en de muren waren donker grijsgroen geschilderd, zodat het een spelonk leek. Vanwege het kamertekort was de rest van de groep over de hele stad verspreid, met als gevolg dat Nicole 's avonds, na de voorstelling, op zichzelf was aangewezen. Ze was het niet gewend alleen te zijn; ze had altijd Ralph en Poppy, Jake en Faith en de eindeloze stoet Kostgangers om zich heen gehad. De stilte, de leegte van de kamer maakte haar van streek. Ze wist niet hoe ze haar tijd moest doorkomen. En ze kon het nauwelijks over haar hart verkrijgen om in het bed te slapen. De dekens waren vlekkerig, de lakens bijna doorschijnend in het midden, waar honderden andere anonieme lichamen erop hadden gedraaid en gewoeld. Ze realiseerde zich voor het eerst dat, hoewel haar manier van leven – de manier van leven van het gezin Mulgrave – onconventioneel was geweest, het nooit smerig was geweest. Daar had Poppy op toegezien.

Ze zouden drie weken in York blijven, een vooruitzicht dat haar, tegen het eind van de eerste week, met afschuw vervulde. Ze sliep elke nacht in haar jas gewikkeld, om elk contact met het gore bed te vermijden. Ze kon het eten dat de hospita opdiende niet door haar keel krijgen. De borden waren geschilferd en bekrast en bij het avondeten zaten er soms nog hard geworden gele klodders op, overblijfselen van het ei bij het ontbijt. Ze wist dat ze ondankbaar en overdreven kieskeurig was, dat er elke dag mannen stierven om haar te eten te geven, maar ze kon het niet: de gekookte kool en het kraakbeenachtige vlees bleven in haar keel steken. Ze begon zich erg moe en soms duizelig te voelen. Ze miste haar familie en haar vrienden ontzettend.

Toen ze na tien dagen op een avond naar haar pension terugkeerde, lag er een telegram van David Kemp op haar te wachten. Hij vertelde haar dat hij voor zaken in het noorden van Engeland moest zijn en haar de negentiende zou opzoeken. Blij en opgelucht realiseerde ze zich dat het morgen al de negentiende was.

Toen ze de volgende avond thuiskwam, stond hij voor het pension op haar te wachten. Ze rende naar hem toe en vloog hem om de nek. Hij bood aan haar mee uit eten te nemen en ze stelde voor eerst een eind te gaan wandelen. Onderweg vertelde ze hem amusante anekdotes over de andere leden van de groep. Hij luisterde en lachte, maar na een poos zei hij: 'Wat is er, Nicole? Wat zit je dwars?'

'Niets,' zei ze. 'Absoluut niets.'

Hij geloofde haar niet. Langzaam ontfutselde hij haar de waarheid en ze hoorde zichzelf haar eenzaamheid toegeven, de niet te eten stoofschotels, haar afschuwelijke kamer, het bed. 'En het dekbed, David! Afgrijselijke roze rozen, net bloemkolen. Je verwacht dat er elk moment roze wormen uit komen kruipen!' Ze lachte in een poging er een grap van te maken.

Hij keek haar bezorgd aan. 'Je ziet er moe uit, Nicole. Het is niet goed. Je zou niet zo moeten leven.'

'Ik moest het dekbed van het bed halen. Maar toen had ik het zo koud dat ik niet kon slapen. Dus slaap ik nu met mijn jas aan, als een zwerfster.' Nicole lachte opnieuw. Toen zei ze: 'Vertel eens over je huis, David. Vertel me over Compton Deverall.'

Ze liepen door smalle, middeleeuwse stegen naar de stadsmuur. De schittering van maan en sterren verlichtte de donkere straten.

Ze hoorde hem zeggen: 'Het huis ligt midden tussen de bossen. Het dateert van de tijd van Jacobus de Tweede, hoewel mijn vader ervan overtuigd was dat een paar binnenmuren en schoorstenen veel ouder zijn – middeleeuws misschien. Het heeft een heleboel hoge, smalle ramen met kleine ruitjes, die fonkelen wanneer de zon schijnt. De Kemp die het gebouwd heeft, eeuwen geleden, was namelijk een bewonderaar van Hardwick Hall. Compton Deverall is natuurlijk veel kleiner.'

Nicole had nooit van Hardwick Hall gehoord, maar ze maakte passend eerbiedige geluiden.

David ging verder: 'Toen ik klein was probeerde ik te tellen hoeveel ramen er waren, maar na de zeventig of zo raakte ik altijd de tel kwijt. Er is een schuilplaats voor een priester – mijn familie was rooms-katholiek tot de tijd van Karel de Tweede – en een spook uiteraard.'

'Een spook! Wat romantisch, David!'

Hij grinnikte. 'Het is er momenteel wat minder romantisch, vrees ik – we hebben een halve meisjeskostschool ingekwartierd gekregen. En de tientallen ramen zijn een nachtmerrie voor de verduistering. Maar mijn moeder redt zich bewonderenswaardig, al vlucht ze zo vaak mogelijk naar de tuin.'

142

Nicole was altijd dol geweest op oude huizen, mooie tuinen, wouden en bossen. Ze rilde bij de gedachte aan het pension met zijn smoezelige tafellakens vol bruine jusvlekken.

Ze waren bij de stadsmuur aangekomen. Ze begon de trap te beklimmen, maar hij hield haar tegen.

'Het is niet veilig. Je zou uit kunnen glijden en vallen.'

'Ik niet, David,' zei ze zelfverzekerd. 'Ik sta stevig op mijn benen. Je kunt me toch wel volgen, hè?'

Hij zei: 'O, Nicole, ik zou je overal volgen. Dat weet je inmiddels toch wel?' en ze draaide zich om en keek hem aan.

'David, ik wist niet...'

'Dat ik van je hou? Ik hou al van je sinds de eerste keer dat ik je zag. Ik had nooit gedacht dat ik dat tegen iemand zou zeggen – het klinkt zo afgezaagd en ik ben niet zo romantisch aangelegd – maar het is toevallig wel zo.'

Hij klonk, vond ze, verschrikkelijk bedroefd. Ze rende de trap af. 'Waarom heb je dat niet eerder gezegd?'

Hij zuchtte. 'Omdat ik tweeëndertig ben en jij zeventien. Omdat ik oud en lelijk ben en jij de mooiste vrouw die ik ooit heb gezien. Omdat ik saai ben en jij – jij bent net kwikzilver.'

'Sst.' Ze legde haar vinger tegen zijn lippen en legde hem het zwijgen op. Toen pakte ze zijn hand en leidde hem de trap op tot ze de bovenkant van de muur bereikten. Daar drukte ze haar lippen op de zijne en hij begon haar echt te kussen. Ze deed haar ogen slechts één keer open, om de gouden maansikkel te zien, plat op zijn rug in een gitzwarte lucht, en de overal verspreide sterren. Ze dacht dat ze geen romantischer plek had kunnen kiezen voor haar eerste kus.

Toen vroeg hij haar ten huwelijk. Nicole besefte hoe blind ze was geweest dat ze zich niet eerder had gerealiseerd dat David de ware Jakob was. Het lot had hen bij elkaar gezet in de trein en later, tijdens de luchtaanval, nader tot elkaar gebracht. Ze overwoog hoe haar leven zou zijn als ze met David Kemp trouwde. Ze stelde zich een leven in een prachtig huis te midden van mooie bossen voor. In gedachten zag ze Compton Deverall als een Engelse versie van La Rouilly. Ze zou kunnen paardrijden en zoveel honden houden als ze maar wilde. Ze stelde zich feesten voor en lange, heerlijke avonden met vrienden, pratend en lachend. Ze zou deel uitmaken van een oude, gevestigde Engelse familie en zich nooit meer eenzaam voelen. Ze besefte dat ze in David Kemp een toevluchtsoord had gevonden.

Nadat ze zijn aanzoek had aangenomen, hield hij haar lange tijd in zijn armen en streelde haar zijdezachte, blonde haren. Toen kusten ze elkaar opnieuw. Hij zei: 'Ik wou dat ik je nog ditzelfde weekend mee naar huis kon nemen. Je zult dol zijn op mijn moeder en zij op jou, maar misschien dat je je bedenkt als je het huis ziet.'

Nicole wist zeker dat ze dat niet zou doen. Ze maakte zich los en begon te dansen over het smalle pad dat over de muur liep, lachend om zijn smeekbeden om voorzichtig te zijn.

Sinds hij Nicole kende, voelde David Kemp zich als herboren. De eenzame, lege jaren sinds de dood van zijn verloofde waren weggevallen en hij was weer gaan leven. Hij had, na Susan, niet gedacht ooit nog liefde te vinden – hij had zich erbij neergelegd dat hij vrijgezel zou blijven – maar sinds die gedenkwaardige treinreis over het Engelse platteland had hij gemerkt dat hij het mis had gehad.

Het leek hem een wonder dat Nicole ook van hem hield. Hij had geen foto van haar, maar haar beeld stond in zijn geheugen gegrift. Haar lange, zilverblonde haren, haar blauwgroene ogen, haar sierlijke, tengere ledematen. Ze was zijn leven binnengedrongen, als iets magisch, en had hem voorgoed veranderd. Haar impulsiviteit, haar levenslust betoverden hem. Hij werd niet gemakkelijk verliefd, maar als hij het werd, beminde hij diep. Hij wist dat hij in Nicole een unieke vrouw, een kostbare vrouw had gevonden. Hij besloot haar zo gauw mogelijk te bevrijden uit het uitputtende, veeleisende leven dat ze nu leidde.

Hij verlangde ernaar haar mee te nemen naar Compton Deverall. Hij was er geboren; het huis was al eeuwenlang eigendom van zijn familie. Davids vader was in 1914 gesneuveld tijdens de slag bij Mons en sindsdien woonden hij en zijn moeder alleen op Compton Deverall, afgezien van een snel slinkend aantal bedienden. Hij had geen broers of zussen. Na zijn middelbare opleiding op Marlborough College en een studie politieke wetenschappen in Oxford had hij op het ministerie van Financiën gewerkt. Sinds de zomer van 1940, toen Neville Chamberlain na de val van Frankrijk en de evacuatie uit Duinkerken had plaatsgemaakt voor Winston Churchill, was David tewerkgesteld op Hugh Daltons ministerie van Economische Zaken.

De baan bracht lange werkdagen met zich mee, veel reizen en een berg papierwerk, maar benutte zijn sterkste punten: oog voor details en het vermogen de essentie te halen uit de vele irrelevante feiten.

Tijdens een weekendverlof wist David genoeg benzine te ritselen om naar Wiltshire te rijden. Op een vroege, koude novemberochtend vertrokken hij en Nicole uit Londen naar Compton Deverall. Onder het rijden keek hij haar herhaaldelijk van opzij aan, alsof hij zich van zijn geluk wilde verzekeren.

Hij hoefde niet op een kaart te kijken of zich zorgen te maken over het ontbreken van richtingwijzers, die waren weggehaald om de verwachte invaller te misleiden. Hij kon de weg dromen en wist hoe het landschap veranderde naarmate ze Londen verder achter zich lieten. Zijn stemming steeg toen hij de grote, donkere vlek van de Salisbury Plain zag opdoemen tegen de koele blauwe hemel en de glooiing van het heuvelland, de witte kalksteen die als botten door het gras drong. Zijn familie hield al eeuwenlang schapen in het heuvelland en wanneer hij als jongen met vakantie thuis was, had hij er vlinders gevangen en zeldzame orchideeën gevonden op hun geheime plekken aan de rand van de weilanden. Altijd wanneer hij naar huis ging was hij zich bewust van een vreedzaam gevoel. In de donkere jaren na de dood van Susan vond hij troost bij de geborgenheid die zijn thuis en zijn familie hem hadden geschonken. Nu verlangde hij ernaar Nicoles schoonheid, haar stralende geest toe te voegen aan alles wat hij liefhad.

Rond de middag verlieten ze de grote weg en reden door de laan met hoge beukenbomen naar het huis. Het was, dacht David, een perfecte dag voor Nicoles eerste blik op Compton Deverall. De laatste vallende bladeren waren als bronzen sneeuwvlokken en door het kantwerk van takken heen ving hij een glimp op van de bewerkte Elizabethaanse schoorstenen te midden van glinsterende dakpannen.

Hij hoorde Nicole naar adem happen. 'Dávid. Wat práchtig!'

Hij glimlachte en remde. 'Ja hè?'

'Het is alsof... O, je verwacht dat koningin Bess in hoepelrok en plooikraag uit de voordeur stapt... Of dat Sir Walter Raleigh zijn mantel over een regenplas legt.'

'Er zijn nogal wat regenplassen, ben ik bang. Het ziet er heel romantisch uit, maar dat is het eigenlijk niet – alleen maar heel hard werken.'

Nicole stapte uit. '*Ik* vind het romantisch. *Ik* denk dat het zal zijn alsof je in een sprookje woont. Ik denk dat ik hier ontzettend gelukkig zal worden.' Ze boog zich over het portier heen en kuste zijn kruin. 'En ik ga jou ook ontzettend gelukkig maken, David.'

Later die avond, nadat hij Nicole welterusten had gewenst, zocht David zijn moeder op in de keuken.

'Chocolademelk?' vroeg Laura Kemp, een blik ophoudend.

'Graag.' Hij leunde tegen het fornuis. 'En? Je mag haar wel, hè?'

'Ze is verrukkelijk.' Laura glimlachte naar haar zoon. 'Ze maakt dat het huis lichter lijkt.' Ze paste cacao en suiker af. 'Alleen...' zei ze en zweeg.

'Wat?'

Ze legde de lepel weg, draaide zich om en keek hem aan. 'Nicole is erg jong, David.' Haastig voegde ze eraan toe: 'Niet dat dat per definitie belangrijk is. Alleen, als het geen oorlog was, zou ik een lange verloving voorstellen.'

Nicole wilde dat ze vóór Kerstmis zouden trouwen. David fronste zijn wenkbrauwen. 'Ben je bang dat ze van gedachte zal veranderen?'

Laura Kemp schudde haar hoofd. 'Nee, dat denk ik niet. Ze is zo te zien stapeldol op je. Maar is ze klaar voor... voor dit alles?' Haar gebaar omvatte de grote, holle keuken, het reusachtige, oude fornuis, het ijs dat zich al vormde aan de binnenkant van de ruiten.

'Ze is dol op het huis. Dat vertelde ze me.'

'David.' Mevrouw Kemp legde haar hand op zijn arm. 'Ik ben erg blij voor je. Dat moet je beseffen.'

Hij glimlachte naar haar. 'Ik weet het, moeder.' Hij begroef zijn handen in zijn zakken, liep naar het fornuis en staarde naar de melkkoker.

'Zouden Nicoles ouders per se willen dat ze wacht tot ze eenentwintig is?'

Hij lachte. 'Dat betwijfel ik. Volgens mij kan ze haar vader om haar pink winden.'

'Heb je hem ontmoet?'

'Nog niet. Ik ben alleen voorgesteld aan haar oudere zus en die is heel charmant. Meneer en mevrouw Mulgrave wonen in Norfolk. Ik weet dat het gepaster zou zijn geweest eerst met haar vader te praten voordat ik Nicole ten huwelijk vroeg, maar ik kon gewoon niet wachten.'

'Wat doet meneer Mulgrave?'

'Van alles en nog wat, zo te horen. Niet echt de crème de la crème. Hoewel haar moeder een Vanburgh is. Maar je weet dat dat soort dingen me geen donder kunnen schelen.'

'Het enige voordeel,' zei zijn moeder vol overtuiging, 'van trouwen met een meisje van je eigen stand is, dat ze het klappen van de zweep zou kennen. Waar willen jullie na de bruiloft gaan wonen, David?'

'Ik haal Nicole hierheen. Ik wil haar weg hebben uit Londen.' Hij fronste zijn wenkbrauwen. 'Zie je, moeder, ik ben vaak weg, dus ik zou me gelukkiger voelen als ik wist dat ze veilig hier bij jou was.'

'Natuurlijk. Ik zou alleen willen dat je bij ons kon blijven, lieverd. Ik maak me zo'n zorgen over je.' Ze keek hem bezorgd aan. 'Is het momenteel heel erg in Londen?'

'Nogal. Zij het dat wij pennenlikkers uitstekende schuilkelders hebben, dus je hoeft over mij niet in te zitten.'

Ze zei: 'Komt er een invasie?'

Zijn moeder had haar zorgen nog nooit tegenover hem geuit. Hij wist dat ze nooit duidelijker dan op deze manier zou zeggen dat ze bang was. Hij ging naar haar toe en omhelsde haar.

'Ik denk het niet. Er was kans op in september, maar nu ben ik optimistischer. Het is gewoon een kwestie van uitzingen. Zorgen dat er genoeg eten in de provisiekast is. De moed erin houden.'

'Hoe lang denk je dat het nog gaat duren?'

'Lang,' zei hij slechts. 'En ik ben bang dat het erger wordt voordat het weer beter wordt. Maar jij zit hier goed, en Nicole ook.' Hij keek zijn moeder aan. 'En onze evacuees.'

De zolders van Compton Deverall werden inmiddels bewoond door drie klassen van een meisjeskostschool. Laura Kemp glimlachte medelijdend.

'Ze hebben zo'n eetlust, David. En soms, het kabaal...'

Hij lachte. 'Je hebt altijd van dit huis gehouden om zijn rust en zijn stilte, hè moeder?' Zijn gezicht werd weer ernstig. 'Dus, ik heb je zegen?'

'De melk kookt over,' zei Laura Kemp goedmoedig. 'En ja, David, natuurlijk heb je mijn zegen.'

6

In december trouwde Nicole met David Kemp. De plechtigheid vond plaats in het twaalfde-eeuwse kerkje anderhalve kilometer van Compton Deverall. Nicole zag er betoverend uit in de Victoriaanse, kanten bruidsjapon die ooit van Davids grootmoeder was geweest. Ralph, Poppy, Faith en Jake waren bij de plechtigheid aanwezig. Toen ze uit de kerk kwamen, vielen er enkele sneeuwvlokken uit de loodgrijze lucht. Het was een goed voorteken, zei iemand, als er sneeuw viel op je trouwdag.

Faith bracht de kerstdagen door op Heronsmead. Ze sliep veel en merkte dat Poppy erg moe was en dat Ralph humeurig was en te veel dronk. Weer in Londen werd ze uitgenodigd voor het eten door de Nevilles. Guy en Eleanor woonden tegenwoordig in het huis van Eleanors vader aan Holland Square in Bloomsbury. De maaltijd was heerlijk, ondanks de rantsoenering, en de kamers waren elegant en rustgevend. Faith was blij dat Guy en zij een wat ontspannener verstandhouding hadden. Ze dacht niet dat ze iets anders had kunnen verdragen. Haar vermoeidheid en de nachtmerrie-achtige aanblik van de Londense straten zouden hartstocht van haar kant of boosheid van de zijne ondraaglijk hebben gemaakt.

Zelfs wanneer ze een nacht vrij had, werd haar slaap onderbroken door het eindeloze loeien van de sirenes en het dreunen van bommen en instortende muren. Haar vermoeidheid werd iets om op te pakken en mee te nemen waar ze maar naartoe ging. Als ze een halfuurtje vrij had sliep ze. Ze sliep rechtop op een bank in het park terwijl de honden van mevrouw Childerley op het gras plasten, ze sliep terwijl ze in de ambulancepost zat te wachten tot de telefoon overging, een kop thee naast zich, speelkaarten in haar handen. Op dit moment sliep ze terwijl ze bij de slager in de rij stond voor spek. 'Als een paard op stal,' schreef ze Jake, die in het noorden van Engeland gestationeerd was. En als ze naar de bioscoop ging, sliep ze van de journaalbeelden tot de aftiteling. Ze bleef haar werk redelijk goed doen, maar in een staat van verdoving. Haar spieren deden onafgebroken pijn. Denken was een kwelling, als het begin van migraine.

In februari kreeg ze een brief van Nicole. 'Ik verwacht een spruit, Faith. Afschuwelijk, en ik ben aan één stuk door misselijk.' De luchtaanvallen gingen het eerste deel van het jaar met tussenpozen door. Faith was blij met slecht weer en, net als de rest van Londen, bang voor heldere luchten en volle manen – 'bommenwerpersmanen'. Het huis in Mahonia Road was steeds minder goed in staat de verwoestingen van de lange, onderbroken nachten te weerstaan. Er was niet één ruit meer heel; ze had geen fut meer om kapotte of ontbrekende ruiten te vervangen door hardboard, zodat de koude wind en de natte sneeuw ongehinderd door het huis gierden. Kronkelige scheuren kropen als wijnranken over de oude muren. De trap leek onderuit gegleden te zijn, los van zowel de muur als de leuning. Een van de slaapkamerplafonds was ingestort en de regen die door de ontbrekende dakpannen naar binnen drong, veranderde het losgelaten pleisterwerk in een grauwe brij. Faith had het idee dat het huis precies paste bij het Londen van 1941, dat het surrealistische, nachtmerrie-achtige uiterlijk beantwoordde aan de stille, door bommen verwoeste straten.

Het eentonige eten en de onderbroken watertoevoer waren onbelangrijk geworden. Belangrijk was dat je 's morgens wakker werd en wist dat degenen van wie je hield in veiligheid waren. Belangrijk waren bezoekjes van Rufus en Ralph, brieven van Poppy en Nicole en Jake, het babbelen van de meisjes in de ambulancepost en af en toe het wuiven van Guy over de chaos van een bominslag heen.

Een keer laat op een avond, toen ze van het ziekenhuis terugreden naar de ambulancepost en de ingewikkelde slingerroute van de omleiding volgden, pakte Bunty Faith bij de arm toen ze een hoek omsloegen. 'Ogenblikje. We zijn vlak bij mijn huis. Laat me even kijken of alles goed is met mijn moeder.'

'Zou ze niet in de schuilkelder zijn?'

'Kan ze niet tegen. Te vol, zegt ze. En de Andersonkelder staat vol water, dus kruipt ze onder de trap. Ben zo weer terug.'

Bunty sprong uit de ambulance. Faith keek haar na terwijl ze de straat in rende, haar kleine, stevige lichaam verlicht door de rossige gloed van de lucht. Faith opende het portier, stapte uit en zocht in haar zak naar haar sigaretten. Het had hard geregend en de nachtlucht was bezwangerd van steenstof. Ze stak de lucifer aan toen de bom viel. Er klonk een zucht, toen een explosie van licht, gevolgd door een zo oorverdovend geluid dat ze beroofd werd van elk denkvermogen. Toen ze haar ogen opende, zag ze dat ze voorover in een plas lag, tegen een tuinmuur gesmeten. De lucht was een stoffige, dikke brij; ze vocht om hem in haar longen te zuigen. Ze had haar sigaret nog in haar ene hand en de lucifer in de andere. Voorzichtig ging ze zitten. Toen ze met haar ogen knipperde, zag ze de afdruk van de lichtflits op de binnenkant van haar oogleden. Alle geluiden – het dreunen van vallende muren, het bulderen van de bommen, het gillen van de gewonden – leken vreemd gesmoord.

Ze stond op en dacht: *Bunty*. Ze draaide zich met een ruk om, zoekend naar de straat die haar vriendin was ingerend. Maar het landschap was onherkenbaar geworden, geen huis stond meer overeind. Faith liep terug naar de ambulance. Alle ramen waren door de explosie gesprongen. Ze probeerde haar herinnering aan de omgeving vóór de inslag te reconstrueren. Ze herinnerde zich dat ze in de auto zat en Bunty over het trottoir zag hollen en ze begon de weg van haar vriendin door de verwoeste straat te volgen, klauterde over hopen van ingestorte muren heen en om de grote krater heen die de bom had geslagen. Ze riep Bunty's naam, maar haar stem klonk ver weg, gesmoord door de dikke, stoffige lucht. Vlammen schoten op aan een kant van de straat en verlichtten de ruïnes, zodat ze haar zaklamp niet nodig had. Haar geest was verdoofd, niet in staat verband te leggen tussen dit tafereel en dat van slechts tien minuten geleden.

Ze kreeg een lap stof onder een hoop stenen in het oog en herkende de geruite jas van Bunty. Neerknielend klauwde ze met haar handen tussen het puin. Ze haalde haar vingers open, maar voelde de pijn niet. De ruïne van het huis wankelde boven haar hoofd, de kapotte muren staken als gescheurd papier af tegen het bleke gezicht van de maan. Ze groef radeloos in het puin, smeet bakstenen, gebroken dakpannen, stukken stof en vloerbedekking opzij. Het was alsof ze urenlang had gegraven toen iemand haar schouder aanraakte zei: 'Laat maar, juffrouw. Het is niet veilig hier.'

Ze duwde hem weg en bleef tussen het puin graaien. Bunty's schoen, dacht ze toen ze een leren enkellaars zag. Bunty was altijd erg zuinig geweest op haar schoenen. Ze wreef met de mouw van haar jas over het stoffige, gehavende leer.

De man trok weer aan haar schouder. Ze keek op en zag zijn helm, zijn overall van de Air Raid Precaution. 'U moet nu weggaan, juffrouw. Dit huis kan elk moment instorten.'

Ze zei woedend: 'Ik moet haar eruithalen.'

'Vriendin van u?'

Ze antwoordde niet. Hij boog zich voorover en voelde Bunty's pols, die uit het puin stak, en zei zacht: 'Je kunt niets meer voor haar doen, meid. En je vriendin zou niet gewild hebben dat je door haar gewond raakte, nietwaar? De mannen van de reddingsploeg zijn hier. Die krijgen haar er wel uit, dat beloof ik je.'

Ze liet zich overeind helpen en wegleiden van het beschadigde gebouw. Haar hoofd was vreemd leeg, niet in staat een gedachtegang te voltooien. Ze had Bunty door de straat naar haar moeders huis zien rennen – *Ga even kijken of alles goed is met mijn moeder. Ben zo weer terug...* – en toen was de bom gevallen. Het was mogelijk dat Bunty op dat ogenblik was gestorven. Ze had de dood vaker gezien, al wel honderd keer, maar tot vanavond niet de dood van iemand die ze goed had gekend. Een vrouw duwde een mok thee tussen haar bebloede vingers en ze staarde erin, ze zag de beweging door haar trillende handen. Ze bleef kijken terwijl de mannen de versplinterde balken en vloerplanken wegtrokken. Ze geloofde pas dat Bunty dood was toen ze haar lichaam onder het puin vandaan haalden en zag hoe haar ledematen bungelden en hoe haar hoofd onder een gruwelijke hoek hing.

Na Bunty's dood veranderde alles. Faiths vertrouwen in de toekomst ging in rook op. Ze wist dat ze er niet op kon vertrouwen dat ze wakker werd nadat ze in slaap was gevallen; ze kon evenmin weten wanneer, als een dief in de nacht, de dood haar vrienden of familie zou komen halen. Het vermogen om op elk moment, waar dan ook, te slapen liet haar in de steek. Wanneer ze wel sliep had ze nachtmerries. Ze was nooit bijgelovig geweest, maar dat werd ze nu. Ze prevelde bezweringen terwijl ze de voordeur achter zich dicht trok wanneer ze 's avonds het huis verliet, deed elke ochtend dezelfde dingen voordat ze naar bed ging, geschrokken en bang voor vergelding wanneer ze afweek van een ritueel dat haar tot dusver beschermd leek te hebben. Ze was bang dat het geluk, dat ze altijd vanzelfsprekend had gevonden, haar in de steek zou laten. Ze begon een armband te dragen die Ralph jaren geleden in Italië voor haar had gekocht en toen ze hem op een avond kwijt was, was ze ervan overtuigd dat ze de ochtend niet zou halen. Toen het eerste licht kwam en de ruïnes van Londen in glans zette, lachte ze om haar angsten, maar de vrees bleef en knaagde aan haar hart.

Op 19 maart, de nacht van de zwaarste luchtaanval tot dusver, gebeurde er iets angstaanjagends. Ze zat in de vroege ochtenduren te wachten in de ambulancepost toen de telefoon ging om haar te vertellen waar ze slachtoffers moest ophalen. Het volgende moment, althans zo leek het, was het licht en stond ze op de stoep van het huis in Mahonia Street en stak de sleutel in het slot. Ze had geen flauw idee hoe de tussenliggende uren waren verstreken. Elke herinnering eraan was uitgewist. Toen ze het huis binnenging, vond ze een brood en een broodmes op de keukentafel, dus ze nam aan dat ze midden in de nacht thuis was geweest om iets te eten, zoals ze wel vaker deed. Toen ze die avond weer naar haar werk ging, was er niemand die vragen stelde, niemand die haar vreemd aankeek, dus ze ging ervan uit dat ze haar werk goed gedaan had. Maar de verontrustende leemte bleef en wat ze ook probeerde, ze kon hem niet vullen.

Een week later gebeurde het opnieuw. Opnieuw enkele ontbrekende uren, uit de nacht gesneden, alsof iemand een schaar in haar leven had gezet. Ze had haar eerste black-out kunnen afdoen als toeval, een afwijking; de tweede keer kon ze dat niet. Het kwam in haar op dat ze gek aan het worden was, dat er iets mis was in haar hoofd. Ze herinnerde zich een van de Kostgangers die, nadat hij zich steeds vreemder was gaan gedragen, zelfs voor een Kostganger, achter slot en grendel was geëindigd in het krankzinnigengesticht in Bazel. Ze was er een keer op bezoek geweest met Ralph. Nu, in haar somberste momenten, zag ze zichzelf in een lange zaal waarvan de ramen met ijzeren tralies waren afgesloten. Ze wist dat ze een dokter zou moeten raadplegen, maar was bang om het te doen. Ze begon om de tien minuten op haar horloge te kijken, alsof ze zichzelf ervan wilde overtuigen dat de angstaanjagende black-out zich niet opnieuw had voorgedaan.

Minden Hall, waar Jake gelegerd was, was een plomp, Victoriaans huis, naargeestig gelegen aan de rand van een onherbergzaam veenlandschap in het noorden. Om het huis heen stonden legertenten, als plompe, donkere padden ineengedoken op het gras. Het was er onveranderlijk koud en de gazons waren zompig van de regen. Jakes eerste dag op Minden Hall leek een week te duren, zijn eerste week een maand. Het anderhalve jaar dat hij in Spanje had doorgebracht, was eentonig, koud, nat en volkomen zinloos geweest, maar Minden Hall en het eindeloze schuiven met paperassen die zijn lot schenen te zijn, verhieven zinloosheid tot een vorm van kunst.

De meesten van de mannen met wie Jake een legertent deelde, leken zich niets aan te trekken van de grauwe luchten of de verdovende eentonigheid van het werk. Maar Jakes verveling was vermengd met woede en een onvermogen om te accepteren dat dit alles was wat de oorlog voor hem betekende. Hij herinnerde zich dat Linda Forrester tegen hem had gezegd: *Het is de eentonigheid die zo ondraaglijk is* en hoewel hij toen op haar had neergekeken en haar frivool en egoïstisch had gevonden, merkte hij nu dat hij haar woorden schoorvoetend beaamde.

Na twee weken ging hij naar zijn commandant om overplaatsing te vragen. Hij wees kapitein Crawford erop dat het verspilling was om hem formulieren te laten invullen. Kapitein Crawford herinnerde Jake eraan dat hij niet met vlag en wimpel door zijn medische keuring was gekomen, dat de aanval van bronchitis begin 1939 blijvende schade had aangericht in zijn longen. Jake zwoer dat hij zich nu volkomen fit voelde en herinnerde kapitein Crawford eraan dat hij bij de Internationale Brigades had gevochten. Jakes blik vermijdend zei kapitein Crawford: 'Het zijn vreemde vogels die in Spanje hebben gevochten, Mulgrave. En geen opleiding. Het ziet er daarom niet best uit, snap je?' En Jake, een en al onbegrip, kon inrukken.

Die avond, in de pub, vertelde hij het hele gesprek aan een collega, een zekere Crabbe. Crabbe keek hem door een wolk van blauwe pijprook aan.

'Niet de goeie soort, Mulgrave. Niet Brits genoeg. Ze kunnen je niet plaatsen.'

'Plaatsen?' herhaalde Jake verbaasd.

'Klasse, beste man. Je bent vlees noch vis. Je hebt onmiskenbare buitenlandse trekjes... Je hebt in het buitenland gewoond... en voor de communisten gevochten.' Crabbe bauwde kapitein Crawfords bekakte accent na. 'Niet helemaal *comme il faut*, mijn beste man. Verdachte connecties en wat dies meer zij.'

Geconfronteerd met de eindeloze eentonigheid van zijn werk besloot Jake te profiteren van het beetje vermaak dat Minden Hall te bieden had. Er was geen gebrek aan gewillige meisjes en als ze meer wilden – in juweliersetalages kijken, of praten over romantische oorlogsbruiloften – maakte Jake snel een eind aan de relatie. Hij kreeg er handigheid in alleen die meisjes te kiezen die hetzelfde wilden als hij – plezier zonder betrokkenheid, de vluchtige opwinding van seks zonder het risico van emotionele pijn. Verveeld en eenzaam ontdekte hij hoe hij zich geliefd kon maken. Hij weigerde nooit een uitdaging of een weddenschap. Hij kocht een van de AST-meisjes om om een onderbroek van hun commandante uit het wasgoed te pikken en bond die aan de vlaggenmast op het gazon voor het huis, waar hij triomfantelijk wapperde in de wind. Op een avond klom hij straalbezopen in de regenpijp aan de zijgevel van Minden Hall en versierde het dak met slingers. Publiek stroomde samen op het gazon en juichte hem toe. Hij hield er een flinke berisping aan over, plus een verstuikte enkel toen hij de laatste paar meter naar beneden viel.

Maar ondanks de populariteit die hij verworven had, voelde hij zich alleen, er nooit echt bij horend, verbannen naar de rand. Hij paste niet in dit sombere, grijze land. Hij voelde weinig voor een Engeland dat hem een zo inactieve rol gaf in haar strijd om het bestaan. Zijn verhouding met Anni leek lang geleden, onlosmakelijk verbonden met een nerveus, vooroorlogs Parijs en de warmte en de wanhoop van juni 1940. Terugkijkend wist hij nooit goed wiens schuld het was geweest – die van Anni, omdat ze niet genoeg van hem had gehouden, of de zijne, omdat hij niet de moed had gehad om haar te vertrouwen. Eén ding wist hij zeker: alles waar hij echt om gaf brokkelde vanzelf af of werd door hem vernietigd. De passie die hij ooit had gekoesterd voor politiek was tegelijk met de Spaanse republiek gestorven. Als hij ooit een thuis had gehad, dan was dat La Rouilly geweest. En toch had hij, zoals zoveel anderen, een stervend Frankrijk in de steek gelaten. Hij zou Anni, van wie hij had gehouden, nooit weerzien.

De banden waren voorgoed verbroken tijdens zijn radeloze vlucht uit Europa. Hij was, beroofd van bezittingen en overtuigingen, op dit eiland aangekomen. Hij en zijn familie hadden het op het nippertje gered. Hoewel hij zijn ouders en zijn zussen zelden schreef, hen zelden zag en hun genegenheid en trouw als vanzelfsprekend beschouwde, wist Jake dat zijn enige nog resterende band die met zijn familie was. Ralph had nooit een geheim gemaakt van zijn minachting voor land, vaderlandsliefde of politiek. Jake begon zich te realiseren hoeveel hij gemeen had met zijn vader.

De fonkeling van een winters zonnetje door de oude, hoge ramen van Compton Deverall, de flarden mist op de gazons brachten Nicole in verrukking. Het was allemaal zo meeslepend anders, zo magisch, zo *buitenlands*. Op mooie dagen maakte ze lange wandelingen door de beukenbossen; wanneer het regende verkende ze het huis, kwam met pas ontdekte schatten in haar handen en spinnenwebben in haar haren uit kamers die in geen tientallen jaren gebruikt waren. Jong, mooi en charmant als ze was werd ze uitgenodigd door de plaatselijke belangrijke families. Zij op haar beurt nodigde hen uit op Compton Deverall. In een sombere winter vol tekorten en slecht nieuws werden de avonden die de jonge mevrouw Kemp gaf een lichtpunt in al die somberheid. Terwijl Laura Kemp heerlijke maaltijden te voorschijn toverde uit de rantsoenen, vermaakte Nicole haar gasten met charade, verstoppertje en door Ralph verzonnen spelletjes, die tot dusver alleen bekend waren geweest bij de Mulgraves. Laura, die liever in de tuin werkte dan gasten ontving, erkende Nicole graag als de betere gastvrouw en liet de feesten over aan haar schoondochter.

Doordat ze een eigen boerderij hadden, met varkens, kippen en kalkoenen, en door de enorme, ommuurde moestuin, hadden ze nooit gebrek aan iets. Elk weekend stroomden er mensen van Londen naar Wiltshire, gelokt door het vooruitzicht van goed eten en een ongestoorde nachtrust. Nicole ontving zowel Davids vrienden als de hare, uit haar tijd bij de BBC en de ENSA. Stofhoezen werden verwijderd van meubels in kamers aan zelden gebruikte gangen, vloeren geboend, bedden opgemaakt. Rekken vol jarenlang opgeborgen borden werden afgewassen en op buffetten gezet. Eén weekend zaten er dertig gasten aan de grote, oude, eikenhouten tafel.

Net als Ralph maakte Nicole makkelijk vrienden. Wanneer ze in een winkel in de rij stond of op een bus wachtte, praatte ze met mensen. Onbekenden werden snel kennissen, kennissen werden in de kortste tijd goede vrienden. Doordat de Salisbury Plain vlakbij was, waren velen van de weekendgasten op Compton Deverall militairen van land- en luchtmacht. Vrije Fransen, Nederlandse en Belgische piloten aten Laura Kemps maaltijden en dansten met haar mooie schoondochter. Toen Nicole een Poolse piloot begroette met enkele woorden in zijn moedertaal, haar jaren geleden geleerd door Genya, viel hij op zijn knieën en kuste de zoom van haar rok.

Midden januari moest David terug naar Londen; pas de daaropvolgende maand wist Nicole dat ze in verwachting was. Eerst dacht ze aan een allergische reactie op iets wat ze had gegeten. Maar Laura Kemp, die andere vermoedens had, stond erop de dokter te laten komen. Toen haar verteld werd dat ze een kind verwachtte, was Nicoles eerste reactie er een van ongeloof. Hoewel ze in theorie wist dat getrouwde mensen de neiging hadden kinderen te krijgen, had ze er nooit bij stilgestaan dat het haar zou overkomen. Ze schreef David om hem het heuglijke nieuws te vertellen en hield haar bedenkingen voor zich.

Op goede dagen verdween Nicoles misselijkheid tegen lunchtijd; op slechte dagen at ze nauwelijks en rende met tussenpozen naar het toilet. Als de misselijkheid op haar hoogtepunt was liep ze, met Minette op haar hielen, om het huis heen en probeerde de ramen te tellen. Ze kwam nooit op hetzelfde aantal uit. Laura Kemp stelde rust voor, maar Nicole had een hekel aan rust. Ze hield van mensen, gezelschap, avontuur. Ze hield ervan over de heuvels te rijden met Thierry Duquesnay, een piloot van de Vrije Fransen, en stopte daar pas mee toen de dokter haar een fikse uitbrander gaf en zei dat, als ze bleef paardrijden, ze haar kind zou verliezen. Tot haar ergernis ontdekte ze dat ze te kortademig was om te zingen. Maar ze kon nog wel dansen, een tango of een foxtrot op de muziek van de stokoude opwindbare grammofoon in de Great Hall, met de verbleekte wapens en emblemen van de Kemps die vanaf het plafond op haar neerkeken. Een van de piloten bracht nieuwe platen mee als aanvulling op Davids verzameling bekraste achtenzeventigtoerenplaten. Een Canadees leerde haar de jive en met Thierry walste ze de hele zaal rond.

Er was sinds de laatste luchtaanval geen stromend water meer in het huis aan Mahonia Road, maar de muren waren vochtig. Wanneer ze ze aanraakte was Faith er half van overtuigd dat, wanneer ze haar hand terugtrok, haar vingertoppen rood zouden zijn van het bloed. 's Nachts kraakte en kreunde de beschadigde constructie van het huis. Het was alsof het een dodelijke inwendige verwonding had opgelopen en de uiterlijke symptomen werden erger naarmate de dagen verstreken. Binnen dwaalde ze van de ene kamer naar de andere en sliep in die welke het meest comfortabel leek. Door het ingestorte plafond en de ontbrekende dakpannen kon ze de sterren zien, witte speldenpunten aan een donkere hemel. Als het koud was verzamelde ze kapotte raamkozijnen en stukken trapleuning en stookte er een vuur mee. De schoorsteen was beschadigd en vulde de kamer met rook, maar die verdween snel door de kapotte ramen. Wanneer gas en stroom uitvielen, stak Faith kaarsen aan en at uit blik. Het deerde haar niet; ze was gewend van de hand in de tand te leven. Dat was niet wat haar bang maakte. Het beangstigde haar dat ze black-outs bleef krijgen. Soms had ze er een week of langer geen last van, maar dan opeens raakte ze zonder waarschuwing een uur kwijt, twee misschien, uit haar geheugen gewist zonder een spoor achter te laten. Omdat niemand haar anders vertelde, bleef ze rijden en de gewonden in de ambulance laden, naar het ziekenhuis brengen, zoals ze altijd had gedaan. Bang voor de gevolgen praatte ze met niemand over haar black-outs. Ze betwijfelde of haar meerderen een ambulance-chauffeur in dienst wilden hebben die last had van geheugenverlies. In de openbare bibliotheek bestudeerde ze medische boeken en las over hersentumoren en gespleten persoonlijkheden. Met een huivering herinnerde ze zich het verhaal van Jekyll en Hyde en vroeg zich af in hoeverre die andere, onbekende Faith van haar verschilde.

De vrees dat ze gek aan het worden was verdreef al haar andere angsten. Ze kromp niet langer in elkaar bij het dreunen van een vijandelijk vliegtuig en haar maag draaide niet meer om bij het gedonder van de bommen. Ze kreeg de naam dapper te zijn, overmoedig zelfs. Als er extra hulp nodig was om in een gebouw dat op instorten stond een lantaarn op te houden terwijl een dokter zijn best deed om het leven van een kind te redden, bood Faith zich aan. Wanneer ze met halsbrekende snelheid naar gebombardeerde plaatsen reed, om bomkraters heen zwenkte terwijl brandbommen vuurrood uit de lucht regenden, was ze niet bang om te sterven, maar werd ze achtervolgd door de angst dat haar geest langzaam zou afsterven.

In de nacht van 19 april was het alsof de aarde trilde onder de bominslagen. Op pad gestuurd om slachtoffers op te halen bij een platgegooide plek in Poplar, werd ze zich bewust van een vreemde opwinding terwijl het lawaai en de felle, verblindende kleur van de vlammen haar zintuigen vulden en haar even bevrijdden van angst. Ze stapte uit de ambulance en bleef een ogenblik om zich heen staan kijken. De straat was bijna over de hele lengte aan een kant verwoest door het bombardement. Enkele mensen kwamen schuifelend uit de ruïnes te voorschijn, onnatuurlijk vrolijk, opgelucht dat ze nog leefden. Anderen strompelden radeloos door bergen puin, op zoek naar familieleden. Artsen en verpleegsters verzorgden de gewonden, mannen van de reddingsploeg wrikten balken en vloerplanken opzij, brandweermannen blusten de vlammen. Het steenstof veranderde de aanwezigen in een naargeestig terracottaleger.

Een van de dokters stak zijn arm op en wenkte Faith. Toen ze naar hem toe liep, riep een reddingswerker haar iets toe, maar ze lette niet op hem en liep door. Ze had de arts herkend als Guy toen de reddingswerker haar inhaalde.

'Ben je gek geworden? Hoorde je me niet? Er ligt een UXB in dat gat.'

Faith keek achterom naar de krater en dacht: fijn als de bom ontploft zou zijn terwijl ik eromheen liep. Een wisse, onverhoedse dood.

Ze realiseerde zich dat Guy haar aanstaarde. Ze dwong zichzelf te antwoorden. 'Sorry. Ik had u niet gehoord.'

Ze draaide zich om naar Guy. Een kleine jongen zat klem onder een stapel planken. Faith tilde een houtplaat op. Ze hoorde Guy uitleggen: 'Hij heeft een paar ribben gebroken. En zijn onderbeen is versplinterd.' Hij keek haar aan. 'Voel je je wel goed, Faith?'

'Ik voel me uitstekend,' zei ze, 'prima.'

Ze sloeg hem gade terwijl hij werkte. Het precieze, zorgzame bewegen van zijn handen stelde haar gerust. Na een poos riep een van de mannen van de reddingsploeg: 'Hij is los.'

Sally, het meisje dat nu haar partner was, hielp Faith om het gewonde kind op een brancard te leggen en in de ambulance te schuiven. Op de terugweg van het ziekenhuis werd hun tocht vertraagd door het puin van eerdere luchtaanvallen. Sally zei: 'Ik moet dringend plassen. Stop even, dan duik ik achter die heg.' Faith trok de handrem aan. Bunty's stem klonk in haar hoofd. *Ogenblikje, Laat me even kijken of alles goed is met mijn moeder.* Ze kon het niet verdra-

159

gen om op Sally te wachten, klom uit de ambulance en dwaalde rond de verlaten ruïnes van huizen.

Stoelen en tafels, overdekt met een bruinige smurrie, kromgetrokken door de regen, stonden in kamers waaraan een muur of een plafond ontbrak. Een bed, volledig opgemaakt met lakens en gescheurde dekens, was van een kamer op de bovenverdieping in een salon gevallen en lag te midden van kapotte boeken, versplinterde planken en scherven aardewerk. Bij het horen van een voetstap schoof Faith een kluwen gescheurde gordijnen opzij en zag een oude vrouw, die over een fornuis gebogen stond. De kamer, met nog slechts drie muren, werd verlicht door één enkele kaars op een wiebelende tafel. Terwijl Faith in de deuropening stond en naar de vrouw keek, leek het alsof ze naar een spook keek, alsof haar labiele geest de gedaante had opgeroepen om door de ruïne van het huis te waren.

Maar de vrouw draaide zich om en zei: 'Ik maak eten klaar voor mijn jongens.'

Ze roerde in een pan. Faith realiseerde zich dat ze in de toegetakelde overblijfselen van een keuken stonden. De aanrecht hing scheef en de schappen waren bezaaid met gekartelde blikken en doorweekte pakken. Eén zijde van de keuken was blootgesteld aan weer en wind. Op de vloer, een legpuzzel van kapotte tegels, blonken regenplassen.

De oude vrouw droeg een haveloze jas over enkele vuile vesten. Ze wenkte Faith. 'Wil je mijn soep proeven?'

Faith stapte tussen het losgelaten pleisterwerk en de tegels door. Er leken geen kolen in het fornuis te liggen. De houten lepel die in de pan roerde, bewoog langzaam. Faith fluisterde: 'Zal ik u naar het rustcentrum brengen?' maar de vrouw negeerde haar.

'Hier is je soep, liefje. Lekkere, warme soep.'

Toen ze omlaag keek, zag Faith dat de pan vol puin lag, dat de houten lepel een brouwsel omroerde dat slechts uit bakstenen bestond. Ze staarde naar de pan, toen naar de oude vrouw en rende toen struikelend het huis uit.

De middag daarop zat Faith aan de keukentafel te knikkebollen toen ze werd gewekt door een aanhoudend gebonk op de voordeur. Ze negeerde het eerst, in de hoop dat het zou ophouden en ze door kon slapen, maar toen het niet stopte, slofte ze naar de gang.

Ze opende de deur en wreef in haar ogen. 'Guy.'

'Mag ik binnenkomen?'

Ze liet hem binnen. In de salon keek hij met grote ogen om zich heen. 'Wóón je hier?'

Opeens zag ze het huis zoals hij het moest zien: de ramen zonder ruiten, gebarsten pleisterwerk en gevallen kroonlijsten, de donkere vlek op het tapijt waar de regen binnendrong, het nest van dekens dat ze voor zichzelf had gemaakt op de sofa.

'Soms slaap ik hier en soms in een van de andere kamers. Net welke op dat moment de beste is. Het hangt af van de windrichting – soms komt de regen door bepaalde plekken en soms door andere.' Ze zag de uitdrukking op zijn gezicht en zei verdedigend: 'Zo erg is het niet, Guy. La Rouilly was ook een beetje vervallen, weet je nog? Ik ben eraan gewend.'

'Op La Rouilly was het wárm. En je was er niet op jezelf aangewezen.'

'Jake heeft af en toe verlof. En Rufus ook.' In de keuken spoelde ze kopjes om. 'Thee, Guy?'

'Graag.' Hij ging aan de tafel zitten.

Ze liet de ketel vollopen en zette hem op het fornuis. Ze stond met haar rug naar hem toe toen hij zei: 'Ik ben eigenlijk gekomen om mijn excuses aan te bieden.'

Met een ruk draaide ze zich om. 'Excuses? Waarvoor?'

'Dat ik niet zo'n beste vriend ben geweest,' zei hij eenvoudig.

Tranen prikten achter haar oogleden. Onverschilligheid of zelfs koelheid kon ze verdragen, maar vriendelijkheid maakte haar tegenwoordig aan het huilen. Ze rommelde met lepels en serviesgoed om te voorkomen dat hij haar gezicht zag.

Ze hoorde hem zeggen: 'Ik ben nooit vergeten hoe goed je familie voor me was, die eerste keer dat we elkaar ontmoetten. Ik weet nog hoe Ralph me aantrof langs de kant van de weg en hoe Poppy me vroeg om te blijven eten. En hoe jij een bed voor me opmaakte in de schuur. Hoe oud was je toen, Faith? Tien?'

'Elf,' fluisterde ze.

'Ik was er vreselijk aan toe – geen geld, geen vrienden – en jij – jullie allemaal – jullie redden me. En toen vonden jullie het goed dat ik jaar in jaar uit op bezoek kwam... weet je, Faith, hoe ik altijd uitkeek naar de zomer, en dat ik jou weer zou zien? Ik telde de dagen af. Het was de fijnste tijd van het jaar. En ik heb me gerealiseerd dat ik, sinds jullie naar Engeland zijn gekomen, niet...' Hij zweeg abrupt.

Ze kon het schokken van haar schouders niet verbergen. 'Faith, wat is er?'

Ze snikte: 'O, Guy, ik mis het zo. Alles. Frankrijk, La Rouilly, Genya. Wat is er van Genya geworden?'

Hij trok haar tegen zich aan. Een ogenblik lang sloot ze haar ogen en genoot van de warmte en veiligheid van zijn omhelzing. Ze hoorde hem zeggen: 'Genya is een taaie. Ze maakt het vast goed.' Maar hij klonk niet erg overtuigd.

'Het water kookt.' Ze maakte zich los uit zijn armen en begon op een onsamenhangende manier thee te zetten.

'Er is nog iets, nietwaar?'

Ze schudde haar hoofd, niet in staat om iets te zeggen. Guy zei verbitterd: 'Het is mijn schuld. Ik heb je verwaarloosd. Ik kan je niet kwalijk nemen dat je me niet in vertrouwen wilt nemen.'

Faiths hand trilde en de thee klotste over de tafel. Ze fluisterde: 'Het komt niet door jóú, Guy. Ik kan het niemand vertellen.'

'Wat vertellen?'

Ze sloot haar ogen. 'Het is te erg.'

Hij zei nuchter: 'Niets is zo erg dat erover praten niet helpt.'

'Dit wel.'

Hij pakte haar hand, hield hem tussen zijn warme handpalmen en zei zacht: 'Ik weet dat ik het de afgelopen paar maanden druk heb gehad en kortaf en jaloers ben geweest. Ja, ik geef het toe, ik was jaloers toen ik je met Rufus zag, daarom deed ik zo gemeen. Ik denk dat ik je was gaan zien als mijn speciale vriendin en het niet kon verkroppen je met iemand anders te zien.' Ze glimlachte flauwtjes. 'Wil je me niet de kans geven om het goed te maken?' vroeg hij. 'Wil je me niet laten helpen?'

Ze keek hem aan en vroeg zich af of ze hem in vertrouwen durfde te nemen. Voordat ze de opwelling kon onderdrukken zei ze: 'Guy, ik denk dat ik gek word.'

Hij lachte niet, zei niet dat ze zich niet moest aanstellen. 'Vertel eens waarom je dat denkt.'

Er viel een lange stilte. Ze stapte achteruit, sloeg haar armen om zich heen en keek uit het raam. Vogels zongen tussen de takken, bloesem vormde zich aan de bomen. Ze raapte haar moed bijeen.

'Ik vergeet dingen.'

Guy zweeg even voordat hij zei: 'Geen... namen en zo, neem ik aan. Je bedoelt dat je elke herinnering aan een uur of misschien zelfs een dag kwijtraakt...'

'Nooit een hele dag,' zei ze snel. 'Ik dacht dat het beter werd, dat het aan het overgaan was, maar laatst op een nacht was ik zes hele uren kwijt.' Ze herinnerde zich de oude vrouw die soep maakte van bakstenen en ze herinnerde zich dat ze 's morgens was thuisgekomen en de voordeur had geopend. Daartussenin was niets.

'Ik heb in de bibliotheek een paar boeken gelezen.' Haar stem trilde. 'Er is iets mis in mijn hoofd, is het niet, Guy?'

'Neem mijn raad aan, Faith, en lees nooit medische boeken. Toen ik nog studeerde, dacht ik dat ik elke denkbare kwaal had. Gele koorts, malaria, tuberculose...' Hij glimlachte. 'Faith, je wordt niet gek. Je bent gewoon dood- en doodop en je staat onder ondraaglijke druk. Geheugenverlies is iets wat gewoon gebeurt als iemand onder te hoge spanning staat. Het komt vaker voor. De geest kan niets meer opnemen en sluit zich af. Het is een beschermingsmechanisme. Heel verstandig, als je er even over nadenkt.'

Ze wilde hem geloven. 'En jij dan, Guy, jij bent ook moe. Raak jij ook herinneringen kwijt?'

'Ik rook en drink te veel. En ik verlies mijn geduld. En ik heb nachtmerries, verschrikkelijke nachtmerries, over Oliver. Ik denk dat we allemaal graag denken dat extreme omstandigheden het beste in ons naar buiten brengen, maar dat is niet altijd zo. Hoewel Eleanor... Eleanor houdt zich geweldig. Zij is op haar best in een crisis.'

Ze keek hem met ernstige blik aan. 'Meen je het echt? Dat ik niet ziek ben, of gek?'

'Je bent niet ziek en je bent niet gek,' zei hij stellig. 'Je bent alleen maar uitgeput en als ik jou was nam ik een week of twee rust; ik weet zeker dat die black-outs dan zullen ophouden.'

Ze was zich bewust van een overweldigende opluchting. 'O, Guy, je kunt je niet voorstellen hoe vreselijk bang ik ben geweest.'

Hij keek haar aan. 'Heb je verlof te goed?'

'Een paar weken. Ik wil naar Norfolk, ma opzoeken – volgens pa maakt ze het goed, maar ik ben er niet zeker van...' Poppy's brieven hadden de laatste tijd een onzekere ondertoon, niet iets wat Faith precies kon plaatsen, maar ze maakte zich zorgen.

'Vraag dan verlof aan en vertrek zodra je kunt. En intussen' – hij keek de vervallen keuken rond – 'Faith, je kunt onmogelijk hier blijven.'

'Ik vind het hier fijn, Guy,' zei ze haastig. Mahonia Road was de afgelopen acht maanden een thuis geworden. 'Ik vind het heerlijk. De gaten en zo kunnen me niets schelen en het is bijna zomer, dus het wordt weer warm.'

Hij keek twijfelend, maar zei: 'Zoals je wilt. Maar ik sta erop dat je aanstaande zaterdag komt lunchen. Eleanor vindt het fijn om op zaterdag mensen op de lunch te hebben en ze zal het leuk vinden je te zien. Je komt toch, hè?'

Eind mei kreeg Faith eindelijk een week verlof. Guy, die haar in Mahonia Road afhaalde, bood aan haar tas naar het station te dragen.

'Ik heb nog niet gepakt.'

Guy keek op zijn horloge. 'Dan kun je maar beter haast maken. Trouwens, je gooit gewoon wat spullen in een tas, zoals altijd. Ik heb de Mulgraves zien inpakken.'

'Ik heb mijn leven gebeterd,' zei ze uit de hoogte. 'Ik strijk mijn spullen.'

'Geen black-outs meer?'

'Niet één.' Sinds ze haar angsten aan Guy had toevertrouwd, had ze geen last meer gehad van geheugenverlies. Het was bijna alsof het praten over het probleem haar ervan had verlost.

'Kom eens hier.' Hij pakte haar hand en fronste zijn wenkbrauwen. 'Je bent vel over been.'

Ze wrong zich los. Halverwege de trap riep ze over haar schouder: 'Je hoeft je over mij geen zorgen te maken, Guy.'

In haar kamer, terwijl ze een paar gekreukte jurken in een tas gooide, hoorde ze hem roepen: 'En wie anders zou zich zorgen over je maken? Nicole? Jake? Ralph?'

'Ik kan voor mezelf zorgen.'

'Natuurlijk. Je bent altijd al de verstandigste Mulgrave geweest. Je moet het van Poppy geërfd hebben.'

Ze kwam de trap af rennen, haar tas in haar hand, en zei kattig: 'Nou, in elk geval niet van Ralph.' Toen deed ze de voordeur open en stapten ze de motregen in.

Hij stak zijn paraplu op en ze kropen eronder. Toen ze de bus de hoek om zagen rijden, besloten ze naar de volgende halte te lopen. Terwijl ze om de grote plassen heen liepen die zich in het door bommen beschadigde plaveisel hadden gevormd, zei Guy: 'Maak je je zorgen over Ralph?'

Faith zuchtte. 'Je weet dat pa vaak naar Londen komt. Hij is gek op de luchtaanvallen – hij heeft Engeland altijd saai gevonden en met de bommen is dat natuurlijk anders. Nou, ik heb er geen bezwaar tegen dat hij bij me logeert. Het betekent alleen wat meer afwas, maar ik ben bang – ik ben bang dat hij bevriend is geraakt met een paar heel vréémde mensen.'

Hij keek haar aan. 'Sommige Kostgangers waren behoorlijk vreemd.'

'Ik weet het.' Ze probeerde het uit te leggen. 'Maar de Kostgangers waren niet op dezelfde manier vreemd als deze mensen. Ze lachen hem uit, Guy, en... o, ik weet het niet...'

Er waren dingen waar ze niet over kon praten, zelfs niet met Guy. Ze kon hem bijvoorbeeld niet vertellen dat ze een soort radeloosheid voelde in Ralph, een angst die ze nauwelijks kon aanzien. Ze wist zeker dat Ralphs vrienden in Londen niet van hem hielden zoals de Kostgangers van hem hadden gehouden. Ze wist dat Bruno Gage en zijn vrienden Ralph beschouwden als een negentiende-eeuws curiosum, een bron van vermaak in magere tijden.

Regen tikte op de paraplu. Guy vroeg: 'En Nicole? En Jake? Hoe maken die het?'

'Jake verveelt zich. Nicole maakt het goed.'

'Ze verwacht een kind, hè?'

'In september. Ze zegt dat het nauwelijks te zien is.'

'Sommige vrouwen zijn zo. Goede spiertonus.'

Faith legde haar hand op zijn arm. 'Lieve Guy,' zei ze. 'Ik ben zo blij dat we weer vrienden zijn.'

Guy was vaak bang dat de slachtofferhulp onder de druk van de luchtaanvallen zou bezwijken. Dat de gewonden zich zouden opstapelen in ziekenhuisgangen en wachtkamers, kreunend en huilend terwijl de artsen en verpleegsters zelf één voor één afknapten, het bijltje erbij neer gooiden. Hij vroeg zich af hoe lang je het met drie of vier uur slaap kon volhouden. Hoe lang het zou duren voordat de aanblik van opnieuw een slachtoffer, onder het bloed en de glasscherven, hem letterlijk misselijk zou maken. Zijn enige troost, dacht Guy grimmig, was dat de Luftwaffe een stadssanering doorvoerde die volgens hem al veel eerder had moeten plaatsvinden.

De enige manier om het te overleven was door zich af te sluiten voor zijn emoties, te weigeren zich te verplaatsen in degenen wiens leven in zijn handen lag. Hij kon zich niet veroorloven met zijn patiënten mee te leven, kon alleen snijden en hechten en met koele objectiviteit beslissen welke lichamen de moeite van het oplappen waard waren en welke niet. Soms was hij bang dat deze gedwongen afstandelijkheid de rest van zijn leven als arts zou beïnvloeden en dat hij, geconfronteerd met vrouwen wiens leven geruïneerd was door het verlies van hun zoons, of met verbijsterde oude mannen waarvan de vrouw tijdens een luchtaanval was gesneuveld, niets zou voelen en recepten zou uitschrijven en betuigingen van medeleven zou geven.

Door de grote werkdruk had hij Oliver niet gezien tussen september, toen Eleanor hem naar Derbyshire had gebracht, en eind november, toen hij verlof kreeg. Oliver was toen al bijna een jaar geweest, brabbelde zijn eerste woorden, stond op het punt zijn eerste wankele stapjes te zetten. Toen hij zijn goudblonde, blauwogige zoon voor het eerst in drie maanden zag, had Guy een zo overstelpende liefde gevoeld dat hij tegen zijn tranen had moeten vechten. Olivers puurheid, zijn schoonheid, herinnerden hem pijnlijk aan alle dode en gewonde kinderen die hij uit de puinhopen van Londen had gehaald. Hij had ter plekke gezworen dat Oliver nooit pijn zou lijden, dat hij hem zou beschermen tegen alle wonden die het leven kon toebrengen. Dat zijn zoon altijd bemind en veilig zou zijn, dat het hem aan niets zou ontbreken.

Guy was drie dagen in Derbyshire gebleven, had Oliver meegenomen om naar het ijs te kijken aan de heldere oevers van de Dove, had hem op zijn rug naar de top van de Thorpe Cloud gedragen. Hij was sindsdien nog twee keer op bezoek geweest, beide keren met Eleanor. En beide keren was Guy, wanneer hij aan het eind van zijn verlof afscheid nam van Oliver, schoorvoetend tot de conclusie gekomen dat Eleanor nauwelijks iets voelde van het intense verdriet om de afwezigheid van hun zoon. Ze leek zelfs te zijn opgebloeid sinds ze niet meer verantwoordelijk was voor de zorg voor Oliver. Haar WVS-werk nam het grootste deel van haar tijd in beslag, het huishouden aan Holland Square slorpte de rest op.

Hun vertrek uit Malt Street was een slijtageslag geweest. Eleanor was weggekwijnd en Guy had ten slotte toegegeven. Ze had hun vertrek uit het huis waar Guy van kindsaf aan had gewoond geregisseerd met de kordate, zelfverzekerde efficiëntie waarvan hij besefte dat die kenmerkend voor haar was. Aan Holland Square genoot ze van de grote, prachtige kamers, de vele vertrouwde dingen. Toen hij een keer blijk had gegeven van heimwee naar de haveloze lelijkheid van Malt Street, had Eleanor hem verbluft aangekeken en gezegd: 'Doe niet zo raar, Guy, we wonen hier veel comfortabeler. Je hebt een kleedkamer en een studeerkamer en voor mij is het een hele verlichting dat ik niet meer hoef te worstelen in die afschuwelijke keuken.' Ze deelden het huis met Eleanors vader. Het was over het geheel genomen een bevredigende regeling; Guy mocht de oudere man en hun discussies waren, hoe frequent ook, altijd goedmoedig.

Toch voelde hij dat ze door terug te keren naar Eleanors ouderlijk huis iets hadden verloren. Het huwelijk was niet helemaal wat hij ervan verwacht had. Eleanor had duidelijk gemaakt dat ze geen kinderen meer wilde en Guy voelde dat hij, door te buigen voor deze en andere wensen van haar zelf had bijgedragen aan het vervagen van hun ideaal. Guy hield zichzelf voor dat de romantische droom een illusie was, dat de kameraadschap en de praktische steun die Eleanor hem gaf het beste was waarop iemand kon hopen en meer dan menigeen kreeg en dat de intensiteit die hij ooit had gezocht niet meer was geweest dan de fantasie van een jonge en wat wereldvreemde man. Zijn aanvankelijke hartstocht was verbleekt, maar hij maakte zichzelf wijs dat het zo beter was. Het was voldoende dat Eleanor zijn levensgezellin en de moeder van zijn kind was. Haar kracht betekende dat hij zich geen zorgen over haar hoefde te maken; bezorgdheid over haar zou hem alleen maar hebben verzwakt, een zwakte die hij zich juist nu niet kon veroorloven.

Toen hij Faith naar de trein had gebracht en station Liverpool Street verliet, was hij zich bewust van een pijn in zijn borst, een gevoel van verlies. De pijn was vergelijkbaar met het verdriet dat hij voelde telkens wanneer hij aan Oliver dacht. Maar het beeld dat hem nu voor ogen bleef zweven was dat van Faith: haar blote, in sandalen gestoken voeten die door de plassen stapten, haar verwarde haren die door de wind voor haar ogen werden geblazen. Hij herinnerde zich ook de koele aanraking van haar wang toen hij haar op het perron vaarwel had gekust. Haar magerheid, haar bleekheid baarden hem zorgen. Hij stelde zich voor hoe hij haar weghaalde van het slagveld dat Londen was geworden – naar het platteland, of naar zee misschien. Hij zag zichzelf naast haar lopen over een verlaten strand. Met een ontnuchterende schok herinnerde hij zich Eleanor, Holland Square en zijn huwelijk. Hij was het, een ogenblik slechts, volledig vergeten.

Guy zette de kraag van zijn regenjas op en liep snel door de drukke straten.

7

Heronsmead was eind mei een glinstering van schorren en verre zee. Poppy had de hele dag in de tuin gewerkt. Ze stond gebogen over de frambozenstruiken toen ze het hek hoorde opengaan.

Ze keek op en zag haar dochter. 'Fáith,' riep ze. Ze wilde huilen, maar knipperde haar tranen weg opdat Faith ze niet zou zien en stak haar armen uit. 'O, Faith. Wat een heerlijke verrassing. Waarom heb je me niet laten weten dat je kwam?'

'Ik wist tot gisteren niet zeker of ze me zouden laten gaan en ik heb dus geen tijd gehad om te schrijven.'

'Hoe lang heb je vrij?'

'Een week.'

Poppy hield Faith op armlengte van zich af en bekeek haar. Op haar twintigste, dacht ze, had Faith nog steeds iets van de slungelige onbeholpenheid, maar ze zag sporen van vermoeidheid onder haar ogen.

'Maar je bent zo máger, lieverd.'

'Ik voel me prima, ma. Alleen doodmoe.'

Ze gingen naar binnen. Terwijl Poppy theewater opzette, hoorde ze Faith vragen: 'Waar is pa?' en ze keek haar dochter scherp aan.

'In Londen. In dacht dat hij bij jou logeerde, Faith.'

'Ik heb hem in geen weken gezien. Hij zal wel bij Bruno Gage zijn.'

Poppy zette kopjes op tafel. Faith vroeg nieuwsgierig: 'Voel je je eenzaam als pa weg is?'

Poppy had het idee dat ze het glimlachen bijna had verleerd. Het was eerder een grimas die onecht rond haar mondhoeken trilde.

Maar ze zei eerlijk: 'Het is rustiger zonder hem. Hij vindt Heronsmead saai, maar ik ben er dol op. De grond is geweldig. Toen we rondreisden, waren al mijn tuinen niet meer dan stenen en zand. Als ik hier zaden uitzaai, lijken ze de volgende dag al op te komen.' Ze keek uit het raam naar de velden en de schorren met het zacht wuivende riet. 'Het enige wat ik jammer vind,' ging ze verder, 'is dat we niet bij de zee kunnen komen. Vanwege het prikkeldraad. Soms droom ik dat ik op blote voeten door het zand ren.'

Ze vertelde Faith uiteraard niet alles. Sommige dingen vertrouwde je niet aan je dochter toe. Ze kon Faith onmogelijk vertellen dat ze vermoedde dat Ralph een verhouding had.

Toen ze een jaar geleden op Heronsmead waren aangekomen, had Poppy zich snel aan het huis gehecht. Wat Ralph verfoeide, had zij heerlijk gevonden. De kaalheid, de afgelegenheid waren als balsem op haar ziel. Ze had beseft dat ze niet meer verlangde naar reizen, dat elke zucht naar avontuur haar had verlaten. Het was alsof die laatste, afschuwelijke vlucht uit Frankrijk de laatste resten van haar jeugdige rusteloosheid had verdreven. Ze hield van de weidse luchten van Norfolk, de glinsterende schorren, de historie en de bestendigheid van het landschap. Ze hield van het kleine huisje met de vuurstenen gevel en van de tuin, waarvan de hoge muren, opgetrokken om de planten tegen de noordenwinden te beschermen, haar deden denken aan de ommuurde tuin van La Rouilly. Ralph zag hun verhuizing naar Engeland slechts als een teruggang, maar voor Poppy was het een thuiskomst.

De dorpsbewoners, geïsoleerd en bekrompen, hadden de Mulgraves aanvankelijk met argwaan bekeken. Poppy was zich bewust geweest van achter hun rug gefluisterde woorden, van kanten gordijnen die opzij werden geschoven wanneer zij en Ralph langsliepen. Ralphs kleren werden door de dorpsbewoners verdacht buitenlands gevonden. En Ralphs gewoonte om in bad uit volle borst on-Engelse liedjes te zingen (voornamelijk Franse of Italiaanse liedjes, maar alle vreemde talen waren in de ogen van de plaatselijke bevolking even godgeklaagd) en zijn ongebreidelde gevloek waren een belemmering geweest voor hun acceptatie. In september 1940, op het hoogtepunt van de angst voor een eventuele invasie, was er een politieagent naar Heronsmead gekomen, daartoe aangezet, had Poppy al snel in de

170

gaten gehad, door kwaadaardige roddels. Ze had hem gerustgesteld met thee en die eigenaardige Engelse charme die ze, als ze de moeite wilde nemen, nog steeds had en hij was weggegaan en ze waren niet meer lastiggevallen.

Hoewel Ralph nooit om acceptatie gebedeld had – sterker nog, zijn best had gedaan om het te vermijden – had Poppy de afgelopen paar maanden geprobeerd vrienden te maken. Ze zorgde ervoor altijd een praatje te maken met voorbijgangers; ze was zelfs lid geworden van het vrouwengilde. Ze was één keer naar de kerk geweest, maar Ralphs sarcasme was zo bijtend, zo alomvattend dat ze geen tweede keer ging. Ze besefte dat ze de laatste paar jaar niet gelukkig was geweest; ze zag nu in dat ze sinds de dood van haar baby behoefte had gehad om naar huis te gaan. Ze zou, dacht ze zelf vaak, tevreden zijn geweest als het geen oorlog was geweest en als Ralph er niet was geweest.

Ze verafschuwde de oorlog. Ze luisterde nooit naar het nieuws; ze probeerde de krantenkoppen te vermijden. Ze kon de gedachte aan wat er in Frankrijk, Italië en Griekenland gebeurde niet verdragen. Ze had vrienden in al die landen. Tijdens hun vlucht uit Frankrijk had ze geleerd wat het betekende om bang te zijn. Haar afschuwelijkste herinnering was die aan haar misselijk-makende angst dat ze gedwongen zouden zijn Jake achter te laten. Nu gaf het geluid van vliegtuigen die hun bommen afwierpen boven de kustplaatsen van Norfolk haar opnieuw die angst. Wanneer er Duitse vliegtuigen overkwamen, rende Ralph de tuin in en zwaaide er met zijn vuist naar, maar Poppy verstopte zich in de bezemkast. Ze dankte God dat Jake nog niet was opgeroepen voor de strijd en dat Nicole veilig getrouwd was. Ze maakte zich zorgen over Faith, in Londen, maar minder, dacht ze, dan ze onder dezelfde omstandigheden over de andere twee zou hebben gedaan. Faith had gezond verstand.

De eerste keer dat Ralph naar Londen was gegaan, was Poppy opgelucht geweest. Daarna was ze de dag gaan vrezen waarop hij haar zou zeggen haar koffers te pakken en uit Heronsmead te vertrekken. Hoewel ze hem miste en het huis zonder Ralph angstwekkend stil was, had ze gehoopt dat hij een soort evenwicht zou vinden. Dat Londen hem het gezelschap zou geven waar hij naar snakte, zodat hij naar haar kon terugkomen en voor enige tijd tevreden zou zijn. Maar zijn uitstapjes naar Londen hadden hem zo mogelijk nog rustelozer gemaakt. Hij was telkens langer weggebleven en telkens voor kortere tijd naar Heronsmead teruggekeerd. Tijdens de perioden thuis was hij prikkelbaar en zijn humeur wisselvallig. Hij had moeite om de tijd door te komen. Ralph, die een hekel had aan alleen zijn, begon lange, eenzame avondwandelingen te maken. En voor het eerst sinds Poppy hem had leren kennen had hij geen grootse plannen, geen project dat de Mulgraves van een familiefortuin zou verzekeren.

In maart had Ralph haar gevraagd met hem naar Londen te verhuizen. Ze konden bij Faith intrekken, had hij gezegd, daar was volop ruimte nu Jake er niet meer woonde. Poppy had geweigerd. Het zou waanzin zijn geweest juist toen naar Londen te verhuizen en trouwens, ze was gelukkig op Heronsmead. Tot haar verrassing had Ralph geen bezwaar gemaakt. Hij had alleen zijn schouders opgehaald en 'Zoals je wilt' gezegd en was vertrokken voor een van zijn eindeloze wandelingen. Ze had zich de gevolgen van haar weigering om Heronsmead te verlaten toen niet gerealiseerd.

Tot ze het briefje vond, had ze Ralphs humeurigheid geweten aan zijn verbanning naar een land dat hij verafschuwde. Toen, een maand geleden, was het opeens gaan stortregenen en de was had nog buiten gehangen. In haar poging om die binnen te halen had Poppy de eerste de beste jas gepakt die ze kon vinden. De tuin in rennend had ze haar handen in de zakken van Ralphs oude zwarte overjas gestopt. Ze had een papiertje gevonden en had het opengevouwen en bekeken, verwachtend dat het een recept zou zijn, of een schouwburgkaartje. Geen liefdesbrief.

Ze herinnerde zich dat ze in de tuin stond terwijl de regen de inkt op het papier deed uitlopen. Na een minuut of twee had ze de woorden niet meer kunnen lezen. Maar toen kende ze ze inmiddels van buiten.

Lieve Ralph – mis je me al? L.

Haar eerste gedachte was geweest: wat afgezaagd. Een liefdesbrief in een jaszak. Wat gewoon. Ralph, die er prat op ging het gewone te vermijden. Vervolgens, toen de pijn was begonnen, had ze geprobeerd zichzelf wijs te maken dat ze zich vergist had. Dat het een brief van een vriend was geweest. Dat het berichtje niets compromitterends had gezegd.

Maar ze had zichzelf niet kunnen overtuigen. *Lieve Ralph – mis je me al?* De arrogantie in die zes woorden, dacht ze, die zelfverzekerde bezitterigheid. Ze bekeek Ralph met andere ogen en zag dat

172

wat ze had aangezien voor onvrede met zijn omgeving in feite de sikkeneurigheid van een minnaar was. Ze was hem stiekem gevolgd tijdens een van zijn avondwandelingen, zichzelf verafschuwend, Ralph verafschuwend omdat hij haar hiertoe aanzette. Hij liep naar de telefooncel aan de andere kant van het dorp. Hij praatte urenlang. Hij praatte, wist Poppy, met *L*.

Ralph had wel eens eerder geflirt, altijd met Kostgangers. De eerste keer, vermoedde Poppy, was geweest na de geboorte van Nicole, toen ze ziek en moe was en ze zo krap bij kas hadden gezeten. En later, in 1937, nadat ze naar Spanje waren gevlucht, was er Louise geweest. Er waren er, vermoedde ze, nog een stuk of twee geweest. Het had een week geduurd, hoogstens veertien dagen, tot Poppy het meisje de laan uit had gestuurd en Ralph huilend om vergiffenis had gevraagd. Ze had hem vergeven omdat ze had geweten dat die vrouwen niets voor Ralph betekenden, dat ze bedoeld waren om zijn zelfvertrouwen op te krikken, zijn egoïsme, in een moeilijke periode.

Maar deze verhouding was anders. Deze keer *beminde* hij. Ze merkte het aan zijn verstrooidheid, zijn lusteloosheid wanneer hij van de onbekende *L* was gescheiden. Ze merkte het aan zijn voortdurende schommelingen tussen euforie en wanhoop.

Ditmaal was Poppy overweldigd door verdriet. Wanneer ze in de spiegel keek, zag ze dat ze geen dag jonger leek dan de tweeënveertig jaar die ze was. Ze realiseerde zich verbitterd dat ze de afgelopen paar jaar 'middelbaar' was geworden. Haar goudblonde haren vertoonden zilveren strepen en jaren van zuidelijke zon waren niet vriendelijk geweest voor haar tere Engelse huid. Er leek, dacht ze, weinig troost te bestaan voor tweeënveertig zijn. Ze werd gauw moe en kreeg gemakkelijk hoofdpijn. Haar lichaam had zich nooit echt hersteld van de vroeggeboorte van haar vierde kind. De kinderen waren het huis uit en ze miste ze ontzettend; ze dacht vol weemoed terug aan de warme, zonnige dagen van hun vroege jeugd. Ze stelde zich voor dat *L* jong was, mooi, met een lichaam dat nog stevig was en onaangetast door zwangerschappen.

In haar somberste momenten vroeg ze zich af of iemand haar echt zou missen als ze dood was. Al haar vrienden woonden ver weg, haar kinderen hadden hun eigen leven, Ralph hield van een andere vrouw en zijzelf was te lang uit Engeland weg geweest om een hechte band te hebben met haar zussen. Poppy dacht erover Ralph met zijn on-

173

trouw te confronteren, maar deed het niet. Ze was niet langer zeker van de uitkomst.

Johnny Deller, de Canadese piloot, huurde drie roeiboten. Nicole had er geen idee van waar hij ze had opgescharreld. Johnny was een kei in dingen vinden, zelfs onverkrijgbare dingen zoals chocolade en nylons. 's Morgens roeiden ze op het heldere, groene water van de Avon. Nicole organiseerde wedstrijden en benoemde zichzelf tot stuurman van Thierry's boot. Met Minette op schoot zat ze op haar knieën in de voorsteven en telde, amper uit haar woorden komend van het lachen, de slagen terwijl de groene oevers en de overhangende wilgen vervaagden door de snelheid. Toen Johnny's boot won, kroonde ze hem met een krans van fonteinkruid.

Na de picknick hadden ze gezwommen in de rivier. Omdat ze geen badpak had meegenomen (de zwangerschap was nu zichtbaar wanneer ze nauwsluitende kleren droeg, een vreemde, ronde, kleine puddingvorm) begon Nicole met pootjebaden, maar toen ze uitgleed en onder het gladde wateroppervlak verdween, kwam ze kroos spuwend weer boven en zette met haar slordige crawl koers naar het midden van de rivier. Na het zwemmen gingen ze languit op de met boterbloemen bezaaide uiterwaard liggen, Nicole met haar vochtige haren op Johnny's borst, terwijl haar jurk droogde in de warmte van de zon die boven hun hoofden brandde. Ze voelde hoe Johnny's voorzichtige vingers de klitten uit haar haar haalden, maar ze wist dat, in de schaduw van de kastanje, Thierry haar gadesloeg.

Laat in de middag keerden ze terug naar Compton Deverall. Een van de Nederlandse jongens fietste met Nicole op de stang. Laura Kemp was weg, om voor een zus te zorgen die een operatie had gehad, maar de evacuees en de gasten in het weekendhuis waren er nog. Nicole maakte een reusachtige goulashschotel en stuurde de Nederlandse jongen naar de kelder voor een paar heel oude, bestofte flessen wijn. Na het eten speelden ze charade en Felix' muziekspel, dat ontzettend ingewikkeld was. Johnny hield er vol afkeer mee op en gaf de voorkeur aan zijn cognacfles en zijn sigaretten, maar Thierry won de eerste keer dat hij meedeed. Thierry was erg intelligent. Toen stelde een van Nicoles BBC-vrienden voor verstoppertje te spelen. Compton Deverall, zei hij, met zijn doolhof van donkere kamers, was perfect voor verstoppertje.

Boven, alleen in een slaapkamer, stond Nicole bij een raam, gehuld in een zwaar brokaten gordijn, en keek naar de sterren. Toen ze de deur hoorde opengaan, keek ze om en zag Thierry.

'Je hebt je niet erg goed verstopt, Nicole.'

'Het is een stom spel.'

'Alle spelletjes zijn stom,' zei hij gemoedelijk en stak een sigaret op. 'Ze zijn bedoeld om stomme mensen te helpen de tijd door te komen.'

Ze zei vaag, naar zijn sigaret kijkend: 'De verduistering...' maar hij rookte gewoon door. De stilte duurde voort. Ze legde uit: 'Trouwens, ik heb een hekel aan me verstoppen in kasten en zo.'

Hij stond achter haar, zonder haar aan te raken, maar ze meende zijn lichaamswarmte door de avondlucht heen te kunnen voelen. Hij zei: 'Toen ik in 1940 uit Frankrijk ontsnapte, heb ik me twee dagen en twee nachten verstopt in een houten treinbank.'

Ze rilde. 'Afschuwelijk.'

'Je hebt het koud, Nicole.' Hij sloeg zijn armen om haar heen. Ze leunde tegen hem aan. Na een poos voelde ze zijn lippen in haar nek. Toen gleden zijn handen over de zachte welving van haar buik onder de katoenen jurk.

'Laat dat,' zei ze scherp.

'Heb ik je pijn gedaan?' Zijn stem klonk bezorgd.

'Nee, dat is het niet. Het is gewoon dat' – ze zocht naar de juiste woorden – 'het me eraan herinnert.'

'Aan het kind?

'Ja. Ik denk er liever niet aan.'

Het bleef even stil. Toen zei hij: 'Wil je dit kind niet, Nicole?'

Het was de eerste keer dat iemand haar dit vroeg. Alle anderen – David, Laura, Poppy, Ralph – gingen ervan uit dat ze dit kind wilde. Een paar keer slechts, bij Faith, had Nicole een onuitgesproken twijfel bespeurd.

Ze probeerde het uit te leggen. 'Ik vind het niet fijn dat het ín me zit. Ik heb het gevoel dat het me overneemt. Alsof ik van het kind ben.'

Hij zei zacht: 'Het is omgekeerd, niet dan? Het kind zal van jou zijn, Nicole.'

'Zo voelt het niet.' Ze legde haar hand even op haar buik. 'Ik probeer me er niet door te laten veranderen, maar het gebeurt toch. Ik zal blij zijn als het geboren is, als alles achter de rug is.'

Hij zei: 'Als het er is, zul je ervan houden. Dat schijnen alle moeders te doen, hoe lelijk of driftig hun kind ook mag zijn.'

'Denk je?' Ze glimlachte. 'Als het Davids goedmoedigheid en mijn knapheid heeft, zal iedereen er dol op zijn.' Ze keek uit het raam en zag de gedimde koplampen van een auto tussen de beukenbomen op het huis af komen. 'Nog meer bezoek,' zei ze. 'Ik zal ze in de kelder moeten onderbrengen.'

Ze liep de slaapkamer uit en de trap af. De anderen hadden het spel gestaakt en de piano en de grammofoon speelden oorverdovend. Johnny was bij de haard in slaap gevallen en enkele anderen vouwden papieren vliegtuigjes en gooiden ze naar de kroonluchter.

Ze hoorde een sleutel in de voordeur. Iemand pakte haar hand toen ze langs hem liep en probeerde haar over te halen om met hem te dansen. Het was middernacht. Nicole keek op toen de nieuwe gast de Great Hall binnenkwam.

'David,' zei ze en ze rende naar hem toe.

Gewoon een paar vrienden voor het weekend, legde ze uit. Toen zag ze hoe moe, hoe bleek hij was. Hoe hij zonder een woord te zeggen ging zitten, met zijn hoofd in zijn handen. Ze ging naar hem toe en streelde zijn gebogen schouders. De anderen begonnen te vertrekken, verdwenen zacht door de voordeur en liepen over het knarsende grind. Twee mannen trokken Johnny overeind; iemand anders zette de grammofoon af.

'David,' zei ze. 'Ze zijn allemaal weg, lieverd.'

Langzaam hief hij zijn hoofd op en keek haar aan. Ze fluisterde: 'Je bent doodop...'

Diepe rimpels doorgroefden zijn gezicht. Zijn gezicht was kleurloos. Hij leek dichter bij de veertig dan bij de dertig.

'Zware dag,' zei hij in een poging tot een glimlach. 'Zware weken in feite.'

'Waar ben je geweest?'

'Mag ik niet zeggen.' Hij wreef in zijn ogen en knipperde.

'Naar het buitenland?'

Hij zei niets, maar ze las het antwoord in zijn ogen. Ze fluisterde: 'O, David,' en knielde voor hem neer en legde haar hoofd in zijn schoot.

'Ik heb...' hij keek op zijn horloge, '...bijna twaalf uur gereden. Ik had niet zo onverhoeds moeten binnenvallen, maar ik verlangde zo naar thuis. Ik verlangde zo naar jou, Nicole.' Hij keek om zich heen en voegde eraan toe: 'Maar toen ik binnenkwam, herkende ik het huis amper. Het was anders. Die mensen...'

Voor het eerst zag ze de proppen papier, de lege flessen in de haard, de puinhoop van vuile glazen, sigarettendoosjes en bladmuziek.

Ze nam zijn handen in de hare. '*Ik* ben niet anders, David. Ik ben nog precies dezelfde. Afgezien hiervan natuurlijk.'

Ze stond op en trok zijn hoofd tegen haar buik aan. Tenslotte glimlachte hij. Hij luisterde, legde hij uit, naar het kloppen van het hart van de baby. Nicole stelde zich voor hoe het in haar tikte, als de klok in de krokodil in *Peter Pan*. Het was haar geschenk aan hem, besloot ze. Het kind was haar geschenk voor David, die lief was en goed en ongecompliceerd en van wie ze altijd zou houden, wat er ook gebeurde.

In september 1940, nadat ze Oliver naar Derbyshire had gebracht, had Eleanor een oude bestelwagen aangeschaft, die ze had uitgerust met pannen en serviesgoed en waarmee ze naar de wijken van East End reed die het meest te lijden hadden van de luchtaanvallen. Ze had soep, thee en toast gemaakt voor de mannen en vrouwen die geen theekop meer bezaten, laat staan een keuken, en borden met pastei en erwten rondgedeeld onder uitgeputte, hongerige brandweermannen, reddingswerkers en artsen. Een maand later had ze een tweede bestelwagen aangeschaft en uitgerust en twee betrouwbare wvs-leden uitgekozen om hem te bemannen. In het nieuwe jaar had ze de taak van het besturen van haar eigen bestelwagen overgedragen aan een collega en concentreerde zich op het zoeken naar geschikte voertuigen en het efficiënt bevoorraden en bemannen ervan. Ze had plezier in organiseren; thee schenken voor mensen die eruitzagen alsof ze al veertien dagen dezelfde kleren droegen, gaf haar weinig voldoening.

Toen de Luftwaffe zijn aandacht verlegde naar de grote Engelse provinciesteden – Coventry, Bristol, Southampton – vroeg men Eleanor om advies. Ze reisde door heel Engeland om spullen los te peuteren, benzine af te troggelen, te beoordelen waar de nood het hoogst was. Ze had een scherp oog voor het selecteren van de beste, betrouwbaarste medewerkers. Ze werd gevraagd om toezicht te houden op het netwerk van tweedehandskledingdepots dat de WVS had opgezet. Het sorteren van vlekkerig ondergoed en kapotte truien liet ze aan anderen over; ze hield zich vooral bezig met ervoor te zorgen dat de bruikbaarste kleren gingen naar degenen die ze het hardst nodig hadden. De burgemeester van Bristol bedankte haar persoonlijk voor haar inzet.

Naast haar veeleisende vrijwilligerswerk ging Eleanor ook regelmatig bij Oliver op bezoek. Hij was nu anderhalf en bezat een breekbare schoonheid. Wanneer ze het huis in Derbyshire binnenkwam, rende Oliver haar tegemoet en begroette haar met een enthousiasme dat Eleanor de laatste tijd onverwacht prettig vond. Hij scheen haar bezoekjes te beschouwen als een bijzondere traktatie en liep haar door het huis en de tuin achterna. Zijn toewijding was bijzonder ontroerend. Op een dag zat Eleanor toe te kijken terwijl Oliver bij het water speelde. Hij gooide platte stenen in het heldere water en keek om de paar minuten om, alsof hij zich ervan wilde overtuigen dat ze er nog was. Hoewel Oliver even blond was als Guy donker, deed de blik in zijn ogen – die blauwe intensiteit – haar opeens aan Guy denken en aan de eerste tijd van hun verloving. Ooit had Guy haar op dezelfde manier aangekeken, met diezelfde onvoorwaardelijke toewijding. Het kwam in Eleanor op dat het lang geleden was dat ze toewijding in Guy's ogen had gezien.

De verandering in de houding van Guy tegenover haar was, bedacht Eleanor, samengevallen met de komst van de Mulgraves naar Engeland. Hij was kritischer geworden, minder verlangend om haar een plezier te doen. Lang geleden had Eleanor gevoeld dat er twee kanten waren aan Guy's karakter. Zijzelf beantwoordde de ene kant; de Mulgraves – in het bijzonder Faith Mulgrave – weerspiegelden de andere. Hoewel Guy zich uiterlijk conformeerde, had hij iets opstandigs in zich. Eleanor wist dat Guy met haar was getrouwd vanwege haar energie, haar zelfvertrouwen, haar zelfverzekerdheid. Faith Mulgrave mocht hij vanwege – Eleanor wist nooit precies wat. Ze snapte niet wat mannen in Faith bewonderden. Ze zag slechts een mager, hoekig lichaam, warrig haar van een kleur die niet echt blond was en een gezicht dat gewoontjes werd gemaakt door een te hoog voorhoofd en die droefgeestige grijsgroene ogen. In verwarring gebracht had Eleanor met haar vader gesproken. Faith is oorspronkelijk, had Selwyn Stephens gezegd, ze is zichzelf – wat Eleanor niets zei. Ze concludeerde dat mannen Faith aardig vonden omdat ze beschikbaar was, omdat ze in haar nonchalante manieren en rare kleren een even luchthartige deugdzaamheid zagen.

Hoewel ze haar altijd als een rivale had gezien, was Faiths concurrentie verkleind – nagenoeg tenietgedaan – door het feit dat Eleanor met Guy getrouwd was. Er liep een trek van bijna puriteins idealisme door Guy's karakter. Eleanor wist dat Guy niet de soort man was die zich makkelijk zou overgeven aan losse verhoudingen. De ethische beginselen die Guy's ouders, zijn school en zijn wereldvreemde opvoeding hem hadden bijgebracht, lieten zich niet makkelijk verloochenen. Faith was uiteraard een heel andere kwestie. Faiths jeugd zou haar geen waardering voor bestendigheid hebben geleerd. Eleanor had het idee dat Faith Mulgrave, die er geen enkel probleem mee had in andermans huizen te logeren, die in geleende of tweedehandskleren leek rond te lopen en die nonchalant met andermans vrienden flirtte, er niet voor zou terugdeinzen andermans echtgenoot in te pikken. Faith had hen allemaal vergast op verhalen over de vele liefdesavontuurtjes van haar broer Jake. Eleanor zelf had geruchten gehoord over het getrouwde jongste zusje. Waarom zou de slonzige, nonchalante Faith anders zijn dan haar familie? En welke man kon weigeren wat hem op een presenteerblad werd aangeboden?

Eleanor dacht de laatste tijd dat de oorlog, met het bombarderen van Londen en het daaruit voortvloeiende overhoop gooien van de samenleving, het gevaar had vergroot. Regels werden alom overtreden. De stad waar Eleanor haar hele leven had gewoond, was de afgelopen tijd onvoorstelbaar veranderd. De bommen, die krotten en statige huizen zonder onderscheid verwoestten, hadden meer veranderd dan alleen het landschap. In bont gestoken dames stonden samen met haveloos geklede huisvrouwen bij de slager in de rij voor vlees. Fabrieksarbeiders, vrijpostig geworden door het geld dat ze met oorlogswerk verdienden, dansten in chique nachtclubs. Londen was een voortdurend wisselende caleidoscoop van alle nationaliteiten, alle standen geworden. Je werd niet langer beoordeeld op je accent, of je naam, maar op het uniform dat je droeg. Deze dingen verwarden Eleanor. Guy, vermoedde ze, omarmde ze.

En de Mulgraves vond ze symbolisch voor de opgeschudde bevolking van het geteisterde Londen. Dakloos, statenloos en berooid

179

zwierven ze roekeloos door een stad die Eleanor soms onherkenbaar voorkwam. Ze waren niets bijzonders in het Londen van 1941. Ze pasten beter in deze veranderde wereld dan Eleanor; zij hadden haar beroofd van haar plaats in de samenleving, die ze altijd als vanzelfsprekend had beschouwd. Ze zag dat wat ze in Guy bewonderde – zijn onburgerlijkheid, zijn onversaagdheid – dit hem in dit gehavende Londen nauwer verbond met de Mulgraves dan met haar.

Ze had Faith Mulgrave slechts af en toe gezien tot Guy vond dat Faith uitgeput en ziek was. We zijn allemaal uitgeput, had Eleanor willen zeggen. Faith heeft niet meer behoefte aan je bezorgdheid dan wij. Ook Eleanor maakte meestal werkdagen van achttien uur en doorstond talloze onderbroken nachten. Faith reed alleen maar een ambulance; ze hoefde niet na te denken, te organiseren en ze hoefde evenmin de last van de verantwoordelijkheid te dragen die Eleanor droeg. Typisch Mulgrave, dacht Eleanor, om de meer theatrale maar minder eisende taak te kiezen.

Guy schreef Jake in Northumberland en deze wist een weekendverlof te ritselen. Jake repareerde het een en ander aan het huis in Mahonia Road. Guy nodigde hem uit voor het eten. Jake was de meest toonbare Mulgrave. Hij had betere manieren, was minder slonzig dan Ralph en had niet de onbetrouwbaarheid die Eleanor in Faith vermoedde. Hoewel hij even blond was als Faith, waren Jake's ogen gewoon blauw in plaats van dat lelijke grijsgroen en hij was lang en knap. Jake complimenteerde Eleanor met haar kookkunst.

'Het eten was zonder meer heerlijk.' Hij pakte Eleanors hand en kuste die. 'Een van de beste maaltijden die ik ooit gehad heb.'

Eleanor, die nooit bloosde, merkte tot haar verrassing dat ze dat nu wel deed.

Faith trok een gezicht. 'Getsie, Jake – wat ben jij een slijmbal.'

Eleanor zei: 'Je bent erg hard voor je broer, Faith.'

Faith stond op en sloeg een arm om Jake's schouder. 'Omdat ik hem al zo lang ken. Ik kijk dwars door hem heen.'

Jake glimlachte, trok aan Faiths haren en zei iets bijzonder grofs. Faith voegde eraan toe: 'En omdat je zo lief voor me bent geweest, Eleanor, vind ik dat je de waarheid over mijn broer moet weten.'

Eleanor zei stijfjes: 'Het was me een genoegen je te ontmoeten, Jake.'

'Vlei hem niet, Eleanor. Hij is ontzettend verwaand. Zijn hoofd

180

wordt nog zo groot dat het barst.' Ze wendde zich tot Guy. 'Weet je nog, Guy, hoe Jake madame Perron zo gek kreeg om hem bonbons te geven?'

Guy fronste zijn wenkbrauwen. 'Dat was toch die oude draak van de *épicerie* in het dorp?'

'Ja. Nicole en ik waren doodsbang van haar. We dachten dat ze een heks was. Maar ze was gek op Jake.'

Jake zei: 'Genya kon madame Perron niet luchten of zien. Ze dacht dat ze met de rekening knoeide.'

'Ze hadden soms ontzettende ruzie. Dan schreeuwde Genya tegen haar in het Pools.'

'Ze kon gewéldig vloeken...'

'Richtte zich in haar volle lengte van een meter zestig op...'

'Weet je nog, Guy...'

Ze hadden haar vergeten. Selwyn Stephens glimlachte toegeeflijk en verhuisde naar zijn stoel bij het raam, maar Eleanor voelde een diepe, verzengende haat. Ze deden alsof ze lucht was. Ze hoorde niet bij het bevoorrechte kringetje van de Mulgraves. Guy wel, maar zij niet. Ze tolereerden haar, maar namen haar niet op. Hun bevoorrechte positie lag niet in hun rijkdom of hun status, maar in de toegeeflijkheid van de samenleving tegenover hen. Als Eleanor zich hun vrijheden gepermitteerd zou hebben, zou ze slechts misprijzen hebben ontmoet. Maar voor de Mulgraves golden andere regels.

Op een warme zomerdag moest Eleanor onverwachts naar het huis in Malt Street om Guy na het ochtendspreekuur te spreken. Toen ze over het pad liep, hoorde ze stemmen in de tuin. Guy's stem, Faiths stem. Ze kibbelden ergens over en hun gekibbel werd vermengd met gelach.

Eleanor maakte rechtsomkeer. Ze kon tot Camden met de bus en liep het laatste stuk naar huis. Haar snelle pas nam haar woede niet weg. Terwijl ze Queen Square overstak, kreeg ze een bekende gestalte in het oog. Ralph Mulgrave. Ze herkende de wijde zwarte overjas, de kale hoed. De vrouw die bij hem was herkende ze echter niet. Ze was lang, slank, platinablond en gekleed met een élégance waarvan Eleanor wist dat die voor haar onbereikbaar was. Ze keek vanaf de overkant van de straat toe hoe ze elkaar omhelsden. De omhelzing van geliefden: zoveel verlangen in de intensiteit van die kus, zoveel aanbidding in de manier waarop Ralph de vrouw tegen zich aan

181

drukte, alsof hij haar een deel van zichzelf wilde maken. Heel even benijdde ze hun hartstocht, toen, doorlopend, klampte ze zich vast aan haar geheim, een wapen dat kon worden gehard, geslepen.

'Aardbeien...' Bij het zien ervan werd Faith duizelig van verlangen. 'Van Compton Deverall,' zei Nicole. 'We hebben er kilo's van.'

Die ochtend had een knappe jongeman in RAF-uniform een brief-je bezorgd in Mahonia Road waarin stond dat Nicole in Londen was en in het huis aan Devonshire Place logeerde.

'Je mag ze allemaal opeten, Faith. Ik ben ze beu en ik heb trou-wens geen honger.'

In de zevende maand van haar zwangerschap zag Nicole, vond Faith, eruit als een tor, met magere ledematen en een rond lijf. Haar gezicht, benen en armen leken dunner geworden naarmate haar buik dikker werd.

Aardbeien verorberend zei Faith: 'Heeft David je gebracht?'

'Ik heb David in geen tijden gezien. Niet sinds mei. Ik ben komen liften.' Nicole giechelde. 'Ging in mijn afschuwelijke positiejurk langs de weg staan en stak mijn duim op.'

Faith plukte een dikke, groene rups van een aardbei. 'Nog een lifter.'

Op de tafel stond een vaas met grote koolrozen. 'Zet hem op zo'n bloem,' zei Nicole. 'Ik heb ze van Thierry gekregen.'

'Thierry?'

'Een Fransman met een hang naar romantische gebaren.'

Faith zette de rups voorzichtig in het warme, roze hart van een roos. 'Het is afschuwelijk warm en stoffig in Londen. Ik zou zeggen dat Compton Deverall veel fijner is in de zomer.'

'Ik verveelde me.' Nicole haalde haar schouders op. 'We krijgen niet meer zoveel bezoek sinds de bombardementen zijn opgehouden. Vorig weekend was ik alleen met Laura en de meisjesschool.' Ze keek Faith aan. 'Heb je iets voor me gevonden? Ik draag de laatste tijd oude truien van David, maar dat is niks voor een nachtclub.'

'Dit.' Faith keerde haar boodschappentas om. De twee jurken, aan-vankelijk weinig belovend, waren tot dunne worsten gedraaid, maar toen ze er de vouwen uitschudde, vouwden ze zich open in schitte-rende zijden plooien.

Nicole hield er een op. 'Fantastisch.'

'Ja hè? Fortuny natuurlijk. Ze moeten je passen – er zit geen taille in.'

Nicole trok haar overgooier uit en liet de jurk over haar hoofd glijden. De turkooiskleurige zijde had dezelfde kleur als haar ogen. 'Als beloning krijg je champagne bij je aardbeien, Faith,' zei Nicole en ze kuste haar. 'Ik ken een ontzettend slimme Fransman, van wie ik zes flessen heb gekregen.' Ze streek met haar handen over de smalle plooien, maar trok een gezicht toen ze haar buik bereikte. 'Wat zal ik blij zijn als de Bult weg is. Nog maar zes weken, goddank. Hij zit me bij alles in de weg. Zou je...?' Nicole reikte Faith de champagnefles aan en lachte weer. 'Ik kan niet eens meer wang tegen wang dansen. Het is meer buik tegen buik.'

Achter Nicoles oppervlakkige vrolijkheid bespeurde Faith een somberder stemming. Met een doffe plop schoot de kurk uit de champagnefles. Faith vulde de glazen en gaf er een aan haar zus.

'Nicole, is er iets?'

Nicole fluisterde: 'Als ik echt van David hield, zou ik geen andere mensen nodig hebben, toch?'

Faith probeerde geruststellend te klinken. 'Je zei zelf dat je hem de laatste tijd amper hebt gezien. Je bent gewoon een beetje eenzaam.'

'Dat zal dan wel.' Nicole vouwde de zijden plooien van de jurk open en dicht.

Faith vroeg zich af of welk huwelijk ook aan Nicoles verwachtingen had kunnen voldoen. 'Misschien kun je niet verwachten dat één persoon alles goed maakt.' Ze koos haar woorden zorgvuldig. 'Misschien gebeuren zulke dingen alleen in boeken. Ik vermoed dat je die dingen denkt doordat je moe en onwel bent door de zwangerschap.' Faith hoorde de smekende klank in haar stem. 'Volgens Guy kan een zwangerschap er de oorzaak van zijn dat vrouwen zich een beetje neerslachtig voelen.'

'Guy.' Nicole glimlachte. 'Hoe is het met hem. Ik heb hem in geen jaren gezien. Nog altijd even knap?'

Faith had twee glazen champagne op en een heel mandje aardbeien. Ze voelde zich enorm voldaan en een beetje slaperig. Ze glimlachte eveneens. 'Guy werkt als een paard en kijkt nog stuurser dan hij vroeger deed.'

'Guy heeft altijd iets Heathcliff-achtigs gehad,' zei Nicole dromerig. 'We lunchen vaak samen, bij hem thuis in Hackney.'

Later, thuis, terwijl ze lag te doezelen op de bank, droomde Faith dat de groene rups die ze tussen de aardbeien had gevonden, was veranderd in de adder die haar jaren geleden op La Rouilly had gebeten. In haar droom voelde ze Guy's lippen op haar enkel, maar anders dan in die lang vervlogen zomer zoog hij niet het gif uit haar aderen. In plaats daarvan streelde zijn mond haar voetzool, haar tenen, haar scheenbeen. Een trage, extatische rupsengang naar haar knie, tot de wekker haar om zeven uur wakker maakte en haar maande naar de ambulancepost te gaan.

Nicole was niet bijzonder dol op het huis aan Devonshire Place, het was donker en sober ingericht. Ze was niet van plan er veel tijd door te brengen. Nadat ze enkele vrienden in Londen had gebeld, werd ze algauw uitgenodigd in bars, restaurants en nachtclubs. Ze ging elke avond uit, alhoewel, zoals ze Faith had uitgelegd, de Bult in de weg zat. Ze kreeg een geschrokken en verhuld verwijtende brief van Laura Kemp (ze was in een opwelling van Compton Deverall vertrokken) en schreef terug om Laura gerust te stellen dat ze naar Londen was gegaan om babyspulletjes te kopen, zoals David had voorgesteld. Uiteindelijk kocht ze geen rammelaars en nachthemdjes, maar ontdekte bij een antiquair in Frith Street een kleine Corot, waar ze al het geld aan spendeerde dat David haar had gegeven. Buiten, in het zonlicht, bewonderde ze de schitterende kleuren van het schilderijtje. Een veel beter cadeau voor haar zoon dan zo'n afgezaagde bijtring, dacht ze.

Er heerste een volkomen andere, opgewekte sfeer in het huis aan Devonshire Place nu Nicoles vrienden erheen gingen. Ze ging naar de schouwburg, naar Café Royal en naar Quaglino's. Maar bepaalde vragen kwelden haar, maakten haar onrustig. Als David de ware Jakob was, waarom had ze de anderen dan nodig? Als ze echt van hem hield, waarom was ze er dan niet tevreden mee op Compton Deverall te blijven en op hem te wachten? Omdat de kwellende gedachten alleen opkwamen wanneer ze alleen was, zorgde ze ervoor altijd in gezelschap te zijn.

Alleen Thierry scheen haar onrust te merken. In de vroege ochtenduren zette hij de andere gasten buiten en nam Nicoles wijnglas en sigaretten in beslag. Toen maakte hij een glas warme melk voor haar.

'Goed voor de baby,' zei hij. 'Sterke tanden en botten.'

Hij zette haar op de bank, met kussens onder haar voeten, en ging zelf op de armleuning zitten. Terwijl ze de warme melk opdronk, zei hij: 'Je zou naar huis moeten gaan, Nicole. Terug naar je mooie huis buiten de stad.'

'Binnenkort,' zei ze en ze keek hem glimlachend aan. Thierry was donker en knap, maar zijn hoge jukbeenderen en de schuin naar beneden wijzende ooghoeken gaf hem iets grijnzends. 'Freddy en Johnny komen morgen.'

Thierry haalde zijn schouders op. 'Dat zijn jochies,' zei hij neerbuigend.

'Ze zijn een tweeling, lieverd, en verschrikkelijk knap en charmant.'

Hij stak een zwart sigaartje op. 'Je mat jezelf af om niet te hoeven nadenken, Nicole. Waar wil je niet over nadenken?'

Ze keek hem stuurs aan, maar gaf geen antwoord. Hij drong aan. 'Is het vanwege de baby? Ben je bang om een kind te krijgen?'

Ze zei: 'Ik neem aan dat het vreselijk zal zijn, aangezien iedereen zegt dat het vreselijk is, maar om je de waarheid te zeggen, ik heb er eigenlijk nog niet over nagedacht. Over het hebben van een kind, bedoel ik.'

'Weet je nog steeds niet zeker of je het wilt?'

Ze had een beetje spijt van hun eerdere gesprek. Ze had zich weleens, vluchtig, afgevraagd of Thierry de ware Jakob was, maar omdat ze zich in zijn gezelschap nooit echt op haar gemak voelde, had ze opgelucht geconcludeerd dat het niet zo was.

'Natuurlijk wil ik het.' Ze zette de warme melk weg; er zat een vies vel op. 'David zal zo blij zijn met een zoon. Er is al een ononderbroken lijn Kemps sinds de zestiende eeuw, weet je.'

'Heus?' Zijn glimlach was spottend. 'Natuurlijk geeft David om zulke dingen. Maar jij niet, Nicole, absoluut niet. Jij bent een zigeunerin. Wat uiteraard de reden is dat David verliefd op je is geworden.'

'Ik geef om David,' zei ze fel. 'Ik wil hem gelukkig maken.'

'Alleen omdat je je schuldig voelt tegenover hem.'

'Dat is niet waar! Ik hou van hem!'

Hij keek haar aan. 'Misschien.' Hij rookte enige tijd zwijgend. Toen zei hij: 'Als je David echt gelukkig wilt maken, ga je terug naar jullie buitenhuis. Je mat jezelf af, Nicole.'

'Thierry de kindermeid!' zei ze minachtend. 'Je hebt je roeping gemist, lieverd. Je zou je Spitfires aan de kant moeten zetten en kinderwagens door het park duwen.'

Ze probeerde op te staan, maar dat was tegenwoordig niet gemakkelijk en tot haar ergernis moest hij haar overeind helpen. Hij liet haar niet onmiddellijk los, maar bleef voor haar staan en zei zacht: 'Als dit er niet was' – en hij keek omlaag naar de Bult – 'zou ik geen warme melk voor je maken of kussens onder je voeten leggen, Nicole. Ik zou met je naar bed gaan.'

Ze slaakte een gesmoorde kreet. 'Hoe durf je!'

'O, ik zou het durven. En jij zou het goed vinden.' Zijn vingertoppen streelden haar nek; ze huiverde merkbaar. 'Ik zou, zoals ik zei, met je naar bed gaan. Maar als ik dat doe terwijl je Davids kind draagt' – zijn hand verliet haar nek en hij legde hem heel voorzichtig op haar dikke buik – 'zou ik het idee hebben dat ik in andermans voetsporen treed.'

Ze siste woedend: 'Ik zeg toch, ik hóu van David!'

Hij liet haar los. 'Natuurlijk doe je dat. Maar niet genoeg misschien.' Hij pakte zijn jack en baret. 'Ga nu naar bed, Nicole.'

De volgende dag, met Thierry's verontrustende woorden nog in haar hoofd, zorgde Nicole dat ze het erg druk had. De lunch in het Savoy werd gevolgd door een picknick met Ralph en zijn vrienden op Hampstead Heath en vervolgens een diner in een Brits restaurant met enkelen van haar BBC-kennissen en een revue in het Criterion. Na de revue gingen ze naar de Bag o' Nails in Beak Street. Ze droeg een van de Fortuny-japonnen die ze van Faith had gekregen; de oesterschelpkleur benadrukte haar bleekheid. Tot haar ergernis zag Nicole dat Thierry zich bij hun groep had aangesloten. Om hem dwars te zitten danste ze veel en lachte ze veel. Haar benen deden pijn en soms, als ze te snel opstond, voelde ze zich vreemd draaierig, maar ze weigerde toe te geven aan haar vermoeidheid. Eraan toegeven zou betekenen dat de baby won, dat hij haar had veranderd, dat zij van hem was.

Een Canadese jongen leerde haar juist een nieuwe danspas toen de draaierigheid bijzonder erg werd en het sjofele interieur van de nachtclub verdween achter fonkelende sterren en donkere, groenige spikkels. Toen ze bijkwam lag ze op een bank. 'Iemand zei: 'Geef haar wat lucht,' en wapperde met een RAF-pet in haar gezicht. Iemand anders probeerde haar cognac te laten drinken.

Een vrouwenstem zei: '...kan haar kind verdomme niet hier krijgen!' en Nicole, die zelden huilde, had opeens zin om dat te doen. Thierry redde haar, tilde haar op in zijn armen, zette haar voorzichtig op de passagiersstoel van zijn auto en bracht haar naar Devonshire Place. Ze verwachtte dat hij triomfantelijk zou doen, maar hij deed het niet. 's Morgens zat ze, bleek en slapjes, in bed terwijl hij haar spullen inpakte. Toen bracht hij haar naar Compton Deverall.

Doordat het hoogzomer was kon ze de vele ramen en de hoge, bruine schoorstenen pas zien toen ze de laan met de dicht in blad staande beuken achter zich hadden gelaten. Toen leken de stenen kozijnen van het huis tralies en het grote, donkere huis torende boven haar uit en slokte haar op.

Op een dag verscheen Faith tijdens het ochtendspreekuur in het huis in Malt Street. Guy kwam uit zijn spreekkamer om de volgende patiënt te roepen en daar zat ze, tussen een man met een zwerende vinger en een jongen met een krentenbaard. Hij trok wit weg – hij voelde de kleur letterlijk uit zijn gezicht verdwijnen – omdat de voorkant van haar jurk rood was van het bloed. Toen zag ze hem en zei snel: 'Dat is niet van mij, Guy, het is van Raffles.' Ze had een hond op schoot, een scharminkel van ondefinieerbaar ras. 'Ik vond hem op weg hierheen,' legde ze uit. 'Hij heeft in een paar glasscherven getrapt. Ik heb mijn onderjurk om zijn poot gedraaid, maar hij bloedt nog steeds. Ik wist niet waar ik een dierenarts kon vinden, dus ik dacht dat jij misschien...' Ze keek hem hoopvol aan.

Guy bekeek het dier. Er waren tegenwoordig weinig honden in Londen; de meeste waren met hun eigenaars geëvacueerd, andere waren door het lawaai van de bombardementen gereduceerd tot waanzinnig jankende creaturen en moesten worden afgemaakt. De hond die Faith had gevonden moest uit sterker hout gesneden zijn.

Hij zei: 'Ik zal eerst mijn menselijke patiënten moeten onderzoeken,' en behandelde met grote snelheid de zwerende vinger en de krentenbaard. Toen, nadat hij de onderzoektafel in zijn spreekkamer met kranten had bedekt, vroeg hij Faith de hond binnen te brengen. De sneden waren diep en lang. Hij maakte ze schoon met een desinfecterend middel en begon ze te hechten. Na een poos zei hij: 'Hoezo Raffles? Hij draagt geen naamplaatje.'

'Hij probeerde een stuk vlees te pikken uit een slagerij. Hij is verschrikkelijk mager, vind je ook niet, Guy? Ik denk dat het een zwerfhond is. Ik ga hem misschien adopteren.'

Raffles was niet alleen mager, dacht Guy, hij stonk ook verschrikkelijk. Zijn klittende vacht krioelde van de vlooien. Hij zou de spreekkamer moeten ontsmetten.

'Hij is niet meer van de jongste. Kijk – zijn oren worden al grijs.'

'Er liggen wat oude spullen van Eleanor in de slaapkamer boven, Faith, als je een andere jurk wilt aantrekken. Ik kan het hier afmaken.'

Ze keek naar haar met bloed bevlekte kleren. 'In de bus probeerden ze niet naast me te komen zitten.'

Ze ging naar boven. Guy bracht de laatste hechtingen aan en liep naar de wasbak om zijn handen te wassen. Toen hij terugkwam bij de bank zag dat hij Raffles onheilspellend stil lag. Hij zette zijn stethoscoop op de plek waar hij dacht dat het hart van een hond zou zitten, maar hoorde niets. Hij mompelde: 'Een shock, vermoed ik. Arm beest,' en zocht een oud laken om het dier in te wikkelen en ging naar boven om Faith te zoeken.

De deur van de slaapkamer stond half open. Hij ving een glimp op van de zachte welving van blote hals en schouder voordat hij zich afwendde, kuchte en op de deur klopte.

'Faith? Mag ik binnenkomen?'

Ze draaide zich glimlachend naar hem om terwijl ze het laatste knoopje van een crèmekleurige bloes dichtdeed. 'Eleanor heeft zulke prachtige dingen, vind je ook niet, Guy? Ik heb niet de beste gepakt – en je moet tegen haar zeggen dat ik dit heel voorzichtig zal wassen en strijken en...'

Ze stokte. Ze moest de uitdrukking op zijn gezicht hebben gezien. Hij liep door de kamer naar haar toe en vertelde over de hond. Hij was niet voorbereid op wat er toen gebeurde, hij was niet voorbereid op de tranen die uit haar ogen gleden en het heftige snikken dat ermee gepaard ging.

Hij had bijna gezegd: *Het was maar een zieke, oude zwerfhond*, maar kon zijn woorden nog net inslikken. Hij wist dat ze niet huilde om de hond die ze had geprobeerd te redden, maar om alles wat ze het afgelopen jaar had gezien. Terwijl hij haar haren streelde en op haar rug klopte werd hij zich bewust van een nieuwe emotie. Begeerte, van een zo diepe intensiteit dat hij ervan schrok. Hij wilde haar, nu, op het bed dat hij ooit met zijn vrouw had gedeeld. Hij wilde de bloes die ze van Eleanor had geleend van haar lichaam scheuren om weer de parelmoerachtig glanzende huid te zien waarvan hij een glimp had opgevangen door de half geopende deur.

Hij kuste haar zelfs niet. Vroeger zou hij haar gekust hebben – een vriendschappelijke kus – maar hij wist dat hij het beter niet kon doen. *Vriendschap* – zo'n zwak, verontschuldigend woord voor wat hij al weken, maanden, jaren voor Faith voelde. Met verblindende helderheid zag hij de mate van zijn zelfbedrog en hij liet haar los, duwde haar bijna van zich af en struikelde de kamer uit, de trap af en de tuin in. Daar haalde hij een schop uit het schuurtje en zocht een schaduwrijke plek. Hij begon een gat te graven in de harde grond. Terwijl hij groef dwong hij zichzelf in gedachten terug te keren in de tijd. In het begin was ze een kind geweest, een soort jonger adoptiefzusje, lid van de familie die hij nooit echt had gehad. Daarna was ze een vriendin geworden, gezelschap. Ze had hem aan het lachen gemaakt, ze had hem alledaagse dingen in een ander licht getoond. En toen, in één enkel jaar, leek ze volwassen te zijn geworden. De laatste keer dat hij op La Rouilly was geweest, had hij gezien dat ze geen kind meer was, dat ze een jonge vrouw was geworden. Hij herinnerde zich hoe hij met haar op het strand van Royan had gelegen. Hij herinnerde zich de blauwe jurk en het gewicht van haar hoofd op zijn borst. Hoe de rook van zijn sigaret in slierten was opgestegen naar de donkere lucht en hoe hij een lok van haar stroblonde haren rond zijn vinger had gewonden. Had hij toen van haar gehouden en was hij te blind geweest om het te zien?

Hij herinnerde zich ook zijn heftige woede toen hij haar met Rufus had gezien. Zijn woede was geboren geweest uit jaloezie. Seksuele jaloezie. Hij walgde van zijn gebrek aan inzicht, maar erger was zijn plotselinge, misselijk makende besef van de gevolgen van zijn ontdekking. Had hij de afgelopen paar jaar het verkeerde spoor gevolgd? Wat moest hij in 's hemelsnaam doen nu hij wist hoeveel hij van Faith hield?

Even later voegde ze zich bij hem en ze maakte een kruis voor het graf. Ze bond twee takjes aan elkaar en schreef er heel zorgvuldig 'Raffles' op. Haar ogen waren dik en rood, haar gezicht vlekkerig. Eleanors kleren waren haar veel te groot. Anderen, wist hij, zouden hebben gevonden dat ze er belachelijk en onaantrekkelijk uitzag, zoals anderen het misschien ook bespottelijk zouden hebben gevonden een oude, onder de vlooien zittende hond met zoveel ceremonieel te begraven. Maar in zijn ogen was ze mooi. Was ze altijd mooi geweest.

Nadat hij de hond in het graf had gelegd keek ze hem aan en zei: 'Hij zit in de hemel achter de konijnen aan, hè Guy?' en hij knikte en deed, niet in staat om iets te zeggen, een stap terug.

Hij sloeg haar enige tijd gade, jaloers op de haarlok die haar wang streelde, het lieveheersbeestje dat over haar arm kroop. Hij zei: 'Je kunt beter naar binnen gaan. Er ligt een fles whisky in de onderste la van de dossierkast.' Hij wilde niet dat ze de waarheid in zijn ogen las. Hij moest alleen zijn; hij moest nadenken.

Hij schepte de resterende hoop aarde op het graf. Het was warm; hij rolde zijn mouwen op en knoopte zijn das los. Het kwam hem voor dat de weg die hij de laatste tijd ongemakkelijk had gevolgd zich had gesplitst in twee niet met elkaar te verzoenen routes. Hij zag niet in hoe hij van Faith kon houden en toch getrouwd kon blijven met Eleanor. Hij was altijd prat gegaan op zijn eerlijkheid. Hij had geen ervaring met bedrog. Hij zag de keus die hij wellicht gedwongen zou zijn te maken en hij schrok ervoor terug. Hij zag ook de enige manier waarop hij zichzelf die keus zou kunnen besparen.

8

Toen Eleanor thuiskwam, zat Guy aan de keukentafel zijn aantekeningen door te nemen. Het was warm en benauwd; vliegen tikten
tegen de ramen. Eleanor zette haar hoed af en deed haar handschoenen uit.

'De trein was nogal laat. En ik heb helemaal vanaf Crewe moeten
staan.' Ze kuste hem vluchtig op zijn wang. Ze vond dat hij er bleek
en moe uitzag. 'Drukke dag gehad?' informeerde ze.

'Nogal.' Guy schroefde de dop op zijn vulpen. 'Eleanor, ga even
zitten, wil je? Kunnen we praten?'

'Praat maar tegen me terwijl ik bezig ben, Guy. Ik moet een vulling voor de pastei maken en Betty Stewart heeft deze maand een
verschrikkelijke bende gemaakt van de rekeningen...'

'Eleanor, alsjeblieft.' Hij schonk een kop thee voor haar in en zette
die op tafel. Ze zag dat zijn eigen thee onaangeroerd was en dat zich
een bleek vlies op het oppervlak had gevormd. Hij schoof een stoel
bij; ze ging zitten.

Ze zei: 'Wat is er, Guy? Je maakt me zenuwachtig. Is er iets gebeurd? Is vader...?' Selwyn Stephens was op vakantie in Derbyshire.

'Je vader maakt het prima. Hij heeft vanmorgen nog gebeld. Maar
dat is in zekere zin wat ik met je wil bespreken, Eleanor. Ik wil dat
Selwyn Oliver mee naar huis brengt.'

Eleanor lachte kortaf. 'Guy, daar hebben we het al zo vaak over
gehad.'

Hij sloot zijn ogen. Zijn voorhoofd glom van het zweet. Ten slotte zei hij: 'Ik vind dat Oliver thuis moet komen. De luchtaanvallen

lijken voorbij. Er is al bijna drie maanden geen zware aanval op Londen geweest.'

'We kunnen,' bracht Eleanor hem in herinnering, 'Herr Hitlers gedachten niet lezen. Londen mag nu veilig zijn, maar wie weet of dat volgende week of volgende maand nog zo is?'

'Oliver is hier even veilig als waar ook. Je weet dat de zwaarste aanvallen de laatste tijd in de provincie zijn geweest. Je weet dat de dorpen gevaar lopen, net als de provinciesteden.'

Eleanor roerde in haar thee. Guy had gelijk. Nog maar veertien dagen geleden had ze kleding laten sturen naar een dorp in Dorset dat op een haar na verwoest was door een vliegtuig dat Exeter niet had weten te vinden en zijn bommen toen maar boven het platteland had losgelaten.

'Vind je het goed dat ik Selwyn bel dat hij Oliver moet meebrengen?'

Eleanor dacht terug aan de eerste negen maanden van Olivers leven. De verveling, de eenzaamheid, het aanhoudende gevoel dat elke nieuwe dag niets nieuws bracht. Het vooruitzicht opnieuw aan huis gekluisterd te zijn met een jong kind stond haar tegen. 'Nee,' zei ze. 'Nee.' Ze liep naar de provisiekast en begon ingrediënten bij elkaar te zoeken.

'Waarom niet?' Guy's stem klonk gespannen.

'Omdat Oliver gelukkig is in Derbyshire.'

'Hier, bij zijn ouders, zou hij gelukkiger zijn.'

'Hij is er gewend.' Ze pakte een lepel uit de la.

'Gewénd.' Hij herhaalde het woord met nauwelijks onderdrukte woede. Eleanor, bloem afmetend, was zich bewust van een woedende reactie in zichzelf.

'Kinderen hebben behoefte aan vastigheid, Guy. Ze hebben behoefte aan regelmaat.'

'Kinderen hebben behoefte aan hun ouders. Als de oorlog nog eens twee jaar duurt, Eleanor, of vijf – of tien – blijf je er dan bij dat onze zoon bij je grootmoeder blijft? En zal hij dan nog weten wie we zijn?'

Uien hakkend zei ze koel: 'Stel je niet aan, Guy.'

'Vind je dat ik me aanstel? Kleine kinderen hebben een kort geheugen.'

'Ik ga elke maand naar Oliver toe. Exact om de vier weken. Natuurlijk kent hij me nog.'

'Het zal wel in je agenda staan. Bijwonen vergadering WVS-comité... maandafrekeningen controleren... zoon bezoeken.' Hij wendde zich af en stak een sigaret op. Toen hij verder ging, was het sarcasme uit zijn stem verdwenen. Hij klonk, dacht Eleanor, uitgeput en radeloos.

'Eleanor, ik heb er behoefte aan om bij mijn zoon te zijn. Ik heb er behoefte aan dat Oliver naar huis komt.'

'En hoe,' siste ze, zich naar hem omdraaiend, 'hoe zit het met míjn behoeften?'

'Ik dacht eigenlijk dat onze behoeften in het geval van Oliver hoorden samen te vallen.' Zijn ogen waren donker en hard. Ze herkende zijn vastberadenheid omdat die de hare evenaarde. Ze had, vond ze, haar leven keurig op orde. Ze had dat afschuwelijke kleine huis in Hackney verlaten en was teruggegaan naar Holland Square om bij haar vader in te trekken. Ze had Guy; ook al deed zijn aanraking haar niet langer huiveren zoals vroeger, ze zag hoe andere vrouwen hem aankeken en haar benijdden. Ze had werk waarin ze haar talenten kon gebruiken. Huis, echtgenoot, werk; ze wenste geen van de drie te verliezen.

Ze gooide de gesnipperde uien in de pan. 'Oliver is nog maar anderhalf,' bracht ze in het midden. 'Grootmoeder vertelde dat hij elke nacht nog twee keer wakker wordt.'

'Ik zou 's nachts voor hem zorgen, Eleanor. Dat heb ik vroeger ook gedaan.'

'En als je dienst hebt in het ziekenhuis? Hij is nog te jong voor de peuterschool. Wie zou er voor hem moeten zorgen als hij thuis zou komen?'

'We zouden iets kunnen regelen. Je zou minder hooi op je vork kunnen nemen... ik heb 's middags een paar uur vrij...'

''s Middags een paar uur!' herhaalde ze minachtend. 'Wat heeft een kind op wie de hele dag gepast moet worden daar nou aan? Als ik bij hem ben, loopt hij als een hondje achter me aan.'

'Als je meer tijd aan hem zou besteden, zou hij misschien niet zo aanhankelijk zijn.'

Ze ving de gemompelde woorden nog net op. Ze riep uit: ' Zou jij je dierbare werk opgeven, Guy – zou je die lamlendige, afstotelijke mensen voor wie je zorgt in de steek laten om voor je zoon te zorgen?' Ze legde het mes met een klap op het afdruiprek. 'Zou je vaders partner willen worden, zoals ik je herhaaldelijk heb gevraagd? We zouden meer geld hebben als je dat deed... en als we meer geld hadden, zou het misschien makkelijker zijn een kindermeisje te vinden. En als je niet heen en weer zou hoeven naar Malt Street, zou je misschien vaker thuis zijn. Zou je dat doen, Guy? Zou je doen wat ík wil, voor deze ene keer?'

De stilte duurde lang. Toen zei hij zacht: 'Nee, Eleanor, ik doe het niet.' Hij pakte zijn jasje van de rugleuning van de stoel en liep de keuken uit.

Ze riep: 'Waar ga je naartoe, Guy? We gaan zo eten!' maar hij antwoordde niet. Toen ze de voordeur hoorde dichtvallen, bleef ze een poos roerloos staan en begroef haar nagels in haar handpalmen. Toen gooide ze de twee koppen thee leeg in de gootsteen en begon met een ongebruikelijke onhandigheid het deeg te rollen.

Terwijl ze de pastei garneerde en met melk bestreek, was ze zich bewust van haar ongerustheid, vermengd met woede. Ze had het onbehaaglijke gevoel dat ze iets had gemist in het gesprek; alsof Guy door te vragen of Oliver naar huis mocht komen nóg een vraag had gesteld. Eleanor smeet de pastei in de hete oven. Toen ging ze naar de salon en schonk zichzelf iets te drinken in.

In de kwellende hitte van de augustusmiddag verlieten Faith en Rufus het huis in Mahonia Road. Rufus droeg een deken en een draagbare grammofoon; Faith had een picknickmand in haar armen. Toen ze de straat overstaken, hoorde ze een stem die haar naam riep en toen ze zich omdraaide, zag ze Guy. Ze wachtte tot hij hen had ingehaald.

Hij zag er verfomfaaid en een tikkeltje buiten adem uit. Hij zei dringend: 'Faith, ik moet met je praten.'

'We gaan picknicken. Ga mee.'

Ze liepen naar het park. Guy keek nors voor zich uit, rookte en zei weinig. Faith haalde in gedachten haar schouders op, negeerde hem en praatte met Rufus. Ze haalden de honden van mevrouw Childerley op en deden ze aan de riem. Ten slotte, toen ze de zich voortslepende stilte niet langer kon verdragen, zei ze: 'O, in 's hemelsnaam, Guy, wat is er? Wat heb ik nu weer gedaan?'

Hij keek oprecht verbaasd. 'Gedaan? Je hebt niets gedaan, Faith.'

Ze waren bij het park aangekomen en liepen door een laan met lindebomen. Faith deed de honden van de lijn en ze liepen voorovergebogen rondom de bomen en snuffelden aan zwammen en dode bladeren.

'Doe dan niet zo chagrijnig, Guy. Je was vroeger ook al zo verschrikkelijk humeurig.'

'Daar ligt het niet aan; het komt alleen maar doordat...'

Rufus viel hem in de rede. 'Daar zijn Stella en Jane, onder de bomen.'

Ze picknickten onder de linden. Wolken maakten de zon wazig en de lucht was zo warm en stil dat Faith het idee had dat ze hem met haar handen zou kunnen opscheppen. De hitte gaf de namiddag een vreemde roerloosheid, zodat elk gesprek traag en onsamenhangend leek, bijna alsof elk woord dat ze zeiden in de lucht bleef hangen. Faith, Stella en Jane sprongen van de hak op de tak. Guy zat met zijn rug tegen een boomstam, de blaadjes van een madeliefje te trekken terwijl Rufus, languit in het gras, rokend, eveneens weinig zei. Faith wist dat Rufus het na elke oversteek moeilijker vond om naar zijn schip terug te keren.

Stella zei: 'Heb je nog iets van die fantastische broer van je gehoord, Faith?'

'Jake is met verlof bij mijn ouders in Norfolk. Daarna komt hij hierheen, maar ik weet niet wanneer.' Faith gooide kruimels naar een zwerm mussen en keek toe hoe Guy opstond en van de bomen wegdwaalde. Woorden fladderden onder de lindebomen.

'Bruno geeft weer een feest.'

'Ga je ook, Rufus?'

'Ik snap niet waar hij het éten vandaan haalt. Hij moet hooggeplaatste vrienden hebben.'

'Of bijzonder laaggeplaatste.'

'Zelfs Linda is door haar blikken met zalm heen.'

'Ik heb haar in geen eeuwen gezien.'

'Ik heb gehoord dat ze een heftige relatie heeft.'

'Je kunt je Linda niet *heftig* voorstellen.'

'Wie is het? Vertel op.'

'Ze doet heel stiekem...'

Guy stond in zijn eentje een eind van de anderen vandaan en staarde, met zijn handen diep in zijn jaszakken, uit over het verdorde gras. Toen Faith naar hem toe kwam, werden het gesprek en de grammofoonmuziek onhoorbaar.

Ze vroeg op de man af: 'Wat is er? Heeft het met je werk te maken? Is het zo erg geweest?'

'Niet erger dan anders. De gewone gang van zaken eigenlijk.' Hij rookte; hij hield haar zijn pakje sigaretten voor, maar ze schudde haar hoofd. 'Ik had nooit gedacht dat ik de bommen zou missen, maar vannacht was het bijna zover.' Hij grinnikte vluchtig. 'Ze hielden me in elk geval wakker.'

'Op de ambulancepost is ook weinig te beleven. Ik poker heel wat af.' Faith keek hem aan. 'Heb je ruzie gehad met Eleanor?'

Hij zei: 'We... hadden onenigheid,' en liet zijn sigaret op het gras vallen. De kurkdroge grassprieten smeulden vuurrood. Hij keek toe hoe ze verschroeiden.

Ze wilde hem aanraken, maar deed het niet. Hij had iets afstandelijks over zich, en een onheilspellende broosheid. Als ze hem zou aanraken, dacht ze, zou zijn woede uiteenspatten in duizend scherpe stukken en een daarvan zou haar kunnen treffen.

Het was begonnen te regenen en dikke druppels doofden het smeulende gras. Ze vroeg: 'Waarover wilde je met me praten. Guy?' maar hij keek op zijn horloge en schudde zijn hoofd.

'Een andere keer misschien, anders kom ik te laat in het ziekenhuis.'

Hij liep van haar weg. Toen Faith de honden riep, was ze zich bewust van een gevoel van onbehagen, van angst bijna. Ze werd herinnerd aan de ogenblikken tussen het loeien van het luchtalarm en het vallen van de eerste bommen. Het weer, dacht ze, terwijl ze de regen de droge grond zag geselen. Het roffelen smoorde het geluid van Rufus' voetstappen; ze schrok op toen hij iets zei.

'Ik denk dat hij de vrolijke menigte niet kon waarderen.'

Ze volgde zijn blik naar waar Guy met snelle pas door de poort van het park verdween.

'Hoe staan de zaken tussen jullie?'

'Alles is prima.' Ze deed de honden weer aan de lijn en keek hem glimlachend aan.

'Je hield van hem.'

Het klonk als een beschuldiging. Ze zei resoluut: 'Dat is voorbij. We zijn nu goede vrienden.'

Hij zweeg even, maar zei toen: 'Geloof je het zelf?'

'Ja. Waarom niet?'

'Omdat dat soort liefde niet kan veranderen in vriendschap.'

'Wat een onzin.' De anderen hadden dekking gezocht; Faith pakte de mand en de deken.

'O ja?'

'Natuurlijk. Trouwens, wat bedoel je met "dat soort liefde"?'

'Ik bedoel hartstochtelijke liefde. Je hebt zelf toegegeven dat je negen jaar van Guy Neville hebt gehouden, Faith.'

Ze liep in de richting van het hek, zonder zich iets aan te trekken van de regen die over haar gezicht stroomde en haar dunne katoenen jurk doorweekte. Ze riep over haar schouder: 'Ik was een kínd. Ik voelde geen hártstocht voor Guy. Dat heb ik nooit gevoeld.' Maar ze dacht terug aan haar droom over de slangenbeet en was dankbaar voor de koude regen op haar brandende gezicht.

Bij de poort haalde Rufus haar in. Hij zei verbitterd: 'En hij is natuurlijk ook stapelgek op jou,' en liep weg, de regen in, haar alleen achterlatend langs de kant van de weg.

Twee grote gin-tonics brachten Eleanor enigszins tot bedaren. Uit het slaapkamerraam kijkend zag ze dat een zware, grijze wolk de zon bedekte en dat er regendruppels langs de ramen biggelden. Ze trok haar gekreukte kleren uit, waste haar gezicht en kamde haar haren. Ze koos een jurk van rode crêpe de Chine uit haar garderobe. Er zaten nog enkele restjes lippenstift en poeder in de potjes op haar kaptafel; ze bracht ze zorgvuldig aan. Toen keek ze op haar horloge. Etenstijd. Ze wist niet zeker of Guy die avond dienst had, maar zelfs dan kwam hij meestal thuis om te eten.

In de keuken controleerde ze of de pastei goudbruin en goed gerezen was en of de groenten goed gaar waren. Ze dekte de tafel en stak kaarsen aan. Regen kletterde op het plaveisel van de binnenplaats en droop over de trap naar het souterrain. Eleanor wist dat Guy's woedeaanvallen van korte duur waren, het gevolg van te veel werk, te weinig slaap. Ze wist ook dat Guy na enig nadenken zou beseffen dat ze gelijk had en dat Oliver in Derbyshire zou blijven. Guy was het uiteindelijk altijd met haar eens. Zijn heethoofdigheid kon altijd worden afgeweerd. Hij was koppig, maar had een hekel aan conflicten. Het was gewoon een kwestie van voldoende overredingskracht, voldoende vastbeslotenheid.

Om kwart over zeven zette Eleanor de pastei terug in de oven om hem warm te houden. Om halfacht blies ze de kaarsen uit. Om acht uur schonk ze zichzelf nog een glas in en ging met opeengeklemde kaken in de salon zitten. Om tien voor halfnegen, toen er werd gebeld, dacht ze dat Guy zijn sleutel vergeten had en besloot tussen salon en voordeur dat ze hem zou vergeven, mits hij voldoende berouw toonde.

Ze opende de voordeur. Jake Mulgrave stond op de stoep. Met een wat wazige blik door de alcohol kon Eleanor hem slechts aanstaren.

Jake zei: 'Is Guy thuis?' en Eleanor schudde haar hoofd.

'Of Faith? Ik dacht dat ze misschien bij jou kwam eten. Ik kom net van Mahonia Road, maar daar was niemand.'

Op dat moment werd Eleanor overvallen door een afschuwelijke gedachte. Waar zou Guy na zijn ruzie met haar anders naar toe zijn gegaan dan naar die vrouw, om bij haar troost te vinden? Ze rilde, ondanks de drukkende avond.

'Guy kan elk moment thuiskomen.' Ze moest zich concentreren om de woorden duidelijk uit te spreken. De gin en de intense emotie – woede, dacht ze – dreigden haar gebruikelijke kalmte te ondermijnen.

Ze dwong zichzelf tot een glimlach. 'En ik heb je zus de laatste tijd niet gezien. Wil je niet binnenkomen, Jake?'

Hij volgde haar naar binnen. Ze stelde zich Guy en Faith voor, samen. Guy die zijn hart uitstortte, Faith die hem troostte en profiteerde van zijn kwetsbaarheid.

'Iets te drinken, Jake?' In de salon schonk Eleanor haar bezoeker een glas whisky in en zichzelf nog een gin. Ze dacht dat ze zichzelf in de hand had; het deed haar genoegen dat ze zo gewoon, zo onverstoorbaar klonk, maar toen ze de dop weer op de fles deed, trilde haar hand.

Jake legde uit: 'Ik ben net een paar dagen bij mijn ouders in Norfolk geweest. Ik wilde Guy iets vragen over ma. Ik maak me zorgen over haar – daarom ben ik eerder naar Londen gekomen. Ze lijkt me niet in orde. Ze wil geen dokter raadplegen, maar ik dacht dat ze wel met Guy zou willen praten.'

'Je moeder is waarschijnlijk alleen maar moe en bang, zoals iedereen,' zei Eleanor. Ze luisterde niet echt; het beeld van Guy en Faith samen liet zich niet verdrijven. 'Ik weet zeker dat het niets is om je zorgen over te maken.' Ze keek uit het raam en zei: 'Het regent nog steeds pijpenstelen,' en keek Jake aan. Zijn blonde haren, kortgeknipt voor het leger, krulden enigszins door de regen en zijn ogen staken fel af tegen zijn gebruinde huid. En ze had mannen in uniform altijd al bewonderd. Jammer, dacht ze, dat Guy geen uniform droeg.

'Je eet toch zeker mee, Jake?'

'Eh, ik...'

'Je vindt het toch niet erg om in de keuken te eten? Veel gezelliger.'

Hij begon tegenwerpingen te maken, maar ze negeerde hem en ging naar het souterrain. Het was warm en benauwd in de keuken. Regen kletterde gestaag tegen de ramen. Eleanor had er plezier in Jake Mulgrave Guy's avondmaal op te dienen. Ze dronk, maar at niet mee. Ze kon geen hap door haar keel krijgen, ze zou in het eten stikken. In plaats daarvan sloeg ze Jake gade. Hij had het soort gezicht, dacht ze, zichzelf verrassend met een ongebruikelijke sprong van de verbeelding, dat je met een paar weglatingen of extra penseelstreken zou kunnen zien op een schilderij van veertiende-eeuwse engelen.

'Het soldatenleven bekomt je goed, Jake,' zei ze. 'Je ziet er goed uit.'

Hij keek op en glimlachte. 'Om je de waarheid te zeggen, Eleanor, het leger is verdomd saai en niet te harden, maar ik voel me uitstekend.'

Ze zei niets over zijn gebruik van krachttermen, wat ze tegen Guy wel zou hebben gedaan. Het wekte zelfs een huivering van genoegen in haar op, een gevoel dat hij haar opnam in zijn wereld. Alsof zij en Jake, door het onweer van de rest van Londen afgesneden, een of ander gebod overtraden. Ze moest hem voortdurend aankijken. Er stonden kleine zweetdruppels op zijn voorhoofd en hij had zijn mouwen opgerold. Ze dacht dat ze, hoezeer ze de Mulgraves ook verfoeide, Jake misschien minder heftig verfoeide dan de anderen.

'Je lust nog wel een portie, hè?' zei ze en ze schoof de rest van de pastei op zijn bord. Ze keek op haar horloge. 'Guy is vast opgehouden in het ziekenhuis. We zijn met ons tweetjes. Nou ja, ik heb er geen enkel bezwaar tegen, jij wel?'

Jake schudde zijn hoofd, glimlachte, keek naar zijn bord. 'Je verwent me, Eleanor. Ik word zo dik als een pad en die arme Guy zal hongerlijden.'

Ze raakte zijn hand aan. 'Ik ben bang dat Guy me soms niet eens ziet staan. Dat overkomt oudere echtparen vaker, zie je.' Haar lach klonk, zelfs in haar eigen oren, vreemd. Haar hand lag nog steeds op de zijne. Zijn huid was koel; ze voelde de spieren. Ze smachtte er opeens naar dat Jake zijn duim door de holte van haar handpalm zou laten glijden, dat Jake zijn mond in diezelfde holte zou drukken. Ze hunkerde niet vaak naar lichamelijk contact, zodat de onverwachte heftigheid van haar verlangen haar adem deed stokken.

'Wat denk je, Jake?' Nog altijd die vreemde heesheid in haar stem. 'Zullen we er een leuke avond van maken? De stad ingaan? Wij tweetjes?'

Hij zei: 'Sorry, Eleanor, ik moet ervandoor,' en toen ze hem aankeek, besefte ze de ernst van haar vergissing. Hij slaagde er niet in zijn schrik, of zijn gebrek aan belangstelling, snel genoeg te verbergen. Jake Mulgrave, die volgens zeggen niet bijster kieskeurig was, had geen enkele belangstelling voor haar. Haar gevoel van geaccepteerd worden, van opgenomen worden, was een illusie geweest. Zijn hand gleed onder de hare uit en ze bleef alleen achter. Ze voelde zich zoals ze zich jaren geleden had gevoeld, toen ze Hilary Taylor in Fortnum & Mason tegen het lijf was gelopen. Groot, plomp, sloverig. Oud.

Ze pakte zijn lege bord op en liep naar het aanrecht. Ze draaide de kraan open. Het bord rammelde luid toen ze het in het water liet glijden.

Ze hoorde hem zeggen: 'Het was heerlijk, Eleanor. Je bent echt een geweldige kokkin. Je kunt altijd rekenen op een fantastische maaltijd als je hier komt,' en ze wist dat hij zich had gerealiseerd dat hij haar gevoelens had gekwetst en haar probeerde te troosten. Hij wilde haar niet als vrouw, maar nam aan dat hij haar kon lijmen met zijn halfhartige waardering voor haar huishoudelijke bekwaamheden. Met haar rug naar hem toe wilde ze gillen, spugen, maar deed geen van beide. Ze had een scherper wapen.

Ze zei: 'Ik zag je vader een paar dagen geleden, Jake. Hij had een vriendin bij zich. Een heel goede vriendin, leek me. Ze kwamen uit een huis aan Queen Square. Een charmant meisje, vond ik. Lang, elegant, platinablond – echt, denk ik, niet uit een flesje.' Eleanor veegde haar handen af aan een theedoek en draaide zich glimlachend om naar Jake. 'Ken je haar?'

Hij antwoordde niet. Hij was, zag ze, lijkbleek geworden. Met venijnig genoegen ging ze door.

'Wie ze ook mag zijn, Ralph was zo te zien nogal in zijn schik met haar. Wat fijn voor je vader, vind je ook niet, Jake, dat hij zulke goede vriendinnen heeft in Londen.'

Nadat hij het huis aan Holland Square had verlaten, ging Jake de eerste de beste pub binnen die hij tegenkwam. Hij was halverwege zijn tweede dubbele whisky toen zijn brein, bevroren door schok, woede en angst, weer begon te functioneren.

Wat fijn voor je vader, Jake, dat hij zulke goede vriendinnen heeft.
Eleanor had laten doorschemeren dat zijn vader een verhouding had met Linda Forrester. Jake dwong zichzelf zich af te vragen of haar beschuldiging een grond van waarheid kon bevatten. Hij herinnerde zich zijn moeder zoals hij haar in Norfolk had achtergelaten: bleek, moe, lusteloos. Hij had gedacht dat ze zich niet lekker voelde en dat was de reden waarom hij had besloten bij Guy langs te gaan. Was het mogelijk dat hij ziekte had verward met een gebroken hart?

Jakes gedachten gingen naar Linda Forrester. Mooie, kille, immorele Linda. Hij was zelf nog, met verlof in Londen, op bezoek geweest in haar flat aan Queen Square. Hij had lang geleden al de uitnodiging in die lichtblauwe ogen gelezen, maar er nooit gehoor aan gegeven. Iets in haar gladde, blonde optreden had op zijn zenuwen gewerkt. Wat Ralph betrof... Jake, opgesloten in een legerkamp in Northumberland, had zijn vader slechts een paar keer gezien sinds de Mulgraves in Engeland waren aangekomen. Zou Ralph, mokkend over zijn gedwongen terugkeer naar een land dat hij verafschuwde, ervoor hebben gekozen verstrooiing te zoeken door met Linda Forrester naar bed te gaan?

Jake balde zijn vuist en hij sloeg op de bar. Glazen rinkelden en de kastelein keek hem waarschuwend aan. Er was maar één manier om erachter te komen, dacht Jake en hij sloeg de rest van zijn whisky achterover en vertrok door de regen naar Queen Square.

Door de dikke deur heen hoorde hij het schelle, indringende rinkelen. Het rammelen van een ketting, het klikken van een slot en ze gluurde door de tien centimeter brede kier tussen deur en kozijn.
'Mag ik binnenkomen?'
'*Jake!*' Linda was gekleed in een lichtblauw satijnen negligé. 'Het is al laat.'

201

'Ik ben alleen vanavond in Londen. Ik hoopte je thuis te treffen.'
Hij duwde de deur open en liep de gang in. Hij hoorde haar schrille protest en legde zijn vinger op zijn lippen. 'Sst. De buren.'
Hij ging de trap op. Ze rende langs hem heen, een geruis van satijnen rokken. De deur van haar flat stond open; hij ging naar binnen.
Ze zei: 'Iets te drinken, Jake?' en ze liep naar de kast en schonk hem een whisky in. Terwijl ze hem het glas aanreikte, keek ze hem met gefronste wenkbrauwen aan en zei: 'Wat is er?'
Zijn uit woede geboren zelfverzekerdheid scheen weg te ebben; hij kon geen woorden vinden. *Heb je een verhouding met mijn vader?* Hij stamelde: 'Iemand vertelde...'
'Wat, Jake?'
Hij liep naar het raam. De verduisteringsgordijnen bedekten het glas, sloten hen in, hielden de hitte van de dag binnen gevangen. Hij hoorde een donderslag.
Met zijn rug naar haar toe zei hij: 'Iemand vertelde me dat ze je met mijn vader hadden gezien,' en hij draaide zich om; hij moest haar blik zien, maar haar gave gezicht was ondoorgrondelijk.
'Mij met je vader gezien?' herhaalde ze.
'Ja.' Het werd stil. Het zwakke licht in de kamer hulde haar gezicht in schaduwen, verduisterde de gebeeldhouwde trekken. Jakes hoofd begon pijn te doen en hij voelde zich enigszins misselijk; het weer of dat hollebollegijsmaal dat Eleanor hem door de strot had geduwd, veronderstelde hij.
'Ralph is een vriend van me,' begon ze en keek hem snel aan. 'Je wilt toch niet beweren...' Haar ogen waren groot en zilverachtig bleek in het lamplicht. 'Je wilt toch niet beweren dat iemand je verteld heeft dat Ralph en ik... dat Ralph en ik *minnaars* zijn?'
Hij zei niets, keek haar alleen maar aan. Ze lachte op een eigenaardige manier en kwam naar hem toe. 'Jake, je gelooft toch niet dat ik een verhouding heb met je vader?' Ze staarde hem aan. 'Je gelooft het wél. Goeie god.' Haar uitdrukking veranderde. 'Ik geloof dat je maar beter kunt vertrekken, Jake.' Ze liep naar de deur, opende hem. 'Nu.'
Hij bleef waar hij was, leunend op de vensterbank. 'Nog niet. Ik ga nog niet weg. Ik moet weten hoe het zit.'
'Je schijnt je conclusies al getrokken te hebben.' Linda's stem klonk kil, maar toen hij niet bewoog, liet ze de deur dichtvallen en ging op de bank zitten.

'Wie heeft je die onzin verteld?'

'Niet iemand die je kent.'

'Een vriendin, Jake?'

Hij dacht aan de minachting in Eleanors ogen toen ze zich van het aanrecht omdraaide en hem aankeek. Hij rilde. 'Niet bepaald. Nee. Geen vriendin.'

Linda haalde haar schouders op. 'Nou dan.'

Jake sloot zijn ogen en wreef over zijn kloppende voorhoofd. 'Waarom zou ze liegen?'

'Hoe moet ik dat weten? Misschien was ze kwaad – of jaloers.'

'Jaloers?'

Ze leunde achterover op de bank en bestudeerde hem. 'Je bent een heel aantrekkelijke man, Jake, al moet ik zeggen dat je af en toe een beetje angstaanjagend bent.' Ze klonk nu bijna vertederd.

'Hoofdpijn,' mompelde hij.

'Arme Jake.' Ze klopte naast zich op de bank. 'Kom eens hier. Kom op, Jake. En kijk niet zo chagrijnig – geen wonder dat je hoofdpijn hebt.'

Onwillig ging hij zitten. 'Ogen dicht, lieverd,' zei ze. Met haar vingertoppen begon ze zijn slapen te masseren. Terwijl de pijn in zijn hoofd wegtrok, probeerde hij zich de exacte loop van de gebeurtenissen van die avond aan Holland Square te herinneren. Eleanor had erop gestaan dat hij de maaltijd van Guy opat, daarna had ze zijn hand gepakt (op zichzelf al een schok; aanrakingen waren tot dusver beperkt gebleven tot een handdruk bij het afscheid) en toen had ze geprobeerd hem te verleiden. Achteraf gezien leek het ongelooflijk, maar het was zo: Eleanor Neville had geprobeerd hem te verleiden.

'Zo beter, lieverd?'

'Ja. Bedankt.' Haar aanraking had een onverwacht heerlijke lethargie in hem gewekt. Hij dacht: *Eleanor heeft die smerige leugens verzonnen omdat ze kwaad op me was en me wilde kwetsen.* Hij werd bijna overmand door opluchting. Hij wilde opstaan. 'Ik moest maar eens gaan.'

'Doe niet zo idioot. Het regent dat het giet, Jake. Je kunt met dit weer onmogelijk naar buiten.' Ze duwde hem met haar vlakke hand terug op de bank.

'Het is dus niet waar...'

'Jake.' Ze legde hem het zwijgen op door haar lippen op de zijne te drukken. Hij voelde hoe haar slanke vingers de knoopjes van zijn overhemd losmaakten en hij voelde hoe ze schrijlings op zijn schoot ging zitten, met haar gezicht naar hem toe. Hij liet lichamelijke begeerte het heft in handen nemen en de resten van al die andere kwellende gedachten verdrijven. Hij liet zijn hand onder het koele satijn van haar negligé glijden, over haar naakte lichaam.

Om vijf uur 's morgens kwam Faith thuis, plofte haar tas neer in de hal en liep door naar de keuken. Ze zette juist water op toen ze een beweging achter zich hoorde. Ze schrok, draaide zich om, fluisterde: 'Rufus?' en richtte haar blik op de man die aan de tafel zat.

'Jake.' Ze kon alleen de lichte glans van zijn haren onderscheiden en het fonkelende licht in de rand van het glas dat hij in zijn hand had. 'Is de stroom weer uitgevallen?'

'Weet ik niet. Niet geprobeerd.'

Ze tastte naar de schakelaar; het vertrek baadde in licht. Jake zat aan tafel, met zijn kin op zijn gebalde vuisten. Vóór hem stonden een fles en een glas. Hij vroeg: 'Iets drinken, Faith?' maar ze schudde haar hoofd.

'Nee, dank je. Ik verwachtte je niet zo vroeg, Jake.' Ze liet haar gasmasker en regenjas op de tafel vallen. 'Wat doe je?'

'Nadenken.' Hij keek haar aan. 'Weer eens iets anders, niet?'

Het gevoel van onbehagen dat de middag daarvoor in de drukkende warmte van het park was ontstaan, werd sterker terwijl ze hem aankeek. 'Je bent aangeschoten, Jake. Ga naar bed en slaap je roes uit.'

Hij negeerde haar. 'Ik probeer de dingen op een rijtje te zetten.' Ze zag dat zijn hand trilde toen hij het glas naar zijn mond bracht. 'Ik probeer een doordachte afweging van de feiten te maken.' Hij keek haar glimlachend aan, maar de glimlach bereikte zijn koele blauwe ogen niet. 'Een hele inspanning voor me – ik ben meer iemand van eerst doen en dan denken.'

Ze vroeg: 'Welke feiten? Wat probeer je op een rijtje te zetten?' maar hij stond stommelend op, liep naar de achterdeur en opende die. Regen kletterde op de stoep en drong de keuken binnen.

'Ik ben gisteren hier geweest, Faith. Ik zocht je. En Guy. Dus ging ik naar Holland Square. Maar Guy was niet thuis.'

'Hij was bij mij. Rufus en Guy en ik... we hebben gepicknickt in het park. Doe de deur dicht, Jake. Het licht...'

In de deuropening staand, hief hij zijn gezicht op naar de regen. Waterdruppels sijpelden naar zijn mond, zijn neus, zijn kin. Hij zei: 'Maar Eleanor wel. Dus praatte ik maar met haar. Of beter gezegd: zij praatte tegen mij.'

'Jake.' Ze begroef haar nagels in haar handpalmen.

Hij draaide zich met een ruk naar haar om. De schouders en de voorkant van zijn overhemd waren doorweekt. 'Eleanor schonk me iets in. Gaf me te eten.'

'Jake.' Ze werd opeens bang. 'Wat is er gebeurd?'

'Niets.' Toen hij haar aankeek, toonde hij geen medeleven – zelfs geen herkenning, dacht ze. 'Er gebeurde niets,' herhaalde hij. 'Eleanor gaf me een heerlijke maaltijd en we babbelden wat. En toen...'

Ze viel hem in de rede. 'Wat heeft Eleanor tegen je gezegd? Is Guy...?'

'Met Guy is alles in orde. Denk ik. Ik heb hem niet gezien. Ze liet me zijn avondmaal opeten.' Jake rilde. 'Maar het gekke was – terwijl ik at moest ik steeds denken aan Hans en Grietje en de heks. Het was alsof ze me vetmestte voor de oven. Maar ze had het nauwelijks over Guy. Nee – ze wilde me over pa vertellen.'

'Pa?' Faith begreep er niets van.

'Eleanor vertelde me dat pa een verhouding heeft met Linda Forrester.'

Haar brein leek koud, leeg, traag. Ze staarde Jake aan en hij beantwoordde haar blik met grote ogen.

'Eleanor is een kreng, Faith. Ik had het niet in de gaten. God mag weten waarom Guy ooit met haar is getrouwd. Maar goed, ik ging naar Linda toe. En ze ontkende het en ik dacht: nou, dan is het in orde, natúúrlijk zou pa nooit zoiets doen. Ik bedoel – hij zou het gewoon niet doen, of wel soms?' Hij fronste zijn wenkbrauwen. 'Maar sinds ik haar heb achtergelaten ben ik gaan nadenken – nou ja, wat had ze anders moeten zeggen?' Zijn stem werd spottend. '"Inderdaad, Jake, ik neuk je vader al een halfjaar."'

Faith fluisterde: 'Het is geroddel, Jake. Kwaadaardig geroddel.' Maar met een plotseling, misselijk makend gevoel in haar maag herinnerde ze zich het gesprek in het park.

Hij scheen de verandering in haar gezicht te zien. 'Wat?' Hij kwam naar haar toe. 'Wat is er?'

Ze schudde haar hoofd. 'Niets.'

Hij pakte haar bij haar bovenarmen en schudde haar heen en weer. 'Zeg op.'

Ze voelde tranen in haar ogen springen. 'Iemand vertelde me dat Linda een verhouding had, meer niet. Ze wisten niet met wie.' Zijn vingers begroeven zich in haar huid. 'Jake, je doet me pijn!' Zijn handen vielen langs zijn lichaam. Zijn gezicht was asgrauw. Hij begon zijn mouwen dicht te knopen. Ze jammerde: 'Het is onzin, Jake. Afschuwelijke onzin. Pa zou ma nooit zoiets aandoen. Hij hóúdt van haar!' De tranen stroomden over haar wangen.

Jake pakte zijn sleutels en kleingeld van tafel, liet ze in zijn zak glijden en pakte zijn jas. Toen hij de keuken uit liep, riep Faith uit: 'Waar ga je naar toe, Jake?' maar het enige antwoord was de voordeur die achter hem dichtviel.

Jake wachtte in een portiek tegenover Linda Forresters flat. Hij zou desnoods een eeuwigheid wachten.

Hij dacht terug aan Linda's kennelijke verbijstering, haar verontwaardiging over zijn beschuldigingen, haar plotselinge opwelling van medeleven. Hij herinnerde zich haar vingertoppen die zijn voorhoofd streelden, hem afleidden, haar soepele, zachte lichaam dat zich tegen het zijne drukte en alle andere gedachten uit zijn geest verdreef. Te gemakkelijk, dacht hij woest. Te gemakkelijk.

Het laatste rommelen van de donder gromde onbehaaglijk en af en toe werden de schemerige straten verlicht door een bliksemflits. Regen teisterde het wegdek en stroomde door de goot. De storm leek Jake een passende achtergrondmuziek bij de gebeurtenissen van het afgelopen etmaal. In de beschutting van het portiek rookte hij de ene sigaret na de andere en wachtte terwijl een reddingswerker strompelend thuiskwam, terwijl de wagen van de melkboer rammelend door de straat reed en de banden van de krantenjongen over het natte asfalt zoefden.

Toen zag hij een beweging van zwarte jas en hoed en hoorde hij in de verte een bekende voetstap. Jake liet zijn sigaret vallen en trapte hem met zijn hak uit op de keien terwijl hij zich terugtrok in de schaduw. Tegen het spookachtige licht van het onweer zag hij hoe zijn vader aanbelde bij Linda Forresters flat en wachtte. Even later ving Jake een glimp van haar op in de donkere kier van de geopende deur. Gisteravond had hij zijn vingers door dat zijdezachte haar laten glijden; gisteravond had hij het tegen zijn lippen gedrukt. Hij rilde bij de herinnering.

Hij zag haar de straat heen en weer kijken. Om te kijken of hij er was, nam hij aan; hij had haar zenuwachtig gemaakt. Een verfomfaaide bos bloemen werd opgediept uit de plooien van Ralphs overjas. Ze kusten elkaar. Jake proefde gal. Toen liep zijn vader weg van de flat. *Vandaag niet, schat* – ze hield hem aan het lijntje.

Hij hoorde het klikken van de voordeur toen ze die dicht deed en hij wachtte tot Ralph de hoek om was. Toen stak hij over en drukte op haar deurbel.

Ze maakte ditmaal de ketting niet los voordat ze de deur opende. Hij zag de schrik op haar gezicht toen ze hem herkende en hij zette een voet en een schouder in de opening voordat ze de deur dicht kon smijten.

'Jake...'

'Ik wil weten waarom je mijn vader als minnaar hebt genomen. Was het om je op mij te wreken?'

Hij zag haar worstelen om zich te herstellen. Ze lachte even. 'Jake... ik weet niet wat je bedoelt.'

'De vraag is anders eenvoudig genoeg. Heb je besloten een verhouding met mijn vader te beginnen om mij te straffen omdat ik je had afgewezen? Ik vind het namelijk moeilijk te geloven dat je geen weerstand kon bieden aan zijn verouderende lichaam, zie je. Of val je op oudere mannen? Die arme ouwe Harold moet tenslotte al een jaar of vijftig zijn. Al heeft iedereen altijd aangenomen dat je hem om zijn geld hebt getrouwd.'

Achter haar ging de deur van het appartement op de begane grond open en een hoofd gluurde naar buiten. Linda riep: 'Sorry dat ik u stoor, meneer Lockwood – het duurt maar even,' en toen siste ze: 'Ga wég, Jake.'

Hij bewoog niet. 'Niet voordat je me de waarheid hebt verteld.'

Ze knipperde met haar oogleden en glimlachte. 'Ralph en ik – ik denk dat je het verkeerd opvat, Jake. Ook al heb je ons nu samen gezien, je moet niet denken...'

'Hou op. Verdomme, Linda – ik mag dan onnozel zijn, maar niet zó onnozel.'

Haar uitdrukking veranderde. 'Het gaat je in feite niets aan, Jake. Ralph en ik zijn volwassen mensen. Wat wij verkiezen te doen, gaat jou niets aan.'

'En ik neem aan dat het mijn moeder evenmin iets aangaat?'

Ze haalde haar schouders op. 'Ralph is een man van de wereld. Ik weet zeker dat ik niet de eerste ben.'

Het spreken viel hem moeilijk; zijn woede verstikte hem bijna. 'Je vond het niet leuk dat ik je afwees. Dus toen mijn vader verscheen, vervuld van zelfmedelijden, zag je een makkelijke manier om je te wreken. Ik neem niet aan dat het veel voor je betekende. Gewoon de zoveelste trofee.'

Woede verscheen op haar rimpelloze gezicht. 'En ik neem aan dat gisteravond belangrijk was voor jou, hè Jake?' Haar ogen richtten zich op hem. 'Je wilt de waarheid weten? Dan zal ik het je vertellen. De waarheid is dat ik Ralph als minnaar nam omdat ik me verveelde. Me verveelde met die vervelende oorlog – het vervelende eten, de vervelende kleren, de manier waarop je opgesloten zit in dit stierlijk vervelende land. Ralph is verfrissend, zie je, en amusant.' Ze keek hem aan. 'Weet je, Jake, dat het best opwindend was jullie alle twee te hebben? Het heeft mijn gedachten afgeleid. Vader en zoon – ik geloof niet dat ik dat al eens eerder heb gepresteerd.' Ze lachte toen ze zijn gezicht zag. 'O, kom op, lieverd – je gaat toch niet kleinburgerlijk doen bij de gedachte dat je in je vaders voetsporen bent getreden?'

Hij herinnerde zich, in een plotseling, levendig visioen, haar naakte lichaam schrijlings over hem heen. Hij fluisterde: 'Als je nog één keer contact hebt met mijn vader, dan vermoord ik je. Denk daaraan,' en toen, niet in staat haar nabijheid nog langer te verdragen, liep hij weg van het gebouw.

In het schrale ochtendlicht zwierf Jake willekeurig door straten die door het onweer waren schoongespoeld. Hij haatte haar niet, realiseerde hij zich. Hij haatte twee mensen. Zijn vader en zichzelf.

Soms wist Faith zeker dat ze gelijk had, dat het onmogelijk was dat haar vader Linda Forresters minnaar was. Ralph zou Poppy nooit verraden. Ralph ruziede, mokte, hij had behoefte zichzelf te spiegelen aan het gezelschap van bewonderende vrienden, maar hij verraadde niet. Maar een restje twijfel bleef. De hele nacht lang hadden er akelige herinneringen door haar hoofd gemalen, als een te vaak vertoonde journaalfilm. Ralph aan Linda's tafel, te midden van Bruno's stroopsmerende vrienden. Ralph op Heronsmead, verveeld en geïsoleerd. De blik in Poppy's ogen toen ze zei: *Ik dacht dat hij bij jou logeerde, Faith.*

Om acht uur haalde ze een kam door haar haren, plensde koud water in haar gezicht en begaf zich naar Queen Square. De straten waren bezaaid met regenplassen van de afgelopen nacht. Hoog boven haar zweefde een losgeslagen versperringsballon, als een gerafelde collectie zilverkleurige flarden voorbij. Bij Linda Forresters flat aangekomen belde ze aan en wachtte, maar er werd niet opengedaan. Na een poos liep ze verder door Bloomsbury en zag een telefooncel.

Binnen staarde ze naar de hoorn. Als ze, Bruno Gage en zijn vrienden afbellend, Ralph op het spoor zou komen, wat moest ze dan tegen hem zeggen? *Pa, met Faith. Is het waar dat je met Linda Forrester naar bed gaat?* Ze verliet de telefooncel.

De zon drong door de dunne wolkenlaag en stelde haar gerust. Jake moest Eleanor verkeerd hebben begrepen, hield ze zichzelf voor, of Eleanor moest verkeerd hebben opgevat wat ze had gezien. Eleanor – verstandige, conventionele Eleanor – moest getuige zijn geweest van een vriendschappelijke kus en er meer in hebben gezien. Faith besloot naar Holland Square te gaan.

Eleanor zette een kop thee voor haar en schudde de kussens op voordat ze ging zitten. Faith zocht naar de juiste woorden toen Eleanor, met haar rug naar haar toe terwijl ze bladmuziek van de piano opruimde, zei: 'Ik ben zo blij dat je bent binnengewipt, Faith. Ik had al eerder met je willen praten.'

Faith roerde nog een laatste keer heftig in haar thee, zodat het over de rand klotste. 'Over gisteravond?'

Eleanor legde de muziek terug in de pianokruk. 'Pardon, lieverd?'

'Wilde je me spreken over wat je tegen Jake hebt gezegd?'

Eleanor keek niet-begrijpend. 'Ik wilde je spreken over Gúy.' Haar stem werd zacht en vertrouwelijk. 'Als je eens wat minder beslag op hem kon leggen, Faith. Hij heeft het zo druk, zie je, en hij wordt zo moe. Hij wil niets tegen je zeggen, dus moet ik het voor hem doen. Je vindt het toch niet erg, Faith?'

Haar hart klopte als een razende. Ze herhaalde versuft: 'Minder beslag op Guy leggen...?'

'Ja. Guy weet hoe afhankelijk je van hem bent. Hij voelt zich verplicht aardig voor je te zijn.'

Hij voelt zich verplicht aardig voor je te zijn. Ze bleef roerloos en zwijgend zitten. Haar gezicht brandde. Ze herinnerde zich hoe Guy haar had gerustgesteld toen ze dacht dat ze gek zou worden, hoe Guy haar bagage naar het station had gedragen, hoe Guy de gewonde hond had verzorgd.

'Hij heeft het gevoel dat hij de schuld die hij aan je familie heeft, moet terugbetalen,' ging Eleanor verder. 'Hij weet hoeveel moeite het jullie heeft gekost om in Engeland te wennen. Ik denk weleens dat zijn plichtsgevoel, zijn geweten, een enorme belasting voor hem is.'

Vreemd hoe enkele woorden het verleden in een volstrekt ander licht konden plaatsen. Voor het eerst zag Faith zichzelf als een last, een buitenbeentje, iemand die medelijden verdiende. Ze fluisterde: 'Guy heeft geen enkele verplichting tegenover mij. Absoluut geen enkele.'

'Nog een kop thee, Faith? Nee? Ik denk dat ik nog een kopje neem.' Eleanor schonk melk uit een kan. 'Zie je, Guy is geneigd zich over te geven aan passies, opwellingen. Hij laat zich, vrees ik, makkelijk meeslepen.'

Faith dwong zichzelf in die half doorschijnende, donkere ogen te kijken. 'Wat bedoel je, Eleanor?'

'Nou ja...' Opnieuw dat lachje. 'Het valt me niet makkelijk hierover te praten. Het is moeilijk voor een vrouw toe te geven dat haar man in sommige opzichten misschien... zwak is.'

Het was alsof de lucht in de grote, ruime salon vacuüm zoog. Ze wilde weg.

'Ik begrijp,' ging Eleanor verder, 'dat jullie normen – de normen van je familie – van de mijne verschillen, Faith. Je ziet mij denk ik als een pietluttige oude vrouw.' Opnieuw dat lachje.

'Nee. Nee, dat is het niet.' Faith slikte. 'Ik heb je zelfs altijd bewonderd, Eleanor, maar ik snap niet wat je bedoelt met "de normen van mijn familie".'

'Nee? Echt niet?'

Ze besefte dat ze in de val was gelopen. 'Je bedoelt... mijn vader.'

Eleanor nam een slok thee en zei niets.

Faith zei boos: 'Je moet je vergist hebben, Eleanor. Wat je Jake gisteravond hebt verteld – het kan onmogelijk waar zijn.'

'Het ís waar,' Eleanors stem klonk scherp. 'O, het is waar. Ik mag dan niet zo... zo erváren zijn als jij, juffrouw Mulgrave, maar ik verzeker je dat ik me niet heb vergist in wat ik zag. Het leek me het beste Jake te waarschuwen. Een scheiding is zoiets schandelijks, vind je ook niet? Maar misschien heb ik me in zekere zin wél vergist. Misschien zien de Mulgraves het anders. Naar ik meen keuren de Fransen buitenechtelijke affaires niet af. En jullie zijn zo bijzonder bereisd, nietwaar?'

Faith stond op, haar knieën knikten, maar Eleanor legde een hand op haar arm en hield haar tegen, zodat ze terugzakte in de stoel.

'Ik geloof in bestendigheid, juffrouw Mulgrave. En ik geloof in standvastigheid.' Er lag een waarschuwing in Eleanors gelaatsuitdrukking. De harde, kalme stem vervolgde: 'En Guy vanzelfsprekend ook. Het enige verschil is, dat hij zich op een dwaalspoor kan laten brengen. Hij zou onmogelijk kunnen leven zoals jouw familie leeft. Hij zou verscheurd worden. Hij heeft de zekerheid en de regelmaat nodig die ik voor hem heb gecreëerd. Guy denkt misschien van niet, maar het is wel zo. Hij houdt van zijn werk en hij houdt van zijn zoon. Hij denkt dat hij misschien liever een ander leven zou leiden, maar als hij alles zou opgeven wat ik hem gegeven heb, zou dat het einde voor hem betekenen. Zie je' – en toen Eleanor zich tot haar wendde, ving Faith voor het eerst een glimp op van de kille afkeer in Eleanors ogen – 'zie je, ik kén hem.'

Faiths stem was zacht, rustig. 'Maar hóú je ook van hem?'

Een optrekken van de wenkbrauwen. 'Ik heb geprobeerd je duidelijk te maken, juffrouw Mulgrave, dat dat jouw zaak niet is.'

Ze moest al haar moed bijeenrapen. 'Het mag dan niet míjn zaak zijn, Eleanor, maar het zou de jouwe moeten zijn.'

Eleanors zelfbeheersing liet haar in de steek. 'Hoe durf je! Hoe durft iemand zoals jij mij te vertellen wat ik moet doen!' Eleanor stond op. 'Je kunt nu maar beter gaan, juffrouw Mulgrave. En denk eraan dat jij en je familie niet langer welkom zijn in dit huis.'

Nadat Thierry haar naar Compton Deverall had teruggebracht, had Nicole geprobeerd een goede echtgenote te zijn. Ze had de hele middag op de bank gezeten, zoals de dokter had voorgeschreven, had gespeeld met het katje dat ze van Thierry had gekregen en ze had gelezen. Ze had zelfs geprobeerd babykleertjes te breien – ze wist dat dat van aanstaande moeders werd verwacht – maar ze liet voortdurend steken vallen en de wol rafelde uit en tegen het eind van de week, toen ze drie centimeter onregelmatig, grauw breiwerk had, vroeg Laura Kemp tactvol haar breitas terug en breide het babyjasje zelf.

Hoewel ze probeerde zichzelf te vermaken, verveelde Nicole zich dood. De op Compton Deverall ingekwartierde meisjesschool had zomervakantie, zodat alleen zijzelf, de huishoudster en Laura in het grote huis waren. De huishoudster was doof en Laura besteedde veel van haar tijd aan het bijhouden van de tuin, om te zorgen dat ze iets te eten hadden. Thierry kwam af en toe langs vanaf de luchtmacht-basis bij Boscombe Down, kaartte met Nicole of maakte korte tochten met haar in zijn auto. Ze had sinds mei niets meer van David gehoord of gezien.

Haar dikke buik drukte ongemakkelijk tegen haar ribbenkast en ze had voortdurend pijn in haar rug. Ze legde zich neer bij het ongemak, beet op haar tanden, klaagde niet en schreef Faith lange brieven. 'Ik zie eruit als een wálvis... ik kan niet meer in bad – je zou een takel nodig hebben om me in en uit de kuip te hijsen.' Nicole verdreef de tijd met pianospelen en door het huis en de tuin schuifelen. Davids voorouders staarden haar afkeurend aan vanaf de donkere, gecraqueleerde olieverfschilderijen, en de geschiedenis van het huis, die ze eerst romantisch had gevonden, begon haar te benauwen. Nergens kon ze ontsnappen aan het besef hoe onlosmakelijk de Kemps met dit huis verbonden waren. Hun wapen – drie sterren en een nogal chagrijnig kijkende griffioen – was in het zilveren bestek gegraveerd, op de schoorsteenmantel gebeeldhouwd en nog net zichtbaar, in verschoten, opzichtige kleuren, op het plafond van de Grote Zaal. Binnen deze oude muren voelde ze zich gevangen.

Ze verviel in haar oude gewoonte de ramen van het huis te tellen. Eens per dag sjokte ze moeizaam rond het gebouw. Ze maakte zichzelf wijs dat, als het aantal ramen even was, het een jongen zou worden en dan zou ze de soort vrouw zijn die David wilde en zou alles in orde komen. Maar wat ze ook probeerde, de uitkomst was elke keer anders.

De kraamkliniek waar Laura haar had ingeschreven, had haar een folder gegeven, *Uw kind*. Toen ze hem openvouwde, viel Nicoles oog op een afschuwelijke grafiek en ze vouwde hem ogenblikkelijk weer dicht. Boerenvrouwen in dorpen rond de Middellandse Zee kregen kinderen zonder er boeken over te lezen: Nicole besloot hetzelfde te doen. Wanneer Laura met haar over de bevalling probeerde te praten, deed ze alsof ze luisterde, maar dacht intussen aan leuke dingen, zoals paarden en muziek. Ze moest eigenlijk haar koffer inpakken voor de kraamkliniek, maar stelde het uit. Alles zou dan zo echt hebben geleken en trouwens, ze had nog drie weken de tijd.

Laura moest naar Salisbury om inkopen te doen; Nicole had met haar mee willen gaan, maar het was te warm en de gedachte aan de zweterige, overvolle bus was ondraaglijk. Laura keek haar aandachtig aan en vroeg haar of ze zich goed voelde – de boodschappen konden tot morgen wachten – maar Nicole stelde haar glimlachend gerust. Ze vertelde Laura niet dat ze zich raar voelde – niet echt ziek, gewoon raar – en dat de pijn in haar rug erger was dan gewoonlijk. Een diepe, golvende pijn. Ze wuifde Laura na toen die de oprijlaan af liep en ging weer naar binnen, waar ze een poos ronddwaalde en ten slotte in de kinderkamer belandde, met de wieg en het badje en de kinderstoel. Ze vond dat de kamer er niet bepaald vrolijk uitzag en herinnerde zich het schilderij dat ze in Londen had gekocht. Ze haalde het uit haar la, sloeg een spijker in het pleisterwerk en hing het op. De prachtige kleuren, roze en oranje en goud, maakten de kamer lichter. In een oude kist op de overloop vond ze lappen stof – zijde en satijn en prachtig oud brokaat – en die drapeerde ze rond de wieg en over de gordijnroe. Vervolgens ging ze naar de tuin, plukte armen vol rozen en zette ze in vazen door de hele kamer.

Tegen de tijd dat ze klaar was, was de pijn in haar rug erger geworden. Toen ze de trap afdaalde, moest ze blijven staan en zich aan de leuning vasthouden terwijl de pijn zich samenbalde en kronkelde. Ze merkte dat haar buik bij elke pijnscheut hard werd. Ze begon zich af te vragen of er iets mis was. Op haar horloge kijkend zag ze dat het twaalf uur was; Laura had gezegd dat ze om drie uur thuis zou komen. Zich plotseling ontzettend eenzaam voelend, besloot ze de huishoudster te gaan zoeken. Van de ene kamer naar de andere sloffend en de trap op en neer lopend, kon ze haar niet vinden. In de eetkamer zag ze dat er voor één persoon gedekt was: een afgedekte schaal met koud kalfsvlees, hampastei en salade, plus een briefje met de woorden: 'Vla in provisiekast'. Ze was vergeten dat het de vrije dag van de huishoudster was.

Ze kon geen hap door haar keel krijgen; ze voelde zich misselijk. Ze was doodsbang dat de pijn iets te maken had met de baby. Ze wou dat ma er was, of Faith. Haar eenzaamheid, het besef dat niemand haar zou horen als ze riep, leek erger dan de pijn. Ze moest het lege, galmende huis ontvluchten en besloot haar gedachten af te leiden door de ramen maar weer eens te tellen. Buiten, in de middagzon, dwaalde ze om het huis heen terwijl Minette achter haar aan huppelde. Nicole telde heel zorgvuldig, vastbesloten het nu goed te doen. Toen ze, na de hele ronde te hebben gedaan, ontdekte dat er honderdzevenenvijftig ramen waren, een oneven aantal, maakte ze zichzelf wijs dat ze zich had verteld. Ze was vast een van de erkerramen vergeten, of dat grappige ronde raam van de zolderkamer. Ze begon opnieuw, spande haar ogen in, beschutte ze met haar vlakke hand tegen het zonlicht. De pijn was, op de ergste momenten, bijna ondraaglijk. Erger dan toen ze van haar paard was gevallen en haar arm had gebroken, erger dan het abces in haar tandvlees dat ze in Napels had gehad. Ze wilde huilen, maar dwong zichzelf door te tellen. Als de baby binnenkort zou komen, moest ze weten hoeveel ramen er waren.

Honderdvijfenvijftig, honderdzesenvijftig, honderdzevenenvijftig. Nicole stond naar boven te kijken, met haar handen om haar buik. Plotseling hoorde ze de auto op de oprijlaan en het knarsen van de banden toen hij op het grind tot stilstand kwam. Ze zag de bestuurder uitstappen en riep: 'David!'

Hij rende over het voorplein naar haar toe. 'Nicole, wat doe je in 's hemelsnaam buiten in deze hitte?'

Ze zei: 'Ik was de ramen aan het tellen.' Ze voelde zich slap.

'Je moet naar binnen.'

'Dat kan ik niet.' Ze klampte zich vast aan de oude klimop die langs de muur naar boven klom. 'David, er is iets verschrikkelijks aan de gang. Ik heb zo'n pijn.'

Hij zei heel zacht: 'Nicole, de bevalling is begonnen, dat is alles.' Toen sloeg hij zijn arm om haar heen en trok haar tegen zich aan. Na een paar minuten vroeg hij: 'Waar is je koffer?'

'Ik heb nog niets ingepakt.'

'Dat geeft niet. Ik geloof dat ik je beter meteen naar de kraamkliniek kan brengen. Kun je lopen?'

Ze zei: 'Ik denk het niet,' en hij tilde haar voorzichtig op in zijn armen en zette haar in de auto. Toen reed hij snel naar Salisbury.

In de kraamkliniek zetten ze haar in een rolstoel en duwden haar door lange, met keramiektegels geplaveide gangen. Ze wilde dat David bij haar bleef, maar dat vonden ze niet goed. De verpleegster mompelde afkeurend toen ze vertelde dat ze haar nachtspullen niet had meegebracht. Ze stopten haar in bad en trokken haar vervolgens een foeilelijke ziekenhuisnachtjapon aan en deden daarna onuitspre-kelijke dingen met haar. Toen ze tegen hen uitviel, gaven ze haar een standje. Er kwam een dokter die haar betastte en begluurde en nog meer vernederende dingen deed. Toen hij klaar was zei hij opgewekt: 'Nou, we hebben nog een paar uur de tijd, mevrouw Kemp, maar tegen de ochtend moet de baby er zijn.'

Ze keek op de klok. Halfzes in de namiddag. Ze vond het onmo-gelijk te geloven dat dit nog veel langer kon doorgaan. Haar lichaam voelde aan alsof het doormidden werd gescheurd. Alleengelaten in het koude, hoge bed keek ze hoe de wijzers langzaam rondgingen. Lange tijd was er niemand bij haar, maar toen ze ten slotte opnieuw begon te roepen en te tieren, kwam er een verpleegster binnenstui-ven, die vinnig zei: 'Uw man zit op de gang, mevrouw Kemp. U wilt toch zeker niet dat hij u zo tekeer hoort gaan?'

Daarna hield ze zich stil. Mulgrave-regels, dacht ze: laat nooit merken dat het je iets doet. De pijn was erger dan ze zich ooit had kunnen voorstellen, maar ze gaf geen kik meer. Ze vroeg niet meer om David; ze keek niet meer op de klok; ten slotte voelde ze de pijn zelfs niet meer. Dokters en verpleegsters redderden om haar heen, maar ze schonk geen aandacht aan hen en toen ze een zuurstof-masker op haar gezicht zetten, zonk ze weg naar een donkere, stille plek in zichzelf, waar haar bewustzijn op en neer golfde. Soms was ze in deze huiveringwekkende kraamkliniek en soms was ze op La Rouilly, roeide met Faith, Jake en Guy op de ronde, groene plas.

Het werd al ochtend toen haar kind werd geboren. Ze scheurden het uit haar met een metalen tang. Nicole hoorde een klap en gehuil en toen sloot ze haar ogen en ontsnapte.

Guy stond buiten de ambulancepost op haar te wachten. Faith zag hem pas toen hij uit de schaduw naar voren stapte. Hij zei: 'Faith. In gods-naam. Ik heb de hele middag naar je gezocht. Waar ben je geweest?'

Ze haalde haar schouders op. 'Overal en nergens.' Ze kon het zich niet precies meer herinneren. Ze herinnerde zich echter wel elk woord van het gesprek die ochtend met Eleanor.

215

Ze probeerde van hem weg te lopen, het gebouw in, maar hij pakte haar bij de arm.

'Ik moet met je praten.'

'Laat me los, Guy.' Met haar rug naar hem toe bleef ze staan.

'Ik zei: ik moet met je praten.' Een van de meisjes van Faiths ploeg, dat het gebouw binnenkwam, staarde hen aan.

'Ik moet naar mijn werk. Het is zes uur.'

Een ogenblik lang keek Guy volkomen verslagen. Zijn hand viel langs zijn lichaam en hij leunde met zijn schouders tegen de gepleisterde muur van het portiek en zei: 'Faith. Alsjeblieft. Waarom wil je niet met me praten?'

Eleanors stem klonk in haar hoofd. *Guy weet hoe afhankelijk je van hem bent. Hij voelt zich verplicht aardig voor je te zijn.* Ze haalde haar schouders op.

'Waar wil je over praten, Guy?'

'Niet hier.' Mensen drongen zich langs hen heen, de ambulancepost in en uit.

'Je hoeft je over mij namelijk geen zorgen te maken.' Ze dwong zichzelf te glimlachen, hoewel ze meer dan vierentwintig uur niet had geslapen en zich duizelig voelde van vermoeidheid. 'Je hoeft niet het gevoel te hebben dat je op me moet passen, Guy. Je bent ons niets schuldig.' Haar stem klonk onnatuurlijk helder. 'We redden ons allemaal uitstekend.'

Hij keek haar niet-begrijpend aan. Toen zei hij: 'Ik weet bij gód niet waar je het over hebt, maar als je me niet vijf minuten van je tijd geeft, onder vier ogen, steek ik dit gebouw in de fik.'

Hij haalde zijn aansteker uit zijn zak en knipte hem aan. Ze mompelde: 'Goeie god,' en dacht snel na. Er was een kleine binnenplaats achter de ambulancepost, vol vuilnisbakken, zandzakken en brandemmers. Daar nam ze hem mee naar toe en ging op een stapel zandzakken zitten. Het was weer begonnen te regenen.

Hij zei: 'Ik wilde je iets vragen.' Hij had zijn kraag opgezet; regendruppels gleden langs zijn neus. 'Ik had gisteren met je willen praten, maar dat lukte niet vanwege de anderen.'

Voor het eerst die avond keek ze hem echt aan. Hij had zich niet geschoren en er lagen donkere schaduwen onder zijn ogen.

'Wat wilde je me vragen, Guy?'

'Ik moet weten wat je voor me voelt.' Zijn stem klonk kortaf.

Faith legde haar handen om haar hoofd. Ze dacht aan Jake, Ralph, Poppy, haar verschrikkelijke gesprek met Eleanor, de hele onontwarbare chaos en voelde zich uitgeput.

'Duidelijker kan ik niet zijn,' zei hij en ze wist, bij het zien van zijn donkere, boze gezicht, dat Eleanor de waarheid had gezegd en dat ze voor Guy een onaangename, uitputtende last was geworden.

Hij zei: 'Ik wil weten of we nog steeds gewoon vrienden zijn – een soort broer en zus –'

Ze haalde haar schouders op, bijna niet tot spreken in staat. Tranen prikten achter haar ogen en regen sijpelde in haar kraag. 'Ik heb je nooit iets willen vragen, Guy.' Haar stem beefde. 'Ik weet dat, toen de hond... en toen ik ziek was... en in La Rouilly, toen die slang me had gebeten... maar als je bent gaan denken dat je verplicht bent aardig voor me te zijn, dan denk ik echt dat...'

Hij spreidde zijn armen en riep: 'Wat bazel je in godsnaam, mens? Ik probeer je te vertellen dat ik van je hou!'

Faith staarde hem aan. Na een poos fluisterde ze: 'Pardon?'

Iemand klopte op het raam en riep: 'Mulgrave! In jezusnaam. Het is tien over!' Ze zag iets wits bewegen achter het raam.

Ze zei: 'Zeg dat nog eens, Guy.' Ze keek hem met grote ogen aan en haar stem klonk zacht en dringend toen ze herhaalde: 'Zeg dat nog eens. Ik moet je het opnieuw horen zeggen.'

'Ik hou van je, Faith.' De woede scheen uit hem weg te glijden en zijn stem klonk smekend, weerloos. 'Ik heb verdomd veel tijd nodig gehad om het te beseffen – ik ben een ongelooflijke ezel geweest – maar ik hou van je.'

Ze was zich bewust van een immense opluchting. Eleanor had het mis gehad. De wanordelijke, door Eleanor gemaakte puzzelstukken vielen op hun plaats. Ze staarde naar het patroon en vroeg zich af of het zou verschuiven, opnieuw veranderen. Guy was niet uit plichtsbesef naar haar toe gekomen, maar omdat hij van haar hield. Haar hart verhief zich en vloog op.

Hij wreef met gespreide vingers over zijn gezicht en zei: 'Maar ik heb er geen idee van wat jij voor mij voelt.' Zijn stem klonk gekweld. 'Ik geloof dat je om me geeft – maar ik weet niet hoevéél je om me geeft.'

Ze dacht: *Ik geloof dat ik al van je hou sinds ik elf was, Guy. Ik hou al van je sinds ik de keuken van La Rouilly binnenkwam en je*

voor het eerst zag, je schoenen helemaal onder het stof en je ogen die
oplichtten toen je naar me glimlachte. Er is geen moment geweest
dat ik niet, op de een of andere manier, van je heb gehouden.
De raamkruk rammelde; knokkels roffelden op het glas. Hij zei:
'Weet je, ik heb er de hele dag over nagedacht. Ik heb niets anders
gedaan dan erover nadenken.' Hij probeerde te glimlachen. 'Ik heb
verdorie vanmorgen bijna de verkeerde arm in het gips gezet.' Hij
zag er uitgeput uit. Zijn ogen waren donker en roodomrand. 'Hou je
van me, Faith? Zou je een beetje van me kunnen houden?'

Ze liep naar hem toe en legde haar hoofd tegen zijn borst. 'Natuurlijk hou ik van je, idioot,' zei ze zacht. 'Hoe zou ik níét van je
kunnen houden?' Een gesmoord kreunen en toen sloeg hij zijn armen
om haar heen en kuste haar kruin. Ze dacht dat mensen momenten
van volmaakt geluk dikwijls pas herkennen als ze voorbij zijn, maar
dat ze niettemin wisten dat dit moment volmaakt was. Ze zou er niets
aan veranderd hebben; ze zou niet het druppelen van de regenpijp
hebben veranderd waardoor zich een plas vormde onder hun voeten,
of zijn stoppelbaard tegen haar wang toen hij haar kuste. Alleen toen
ze dacht: *Eleanor*, verduisterde het moment even en werd dof aan de
randen. Maar toen deed ze haar ogen dicht en concentreerde zich op
de warmte van zijn armen om haar heen en de opperste verrukking
van zijn aanwezigheid.

De kruk rammelde weer. Een hoofd werd naar buiten gestoken.
'Voorraadcontrole, Mulgrave. Looppas.' Nieuwsgierige ogen staarden
eerst naar Guy, toen naar Faith. 'Nú, Mulgrave. Of Deakin scheurt je
aan reepjes en verkoopt je botten om er lijm van te maken.'

Juffrouw Deakin was het hoofd. Faith mompelde: 'Ik moet gaan,
Guy,' maar toen ze naar de voordeur rende, hoorde ze hem roepen:
'Ik kan zo niet doorgaan. Ik kan niet met een leugen leven.' Hij haal-
de haar in, pakte haar bij haar schouders en trok haar tegen zich aan.

Haar ademhaling deed pijn in haar borst, alsof ze een heel eind
had gerend. Ze zei: 'Morgenochtend in het park – ik wacht op je
onder de lindeboom, Guy, om halfnegen. Onder de linde.'

Faith was blij dat juffrouw Deakin, het hoofd, net die avond had uitgekozen om de hele voorraad van de post te controleren. Potloden
tellend en verband controlerend had ze weinig tijd om na te denken.
Toen ze door de ambulance kroop, op zoek naar een ontbrekende

218

oliekan, leidde de pijn in haar knieën haar af van de herinnering aan Guy's omhelzing. Het gevit van juffrouw Deakin wiste voor even haar herinnering aan de haat in Eleanors stem uit.

Om zes uur liep haar dienst af en ze ging naar huis. Het was er koud en donker. Ze riep: 'Rufus? Jake?' maar er kwam geen antwoord. Terwijl ze door het hele huis liep en deuren van lege kamers opengooide, werd ze heen en weer geslingerd tussen vervoering en wanhoop. Herinneringen, half afgemaakte zinnen, incomplete gedachteflarden zweefden door haar hoofd. Ze wist dat ze moest gaan liggen, maar kon het niet; niet in staat rust te vinden bleef ze van de ene kamer naar de andere dwalen. Ze probeerde zich te herinneren hoe lang het geleden was dat ze had geslapen, maar raakte de tel kwijt toen ze de uren optelde. Dagen, dacht ze. Ze keek op haar horloge. Het was halfacht.

In haar slaapkamer opende ze een la en staarde naar de inhoud. Haar kleren, haar jurken, sjaals en baretten, waren netjes opgevouwen; keurige, kleurige herinneringen aan vroeger. Ze raakte de Douillet-japon aan, liet de rug van haar hand over de zijdezachte plooien glijden. Zou ze, in deze jurk misschien, nog een keer met Guy over een strand lopen? Zou ze, gekleed in haar blauwgroene Schiaparelli, met hem dineren, tegen een achtergrond van kaarsen en zachte muziek? Voorzichtig haalde ze de blauwtje-jurk uit de la. Zou hij al die kleine parelmoeren knoopjes losmaken? Zou hij deze jurk van haar blote schouders laten glijden en op de grond laten vallen, een plas van lilablauwe crêpe de Chine?

Ze ging op de rand van het bed zitten, met de jurk als een baby in haar armen. Ze hield zichzelf koel voor dat ze, als ze Guy als minnaar nam, niet veel beter was dan Linda Forrester. Ze zou de familie Neville hetzelfde aandoen als Linda de Mulgraves had aangedaan. Ze rilde toen ze terugdacht aan de haat die ze de ochtend tevoren in Eleanors ogen had gezien. Als ze Guy's minnares werd, zou ze die haat verdienen. Ze dacht aan Ralph met Linda Forrester en trok haar knieën op tot haar kin en sloeg haar armen om zich heen om het beven te stoppen. Kon ze Eleanor vernederen zoals Linda Forrester Poppy had vernederd? Haar ogen sluitend en ademend in de naar lavendel geurende plooien van de jurk besefte Faith dat ze het kon. Slechts een ogenblik haatte ze zichzelf. Ze keek opnieuw op haar horloge. Tien over acht. Als ze om halfnegen in het park wilde zijn, moest ze nu vertrekken.

219

Ze stond bijna op om de kamer uit te lopen. Maar toen herinnerde ze zich hoe ze naast Guy in de kinderkamer in het huis in Malt Street had gestaan en naar het slapende kind in de wieg had gekeken. De fijne, volmaakte trekken van de baby, de liefde in Guy's ogen. Hoe moest het met Oliver? Ze mocht zich dan niet langer druk maken over Eleanors mening over haar, maar kon ze Guy weghalen van zijn zoontje? Kon ze een onschuldig kind kwetsen?

De euforie van de voorgaande avond vervaagde en ze zag alleen nog het enorme onrecht dat het gevolg zou zijn wanneer ze Guy's minnares werd. Ze dwong zichzelf terug te denken aan alles wat Eleanor tegen haar had gezegd. *Hij heeft zekerheid en regelmaat nodig... als hij alles zou opgeven wat ik hem gegeven heb, zou dat het einde voor hem betekenen.* Ze herinnerde zich Guy op La Rouilly: de keurig opgevouwen kleren in zijn rugzak, de aandacht en precisie waarmee hij de kip had geslacht. Ze had die allereerste dag beseft dat hij anders was, dat hij geen Mulgrave was, dat hij andere regels hanteerde. Dat had deel uitgemaakt van zijn charme. Ze beet op haar nagels en dacht: *Eleanor heeft gelijk, Eleanor zei de waarheid.* Eleanor mocht dan misschien niet van Guy houden, ze begreep hem wel en had hem iets te bieden: het soort gelijkmatige, ordelijke bestaan dat hem in staat zou stellen het werk waarvan hij hield voort te zetten.

Niemand van ons is gelijkmatig of ordelijk, dacht ze verbitterd. We blunderen door het leven, onverschillig voor het effect dat we hebben op anderen. De jurk gleed onopgemerkt op de grond en Faith legde haar kloppende voorhoofd op haar knieën. Ze dacht aan Nicole, haar buik gezwollen door haar zwangerschap, die haar vertelde dat ze niet zeker meer wist of ze van David hield. En in een vlaag van paniek dacht ze aan Jake. Zijn wegblijven maakte haar bang. Toen ze de onderdrukte agressie in zijn ogen herinnerde terwijl hij zei: *Ik probeer de dingen op een rijtje te zetten. Ik probeer een doordachte afweging van de feiten te maken,* voelde ze zich misselijk worden van angst.

Ze dacht: we vallen uiteen. We hebben nooit erg diepe wortels gehad en de paar die we hadden zijn weggehakt. De desintegratie die vorig jaar in Frankrijk was begonnen, was versneld en werd onbeheersbaar. Zekerheden die Faith vroeger vanzelfsprekend had gevonden, leken nu onder druk te staan. Het huwelijk van haar ouders. Nicoles relatie met David. Jakes liefde voor zijn vader. De gevolgen van hun vlucht uit Frankrijk dreunden na, verwoestend en verdelend. Ze was weleens bang geweest voor de bommen, maar het bezwijken van de vertrouwde grenzen van haar leven beangstigde haar meer. Er bestond voor haar maar één veilige plek. Ze herinnerde zich de lindeboom en de blaadjes die in de hitte naar beneden dwarrelden. 'En ík dan?' zei ze hardop. Voor haar familie kon ze niets doen, maar ze kon een beetje geluk voor zichzelf redden. Ze werd overvallen door een gevoel van haast. Toen ze op haar horloge keek was het al vijf over halfnegen. Ze moest zich haasten.

Ze rende de trap af, griste een jasje van de haak, schoof haar voeten in het eerste het beste paar schoenen. Ze kon haar huissleutel niet vinden. Misschien heb ik hem niet nodig, dacht ze. Misschien kom ik niet terug. Ze gooide de deur open.

Ze zag een vertrouwde gestalte de hoek van de straat om komen. Niet Guy. Of Jake. Maar Poppy.

Ze wist, toen ze Poppy zag, dat ze te lang had gewacht, dat ze het te lang had laten liggen. Eerst dacht ze: ze weet het. Ma weet het van pa. De ochtendzon verblindde haar. Haar onnatuurlijke rusteloosheid loste op en ze voelde zich leeg van vermoeidheid en leunde wachtend tegen de deurstijl. Poppy keek op.

'O, Fáíth!' riep ze. Ze had snel gelopen en hapte naar adem. 'Faith, verschrikkelijk nieuws.'

Ze fluisterde: 'Pa...?' maar Poppy staarde haar slechts aan, verdoofd, haar ogen donkere poelen in een krijtwit gezicht, en schudde haar hoofd.

'Ik heb een telegram gekregen van David.' Poppy's stem trilde. 'Nicole heeft een dochtertje.'

Faith kon niets zeggen. Angst trok als een kleine, harde bal samen in haar maag.

'Het kind is heel klein en zwak,' zei Poppy. 'En Nicole is heel erg ziek. O, Faith, ze zijn bang dat ze doodgaat.'

Hij wachtte tot twaalf uur. De bladeren van de lindeboom trilden in de hitte; blaadjes dwarrelden als kleine parachuutjes naar de grond. Toen hij zeker wist dat ze niet zou komen, liep hij naar haar huis in Islington. Rufus Foxwell deed open. Ze is weg, vertelde Rufus hem, ze heeft niet gezegd waarheen.

Guy keerde terug naar Holland Square. Tijdens het wachten in het park was blijdschap overgegaan in verbijstering; nu echter werd hij aangegrepen door wanhoop. De weg naar huis was versperd door de hopen puin op de trottoirs en de afgezette stukken in de schaduw van de door bommen beschadigde gebouwen. Aan de voet van hoog oprijzende massa's stenen en cement naar boven kijkend, bedacht hij dat geen ervan zo wankel was als de liefde.

9

Poppy bleef twee weken op Compton Deverall en ging toen terug naar Heronsmead. Tegen die tijd was Nicole buiten gevaar en kon Poppy tegenover zichzelf toegeven dat, hoewel Laura en David Kemp heel gastvrij waren geweest – ze hadden hun uiterste best gedaan om te zorgen dat het haar aan niets ontbrak – ze zich in hun huis niet op haar gemak had gevoeld. Poppy vond dat zowel de Kemps als hun mooie huis een manier van leven vertegenwoordigden waarvoor ze zelf ooit had kunnen kiezen. Haar opwelling op een strand in Deauville, twintig jaar geleden, en het verstrijken van de tijd hadden die manier van leven ontoegankelijk voor haar gemaakt. Lang geleden was zij, een Vanburgh, de gelijke geweest van de Kemps; nu was ze een uitgestotene, een vagebond. Haar haren, haar kleren waren, zelfs in deze tijd van schaarste, verkeerd. Soms had ze moeite om eraan te denken het juiste bestek te gebruiken; soms dacht ze dat zelfs haar manier van spreken haar verraadde. Ralph zou het niet hebben gemerkt, maar zij, die bij mensen zoals deze had gehoord, merkte het wel.

Zodra Nicole voldoende hersteld was om de kraamkliniek te verlaten, besloot Poppy naar huis te gaan. Faith en Laura zouden voor Nicole en de baby zorgen; het was niet nodig dat ze bleef. Hoewel Elizabeth een verrukkelijk, donker klein ding was, aarzelde Poppy om haar kleindochter in haar hart te sluiten. Angst voor verlies, onderkende ze, waarschuwde haar tegen beminnen. Vijf jaar geleden was haar vierde kind gestorven; in de zomer van 1940 was ze gedwongen geweest uit Frankrijk te vertrekken zonder haar overgeble-

223

ven zoon. Toen het telegram was gekomen waarin haar werd verteld over de moeilijke geboorte van Elizabeth en Nicoles ziekte, had ze uit het raam zitten staren. Ze was met de trein naar Londen gegaan om Faith op te halen, vervuld van angst dat ze zowel haar dochter als haar kleindochter zou verliezen.

In de berm uitpuffend, zette Poppy haar koffer neer en haalde diep adem. Het vlakke landschap strekte zich aan weerszijden van de smalle weg uit. In de verte glinsterde de zee, een smalle strook. September was nog maar net begonnen, maar Poppy had het gevoel dat de herfst het land al had beroerd, dat het najaar zichtbaar was in de trillende zaadknoppen van het riet en voelbaar in de kilte van de wind. Ze had het enige levende wezen kunnen zijn in deze vlakke, zinderende wereld.

Ze probeerde zich te herinneren wanneer ze Ralph het laatst had gezien. Meer dan een maand geleden, realiseerde ze zich. Hij was enkele weken voor Elizabeths geboorte naar Londen gegaan en tijdens de veertien dagen dat Nicole in levensgevaar was geweest, had niemand hem kunnen opsporen. Van alles wat Ralph had misdaan, dacht Poppy, kon ze hem dit het moeilijkst vergeven. Hoewel Nicole altijd zijn lieveling was geweest, hoewel hij haar als kind had verwend en vertroeteld, was Ralph er niet geweest toen Nicole hem het meest nodig had.

Ze begon weer te lopen. Ze kon in de verte het dorp zien, de torenspits en haar eigen huisje, op de grens van gehucht en veen. Plotseling verlangde ze ernaar thuis te zijn, omsloten door die vertrouwde vuurstenen muren, vuur te maken in de haard in de huiskamer, de deur dicht te doen, de wereld buiten te sluiten. Ze was asociaal geworden, dacht ze. Uitgerekend zij, jarenlang omringd door mensen, verlangde er nu naar alleen te zijn met haar misère en haar woede, om ze in eenzaamheid te koesteren.

Haar schouders deden pijn door het gewicht van haar koffer toen ze het doorploegde pad van de weg naar het huis insloeg. Ze glimlachte mat toen ze het hek opende. De vlekkerige muren van het huisje, de wemelende rietkragen erachter, de weemoedige roep van de wulp, alles leek haar te verwelkomen. Eenmaal binnen zette ze de koffer met een zucht van verlichting neer en gooide haar hoed en handschoenen op een stoel.

Ze wilde net water opzetten, toen ze voetstappen achter zich hoorde. Toen ze zich omdraaide, zag ze Ralph in de deuropening staan. Hij zag er nog verfomfaaider uit dan gewoonlijk; zijn jaszak was losgeraakt van de rest van de stof en de zool van een van zijn schoenen hing los, het leek net een open vissenbek.

Hij zei snel: 'Hoe is het met haar? Zeg dat alles goed is.'

Ze keek hem koel aan. 'Ik neem aan dat je het over Nicole hebt.'

'In godsnaam, Poppy... ik ben buiten mezelf geweest van angst.' Er lag een verwilderde blik in zijn ogen.

Ze pakte het theeblik. 'Maar niet bezorgd genoeg om te komen,' zei ze.

'Ik heb het vanmorgen pas gehoord. Ik ben gisteravond hier geweest. Je was weg... je had geen briefje achtergelaten... vanmorgen kwam dat verdomde nieuwsgierige mens van de pastorie aan de deur en vertelde wat er gebeurd was... vond het geweldig me te vertellen dat mijn dochter op sterven lag. Ik heb geprobeerd te bellen, maar die verrekte telefoondraden zijn weer eens gebroken.' Hij pakte haar arm. 'In jezusnaam, Poppy... zeg dat ze niet... dat ze niet...'

Ze zag dat hij tranen in zijn ogen had. Ze zei: 'Nicole is aan de beterende hand. Ze hebben haar naar huis laten gaan, maar ze is nog erg zwak.'

Terwijl ze zich losmaakte, hoorde ze hem fluisteren: 'Goddank. Goddank.'

Ze schonk kokend water in de theepot. 'Waar was je, Ralph? Waarom ben je niet gekomen? Er gaan treinen.'

Hij mompelde: 'Ik was door mijn geld heen.'

Hij ziet eruit als een bedelaar, dacht ze. Ze zei koel: 'Hoeveel heb je, Ralph?'

'Een shilling en drie pence,' bekende hij. 'Ik heb een lift moeten bietsen. Ik lift al de hele week.' Er lag een verloren, radeloze blik in zijn ogen.

Ze siste: 'Waar heb je gezéten?'

'Och, overal en nergens,' mompelde hij.

Ze dacht: *Je bent bij haar geweest.* Haar haat maakte haar duizelig.

'Ik dacht, ik ga naar huis.' Aarzelend legde hij zijn hand op haar schouder. 'Ik heb me een beetje in de nesten gewerkt, Pops.'

Ik heb me een beetje in de nesten gewerkt, Pops. Ze werd, dacht ze, verondersteld hem te vergeven, hem te kussen, met hem te vrijen. Zoals ze altijd had gedaan.

225

'Ik heb hoofdpijn,' zei Poppy. Ze maakte zich los, niet in staat zijn nabijheid te verdragen. 'Ik drink mijn thee op bed. Ik weet zeker dat, als je maar goed genoeg zoekt, je best iets te eten zult vinden.'

Achteraf dacht Faith vaak dat, als Nicole die eerste paar weken niet zo ziek was geweest, ze haar dochter misschien had leren kennen, had kunnen leren van haar te houden. Zoals het nu was, lag ze grauw en stil in de kraamkliniek en zat later, op Compton Deverall, tegen een half dozijn kussens in bed en staarde, met Minette onder een arm, uit het raam. Faith of Laura voedde de baby, deed haar in bad, wiegde haar.

Elizabeth had fijn, donker haar, zeeblauwe ogen en een lichte, doorschijnende huid. Ze was, vond Faith, volmaakt. Ze huilde zelden, werd prompt om de vier uur wakker voor haar voeding en onderging lijdzaam de onhandigheid van haar tante. Ze was opgewekt van aard, glimlachte toen ze zes en lachte toen ze acht weken oud was. Faith was dol op haar. Elizabeth vulde enkele van de leemten in haar hart die het verlaten van Guy had veroorzaakt.

David keerde naar Compton Deverall terug toen zijn dochter twee maanden oud was. Faith ging met Elizabeth wandelen in de kinderwagen terwijl David bij Nicole bleef. Ze keerde door het bos terug toen ze hem op het pad zag staan en ze wuifde.

Hij rende op haar af. 'Kom, laat mij maar.' Hij pakte het handvat van de grote Silver Cross-kinderwagen en duwde. 'Erg dapper van je, Faith, om met dit ding tussen de konijnenholen door te laveren.'

'Het is bijna net zo erg als de ambulance rijden,' beaamde ze.

Hij keek haar aan. 'Ga je ermee door?'

Ze schudde haar hoofd. 'Ik heb ontslag genomen. Ik heb het ze een paar weken geleden verteld.'

Een windvlaag rukte enkele goudbruine bladeren van de beukenbomen. David zei: 'Ik geloof dat dit voor mij de mooiste tijd van het jaar is.'

'De bomen zien er inderdaad grandioos uit.'

'De herfst staat het huis goed, vind je ook niet? De zomer is te voortvarend voor zo'n schoonheid op leeftijd.'

Ze lachte. Hij duwde enige tijd en zei toen: 'Ze ziet er beter uit, vind je ook niet?'

'Nicole?' Zijn angst was te lezen in zijn ogen. Faith zei resoluut: 'Nicole is bijna beter. Ze vertelde me gisteren dat ze zich verveelde.'

'Die nacht – de nacht dat Elizabeth werd geboren – ik denk niet dat ik veel van zulke nachten zou overleven.'

Ze keek hem aan en zei spottend: 'David, je bent bijna compleet grijs.'

'Ik weet het.' Hij streek quasi-zielig met zijn hand door zijn haren.

Ze verlieten de beschutting van de bomen. 'Ik denk,' zei Faith, 'dat ik eind deze week wegga.'

'Dan al? Faith, je kunt blijven zo lang je wilt – je moet niet het gevoel krijgen dat, omdat ik thuisgekomen ben...'

Ze schudde haar hoofd. 'Dat is het punt niet. Het is gewoon omdat Nicole nu beter is en Lizzie voor zichzelf zal willen hebben.'

Maar ze verzweeg de waarheid. Ze wilde gaan omdat, als zij weg was, Nicole wel aan haar dochter zou móéten wennen. Zolang ze bleef kon Nicole doen alsof het niet haar kind was, alsof Elizabeth niet bestond.

'We zullen het jammer vinden je kwijt te raken,' zei David, 'maar je hebt natuurlijk je eigen leven.'

'Dat zal wel.' Ze herinnerde zich hoe ze in Mahonia Road op haar slaapkamer had gezeten, met de blauwtje-jurk op haar schoot, en probeerde te besluiten of ze wel of niet naar Guy zou gaan. De komst van Poppy en Nicoles ziekte hadden haar ten slotte de beslissing uit handen genomen. Dag en nacht probeerde ze zichzelf ervan te overtuigen dat die beslissing de juiste was geweest. Ze had Guy sindsdien niet geschreven of gebeld.

'Ga je terug naar Londen?'

Faith schudde haar hoofd. 'Ik heb eerlijk gezegd geen flauw idee wat ik ga doen. Ik pieker er al weken over. Misschien dat ik in dienst ga. Zie je mij al in kaki, David, tanks reparerend?'

Hij lachte. 'Misschien niet. Hoewel ik ervan overtuigd ben dat je alles kunt wat je zult kiezen.'

'Het is het kiezen dat zo moeilijk is, nietwaar?' Ze zuchtte. 'Ik weet alleen wat ik níét wil. Jij schijnt alles op een rijtje te hebben, David. Hoe ben jij tot een besluit gekomen?'

'Voor mij was het makkelijk. Ik ging naar Marlborough omdat mijn vader daar ook had gezeten en ik ging naar Oxford omdat dat zo hoorde enzovoort.' Hij keek haar aan. 'Wat voor dingen doe je graag?'

227

Ze mocht David graag; hij was zo geruststellend verstandig, intelligent en standvastig. Ze dacht even na.

'Ik ben graag bezig. Ik heb een hekel aan stilzitten. Ik... o, ik beslis dingen graag zelf.'

Ze waren in de tuin aangekomen. Faith ging op een stenen bank zitten; David wiegde de kinderwagen terwijl Elizabeth sliep. 'Zie je,' legde ze uit, 'ik ben nooit naar school geweest. Ik ben bang, als ze me vragen wat voor diploma's ik heb en ik ze vertel dat ik geen enkel diploma heb, dat niemand me dan zal willen hebben. Dat is Jake overkomen, min of meer.'

'Jake?'

Ze knikte. 'Hij verveelt zich dood en zit altijd in de problemen. Er is iets... iets afschuwelijks gebeurd in Londen, vlak voordat Elizabeth werd geboren, en ik ben bang...' Ze zweeg.

'Zeg het maar.' Zijn stem klonk teder.

Ze schudde haar hoofd. 'Ik had er eigenlijk niets over willen zeggen. Het is niet erg vleiend voor mijn familie.' Ze glimlachte naar hem. 'Je hebt er slag van om mensen hun hart te laten uitstorten, David. Je zou een uitstekende folteraar zijn.'

Hij lachte. 'Laat ik het maar als een compliment opvatten. In elk geval – Jake...'

'Hij zit in het leger, zoals je weet, maar hij verveelt zich er dood. Dus haalt hij gekke streken uit en werkt zich in de nesten en ik weet zeker dat hij nog eens voor de krijgsraad komt en bij zonsopgang wordt terechtgesteld.'

'Tegenwoordig eerder strafexercitie of piepers jassen, vrees ik.'

'Hij is eigenlijk heel aardig, weet je. Jake heeft het gewoon nodig dat iemand hem nodig heeft.'

Hij keek haar aan. 'Je broer spreekt vloeiend Frans, is het niet?'

'En Italiaans, en Spaans. Wij allemaal.'

David keek boos. 'Niet te geloven dat zulke nuttige mensen nog steeds door het net glippen. Luister, Faith, maak je geen zorgen. Ik zal eens zien wat ik voor Jake kan doen.'

Elizabeth begon te dreinen. 'Het begint koud te worden,' zei David. De zon was al aan het ondergaan. Hij begon de kinderwagen over het gazon te duwen. 'Ik kan haar maar beter naar binnen brengen.' Hij keek over zijn schouder. 'En jij zou eens over het landarbeidersleger moeten denken. Misschien iets voor jou, Faith.'

Faith vertelde Nicole dat ze aan het eind van die week uit Compton Deverall zou vertrekken. Nicole keek wanhopig.

'Maar wat moet ik dan dóén?'

Ze waren in de zitkamer, die uitkeek op het gazon en de bossen. Faith zei resoluut: 'Je gaat alle dingen doen die je gewoonlijk doet. Paardrijden... en lezen... en...'

'Ik heb elk leesbaar boek in de bibliotheek al uit. Er staan alleen nog afschuwelijke dingen zoals Coopers *History of Wiltshire*. Trouwens, ik bedoelde: wat moet ik met de báby?'

'Elizabeth,' zei Faith. 'Ze heeft een naam. Elizabeth.'

'Ik weet het.' Nicole zuchtte. 'Ik heb hem niet gekozen. Zo afgezaagd.'

'Ik vind het een mooie naam. Elizabeth Anne Kemp. Op een leuke manier ouderwets. Degelijk ook.'

Nicole stond op van de sofa en liep naar het raam. 'Ik had het Edward willen noemen, naar Davids vader. Met als tweede voornaam Fitzwilliam, naar meneer Darcy, je weet wel, uit *Trots en vooroordeel* van Jane Austen. Dat zou pas mooi geweest zijn, lijkt je ook niet?' Ze trok strepen over de ruit. 'Ze had een jongen moeten zijn, snap je.'

Faith zei aarzelend: 'Misschien later...'

'Nee. Nooit. Ik zal nooit meer een kind krijgen. Het was allemaal zo ongelooflijk afschuwelijk. Dus je snapt, het had een jongen moeten zijn. David heeft een zoon nodig.'

'David aanbidt Elizabeth.'

'Meisjes zetten de familienaam niet voort, wel? Dus heb ik hem teleurgesteld. Er wonen al Kemps op Compton Deverall sinds de zestiende eeuw. En nu, door mijn toedoen, zijn er geen meer.'

'Je moet Elizabeth leren kennen. Als je wat tijd aan haar zou besteden, zul je van haar houden en de rest zou onbelangrijk zijn.'

Nicole streek neer op een vensterbank. 'Maar ze is zo saai, Faith.' Ze zuchtte. 'Ik probeer het, ik probeer het echt. Ik voed haar en ze valt in slaap. Ik zing voor haar en ze valt in slaap. Ik liet haar het schilderij zien dat ik laatst voor haar heb gekocht en ze had er geen enkele belangstelling voor.'

'Ze is veel te jong om iets om zulke dingen te geven.'

'Dan mag iemand anders op haar passen tot ze ouder is,' zei Nicole resoluut. 'Ik zal haar later aardig vinden, als ze leuker is, ik weet het zeker. Het is alleen maar dat ze nu zo ongelooflijk saai is. Honden zijn interessanter, niet dan? Met een hond kun je tenminste spelen.'

Faith voelde zich verslagen. Ze probeerde het nog één keer. 'Als je voor haar zou leren zorgen...'

'Faith, je weet dat ik twee linkerhanden heb als ik voor haar moest zorgen.' Nicole glimlachte. 'Ik zou vergeten dat ik haar had en haar in de bus laten liggen of zo. Dat weet je best.'

'Maar...'

'Laura zal voor haar zorgen. Laura vindt haar lief. Wat mij betreft, ik zal haar stapels cadeautjes sturen en als ze oud genoeg is, neem ik haar mee naar de schouwburg en de opera. En jij zoekt mooie jurken voor haar uit en Jake leert haar roeien en schieten.'

Faith dacht, Nicole aankijkend, dat de afgelopen twee maanden haar enorm hadden veranderd. Ze was magerder, nog langer en de fijne botten en beenderen van haar gezicht schemerden bijna door haar bleke huid heen.

'Wat zijn je plannen, Nicole?'

'Ik ga een poos weg. Je weet dat ik het niet lang op dezelfde plek kan uithouden. Ik dacht dat ik het leuk zou vinden in iets zoals dit te wonen – iets ouds, iets met een verleden – maar ik schijn er niet aan te kunnen wennen. Het benauwt me.' Haar stem klonk kalm en zakelijk. De veranderingen in Nicole waren niet alleen uiterlijk, dacht Faith; de ervaring van het baren en de dood in de ogen zien had haar eindelijk volwassen gemaakt.

'Waar ga je heen?'

'Om te beginnen naar Londen, dacht ik. Er zijn massa's mensen in Londen.'

Er zijn massa's mensen in Londen. Ze praatte, dacht Faith, net als Ralph. 'En David...?'

'Ik zal altijd van David houden. Ik wil alleen maar het beste voor hem.' Nicole liet zich van de vensterbank glijden. 'Ik kom terug, Faith, je zult het zien. Je hoeft je echt geen zorgen te maken.'

De maand daarna vertrok Nicole van Compton Deverall. Faith had zich intussen aangemeld bij het landarbeidstersleger en David was teruggekeerd naar zijn geheimzinnige werk. Nicole had tegen Laura gezegd dat ze naar Londen ging om luiers voor de baby en nieuwe kleren voor zichzelf te kopen. Ze was magerder dan vóór de zwangerschap en niets paste. Laura gaf haar al haar kledingbonnen en beval een vrouw in Edgeware Road aan, die van onooglijke lappen stof prachtige jurken maakte. Nicole omhelsde haar, kuste Elizabeth en nam de trein.

Eenmaal op reis voelde ze zich, zoals altijd, vrij. Het was alsof er een last van haar schouders was gevallen; ze werd bijna overweldigd door opluchting. Ze hadden haar verteld dat je je de pijn van de bevalling niet herinnerde, maar ze had gemerkt dat het niet klopte. Ze werd achtervolgd door herinneringen aan pijn en eenzaamheid en, erger nog, het idee dat zelfs je lichaam je niet leek toe te behoren. Ze probeerde haar gruwelijkste herinneringen te laten verdwijnen.

In Londen nam ze haar intrek in het huis aan Devonshire Place. De volgende dag belde ze een vriendin bij de BBC, die beloofde haar te helpen om werk te vinden. 's Avonds stond Thierry voor de deur. Hij nam haar mee naar een restaurant in Soho. Het eten stelde weinig voor, maar de kleine zaal met zijn verduisterde ramen en gescheurde pleisterwerk was niettemin stampvol mannelijke en vrouwelijke militairen met verlof. Een pianist, weggestopt in een hoek van de zaal, speelde populaire deuntjes en iedereen brulde de refreinen mee. Tussen de gangen in dansten ze. Het laatste beetje gewicht van de depressie waaronder Nicole sinds de geboorte van Elizabeth gebukt was gegaan, viel van haar af en ze voelde zich licht. Ze was tenslotte, bracht ze zichzelf in herinnering terwijl Thierry haar over de kleine dansvloer leidde, nog maar achttien.

In de vroege ochtenduren liep Thierry met haar mee naar Devonshire Place. In de schaduw van het portiek kuste hij haar. Na een poos vroeg hij: 'Vraag je me niet om binnen te komen, Nicole?'

Ze schudde haar hoofd. 'Nee.'

'Waarom niet?'

'Omdat je dan iets zou gaan denken.'

Hij keek stuurs. 'Wat bedoel je?'

'Je weet best wat ik bedoel, Thierry. Je zou denken dat ik wil dat je met me vrijt.'

'Maar dat wil je toch, nietwaar?' Hij klonk nors.

Het was waar dat haar lichaam, gekneusd en verdoofd door de bevalling, weer tot leven leek te zijn gekomen terwijl hij haar kuste. Ze probeerde het uit te leggen. 'Ik vind dat je alleen moet vrijen met iemand van wie je echt houdt, Thierry.'

Ze zag de gekwetste blik in zijn ogen. Hij zag er zelden kwetsbaar uit, maar nu wel. Hij zei vinnig: 'Waarom ben je dan hier en niet in je landhuis, in afwachting van je man?'

'Er zijn verschillende soorten liefde. Ik dacht dat David alles voor me zou betekenen, maar dat was niet zo.' Voor het eerst zag ze kalm het besef onder ogen waarvoor ze de afgelopen paar maanden was teruggeschrokken.

'Dus je gaat bij hem weg.' Thierry pakte zijn sigarettenkoker.

'Het is beter het nu duidelijk te maken, vind je ook niet? Dan kan hij iemand anders zoeken. Ik kan niet bij David blijven – zelfs al zou ik kunnen blijven doen alsof hij de ware Jakob is, ik heb hem teleurgesteld.'

Thierry streek een lucifer af en keek haar met half dichtgeknepen ogen aan. 'Hoezo heb je hem teleurgesteld?'

'Ik heb een meisje gekregen in plaats van een jongen. David heeft een zoon nodig. Daarom is het beter dat ik nu wegga, dan kan hij iemand anders zoeken, die hem een zoon kan geven.'

Thierry rookte enige tijd zwijgend en zei toen: 'Het is alleen maar een uitvlucht, Nicole.'

Ze haalde haar schouders op. 'Dat mag je geloven als je wilt. Maar het is een van de redenen, een belangrijke reden. Ik weet dat ik niet de soort vrouw kan zijn die David nodig heeft. Ik kan niet de moeder zijn die Elizabeth nodig heeft. Ik zou ze geen van beiden tot nut zijn. Ik heb het geprobeerd en het is niets geworden. Daarom is het beter dat ik nu ga. Hoe langer ik wacht, hoe meer pijn het ze zal doen.'

Hij zei: 'Maar waarom wil je niet met me naar bed?'

Ze glimlachte. 'Niet vannacht, liever. Een andere keer misschien, maar nu moet ik even alleen zijn.' Het besef overviel haar.

Toen ze twee dagen later aan het dansen was in de Bag o' Nails en ze haar vertelden dat Thierry dood was, wilde ze het eerst niet geloven. *Neergeschoten boven Nederland,* zeiden ze. *Dood.* Ze wist zeker dat het een vergissing was en dat hij elk moment de zaal kon binnenkomen en haar met die donkere ogen van hem zou aankijken. Natuurlijk, er waren er meer gestorven – Johnny, die met haar had geroeid op het zijdezachte, groene water van de Avon, en de Canadees die haar de jive had geleerd en de Nederlandse jongen bij wie ze op de stang van zijn fiets had gezeten. En nog zoveel anderen. Maar het was nooit in haar opgekomen dat Thierry kon sterven. Hoe kon zo'n hoge prijs worden gevraagd van iemand die al zoveel betaald had?

Begin november begon Faith op Rudges' Farm. Het was een melkveebedrijf, midden in de glooiende heuvels van Somerset, niet ver van Taunton.

Toen ze een van de andere meisjes van het landarbeidstersleger vertelde dat ze bij mevrouw Fitzgerald in pension was, staarde het meisje haar met open mond aan en zei: 'Nou moe. Je weet toch dat ze een heks is?' Faith lachte ongelovig en het meisje voegde eraan toe: 'Betty Lismore is bij haar in pension geweest. Hield het er niet uit. Zei dat ze een gekke, verwaande ouwe trut was. Betty ging er na een week weg, vond een kamer bij de postkantoorhoudster.'

Het huis van mevrouw Fitzgerald lag midden in de bossen aan het eind van een kronkelig zandpad. 's Avonds riepen de kerkuilen en onder een sikkelvormige maan glansde het asymmetrische dak van het huis als tin. Aan het oorspronkelijke, één verdieping tellende bakstenen gebouw was een allegaartje van hokken gebouwd, opgetrokken uit pakkisten en platgeslagen metalen kisten. Op de metalen wanden prijkten nog de resten van de advertenties voor de producten die er ooit in hadden gezeten. 's Nachts, in bed, las Faith de wanden van haar kamer. 'Knight's Castile tegen een verlepte huid.' 'Ovaltine, de kalmerende drank voor iedereen.'

Mevrouw Fitzgerald zelf, dacht Faith vaak, paste precies bij haar huis. Ze was lang, eind veertig en haar lange, grijzende haren waren slordig opgestoken. Haar kleren waren onconventioneel van stijl en origineel van kleur. Ze scheen geen jas te hebben, maar droeg tijdens haar zwerftochten door de bossen, een lange zwarte cape – de bron van het gerucht dat ze een heks zou zijn, veronderstelde Faith. De muren van het huis waren behangen met grote, geweven lappen, de vloeren bedekt met gestreepte kleden.

Faiths dag begon om vier uur 's morgens. Ze at een dikke boterham met jam, spoelde die weg met thee, en fietste naar Rudges' Farm. In een ijskoude melkschuur mestte ze de koeien uit, waste hun uiers en molk ze. Daarna werd de melk gebotteld, een marteling van slangen en metalen dingetjes en ijskoude vloeistof. Tegen de tijd dat ze ermee klaar was, waren haar handen gekloofd en blauw. Ze ontbeet op de boerderij en vervolgens moesten de koestal en de hele installatie worden uitgespoeld en gesteriliseerd. Na het middageten viel Faith steevast een uur in slaap. Na de middag moest de hele procedure nogmaals worden afgewerkt. Om halfzeven fietste ze terug naar het huis van mevrouw Fitzgerald, at wat er voor haar was overgelaten en viel weer in slaap.

Tegen het eind van haar eerste twee weken in Somerset schatte Faith dat zij en mevrouw Fitzgerald een half dozijn zinnen hadden gewisseld – gedeeltelijk omdat mevrouw Fitzgerald gesprekken niet aanmoedigde, en gedeeltelijk omdat ze zelden op hetzelfde moment thuis waren. Zij en mevrouw Fitzgerald zouden zo maanden zijn doorgegaan, dacht Faith vaak, amper met elkaar pratend, als ze niet de blauwtje-jurk had aangetrokken. Ze viste hem op een avond onder uit haar rugzak, een overblijfsel uit betere tijden. Ze had zin om te huilen toen ze de vouwen gladstreek, maar ze drong haar tranen terug en nadat ze een bad had genomen in de zinken tobbe voor het vuur, trok ze hem aan in plaats van haar praktische rok en trui.

Toen mevrouw Fitzgerald de keuken binnenkwam waar Faith haar avondmaal zat te eten, bleef ze staan, staarde haar aan en zei: 'Goeie god. Paquin.'

'Een nogal mottige Paquin, ben ik bang.' Er zaten verscheidene kleine gaatjes in de zoom.

'Beter dan die afschuwelijke broek.'

Faith lachte. 'Maar minder warm.'

Mevrouw Fitzgerald zette enkele potten op het afdruiprek. 'Toen ik jong was, had ik een mantel van Paquin. Ik was er dol op. Droeg hem tot hij uit elkaar viel.'

'Deze is van een vriendin van me geweest, die in Frankrijk woonde.'

Mevrouw Fitzgerald keek haar aan. 'Gulle vrienden, om je een jurk van Paquin te geven.'

'Ik heb hem van Genya gekregen voor mijn collectie. Ik noem het mijn blauwtje-jurk. U weet wel, naar de vlinder.'

'Je collectie?'

'Ik hou van oude kleren,' legde Faith uit. 'Ik had vroeger dozijnen. Ik heb er een paar gered toen ik uit Frankrijk vertrok. Ik heb een paar Fortuny-jurken die ik op een markt in Marseille heb gevonden, en een prachtige japon van Douillet en nog een paar dingen.'

Mevrouw Fitzgerald zei: 'Je bent een merkwaardig meisje. Ik

234

dacht dat je net zo'n gans was als de rest. Het vorige meisje stoof altijd de kamer uit zodra ze me zag. Het was net alsof je met een muis samenwoonde.'

'Weet u, ze denken dat u een heks bent.'

Mevrouw Fitzgerald bulderde van het lachen. Toen ze zich hersteld had, zei ze: 'Ze hebben me natuurlijk monsters zien plukken in het maanlicht.' Ze pakte een van de potten van het aanrecht, opende hem en liet hem aan Faith zien.

Faith tuurde in de pot. 'Korstmos.'

'Ja.'

'Moet dat per se bij maanlicht geplukt worden?'

'Absoluut niet. Ik weef overdag omdat het licht dan goed is en dus struin ik soms in het holst van de nacht door het bos om planten te zoeken.' Ze voegde er ongeduldig aan toe: 'Voor kleurstoffen, meisje. Braziëlhout voor rood, wede voor blauw, wouw voor geel... en korstmos levert prachtig tinten oker en bruin op.'

Faith wierp een blik op de kleden en op de geweven lap die over de oude sofa was gedrapeerd. 'Hebt u die gemaakt?'

'Ja. Vind je ze mooi?'

'Ze zijn fantastisch.'

'Maar niet zo fantastisch als een Paquin-jurk. Wat een bijzondere kleur. Wat zou ik die graag namaken...' Ze kneep haar ogen halfdicht terwijl ze de flinterdunne zijde betastte. 'Maar ik zou een trui aantrekken als ik jou was, voordat je sterft van de kou.' Ze keek Faith aan. 'Iets te drinken?'

Ze bood, zag Faith, geen thee aan. 'Wijn. Geweldig.'

'Daar zou je weleens anders over kunnen denken als je hem proeft. Pastinaak. Zelf gemaakt. Oogst van vorig jaar.' Mevrouw Fitzgerald schonk twee glazen in en gaf er een aan Faith. Toen ging ze op de bank zitten en deed haar ogen halfdicht. 'Ik zie mezelf haast in mijn glorietijd... jij, in die jurk... een wijnglas in mijn hand...'

'Hebt u ooit een Paquin-jurk gehad?'

'Meer dan een. Ik heb de hele handel uiteindelijk verkocht. Voor een fractie van wat ze waard waren, vermoed ik.' Ze keek Faith fel aan. 'Laat dat een les voor je zijn. Glorietijden duren niet eeuwig.'

'Dat verwacht ik ook niet,' zei Faith beleefd.

'Heel verstandig.' Mevrouw Fitzgerald hief haar glas. 'Laten we dan drinken op de standvastigheid.'

'Op de standvastigheid,' zei Faith haar na.

'Ik wed dat er heel wat standvastigheid voor nodig is om akkers te ploegen of pastinaken te wieden of wat je ook doet voor die schurken op Rudges' Farm.'

'Ik melk de koeien,' zei Faith, 'en ik vind het eigenlijk best leuk.'

'Waarom? Omdat je je één voelt met de natuur of zoiets onzinnigs?' Mevrouw Fitzgeralds stem klonk honend.

Faith dacht even na. 'Omdat ik niet na hoef te denken. Omdat ik aan het eind van de dag zo uitgeput ben dat ik gewoon op bed val en zelfs niet droom.'

'Hou je niet van nadenken?'

Ze zei: 'Momenteel niet,' en sloeg de laatste slok van haar wijn achterover. Hij was scherp en koppig en gaf haar een prettig draaierig gevoel in haar hoofd.

Mevrouw Fitzgerald zei bruusk: 'Ik wil me nergens mee bemoeien. Ik haat bemoeiallen. Kun je een tweede glas aan?'

Faith knikte en keek de kamer rond. 'Hebt u hier altijd gewoond?'

Mevrouw Fitzgerald snoof. 'Niet toen ik drie Paquin-jurken had. Toen woonde ik heel wat rianter. Maar ik ging aan de haal met een schavuit, vrees ik – Johnnie Fitzgerald was gescheiden, dus je kunt je het schandaal voorstellen – en ik raakte alles kwijt.'

'Hield u van hem?'

'Waanzinnig veel.'

'Wat gebeurde er?'

'Johnnie beeldde zich in dat hij autocoureur was. Hij stak elke cent die ik had – zelf had hij geen rooie duit – in een of andere idiote auto – en reed zichzelf aan flarden in Le Mans.'

'Wat erg.' De woorden leken hopeloos ontoereikend.

Mevrouw Fitzgerald haalde haar schouders op. 'Mijn schuld. Iedereen had me voor hem gewaarschuwd, maar ik wilde niet luisteren.'

'Hebt u' – Faith begon het koud te krijgen – 'hebt u er spijt van?'

Mevrouw Fitzgerald fronste haar wenkbrauwen. 'Nee. Nee, dat kan ik niet zeggen. Maar ik bleef straatarm achter en dat is de reden waarom ik dit huis heb gekocht en pensiongasten neem... maar nee, ik heb er geen spijt van.'

Faith moest haar tweede glas wijn naar binnen slaan en al haar moed bijeenrapen voordat ze zei: 'Dus u vindt dat je de ingevingen van je hart moet volgen?'

236

Mevrouw Fitzgerald keek haar aan. Ze zweeg enige tijd en zei toen: 'Ik voel een heleboel verdriet achter die vraag. Beste meid, ik zou het echt niet weten. Ik heb gedaan wat ik gedaan heb en alleen ikzelf heb eronder geleden. Mijn ouders waren dood, zie je, en ik had alleen een voogd die het weinig kon schelen. Ik denk dus niet dat ik je vraag kan beantwoorden.'

Faith bleef nog een ogenblik zitten en staarde naar de sterren buiten. Toen stond ze op. 'Ik moet nu naar bed. Welterusten, mevrouw Fitzgerald, en bedankt voor de wijn.'

'Constance,' zei mevrouw Fitzgerald. 'Ik heet Constance. Maar al mijn vrienden noemen me Con.'

Guy had zich aangewend elke avond na het spreekuur iets te gaan drinken voordat hij naar huis ging. Het was de enige manier om Holland Square en Eleanor tegemoet te treden.

De maanden die verstreken waren sinds hij voor niets onder de lindeboom op Faith had staan wachten, hadden het besef van zijn eigen falen versterkt. Hij was gaan inzien dat hij niet fijngevoelig was, dat hij anderen verkeerd had begrepen en bovenal dat hij zichzelf verkeerd had begrepen. Hij had weliswaar gevoel voor de noden, angsten en pijnen van zijn patiënten, maar was zich niet bewust geweest van de zijne. Hij was met Eleanor getrouwd in de overtuiging dat haar zelfverzekerdheid, haar doelgerichtheid, noodzakelijk voor hem waren, maar had ontdekt dat zelfverzekerdheid gemakkelijk kon ontaarden in halsstarrigheid en dat doelgerichtheid blindheid voor andermans behoeften met zich mee kon brengen. Hij wist, inmiddels al een hele tijd, dat hij niet van Eleanor hield. Hij was bij haar gebleven om Oliver, maar zonder Oliver was er niets om de leegheid van zijn huwelijk te verhullen.

Dus had hij zich op zijn werk gestort, zoals hij altijd deed wanneer hij ongelukkig was. Hij had extra werk aangenomen in het ziekenhuis en behandelde nu niet alleen zijn eigen patiënten, maar ook die van een aangrenzende praktijk, van wie de dokter na de luchtaanvallen een zenuwinzinking had gekregen. Hij was zo min mogelijk thuis. Eleanor weet zijn moeheid aan zijn overwerk, maar Guy voelde dat haar verdraagzaamheid iets triomfantelijks had. Hij voelde dat ze dacht gewonnen te hebben.

Geen van de Mulgraves was sinds die warme dagen in augustus

aan Holland Square op bezoek geweest. Ralph niet, Jake niet en natuurlijk Faith niet. In de greep van een mengeling van woede en wanhoop was Guy meer dan eens naar het huis in Mahonia Road gegaan. Het was herfst geweest en hij was behoorlijk aangeschoten en had op de voordeur gebonsd, tot er een buurman in kamerjas uit het aangrenzende huis was gekomen en hem nors had verteld dat nummer zeventien al maandenlang leeg stond.

Hij had geen idee waar ze naartoe was gegaan. Hij begreep alleen de implicaties van haar vertrek. Ze had hem wel verteld dat ze van hem hield, maar ze had niet genoeg van hem gehouden. Het was in hem opgekomen dat hij haar misschien nooit meer zou zien en hij had niet goed geweten of hij opgelucht moest zijn of moest huilen. Sindsdien was zijn woede enigszins bedaard en zijn voornaamste emotie was er een van spijt geweest. Als hij, jaren geleden, had begrepen – tijdens dat laatste bezoek aan La Rouilly misschien – dat hij van haar hield, had hij haar in zijn armen getild en mee naar Engeland genomen en zouden hem jaren van geluk zijn gegund. Zoals het er nu voorstond, had hij zijn kans verspeeld.

Vandaar de twee glazen whisky die Guy elke avond dronk in het centrum van Londen, waar hij steevast een anonieme pub koos waar hij niemand kende en waar de barkeeper geen pogingen tot conversatie deed. Hij vermeed het East End. Zijn patiënten mochten geen getuige zijn van de pogingen van hun dokter om zich te vermannen alvorens naar huis te gaan.

Deze avond zat Guy bij een raam in de gelagkamer van een bar in een smalle zijstraat van Piccadilly. Het was vies weer: natte sneeuw dwarrelde naar beneden en verzamelde zich in de gaten in het wegdek die na de bombardementen van vorige winter waren achtergebleven. Nu, eind november 1941, was Londen afgemat door de oorlog. De grote, trotse stad was gehavend en aangeslagen, bijna uitgeput door de aanslag die er op haar was gepleegd. In een hoek van de gelagkamer maakte de radio op een geraffineerde opgewekte toon een nieuwe reeks rampen bekend: het oprukken van de Duitsers naar Moskou, Rommels tegenaanval in Noord-Afrika, het verlies van geallieerde schepen in de Atlantische Oceaan. Guy brak met zijn stelregel en bestelde een derde glas whisky. Met het glas in zijn handen keek hij uit het raam naar het grauwe, naargeestige tafereel en verlangde plotseling hevig naar een vooroorlogs Frankrijk, naar zomer, naar het verleden, naar een tijd waarin blijdschap en optimisme gemakkelijk waren geweest. Ondanks de kou en de vochtigheid kon hij, als hij zijn ogen sloot, de lange augustusdagen op La Rouilly bijna rúíken, en de zware, bittere, knoflookachtige geur van de bossen waar hij met Faith had gelopen...

Toen hij zijn ogen opende en door het raam keek, zag hij haar. Het was alsof zijn verbeelding haar had opgeroepen. Met blonde, in de nek bijeengebonden haren bewoog haar tengere, gracieuze gestalte zich door de menigte op het trottoir. Ze had een marineblauwe jas aan en een paraplu in haar hand. Met een klap zette Guy zijn glas op tafel en stormde de pub uit.

Buiten staarde hij wild om zich heen, op zoek naar haar. Te veel mensen. Hij vloekte en kreeg haar toen weer in het oog; ze sloeg de hoek om naar Piccadilly. De trottoirs stroomden over. Hij vroeg zich af wat al die mensen hier verdorie deden – in de winkels was verdomme niets te vinden en het was hondenweer. Hij stak rennend de straat over, tussen taxi's en bussen door zigzaggend. Hij was haar weer kwijt; toen hij heftig vloekte, keek een vrouw hem afkeurend aan. Door ijzige plassen spetterend ving hij opnieuw een glimp op van de marineblauwe regenjas, door Berkeley Street lopend. Toen hij tegen een grote man in een uniform van de koopvaardij op botste, zag hij dat de zeeman zijn vuisten balde en bood hem haastig zijn verontschuldigingen aan. Het was in Berkeley Street iets minder druk dan op Piccadilly, maar ze had er stevig de pas in en de moed zakte hem in de schoenen toen hij zag dat ze een hand opstak om een taxi aan te houden. De taxi reed haar voorbij, een fontein van grijs water opspattend. Guy's borstkas deed pijn van het rennen. Een tweede taxi kwam de straat in gereden. Hij mompelde: 'Niet stoppen, verdomme!' en toen, terwijl de taxi aan de rand van het trottoir tot stilstand kwam, gilde hij uit alle macht: 'Faith!'

Ze reageerde niet onmiddellijk op zijn kreet, maar toen hij nogmaals riep, aarzelde ze even terwijl ze het portier opende en omkeek in zijn richting.

Zodra ze zich omdraaide, realiseerde hij zich zijn vergissing.

'Nicole,' zei hij.

Ze glimlachte hem toe vanaf het trottoir. 'Guy. Guy Neville, wat ontzettend leuk.'

Hij hapte naar adem. Hij voelde zich duizelig en behoorlijk stom. Ze leek zo sterk op Faith en was tegelijk zo volkomen anders. Haar haren waren blonder. Haar ogen blauwer, haar lichaam – hij merkte onwillekeurig de welvingen onder de marineblauwe regenjas op.

Hij hoorde de taxichauffeur roepen: 'Heeft ze me aangehouden of niet, maat?' en hij schudde zijn hoofd en riep terug: 'Nee. Sorry.' Hij keek toe terwijl ze de straat overstak. Nicole Mulgrave, dacht hij. Hij probeerde zich te herinneren hoe oud ze was geweest toen hij haar voor het laatst had gezien. Dertien... veertien... Een kind. Nu was ze geen kind meer.

'Guy.' Ze nam zijn handen tussen de hare en kuste hem. De verschillen met Faith werden steeds talrijker; hij snapte niet hoe hij hen door elkaar had kunnen halen. Nicoles kleren waren mooi van snit, haar kapsel was chic, haar houding zelfverzekerd.

'Guy, wat ontzettend leuk. Je bent niets veranderd.' Ze hield zijn handen nog steeds vast. Haar greep was verrassend sterk. 'Heb je haast? Je bent buiten adem.'

'Ik probeerde je in te halen.' Hij legde uit: 'Ik dacht dat je Faith was.'

Ze glimlachte. 'Ik ben bang dat je je vergist hebt. Kan ik er ook mee door?'

Hij hakkelde: 'Ja. Ja, natuurlijk.' Hij gedroeg zich meer als iemand van zeventien in plaats van zevenentwintig. Hij probeerde zichzelf weer in bedwang te krijgen.

'Heb je tijd om iets te gaan drinken, Nicole, of te gaan eten?'

'Iets eten zou heerlijk zijn. Ik heb de hele dag gerepeteerd en ik rammel.' Ze keek hem aan. 'Maar zal je vrouw niet op je zitten wachten, Guy?'

Hij was Eleanor helemaal vergeten. Hij zei: 'Ik zou Eleanor kunnen bellen – zeggen dat ik ben opgehouden in het ziekenhuis...'

'Zou dat kunnen? Op de hoek is een telefooncel.'

Ze liepen erheen, hij ging naar binnen, belde Holland Square en gaf zijn boodschap door. Pas toen hij uit de cel kwam vroeg hij zich af waarom hij het nodig had gevonden om te liegen.

Hij zei: 'We moeten een restaurant zoeken, neem ik aan.'

Nicole stelde een gelegenheid in Soho voor. Onderweg ging de natte sneeuw over in dikke vlokken, die de haveloosheid van de Londense straten aan het oog onttrokken. In het restaurant observeerde hij haar terwijl ze aten. Zelf leek hij geen honger meer te hebben, maar hij voelde zich merkwaardig levendig, scherp en alert, alsof alle chaos, verwarring en teleurstelling van de afgelopen paar maanden eindelijk begonnen weg te ebben. Eerst praatten ze over de gewone dingen waarover je praat met een kennis die je lang niet hebt gezien – het weer, de oorlog, de nieuwste films en hun werk. Ze was ad rem, amusant en geestig; meer dan eens maakte ze hem aan het lachen. Hij realiseerde zich dat hij plezier had. Hij was bijna vergeten hoe dat was, plezier hebben.

Nicole raakte zijn hand aan. 'Je zit me aan te staren, Guy.'

'Sorry.' Opeens zei hij: 'Is je man in Londen?'

'Ik denk het niet. Zijn werk is ontzettend geheim, dus ik weet nooit waar hij is.'

'Je was in verwachting...'

'Ik heb een dochtertje, Elizabeth.'

'Gefeliciteerd.'

'Bedankt, Guy. Elizabeth is bij haar grootmoeder in Wiltshire. Faith vertelde me dat jij een zoon hebt.'

'Oliver woont bij Eleanors grootmoeder.'

Ze hadden hun pudding op. 'Koffie?' vroeg Guy.

'Ik vermoed dat die van paardenbloembladeren of zoiets vies gemaakt is. Het is volgens mij een veel beter idee om naar mijn huis aan Devonshire Place te gaan, denk je ook niet?'

Hij hoorde zichzelf zeggen: 'Zoals je wilt,' en ze verlieten het restaurant. Buiten stak ze haar arm door de zijne en ze liepen enige tijd zwijgend voort. Het sneeuwde niet meer; kristallen glinsterden in het zwakke schijnsel van autokoplampen. De gewonde, gehavende stad, dacht Guy, werd schoongewassen, kreeg een nieuwe kans.

Het huis aan Devonshire Place was koud, leeg en galmend. Nicole zei: 'De verduistering stelt niet veel voor omdat er niemand echt woont. Ik heb geprobeerd tafellakens op te hangen, maar ze vielen steeds op de grond, dus gebruik ik 's avonds meestal kaarsen.' Ze nam zijn jas aan. Guy knipte zijn aansteker aan en hield hem bij de twee kaarsen op de schoorsteenmantel. De zachte, gouden vlam toonde hem de sofa en de stoelen, de rijen boeken, de donkere rechthoeken van de schilderijen aan de muren.

Ze knoopte haar regenjas los. 'Iets te drinken, Guy?'

Hij wist dat hij moest zeggen: *Eén glaasje dan*, dat haastig achterover moest slaan en naar Eleanor gaan. Het was tien uur. Eleanor verlangde tegenwoordig excuses, verklaringen. Hoe langer hij bij Nicole bleef, hoe meer hij zou moeten liegen. Maar hij merkte dat het hem weinig kon schelen. Alles – Eleanor, Holland Square, de puinhoop die zijn huwelijk was geworden – leek onwezenlijk. Hij keek naar Nicole terwijl ze door de kamer naar de kast liep. Haar bewegingen waren sierlijk en vloeiend. Hij probeerde zich te herinneren of ze altijd zo was geweest en merkte dat hij zich haar nauwelijks kon herinneren. Ze was de jongste van de drie geweest, achter haar oudere broer en zus aan hobbelend.

'Ik probeer me je voor de geest te halen,' zei hij, 'op La Rouilly.'

'Je was uiteraard de vriend van Faith. Ik werd alleen maar door jullie gedoogd.'

Hij wilde ontkennen, maar ze legde hem het zwijgen op: 'Jawel, zo was het. Je weet dat het zo was, Guy.'

Hij dronk van zijn whisky. Ten slotte schoot hem een herinnering te binnen: Nicole die hen huilend probeerde in te halen terwijl ze door het bos liepen. Warrige, vlasblonde krullen en mollige armen en benen en een gezicht dat rood en gerimpeld was van woede.

'Vond je het erg?'

'Niet echt.' Ze lachte. 'Ik had mijn pony's, Faith had jou.' Ze zette haar glas neer en bestudeerde hem. 'Maar nu zou ik het wel erg vinden.'

Zijn hart bonsde in zijn keel. 'Wat?'

'Als je me alleen maar gedoogde.'

Hij dacht, haar aankijkend, dat het was alsof een of andere god, niet tevreden over eerdere pogingen, de Mulgrave-trekken had genomen en ze had gedestilleerd tot iets subliems, iets magnetisch. Iets waarnaar hij moest blijven kijken.

'Ik zou het erg vinden,' zei ze ter verduidelijking, 'als ik nog altijd de op één na beste was.'

Hij had gelogen tegen Eleanor; tegen Nicole scheen hij niet te kunnen liegen. Hij schudde zijn hoofd. Een klein gebaar, maar Guy had het idee dat hij een kloof was overgestoken.

'Al zou ik je natuurlijk nooit afpakken van Faith. Zussen zijn belangrijker dan minnaars, waar of niet?'

Eindelijk zei hij: 'Nicole, ik ben getrouwd...'

'Maar je houdt niet van haar, nietwaar Guy? Als je van haar hield, zou je me bij je thuis hebben uitgenodigd, me aan haar hebben voor-

242

gesteld, me gevraagd hebben om te blijven eten. En je zou niet hierheen zijn gekomen.' Ze glimlachte. 'Kijk niet zo zorgelijk, Guy. Ik zeg alleen maar wat overduidelijk is. Ik heb er altijd al een hekel aan gehad om om de hete brij heen te draaien. Je kunt beter zeggen wat je denkt, vind je ook niet?' Ze rilde en trok haar bontmantel om zich heen. 'Zou je de haard willen aanmaken, Guy? Het is koud hier.'

Terwijl hij zich voor de haard bukte, hoorde hij haar zeggen: 'En ik heb altijd gevonden dat liefde alles goedmaakt. Dat huwelijksbeloften zonder liefde alleen maar woorden zijn.'

Het hout was nat en hij kon maar één stuk krant vinden. Terwijl hij het opfrommelde zei hij boos: 'Romantiseer je niet alleen maar een oneerbare opwelling?'

'Mijn leven heeft heel lang verkeerd geleken. Net als het jouwe, denk ik zo. Het lijkt me juist oneerbaar om met een leugen te blijven leven.'

Ze had slechts verwoord wat hij al maandenlang naar zijn onderbewustzijn had verdrongen. 'Als je van iemand houdt,' ging Nicole verder, 'zijn stukken papier en gouden ringen onbelangrijk. Als je van iemand houdt, wil je de regels voor hem of haar overtreden.'

Hij zei verbitterd: 'Maar liefde moet wederzijds zijn, toch?'

'Heb je het over je vrouw, Guy, of over Faith?'

Hij wendde zijn blik van haar af. Nicole zei: 'Je hebt ruzie gehad met Faith. Ze heeft bijna drie maanden niet één keer over je gesproken, Guy. Daardoor weet ik dat jullie ruzie hebben gehad.'

Hij bukte zich, hield zijn aansteker bij het papier en blies om de vlammen aan te wakkeren. Met zijn rug naar haar toe zei hij: 'Geen rúzie. Ik beging de vergissing tegen Faith te zeggen dat ik van haar hield.'

'En...?'

Hij haalde zijn schouders op. 'Niets en. Helemaal niets. Ze... liep gewoon van me weg. Zoals ik zei: het was een vergissing.'

Er viel een stilte. Guy nam een exemplaar van Lord Chesterfields *Brieven* van een plank en wapperde ermee naar de zwakke vlammen.

'Dus Faith zou de regels nooit overtreden?'

Hij herinnerde zich het wachten onder de lindeboom. De zon die tussen de bladeren door sijpelde, het trage, knarsende overgaan van hoop en blijdschap in verbijstering en daarna radeloosheid. 'Nee,' zei hij langzaam. 'Nee, dat zou ze nooit doen.'

Er viel een stilte. Nicole knielde naast hem neer, pakte het boek uit zijn handen, waar ze bladzijden uit scheurde die ze in het vuur wierp. De vlammen bulderden. 'Alsjeblieft,' zei ze glimlachend. Teder streek ze de haarlok naar achteren die voor zijn gezicht was gevallen.

'En jij, Guy? Hou je van Faith?'

'Ik denk... ik denk dat ik haar haat.'

Ze legde een vinger op zijn lippen. 'Zeg dat niet. Geen háát. Niemand zou Faith mogen haten.'

Haar huid, de geur van haar lichaam, bedwelmden hem. Hij stond op, liep naar de schoorsteenmantel. Met zijn rug naar haar toe, zijn handen op de richel, zei hij met verstikte stem: 'Ik moet gaan.'

Het bleef stil. Toen zei ze: 'Het is gewoon een kwestie van de deur uit lopen, Guy.'

Hij pakte zijn jas, zijn hoed. Buiten, op straat, knerpten zijn schoenen in de dunne sneeuwlaag en lieten sporen achter in de witte vlakte. De metrorit en de wandeling van Russell Square naar zijn huis leken moeizaam, voerden hem in een richting die hij niet wilde.

Hij deed die nacht geen oog dicht. In de vroege ochtenduren glipte hij stilletjes uit bed. Toen hij de deur opende, keek hij achterom naar Eleanor, opgerold onder het dekbed, haar donkere haren met krulspelden onder een haarnetje, haar nachtjapon van geruwde katoen keurig dichtgeknoopt. Voor het eerst sinds maanden bekeek hij haar met medelijden in plaats van afkeer. In de keuken dronk hij slappe thee en rookte tot het licht werd; toen kleedde hij zich aan en nam de bus naar Malt Street.

Na afloop van het middagspreekuur om zes uur die avond ging hij naar het centrum. Toen hij uit het donkere metrostation kwam, werd hij getroffen door de schoonheid van wat hij zag. De volle maan baadde de witte ijsvlakken op elk gebouw en elke boom in een blauwachtig licht. Over gladde trottoirs liep Guy naar Devonshire Place. Toen hij zijn hand ophief om op de deurbel te drukken, wist hij dat hij op het punt stond op dun ijs te stappen en dat hij het gevaar tartte en de diepe, overspoelende omarming van het water eronder.

Nicole opende de deur. Nadat ze hem naar binnen had getrokken kuste hij haar vingertoppen, daarna haar handpalm en de tere huid tussen haar vingers. Toen hij de parelmoeren knoopjes van haar bloes losmaakte, hoorde hij haar fluisteren: 'Wat fantastisch, Guy, dat jij nou net de ware Jakob moet zijn.'

Faith kreeg de brief aan het eind van de eerste week van december. Hij was van Poppy en ze vertelde haar in enkele boze zinnen dat Nicole bij haar man weg was en nu met Guy Neville samenwoonde. Het was een kort briefje, maar ze moest het drie keer lezen voordat de betekenis tot haar doordrong. Ze had nog net de tijd om naar de kleine, ijskoude badkamer te rennen voordat ze heftig overgaf.

Ze bleef op de boerderij werken, bleef heen en weer fietsen, bleef eten en drinken. Ze ging door omdat dat, zo veronderstelde ze, was wat je moest doen. Ralph of Jake, dacht ze, zouden hebben geraasd en getierd of zijn weggelopen of een heftige scène hebben gemaakt, maar zij deed dat niet. Ze was niet tot grootse gebaren in staat, dacht ze verdoofd. De karaktertrek die Poppy ertoe had aangezet er met Ralph vandoor te gaan of Jake om zich als vrijwilliger te melden voor de Spaanse burgeroorlog, scheen haar volledig te ontbreken. *Je bent altijd al de saaiste van al mijn kinderen geweest*, had Ralph eens gezegd en ze merkte dat ze het met hem eens was.

Ze was blij dat het winter was. De winter vormde een afspiegeling van haar sombere stemming en richtte haar gedachten op het overlevingsprobleem. De kale, zwarte takken van de bomen rondom het huis stonden scherp afgetekend tegen een loodgrijze lucht. Ze was blij met deze naargeestigheid; zomer, dacht ze, had ze op dit moment niet kunnen verdragen. In Cons huis droeg ze steevast drie truien en lange kousen onder de vermaledijde broek van het landarbeidsters-leger. 's Nachts drapeerde ze elk kledingstuk dat ze bezat over het bed om zich warm te houden. Het breken van het ijs in de lampetkan elke ochtend voordat ze zich kon wassen, gaf haar eerder een lichamelijk gevoel van onbehagen dan van verdriet. De fietstocht naar de boerderij, door verraderlijke, bevroren moddersporen, richtte haar gedachten op iets anders dan beelden van een lachende en elkaar kussende Guy en Nicole.

Haar vriendschap met Con Fitzgerald was een troost. Ze vermoedde dat Con had geraden dat er iets verschrikkelijk mis was, maar ze vroeg niets, liet haar met rust wanneer ze met rust gelaten wilde worden en hield haar gezelschap wanneer ze daar prijs op scheen te stellen. Con liet haar het enorme weefgetouw zien dat in een ijskoude schuur stond en de wol die ze kocht van een plaatselijke boer. 'Het is moeilijk de hand te leggen op fatsoenlijk garen,' legde Con uit. 'Die ellendige oorlog.' 's Avonds hielp ze Con met het uithalen van oude truien en gerafelde dekens, zodat ze de wol opnieuw kon gebruiken. Ze vond troost in het eentonige karweitje. Op een avond, na het eten, zette Con haar aan het weefgetouw en praatte over schering en inslag, schietspoelen en trappers. Faiths weefwerkzaamheden vorderden met pijnlijke en onregelmatige traagheid, maar in de lappen geweven stof vermengden zich schitterende kleuren: grijsbruin en oker en saliegroen en chocoladebruin. Op een avond zei Con: 'Je hebt gevoel voor kleuren,' en ze voelde zich enorm gevleid.

Op een stormachtige winteravond, nadat het nieuwsbulletin de aanval door de Japanners op Pearl Harbor bekend had gemaakt, zei Con: 'Amerika zal zich nu wel in de oorlog mengen. Dat zal ons natuurlijk helpen, in laatste instantie, maar je stelt het je voor als een grote, donkere vloek die zich over de aardbol verspreidt. Als het voorbij is, zal alles anders zijn.' Ze overhandigde Faith een beker chocolademelk.

'Ik geloof dat ik verwácht dat dingen veranderen.'

'O ja? Waarom? De meeste mensen verwachten dat niet, weet je.'

'Omdat mijn familie uit nomaden bestaat. Zigeuners. We hebben nooit een echt thuis gehad. We leenden elke zomer een thuis van Genya, van wie ik mijn blauwtje-jurk heb gekregen, maar het was niet óns thuis. Ik zal dus wel minder hebben verloren dan een heleboel anderen.'

Al waren de Mulgraves wel íets kwijtgemaakt, dacht ze. Richtinggevoel misschien. Ze wilde niet aan Ralph en Linda denken, of aan Nicole en Guy.

'Maar er is wel iets gebeurd.'

In de vlammen starend hoorde ze Con haastig verder gaan: 'Neem me niet kwalijk. Nieuwsgierigheid is een onvergeeflijke karaktertrek.'

'Ik wil er nu wel over praten. Ik ben eraan gewend geraakt.'

'Heus?' Cons stem klonk ongelovig. 'Zo zie je er in mijn ogen niet uit. Alsof je op iets nog ergers wacht. Die brief... stond er slecht nieuws in?'

'Ja...' bekende ze, 'maar niet over gesneuveld in de strijd, niets éérvols. Gewoon... verraad.'

'Mánnen!' zei Con vol afkeer.

'Nee. Het lag aan mij. Mijn schuld.' Koeien melkend, flessen spoelend, de stal uitmestend had ze volop tijd gehad om erover na te denken. Ze had mogen kiezen en doordat ze die warme augustusochtend te lang had gewacht, was zij degene geweest die als eerste verraad had gepleegd. Zij het dat hij, door zo makkelijk naar een ander over te lopen, haar sindsdien had bewezen dat hij nooit echt van haar had gehouden.

Er viel een stilte. Faith keek naar de vlammen, die loeiend in de schoorsteen verdwenen. 'Zie je,' zei ze langzaam, 'ik dacht dat ik het juiste deed, maar nu vraag ik me af of ik niet gewoon niet dapper genoeg was.'

Ze had zich vaak afgevraagd of ze eromheen had gedraaid niet vanwege Eleanor of Oliver, maar uit lafheid. Ze had niet de moed gehad om de consequenties van haar liefde voor Guy Neville onder ogen te zien. Ze had, dacht ze verbitterd, Ralphs mening over haar bevestigd. Ze was altijd de saaie Mulgrave geweest, de omzichtige Mulgrave, de bedeesde Mulgrave, en daardoor was ze Guy kwijtgeraakt aan Nicole.

Ze probeerde het uit te leggen. 'Zie je, mijn familie... wat we eens gezegd hebben over de ingevingen van je hart volgen. Mijn familie vindt dat je altijd je hart moet volgen, maar als andere harten daarbij nou worden gebroken?' Haar stem trilde. Ze drukte haar vlakke handen tegen haar ogen om haar tranen tegen te houden. Te midden van verdriet en spijt was ze zich tevens bewust van schaamte. Ze dacht aan Elizabeth, die geen moeder meer had, en aan David, die geen vrouw meer had. Ze wist dat Nicole en Ralph niet volledig beseften welke ravage ze hadden aangericht. De Mulgraves lachten hun charmante glimlach terwijl ze een spoor van vernieling trokken in de vallei van andermans hart.

Uit een kast haalde Con een oude, stoffige fles te voorschijn en schonk een scheut brandewijn in elke beker chocolade. 'Ik bewaar hem voor medicinale doeleinden,' legde ze uit. 'Misschien kan hij gebroken harten helen. Trouwens, ik heb chocolademelk altijd onvoorstelbaar vies gevonden.'

De brandewijn verwarmde Faiths keel en verdoofde de pijn enigszins. Ze hoorde Con zeggen: 'Ik heb altijd al gevonden dat vrouwen veel te veel tijd en moeite verspillen aan liefde. Ikzelf natuurlijk net zo goed. "Mannen moeten werken en vrouwen moeten huilen" – wat een onzin. Vrouwen moeten hun tranen drogen en doorgaan met hun werk – wat ze natuurlijk ook gedaan hebben, zowel in deze oorlog als in de vorige. Er zijn naast liefde meer dan genoeg andere dingen in het leven.' Ze keek Faith aan. 'Of neem jij genoegen met een huwelijk en kinderen?'

Faith herinnerde zich hoe ze zich had gevoeld toen ze Elizabeth voor het eerst had vastgehouden. Dat warme, kleine lichaam tegen het hare. Het had het enige belangrijke geleken.

'Ik ben dol op kinderen. Ik heb na haar geboorte voor mijn nichtje gezorgd.'

'Maar als je die ellendeling niet kunt krijgen...'

'Guy. Hij heet Guy.'

'Ik heb eens een ongelooflijke schoft gekend die Guy heette. Ontzettend knap ook.' Cons gezicht werd een ogenblik zachter. 'Maar als je Guy niet kunt krijgen, kun je dan genoegen nemen met een ander?'

Ze zei eerlijk: 'Ik weet het niet. Ik weet het echt niet.'

'In dat geval moet je iets bedenken om de leemte te vullen. Je kunt je leven niet vergooien door te treuren om een vent die waarschijnlijk niet één slapeloze nacht waard is.'

'Ik ben niet van plan te treuren,' zei Faith stijfjes. 'Ik geloof niet dat ik ooit heb getreurd.'

'Nou, niet zo humeurig,' zei Con evenwichtig. 'Ik wilde alleen maar zeggen – heb je erover nagedacht wat je gaat doen wanneer de oorlog is afgelopen?'

'Ik geloof het niet,' gaf ze toe. Ze had zich afgeleerd een maand, een week, een dag vooruit te denken. De dagelijkse zorgen drukten haar neer, omringden haar als doorntakken in een struikgewas.

Con schonk nog wat brandewijn in. Toen zei ze resoluut: 'Je zult zelf de kost moeten verdienen. Er wacht je geen gerieflijke erfenis, neem ik aan?'

Faith glimlachte. 'Ik ben bang van niet.'

'Zie je, de mannen zullen terugkomen en dan zullen zij de koeien melken en dan zit je zonder werk, liever.'

Ze wist dat Con gelijk had. Rudges' Farm was, ondanks de kou, ondanks de lange, afmattende uren, niet meer dan een adempauze.

Ze begon: 'De moeilijkheid is dat ik nergens echt goed in ben...' maar Con viel haar in de rede.

'Als je dergelijke bespottelijke onzin gaat spuien, krijg ik nog spijt dat ik mijn laatste brandewijn aan je heb verspild.'

'Sorry.'

'Excuus aanvaard,' zei Con droog.

Faith zette haar vaardigheden op een rij. De brandewijn maakte haar aangenaam doezelig. 'Ik kan eerste hulp verlenen...'

'Niet erg nuttig, tenzij je een verpleegstersopleiding wilt volgen. Hondenbaan, heb ik altijd gevonden. Alleen voor heiligen.'

'Ik kan koeien melken, maar dat zou ik niet de rest van mijn leven willen doen.'

'Ik zei toch dat je gevoel voor kleuren hebt. De meeste mensen hebben dat niet, weet je.'

Faith dacht aan Frankrijk, aan de vlooienmarkt in Marseille. 'Ik heb een neus voor koopjes.'

Con lachte. 'Paquin-jurken hamsteren onder in een rugzak...'

Buiten gierde de wind en de lange, kale takken van de bomen tikten tegen de schoorstenen. Faith begon zich warm en slaperig te voelen. 'En jij, Con?'

'O, ik zal wel hier blijven. Hoewel ik altijd gedacht heb...'

'Wat?'

'Het heeft me altijd leuk geleken om een winkeltje te beginnen. Een kledingzaakje.' Cons lip krulde om. 'Niet zo'n afschuwelijk chique zaak zoals je die in de zijstraten van elke provinciestad vindt – "Madame Fleur's" of "Valerie's" of zoiets onzinnigs. Ik bedoel iets bijzonders. Iets ánders.'

'Mooie stoffen... en prachtige kleuren...'

'Ik heb altijd,' bekende Con dromerig, 'zijde willen weven. Verschrikkelijk moeilijk en idioot duur natuurlijk. Maar je zou zulke prachtige dingen kunnen maken.'

'Zoals mijn blauwtje-jurk.'

'Precies. We zouden de winkel...'

'Wé?'

'Natuurlijk. Waarom niet?'

Faith staarde Con aan. Ze wist niet of het door de brandewijn kwam of doordat ze zich had gerealiseerd dat ze al met al toch een toekomst had, maar ze merkte dat ze lachte. Ze zei nieuwsgierig:

'Denk je dat vrouwen na dit alles nog steeds mooie jurken zullen willen hebben?'

'Het zal natuurlijk niet hetzelfde zijn. Wie zal zich Vionnet of Fortuny kunnen veroorloven, of hun opvolgers? Maar vrouwen zullen júíst mooie dingen willen, om zichzelf op te vrolijken na deze afschuwelijke tijd.'

Con verdeelde de laatste brandewijn over de restjes cacao onder in de bekers. 'Zullen we erop drinken? Op onze winkel. Op "De Blauwe Vlinder".'

Door het raam van het huis zag Poppy Ralph het smalle pad in slaan dat naar Heronsmead leidde. Zijn afhangende schouders en gebogen hoofd vertelden haar dat hij had gefaald.

Ze kwam hem bij het hek tegemoet. 'Heb je haar gevonden?'

'Na lang zoeken,' zei hij. Hij zag er oud en verslagen uit, vond ze. Zijn gezicht was paars van de kou en hij had zijn handen diep in de zakken van zijn oude overjas gestopt.

'En...?'

'Ze weigert terug te gaan naar haar man.'

Ze volgde hem naar binnen en keek toe terwijl hij een halve fles whisky uit zijn gescheurde jaszak haalde, hem openschroefde en een grote slok nam. Ze fluisterde: 'Maar haar kínd!'

Tranen verzamelden zich in de hoeken van Ralphs bloeddoorlopen ogen. 'Ze zegt dat het kind beter af is zonder haar.'

Plotseling moest Poppy gaan zitten; haar benen konden haar niet langer dragen. Ralph was van huis gegaan op de dag dat ze de brief van Eleanor Neville hadden ontvangen, waarin ze vertelde dat Guy en Nicole samen waren weggelopen. Het was een onsamenhangende brief geweest; Eleanors woede was voelbaar geweest in elk verkeerd gespeld woord, elke vlekkerig uitgelopen punt.

Ze hoorde Ralph zeggen: 'Ze bewonen een paar kamers in Bermondsey. Afschuwelijk klein huisje. Blijkbaar krap bij kas – Guy moet tenslotte ook een vrouw en een kind onderhouden.'

Ze zei: 'Heb je mevrouw Neville gesproken?'

Hij ging zitten en streek met zijn hand over zijn ogen. 'Ze was hysterisch. Beledigend.'

Het bleef even stil. Toen riep Poppy uit: 'Hoe heeft ze het kunnen doen, Ralph? Hoe heeft Nicole haar kind in de steek kunnen laten?'

Hij antwoordde niet. Ze keek toe hoe hij de dop weer op de lege whiskyfles schroefde en merkte dat zijn hand trilde. Zijn lusteloosheid, zijn vernedering maakten haar woede alleen maar erger.

Hij zei, na een poos: 'Ik ben in Londen een vriend van me tegen het lijf gelopen. Jerry MacNeil – je weet nog wel, Poppy; we hebben hem bij Lovatt thuis ontmoet.'

De vrienden en kennissen uit de eerste twintig jaar van haar huwelijk waren vervaagd tot een wazige menigte. Poppy luisterde met een half oor, achtervolgd door het beeld van Nicoles donkerharige baby. Van alle ellende, dacht ze, die ze de afgelopen paar jaar had moeten meemaken, was het besef dat ze haar bloedeigen dochter volstrekt niet kende het ergste. De pijn die haar hart verscheurde was, dacht ze, niet minder heftig dan die ze had gevoeld toen haar zoontje was gestorven.

Onsamenhangende zinnen van Ralph drongen door haar verdriet heen.

'In elk geval, we raakten aan de praat... aardige vent, Jerry... heeft een buitenhuis in Schotland, zoals je weet... een boerenstulp, denk ik dat je het moet noemen... we zouden er voor niks mogen wonen... uit dit gat weggaan... vanavond beginnen te pakken.'

Ze zei: 'Nee.'

Hij keek haar aan. 'Pardon?'

Ze kon nauwelijks een woord uitbrengen van woede. 'Als ik je goed begrijp, Ralph, stel je voor dat we Heronsmead verlaten en verkassen naar een of andere ijskoud krot in Schotland. Het antwoord is nee.'

'Het is geen krot – Jerry zei dat het wat opgeknapt moet worden, maar...'

Ze zei: 'Nicole aardt naar jou, Ralph. Ermee kappen en vluchten zodra het moeilijk wordt.'

Ze zag hem verbleken. Hij fluisterde: 'Wat wil je daarmee zeggen?'

'Dat weet je best, Ralph. Je... je slét heeft je de bons gegeven en dus wil je weglopen en naar het andere eind van het land vluchten. En je verwacht dat ik meega. Nou, ik doe het niet.'

Ze zag dat hij doodstil bleef, tot zwijgen en roerloosheid bevroren, en ze lachte. 'Dacht je dat ik niet van haar wist? Weet je hoe doorzichtig te bent, Ralph? Naar het hek rennen om op de postbode te wachten... halve dagen in die verdomde telefooncel hangen... dacht je echt dat ik het niet wist?'

Hij mompelde: 'Het stelde niks voor. Gewoon een kleine flirt.'

Ze riep: 'Lieg niet tegen me, Ralph! Je houdt van haar, hè?'

Hij sloeg zijn handen voor zijn gezicht. Na een poos, toen ze weer kon praten, zei ze: 'Wat ik het ergst vind is wat je de kinderen hebt aangedaan. Het is jóúw voorbeeld waardoor Nicole die afschuwelijke dingen heeft gedaan. Jíj hebt haar alleen maar wisselvalligheid geleerd... het komt door jou dat ze een trouwe man en een dochtertje heeft laten stikken. En Jake ook – wat is er met Jake gebeurd? Waarom schrijft of komt hij niet meer? En Faith...'

Ralph mompelde: 'Met Faith is alles goed. Ik heb vorige week een brief van....'

'Faith híéld van Guy Neville!' Poppy's vuist kwam op tafel neer. 'Ze heeft altijd van hem gehouden! Of was je te stom om dat te zien?'

Niet in staat zijn aanblik nog langer te verdragen, liep ze naar het raam. Ze zei langzaam: 'Je hebt jezelf vernederd en je hebt mij vernederd. Was ze dat waard? Vertel me over haar.' Toen hij niet reageerde zei ze: 'Ik verdien een antwoord, Ralph.'

Na een poos hoorde ze hem zacht zeggen: 'Ze is mooi. Jong. Beheerst. Ja – ik denk dat ik daardoor verliefd op haar ben geworden. Haar zelfbeheersing. Ik ben nooit beheerst geweest.'

Met haar rug naar hem toe sloot ze haar ogen. Mooi. Jóng. Ze wilde weer tegen hem schreeuwen, hem het zwijgen opleggen, maar ze liet hem doorpraten, ook al verschroeiden zijn woorden haar hart.

'Ik heb haar leren kennen tijdens een diner. Ik kon aanvankelijk niet geloven dat ze belangstelling voor me had. Ik voelde me... oud, denk ik. Ik ben zesenvijftig, Poppy. Geen jongeman meer.'

Ze zag haar spiegelbeeld in de ruit. Haar gezicht vertoonde rimpels en haar haren waren kleurloos en dun. Ze drukte haar armen tegen haar borst, alsof ze een kind wiegde. Haar borsten waren plat en leeg.

Hij zei: 'In augustus was het ineens voorbij. Rond de tijd dat Elizabeth werd geboren. Ze wilde me niet meer zien. Wilde mijn brieven niet beantwoorden. Gooide de hoorn op de haak als ik mijn naam zei. Ik ging naar haar flat, maar ze wilde me niet binnenlaten. Kort daarna ging ze de stad uit. Ik heb wekenlang door het land gereisd om haar te zoeken, maar ik kon haar niet vinden. Een maand geleden vertelde een vriend me dat ze iemand anders had.'

Ze voelde zich volkomen leeg en uitgeput terwijl ze naar hem luisterde. Doodstil stond ze uit het raam te staren. Het was een mooie, heldere winterdag. De lucht had de kleur van Faith haar blauwtjejurk. De verre zee glinsterde als weerschijnende zijde en de schorren leken een weerspiegeling van de golven, een zee van rietstengels.

'Het spijt me zo,' zei hij. 'Ik hou van je, Poppy. Ik heb altijd van je gehouden. Je bent altijd de enige geweest. Ik heb zo stom gedaan. Maar we kunnen toch opnieuw beginnen?'

Met een ruk draaide ze zich naar hem om. Ze siste: 'Ga gerust naar Schotland, Ralph. Maar wel alleen!' en liep toen snel de kamer uit, alleen even pauzerend om in het voorbijgaan haar jas van de kapstok te graaien.

Ze volgde het pad dat over de schorren naar de zee leidde. De wind streek door haar haren, een vlucht landinwaarts vliegende ganzen vormde een v in de lucht. Modderige kreken kronkelden tussen de rietkragen. Elke zaadknop was door de vorst tot een mini-wimpel verstard. Ze trapte op gedroogde lamsoren en maakte een zomerse geur vrij die zich vermengde met de zilte lucht. Onder het lopen ebde Poppy's woede weg.

Ze besefte dat Ralph weliswaar fout was geweest, maar dat ze zelf ook niet vrij van schuld was. Ze had zich de laatste paar jaar, sinds de dood van haar kind, in zichzelf teruggetrokken, haar wonden likkend. Bang dat haar kwalen en pijntjes symptomen waren van een ernstige ziekte, had ze niet de moed gehad een dokter te raadplegen. Ze had Heronsmead gebruikt als toevluchtsoord, schuilplaats. Ze had afgelopen zomer langer op Compton Deverall kunnen blijven, ze had Nicole kunnen leren van haar kind te houden, maar het plotselinge besef van hoe diep ze was gezonken in de rangen van de samenleving had haar naar huis doen vluchten. Ze was zelf op eenentwintigjarige leeftijd bevallen van haar eerste kind; ze wist nog hoe verward en uitgeput ze zich had gevoeld, plotseling overweldigd door de verantwoordelijkheden van het moederschap. Geen enkele vrouw kon de alles opslorpende behoeften van een pasgeborene voorzien, maar dat werd, meestal, gecompenseerd door liefde. Nicole had de liefde geen tijd gegund om te groeien. Nicole, zelf nog een kind, had niet geweten hoe ze van een zo hulpeloos mensje moest houden.

Ze kon het strand zien. Een strook schorren en een barricade van prikkeldraad scheidden haar van het zand. Daarachter was de zee een gladde, rimpelloze vlakte van zilvergrijs. Ze vroeg zich af wat ze, al die jaren geleden, had verwacht toen ze toekeek hoe een man een zandkasteel bouwde op het strand van Deauville. Ze herinnerde zich hoe doelloos ze zich had gevoeld en hoe ze naar avontuur had verlangd, en naar zin. Ralph had haar het gezelschap en de opwinding beloofd waarnaar ze had gesnakt. Hij had beloofd haar mee te nemen naar de mooiste plekjes ter wereld; hij had haar beloofd dat ze zich nooit zou vervelen, nooit eenzaam zou zijn. En het grootste deel van de tijd had hij zijn belofte waargemaakt. Hij had haar diep gekrenkt, dat was zo – maar als ze niet van hem had gehouden, zou hij dan de macht hebben gehad om haar te kwetsen? En als ze nog steeds van hem hield, zou ze het dan over haar hart kunnen verkrijgen hem te vergeven?

Poppy verborg haar gezicht in haar handen en huilde. Toen ze geen tranen meer had, merkte ze dat ze koud en moe was en naar huis wilde. Ralph was deel van haar thuis, dacht ze. Zonder hem leek elk huis leeg. Ze wist niet of ze aan zo'n leegte zou kunnen wennen.

Het geluid van een vliegtuig rukte haar uit haar overpeinzingen. Ze draaide zich om en zag het silhouet, een sinistere zwarte vogel tegen een lichtblauwe lucht. De schorren achter en naast haar waren vlak, kleurloos. Geen bomen, geen huizen, geen heggen. Het vliegtuig kwam dichterbij en zijn donkere schaduw gleed over het bleke land. Angst verlamde haar benen, dwong haar te blijven staan. 'Het kan me niet zien,' mompelde ze hardop. 'Het kan me niet zien.' Vanuit die hoge cockpit was ze vast niet meer dan een konijn, of een muis. Haar mond was droog en haar maag verkrampte. Het lawaai van de motor werd luider, vulde haar bewustzijn. Ze moest plassen. Ze verlangde naar Ralph. Toen het vliegtuig uit de lucht omlaag dook en ze de eerste lichtspoorkogel zag die vanaf de neus van het vliegtuig in haar richting kronkelde, zette ze het op een rennen, in de richting van de zee. Opnieuw een flits en een verzengende pijn toen de kogels haar troffen. Ze viel languit op de grond.

Heel even viel de donkere schaduw van het vliegtuig over haar heen, toen vervolgde het zijn vlucht terug naar Duitsland. Gaspeldoorn en helmgras schuurden in Poppy's gezicht. De mouwen van haar jas waren nat van het bloed. Toen ze haar hoofd een stukje optilde, zag ze het strand, achter het prikkeldraad. Het zand was glad en vlak en ongeschonden door voetstappen. Ze rook de zilte geur van de zee. Ze probeerde op te staan, door te lopen, maar kon het niet. De dag was nog steeds zonnig, maar de kou was doordringend geworden. Het was alsof hij zich vanuit haar hart verspreidde en haar aderen verkilde. Poppy sloot haar ogen.

Toen ze ze opende, zag ze dat ze het strand had bereikt. Haar voeten lieten geen sporen na in het zand. Aan de rand van de zee was een man een zandkasteel aan het bouwen, een prachtig, uitzonderlijk bouwsel, versierd met schelpen en zeewier. Ze zwaaide en hij draaide zich om, glimlachte en strekte zijn armen naar haar uit.

Geschreven in het zand

1951-1953

10

De Skylon leek door de lucht te drijven, een grote, verticale zilveren naald. Oliver Neville stelde zich voor hoe het zou zijn om in de punt van die naald te zijn, hoog boven de menigte van het Festival of Britain. Je zou heel Londen kunnen zien – misschien wel heel Engeland. Het zou zijn alsof je in de cockpit van Flash Gordon zijn raket zat.

Bij de gedachte aan Flash Gordon glimlachte Oliver, stopte zijn handen diep in de zakken van zijn korte kostschoolbroek en begaf zich naar een ander paviljoen. Het was er slaapverwekkend saai ('vijfentwintigduizend foto's, die een beeld geven van de grote verscheidenheid van de Britse industrie') – net zo erg als de aardrijkskundeles. De rode stippellijn die alle anderen volgden negerend, zigzagde hij door de menigte in de richting van de ingang. De blauwe hemel en frisse lucht waren een verademing na de bedompte schemering in het paviljoen. Hij ging in het gras zitten en zocht in zijn zakken naar een zakje peper-en-zout, het laatste van de zes die hij eerder die dag op Paddington Station had gekocht. Hij vond het lekker het peper-en-zout met een dropstaafje heel snel op te zuigen, zodat het in een explosie van suiker en drop doordrong tot achter in zijn keel.

Toen het zakje leeg was, trok Oliver zijn knieën op tot onder zijn kin, sabbelde op het dropstaafje en vroeg zich af hoe het zou zijn om het Festival helemaal voor jezelf te hebben. Geen afschuwelijke, sjofele boerenpummels van de openbare school, met hun pullovers vol gaten en afgetrapte schoenen, geen sloffende oude mensen die de rondgang langs de paviljoens zo tergend langzaam maakten. Hij stelde zich ruimteschepen van Mars voor, met groen vuur dat uit hun microgolfkanonnen flitste terwijl ze neerdoken op het terrein op de South Bank. Alle anderen zouden gillen en wegrennen en Oliver zou de enige zijn die overbleef. Hij zou door de zevenentwintig paviljoens kunnen dwalen en alleen de interessante dingen bekijken; hij zou de stakige ladderbomen van de Dome of Discovery beklimmen en over het zilveren vliegende-schoteldak kunnen rondrennen. Hij zou naar de Pleasure Gardens in Battersea gaan en, helemaal alleen natuurlijk, met de miniatuurtrein meerijden en met een boot over het meer varen. Hij zou zo vaak hij wilde in elke draaimolen en glijbaan gaan.

Maar er verschenen geen Marsbewoners uit de zachte, blauwe lucht en hij begon zich erg moe en erg eenzaam te voelen. Hij wou maar dat zijn overgrootmoeder er was. En hij voelde zich ook een beetje misselijk; Oliver had nog nooit zes zakjes peper-en-zout op.

'Wat een mooie tweed,' zei Faith, terwijl de moed haar in de schoenen zakte bij het zien van het saaie groen, grijs en kastanjebruin op het bed. 'Maar ik ben bang dat we geen tweed nemen. Hebt u niet iets lichters?'

'Marigold Lyle zei dat u kleren van goede kwaliteit neemt,' zei freule Frances Brent-Broughton nuffig.

'De Blauwe Vlinder is gespecialiseerd in originele tweedehands dag- en avondkleding,' legde Faith uit, 'en het maakt eerlijk gezegd niet uit of het uit elkaar valt. Zolang de stof maar goed is.'

'Merkwaardig,' snoof freule Frances, maar ze verdween achter in een garderobekast.

Faith keek herhaaldelijk op haar horloge. Bijna drie uur. Het feest zou om zes uur beginnen.

Toen ze die ochtend het telefoongesprek had aangenomen, had ze de uitnodiging van juffrouw Brent-Broughton bijna afgeslagen. Ze vond het weliswaar heerlijk in marktkramen of antiekzaken naar schatten te zoeken, maar het plunderen van de in verval rakende grandeur van de vroegere rijken gaf haar het gevoel dat ze een gier was. Maar Rufus had zijn bestelwagen aangeboden en ze had zichzelf voorgehouden dat ze zakelijk moest zijn, niet sentimenteel. Trouwens, er was altijd een kansje dat ze iets bijzonders vond.

Maar de tweedrokken, de verstelde ruiterjassen waren niet bijzonder. Faith keek uit het raam naar het park achter het huis van de Brent-Broughtons, dat binnenkort zou worden verkocht om de 75 procent belasting te kunnen betalen die de regering hief. Zo'n huis hebben en het dan kwijtraken; het was moeilijk, dacht Faith, je dergelijke uitersten van het lot voor te stellen.

'Deze zijn er ook nog...' zei juffrouw Brent-Broughton weifelend, uit de garderobe te voorschijn komend. 'Ze zijn van moeder geweest.'

Faith pakte het ragfijne aquarelkleurige chiffon van haar aan.

'Afschuwelijk oude dingen eigenlijk,' voegde freule Frances eraan toe. 'Vrouwen moeten toen een merkwaardig figuur hebben gehad – zonder taille of buste.'

Faith liep naar de staande spiegel en hield een jurk voor zich. Het was een model uit de jaren twintig, met een lage taille en kralen en heel kort.

Juffrouw Brent-Broughton zei: 'Nou, wilt u ze hebben of niet? Ze zijn door de motten aangevreten, ben ik bang, dus verwacht niet te veel.'

Faith glimlachte. 'Ik neem ze.'

Ze zong in zichzelf terwijl ze snel terugreed naar Soho. Bij de winkel aangekomen, parkeerde ze de bestelwagen en rende naar binnen. Con, gekleed in een overall en met een sjaal om haar hoofd, stond op een ladder. Faith riep: 'Drie schitterende avondjaponnen van Patou, Con! Een goed teken, denk je ook niet? Een ervan is bijna opgevreten, maar ik kan de stof gebruiken in mijn patchwork.'

'Slimme meid.'

'Waar is Lizzie?'

'Boven, brood aan het smeren.'

Faith hing de jurken aan een stang in haar slaapkamer. Heel even begroef ze haar gezicht in de zijden, fluwelen en kanten plooien en snoof de vage, muffe, mottenbalachtige geur op die alle oude kleren schenen te hebben. Toen ging ze haar nichtje zoeken.

Het feest was ter ere van het sluiten van het erfpachtcontract voor de winkel. En om de muur tussen de twee kleine kamers beneden te slopen. Faith en Con hadden een houweel en mokers geleend, bergen sandwiches en saucijzenbroodjes gemaakt en liters bier en limonade ingeslagen. Om beurten hanteerden ze het houweel, tot de eerste baksteen was verwijderd en het licht van de ene kamer in de andere viel. Iedereen juichte en ze brachten een toast uit op De Blauwe Vlinder.

Grammofoonmuziek begeleidde de slagen van het houweel. Je had, dacht Faith, niet meer gasten naar binnen kunnen persen al had je een schoenlepel gebruikt. Ze zei tegen Con: 'Als ze allemaal kleren van ons kopen, worden we stinkend rijk.'

'Ze zullen niet allemaal kleren kopen. Een paar ervan zullen een sjaal kopen, één of twee misschien een jurk.' Met gefronste wenkbrauwen keek ze volle kamer rond. 'Wie zijn al die mensen trouwens? Ik ken er nog niet de helft van.'

Faith zei vaag: 'O... vrienden... en de stukadoor en de timmerman en de buren.'

'En oom Tom Cobleigh en alle... heus, Faith...'

'En de chauffeur van de bestelwagen...'

Con snoof. 'Die nog geen naald en draad zal kopen.'

Faith grinnikte. 'Ik zie onze meer invloedrijke cliënten nog niet met een houweel zwaaien.'

'We hébben geen invloedrijke cliënten, Faith. We hebben een handvol excentriekelingen die een jurk of wat kopen als ze het zich kunnen permitteren.'

'Tróúwe excentriekelingen,' bracht Faith haar in herinnering. 'Clio Bettancourt is er.'

'Echt waar? Die schat van een Clio... ik ga haar zoeken. Als ik me een weg door het steenstof kan banen.'

Con verdween de kamer in. Er werd opnieuw gejuicht toen een half dozijn bakstenen tegelijk uit de muur vielen. Een hand trok aan Faiths mouw.

'Tante Faith, mag ik de muur omverslaan?'

Faith dacht vaak, wanneer ze Elizabeth aankeek, dat Nicoles korte poging tot het moederschap weinig sporen op haar dochter had achtergelaten. Elizabeth was een kleine, vrouwelijke versie van David Kemp: donkere haren, ernstige blik, op tienjarige leeftijd volmaakt degelijk en verstandig. Slechts een enkele keer werd Faith door de plotseling doorbrekende, stralende glimlach en haar talent om gelukkig te worden abrupt en pijnlijk herinnerd aan Nicole.

Ze glimlachte. 'Natuurlijk mag je dat, Lizzie.'

Veel later, toen ze op het achterplaatsje zaten, te midden van de hopen bakstenen die ooit de tussenmuur hadden gevormd, kwam Rufus naast haar zitten.

'Ik heb iets te drinken voor je meegebracht.' Faith glimlachte dankbaar naar hem. Hij gebaarde naar de stenen. 'Hoe voel je je?'

'Stoffig.' Ze glimlachte. 'En opgetogen. En opgelucht.'

'Opgelucht?'

'Het heeft zoveel langer geduurd dan ik had verwacht. Ik begon al te denken dat het er nooit van zou komen, dat het net zoiets zou zijn als die monsters... ik kan niet op de naam komen... die altijd net buiten handbereik zijn...'

'Een schrikbeeld,' zei Rufus behulpzaam.

'Bedankt.'

'Niets te danken. De voordelen van een klassieke opvoeding.'

'Tien jaar, Rufus. Het heeft ons bijna tien jaar gekost.'

Hij floot. 'Zo lang?'

'Con en ik kwamen in december 1941 op het idee van De Blauwe Vlinder. De dag voordat Poppy stierf.'

Ze keek op naar de fluweelzwarte hemel en dacht dat die twee gebeurtenissen onlosmakelijk met elkaar verbonden waren geraakt. Het was alsof iemand een streep door haar leven had getrokken, een bestaan dat was geëindigd met Poppy's plotselinge overlijden, scheidend van het bestaan dat was begonnen toen Con had gezegd: *Het heeft me altijd leuk geleken om een winkeltje te beginnen.* Te midden van de herrie en het gelach van het feest was ze zich bewust van een enorme eenzaamheid.

'De baantjes die ik heb aangenomen om voor deze winkel te sparen, Rufus,' zei ze zacht. 'De verschrikkelijke winkels en restaurants waar ik heb gewerkt... de onbenullige meisjes die ik Frans heb proberen te leren...'

'Je zou met me moeten trouwen, Faith. Ik zou je van dat alles kunnen verlossen.'

Ze lachte. 'O, Rufus, waar zouden we van moeten leven? En wáár zouden we moeten leven – in een schoenendoos boven de winkel?'

'We zouden leven van honingdauw en de melk van het paradijs drinken,' zei hij onverstoorbaar. 'Ik blijf het vragen, Faith. Ik zal je langzaam overwinnen, zoals water dat op een rots druppelt.' Toen bukte hij zich, kuste haar en ging naar binnen.

Faith bleef nog enige tijd zitten nadenken. Ze vroeg zich af hoe het zou zijn, met Rufus getrouwd zijn. Ze vroeg zich af of, als ze met Rufus zou trouwen en als ze, misschien, kinderen zou krijgen, het afschuwelijke, lege gat dat van tijd tot tijd weer tussen haar ribben leek te verschijnen, zou verdwijnen. Ze had de winkel, ze had een dak boven haar hoofd, ze had hopen vrienden, maar nog altijd was er die leegte, ergens in haar hart.

De telefoon ging toen ze zich klaarmaakten voor het feest. In de vage hoop dat een spoedgeval hem in staat zou stellen aan een saaie avond te ontsnappen, nam Guy op. Terwijl hij naar de stem aan de andere kant van de lijn luisterde, werd hij steeds bezorgder. Hij onderbrak het relaas af en toe met korte, indringende vragen. Toen het gesprek was afgelopen, pleegde hij zelf een kort telefoontje, legde toen de hoorn op de haak en ging op zoek naar Eleanor.

Ze zat in haar slaapkamer aan haar kaptafel. 'Dat was Whitelands,' zei Guy. 'Oliver is blijkbaar weggelopen van school.'

Eleanors gezicht werd weerkaatst in de spiegel van de kaptafel. Hij zag haar ogen groot worden.

'Ze hebben hem sinds vanmorgen niet meer gezien,' legde Guy uit. 'Vrijdags hebben ze een halve dag vrij, zodat ze pas tegen theetijd merkten dat hij afwezig was. Ze hebben een paar uur verspild met naar hem te zoeken en hebben vervolgens mij gebeld om te vragen of hij thuis was.'

'Guy... hij kan wel ontvóérd zijn.'

'Dat lijkt me sterk. Daar zijn we niet rijk genoeg voor.'

'Hoe kun je grapjes maken... op zo'n moment?'

'Zijn schoolpet en blazer waren weg. En zijn wandelschoenen. En er zat geen geld in zijn spaarpot en hij had een andere jongen overgehaald om voor hem te liegen tegen de gymleraren. Degene die de veldloop organiseerde dacht dat Oliver cricket aan het spelen was en omgekeerd. Zodra die idioot van een mentor had opgehangen, heb ik het dichtstbijzijnde station gebeld. En jawel hoor – een blonde jongen in het uniform van Whitelands heeft vanmiddag een tweedeklaskaartje naar Londen gekocht.' Guy stak een sigaret op. 'Oliver had zich kennelijk in de nesten gewerkt. Hij had morgenvroeg naar de kamer van de rector gemoeten, dus hij is hem waarschijnlijk gesmeerd in plaats van de gevolgen onder ogen te zien.' Hij legde zijn

264

hand op Eleanors schouder. Haar huid voelde enigszins klam aan. Hij zei, in een poging om haar gerust te stellen: 'Hij komt wel terecht. Maak je geen zorgen. Oliver kan heel goed op zichzelf passen.'

'Maar... Londen!' fluisterde ze. 'Moederziel alleen. Hij is pas élf!'

'Als hij... eens even zien... om acht uur niet hier is, bel ik de politie. De school wil dat ik wacht tot morgenvroeg – ze willen natuurlijk een schandaal vermijden – maar zo lang stel ik het niet uit.'

Er was een zorgelijke rimpel tussen haar ogen verschenen. 'Denk je dat het zover zal komen, Guy?'

'Nee, dat denk ik niet.' Hij dwong zich om zelfverzekerd te klinken. 'Hij komt wel naar huis zodra hij moe is en honger krijgt, daar ben ik van overtuigd. Intussen – zeg je dit alles liever af?'

'Dit alles' was de cocktailparty die ze die avond zouden geven. Eleanor was al zes weken bezig met de voorbereidingen.

Ze pakte haar lippenstift. 'Zoals je zegt, Guy – Oliver komt wel opdagen.'

Om zeven uur vluchtte Guy naar zijn studeerkamer. Hij dacht niet dat ze hem zouden missen. Alle belangrijke gasten waren gearriveerd (hij had de lijst in Eleanors agenda gezien, in volgorde van belangrijkheid) en hij had gebalanceerd met sherryglas en vol-au-vent, had de aspicpuddinkjes bewonderd met de glazig glimmende groenten erin en had zich, zoals van hem verwacht werd, van de ene gast naar de andere bewogen en met elk van hen enige zinloze woorden gewisseld.

Nu sloot hij de deur voor de gedempte, welopgevoede geluiden van het feest en pakte het tijdschrift uit zijn bureaula. Het was een filmmagazine, niet het soort tijdschrift dat hij gewoonlijk las. Het was in de keuken achtergelaten door een van de meisjes die Eleanor in de arm had genomen om te helpen met het eten. Hij had op het punt gestaan het in de vuilnisbak te gooien toen hij de kleine recensie onder aan de bladzijde zag.

'*Sailor Sally*,' luidde de kop, 'een musical. Sally Fairlie (Stella Delmar), tijdens een cruise op de Middellandse Zee herstellend van een verbroken verloving, vindt ware liefde aan boord van het schip.'

Onbekende sterren en een afgezaagd verhaaltje; Guy zou het artikel normaal geen tweede blik hebben gegund, wanneer niet onder aan de alinea, schuingedrukt, de woorden hadden gestaan: *Met in de hoofdrollen Gray Banks, Diana Taylor en Nicole Mulgrave.*

Nicole Mulgrave. Geen naam uiteraard die aan Holland Square mocht worden genoemd.

Met een vingertop raakte hij de twee gecursiveerde woorden heel even aan. Het besef dat ze – juist zij – nog bestond had hem een schok gegeven. Hij had in bijna tien jaar niets van een Mulgrave gezien of gehoord.

Guy stak een sigaret op en liep naar het raam. De lucht was strakblauw en zonlicht glinsterde op de daken. Hij associeerde Nicole met de winter. Ze waren verliefd geworden toen de eerste sneeuw viel en waren drie maanden later uit elkaar gegaan, toen de lichtgroene scheuten van de lente zichtbaar begonnen te worden. Ze hadden, vond hij, enkele weken van euforisch geluk gekend. Toen had Nicole gehoord van de dood van Poppy Mulgrave en van dat moment was het merkbaar bergafwaarts gegaan met hun verhouding.

Op een ochtend in maart had ze hem verlaten, had haar kleren in een oude boodschappentas gegooid en haar prachtige blonde krullen opgestoken terwijl ze sprak: *Ik heb iemand ontmoet. Ik denk echt dat hij de ware is. Dit was een vergissing, nietwaar? Je vergeeft het me toch, Guy?* En hij had haar vergeven omdat hij had geweten dat, zonder de lichamelijke hartstocht die hen die eerste paar weken had verteerd, ze twee afzonderlijke mensen waren, die alleen hun jeugdherinneringen gemeen hadden en later hun verraad van degenen die hen het meest lief waren.

Hij was nog een maand in Bermondsey op kamers blijven wonen. Toen was Eleanor gekomen. Ze had hem midden op de dag ongeschoren aangetroffen, gekleed in een vieze corduroy broek en een overhemd dat hij al bijna een week droeg. Ze had haar voorwaarden genoemd. Als Guy zijn zoon wilde terugzien, moest hij, als de oorlog voorbij was, terugkomen naar Holland Square, zijn praktijk in Malt Street sluiten en met haar vader samenwerken. Intussen moest hij zich opnieuw melden als legerarts. Tegen de tijd dat hij thuiskwam zou het schandaal vergeten zijn. O, en één laatste voorwaarde: hij mocht geen van de Mulgraves ooit terugzien.

Hij had Eleanors voorwaarden geaccepteerd, uiteraard, hoewel hij had geweten dat ze hem terugnam om haar trots te redden en omdat ze de gedachte hem aan een Mulgrave te verliezen niet kon verdragen. Het was al grootmoedig van haar dát ze hem terugnam. Haar haat tegenover hem werd alleen geëvenaard door zijn zelfverachting.

Hij had zijn zoon in de steek gelaten – kon een vader een ernstiger misdaad begaan? Hij had zijn belofte dat hij al het mogelijke zou doen om zijn kind te beschermen gebroken – en waarvoor? Voor een vrouw van wie hij niet eens echt had gehouden.

Na zijn ontslag uit het leger in 1946 was Guy teruggekeerd naar Holland Square. Oliver woonde inmiddels al een jaar bij Eleanor en Selwyn. Guy merkte al snel dat Eleanor alle genegenheid die ze kon opbrengen op Oliver had overgedragen. Hij was geen veeleisende baby meer, maar een uitzonderlijk knap kind, met blonde haren en een scherp verstand, bezeten door een eenzelvige terughoudendheid die Guy soms niet bij zijn leeftijd leek te passen. Guy's eigen immense liefde voor zijn kind werd verscherpt door een knagend schuldgevoel. Eleanor stond erop dat Oliver naar de beste school zou gaan en alle speelgoed en kleren die in het armoedige Londen te vinden waren zou krijgen. Guy beknibbelde niet, hoewel hij om Olivers schoolgeld te betalen lange dagen moest maken. Ook hij wilde alleen het allerbeste voor Oliver. Toen in 1948 de nationale gezondheidszorg van de grond kwam, besloot Selwyn, daartoe aangemoedigd door Eleanor, een particuliere praktijk aan te houden. Daardoor was Guy gedwongen zich afzijdig te houden en zag zijn droom in vervulling gaan zonder eraan deel te nemen. Hij maakte zichzelf wijs dat het niet belangrijk was, omdat alles wat hij deed voor Oliver was.

Sinds zijn schoonvader symptomen van een hartkwaal begon te vertonen, had Guy het werk in de praktijk grotendeels overgenomen. Hij was succesvol; soms hield hij zichzelf zelfs voor dat hij gelukkig was. Nu echter vocht hij om zijn angst de baas te worden. Hij zag Oliver voor zich, verloren en alleen in Londen. Hij keek op zijn horloge. Tien voor halfacht. Hij zou niet tot acht uur wachten, besloot hij. Nog tien minuten, dan zou hij de politie bellen.

De deur van de studeerkamer ging open. 'Guy,' zei Eleanor. 'Wat doe je in godsnaam hier? Onze gasten...'

Zonder er nog een blik op te werpen gooide hij het filmblad in de prullenmand. Hij zag dat Eleanor niet boos keek. Hij zei: 'Oliver?' en ze glimlachte.

'Hij is veilig. Hij is thuisgekomen.'

Oliver was bij de gasten in de salon, waar hij met een specialist van het St. Anne's zat te praten. Bij het zien van zijn zoon voelde Guy een opwelling van liefde en opluchting, maar hij dwong zijn gezicht in een strenge plooi.

'Oliver? Wat heeft dit allemaal te betekenen?'

'Papa.' Olivers grote, blauwe ogen keken Guy aan.

'We moeten praten, jongen.'

'Gúy,' siste Eleanor, 'hij is moe en uitgehongerd. Het kan toch wel tot morgen wachten.'

'Dat lijkt me niet, Eleanor. Ik zal de school vanavond moeten bellen, een of andere verklaring geven.'

'Onze gasten... ik moet bij ze blijven.'

Guy pakte Olivers hand en nam hem mee naar een aangrenzende kamer. Hij deed de deur achter hen dicht. 'Zeg eens waarom je van school bent weggelopen, Oliver.'

Tranen welden op in zijn ogen. Oliver snikte: 'Een van de andere jongens... Hayward... ruilde zijn Flash Gordon-jaarboek voor een paar knikkers... maar Hayward zei tegen meneer Ganderton dat ik het gestolen had en meneer Ganderton zei het tegen doctor Vokes.'

Doctor Vokes was de rector van Whitelands, meneer Ganderton was Olivers mentor – een domme druktemaker, vond Guy. Hij fronste zijn wenkbrauwen. Oliver had gezeurd om een Flash Gordon-jaarboek voor zijn verjaardag. Het was een van de weinige dingen die Eleanor hem geweigerd had. Strips waren volgens Eleanor ordinair.

'Weet je zeker dat die andere jongen – Hayward – begreep dat het een ruil was, Oliver? Misschien vergiste je je... misschien wilde hij je dat boek alleen maar lenen.'

Oliver snoof. 'Het was ruilen, papa. Hij pakte mijn knikkers aan. Hij stopte ze in zijn lessenaar. Ik heb het zelf gezien.'

'Ik heb het idee dat er een misverstand is geweest.'

'Ben je boos op me, papa?'

'Niet over dat ellendige boek. Maar waarom ben je weggelopen, Oliver? Waarom ben je niet gebleven om doctor Vokes alles uit te leggen?'

Oliver beet op zijn lip. 'Ik wilde niet klikken over Hayward.'

'O, Oliver,' zei Guy en zich zijn eigen kostschooltijd herinnerend, strekte hij zijn armen uit en knuffelde zijn zoon.

Oliver had iets stijfs over zich waarvan Guy zich bij elk fysiek contact tussen hen bewust was. Het was alsof hij altijd een deel van zichzelf achterhield. Guy had lang geleden al beseft dat Oliver een teruggetrokken, gesloten kind was, een eenling met weinig goede vrienden. Guy weet het voor een deel aan de lange scheiding tussen het kind en zijn ouders gedurende de oorlog, maar hij weet het vooral aan zichzelf. Hij kon het idee niet van zich afzetten dat hij Oliver in de steek had gelaten en een litteken had veroorzaakt.

De deur ging open en Eleanor kwam de kamer binnen. Guy liet Oliver los.

'Ik geloof dat we het opgelost hebben,' zei Guy. 'Ik ga doctor Vokes bellen. Het is het beste dat Oliver morgen teruggaat.'

'Papa,' fluisterde Oliver.

Eleanor keek haar zoon aandachtig aan. 'Je bent bleek, lieverd. Vind je niet dat hij bleek ziet, Guy?'

Oliver zag er, nu Guy erover nadacht, inderdaad wat pips uit. 'Wat heb je?' vroeg hij zacht. 'Buikpijn?'

Oliver knikte. 'Ik heb de hele dag niets kunnen eten.'

'Misschien blindedarmontsteking,' zei Eleanor.

'Ik voel me niet goed genoeg om naar school te gaan, papa.'

'Arme schat. Wat onaardig van papa om je terug naar school te sturen terwijl je je niet lekker voelt.'

'Papa,' zei Oliver smekend.

Guy woelde door Olivers haren. 'Het zomersemester is over een week afgelopen.'

'Ik stop hem meteen in bed,' zei Eleanor. 'En je moet de school bellen, Guy, en zeggen dat we Oliver pas in september terugbrengen.'

De laatste gasten namen rond middernacht afscheid. Rufus vertrok naar Islington, Con keerde terug naar haar huisje in Somerset. Elizabeth lag allang in bed in de kamer boven de winkel. Faith verzamelde wat lege glazen en vuile borden, liet om een uur de boel de boel, ging naar boven en viel op de bank in slaap.

Ze droomde, wat ze in geen jaren had gedaan, over La Rouilly. Het kasteel was zoals het voor de oorlog was geweest, met miraculeus herstelde daken en zolderkamers. Ze opende kisten en kleerkasten en haalde er prachtige jurken uit. Zilver en goud en blauw en smaragdgroen glansden in het zonlicht dat door de zolderramen naar binnen stroomde. Het lijfje van een van de jurken was gemaakt van vogelveren, de rok van een andere was samengesteld uit de schubben van vlindervleugels. De jurken wogen zwaar op haar armen. Toen ze ermee over de zolder liep, hoorde ze de eerste schoten. Ze ketsten af tegen de ruiten. Naar buiten kijkend zag ze dat het gebouw omsingeld was door soldaten, die als vaalgrijze mieren door de tuinen krioelden. De stralende kleuren van de jurken verdoften tot groen, tot grijs, tot kakikleurig...

Faith opende haar ogen. Aanvankelijk hoorde ze nog het schieten, maar toen kreeg ze in de gaten dat er op de deur werd gebonsd. Ze trok haar kamerjas aan, rende de trap af en opende de deur.

'Jake!'

Zijn blonde haar lichtte op in het maanlicht. Hij struikelde bijna de winkel binnen. 'Ik heb verdomme heel Londen naar je afgezocht, Faith. Moest Rufus wakker maken. Waarom heb je niet gezegd dat je verhuisd was?'

Omdat ik niet wist waar je was, dacht ze. *Omdat je in geen zes maanden hebt geschreven of gebeld.*

'Was verdomme bijna naar Somerset gegaan,' voegde Jake eraan toe.

'Sst,' zei Faith. 'Elizabeth ligt boven te slapen.'

Jake legde een vinger op zijn lippen en zei, overdreven fluisterend: 'Zo stil als een muis.'

Een nogal grote, sjofele muis, dacht ze, hem aankijkend. Hij had een stoppelbaard van een halve centimeter op zijn kin en zijn vettige haren vielen op de versleten kraag van zijn overhemd. 'Kom binnen, Jake.'

'Eerst een knuffel voor je lievelingsbroer.' Hij sloeg zijn armen in een verpletterende omhelzing om haar heen. Zijn kleren stonken naar sigaretten en alcohol.

Ze zei, met door zijn borst gesmoorde stem: 'Je bent ons feest misgelopen.'

'O ja.' Hij liet haar los en keek haar aan. 'Duizendmaal excuus.'

Ze glimlachte naar hem. 'Ik zal het je vergeven als je me morgen helpt om de rommel op te ruimen.'

Jake sliep die nacht op de bank, Faith kroop naast Elizabeth. Ze stond vroeg op, zette thee en bracht Jake een kop. In het heldere ochtendlicht zag ze duidelijk hoe bleek hij was.

'Je bent akelig mager geworden, Jake,' zei ze nors. 'Waar heb je in vredesnaam uitgehangen?'

'Och... overal en nergens.'

270

'Heb je werk?'

'Momenteel niet.'

'Maar je vriend... Je zou toch een bar kopen...'

'Ik heb het een tijdje geprobeerd, maar het was verschrikkelijk saai. Te veel wisselgeld tellen en vloeren schrobben.'

Ze was de tel kwijtgeraakt van de baantjes die Jake sinds de oorlog had gehad. Minstens tien. Misschien wel meer.

Hij geeuwde, stond op en neusde rond in de kamer, wierp een korte, ongeïnteresseerde blik op haar boeken, haar schilderijen, haar foto's.

'Hoe gaat het, Faith? Hoe maakt iedereen het... David... Rufus...?'

'Rufus was gisteravond hier. Hij heeft ons geholpen met het slopen van de muur. En David is momenteel weg voor zaken, daarom pas ik op Elizabeth.' Ze knikte in de richting van de aangrenzende kamer. 'Ze slaapt nog – ik heb haar laten opblijven voor het feest.'

'Hoe is het met haar?'

Ze dacht: *Ze is mijn oogappel* en glimlachte. 'Ze is dol op haar nieuwe school. David kon natuurlijk amper afscheid van haar nemen. Laura Kemp is in het voorjaar gestorven, zie je, dus David moest door de zure appel heen bijten en Lizzie naar kostschool sturen.'

'Ik heb een cadeautje voor haar meegebracht.' Jake ging op zijn hurken zitten, rommelde in zijn rugzak en haalde er een papieren slang aan een touwtje uit. 'In Marseille gevonden.' Toen hij aan het touwtje trok, kronkelde de slang over het zeil. Hij lachte schor. 'Knap, hè?'

'Ze zal het prachtig vinden.' Faith keek Jake in de ogen. 'Pa voelt zich niet zo lekker. Hij heeft afgelopen winter een lelijke bronchitis gehad. Je moest hem eens opzoeken, Jake.'

Hij liet het touwtje los, kwam overeind en liep met zijn handen in zijn zakken naar het raam. Ze hoorde hem zeggen: 'Nee.'

'Jake...'

'Nooit.' Zijn rug was naar haar toe gekeerd. 'Hij heeft haar vermoord.'

'Pa is oud en breekbaar, Jake. Je kon weleens te lang wachten.'

'Wachten waarop?' Met een ruk draaide hij zich om. 'Hoop je nog altijd op de ontroerende hereniging met de verloren zoon? Hoop je nog altijd dat ik hem een hand zal geven, misschien even zal huilen en zal zeggen: "Het is goed, pa, ik weet dat je het niet meende"?' Zijn stem klonk fel sarcastisch.

Ze zei onomwonden: 'Hij houdt van je, Jake. Hij mist je.'

Jakes blauwe ogen vertoonden geen enkele uitdrukking. 'En ik... ik verácht hem. Begrijp dat goed, Faith.'

Er viel een lange stilte. Ze raapte de papieren slang op en legde hem op tafel, begon toen vuile borden en kopjes te verzamelen, overblijfselen van de gehaaste maaltijd gisteravond. Ze was moe, de onderbroken nacht drukte als een gewicht op haar schouders.

Jake zei, met een andere klank in zijn stem: 'Ik ben gekomen om je om raad te vragen, Faith.'

Ze keek hem aan. 'Je hebt mijn raad nog nooit van je leven aangenomen, Jake. Of wiens raad ook, denk ik.'

'Ik heb mijn leven gebeterd.' Een plotselinge glimlach en hij liet zich sierlijk languit op de bank vallen. 'Het probleem is,' zei hij, 'dat ik nooit precies weet waar ik in de fout ben gegaan. Ik bedoel... ik ben negenentwintig. Zou ik geen... nou ja... díngen moeten hebben?'

Ze ging naast hem op de leuning van de bank zitten. 'Wat voor dingen, Jake?'

Hij maakte een vaag gebaar met zijn hand. 'Och... een dak boven mijn hoofd... vakanties... kinderen... pannen...' Hij haalde zijn schouders op en keek haar radeloos aan. 'Zoiets. Andere mensen hebben dingen. Zelfs jij, Faith.'

Ze lachte. 'Ik zou bijna al mijn bezittingen in een koffer kunnen proppen, denk ik. Dit appartement – het is meer van Con dan van mij, want zij heeft geld in de winkel gestoken. En kinderen heb ik nog niet voor elkaar gekregen. Ik leen gewoon andermans kinderen.' Ze bedoelde het niet zo, maar haar stem klonk verbitterd. Ze haalde diep adem en keek naar Jake, die lui en languit naast haar lag.

'Maar als dat is wat je echt wilt, moet je je op één persoon richten en niet zoals jij doet van de een naar de ander gaan. Al die... al die wellust, dat scharrelen en versieren moet zoveel tíjd vergen.'

Hij fronste zijn wenkbrauwen. 'Denk je?'

'Natuurlijk. En als je eraan zou denken te eten... en 's nachts te slapen... en niet zo boos werd op mensen... En je moet werk zoeken. Mensen die dingen bezitten, hebben gewoonlijk werk. Het maakt niet uit wát je doet, als je maar íets doet.'

'Ik probeer het wel,' zei hij, 'maar er lijkt altijd iets mis te gaan.

Ik verslaap me of ik vergeet wat ik moet doen doordat het zo verdomd saai en zinloos is of degene voor wie ik werk is een ontzettende klootzak of een stommeling...'

Ze liet zich van de leuning glijden en zei wanhopig: 'Maar je zult je erbij neer moeten leggen, Jake! Dat is het hem nou net – je moet je er gewoon bij neerleggen!'

Ze begon vuile borden in de gootsteenbak te gooien. Ze dacht aan de plaatsen waar ze in de loop der jaren had gewerkt – de smoezelige cafés, de saaie winkels en kantoren. Plotseling had ze wel kunnen huilen.

Een hand kneep in haar schouder; Jake was achter haar komen staan. 'Kop op, meid,' zei hij. 'Mulgrave-regels, weet je nog?'

Ze snifte. Jake stak een groezelige mouw uit en ze veegde haar gezicht af aan zijn manchet.

'En maak je over mij geen zorgen. Ik hoef alleen maar een paar pond te lenen om de week door te komen en dan red ik het wel. Ik zei toch: ik heb mijn leven gebeterd.'

In augustus ging Faith naar Heronsmead voor Ralphs verjaardag. Tante Iris had Ralph toestemming gegeven om er na de dood van Poppy te blijven wonen. De royalty's van zijn boek waren al lang opgedroogd en aan Poppy's jaargeld was tegelijk met haar dood een eind gekomen. Hoewel Ralph Poppy's moestuin fanatiek bijhield, waren er nog steeds rekeningen te betalen. Faiths jarenlange werken in cafés, winkels en kantoren was niet alleen voor De Blauwe Vlinder geweest.

Terwijl ze met Ralph over het zand tussen de glinsterende vlakten van schorren en zee liep, constateerde ze dat hij er ronduit haveloos uitzag. Hoe vaak ze ze ook verstelde, de kragen en manchetten van zijn jassen bleven rafelen. De stof blonk van ouderdom. Ralph was nu zesenzestig en zag er, dacht Faith, geen dag jonger uit. Het verdriet had hem ouder gemaakt, zoals zorg en spijt hem aan deze plek hadden gebonden. Het was alsof hij, door gebonden te blijven aan een land waarvan hij ooit had verklaard dat hij het haatte, nog immer hoopte de jaren terug te halen, het verleden te veranderen.

Ze praatten over De Blauwe Vlinder, over Ralphs tuin en over Elizabeth, David en Nicole. Poppy's geest waarde over deze eenzame, mooie plek tussen land en zee. Ze noemden haar naam niet, maar Ralph legde zijn hand op Faith haar arm en hun voetsporen kwamen samen in het samengeperste zand.

De volgende dag haalde Faith Ralphs oude fiets uit de schuur en ging een eind rijden. Ze reed naar het noorden, zonder speciale bestemming in gedachten. Ze wilde zichzelf verliezen, zichzelf uitputten. Ze fietste snel over smalle paden en wierp nauwelijks een blik op het grijsgroene landschap. Rond de middag kocht ze in een dorpswinkel een zak gebroken koekjes en een fles Tizer. Op een bank zittend, etend en drinkend, voelde ze zich aangenaam moe. Enkele van haar zorgen – over de winkel, en over Ralph en Jake – waren naar de achtergrond gedrongen. Ze stapte weer op en reed naar huis.

Ze verdwaalde in een doolhof van onbekende velden en struikgewassen. Naarmate ze landinwaarts reed werd het landschap glooiender, werden de smalle weggetjes omzoomd door hoge heggen. Het begon te regenen en een geur van vochtige beukenbladeren en natte varens steeg op. Regendruppels verzamelden zich in plassen langs de kant van de weg. Ze had geen regenjas of muts meegenomen. Ze ving een glimp op van een zijweg met aan weerskanten hoge beukenbomen, waarvan de hoogste takken elkaar raakten. Ze reed het pad in, zoekend naar een plek om te schuilen. De dicht bebladerde takken vormden een donkere tunnel en de regen bereikte nauwelijks de droge grond eronder. Het pad was bezaaid met diepe kuilen; ze stapte af en ging te voet verder, benieuwd waar het naartoe leidde. Ze had zo'n driekwart kilometer gelopen toen ze het huis zag.

Het stond, rood gemetseld en symmetrisch, op een open plek aan het eind van het pad. Tegen de tijd dat ze er aankwam was de bui overgedreven en de zon doorgebroken. Het huis maakte iets in haar los. Ze liep door en probeerde de vluchtige herinnering te grijpen. Ze zag dat de ramen luiken hadden, ongebruikelijk in Engeland, en dat elk afbladderend, verschoten luik gesloten was. De tuin was een wildernis en er liep geen zorgzame eigenaar, snoeischaar in de hand, over de kronkelpaden, op zoek naar een uitgebloeide roos of een gebroken scheut. Met de bedoeling de weg te vragen liep ze naar de voordeur, maar maakte uit de holle echo van haar gebalde vuist onmiddellijk op dat het huis onbewoond was.

Toen ze door de tuin terugliep, streek haar schouder langs de natte takken van de struiken. Een handvol blauwe vlinders – vast de laatste van de zomer – fladderde op in de warme lucht. Van heel ver weg klonk Genya's stem: *Wanneer al die gruwelen voorbij zijn, zullen jullie terugkomen en dan wordt alles weer zoals het was* en ze moest haar nagels in haar handpalmen drukken om te voorkomen dat ze in tranen zou uitbarsten.

Oliver herkende zijn overgrootmoeder nauwelijks. Het was alsof ze verwelkt was, kleiner en bleker was geworden en op de een of andere manier bijna doorschijnend. Haar adem reutelde in haar keel.

Hij hoorde zijn vader zachtjes zeggen: 'Het is niets, Oliver. Pak gewoon haar hand en zeg dat je er bent.'

Hij liep naar het bed, maar pakte zijn overgrootmoeders hand niet vast. Hij wist dat, als hij hem aanraakte, die hand zou verpulveren tot stof, als een dood blad.

'Hallo, oma,' zei hij.

Langzaam opende ze haar ogen. 'Oliver. Lieve jongen.'

Hij zei: 'Ik moet vandaag weer naar school. Ik zit nu in 3A en ik denk dat ik surveillant word.' Hij verwachtte het niet echt – Lessing zou surveillant, worden, Lessing was altijd surveillant – maar zijn vader had hem uitgelegd dat zijn overgrootmoeder op sterven lag en hij dacht dat een leugentje haar misschien zou opvrolijken.

'Je bent een knappe jongen, Oliver,' fluisterde ze. En toen kwam het moment dat hij had gevreesd. 'Geef me eens een kus.'

Ze hield haar hoofd schuin. Hij boog zich naar voren en rook de vertrouwde geuren van poeder en lavendelwater, maar toen hij met samengeknepen lippen haar wang beroerde, bespeurde hij een onderliggende, sterkere geur. Hij kon de dood ruiken, dacht hij, en deinsde terug. Zijn overgrootmoeder was alweer ingedommeld, zodat alleen zijn ouders hem de slaapkamer uit zagen rennen.

Hun voetstappen volgden hem. Hij hoorde mama zeggen: 'Ik zei toch dat het hem te veel zou zijn...'

En zijn vader: 'Beter dit dan een onverwacht telefoontje op school.'

'Alleen maar omdat jij...'

Oliver draaide zich naar hen om. Hij vond het verschrikkelijk als ze ruzie maakten 'Ik had het te warm.'

'Het was er inderdaad nogal benauwd.' Zijn moeder woelde door zijn haren. 'Oma voelt zich niet lekker, Oliver, en daarom heeft ze de hele dag de kachel aan.'

'Oma's hart werkt namelijk niet zo goed meer,' zei zijn vader. Oliver, zich schrap zettend voor de onvermijdelijke wetenschappelijke verklaring, vertrok zijn gelaat in wat hij als zijn luistergezicht beschouwde (handig tijdens stomvervelende lessen op school). Terwijl zijn vader praatte over kleppen en bloedsomloop, beeldde Oliver zich in dat hij in een ruimteschip hoog over het dal van de Dove vloog en omlaag keek naar de heuvels en de slingerende rivier.

Toen zijn vader uitgepraat was, zei Oliver beleefd: 'Mag ik nu buiten gaan spelen?'

'Natuurlijk mag dat. Je moeder en ik gaan bij je overgrootmoeder zitten.'

'Niet bij de rivier spelen, lieverd. En maak je schooluniform niet vies.'

Toen ze weg waren, ging hij niet naar buiten, maar dwaalde door het huis, gluurde in kasten en laden. Hij had tot zijn vijfde in dit huis gewoond; het was een mengeling van vreemdheid en vertrouwdheid. De kamers leken kleiner, maar voor het overige precies zoals hij zich herinnerde. De tuin, die hij vroeger uitgestrekt had gevonden, was gekrompen. Zelfs Thorpe Cloud was niet langer de berg van zijn herinnering.

Hij vond het moeilijk te geloven dat de hijgende, verschrompelde vrouw die hij net had gezien echt zijn overgrootmoeder was. Hij stelde zich vluchtig voor dat oma was weggehaald en in een ander huis verstopt (opdat iemand haar geld kon stelen misschien) en dat die holle coconvrouw haar plaats had ingenomen. Maar de fantasie bezweek bijna onmiddellijk; hij was te oud om zulke dingen nog langer te geloven.

Oliver ging de zitkamer binnen, een groot, licht vertrek dat uitkeek op de tuin. Toen hij klein was had hij graag aan zijn overgrootmoeders schrijfbureau gespeeld. Al haar vertrouwde spulletjes stonden daar opgesteld. Haar vulpen, haar vloeiroller, haar inktfles, haar schrijfblok. En haar blauwe presse-papier. Oliver voelde eraan en vroeg zich af hoe het ding zo koud bleef terwijl het in de rest van het huis zo warm was. Toen opende hij de laden van het bureau.

De fotoalbums waren saai, voornamelijk foto's van meisjes met strikken in hun haar, en toen hij kiekjes van zichzelf tegenkwam, afschuwelijk dik en in een speelpakje, klapte hij het boek dicht. Hij keek naar de brieven. Daarvan waren er stapels en nog een stapels, bijeengebonden met linten. Oliver herkende zijn moeders handschrift. Ze schreef hem twee keer per week op school – lange brieven, hoewel die van oma altijd leuker waren. Hij stelde zich voor dat hij geen brieven van oma meer kreeg en de vertrouwde pijn achter zijn ogen kwam opzetten. Hij drukte zijn vuisten in zijn oogkassen om zijn tranen te stelpen. Alleen papkindjes huilden. Patterson, op school, was een papkindje. Om zijn gedachten af te leiden las hij de brieven. Saai spul over saaie dingen zoals behang en tapijten en saaie grote-mensenfeesten.

Oliver trok een tweede bundeltje brieven te voorschijn. De inkt was zo verbleekt dat de bovenste bladzijde bijna onleesbaar was, maar de inhoud van deze brieven was interessanter – gave verhalen over bommen en branden blussen. Hij wilde ze net weer in de la leggen toen een zin zich aan hem opdrong. 'Ik heb besloten Guy terug te nemen.' Oliver vond het maar raar dat zijn moeder zoiets schreef. Alsof Guy (zijn vader natuurlijk) iets defects was dat ze in een winkel had proberen te ruilen. Hij las verder. 'Die ellendige kwestie heeft maar een paar weken geduurd. Een (een paar woorden die veel op Frans leken) die maar het best vergeten kan worden, dat zul je vast wel met me eens zijn.' Oliver concludeerde dat het iets te maken had met de thuiskomst van zijn vader na de oorlog. Hij was toen zes geweest en hij was thuisgekomen van school en er was een man geweest die in de salon zat en mama had gezegd: 'Papa is weer thuis, Oliver.' De man had hem geknuffeld en tegen hem gepraat en Oliver had weg gewild om met zijn trein te spelen.

Oliver hoorde voetstappen. Hij schoof de brieven terug in het bureau, pakte de presse-papier, stopte hem in zijn zak en rende de kamer uit.

Zijn ouders praatten. 'Een week – langer niet, denk ik... een bevrijding voor de arme ziel...' en hij slaakte een zucht van verlichting. Ze hadden geen ruzie. Pattersons ouders waren gescheiden en een van de andere jongens had het krantenartikel erover in handen gekregen en iedereen had Patterson gepest en Patterson had gehuild, het papkindje.

Na de thee reden ze door naar Olivers school. Daar kuste hij zijn moeder vaarwel, maar hij weigerde zijn vaders omhelzing en stak in plaats daarvan zijn hand uit. Hij herinnerde zich de geur van de dood en wilde zijn vader daarvoor straffen.

De volgende dag werd Guy bij een zekere mevrouw Myers in Curzon Street geroepen. Een mannelijke bediende in uniform (bestonden zulke mensen nog? Eleanor had al moeite om een goede schoonmaakster te vinden) ging hem voor naar een kamer boven, waar hij werd voorgesteld aan mevrouw Myers en haar dochter, Susan. Susan Myers keek hem niet aan en zei geen woord, maar bleef gemelijk haar nagels inspecteren; mevrouw Myers keek hem aan alsof ze een kakkerlak had ontdekt die over haar tapijt schuifelde en zei: 'Waar is dokter Stephens? We hebben altijd dokter Stephens.'

'Dokter Stephens voelt zich niet lekker, vrees ik, mevrouw Myers.' Guy had Selwyn eindelijk kunnen overhalen om zich te laten onderzoeken voor zijn hartkwaal. 'Kan ik ermee door?' Hij glimlachte gedwongen.

'Het zal wel moeten,' zei mevrouw Myers ijzig.

'Goed dan, wat zijn de problemen?'

'Mijn dochter voelt zich onwel.' Susan schuifelde en staarde door een gordijn van sluik, donker haar naar haar voeten.

Toen hij juffrouw Myers in een aangrenzende kamer onderzocht, had Guy er niet veel tijd voor nodig om de aard van Susans ziekte vast te stellen. Susan was zeventien en ongeveer drie maanden zwanger. En ze was ongetrouwd. Toen hij Susan haar toestand voorzichtig uitlegde, zei ze nors: 'Ik weet het. Lastig hè?'

'Wilt u dat ik het met uw moeder bespreek?'

Ze staarde hem aan. 'Mammie weet het uiteraard. Daarom heeft ze u laten roepen.'

'Wilt u dat ik zwangerschapszorg regel?'

Haar ogen vulden zich met minachting. 'Doe niet zo idioot. Mammie wil dat u het wegmaakt.'

Guy had moeite om zijn geschoktheid te verbergen. Met zijn rug naar haar toe, terwijl hij spullen in zijn tas borg, zei hij: 'Dan zal ik uw moeder uitleggen dat ik zulke dingen niet doe.'

'Niet u persoonlijk.' Haar minachting voor hem was hoorbaar. 'Ik bedoel – kunt u een kliniek aanbevelen? Lorna Cummings vertelde dat dokter Stephens een en ander voor haar had geregeld.'

Hij zei koel: 'Ik zei toch, ik doe zulke dingen niet.' Hij keek haar over zijn schouder aan. 'Kunt u niet met de vader trouwen?'

Er stond een geopende doos chocolaatjes op het nachtkastje. Ze begon snoep in haar mond te proppen. 'Doe niet zo idioot,' zei ze opnieuw. 'Hij is tuinman bij mij op school.'

Guy verliet de kamer. In het aangrenzende vertrek zei hij tegen Susans moeder: 'Uw dochter is drie maanden in verwachting, mevrouw Myers. Veel rust en een goed dieet zullen ervoor zorgen dat ze kerngezond blijft. Als u wilt dat ik een goede verloskundige aanbeveel, zal ik dat doen.' Hij verliet de kamer voordat ze kon antwoorden.

Hij deed zijn laatste visites met een robotachtige verstrooidheid. Het waren gelukkig routinebezoekjes – een zere keel, een ingroeiende teennagel, een verstuikte enkel. Toen hij klaar was, ging hij niet meteen terug naar de praktijk. De neerslachtigheid die de vorige middag was begonnen, toen hij op school afscheid nam van Oliver, was erger geworden. Hij ging een pub binnen en bestelde een glas whisky. Het kostte een eerste whisky om hem te overreden niet naar de kliniek te gaan waar Selwyn was opgenomen en op staande voet een verklaring te eisen. Een tweede om Selwyns antwoord te voorspellen als hij het wel zou doen. *Als ik haar niet naar een fatsoenlijke kliniek zou verwijzen, wordt ze misschien overgeleverd aan de genade van een of andere knoeier die tien jaar geleden is geroyeerd.* Hij wist zelfs niet of Selwyn er goed of slecht aan zou hebben gedaan. Hij was in zijn praktijk in Malt Street te vaak geconfronteerd met de gevolgen van een verknoeide abortus om enige morele triomf te voelen over zijn weigering. Hij wist alleen dat de klakkeloze veronderstelling van de dames Myers dat hij zou meewerken hem het gevoel gaf bezoedeld te zijn.

De whisky kon zijn wanhoop niet verlichten. Toen hij te voet terugkeerde naar de praktijk in Cheviot Street, dacht hij terug aan het afscheid van Oliver gisteren. Oliver had zijn omhelzing afgeweerd en in plaats daarvan voor het eerst zijn hand uitgestoken. Guy herinnerde zich dat hij Olivers hand had geschud met de woorden: *Fijn semester, kerel.* Een karikatuur van een Engelse vader uit de middenklasse. Het verdriet dat hij nu, denkend aan Oliver, voelde, leek hem erger dan al het andere verdriet dat hij had doorgemaakt. Hij wist dat het zijn schuld was en dat zijn afwezigheid – aanvankelijk weliswaar opgelegd door Eleanor, maar aanzienlijk verlengd door zijn eigen dwaze verhouding met Nicole Mulgrave – de oorzaak was van Olivers tweeslachtige houding tegenover hem. Toen hij in 1946 na zijn verblijf in het buitenland naar Holland Square was teruggekeerd, had hij zich een indringer gevoeld.

In Cheviot Street aangekomen beklom Guy de trap naar de receptie, met de bedoeling wat onafgemaakte paperassen op te halen en daarna naar huis te gaan, maar toen hij het vertrek binnenkwam, siste zijn assistente, Sylvia, hem toe: 'Er is iemand voor u, dokter Neville... Een zekere Mulgrave... geen patiënt van ons. Een kinkel, zo te zien... ik heb gezegd dat u geen avondspreekuur houdt... Zal ik de politie bellen?'

Een zekere Mulgrave... Guy's hart begon plotseling te bonzen. Hij realiseerde zich dat Sylvia hem aanstaarde, wachtend op een antwoord. Ze herhaalde: 'Zal ik de politie bellen, dokter Neville?' en hij knipperde met zijn ogen, schudde zijn hoofd en zei met vaste stem: 'Nee, Sylvia, het is in orde, ik handel het wel af.' Hij ging de wachtkamer binnen.

Toen hij zijn blik op de tegen het raam afgetekende gestalte richtte, bedaarde zijn hartslag enigszins. 'Hallo, Jake,' zei Guy.

'Ongelukje gehad,' legde Jake uit. Ze waren in de spreekkamer. Jake zat op een stoel en drukte een vieze lap tegen de zijkant van zijn hoofd terwijl Guy verband en een desinfecterend middel pakte. De lap was vuurrood van het bloed. 'Ben in het ziekenhuis geweest, maar er zaten een stuk of honderd andere arme sukkels op de eerste hulp – een busongeluk, zei iemand. Ik wilde niet wachten en ik herinnerde me een meisje dat ik heb gekend dat voor verpleegster had geleerd, dus ik dacht haar op te zoeken en misschien kon zij me helpen. Maar ze was niet thuis en ik bloedde als een rund, en toen dacht ik: Guy – wat denk je van Guy?' Jake glimlachte zelfvoldaan. 'Ik weet dat het lang geleden is...'

'Verdomd lang geleden.'

'Precies. Dus ik zocht je op in het telefoonboek.' Hij keek de kamer rond. 'Jee zeg, chic hoor. Een chippendale-bureau en... even denken... prenten van Stubbs aan de muren.'

'Reproducties,' zei Guy kort. Hij had nooit echt aan de glamour van zijn nieuwe onderkomen kunnen wennen. Hij en Selwyn hadden, op aandringen van Eleanor, de praktijk in Cheviot Street drie jaar geleden gekocht. Het zou handiger zijn, had ze gezegd. Ze was de patiënten die het huis aan Holland Square binnensloften beu.

'Echt waar?' Jake probeerde op te staan.

Guy duwde hem terug op zijn stoel. 'Echt waar. Zit stil, Jake.'

'Je hebt het vast ver geschopt, Guy. Terwijl ik... ik heb al mijn inspanningen gericht op verpauperen.'

Guy verwijderde behoedzaam de lap. Er zat een diepe snee in Jakes voorhoofd. 'En, is het gelukt?'

'Heel aardig.' Jake dacht even na. 'Ja, heel aardig.'

'Ik denk dat er een paar hechtingen in moeten... Ik kan je iets geven tegen de pijn, als je wilt.' Hij keek Jake aan. 'Maar je hebt al een paar slokken op, zie ik.'

'Dat kun je wel zeggen.'

'Wat is er gebeurd, Jake?'

'Een of andere klootzak in een pub... twintig pond was-ie me schuldig. Gewonnen met kaarten. Hij wilde niet dokken, zie je. Zei dat ik vals gespeeld had.' Boos keek Jake Guy aan. 'Ik speel niet vals, of wel soms? Niet een van mijn ondeugden.'

'Natuurlijk niet,' zei Guy sussend.

'In elk geval, we raakten slaags, maar ik moet meer gedronken hebben dan ik dacht, want hij was me de baas.' Hij keek op naar Guy. 'Ik ben in de rouw, zie je.'

Guy stopte even met het uitzoeken van krammen. 'In de rouw? Waarvoor?'

'Voor mijn verloren vrijheid.' Jake kromp ineen toen Guy de eerste kram aanbracht. 'Ik heb besloten werk te zoeken.'

Guy concentreerde zich op het hechten. Hij zag dat Jake lijkbleek was geworden. 'Als je denkt dat je flauwvalt, zeg het dan, dan stop ik.'

'Ik – val – niet flauw.' Jake sperde zijn ogen open, haalde diep adem. 'Ik moest van Faith.'

Guy's hand was volmaakt vast toen hij de laatste kram aanbracht. 'Wat moest je van Faith?'

'Werk zoeken. Een fatsoenlijke baan. Ik vroeg haar wat ik moest doen. Werk zoeken, zei ze. En nog iets, maar dat weet ik niet meer. Ik heb in Frankrijk gewoond, zie je, maar het werd niks.'

'Woont Faith in Frankrijk?' Guy's stem klonk scherp.

'Natuurlijk niet. Ze woont in Londen.'

Guy wachtte even, verband in zijn hand. Jake keek hem ongeduldig aan. 'In Soho, Guy.'

Soho. In gedachten berekende hij de afstand tussen Cheviot Street en Soho. Een kilometer of drie. Hij vond zijn stem terug. 'Woont ze daar al lang?'

'Een paar maanden. Sinds juni.'

Hij dacht, om de een of andere reden, dat hij het had moeten weten. Wanneer hij aan Faith dacht – en hij was er, meende hij, aardig goed in geslaagd haar uit zijn hoofd te zetten – had hij haar altijd ver weg gezien. Ergens waar het warm en zonnig was, met witte stranden en donkere dennenbossen. Het landschap van het verleden.

'Ze heeft een winkel,' zei Jake, 'De Blauwe Vlinder.'

De naam deed Guy ergens aan denken, maar hij wist niet waaraan. 'Wat voor winkel?'

'Jurken. Ze maakt rare dingen van vodden. Werkt samen met een angstaanjagend mens, een zekere Constance Fitzgerald.' Jakes gezicht had weer wat kleur gekregen. 'Het was natuurlijk een hele verrassing toen je er met Nicole vandoor ging en niet met Faith.'

'Dat is lang geleden,' zei Guy kortaf. 'En een ernstige vergissing.'

'Zeg dat wel.' Jake lachte. 'Nicole is sindsdien nog twee keer getrouwd. Een keer met een dichter – althans, hij noemde zich dichter – die omgekomen is bij een vliegtuigongeval – en een keer met een Amerikaan. Ze zijn gescheiden. Ik geloof niet dat ze momenteel getrouwd is.'

'En Ralph?' vroeg Guy. De afgelopen tien jaar had hij, vaak wanneer hij het het minst verwachtte, gemerkt dat hij Ralph miste. 'Hoe is het met Ralph?'

Jake haalde zijn schouders op. 'Ik zou het niet weten.'

Guy voelde zich verward. 'Is hij weer op reis...?'

'Ik zei toch, ik zou het niet weten.' En het laat je volkomen koud, dacht Guy. Jakes starre houding en kille stem suggereerden woede en haat. Guy dwong zichzelf zijn nieuwsgierigheid te bedwingen en stelde in plaats daarvan de vraag die hij het liefst beantwoord had.

'En Faith? Is ze getrouwd?'

'Faith?' Jake lachte opnieuw. 'Natuurlijk niet.'

Er viel een lange stilte. Guy keek naar Jakes geschonden gezicht. 'Je krijgt een schitterend blauw oog, vrees ik.'

'Moet er eigenlijk geen biefstuk op?' grijnsde Jake. 'Al kan ik me persoonlijk alleen lunchworst veroorloven.'

Guy zei vriendelijk: 'Moet je ergens naartoe, Jake? Ik kan je niet thuis uitnodigen, ben ik bang.' Een absoluut embargo op alle Mulgraves, al dan niet in elkaar geslagen.

Jakes ene goede oog, fonkelend van boosaardig begrip, zocht Guy's blik. 'Dit alles' – en zijn handgebaar omvatte het bureau, de dikke tapijten, het chique meubilair – 'ik had nooit gedacht dat je naar dit alles zou streven. Smeergeld, Guy?'

Hij mompelde: 'Iets dergelijks,' en begon op te ruimen.

Jake zei: 'Ik mag bij Faith op de grond slapen. Die goeie ouwe Faith.' Hij liet zijn hoofd in zijn handen zakken. 'God, wat heb ik een dorst!'

Guy schonk een glas water in en gaf het aan Jake.

'Klootzak,' zei Jake gelijkmoedig. 'Ik wed dat je daar ergens een fles whisky verstopt hebt.'

'Inderdaad, maar je ziet eruit alsof nog een glas je dood zal zijn.' Guy leunde tegen de rand van zijn bureau. 'Wat voor baan heb je in gedachten?'

Jake keek wanhopig. 'God mag het weten. Ik heb alles geprobeerd.' Hij stond op en liep naar het raam. 'Slager, bakker, kaarsenmaker – ik heb verdomme alles geprobeerd.'

'Onderwijzer?' opperde Guy.

Jake snoof. 'Ach, kom nou... Ik ben niet bepaald een voorbeeld – misschien van hoe je níét moet worden.'

De afgelopen tien jaren hadden Jake veranderd, dacht Guy. Achter de vlotte charme school verbittering, cynisme, die er vroeger niet waren geweest.

'Ik dacht gewoon,' zei hij, 'dat, aangezien je Frans spreekt... Je kunt nauwelijks erger zijn dan de leraren Frans die ik op school heb gehad.'

'Aardig van je, Guy.'

'Een beetje fatsoenlijk pak... een keer naar de kapper... veel meer zou er niet voor nodig zijn.'

'Ik zal er eens over denken.' Jake liep naar de deur. 'Afschuwelijke gedachte, maar ik zal erover nadenken.' Hij bleef op de drempel staan en keek Guy aan. 'Ga je Faith opzoeken?'

Guy schudde zijn hoofd. 'Ik denk het niet.'

Maar hij deed het natuurlijk wel. Hij ging na een bezoek aan een patiënt in Knightsbridge te voet naar huis. Hij maakte een omweg, om zijn benen te strekken. Hij maakte zichzelf wijs dat hij alleen maar uitleg wilde geven, alles rechtzetten.

Hij vond de winkel in een smalle straat, omringd door herinneringen aan de luchtaanvallen. Een smoezelig ogende club aan de ene kant en aan de andere kant een braakliggend stuk grond met hier en daar wilgenroosjes en de brokstukken van de muren van de huizen die er ooit hadden gestaan. Het regende pijpenstelen. Maar de naam op de gevel trof hem, een kleurige vlek. De Blauwe Vlinder, in licht kobaltblauw en goud; ook nu weer riepen de woorden herinneringen op. Hij stak de straat over en bekeek de jurken in de etalage. De ontwerpen waren eenvoudig en zonder tierelantijnen, de stoffen licht en luchtig, heldere tinten roze, citroengeel en muntgroen. Roomijskleuren, heel anders dan het marineblauw en ceriserood dat Eleanor bij voorkeur droeg.

Hij trok zich terug in de pub aan de overkant, bestelde een glas bier, zocht een plaats en observeerde. Er gingen verscheidene mensen de winkel binnen. Een paar van hen kwamen weer met grote kartonnen dozen naar buiten. Faith zag hij niet.

Hij pakte een muntstuk uit zijn zak. Kruis en hij zou naar huis gaan en nooit meer deze kant op komen; munt en hij zou de winkel binnengaan. Hij gooide de munt op. Kruis. Toch ging hij de winkel in.

Het interieur van De Blauwe Vlinder deed denken aan de binnenkant van een door de zee schoongespoelde schelp. De muren waren ivoorwit, azuur- en parelmoerkleurig geschilderd en er heerste dezelfde afwezigheid van drukke ornamenten die Guy bij de jurken in de etalage had opgemerkt. Het vertrek was eenvoudig, gestroomlijnd, een vleug frisse lucht. Hij dacht dat, als hij zijn ogen sloot en zijn longen vulde, hij in de verte de zee zou ruiken.

Het was er druk. Vrouwen inspecteerden met aandacht de jurken in de rekken. In een paskamer zei een stem luid: 'Die met die prachtige pofmouwen, lieverd. Die heb ik op mijn eerste avond aan gehad.'

Maar Faith zag hij nog steeds niet. Hij had half verwacht dat hij zich opgelucht zou voelen als ze er niet was, maar hij was zich bewust van een verpletterende teleurstelling. Zijn hart begon te bonzen toen er een deur openging, maar het was slechts een tijdelijke versnelling; een oudere vrouw, wier lange, grijze haren ontsnapten aan een vlecht op haar achterhoofd en wier grote gestalte gehuld was in een van de crèmekleurige jurken, kwam naar hem toe.

'Kan ik u ergens mee helpen, meneer?'

Hij greep het eerste het beste dat onder handbereik was, een sjaal, een ingewikkelde legpuzzel van glanzende stukjes stof.

'Ik neem dit.' Hij keek toe hoe ze de sjaal opvouwde en samen met een kaartje met de naam van de winkel in zijdepapier pakte.

'Dat is dan twee pond, zeven shilling en zes pence, meneer.'

Hij betaalde en liep haastig de winkel uit. Buiten was de regen heviger geworden en stroomde als een beek door de goot. 'Idioot,' mompelde hij hardop tegen zichzelf. Een voorbijganger draaide zich om en keek hem aan. 'Idioot dat je bent.' En hij smeet de sjaal in de eerste de beste vuilnisbak.

Een stem hield hem staande toen hij de hoek van de straat had bereikt. 'Guy!' riep ze. 'Guy!' En hij draaide zich om en zag haar.

Ze was met een klant in de paskamer geweest, legde Faith uit, toen ze hem hoorde praten. Ze vertelde hem echter niet dat haar knieën hadden geknikt, dat het bloed door haar aderen had gegonsd. Ze zei: 'Ik herkende je stem. Stemmen veranderen niet, nietwaar?'

Hij staarde haar aan. 'Ik heb amper een woord gezegd.'

Ooit had ze de echo van zijn voetstappen gekend. Ze stond naast hem in de regen, niet zeker wetend of hij niet zou verdwijnen, oplossen, zich opnieuw zou terugtrekken in herinnering en droom.

'Hé, je wordt drijfnat.' Hij opende zijn paraplu.

'Ik moet terug naar de winkel.' Opeens verlangde ze ernaar te vluchten naar de veiligheid die ze voor zichzelf had gecreëerd. 'Ik heb een van onze beste klanten achtergelaten in haar slipje en met mijn meetlint in haar hand.'

'Wanneer sluiten jullie?'

Ze keek op haar horloge, wrong in haar handen. 'Over twintig minuten.'

'Ik wacht in de pub.'

Ze keerde terug naar de winkel. Ze voelde zich enigszins misselijk. Con, achter de kassa, fluisterde: 'Bed-ogen en een Saville Row-kostuum – kijk uit, Faith,' en ze struikelde de paskamer binnen. Zichzelf streng aankijkend in de spiegel dacht ze: *Je stelt je aan. Je bent dertig. Je had hem moeten laten gaan.*

Na sluitingstijd vond ze Guy aan een tafel in de hoek van de pub. Er stonden twee glazen voor hem, beide onaangeroerd.

Ze zei: 'Was het toeval?'

'Ik liep een paar weken geleden Jake tegen het lijf. Hij vertelde me dat je hier werkte.'

Ze liet zich op de bank tegenover hem glijden en hief haar glas. 'Op onze schitterende carrières. De jouwe is duidelijk schitterend, Guy – wat een prachtig pak.'

Hun glazen raakten elkaar. 'Ik heb tegenwoordig een particuliere praktijk,' zei hij, 'dus het pak is verplicht.' Hij keek haar aan. 'Ik ben oud en rijk en veranderd. Maar jij... je ziet er geweldig uit, Faith. Zo elegant.' Hij leek bedwelmd.

'Vind je?' Het kwam allemaal in orde, hield ze zichzelf voor. Hij was, na een scheiding van tien jaar, een overblijfsel uit een ander leven geworden, een oude vriend die ze met afstandelijke, niet-nieuwsgierige genegenheid kon bekijken. 'Ik probeer *soignée* te zijn. Vind je ook niet dat iemand die een kledingzaak heeft *soignée* hoort te zijn?'

'Vertel eens iets over je winkel. Vertel over De Blauwe Vlinder. Jake zei dat jullie pas een paar maanden geopend zijn.'

'We draaien nog steeds met verlies en dat is een beetje zorgwekkend. We zijn jarenlang privé-naaister geweest – Con heeft vroeger bij Lucille's gewerkt en ik heb avondcursussen gevolgd. Ik doe de hele boekhouding en koop de meeste dingen in. We hebben al een paar vaste klanten, voornamelijk kunstenaars, schrijvers en dansers, dat soort mensen. Er zijn heel wat vrouwen die onze kleren maar raar vinden, maar sommigen zijn er weg van. Ik hoop dat het er genoeg zijn.' Ze zag dat zijn ooghoeken enkele fijne rimpeltjes vertoonden en dat het haar bij zijn slapen begon te grijzen. Het klopt wat hij zei, hij is niet dezelfde meer, dacht ze en ze voelde zich opgelucht.

'Na de oorlog,' legde ze uit, 'vermaakten we oude jurken. We konden niet aan nieuwe stof komen en ik heb altijd op rommelmarkten rondgesnuffeld, dat weet je nog wel, Guy, dus begon ik patchwork te maken van de dingen die niet meer te verstellen waren en daarvan maakte ik sjaals en bloezen.' Ze keek hem aan. 'Zoals die sjaal die je in de vuilnisbak hebt gegooid.'

'Heb jij die gemaakt?' Ze knikte.

'Dan ga ik hem onmiddellijk halen.'

Ze hoorde de dubbele deur van de pub dichtzwaaien toen hij de regen in liep. Alleen achtergebleven sloeg ze haar armen om zich heen en keek hem door het raam na. De regendruppels op de ruit verdoezelde zijn beeld en verwrong zijn donkere gestalte.

Met een gehavend pakje triomfantelijk in zijn hand duwde hij de deur open. 'Alsjeblieft.'

'Gúy!' De regen had zijn haren tegen de zijkant van zijn hoofd geplakt en de schouders van zijn grijze overjas donker gemaakt. 'Je bent doorweekt... je prachtige jas...'

Ze hoorde hem vragen: 'Hebben Jake en Ralph ruzie? Jake zei iets...'

'Jake praat al tien jaar niet meer met pa, Guy. Hij heeft pa altijd de schuld gegeven van Poppy's dood.' Somber voegde ze eraan toe: 'Pa had een verhouding, Ma kwam erachter. Ze kregen ruzie en ze ging een eindje wandelen om te kalmeren en dat Duitse vliegtuig schoot haar neer. Daarom geeft Jake pa de schuld. En pa geeft zichzelf natuurlijk de schuld.'

'Goeie god. Daar wist ik niets van.'

'Nee.' Ze keek hem aan. 'Hoe zou je het moeten weten? Je had andere dingen aan je hoofd.'

Hij bloosde. Ze schoof haar lege glas weg. 'Sorry. Ik kan maar beter gaan.'

'Alsjeblieft, niet doen. Ik wil het uitleggen.'

'Je werd verliefd op Nicole, Guy.' De pijn was gebleven. Dat alleen al maakte haar boos. Ze dwong zichzelf rustig te praten. 'Het gebeurde. Het is lang geleden. Het doet er niet meer toe.' Ze draaide zich om om haar tas op te pakken, maar hij greep haar hand.

'Ik was verliefd op Nicole. Ik heb nooit echt van Nicole gehóúden. Ik dacht het, maar het was niet zo.'

'Liefde... verliefdheid... wat maakt het uit?'

'Het ene is blijvend, dacht ik.'

Zolang hij haar aanraakte kon ze geen vin verroeren, weerhouden door een emotie die veel weg had van angst. Ze hoorde hem zeggen: 'Ik werd geobsedeerd door Nicole...' en ze zei, te luid: 'Néé. Nee, Guy – ik wil het niet weten...'

'Alsjeblieft. Ik vraag te veel, maar... Alsjeblieft, Faith.'

Ze trok zich los, maar had niet de wilskracht om de pub uit te lopen en zat uit het raam naar de regen te kijken terwijl hij praatte.

'Toen je uit Londen wegging, was ik verbitterd en kwaad. Het leek allemaal...' Hij zuchtte. 'De ene dag zei je dat je van me hield en de volgende was je verdwenen. En geen verklaring, niets. Ik nam aan... ik nam aan dat je van gedachten veranderd was. Of dat je had geprobeerd me te sussen, misschien. Dat mijn verklaring ongewenst was geweest... pijnlijk zelfs.' Hij dronk zijn glas leeg en ging verder: 'Ik voelde me zo leeg toen je weg was. Alles leek zo zinloos. En toen ontmoette ik Nicole in Londen. Ik had haar in geen jaren gezien. Ik kan niet uitleggen wat er gebeurde omdat ik het zelf nooit helemaal heb begrepen.' Guy fronste zijn voorhoofd; hij haalde diep adem. 'Toen ik studeerde heb ik eens per ongeluk een vleug ether opgesnoven. Alles leek anders. Het was alsof de wereld om zijn as kantelde. Mijn ontmoeting met Nicole was net zoiets.' Zijn stem werd harder. 'Maar ik probeer mezelf niet eruit te praten. En ik probeer niet te bagatelliseren wat ik gedaan heb of wat ik voelde. Maar hartstocht is niet genoeg. Het was wat ik al die jaren dat ik met Eleanor getrouwd was had gemist, maar op zichzelf is het niet genoeg. Wij – Nicole en ik – we wisten niet wat we met de rest van ons leven aan moesten. Wanneer we niet in bed lagen, waren we vreemden voor elkaar, twee mensen die toevallig in dezelfde kamer woonden. We wisten niet wat we moesten eten, hoe we moesten leven, hoe we de tijd door moesten komen. We zouden de minste of geringste moeilijkheid niet te boven zijn gekomen. Na de eerste paar weken wist ik het. Dus toen er iets vreselijks gebeurde...'

'Poppy,' fluisterde ze.

'Inderdaad, Poppy.' Hij zweeg even. 'Als we echt van elkaar hadden gehouden, had zo'n tragedie ons misschien nader tot elkaar gebracht. Maar dat gebeurde niet. Ze dreef ons uiteen. We zouden natuurlijk sowieso uit elkaar zijn gegaan, het versnelde het einde alleen maar, maar... Ik had de hemel gekend en toen kende ik de hel. Ik kon Nicole geen troost bieden, niet opbeuren.' Hij lachte schel. 'Vreemd, nietwaar, dat ze haar man en kind zonder zelfs maar om te kijken in de steek kon laten, maar dat de dood van haar moeder bijna háár dood werd? Ik was wel eens bang dat ze gek zou worden, zoveel verdriet had ze.'

Faith zelf herinnerde zich de maanden na de dood van haar moeder nauwelijks. Ze hadden een monotone grauwheid, een afwezigheid van de gebeurtenissen en emoties die het verleden gedenkwaardig maken.

'En toen, opeens,' vervolgde Guy, 'veranderde Nicole opnieuw. Ze begon uit te gaan naar clubs en schouwburgen en naar de huizen van de paar vrienden waar we nog altijd welkom waren. Maar zonder mij. En toen vertelde ze me dat het voorbij was. Ik had het zien aankomen. Ik was blij. Ik begon aanstoot te nemen aan haar vermogen om de scherven op te rapen, door te gaan met leven. Ik wist inmiddels dat mijn eigen leven in puin lag. Ik had mijn familie verloren, mijn huis, mijn carrière. En ik had jou verloren. Maar zij – ze had verschrikkelijk geleden, maar uiteindelijk leek het van haar af te vallen, haar ongedeerd te laten. Als ze gebleven was, zou ik haar gehaat hebben.'

Faith dwong zichzelf hem aan te kijken. 'En dus ging je terug naar Eleanor?'

'Ik ging terug naar *Oliver*.'

Ze dacht aan Elizabeth, aan de intense, pijnlijke liefde die ze altijd had gevoeld voor haar nichtje.

'Hoe is het met Oliver?'

Guy glimlachte. 'Uitstekend. Hij doet het zo goed op school, dat ze hebben besloten hem een jaar te laten overslaan.'

'Wat goed, Guy.' Ze keek naar haar handen. 'En Eleanor? Ze heeft alles wat haar hartje begeert, dus ik neem aan dat ze gelukkig is.'

'Nee.' Hij stak een sigaret op en schudde zijn hoofd. 'Nee, ik geloof niet dat Eleanor gelukkig is. In de oorlog, toen ze voor de WVS werkte, toen was ze gelukkig. Ze heeft er nooit iets voor in de plaats kunnen vinden. Ze heeft na de oorlog een paar keer gesolliciteerd, maar ze was ofwel te oud of ze wilden geen vrouw of het bleek routinewerk te zijn.'

Faith stelde zich Eleanor Neville altijd voor zoals ze haar voor het laatst had gezien, met triomfantelijk glanzende ogen. Het was moeilijk te geloven dat ook Eleanor het moeilijk had gehad.

'Eleanor wijdt haar energie nu aan haar gezin,' zei Guy droog. 'Aan mij, omdat ze via mijn positie status kan verwerven, en aan Oliver omdat ze van hem houdt.' Hij nam een trek van zijn sigaret. 'Zie je, ik heb het op een akkoordje gegooid, Faith. Eleanor nam me terug en ik mocht haar zoon weer zien op voorwaarde dat ik partner werd in haar vaders praktijk. Ik was de meesten van mijn eigen patiënten kwijt. Als een dokter zijn gezin verlaat voor een lichtekooi – en zo zagen ze Nicole – hebben zijn patiënten de neiging om weg te lopen. Het is niet gepast, snap je. Ik was niet het toonbeeld van rechtschapenheid waarvoor ze me hielden. Zonder Selwyns hulp zou ik waarschijnlijk nooit meer praktijk hebben uitgeoefend. Het is dus allemaal op zijn pootjes terechtgekomen, denk ik.' Hij glimlachte scheef. 'Maar soms, de laatste tijd, denk ik wel eens dat ik een te hoge tol heb betaald. Toen ik Jake zag – en hij was aangeschoten, Faith, en bijna beurs geslagen door een of andere bruut in een pub – toen ik hem zag, voelde ik me op de een of andere manier mínder dan hij.'

'Lieg niet tegen me, Guy. Veins geen emoties die je niet hebt.'

'Maar het is zo. Ik meen het.'

'Jake heeft niets, Guy.' Haar stem was schor. 'Niets blijvends. Geen huis, geen werk. Ik ben de tel kwijt van de baantjes, de vrouwen... Ik heb hem geld geleend dat hij nooit heeft terugbetaald, ik heb hem op borgtocht uit politiecellen gehaald als hij te veel gedronken had. Ik ruim de rotzooi op die hij achterlaat. Hij heeft ervoor gekozen zichzelf te ruïneren en ik heb meestal het gevoel dat ik niets kan doen om hem tegen te houden. Dus waarom zou jíj jaloers zijn op Jake?'

'Omdat hij tenminste eerlijk is. Terwijl ik... ik heb geleerd met een leugen te leven. Ik ben erg goed geworden in mezelf schoonpraten tegenover mezelf. Ik maak mezelf wijs dat de rijken net zo goed medicijnen nodig hebben als de armen en dat geld niet gelukkig maakt. Al dat huichelachtige, dubieuze zelfbedrog. Weet je,' zei hij verbitterd, 'ik denk wel eens dat ik mijn ziel heb verkocht. En dat ik daardoor ons allemaal heb vergiftigd – mezelf, Eleanor, zelfs Oliver.'

Toen ze uit het raam keek, zag Faith dat de regen minder was geworden en dat de glanzende plassen op het wegdek nog slechts werden gerimpeld door enkele uitdijende kringen. Ze zei: 'We hebben bijzondere tijden doorgemaakt, Guy. De regels veranderden voortdurend. We hebben ons erdoorheen geslagen.'

Hij citeerde: '"Vorm één front, koste wat het kost. Laat ze nooit merken dat het je iets doet,"' en ze glimlachte.

'De Mulgrave-regels... Dat je dat nog weet.'

'Ik weet nog alles.' Zijn stem klonk heftig. 'Ik herinner me La Rouilly... Ik herinner me dat we op de plas achter het huis roeiden... Ik herinner me de bossen en de adder...'

Toch kon ze zich nu niet meer herinneren hoe het voelde, die twee bijtwonden in haar huid. Ze hoorde hem zeggen: 'Ben je er nog wel eens geweest?' en schudde haar hoofd.

'Jake wel. Hij is tijdens de oorlog teruggegaan. In 1943. Hij heeft voor het verzet in Frankrijk gewerkt, weet je. David Kemp had het geregeld, omdat Jake Frankrijk zo goed kende.' Ze zweeg; ze wilde niet praten over of denken aan La Rouilly.

Hij fronste zijn wenkbrauwen. 'Is La Rouilly verwoest? Het was zo dicht bij Royan... Is het tijdens de landing in 1944 beschoten?'

'Nee, Guy.' Beseffend dat ze het hem moest vertellen, haalde ze diep adem en zei toonloos: 'In augustus 1940 besloten de Duitsers het kasteel te vorderen. Genya probeerde hen tegen te houden. Dat had ze altijd al gezegd. Ze stak het kasteel in brand, met zichzelf en Sarah erin. Het is alleen niet zo makkelijk als je misschien zou denken om een huis plat te branden. Alleen het dak en de zolderkamers werden verwoest. En Genya en Sarah overleefden de brand.'

Er viel een stilte. Faith dwong zichzelf om verder te gaan. 'Ze werden naar een concentratiekamp gestuurd. Genya was Pools en Sarah joods. Jake heeft na de oorlog navraag gedaan. Ze zijn alle twee in Auschwitz gestorven.'

'Goeie god,' fluisterde hij.

Na een poos zei ze: 'Een paar maanden geleden fietste ik door Norfolk, niet ver van waar Ralph woont, en ik stuitte op een huis dat me aan La Rouilly deed denken. Het was uiteraard heel veel kleiner en in Engeland, niet in Frankrijk, maar het hád iets. Ramen met luiken, bossen, een verwilderde tuin. Het stond leeg... te koop... al een paar maanden.'

Ze had niemand over het huis in het bos verteld. Zelfs Con niet. Ze vroeg zich af waarom ze het Guy vertelde. Een vredesaanbod misschien. Een gebaar van vergeving.

'Denk je erover dat huis te kopen?'

Ze lachte. 'Guy, er is geen stromend water en geen behoorlijke riolering, maar het kost nog altijd veel meer dan ik kan opbrengen. Maar ik geef toe, ik heb een fonds gesticht. Ik heb een jampot waar ik mijn sixpences in stop. Het is mijn droom, denk ik.'

Hij glimlachte, zocht in zijn zak en haalde er een sixpence uit. 'Laat me dan een bijdrage leveren. Je moet je droom nastreven. Ik heb de mijne lang geleden opgegeven.'

De verbittering in zijn stem was hoorbaar. Hij keek op zijn horloge. 'Ik moet gaan. Etenstijd.' Hij stond op. 'Je zou me kunnen bellen, als je wilt. Mijn praktijk is in Cheviot Street. Het nummer staat in het telefoonboek.'

Toen hij zich omdraaide, zei hij: 'Ik hield van Nicole vanwege haar overeenkomsten met jou, Faith. De verschillen werkten altijd op mijn zenuwen.'

291

11

Faith sloot de winkel af en liep naar Leicester Square, waar ze met Rufus had afgesproken. Mistslierten hingen rond de straatlantaarns en uithangborden. In het restaurant, na de maaltijd, gaf Rufus haar een pakje.

'Gefeliciteerd met je verjaardag, Faith.'

Ze pakte het uit. In het papier zat een kleine aquarel met twee blauwe vlinders. 'Rúfus!' Ze omhelsde hem.

'Vind je het mooi?'

'Ik hoor eigenlijk "Dat had je niet moeten doen" te zeggen. Maar ik zeg het niet; ik ben zo blij dat je het voor me gemaakt hebt en het is zo prachtig.' Ze zette de aquarel rechtop tegen haar glas.

Rufus bood aan haar naar huis te brengen. De mist was dicht en geel geworden; vochtparels hingen in zijn verwarde, koperkleurige haar. Ze hoorde hem zeggen: 'Ik wilde het ergens met je over hebben, Faith. De kwestie is: mijn vader dringt er al jaren op aan dat ik in het familiebedrijf kom werken. Ik heb altijd nee gezegd, maar ik denk erover van gedachten te veranderen.' Rufus' vader had een houtimporthandel.

'Maar je schilderen, Rufus – je zei...'

'Ik weet het. Ik heb altijd gezegd dat ik mijn artistieke ziel nooit zou bezoedelen met zoiets verachtelijks als commercie en dat ik honger wilde lijden voor mijn kunst en zo.' De punt van zijn sigaret was een rode speldenknop in het donker. 'Alleen, ik kan niet meer schilderen en dat is het ergste.'

'Je hebt die prachtige aquarel voor me gemaakt.'

Ze waren in Shaftesbury Avenue aangekomen. Het verkeer kroop traag door de mist, koplampen doemden op als bleke, bewegende manen. 'Toen had ik een goede dag. En ik deed het voor jou. Dat hielp. O, ik kan nog steeds af en toe een kleinigheid maken. Maar niks serieus. Ik zou een beroemd schilder worden, weet je nog, Faith? Iemand die ertoe zou doen. Nou, de oorlog heeft er een eind aan gemaakt. De visioenen die ik heb... niemand zou ze aan de muur willen hangen.'

Ze pakte zijn arm om over te steken, zigzaggend tussen de donkere vormen die plotseling opdoemden uit de mist. 'Maar Rufus, een kantoorbaan...'

De mist smoorde Rufus' stem. 'Ik heb het altijd volslagen onmogelijk gevonden, maar de laatste tijd denk ik vaak... nou ja, zo erg zou het toch niet kunnen zijn? Je komt elke dag op hetzelfde tijdstip binnen, je beantwoordt brieven en voert telefoongesprekken en je gaat naar vergaderingen. Ik heb altijd neergekeken op de voorspelbaarheid, de eentonigheid, maar dat doe ik niet meer. Het trekt me zelfs best aan. Ik zou weten wat er van me verwacht wordt. Een kunstenaar moet zijn eigen dag indelen – zijn eigen leven. Dat schijn ik niet meer te kunnen. En ook al heeft het werk me nooit erg aangetrokken, het zou me de dingen kunnen geven die wel iets betekenen. Ik zou een huis kunnen kopen... ik zou uit dat krot in Islington weg kunnen. Ik zou iets te bieden hebben.'

De lucht was vermengd met flarden ijskoude mist, maar haar gezicht voelde opeens verhit aan. Rufus zei, zoals ze had geweten dat hij zou zeggen: 'Ik vraag je om met me te trouwen, Faith. Ik weet dat ik het al vaker gevraagd heb en ik weet dat je altijd nee hebt gezegd, maar ik wil dat je er ditmaal over nadenkt.'

Ze liepen door de doolhof van smalle straten van Soho. Uit een deuropening kwam het schorre geluid van een saxofoon, in een andere stonden een man en een vrouw te ruziën; hun gevloek en de klap die ze hem in zijn gezicht gaf werden gedempt door de mist.

'Ik zou je iets beters kunnen geven dan dit.' Rufus' stem klonk smekend. 'Ik zou je een behoorlijk huis kunnen geven, een leuk huis met een tuin. Ik weet dat ik altijd met zulke dingen heb gespot, maar dat doe ik niet meer. En als jij er zou zijn – nou ja, meer zou ik niet verlangen.'

Ze hoorde de liefde in zijn stem. Ze zei zwak: 'Maar de winkel, Rufus...'

'Ik zou je niet vragen die op te geven. Ik weet hoeveel die voor je betekent. We zouden in een van de voorsteden kunnen gaan wonen en jij zou de trein naar de stad kunnen nemen.' Het was half elf; schimmige gedaanten stroomden een pub uit, botsten tegen hen op. Toen ze naar hem opkeek, zag ze hem glimlachen. 'Een halfvrijstaand huis in Metroland, wat vind je ervan, Faith? Ik zou een Ford Prefect kunnen kopen en jij zou taarten kunnen bakken en naar bridgeavonden gaan. Als je dat zou willen. We zouden kinderen kunnen krijgen – zoveel als je wilt. Ik weet dat je gek bent op kinderen. Ik heb je met Lizzie gezien.'

Ze waren bij de winkel aangekomen. Een verfrommelde krant waar nog een paar overgebleven frites aan plakten, waaide open in het portiek. Hij zei: 'Dít kun je toch niet willen,' en ze zag dat de vergulde letters van het uithangbord er in het donker vaal en sjofel uitzagen.

'Ik hou van je, Faith,' Hij pakte haar handen in de zijne. 'Ik hou al jaren en jaren van je. Ik weet dat je voor mij niet hetzelfde voelt, maar je vindt me in elk geval áárdig. En dat zou kunnen uitgroeien, zou het niet, als je het de kans gaf? Ik kan je zekerheid geven en comfort en liefde. Dat is niet weinig, wel dan?'

Ze fluisterde: 'Het is heel veel, Rufus.' Maar ze maakte zich van hem los.

In de daaropvolgende stilte duwde ze met haar vingertoppen tegen de etalageruit en keek hoe het koude water langs het glas biggelde.

Ze hoorde hem langzaam zeggen: 'Maar het is niet genoeg voor jou.'

Toen ze niet antwoordde, zei hij: 'Ik snap het. Zeg me alleen maar: hou je nog steeds van die dokter?'

Ze haatte zichzelf. 'Guy is al vijftien jaar getrouwd, Rufus.'

'Dat weerhield hem er niet van er met je zus vandoor te gaan, wel?'

Ze zei wanhopig: 'Als ik een béétje verstand had, zei ik ja. Je zult iemand erg gelukkig maken.'

'Je zou niet moeten aannemen dat jij de enige bent die standvastig kan zijn.'

Ze kromp ineen. 'Het spijt me. Het spijt me verschrikkelijk, Rufus.'

Het geluid van zijn voetstappen stierf weg toen hij snel wegliep. Ze zette de kraag van haar jas op en stak de sleutel in het slot. *Hou je nog steeds van die dokter?* Rufus' woorden galmden door haar hoofd, een uitdagend, indringend refrein op de discussie die zich in haar hart had afgespeeld sinds Guy in De Blauwe Vlinder was geweest. Negen weken, dacht ze. Het was negen weken geleden dat ze Guy had gezien.

Ze liep naar binnen en draaide de inhoud van haar tas om op de tafel om er de sixpences uit te vissen. Het was te koud om haar jas uit te trekken. Ze sneed de brieven open die die middag waren gekomen. Brieven van Ralph en Lizzie, kaarten van vrienden. Niets van Jake of Nicole. Ze begreep niet waarom ze het erg vond. Jake en Nicole hadden nooit aan verjaardagen gedacht, de hunne of die van een ander. 'Gefeliciteerd, Faith,' mompelde ze in zichzelf. Ze keek de kamer rond, liet haar blik rusten op de kaart die Lizzie voor haar had gemaakt, de vulpen die David had gestuurd. Haar blik dwaalde naar de jampot, nu bijna vol sixpences. Ze drukte haar vuisten tegen haar oogkassen. Ze was eenendertig en ze vierde haar verjaardag in haar eentje, te midden van cadeaus van andermans echtgenoot, andermans kind. Ze had vanavond datgene afgewezen waarnaar ze verlangde, wat zoveel vrouwen vanzelfsprekend vonden – een thuis, een gezin. Haar droom – het huis in het bos – was onbereikbaar, even onpraktisch als alle buitensporige fantasieën van Ralph.

Ze keek uit het raam. 'Je hebt medelijden met jezelf,' zei ze hardop, streng. 'Je hebt ervoor gekozen vanavond alleen te zijn; je hebt ervoor gekozen niet met Rufus te trouwen.' Het hielp niet. Het appartement leek koud en beklemmend en de mist drukte tegen de ramen. Faith liep naar de winkel beneden. Daar liet ze de rug van haar hand over de dikke stapel fluwelen en koele, glanzende zijden stoffen glijden; ze ruimde een la op en veegde een stofje van de toonbank. De telefoon nam niet meer dan een hoek van de toonbank in beslag, maar het was alsof hij de hele ruimte vulde, tot het het enige was wat ze zag. Ze zei tegen zichzelf: *Je hebt dit. Je hebt werk waarvan je houdt en een dak boven je hoofd en dat is meer dan menig ander heeft. Je hebt hopen vrienden en je hebt je familie. Je hebt gereisd, je hebt alles van de wereld gezien wat je wilde zien. Het zou genoeg moeten zijn.*

Haar vingertoppen raakten de hoorn aan en volgden de ronde gaatjes in de kiesschijf. Ze dacht dat Rufus gelijk had: het was niet genoeg. Er ontbrak iets. Ze miste volwassen liefde. Ze had verhoudingen gehad – vier of vijf sinds de oorlog – maar die hadden nooit langer dan een paar manden geduurd. Ze had al haar energie aan De Blauwe Vlinder gewijd, niet aan haar minnaars. Nu kon ze zich nauwelijks herinneren hoe ze er uit hadden gezien. Haar hart leek kleiner en kouder geworden. *Je bent altijd al de saaiste van mijn kinderen geweest,* had Ralph gezegd, lang geleden, en alles wat ze deed leek zijn gelijk aan te tonen. Ze vroeg zich af of het dit was wat ouder worden betekende: het verkleinen van kansen, het sluiten van deuren. Ze herinnerde zich ook hoe ze in de paskamer had gestaan, meetlint in de hand, terwijl ze Guy's stem hoorde en het bloed door haar aderen voelde bruisen. Ze zei hardop tegen zichzelf: 'Hij is getrouwd. Wat kan hij meer bieden dan stukjes van zijn leven?' Ze drapeerde drie sjaals over de rugleuning van een stoel. Stukjes stof, maar ze glansden, ze waren mooi. Ze liep weer naar de toonbank en nam de hoorn van de haak. Ze hoefde het nummer niet op te zoeken; ze had het van buiten geleerd. Hij zou niet in zijn praktijk zijn. Het was al laat; hij zou naar huis zijn gegaan.

Maar er werd opgenomen en een stem zei: 'Met dokter Neville. Kan ik u helpen?'

Ze slikte. 'Guy, met Faith.'

'Faith. Waar ben je?'

'Thuis. In mijn appartement boven de winkel.'

'Zal ik komen?'

Ze aarzelde niet. 'Ja, Guy. Ja.'

Ze opende de deur. Kleine parels van vocht, gesponnen door de mist, glansden op de schouders van zijn jas. Hij zei: 'Hondenweer... kon de weg niet vinden,' maar ze trok hem tegen zich aan, zodat hij zijn armen in een verpletterende omhelzing om haar heen sloeg. Toen hij zich losmaakte, was het om haar te kussen, haar ogen, haar voorhoofd, haar mond. En toen haar hals, talmend in de holte bij haar keel, en zijn lippen volgden de zwelling van bot onder huid. Zijn handen maakten de knoopjes van haar bloes los; ze begroef haar vingers in zijn donkere haar. Opnieuw trok ze hem naar zich toe. Ze had zich de diepte van haar behoefte niet gerealiseerd voordat hij haar aanraakte. Ze vielen op de grond en zijn handen rukten aan haar rok. Ze hoorde het scheuren van een naad toen haar laatste kledingstuk opzij werd gesmeten en toen was ze zich van niets anders bewust dan van zijn vlees in de greep van het hare en het heerlijke zwellen van genot in haar. Ze voelde dat hij huiverde en ze hoorde zichzelf een kreet slaken toen haar climax naderde en kwam.

Na een poos zei hij: 'Faith, mijn liefste Faith – zeg iets tegen me.'
Hij raakte haar gezicht aan. 'Je bent ijskoud, lieverd. Ik zal een tapijt
kopen om op dit verrekte zeil te leggen.'

Hij hield haar vast tot ze ophield met beven. Ze dacht dat ze eeuwig had gewacht op zitten zoals nu, huid aan huid, bot geklemd
tegen bot. Ten slotte nam hij haar handen tussen de zijne en zei: 'Je
hebt het nog steeds koud. Ik zal een kop thee voor je zetten. Niet erg
romantisch, ik weet het – het zou eigenlijk een champagnecocktail
of zoiets moeten zijn – maar het lijkt hier wel een vrieskelder.'

Hij trok zijn broek aan en ging naar de keuken. Ze sloeg zijn overhemd om zich heen. Hij zocht in de provisiekast naar een pakje thee
toen ze naar hem riep: 'Ik dacht vroeger altijd dat, omdat je mijn
leven had gered – die adder, Guy, weet je nog? – dat ik altijd de
jouwe zou zijn.'

'Dat ben je ook.' Hij kwam even de keuken uit, theezeefje in de
hand. 'Natuurlijk ben je dat, verdomme. Daar gaat het om. En omgekeerd natuurlijk.'

Met haar armen rond haar knieën geslagen zat ze naar het rinkelen
van theekopjes en schoteltjes te luisteren. Toen hij het serviesgoed
bracht, zei hij: 'Je gelooft het nog steeds, hè? Goeie god, Faith – ik
ben hier nog nooit geweest, maar ik heb het gevoel dat ik thuis ben
gekomen.'

Ze keek toe terwijl hij thee inschonk; ze liet hem haar koude handen rond het kopje vouwen. Toen ging Guy op zijn knieën op de
grond zitten en begon aan de gashaard te prutsen in een poging de
schamele elementen wat meer warmte te ontfutselen. Met zijn rug
naar haar toe zei hij: 'Maar je hebt er niet altijd zo over gedacht, nietwaar? In de oorlog, toen je wegging... Ik heb geprobeerd het op een
rij te zetten. Je zei dat Jake erachter kwam dat Ralph een verhouding
had. Jake heeft je erover verteld, neem ik aan. Was dat de reden waarom je niet naar het park kwam? Was dat de reden waarom je wegging? Omdat, in die tijd, buitenechtelijke relaties heel smoezelig
werden gevonden?'

'Voor een deel.' Het was tien jaar geleden, maar ze herinnerde zich
die warme, drukkende augustusdag nog levendig. 'Zie je, ik wachtte
te lang, Guy. Ik kon geen beslissing nemen. Ik wist wat ik wilde –
maar ik wist ook wat ik moest dóén. Dat had Eleanor me volstrekt
duidelijk gemaakt.'

Hij zei scherp: 'Eleanor?'

'Ik had haar de ochtend daarvoor gesproken. Heeft ze dat nooit verteld? Nee, natuurlijk niet. In elk geval, ze liet me weten dat ze vond dat ik – en de rest van mijn familie – losbandig, ongeloofwaardig en onbetrouwbaar was.' Ze lachte. 'En natuurlijk, veel van wat er sindsdien is gebeurd, bewijst haar gelijk.'

'Dus Eleanor' – Guy sloeg met zijn platte hand tegen de zijkant van de haard; blauwe vlammen flakkerden – 'Eleanor heeft je gewaarschuwd?'

Faith knikte. 'Daarom weifelde ik en toen kwam ma en vertelde dat Nicole erg ziek was – ze was na de geboorte van Lizzie bijna gestorven, Guy – en toen was het inmiddels te laat. Ik ging naar Compton Deverall om bij Nicole te zijn en inderdaad – het leek me beter je met rust te laten, uit je leven te verdwijnen.'

'En toen ging ik er vandoor met Nicole...' Hij schudde zijn hoofd en mompelde: 'Goeie god, je zou me erom moeten haten.'

Faith zette haar thee weg en knielde naast hem neer voor het vuur. 'Denk je dat we een stukje van ons leven voor elkaar zouden kunnen reserveren, Guy?' Glimlachend hief ze haar hand op en streek de donkere haarlok die over zijn voorhoofd was gevallen naar achteren. 'Zoals ik mijn sixpences spaar in een jampot?'

Hij begon haar te kussen. Zijn nabijheid leek op dat moment overweldigend; ze had zich deze momenten al zo vaak voorgesteld, dat de werkelijkheid een bijna ondraaglijk geluk was. Opeens had ze tijd, stilte, afzondering nodig om zo'n wending van het lot te verwerken.

Ze keek op haar horloge. Het was bijna elf uur. 'Je moet gaan, Guy,' zei ze zacht. 'Eleanor zal je verwachten.'

'Ik wil niet gaan.' Hij trok haar tegen zich aan, begroef zijn gezicht in de holte van haar schouder.

'Je moet.' Ze kuste hem, liet haar mond aarzelen op zijn zijdezachte, donkere haar. Ten slotte kleedde hij zich aan en verliet het appartement.

Toen hij weg was fladderden woorden, beelden, herinnerde gevoelens als neerdwarrelende blaadjes door haar hoofd. Ze rolde zich op op de bank, sloeg een deken om zich heen, keek naar de vlammen en ademde zijn geur in die nog aan haar huid hing.

Ze stelden regels op. Andere regels dan de Mulgrave-regels. Heimelijke ontmoetingen in een museum of een park – tien minuten die een doodgewone dag veranderden in een blije dag. Af en toe een uur of twee, vrijend in een hotelkamer. Als ze elkaar niet konden ontmoeten, waren er de telefoongesprekken, de pijnlijke, heerlijke telefoongesprekken, waarbij geen van beiden de eerste wilde zijn om op te hangen. Geen brieven die hen konden verraden. Als niemand het wist, hielden ze zichzelf voor, zou er ook niemand gekwetst worden.

Hij wilde cadeaus voor haar kopen, geschenken meebrengen, maar ze weigerde – zijn geld was van Eleanor, zei ze. Eén keer, toen zowel Eleanor als haar vader weg was, brachten ze een hele nacht samen door. Ze gingen pas slapen toen de kille dauw de daken van Londen zilvergrijs kleurde.

Een winter van sixpences. Ze was nog nooit zo gelukkig geweest.

Halverwege het voorjaarssemester van 1952 begon Jake les te geven aan de Heatherwood Court-jongensschool. Hij had zich zo lang mogelijk tegen het door Guy Neville geopperde idee verzet, maar toen, inziend dat hij zonder werk net zo zou worden als Ralph – een zwerver, een klaploper, een niksnut – had hij geschreven op een advertentie in de krant. Tot zijn verbazing had de directeur, kapitein Munday, hem teruggeschreven en onmiddellijk aangenomen.

Heatherwood Court stond aan de woeste, grijze kust van Noord-Cornwall. De school was gevestigd in een groot, Edwardiaans huis met vaalbruin linoleum en crèmekleurige en hardgroene muren. De eerste dag, toen hij kleine jongens na de vakantie verdrietig afscheid zag nemen van hun ouders, zei Jake ontsteld: 'Het lijken wel vluchtelingen!' De geschiedenisleraar, een al wat oudere man die Strickland heette, draaide zich naar hem om en zei: 'Het is een voorrecht dat ze hier mogen zijn, Mulgrave. Vergeet dat nooit.' Er had een zweem van spot in Stricklands stem gelegen.

Jake vond het schoolreglement hopeloos verwarrend. Er waren verschillende trappen voor de jongens en voor de leraren en in veel schijnbaar willekeurige delen van de school mochten de leerlingen niet praten. Elke woensdagmiddag sjokte iedereen over winderige velden om spellen te doen die Jake, zelfs na een maand op Heatherwood, nog altijd onbegrijpelijk vond. Hij was opgelucht toen een verkoudheid hem ontsloeg van toezicht houden op de rugby-oefenwedstrijden. De verpleegster, een stuurse Poolse die een zoon in Jakes klas had, gaf hem een pot zalf en opdracht een frisse neus te gaan halen. Jake gooide de zalf weg en maakte een lange wandeling over de rotsen.

Diep onder hem wierpen donkere golven zich op vlijmscherpe rotsen. Voorzichtig over het smalle pad lopend besloot Jake de school nog een paar weken kans te geven en als het dan niet draaglijker was geworden, zou hij aan het eind van het semester ontslag nemen. Hij zou naar het buitenland gaan – Italië misschien. Hij was in geen jaren in Italië geweest. Hij zou naar Italië gaan en zich dooddrinken, dan zou hij tenminste als een gelukkig man sterven en Faith niet langer tot last zijn.

Een stem zei: 'Mulgrave. Wat doe jij in godsnaam hier?' en Jake schrok.

'Nadenken over de dood, Strickland.'

'Akelig koude manier, kerel. En je zou de jan-van-genten storen.' Strickland had een verrekijker in zijn hand.

'Ik wist niet dat je vogelaar was.'

'Mijn dekmantel. Ik zou eerlijk gezegd gek worden als ik ginds niet één keer per week weg kon. Mijn been – beter gezegd: het ontbreken ervan – behoedt me voor over speelvelden hobbelen.' Strickland was vijfendertig jaar geleden gewond geraakt tijdens de slag aan de Somme. Hij keek Jake aan. 'En jij?'

'Een verkoudheid.'

'Heb je soelaas gezocht bij de Horribele Hongaarse?'

'Mevrouw Zielinski is Pools. En ze is niet lelijk... ze is best mooi.' Bij zijn bezoek aan de ziekenboeg had Jake opgemerkt dat de verpleegster zwart haar had, een bleke huid en ogen als glinsterende splinters Cornish graniet.

Strickland zei sarcastisch: 'Iedereen heeft het geprobeerd. Denman... Lawless... ik natuurlijk niet, ik ben dat soort dingen ontgroeid. Heb je iets bereikt?'

'Mevrouw Zielinski schreef zalf voor en zei dat ik niet mocht roken.' Jake hield Strickland zijn pakje Players voor en stak een sigaret op.

Strickland haalde een heupflacon uit zijn zak. 'Slok?'

De whisky verwarmde hem. Strickland keek hem aan en zei: 'Ik vroeg me eerlijk gezegd af of dat je zwak was.' Ze liepen verder over het pad. 'We zijn allemaal kneuzen,' legde Strickland uit. 'Kapitein Munday selecteert er zijn personeel op. Ik heb mijn been, Lawless houdt van gokken, Denman is van Cambridge geschopt en Linfield... Linfield is natuurlijk een sadist.'

Jake lachte. 'Ik vroeg me al af waar ik mijn baan aan te danken had. Ik heb geen enkel diploma.'

'Ons hoeft de brave kapitein niet zoveel te betalen, snap je. Houdt het schoolgeld hoog en de salarissen laag, zodat hij liever vroeg dan laat met pensioen kan in zijn bungalow op Canvey Island of waar ook.' Strickland keek Jake aan. 'Maar hij had geluk dat hij jou kon krijgen, al denk ik niet dat hij het beseft.'

Ze hadden de landtong bereikt. Engels gras groeide veerkrachtig op de hobbelige grond. Jake keek naar Strickland. 'Waarom zeg je dat?'

'Omdat je goed bent voor je werk.'

Jake bulderde weer van het lachen. 'Ik moet Latijn geven – het was niet de bedoeling; ik ben aangenomen voor Frans en Duits – maar degene die Latijn zou komen geven kwam niet opdagen. Ik lig één les voor op de jongens, Strickland. Ik lees de inleiding de avond tevoren.'

'Je mag die ettertjes,' zei Strickland laconiek.

'De jongens?'

'Ja. Ik heb de pest aan ze, zie je. Terwijl jij ze mag.'

Een windvlaag trof Jake in het gezicht. Hij knipperde met zijn ogen. 'Ja, ik geloof van wel.'

'De rest doet er niet toe. Je mag die jongens en je doet je best voor ze – inclusief de imbecielen, de ezels en de huilebalken – en dat maakt je een goede leraar.'

Jake gooide zijn peuk in de kolkende golven onder hen. In de verte luidde een klok. 'Terug naar de gevangenis,' zei Strickland neerslachtig.

Jake realiseerde zich na enige tijd dat hij het in stukjes verdelen van elke dag prettig vond: lessen, sport, studie, middag- en avondeten, recreatie. Hij was blij dat hij geen beslissingen hoefde te nemen, geen zin hoefde te ontlenen aan een bestaan waarvan hij de willekeur al lang had ontdekt. Zijn afkeer van het sombere, grijze landschap van Cornwall werd wat minder en hij begon de ruige kustlijn en het verlaten, spookachtige heidelandschap minder te verfoeien. Zijn kleine studeer-slaapkamer met zijn ontoereikende verwarming en bruine zeil op de vloer werd vertrouwd. Afleiding was er weinig – eens in de week een borrel met Strickland en Denman, de leraar Engels, in Stricklands studeerkamer; een koude wip met een lokale barmeid op de hei rondom de school. Er waren weinig vrouwen op Heatherwood – de angstaanjagende mevrouw Munday, de vrouw van de directeur, een kolossale, stokoude kokkin en een paar slaafse kamermeisjes, die Jake halfslachtig achternazat. En de verpleegster, mevrouw Zielinski, wier tong even scherp was als de naald die ze gebruikte om steenpuisten door te prikken.

Heatherwood Court zelf bleef verbijsterend. Het meest verontrustend vond Jake het vertrouwen dat de school stelde in lijfstraffen. Zelfs het leger, dacht Jake, sloeg zijn rekruten niet met leren riemen. De riem hing in een kast in de hal; opstandige jongens moesten hem gaan halen en werden op die manier gedwongen mee te werken aan hun eigen pijn en vernedering. Jake nam nooit zijn toevlucht tot de riem – hij werd al misselijk als hij ernaar keek – maar de meeste andere leraren gebruikten hem weleens. Meneer Linfield, de wiskundeleraar, sloeg jongens herhaaldelijk met de riem. Meneer Linfield, voelde Jake, genoot ervan.

Op een avond, toen hij van studietoezicht terugkeerde naar zijn kamer, kwam hij meneer Linfield tegen die met een van de leerlingen sprak. Het was schemerig in de gang (kapitein Munday bezuinigde op elektriciteit) en Jake moest turen om te zien wie de jongen was. Kirkpatrick zat in Jakes klas. Hopeloos slordig, bijziend en kortademig, stuntelig in sport als hij was, was hij een impopulaire en onaantrekkelijke jongen. Zijn ouders woonden in Afrika; tijdens de korte schoolvakanties werd Kirkpatrick toevertrouwd aan de hoede van een ongetrouwde oom. Jake had moeite zich een miserabeler bestaan dan dat van Kirkpatrick voor te stellen.

Linfield gaf Kirkpatrick op zijn falie. De arme jongen had natuurlijk zitten knoeien met zijn vergelijkingen dacht Jake, of was gestruikeld over zijn rekentabellen. Linfield kon de jongen elk moment om de riem sturen. Maar toen Jake dichterbij kwam, zag hij dat Linfield Kirkpatricks bril afzette en de jongen met zijn vlakke hand hard in het gezicht sloeg. De geluid van de klap galmde door de gang.

Hij kon zich naderhand niets meer herinneren van het moment tussen Kirkpatricks snik van pijn en het kraken toen Linfields hoofd tegen de muur sloeg. Er was een soort zwart, leeg gat. Jakes handen lagen rond Linfields nek; zijn duimen drukten Linfields magere keel dicht. Kirkpatrick was hem gesmeerd – rennende voetstappen, een klein gezicht dat nat was van tranen. Linfield vocht en proestte en hapte naar adem: 'Verdomme, Mulgrave, laat me los,' en begon toen te hoesten. Zijn gezicht veranderde van rood in wit en dan in blauw. De kleuren van de Britse vlag, dacht Jake. Hij bleef knijpen. Toen, opeens, voelde hij dat iemand hem weg probeerde te trekken en hij hoorde Strickland zeggen: 'In godsnaam, Mulgrave, je vermoordt hem,' en zijn handen gleden van Linfields keel. Linfield zakte hoestend op de grond.

Jake liep de gang uit, de school uit, over de speelvelden naar de klippen. Het pad was een smalle geul van glibberige modder. Golven beukten tegen de ruige kust. Schuimvlokken, opgewaaid door de wind, bevochtigden zijn wimpers. Op de rand van de klif staand bedacht hij hoe makkelijk het zou zijn om te vallen, in de afgrond te tuimelen, omhoog te kijken en het water te zien sluiten boven je hoofd. Hij verachtte zichzelf omdat hij niet in staat was naar voren te stappen, omdat hij wist dat het de eerste stap was die moeilijk was, niet de rest.

Na een poos hoorde hij een stem die zijn naam riep; hij draaide zich om en zag mevrouw Zielinski, de verpleegster, in zijn richting rennen.

'Meneer Strickland en ik hebben u overal gezocht, meneer Mulgrave.' Ze was buiten adem en had roze vlekken in haar bleke gezicht.

Jake gooide zijn sigarettenpeuk in de golven.

'U rookt te veel,' zei ze berispend. 'Uw hoest zal terugkomen.'

Hij zei: 'Dan hou ik ermee op,' en gooide het pakje Players eveneens in zee en ging in het gras zitten. 'Zo. Nu komt het allemaal goed.' Hij sloeg zijn armen rond zijn knieën en trok ze tegen zijn gezicht.

Ze keek naar hem omlaag. 'Ik kwam zeggen dat meneer Linfield niets mankeert,' zei ze. 'Ik heb hem onderzocht – hij heeft alleen een paar oppervlakkige kwetsuren.'

'Ik hoopte eigenlijk,' zei Jake, 'dat hij dood was.'

'Dan bent u erg dom, want dan zouden ze u ophangen en dan zou u ook dood zijn.'

Hij wreef met zijn hand over zijn neus, staarde naar de zee en zei niets. Ze zei: 'Ik was bang toen ik u hier zag staan. Ik dacht dat u iets doms zou doen.'

Hij keek haar verbaasd aan en lachte. 'Ik had de moed niet.'

'Moed. Waarom zegt u dat?' Haar stem klonk fel. 'Voor doorgaan is moed nodig. Dat andere is de makkelijke uitweg.'

'Goeie god. U praat alsof u te veel damesbladen hebt gelezen. Ik had u hoger aangeslagen, mevrouw Zielinski. Ik dacht dat u ontevreden was, net als ik.'

'Linfield is natuurlijk een vreselijke man. Ik neem u niet kwalijk wat u gedaan hebt. Het was dom, maar ik neem het u niet kwalijk.' Ze keek hem weer aan. 'Gaat u mee terug naar school, meneer Mulgrave?'

Ze denkt dat ik mezelf wil verdrinken, dacht Jake en hij grimlachte. Hij schudde zijn hoofd. Hij voelde zich leeg van binnen.

'Het is koud.' Ze rilde en trok de voorpanden van haar vest naar elkaar toe. 'U loopt nog een longontsteking op... het is idioot om zo te blijven zitten, in het natte gras.'

'Dan loop ik,' zei hij en stond op.

Ze kwam achter hem aan, haar kleine passen trippelden op de ingeklonken grond. Na een poos draaide hij zich abrupt om en zei boos: 'Ga naar huis. Ga in godsnaam naar huis.'

'Het is bijna donker. U kunt wel uitglijden en vallen.'

'Nou en? Geen groot verlies.'

'Nog meer domme woorden, meneer Mulgrave.'

Hij was boos over haar vasthoudendheid, haar bemoeizucht. 'Ga naar huis, mevrouw Zielinski. Ik ben de moeite van het redden niet waard. Ik ben niet beter dan Linfield, ziet u.'

'Nu praat u onzin. U bent heel anders dan hij.'

Hij zei, wat kalmer: 'Linfield geniet ervan om jongens pijn te doen. Ik genoot ervan om Linfield pijn te doen.'

Hij zag en genoot van de verbijstering in haar ogen. 'Ik meen het,' zei hij. 'Ik genoot ervan.' Toen hij de woorden over zijn schouder riep, nam de wind ze bijna mee en hij dwong zichzelf terug te denken aan de eerste keer dat hij die kille, opwindende razernij had gevoeld. In Spanje, tijdens de burgeroorlog misschien. Of tijdens de tocht als een nachtmerrie door Frankrijk, toen hij wakker wordend de man had gezien die de fiets jatte die hij zelf had gestolen.

'Ik wilde hem vermoorden,' riep hij naar haar achterom. 'Ik wed dat ik het gedaan zou hebben als Strickland niet was gekomen.'

'Dat is heel iets anders!' Ze liep stug door en kwam op gelijke hoogte met hem door op de smalle, met gras begroeide richel aan de rand van de klif te klimmen. 'Kirkpatrick is een jongen.'

'En Linfield is een astmatische zuipschuit die zijn eigen zwakheid botviert op degenen die zwakker zijn dan hij.' Maar hij kon het vreemd genoeg niet verdragen haar daar te zien, balancerend tussen twee werelden, het land en de zee. Hij zei: 'Kom daar af. Dadelijk glijdt u uit.'

'Wat kan u dat schelen? U trekt zich nergens iets van aan.'

Hij pakte haar hand en trok haar in veiligheid. '*U* zou zich er iets van aan moeten trekken. Uw zoon...'

'U hebt niets met George te maken. U hebt met niemand iets te maken.'

Hij zag haar een stap terug doen naar de rand. Hij dacht heel even dat hij haar pijn wilde doen, zoals hij Linfield pijn had gedaan, maar in plaats daarvan trok hij haar ruw naar zich toe. Met door haar lichaam gesmoorde stem zei hij: 'Niet doen.'

Ze rilde – van de kou, van angst, hij wist het niet. Een snel, regelmatig trillen onder zijn vlakke handpalm. Hij trok zijn jasje uit en sloeg het om haar heen.

Ze fluisterde: 'Dank u, meneer Mulgrave.'

'Jake. Verdorie, ik heet Jake.'

Ze hadden bijna de plek bereikt waar de klif afdaalde naar een klein, rotsachtig strand. Hij besefte dat hij op een andere rand stond dan waarop ze slechts enkele ogenblikken geleden hadden gewankeld. Hij keek naar haar omlaag en glimlachte scheef.

'Het is de gewoonte, mevrouw Zielinski, als iemand zich voorstelt, om dat ook te doen.'

Het bleke gezicht werd rozig. 'Ik heet Mary.'

'Ik had iets exotisch verwacht. Iets Pools.'

'Ik ben nu een Engelse, meneer Mulgrave. Jake, bedoel ik. Ik ben Engelse en George, mijn zoon, is Engelsman.' Haar stem klonk trots. 'Ga je nu mee terug naar school?'

Ze waren afgedaald naar de betrekkelijke beschutting van de baai. De wind woelde door haar haren; haar lippen waren nog steeds een beetje blauw. Ze maakte een klein gebaar van ongeduld, van verwarring.

'Ik kan het wel schudden, hè?' zei hij. 'Ze zullen me niet bepaald met open armen ontvangen, na mijn poging om een collega te wurgen.'

Voor het eerst glimlachte ze. 'Je werkt hier nog niet zo lang als ik, Jake. Kapitein Munday zal niets doen. Geloof me. Hij zal een schandaal willen vermijden en bovendien is hij lui en hij zal geen zin hebben om een nieuwe taalleraar te zoeken.'

De ijskoude wind schuurde Jakes gezicht. Hij wist dat het opnieuw zou gebeuren. Hij kende zichzelf in elk geval, dacht hij wrang. Zijn zelfkennis, het besef dat hij vroeg of laat eigenhandig het tijdelijke toevluchtsoord dat Heatherwood was geworden zou vernietigen, maakte veel goed.

Hij zei: 'Heeft Strickland je zijn theorie voorgelegd? Dat we allemaal iets te verbergen hebben? Ik zei al, Mary, dat er iets in me is dat geniet van geweld. Het is ooit best nuttig geweest, maar ik heb zo het idee dat het hier een beetje een handicap is.'

Ze zei: 'Je hebt het over de oorlog, neem ik aan. Heb je in dienst gezeten?'

'Bij de landmacht, aanvankelijk met mijn duimen draaiend en daarna een tijd in Frankrijk.' Hij probeerde het haar uit te leggen. 'Weet je, Mary, het verandert je. Ik heb dingen gezien – en gedaan – waardoor ik anders ben geworden dan anderen. Ik ben niet geschikt voor de wereld en tegelijk veracht ik haar. Mensen maken zich druk over onbenullige dingen... wat ze vanavond zullen eten... wat die of die tegen ze heeft gezegd... en het lijkt allemaal zo idioot onbelangrijk.'

Ze bood hem niet de schrale troost: *Praat met me, vertel het me, erover praten maakt het makkelijker.* In plaats daarvan hoorde hij haar zeggen: 'Zo heb ik me ook ooit gevoeld. Toen ik erachter kwam dat ik zwanger was, voelde ik me precies zo.'

Hij was verbaasd. 'Maar George... je bent gek op hem...'

'Natuurlijk ben ik dat.' Het bleef lange tijd stil en hij voelde dat ze een besluit nam. Ten slotte zei ze: 'Zie je, Jake, ik was niet getrouwd.' Ze stopte haar handen diep in de zakken van zijn jasje. 'Ik ben nooit getrouwd geweest. Zielinski is mijn meisjesnaam. Ik vertel je dit – en niemand anders weet het – om je te laten zien waarom je terug moet gaan. Ik wilde het ook opgeven, maar ik heb het niet gedaan en daar ben ik blij om. Ik heb deze baan aangenomen omdat George en ik dan een dak boven ons hoofd hebben. En omdat George dan een opleiding kan volgen.'

Hij snoof. 'Nou ja, opleiding.'

'Een *Engelse* opleiding.' Haar stem werd zachter. 'Jij ook, Jake – je moet het verleden achter je laten. Je moet aan andere dingen denken.' Streng voegde ze eraan toe: 'Je moet net doen als ik, Jake. Ik zal je helpen.'

Haar ogen waren donker, inktachtig grijs. Heel even hield haar blik de zijne vast, toen sloeg hij zijn ogen neer. De golven beukten tegen het strand, waar ze de grote rotsblokken verpulveren tot zandkorrels. Ze had de kraag van zijn jasje opgezet. Ze zag er klein, weerloos uit tegen de weidse uitgestrektheid van de zee en de enorme massa van de rotsblokken. Op dat moment voelde hij niet alleen het begin van begeerte, maar van genegenheid en werd hij zich bewust van een onthutsend voorgevoel van alle pijn en verantwoordelijkheid die genegenheid met zich meebracht.

Beter in de kiem smoren. 'Het heeft geen zin, Mary. Ik pas hier niet. Ik had het gehoopt, maar het is niet zo.'

'We zijn toch allemaal buitenbeentjes, niet? George koopt in de snoepwinkel van die snoepjes... ik weet niet meer hoe ze heten.... ze zijn geel en roze en zwart en wit...'

'Melange,' zei hij.

'Dat is het. Melange. Van alles wat.'

Hij glimlachte, zocht in zijn zak. 'Mijn sigaretten...'

'Die heb je in zee gegooid.'

'Stik.' Hij keek haar aan. 'Stik, Mary. Je bent een bemoeial. Je doet me aan mijn zus denken.' Hij pakte haar sterke, bleke vingers in de zijne en zei: 'Je hebt het nog steeds koud,' en stopte haar hand onder zijn arm. En toen, omdat hij niets beters wist te verzinnen, liep hij met haar terug naar school.

Jake werd niet ontslagen. Kapitein Munday, na een klacht van Linfield, gaf hem slechts een berisping. 'Bang voor de publiciteit,' legde Strickland uit terwijl hij as uit zijn pijp klopte 'Maakt een slechte indruk, zie je, de ene leraar die een andere probeert te vermoorden.'

Op hun vrije middagen organiseerde Mary Zielinski uitjes voor hen. Tochtjes met een vissersboot door de haven van Padstow, een bezoek aan de kunstenaarskolonie St-Ives. Jake leende Stricklands gedeukte A35 en ze reden naar Tintagel. Orchideeën en Engels gras bloeiden tussen de ruïnes. Ze maakten tochten naar het binnenland, naar de donkere woestenij van Bodmin Moor, waar een kring menhirs lange schaduwen wierp. In de beschutting van de stenen sloeg hij haar gade. Haar zwarte haren hingen los op haar schouders en de dunne motregen prikte in haar bleke gezicht. Hij zag hoe haar grijze ogen oplichtten van vrolijkheid toen ze tikkertje speelde met George, de kring in en uit rennend, patronen wevend tussen de stenen.

Faith stond op het punt om naar bed te gaan toen er aan de deur werd gebeld. *Guy*, dacht ze en ze stormde de trap af en rukte de deur open. Nicole stond op de stoep.

'Leuk dat ik je zie, Faith.' Een verpletterende omhelzing. 'Goed, waar is je toilet? Ik moet hoognodig.'

Ze zei: 'Boven, aan je rechterhand,' en keek verdoofd toe terwijl Nicole naar boven rende. Het was, schatte ze, twee jaar geleden dat ze Nicole had gezien.

De hal was bezaaid met koffers en pakjes. Faith zocht ze bij elkaar. Nicole kwam het toilet uit en legde uit: 'In het vliegtuig was alleen een vies chemisch toilet en op Londen Airport stonden kilometers lange rijen.' Ze trok haar jas uit, een lichte wollen mantel in ongeveer dezelfde kleur als haar korte krullen. Ze maakte een pirouette. 'Vind je hem mooi? Heel Liz Taylor-achtig, vond ik.' Haar strakke trui en gerende rok benadrukten haar tengere, welvende figuur. 'Je ziet er geweldig uit, Faith. Wat een mooie rok. En je haar. Je bent vast verliefd.' Ze pakte Faiths handen in de hare. 'Vind je het erg? Komt het gelegen? Ik had rechtstreeks naar Compton Deverall willen gaan, maar toen ik geen toilet kon vinden...'

Er was een tijd geweest dat ze het niet leuk had gevonden Nicole te zien, een tijd waarin ze alleen had kunnen denken dat Nicole alles had gehad wat ze zelf had gewild en het allemaal had weggegooid. Maar Nicole kende geen wroeging en geconfronteerd met zoveel zorgeloze nonchalance was het onmogelijk gebleken veel wrok te koesteren. Slechts een vage behoedzaamheid was achtergebleven, een kleine afstand die er in hun jeugd niet was geweest.

'Het is prima. Iets drinken?'

'O, ja, lieverd, alsjeblieft. Je bent zo ontzettend attent, zoals altijd.'

'Ik dacht dat je met een film bezig was... Toen je schreef, in januari...'

'Dat is niks geworden. Vreselijke liedjes – je kunt je niet voorstellen hoe vreselijk ze waren, Faith – ik moest steeds maar denken wat Felix ervan zou hebben gevonden.' Nicole trok een gezicht. '"Mijn liefde is als de lentezon, ik zou willen zweven als een rode ballon."' Ze giechelde. 'Nou vráág ik je!'

Faith gaf Nicole een gin-tonic. 'Had je geen contract getekend?' '*Sailor Sally* liep minder goed dan gehoopt. Ze deden een beetje moeilijk, maar ze vonden het geen ramp. Ik vind wel iets anders. Iets beters.' Nicoles glas tinkelde tegen dat van Faith. 'Ik heb een geweldige man leren kennen, Faith. Een Texaan, Michael heet-ie, en ik weet honderd procent zeker dat hij de ware is. Hij is momenteel op zakenreis en mijn hart brak, dus ik dacht mijn gedachten te verzetten en iedereen op te zoeken.' Ze keek Faith aan. 'En jij?' Nicoles blauwe ogen vernauwden zich. 'Toen ik binnenkwam... je verwachtte iemand anders, hè?'

Ze zei: 'Niet verwáchten,' en zweeg, boos dat ze zoveel had verraden.

Nicole ging op haar knieën naast de koffers zitten en begon, kleren en schoenen nonchalant opzij smijtend, uit te pakken. 'Ik heb een paar leuke dingen voor je meegebracht. Dit, en dit.' Ze stapelde dozen en pakjes op in Faiths schoot. 'Ik zal niets meer vragen, maar je ziet er gelukkiger uit dan je in jaren hebt gedaan en als dat de reden is, ben ik blij voor je. En ik weet dat je altijd alleen van Guy Neville hebt gehouden en als het Guy is ben ik nog blijer. Eleanor en ik – we hebben Guy alleen maar even geleend. Hij is altijd de jouwe geweest, Faith.'

Op Compton Deverall aangekomen bedacht Nicole hoe leuk het was opnieuw de eerste magische glimp van het huis op te vangen, precies zoals toen ze hierheen was gereden als Davids verloofde. De daken en vensters schitterden in het zonlicht.

Ze vond hen op het terras, achter het huis. David was onkruid tussen de stenen aan het wieden, Elizabeth zat aan een oude houten tafel te krabbelen. Enkele ogenblikken bleef Nicole in de schaduw van het huis staan en observeerde ze.

David keek op. 'Nicole!'

Ze glimlachte en liep over het terras naar hem toe. 'Vraag me niet waarom ik niet heb gebeld dat ik kwam. Je weet dat ik dat nooit doe.' Ze keek naar hem op. 'Ik zie graag aan hun gezichten of mensen blij zijn me te zien.'

310

Toen hij haar tegen zich aan trok, sloot ze haar ogen en genoot zoals altijd van zijn aanraking, zijn geruststellende aanwezigheid. Na een lange tijd liet hij haar los en ze stak haar armen uit naar haar dochter.

'Lieverd, wat ben je gróót geworden.' Ze was enigszins van haar stuk gebracht. Elizabeths uiterlijk was in haar geheugen gegrift zoals ze was geweest tijdens haar laatste bezoek, twee jaar geleden: een klein meisje in een roze feestjurk. Nu, op elfjarige leeftijd, droeg Elizabeth een foeilelijke geruite rok en een gebreide trui en was, schatte Nicole, slechts een paar centimeter kleiner dan zijzelf. *Flink*, dacht Nicole. Ze had nooit gedacht dat ze nog eens een flinke dochter zou hebben.

Ze zei: 'Ik heb een heleboel cadeautjes voor jullie meegebracht, maar ik weet niet of de kleren die ik gekocht heb je zullen passen, Lizzie.'

David haalde Nicoles koffer, die ze voor het huis had laten staan. Nicole ging op haar knieën zitten en maakte hem open. 'David, voor jou heb ik een boek gekocht – een eerste druk van *Moby Dick*. Ik vond het in een boekhandel in Boston – ik heb geprobeerd het te lezen, maar ik kon het niet, het was te erg – die arme walvis. En een paar prachtige overhemden – wat een heerlijke katoen, hè? – en deze gestreepte sokken.'

Hij zei: 'Er zal over me gekletst worden in de City.'

'En dit kon ik niet laten liggen.' Ze keek hoe hij de miniatuur-Studebaker uitpakte. 'Kijk, er zit een aansteker in de koplampen en de achterbak kan open – in Amerika noemen ze dat de kofferbak – en daar kun je je pijptabak in bewaren. O, en dit.' Ze pakte een plat pakje en trok een gezicht. 'Ik heb een grammofoonplaat gemaakt – een vreselijk liedje, ben ik bang, uit mijn film. Je kunt hem desnoods als placemat gebruiken.'

Ze knielde weer neer en haalde meer cadeaus uit de koffer. 'Lizzie, kijk eens wat een leuke pop – met schattige knoopschoentjes en kijk, ze kan haar ogen dichtdoen. En hier heb ik een paar jurken en een rok, hoewel ik denk dat ik de zoom zal moeten laten uitnemen. En dit heb ik in Florida op de kop getikt.'

Nicole opende een klein leren etui en liet Elizabeth het enkele snoer zoetwaterparels zien. 'Vind je ze mooi, lieverd?'

'Ze zijn prachtig, mama,' zei Elizabeth plichtsgetrouw.

'Ik vind,' zei David, 'dat we ze veilig moeten opbergen tot je wat ouder bent, Lizzie.'

'Ja, papa.'

'David, doe niet zo saai!' Nicole stond op. 'Ik droeg mijn moeders parels toen ik zes was! Ik weet nog dat we in Napels waren en ik droeg een van ma's oude zijden kamizooltjes als jurk en haar parels en Faith ging met de pet rond en ik zong en danste en we haalden hópen geld op...'

'Toch,' zei David, 'vind ik dat we ze moeten opbergen.'

Elizabeth gaf het etui aan haar vader. Nicole zei: 'Je zult wel gelijk hebben. De draad breekt zo makkelijk en opnieuw aanrijgen is zo vervelend. Maar ik koop iets anders voor je om het goed te maken, lieverd. Je moet volgende week met me naar Londen gaan, Lizzie. Dan gaan we naar het ballet en het theater en alle prachtige winkels...'

'Lizzie moet volgende week weer naar school,' zei David zachtmoedig.

'Ze kan toch wel een week of twee missen?'

'Ik heb een tenniswedstrijd, mama.' Elizabeth strengelde haar vingers door die van Nicole. 'Ik zou het heerlijk vinden om met je naar Londen te gaan, maar ik mag de wedstrijd niet missen. En ik ben bijna klaar met mijn deken.'

'Deken?'

'Voor de arme kinderen in India. We moeten een heleboel lappen breien en aan elkaar naaien. Het heeft me jaren gekost.'

'Dat zal best, lieverd,' zei Nicole slapjes. Haar dochter aankijkend streelde ze de donkere, zijdezachte haren en bedacht hoe vreemd ze was. Ze had zich vroeger weleens afgevraagd of die vreselijke kraamkliniek een fout had gemaakt en haar baby met een andere had verwisseld.

Maar ze liet het idee onmiddellijk varen. Elizabeth was onmiskenbaar een kind van David. Haar donkere ogen, haar zelfbeheersing en kalmte, ze had het allemaal van David. Toen ze het gezicht van haar dochter met haar hand aanraakte, hoorde ze David zeggen: 'Wordt het geen tijd om Pansy te voeren, Lizzie? Ga eens gauw kijken. Je moeder ziet eruit alsof ze best iets te drinken kan gebruiken.'

Het kind rende weg. Nicole slaakte een diepe zucht en liet zich in een ligstoel vallen. 'Een kolossale gin-tonic graag, David. En is er ijs? Heeft Compton Deverall al zoiets als een ijskast?'

Hij glimlachte. 'Ik ben bang van niet. Maar ik bewaar de tonic in de kelder, dus hij zal niet al te warm zijn.'

Toen hij vijf minuten later terugkwam met twee glazen zei ze: 'Je beschermt Elizabeth erg sterk.'

'Ik wil dat ze gelukkig is. Haar behoeden voor verdriet.' Hij ging naast haar zitten.

'Ik bedoelde: je beschermt haar tegen míj.'

'Sorry als het zo overkomt.'

'Het geeft niet. Ik begrijp het wel. Je wilt niet dat ze wordt zoals ik.' Hij keek haar aan. 'Ik zou willen dat ze jouw schoonheid had... je kracht... je moed.'

Ze zei: 'Ik vraag me af waarom ik in godsnaam bij je ben weggegaan, David. Ik zal altijd gek op je blijven.'

'Je bent bij me weggegaan,' zei hij luchtig, 'omdat er nog werelddelen te bereizen en duizenden nieuwe vrienden te maken waren.'

Ze zaten genoeglijk zwijgend naast elkaar en keken naar de inktzwarte schaduwen van de bomen op het gras. Ze hoorde hem zeggen: 'Vertel eens hoe het met je gaat, Nicole. Word je een beroemde filmster? Zullen we je naam in neonletters op Piccadilly zien?'

Ze lachte. 'Ik ben bang van niet. Te saai, lieverd, al dat rondhangen. Je wacht uren en uren en dan schieten ze een paar minuten met je.'

'Wat ben je dan van plan?'

'Och,' zei ze nonchalant, 'ik ga zingen... dat doe ik liever. Ik wil mijn publiek zíén.'

'Het klinkt... onzeker.'

'Ik ben nooit zo voor zekerheid geweest, of wel soms, David?'

Zijn blik ontmoette de hare. Hij schudde zijn hoofd. 'Kun je rondkomen?'

'Prima. Uitstekend.' Ze keek hem aan. Er zaten leren lappen op de mouwen van zijn jasje. 'En jij, David? Werk je nog altijd in Londen?'

'Ik ben bij Buitenlandse Zaken gebleven. Ik zou het willen opgeven om me op de boerderij te concentreren, dan zou Lizzie niet naar kostschool hoeven, maar dat is gewoon niet haalbaar.'

Ze raakte zijn hand aan. 'Je ziet er moe uit, lieverd.'

'Ik ben vierenveertig.' Hij glimlachte naar haar. 'Ik ben oud en grijs.'

'Net als ik.'

'Nooit,' zei hij. 'Nooit.'

'Ik ga Lizzie eens zoeken. Ik moet morgenvroeg vertrekken.'

'Dan al?'

'Ja. Dus ik moet eens lekker bijkletsen met mijn dochter.'

Ze vond Lizzie in de stal, waar ze haar pony stond te roskammen. Nicole bleef enige tijd onopgemerkt staan toekijken terwijl haar dochter de staart van het paard uitkamde en ze luisterde naar haar zachte geprevel. Ze zag dat Elizabeth dol was op de pony, precies zoals zijzelf dol was geweest op haar ezels en honden en poezen en alle andere dieren waarvoor ze als kind had gezorgd. Nicole voelde zich een ogenblik ondraaglijk bedroefd, alsof ze zonder het te beseffen iets onvervangbaar kostbaars had verloren.

Maar de volgende ochtend, toen ze van Compton Deverall vertrok, keek ze om naar de fonkelende ramen met de talloze ruitjes die ze ooit had geprobeerd te tellen en ze wist dat ze niet anders had gekund, want ze genoot alleen van het onderweg zijn.

12

In de zomer van 1952, bijna een jaar na de opening van De Blauwe Vlinder, maakten ze voor het eerst een winst van honderdvijftig pond in één week. Faith en Con vierden het in stijl, met bier van de pub aan de overkant en oesters van Harrods.

'Er zou natuurlijk eigenlijk champagne moeten zijn,' zei Con, 'maar ik heb bier altijd lekkerder gevonden. Minder prik.'

Het was half acht. De winkel was dicht en ze hadden de kassa opgemaakt, de vloer geveegd en zich teruggetrokken in de keuken van Faiths appartement.

'Denk je,' zei Faith, 'dat we rijk worden?'

'Stinkend rijk,' zei Con droog.

'Het zou fijn zijn om een winkelmeisje te hebben.'

'Of een schoonmaakster.'

Faith liet een oester door haar keel glijden. 'Of een dag vrij.'

Con was de enige die van Guy wist. Con noemde hem altijd 'je vent'. De uitdrukking had iets bezitterigs dat Faith wel aanstond. Alsof Guy echt van haar was en niet alleen voor de zeldzame stukjes van de dag dat zijn werk of zijn gezin hem niet opeisten.

Ze zei somber: 'Zelfs als ík een hele dag vrij zou hebben, zou hij het bijna zeker niet hebben.'

'Het loon der zonde, lieverd.' Con wipte de kroonkurk van een bierfles en schonk Faith nog eens in. 'Maar je kunt wel een paar dagen vrij nemen, als je wilt. Naar je vader toe gaan misschien.'

Faith dacht aan Heronsmead en hoe leuk het zou zijn in de heiige nazomerlucht over het strand te lopen.

'Ik zal het meisje dat de kralen rijgt eens vragen of ze wat extra werk wil. Ze is heel betrouwbaar.' Con kieperde nog een oester naar binnen.

Toen Con naar huis was, ruimde Faith op en nam de boekhouding mee naar haar appartement. Terwijl ze daarmee bezig was, werd ze zich bewust van een vertrouwde pijn in haar onderbuik, dezelfde pijn die ze sinds haar veertiende elke maand had gehad. Ze voelde een steek van teleurstelling; ze was vijf dagen over tijd geweest en had gehoopt...

Waarop? dacht ze, plotseling boos op zichzelf. Had ze op een kind gehoopt? Op Guy's kind? Had ze gehoopt dat Guy, die altijd zo voorzichtig was, zich had vergist?

Ze zette thee, zocht aspirine en rolde zich met een hete kruik op haar buik op onder haar dekbed. Elke maand dezelfde fantasieën, dacht ze, en ze haatte zichzelf. Dezelfde stomme, onbereikbare fantasie over het krijgen van een kind van Guy. En de nog stommere en schandelijke fantasie dat Guy zijn vrouw en kind in de steek zou laten om met haar in het huis in Norfolk te gaan wonen. Het huis met de overwoekerde tuin en de ramen met luiken.

Ze keek het appartement rond en verbeeldde zich dat het vol stond met een wieg en een kinderwagen en een kinderstoel en natte luiers. Ik droom, dacht Faith verbitterd, over samenleven met een man met wie ik niet kan trouwen in een huis dat ik niet kan betalen. Na een poos stond ze op, haalde de orderboeken uit de keuken en dwong zichzelf ze door te nemen en kwitanties en rekeningen met een starre concentratie te checken.

De zomer duurde voort, slierten wolken dreven door een weidse, azuurblauwe lucht. Op Heronsmead vond Faith Ralph in de tuin. Hij was bessen aan het plukken.

'Die verdomde dingen zijn aangevreten door de vogels. Rotbeesten.' Hij kwam tussen de struiken uit en omhelsde Faith.

'Ik zal een taart voor je bakken,' zei ze, terwijl ze hem het bakblik liet zien.

'Met roze glazuur. Mijn lievelingskostje.' Ralph keek vaag om zich heen. 'We zouden thee kunnen drinken in de tuin. De keuken is een beetje een puinhoop, ben ik bang.'

Faith ging naar binnen. De keuken was een ramp. Aardappelschillen, zwart van ouderdom, slingerden in de gootsteenbak en de inhoud van een melkkan werd klonterig op de vensterbank. Zoals altijd had ze hartzeer door de afwezigheid van Poppy. Je kon er nooit vrede mee hebben; je wende er alleen maar aan.

Ze zette thee en nam hem mee naar de tuin. Ralph sleepte gammele ligstoelen uit het tuinschuurtje. Toen ze thee had ingeschonken zei hij: 'Ik heb een brief van Nicole gekregen,' en hij haalde een vel papier uit zijn zak. Aan de versleten vouwen en verfomfaaide randen kon ze zien hoe vaak hij hem had gelezen.

'En Jake?' vroeg Ralph toen ze Nicoles brief had gelezen. 'Heb je Jake gezien?'

'Eind juli nog. Hij maakt het goed, pa. Hij werkt nu al vijf maanden op die school. Hij heeft het heel druk.'

Ze sneed de taart om de stilte te vullen en probeerde zich niet voor te stellen hoe ze zich zou voelen als ze Lizzie tien jaar niet had gezien.

'Leraar,' zei Ralph trots. 'Jake leraar. Wie had dat kunnen denken.'

De volgende middag wandelde ze naar de telefooncel. Ze dacht: dat deed pa ook, stiekem hierheen lopen en Linda Forrester bellen en heel even schaamde ze zich diep voor zichzelf. Toen borg ze de gedachte, zoals altijd, op in haar geest. Soms dreigde de kastdeur open te barsten. Ze mompelde in zichzelf: 'Wat niet weet, dat niet deert,' en probeerde het te geloven.

Guy informeerde naar Ralph.

'Ralph maakt het goed, Guy. Een beetje oud en krakend, maar goed.'

'Ik zou hem zo graag nog eens zien. Kon ik maar...' Hij onderbrak zichzelf. 'Vertel me over Heronsmead, Faith. Beschrijf het voor me. Ik moet je stem horen.'

Ze vertelde hem over het huisje, de tuin, het strand.

'Als ik naar Heronsmead zou komen, waar zou ik je dan kunnen ontmoeten?'

Het was alsof haar hart stilstond. Ze dacht snel na. 'Er is een driehoekig grasveld waar de weg naar het dorp afbuigt van de kustweg...'

'Dan zie ik je daar – eens even kijken – morgenvroeg om tien uur. Eleanor en Selwyn brengen het weekend door bij Selwyns oude docent in Oxford. We hebben een dag, Faith, een hele dag op een plek

317

waar niemand ons kent, waar we kunnen gaan en staan waar we willen en doen wat we willen.' Ze hoorde de blijdschap in zijn stem. 'Vind je het erg je vader een dag alleen te laten? Zal Ralph het erg vinden?'

'Ik was toch al van plan een fietstocht te maken. O Guy,' zei ze. 'Een héle dag.'

Hij zat bij het driehoekige grasveld in zijn auto te wachten toen ze de volgende ochtend fietsend de helling afsjeesde. Ze sprong van haar fiets, liet zich in zijn armen vallen en kuste hem. 'Ik heb een picknick meegebracht,' zei hij. 'Klaargemaakte krab en appels.'

Ze reden in noordelijke richting, naar Blakeney. De zee fonkelde. Ze parkeerden de auto en liepen over het kiezelstrand van Blakeney Point, ingesloten door de schorren en de zee. Door de vloed aangespoelde kwallen lagen glazig en gestold op de kiezels. De laatste gele bloesems van hoornpapavers trilden in de wind. Faith raapte vuurstenen en stukjes gekleurd glas op, door de golven tot matte edelstenen geslepen, en hij schreef hun namen in het zand. Tijdens de picknick voerde ze hem stukjes krab. Ze lagen naast elkaar, zijn arm om haar schouder geslagen.

Ze nam hem mee om haar huis te bekijken. Toen ze over het door bomen omzoomde pad reden zei hij: 'Spaar je nog steeds sixpences?'

'Ik heb een rekening geopend op het postkantoor. Ben je niet onder de indruk, Guy?'

'Diep.'

'Ik moest alle sixpences tellen. Ik had ruim dertig pond. Maar het huis kost zeshonderdvijftig.'

'Ik wou dat ik je mocht helpen.'

'Je weet dat ik dat niet goed vind.' De auto rammelde en schudde op het hobbelige pad. 'Het is een speurtocht, nietwaar Guy? Iets wat ik alleen moet doen, voor mijn zielenheil. ' Ze keek op. 'Daar is het. Is het niet het einde?'

Hij remde af en tuurde door de voorruit. 'Heel apart. Een heksenhuis.'

Ze opende het hek. Klimop had de luiken aan de muren gebonden. Het dak was bedekt met mos, zodat de pannen saliegroene en goudgele spikkels hadden. In de tuin slingerden clematisranken zich door wat ooit een heesterhaag was geweest en braamstruiken overwoekerden de vergeelde resten van een moestuin. Aan een pergola hingen nog enkele rozen, roze, geurig en uitgebloeid. Paardenbloemen groeiden in het grasveld achter het huis. Ze liet een steen in de put vallen en luisterde, maar hoorde slechts een lijster die een slakkenhuis tegen een steen sloeg en de bries die de bladeren van een wilg deed ruisen.

Met een geratel van luik en grendel opende Faith een raam. Ze probeerde zich op de vensterbank te hijsen. 'Ik wil zien hoe het binnen is,' zei ze met een glimlach. 'Als ik hier ga wonen... Geef me eens een zetje, Guy.'

Hij maakte een kom van zijn handen en ze zwaaide zich op de vensterbank en liet zich naar binnen glijden. Ze was in een bijkeuken; stenen kruiken stonden onder een kolossaal aanrecht, verbonden door spinnenwebben. Koperen pannen, groen van ouderdom, hingen aan spijkers in de muren. Enkele verspreide strosprieten en een paar veren maakten duidelijk dat er ooit een vogel had genesteld in het roestige Oxo-blik op het afdruiprek.

Ze ging het aangrenzende vertrek binnen. Toen ze de vergane gordijnen openschoof en een stofwolk opwierp, hoorde ze Guy achter zich hoesten.

'De keuken.' Ze rammelde aan de klep van het oude fornuis en opende de donkere provisiekast.

'Alle modern comfort...' Guy liet zijn vingertop over een schap glijden.

'Wat schrijf je?'

'Wat denk je?'

Ze las wat hij in het stof had gekrabbeld. 'Guy houdt van Faith.' Hij trok haar tegen zich aan en begon haar te kussen.

'Niet hier,' fluisterde ze en zei tussen twee kussen in: 'Er zijn waarschijnlijk spoken.'

'Eerder ratten.' Maar hij loodste haar, met zijn arm rond haar middel, door een deuropening.

Ze klommen de trap op. In een kamer die uitkeek over de voortuin (banen licht door afbladderende luiken, een verweerde spiegel aan de schoorsteenmantel) vrijde hij met haar, trok haar kleren uit zodat ze naakt voor hem stond. In de spiegel zag ze dat hij zijn ogen even sloot, alsof hij haar nabijheid niet kon verdragen. Toen hij voor haar neerknielde en haar tenen kuste en de zolen van haar voeten en haar enkels en kuiten, rilde ze, heel even niet wetend wat ze voelde, genot of pijn.

Toen ze elkaar ten slotte loslieten en bevredigd keken naar de trage tocht van een spin over het gescheurde plafond, was het namiddaglicht overgegaan in schemering. De omtrekken van hun lichamen waren in de stoffige vloer gedrukt. Ze zag hem opstaan en naakt de kamer uit lopen en een paar minuten later terugkomen met een emmer water.

'Alles wat ik uit die put kon persen. Je bent gevlekt, lieverd.'

'Hou je ook gevlekt van me?'

'Ik zou van je houden al was je zwart, wit, rood of groen.' Hij dompelde zijn zakdoek in het water. 'Of gestreept. Of gespikkeld.' Hij waste haar voeten, haar benen, haar armen, haar borsten.

Ze kleedden zich aan en gingen weer naar beneden en ze hoorde het ritselen van dorre, door het open raam naar binnen gewaaide bladeren. Buiten, in de tuin, waren de blaadjes van de klimroos begonnen te vallen, roze vlekken op het smaragdgroene gras. Terugrijdend over het pad en over kronkelige landweggetjes zeiden ze weinig. Toen ze de kustweg bereikten, zag ze dat de vloed was opgekomen en ze wist dat die de bewijzen van hun ochtendlijke bezoek zou hebben uitgewist: de picknickkruimels, de holten waar hun hoofden hadden gelegen, en hun namen, geschreven in het zand.

In de zomervakantie onderging Heatherwood Court een aangename verandering. Met het vertrek van kapitein Munday en zijn vrouw ('Toeren door Buckinghamshire, beste man. Geweldige wegstaurants') was het alsof de spanning uit de lege gangen en klaslokalen verdween.

Een handvol jongens bleef achter, onfortuinlijken van wie de ouders in het buitenland woonden, te ver weg om hun kroost in de zomer op te halen. Ook de leraren gingen hun eigen weg: Strickland ging vogels observeren in Spanje, Denman en Lawless achter de meiden aan in Blackpool. Zelfs Linfield holde op een goede ochtend de oprijlaan af, gekleed in een sportcolbertje in plaats van zijn stoffige docententoga en met een kartonnen koffer onder een arm.

Hoewel Jake met Strickland had getoast op het eind van het semester en had gedaan alsof hij net als de anderen Heatherwoods grijze granieten muren zou ontvluchten, voelde hij zich vreemd verloren. Hij, die de halve wereld had bereisd, wist niets te verzinnen om te doen, om naartoe te gaan. De onveranderlijke aard van Heatherwood Court, het onvermogen ervan om zich aan de passen aan de realiteit van het naoorlogse Groot-Brittannië, hadden hem het afgelopen halfjaar overeind gehouden. Hij was bang dat wankele evenwicht te verstoren en zichzelf opnieuw te verliezen in de chaos van de buitenwereld. Maar toen Mary en George, rugzak op hun rug, naar de bushalte liepen, gooide ook Jake wat spullen in een tas en begaf zich naar het station.

Hij bracht veertien dagen door met het bezoeken van oude vrienden en keerde toen met iets van opluchting terug naar Heatherwood. Toen Mary hem verwelkomde met thee en scones en verhalen over haar week kamperen aan Lulworth Cove, had hij het gevoel dat hij was thuisgekomen. Die avond ging hij met haar naar de bioscoop in Boscastle. De film was afgezaagd en ongeloofwaardig en in het donker trok hij haar naar zich toe. Haar haren geurden naar bloemen en haar huid tegen zijn lippen was koel en zacht. Toen hij haar kuste wist hij opeens dat het Mary was die Heatherwood vertrouwd deed lijken.

Na een poos duwde ze hem weg, streek haar kleren glad en stopte haar haren achter haar oren. 'Niet hier. Iemand zou ons kunnen zien, Jake.'

Het was altijd hetzelfde. *Niet hier. Iemand zou ons kunnen zien.* Toch brachten ze hele dagen samen door, maakten kilometerslange wandelingen, waarbij ze alleen uitrustten om uitgebreide theemaaltijden te gebruiken of om niet-mousserende, troebele cider te drinken in een dorpspub. Eén keer huurden ze een vissersboot en Jake leerde George hoe hij een lijn moest uitleggen om makreel te vangen in de door regen bespikkelde jadegroene zee. Ze verkenden de kust, zochten naar fossielen en observeerden zeeanemonen die hun paarsbruine tentakels lieten wiegen. Georges aanwezigheid en Mary's angst voor ontdekking fungeerden als chaperonne. 's Avonds bereidde ze de maaltijd in de kleine keuken die bij haar appartement hoorde. Na afloop kaartten ze of luisterden naar de radio. Toch bleef Jake in het ongewisse over de vraag of ze hem als meer dan een vriend beschouwde. Hij mocht haar hand vasthouden, hij mocht haar welterusten kussen. Een of twee keer duurde de kus wat langer, maar nog altijd trok ze zich van hem terug. Hij vocht om zijn boosheid te verbergen, die was geboren uit het vermoeden dat ze hem slechts gezelschap hield om de tijd te doden.

In september kregen de bladeren aan de beukenbomen rondom de school een bronskleurige rand en het blauw van de zee verschoof naar grijs. Het besef dat de zomervakantie ten einde liep, bedrukte Jake. Binnenkort zou de ouderwetse, verstikkende sleur van Heatherwood voor de zoveelste keer op gang komen. Hij vreesde de terugkeer van zijn gebruikelijke rusteloosheid; als hij zichzelf toestond er lang over na te denken, wist hij dat Heatherwood een tijdelijke onderbreking was, meer niet.

Op de voorlaatste dag van de vakantie wandelden ze kilometers over de landtong. Het was kouder geworden; op de blauwgrijze golven stonden witte koppen en wolken schoven voor de zon. Het gesprek steeg en daalde in korte, nietszeggende zinnen die hen beiden irriteerden en uitputten. Hij slaagde er nooit in te zeggen wat hij wilde zeggen; hij wist niet wat hij wilde zeggen.

Weer op school aangekomen gaf Mary George zijn avondmaal en bracht hem naar bed. In zijn eigen kamer schonk Jake zichzelf een groot glas whisky in, stak een sigaret op en bleef met zijn rug tegen het bureau staan roken en drinken. Door het openstaande raam waren de sterren zwakke speldenprikken aan een bewolkte hemel.

Hij hoorde Mary's voetstappen op de gang. Toen hij de deur voor haar opende, zei ze: 'George slaapt al als een roos. Hij zal wel doodmoe zijn van de wandeling.'

Ze legde haar hoofd tegen Jakes schouder en sloeg haar arm om zijn middel. Hij draaide zich naar haar toe en begon haar te kussen. Hij voelde dat ze op hem reageerde, haar lichaam drukte tegen het zijne, haar lippen gaven mee en liet zijn tong haar mond verkennen. Toen hij de knoopjes van haar bloes losmaakte en haar naakte huid streelde, verzette ze zich niet. Hij nam haar tepel tussen zijn lippen; haar zachte vlees drukte tegen zijn gezicht. Maar toen hij aan de sluiting van haar short frunnikte trok ze zich terug en zei scherp: 'Jake,' en begon haastig haakjes en oogjes vast te maken en losse kledingslippen in te stoppen. Ze wreef met haar hand over haar gezicht. Alsof hij haar pijn had gedaan en ze de pijn wegmasseerde.

Jake vloekte. Mary keek hem aan. 'Wat is er?'

Hij begon: 'Verdomme, telkens als...' maar hij maakte zijn zin niet af. Ze staarde hem met half dichtgeknepen ogen aan.

'Ik beantwoord niet aan je verwachting. Is dat het, Jake?'

Hij drukte zijn sigaret uit, die een keurig rond gaatje in zijn bureau brandde. 'Wat bedoel je?'

'Ik ben niet zo gewillig als je dacht.'

'Waar heb je het in godsnaam over?'

'Over jou, Jake. En over mezelf.' Haar ogen waren hard. 'Je nam aan dat, omdat ik een buitenechtelijk kind heb, ik met je naar bed zou gaan.' Ze schoof van hem weg. 'Waarom kijk je zo boos? Heb ik gelijk of niet?'

Hij kon nauwelijks een woord uitbrengen. 'Nee, verdomme.'

'Wilde je me afstrepen op je lijst? Zoals dat meisje van de Rose and Crown dat je achter de doornstruiken neukte – of dat onnozele kamermeisje?'

Zijn handen jeukten. Hij wilde haar slaan. Hij had van alles uitgevreten dacht hij, maar nog nooit een vrouw geslagen. Zelfs Linda Forrester niet. Hij liep naar het raam en balde zijn vuisten, drukte zijn knokkels tegen de vensterbank tot ze pijn deden. Toen hij gekalmeerd was, zei hij: 'Als je dat vindt, waarom verdoe je je tijd dan met mij?'

Ze trok veelzeggend haar schouders op, maar zei niets.

'Omdat je graag met me gezien wilt worden? Er is tenslotte niet veel keus, wel? Strickland is te oud, Denman is kaal en Linfield is amper menselijk... Ik ben tenminste toonbaar, nietwaar?'

Er viel een stilte. Ze ging in zijn kale leunstoel zitten, haar been onder haar lichaam getrokken, haar armen om zich heen geslagen, zichzelf beschermend. Na een poos zei ze boos: 'Waarom deed je vandaag zo chagrijnig tegen me? We hebben een leuke tijd gehad – ik dacht dat we een leuke tijd hadden – maar je werd steeds chagrijniger. Omdat ik niet met je wil vrijen?'

'Néé. Verdomme, Mary...'

'Wil je niet met me vrijen?'

Hij keek naar haar, naar de welving van haar borsten onder haar bloes, naar de slankheid van haar polsen en enkels en zijn woede ebde weg en hij zei: 'Natuurlijk wil ik met je vrijen. Maar alleen als jij dat wilt. En je hebt duidelijk gemaakt dat je dat niet wilt. Waardoor ik me afvraag of je ook maar íéts van liefde voor me voelt.'

Ze herhaalde langzaam: 'Liefde. Dit is de eerste keer dat je dat woord gebruikt, Jake.'

Het was geen woord waaraan hij gewend was; onbruik had het

roestig gemaakt op zijn lippen. Hij voelde zich opeens moe. Hij zei terneergeslagen: 'Ik weet niet wat je van me denkt. Ik weet niet wat je voor me voelt. En ja, ik wil met je vrijen. Omdat ik naar je verlang, omdat je mooi bent, maar ook omdat het me iets zou bewijzen.'

'Dat je een knappe vent bent – een Don Juan?' Haar handen wrongen en kneedden de plooien van haar sweater. Na een poos zei ze: 'Sorry, Jake – dat verdiende je niet.'

Opnieuw een stilte. Ten slotte sprak ze. 'Zie je, hij heeft me maar één keer bemind.' Haar stem beefde. 'Hij zei dat hij van me hield. We gingen al maanden met elkaar uit. En toen, toen ik het goed vond, was het in een park en er waren andere mensen in de buurt en ik schaamde me zo.' Ze haalde diep adem en maakte een gebaar met haar hand. 'En dat was het. Van een lijst gestreept. Een vinkje voor mijn naam.' Ze trok haar knieën op tot haar kin en sloeg haar armen eromheen.

Jake zei: 'De vader van George?'

Ze knikte. 'Iemand vertelde me dat hij erover opschepte in de pub.' Haar stem trilde. 'Kun je je het voorstellen?'

Haar ogen schitterden in het schemerige licht in de kamer. Jake schonk nog een glas whisky in en drukte het in haar hand. Toen ze probeerde te drinken, tikten haar tanden tegen de rand van het glas.

'Wist hij dat je in verwachting was?'

'Hij zei: "Hoe weet je dat het van mij is?" Ik sloeg hem, Jake. Ik sloeg hem echt.' Ze sloeg de whisky achterover. 'Kort daarna werd hij opgeroepen.'

'Wat deed je?'

Ze gooide haar haren achterover, kneep haar lippen opeen. 'Eerst dacht ik erover het weg te laten halen. Iemand gaf me een adres, maar ik kon het niet, ik weet niet waarom. Ik kon nergens heen – mijn familie woonde in Polen en door de oorlog kon ik niet naar huis. Ik heb een paar nachten buiten geslapen. Ik voelde me zo vernederd en verbitterd. Ik dacht erover zelfmoord te plegen. Ik heb er vaak, heel vaak over gedacht, Jake. Ik heb het bijna gedaan.' Een korte, schorre lach. 'Ik woonde op een afschuwelijk kamertje en het was ijskoud en ik stopte mijn hoofd in de oven en draaide de gaskraan open. Maar, Jake – nu komt de grap – ik had de rekening niet betaald en ze hadden het gas afgesloten!'

Hij hield haar in zijn armen tot ze ophield met huilen. Na een poos zei ze: 'Toen besefte ik dat ik moest blijven leven. Ik wist niet waarom – voor de baby, denk ik. Dus zocht ik werk op boerderijen en in boomgaarden en spaarde zoveel als ik kon. Ik droeg wijde jurken en strakke ceintuurs, opdat mijn werkgevers niet zouden weten dat ik in verwachting was. Ik was van plan mijn kind te laten adopteren zodra het geboren was. Maar ook dat kon ik niet. In plaats daarvan loog ik – ik verzon een verleden, een man die was gesneuveld als piloot voor de RAF.' Ze keek op naar Jake. Haar wimpers kleefden aan elkaar door haar tranen, als de punten van sterren. 'Ik zou deze baan nooit hebben gekregen als ze de waarheid hadden geweten, Jake. Scholen nemen geen ongehuwde moeders in dienst.'

Het was koud geworden in de kamer. In de loop van de dag was de zomer overgegaan in de herfst. Hij ging op zijn knieën voor de haard zitten en begon een vuur te maken.

'Je kunt je niet je hele leven voor de liefde verbergen vanwege één klootzak.'

'Ik verberg me niet voor de liefde. Ik hou meer van George dan ik ooit van iemand heb gehouden.'

'Ik bedoelde,' zei hij, een lucifer afstrijkend, 'mannen.'

De opgefrommelde krant vatte vlam. Mary liet zich van de bank op het vloerkleed glijden. 'En jij, Jake?' zei ze. 'Waar is jouw vrouw, waar zijn jouw kinderen, waar staat jouw huis?'

Hij glimlachte wrang. 'Ik heb niet de gave om dingen te laten duren. Ik vecht aan de verkeerde kant... Ik val voor de verkeerde vrouwen. Als ik kinderen heb verwekt, hebben hun moeders het me nooit laten weten.'

'Wil je... al die dingen? Een heleboel mannen niet.'

'Een gezinsleven?' Hij dacht na. 'Ik heb ooit gedacht dat mijn gezin het enige was waar ik van op aan kon. Toen gebeurde er iets en ik besefte dat ik het mis had. Je kunt nergens van op aan, wel?'

'Je hebt een zus, nietwaar?'

Hij vertelde haar over Faith en over De Blauwe Vlinder; hij had haar een van Faiths aparte patchworksjaals gegeven voor haar verjaardag. Hij wierp brokken steenkool op het vuur. 'Ik heb twee zussen. De jongste woont in het buitenland. En ik heb een nichtje.'

'Geen ouders?'

Hij schudde zijn hoofd, maar voor het eerst zat de leugen hem dwars. 'En jij?'

'Mijn ouders zijn gestorven tijdens de opstand in Warschau. Mijn broers zijn gesneuveld toen het Duitse leger Polen binnenviel.'

'Arme Mary.'

Ze glimlachte. 'Helemaal niet. Ik heb George, ik heb mijn appartement en mijn werk en....' ze keek hem aan, '... en soms denk ik dat ik jou heb, Jake.'

Hij nam haar hand in de zijne. 'Natuurlijk heb je mij. Als je me wilt.'

Met één vinger duwde ze de haarlok die voor zijn ogen was gevallen naar achteren. 'O, ik wil je,' zei ze zacht. 'Al voel ik dat je op doorreis bent, Jake. Dat je niet zult blijven.' De top van haar vinger volgde zijn wenkbrauw, de brug van zijn neus en de groeven die zich begonnen te vormen rond zijn mondhoeken.

Toen haar vingertop de lijn van zijn lippen vond, boog hij zich naar voren en kuste de laatste tranen van haar oogleden. Ze fluisterde: 'Kun je je voorstellen dat je over tien jaar nog steeds hier bent – of over vijf – of zelfs over een jaar?' maar hij antwoordde niet en streelde in plaats daarvan met zijn mond de bleke binnenkant van haar pols, toen de holte van haar elleboog, toen de welving waar haar hals en haar schouder bijeenkwamen.

Ditmaal verzette ze zich niet toen hij haar uitkleedde. Bij het flakkerende schijnsel van het vuur lag ze naakt op het tapijt terwijl hij met zijn mond de lijn van schouder naar borst volgde, borst naar navel en van haar navel tot de zwarte krullen tussen haar benen. Haar lichaam kromde zich toen hij in haar kwam en ze beefde toen ze een hoogtepunt bereikte.

Later zei ze: 'George... hij wordt soms wakker en roept om me...' en begon zich aan te kleden.

Hij keek haar na toen ze de kamer uitliep. Na een poos kleedde hij zich eveneens aan en liep de gang op en de trap af. In de door de maan verlichte tuin plukte hij lavendel en herfstasters, grote armen vol, terwijl hij hun geur opsnoof en af en toe opkeek naar de bleke, volmaakt ronde maan.

Ze had niet genoeg jampotten voor de bloemen. Jake maakte het ontbijt klaar voor hen drieën en stond erop dat ze met de bus naar de kust gingen. 'Maar de jongens komen morgen terug,' stribbelde Mary tegen, terwijl hij haar de school uit duwde. In een winkeltje op de boulevard, propvol souvenirs, kocht hij een met schelpen bezette bijouteriedoos voor haar. Ze aten eieren en frites en boterhammen in een strandpaviljoen, behangen met afbladderende aansporingen om meer melk te drinken. De zon schitterde, de zee fonkelde. George slurpte een milkshake door een rietje.

Toen ze het paviljoen verlieten, moest Jake zijn ogen beschutten tegen het licht. Gezichten dansten in de schaduwen. Hij keek en vloekte.

'Wat is er?'

Zijn arm lag om Mary's middel. Hij trok zijn hand weg, alsof zijn aanraking haar pijn zou doen, maar hij wist dat het te laat was.

'Linfield,' zei hij. 'Aan de overkant.'

'Heeft hij ons gezien?'

Hij had gezien dat Linfield heel even grote ogen opzette. 'Ja. Verdomme.' Hij zei plotseling, woedend: 'Hij zal het natuurlijk gebruiken. Om me dat andere betaald te zetten.'

'Dat is lang geleden. Hij zal het wel vergeten zijn.'

'Ik heb mannen zoals hij gekend in het leger. Die vergeten niet. Die koesteren wrok.'

Mary keek bang. 'Denk je dat hij kapitein Munday over ons zal vertellen?'

'Waarschijnlijk wel.' Jake balde zijn vuisten. 'Ja, waarschijnlijk wel.'

Het leek Faith alsof, naarmate de maanden verstreken, het koude weer zich om haar en Guy sloot en hen ving in een kleine, beklemmende doos. Aanvankelijk troffen ze elkaar in het British Museum of de National Gallery, op de ander wachtend onder een of andere kolossale, nors kijkende stenen farao of naast de melkachtige mist van *The Fighting Téméraire*. Ze zagen af van het museum en de kunstgalerij toen Guy op een haar na door een van zijn collega's werd gezien. Wegduikend achter de Steen van Rosetta had Faith haar lachen gesmoord; later, alleen thuis, was ze misselijk geweest van angst.

Hun clandestiene verhouding sloot hen uit van het licht en de lucht waarvan anderen genoten. Hun liefde was afgezonderd, vacuüm verpakt, overgevoelig voor daglicht. Faith vroeg zich af of zoiets kon blijven duren, of, beroofd van zuurstof, gedoemd was te verschrompelen en af te sterven. Ze vond het verschrikkelijk dat ze haar lievelingsfilms zonder Guy moest gaan zien, dat ze alleen in tweedehands-boekwinkels moest snuffelen, dat ze voor één persoon moest koken, niet voor twee. Ze vond het verschrikkelijk dat ze de avonden die ze doorbracht in cafés of jazzclubs niet kon delen met degene van wie ze het meest hield. Ze vond het verschrikkelijk dat ze uitnodigingen afsloeg, thuis wachtte op telefoontjes die nooit kwamen. De winter leerde haar dat zij en Guy aan de ene kant van een grens stonden, andere mensen aan de andere kant. In de koudste maanden van het jaar zwierven ze door parken en groezelige cafeetjes, trokken zich terug op plaatsen waar niemand die ze kenden hen zou zien.

Ralph had de hele winter last van bronchitis. Faith pendelde tussen Londen en Heronsmead. In de weekends deed ze boodschappen en maakte schoon bij Ralph, door de week stond ze in de winkel, naaide en deed de boekhouding. Toen eind januari de zee door de kustwering van de oostkust brak, moest Ralph uit zijn overstroomde huis worden geëvacueerd. Bijna twee weken deelde hij het kleine appartement boven de winkel, stuurloos, luidruchtig ontroostbaar, hunkerend naar huis. Toen het water gezakt was, bracht Faith hem terug naar Heronsmead en besteedde een week aan het schrobben van modderige vloeren en het herstellen of vervangen van doorweekte vloerkleden en gordijnen. Het huis rook naar vocht en schimmel.

De Blauwe Vlinder was elke woensdagmiddag gesloten. Op die middagen dat Guy eveneens vrij was, troffen ze elkaar in een hotelletje in Battersea. Soms betrapte Faith zichzelf op de gedachte dat de verhouding zonder die enkele kostbare uren als een nachtkaars zou zijn uitgegaan – geen theatraal einde, gewoon een stille dood door ondervoeding.

Het hotel had groen linoleum op de vloer, een geur van kool en Brown Windsor-soep en een nieuwsgierige eigenares. Op het bed liggend en kijkend naar het regenwater dat langs de ruit stroomde zei Guy: 'We zouden naar iets beters kunnen gaan. Sommige van de chique hotels zijn heel discreet.'

'Ik ben dol op dit hotel. Ik vind het heerlijk.' Faith lag opgerold in de kromming van zijn arm.

Hij draaide een haarlok rond zijn vingers. 'Faith. Het is smerig.'

'Ik hou van die afschuwelijke lakens die bijna doorschijnend zijn in het midden – en van het dekbed...'

Guy wierp een blik op het dekbed. 'Welke kleur zou je zeggen dat het was?'

'Okergeel. Nee – mosterdbruin. Het is prachtig. Net als dat grappige tuintje waar alleen mierikswortel in lijkt te groeien...'

'... en de jammerende katten voor de keukendeur. Die zijn zeker ook prachtig?'

'Natuurlijk zijn ze dat, Guy.' Ze kuste zijn ribbenkast. 'Het is allemaal prachtig, omdat het onze kamer is.'

Hij keek op zijn horloge. 'Ik moet gaan.'

'Nu al?'

'Ik heb tegen Sylvia gezegd dat ik naar een patiënt in Hampstead moest. Er is een grens aan de tijd die je kunt besteden aan een patiënt in Hampstead.'

'Als ze heel, heel erg ziek was...'

'Al had ze elke kwaal in de medische encyclopedie, dan nog zou ik op tijd terug moeten zijn voor het avondspreekuur.' Hij zuchtte en trok zijn overhemd aan. Toen hij aangekleed was zei hij: 'Het regent nog steeds. Zal ik je afzetten op Leicester Square?'

'Te riskant, Guy, dat weet je best. Ik neem de bus wel, zoals gewoonlijk.'

Zijn lippen talmden op haar huid. 'Dan bel ik vanuit de praktijk.'

Terugrijdend naar het centrum van Londen bedacht Guy dat dat het ergste was. Niet in staat zijn voor Faith te zorgen, niet in staat zijn haar leven makkelijker te maken. Hij wist dat ze lange dagen maakte en dat veel van haar weekends werden besteed aan in gammele treinen naar Norfolk reizen om voor Ralph te zorgen. Hij begreep waarom ze geen cent van hem wilde aannemen, maar vond het verschrikkelijk. Hij wist dat ze er verstandig aan deed zijn aanbod van een lift af te slaan, maar hij verachtte zichzelf dat hij haar achterliet in een tochtig bushokje, rillend in haar regenjas.

Hij parkeerde zijn auto achter de praktijk en ging naar boven. Sylvia, zijn assistente, keek op toen hij binnenkwam. 'Ik heb geprobeerd u bij mevrouw Danbury te bellen, dokter Neville,' klaagde ze. Mevrouw Danbury was Guy's zogenaamd zieke patiënt in Hampstead. 'Maar u was er niet. Ze zei dat ze u niet had gevraagd langs te komen.'

Guy's hart begon te bonzen. Hij zei glad: 'Ik ben er nu. Waarover wilde je me spreken, Sylvia?'

'Mevrouw Neville heeft gebeld. Ze vroeg of u haar onmiddellijk wilde terugbellen.' De telefoon ging opnieuw over. 'Dat zal ze zijn, dokter Neville.'

In zijn spreekkamer nam Guy de hoorn van de haak en zei zijn naam. Terwijl Eleanor begon te praten, flitsten leugens en uitvluchten door zijn hoofd. *Wat een misverstand... dacht gewoon bij de ouwe mevrouw Danbury aan te gaan... Sylvia moet zich vergist hebben...*

'Guy? Guy, waar ben je. Ik heb je de hele middag te pakken proberen te krijgen.' Guy schraapte zijn keel, maar Eleanor wachtte niet op zijn antwoord. 'Guy, er is iets vreselijks gebeurd.' Eleanors stem trilde. 'Oliver is van school gestuurd.'

Guy ging regelrecht naar huis. De schande van zijn zoon ontsloeg hem van verder bedrog; Eleanor vroeg niet waar hij die middag was geweest. Guy vond haar in de salon, een glas in haar hand, bleek en gespannen.

'Waar is Oliver?'

'Ze zetten hem morgenvroeg op de trein. Hij moet vannacht in de ziekenboeg slapen...' Eleanor sloeg haar handen voor haar gezicht.

Guy legde zijn arm om haar schouders. Het was vreemd haar aan te raken. Sinds zijn affaire met Nicole Mulgrave sliepen ze in aparte kamers; twaalf jaar lang hadden ze elke aanraking en de bijbehorende spanning, het vermogen om de broze façade van hun huwelijk te vernietigen, vermeden.

Ze rilde in zijn armen. Hij gaf haar zijn zakdoek. Na enkele ogenblikken snoot ze haar neus, ging rechtop zitten en schudde zijn arm van haar schouder.

'Zeg eens wat er gebeurd is, Eleanor.'

Ze drukte haar vuisten tegen elkaar. 'Doctor Vokes heeft vanmiddag gebeld.' Eleanor slikte. 'Hij zei dat Oliver iets had gestolen van een andere leerling.'

'Gestólen?' Guy geloofde het niet.

'Een of ander ellendig stukje speelgoed.' Tranen welden op in Eleanors ogen.

Guy was verbijsterd. Hij hoorde haar verder gaan: 'Het was kennelijk niet de eerste keer,' en hij herinnerde zich Olivers escapade van een paar jaar geleden. Weglopen van school en een of ander verhaal over een Flash Gordon-jaarboek, waarvoor Oliver een volstrekt geloofwaardige verklaring had gehad.

Hij had ook iets te drinken nodig. Hij liep naar het kabinet en schonk zichzelf een groot glas whisky in. Na een paar slokken zei hij: 'Ik bel doctor Vokes. Laat hem het hele verhaal doen.'

Guy belde de school vanuit zijn studeerkamer. Terwijl hij naar het relaas van de directeur luisterde, voelde hij zich misselijk, leeg, beschaamd, zich diep bewust van zijn falen als vader. Hij ging terug naar Eleanor. Toen ze naar hem opkeek, zag hij de hoop in haar ogen. Hij drukte hem snel de kop in.

'Geen vergissing mogelijk. De enige schrale troost is dat de school ermee heeft ingestemd het niet aan Missingdean door te geven.' Oliver zou in september op Selwyns oude kostschool beginnen.

Eleanor fluisterde: 'Maar we hebben hem alles gegeven...' en Guy dacht: *Niet álles.* Geen vastigheid, niet de zekere, vanzelfsprekende liefde die een kind nodig heeft. Olivers jeugd was getekend door strijd: eerst door de vuurzee die hem uit Londen had verdreven en later door het subtielere, koudere conflict dat sinds zijn thuiskomst tussen zijn ouders had bestaan. Guy verafschuwde zichzelf dat hij, toen deze crisis uitbrak, in bed had gelegen met Faith Mulgrave, onbereikbaar was geweest toen Eleanor en Oliver hem het dringendst nodig hadden.

Hij hoorde haar zeggen: 'Het komt allemaal goed, hè, Guy?' en hij draaide zich naar haar om. Het verdriet had haar ouder gemaakt, de huid rond haar ogen slap gemaakt.

'We verzinnen wel iets. We zoeken het tot op de bodem uit, Eleanor, dat beloof ik je. Maak je geen zorgen.'

De volgende ochtend kwam Oliver thuis. Na de lunch sprak Guy met hem in zijn studeerkamer.

'Doctor Vokes heeft me verteld wat er gebeurd is. Je wilde iets ruilen met die jongen – ik weet niet meer hoe hij heet...-

'Canterbury,' vulde Oliver aan. Zijn gezicht was krijtwit.

'Je wilde iets van jou ruilen voor Canterbury's ruimteschip en hij weigerde. Dus stal je het.'

'Ik leende het, papa.'

'Zonder Canterbury's toestemming? Waarom? Ik begrijp het niet, Oliver. Je hebt volop speelgoed en genoeg zakgeld.'

Oliver wiebelde van het ene been op het andere. Hij zei opnieuw, koppig: 'Ik heb het geleend.'

'Het boek waarvan je vorig jaar zei dat je het had gekregen... Had je dat ook geleend?'

Een snel verwijden van de ogen, een trilling van de oogleden. Guy ontwaarde angst achter de koppigheid. Hij zei streng: 'Kom, Oliver, je hebt mijn vraag niet beantwoord. Waarom heb je het gepakt?'

Oliver snikte: 'Omdat ik het mooi vond.'

'We kunnen niet alles hebben wat we mooi vinden, Oliver. En als je het wilde hebben, waarom heb je mama dan niet gevraagd er een voor je te kopen met Kerstmis?'

'Maar ik wilde het nú! Ik wilde het aan Farthing geven, voor zijn verjaardag.'

Guy liep naar het raam en keek, met zijn handen om de vensterbank geklemd, naar buiten. Vanuit zijn studeerkamer op de bovenverdieping van het huis aan Holland Square kon hij de nieuwe gebouwen, schoon en glanzend, zien verrijzen uit de as van de luchtaanvallen. Hij voelde zich uitgeput, niet tegen de situatie opgewassen. Dit jaar vierde hij zijn veertigste verjaardag; nog nooit had hij zich zo middelbaar gevoeld, zo beheerst door de waarden die tot een ander tijdperk behoorden.

'Farthing?' vroeg hij zonder om te kijken. 'Wie is Farthing?'

'Het hoofd van Drake House. En hij is supergoed in cricket. Hij heeft vierenvijftig runs gescoord in de wedstrijd tegen Hollywell.' Een hand trok aan de mouw van zijn jasje. 'Papa.'

Guy keek omlaag naar zijn zoon. Opnieuw werd hij getroffen door Olivers schoonheid: het vlasblonde haar, de gebeeldhouwde trekken, de saffierblauwe ogen. Vanwege die schoonheid en omdat Oliver altijd enig kind zou blijven en vanwege zijn eigen schuldgevoelens, hadden ze de jongen altijd alles gegeven wat hij wilde.

'Papa? Wanneer ga ik weer naar school? Ik heb mijn huiswerk voor Latijn nog niet af en ik kom in het cricketteam...'

Hij sloeg zijn arm om Oliver heen en zei teder: 'Ik ben bang dat Whitelands je niet terugneemt, Oliver. Dat heeft doctor Vokes heel duidelijk gemaakt.'

Olivers ogen werden enorm groot. 'Maar wat moet ik dan dóén, papa?'

'Ik weet het niet.' Hij kon zijn eigen vermoeidheid horen. 'Ik weet het niet, Oliver,' en toen Oliver begon te huilen, trok Guy zijn zoon tegen zich aan, hield hem vast en streelde zijn zachte, goudblonde haren.

Halverwege een gespannen, zwijgzame avondmaaltijd herinnerde Guy zich dat hij Faith niet zoals hij had beloofd de vorige avond had gebeld. Met het excuus dat hij behoefte had zijn benen te strekken na de maaltijd liep hij naar een telefooncel. Toen hij Faiths nummer draaide, weerklonk een stemmetje in zijn hoofd: *Omdat ik het mooi vond... Ik wilde het hebben.* Zo vader, zo zoon, dacht hij grimmig, allebei pakkend wat stralend en mooi en verboden was.

Toen ze de telefoon aannam en haar naam noemde, hoorde hij de bezorgdheid in haar stem.

'Faith. Met mij.'

'Guy.' Een diepe zucht. 'Guy, is er iets gebeurd? Je belde niet... Ik was bang...'

Hij viel haar in de rede. 'Nee, er is niets, we zijn nog steeds veilig. Er is iets gebeurd, maar het heeft niets met ons te maken.' Maar toen hij haar over Oliver vertelde, kon hij er niet omheen te vertellen over de ramp die bijna had plaatsgevonden: Eleanors telefoontje naar de praktijk, de pogingen van zijn assistente om hem te bereiken.

Ze luisterde zonder iets te zeggen; toen hij uitgesproken was zei ze: 'Arme Guy. Arme jullie allemaal. Hoe is het met Oliver?'

'Ingetogen. Stil.' Hoewel hij het zoals altijd moeilijk vond Oliver te doorgronden; hij wist niet of Oliver spijt had van wat hij had gedaan of van wat hij had verloren.

'Wat ben je van plan?'

'Ik weet het niet.' Hij liet zijn vinger over de beslagen binnenkant van de telefooncel glijden, 'Guy houdt van Faith', en veegde de woorden toen met zijn vlakke hand uit. 'Hij moet in september op Missingdean beginnen, zie je, dus het is nauwelijks de moeite waard een andere middelbare school te zoeken. Trouwens, ze zouden er vragen stellen en ter wille van Oliver moet dit zo stil mogelijk worden gehouden. Eleanor wil een privé-leraar in de arm nemen, maar ik weet het niet... Ik heb het gevoel...'

'Wat, Guy?'

'Ik heb het gevoel dat een privé-leraar in sommige opzichten de slechtst mogelijke optie zou zijn. Het zou Oliver isoleren en tegelijkertijd zijn gevoel dat hij uitzonderlijk is versterken.' Hij zuchtte.

'Ik zou willen dat ik hem ergens mee naartoe kon nemen. Met hem gaan kamperen in Europa misschien, hem alle plaatsen laten zien waar ik van hou. Hem een beetje harder maken. Dat heeft hij nodig. Maar het kan niet, niet nu, vanwege mijn werk. Selwyn is nog steeds niet opgeknapt, zie je, al wil hij het niet toegeven, en als ik vrij zou nemen, zou hij per se willen waarnemen en ik geloof eerlijk gezegd niet dat hij het aankan.'

Guy werd zich bewust van de wereld buiten, de bussen en auto's die langs de telefooncel snelden, de rij mensen die wachtten tot ze konden bellen. Hij sloot een ogenblik zijn ogen, sloot hen buiten, haalde haar gezicht voor de geest, haar dierbare, vertrouwde trekken. Toen dwong hij zichzelf te zeggen: 'Ik weet niet wanneer we elkaar weer kunnen ontmoeten, Faith. Ik zal een paar dingen moeten regelen.'

Een stilte. Hij kon de echo van haar ademhaling over de lijn horen. Ten slotte zei ze: 'Probeer je me duidelijk te maken dat je me niet meer wilt zien, Guy?'

'Néé. Goeie god, nee.' Gezichten werden tegen het glas gedrukt, spoorden hem aan het gesprek te beëindigen. 'Dat zal ik nooit zeggen, Faith,' zei hij heftig. 'Begrijp je het niet? Jíj bent degene die dit alles draaglijk maakt. Jíj bent degene die alles goedmaakt.'

'Maar het ís niet goed. Het is verkeerd wat we doen.'

'Hoe kan het verkeerd zijn als we van elkaar houden? Hoe kan liefde anders zijn dan goed?'

'Dat iets goed aanvoelt, betekent nog niet dat het goed ís.' Haar stem klonk schor. 'Ik moet ophangen, Guy. Con wacht op me. Bel me wanneer je kunt.' De verbinding werd verbroken.

Tijdens het ontbijt met Eleanor deelde Guy haar zijn besluit mee.

'Oliver kan gedurende het zomersemester hier naar school. De King Edward VI-school.'

Eleanor keek op van haar gekookte ei. 'Doe niet zo idioot, Guy. De King Edward VI is een openbare school.'

'Het is een lyceum.'

'Oliver kan niet naar een openbáre school.'

'Natuurlijk wel. Het is maar voor één semester en hij is al geslaagd voor zijn toelatingsexamen, dus het geeft niets als hij een deel van wat hij eerder heeft geleerd nog eens moet overdoen. Het is ideaal – hij kan de bus nemen en komende zomer thuis wonen. Ik bel vandaag nog met de school om te vragen of hij kan komen.'

'Guy, het is uitgesloten.' Eleanor schonk haar koffiekop nog eens vol. 'Ik laat Oliver niet naar zo'n soort school gaan.'

Hij smeerde een snee toast. 'Het is een goede school, naar de verhalen te oordelen. Er zijn vorig jaar zes eindexamenleerlingen naar Oxford of Cambridge gegaan.'

'Daar gaat het niet om.'

Hij sneed de toast doormidden, maar at er nog niet van. 'Waar gaat het dan wel om, Eleanor?'

'Ik wil niet dat Oliver met zulk soort jongens optrekt.'

Hij keek haar aan. 'Wat voor jongens?'

'Wilde jongens. Hij zou er slechte gewoonten van kunnen overnemen.'

'Ik zou zeggen,' zei Guy koel, 'dat we eerder bang moeten zijn dat de andere jongens slechte gewoonten van hém overnemen.' Hij schoof zijn bord weg. Hij kon niet eten; zelfs het zien van voedsel maakte hem al misselijk. 'Oliver is een dief, Eleanor. Dat moeten we onder ogen zien. O, nu pikt hij nog maar kleinigheden, maar wie zal zeggen waar zijn smaak over een paar jaar naar uitgaat?'

Haar lip krulde om. 'Dus je denkt dat hij bankrover wordt... of inbreker.'

'Natuurlijk niet.' Hij probeerde het haar te laten begrijpen; een laatste poging om iets zinvols te redden uit de as van hun huwelijk. 'Misschien heeft Oliver sommige dingen te gemakkelijk gekregen. We hebben hem het idee bijgebracht dat hij kan krijgen wat hij wil zodra hij het wil. Een paar maanden te midden van minder bevoorrechte jongens brengen hem misschien waardering bij voor wat hij heeft.'

'Ik pieker er niet over, Guy. Oliver naar een openbare school? Nooit.'

Hij wist dat ze zelfs niet naar hem had geluisterd. Een primitieve behoefte aan wraak stak de kop op. Hij beheerde tenslotte de financiën. Hij zei: 'Ik betaal niet voor een privé-leraar, Eleanor.' Het deed hem een klein genoegen de verandering op haar gezicht te zien. 'Whitelands wil het schoolgeld voor het volgende semester niet terugbetalen. En je weet hoe duur Missingdean is. We kunnen ons geen privé-leraar veroorloven.'

Haar kopje kletterde boos op het schoteltje. 'Je zou meer patiënten kunnen nemen...'

'Maar dat doe ik niet.' Hij snakte naar een borrel; om half negen in de ochtend snakte hij naar een borrel. In plaats daarvan pakte hij zijn sigaretten. 'Ik doe het niet.'

Eleanor stond op. 'Dan vraag ik het aan vader. Hij heeft gespaard.' Ze bleef in de deuropening staan. 'Ik had zelfs van jou nooit gedacht dat je zo onredelijk zou kunnen zijn.'

Maar Selwyn stond, tot Eleanors verbazing, achter Guy. Guy belde het lyceum en regelde een toelatingsgesprek voor Oliver.

Het was Olivers reactie op het nieuws die Guy overviel. Hij werd groenbleek en Guy dacht even dat hij zou overgeven. Hij sloeg zijn armen om de jongen heen en legde bedaard uit dat de King Edward VI slechts een overbrugging was, iets om hem vooruit te helpen tot hij naar Missingdean ging. In september konden ze dit alles achter zich laten. Maar Oliver fluisterde slechts: 'Ik haat je. Oma zou me nooit daar naartoe hebben gestuurd. Ik haat je.' Toen liep hij de kamer uit.

Toen de eerste paar weken van het semester zonder incidenten waren verlopen, vroeg Jake zich af of hij zich had vergist toen hij dacht dat Linfield hem en Mary samen had gezien, die ochtend aan het strand. Zich vergist had toen hij dacht dat Linfield haatdragend zou zijn. Opgelucht liet hij zich terugglijden in de inmiddels vertrouwde sleur van lessen, huiswerk en nakijken.

Op een zondag, toen ze Jake onder aan het pad over de rotsen trof, was Mary's gezicht bleek en gespannen en haar antwoorden op zijn pogingen tot een gesprek waren kort. Aalscholvers en pijlstormvogels doken van de steile kliffen en golven beukten tegen de rotsen. Het pad was zo smal dat ze niet naast elkaar konden lopen; Mary liep voorop en haar kleine, gebogen gestalte leek het geweld van de wind te verwelkomen.

Jake haalde haar in. 'Wat is er?'

'Niets.' Ze begroef haar handen dieper in haar zakken.

'Mary...'

'Ik zei toch, Jake, er is niets.' Haar stem klonk scherp. 'Dus laten we doorlopen, ja, of ik sterf van de kou.'

Ze waren aangekomen op de plek waar de klif glooiend afdaalde naar een klein, eenzaam strand. In het warme septemberweer hadden ze daar gevrijd. Maar sindsdien had de herfst toegeslagen en de rotsen waren glibberig en in de scheuren stond een soep van verbrijzelde schelpen en zout water, gebonden met schuim.

Jake keek hoe Mary volhardend om de plassen heen liep. Hij riep: 'Als je me beu bent, zeg het dan in godsnaam.'

Ze keek hem over haar schouder aan. 'Altijd ijdel, Jake. Ik heb andere dingen aan mijn hoofd.' Ze ging op een rotsblok zitten, trok haar hoofd tussen haar schouders en keek uit over zee.

Nog geen meter verder kabbelden de golven op het zand en zogen het weg onder hun voeten. Na een poos leek haar afwerende houding te wankelen en ze mompelde: 'Het komt door George.'

'Is hij ziek?'

'Hij is geslagen. Met de riem. Meneer Linfield heeft hem geslagen. Hij zei dat George in de kapel had gepraat. Ik heb het George gevraagd en hij zei dat hij een paar woorden had gefluisterd – dat er een spin op de bank zat of zoiets onzinnigs – maar een heleboel andere jongens hadden meer gepraat en hen had meneer Linfield niet geslagen. Ik haat hem.' Haar stem klonk diep, heftig. 'Ik haat de gedachte dat hij mijn kind pijn doet.'

Ze liep door, klauterde over de rotsen die een eind in zee staken. Golven braken aan weerszijden tegen de kleine landtong en schuim spatte in de lucht uiteen. Af en toe gleed ze uit op de pokdalige stenen. Haar knieën en knokkels bloedden. Op het laatste rotsblok bleef ze staan, omringd door de zee, haar regenjas doorweekt, haar zwarte haren verwaaid tot zeewier. Omdat hij voelde dat ze hem op een of andere duistere manier de schuld gaf, ging hij haar niet achterna. Maar evenmin verliet hij het strand voordat ze zich omdraaide en langzaam terugliep naar het rotspad.

Tien dagen later gaf Linfield George opnieuw een aframmeling. En drie weken later nogmaals. Jake herkende de aanpak van de ervaren folteraar. Wacht elke keer zo lang dat het slachtoffer hoop krijgt. Het is het vermorzelen van de hoop dat het moeilijkst te dragen is. Toen Mary Linfield beschuldigde van muggenzifterij werd ze geconfronteerd met een hooghartige ontkenning. Georges ronde, opgewekte gezichtje kreeg een bangelijke uitdrukking. Hoewel Linfield het angstvallig vermeed met hem alleen te zijn, zag Jake een triomfantelijke schittering in zijn ogen. Hij wist dat hij zelf het beoogde slachtoffer was en dat Mary en zelfs die arme George van ondergeschikt belang waren. Hij, Jake, had Linfield vernederd, maar nu vernederde Linfield hem. Hij kon het kind van zijn minnares niet eens beschermen.

Na enige tijd drong de oplossing zich op. In de linnenkamer, te midden van stapels kussenslopen en handdoeken, vroeg Jake Mary ten huwelijk. De sprong naar vastheid, die hem vroeger zou hebben afgeschrokken, deed dat niet meer.

Terwijl hij zijn aanzoek deed, ging ze door met lakens merken. Toen hij zweeg zei ze: 'Het zou geen verschil maken, Jake,' en ze likte aan haar pen en schreef met keurige letters 'Heatherwood Court' op een zoom. 'Het zou die man er niet van weerhouden mijn zoon pijn te doen.'

'Munday keurt een onwettige verhouding misschien af, maar hij kan moeilijk bezwaar maken als twee van zijn werknemers eerbaar getrouwd zijn.'

Mary legde de lakens terug op een schap. 'Als we getrouwd waren,' zei ze kalm, 'zou meneer Linfield George waarschijnlijk nog vaker slaan. Misschien is hij jaloers. Misschien wil hij me ook.'

De gedachte dat Linfield belust was op Mary maakte hem misselijk en bezoedelde op de een of andere manier zijn eigen gevoelens voor haar. Haar aankijkend wist Jake dat ze zich van hem terugtrok, zich weer verschool in het beschermend pantser dat ze had gedragen toen hij op Heatherwood was gearriveerd.

Het vertrek was klein en benauwd. Hij stopte zijn handen in zijn zakken en probeerde helder te denken. 'Dan moeten we George naar een andere school sturen.'

'Natuurlijk, dát is de oplossing. George en ik gaan weg van Heatherwood.'

Jake voelde zich koud worden. 'En ik?'

Ze verweet hem niet, wat hij min of meer had verwacht, dat hij aan zichzelf dacht. In plaats daarvan zei ze: 'De kans dat we een school vinden die zowel een docent talen als een verpleegster nodig heeft en bovendien plaats heeft voor een jongen van tien is niet erg groot, hè Jake?'

Hij zei boos: 'Je speelt Linfield in de kaart – je doet precies wat hij wil dat je doet.'

Ze hield even op met het opvouwen van een kussensloop. 'Misschien. Maar zie je, Jake, ik moet George beschermen.'

Een paar dagen later ging hij naar kapitein Munday. De directeur zat in zijn studeerkamer aan zijn bureau, achter zijn rekeningboeken. Een pijp in een asbak verspreidde een scherpe geur in de kamer. Jake zei: 'Ik kom me beklagen over meneer Linfield. Hij heeft het gemunt op een van de jongens. Pikt hem eruit om straf te geven.' Mundays besnorde mond vertrok zich in een grimas waarvan Jake zich ten slotte realiseerde dat die als een glimlach bedoeld was. 'Misschien verdient de jongen straf, meneer Mulgrave.'

'Ik denk het niet. George Zielinski is een aardige, gewetensvolle knaap.'

Munday begon zijn nagels schoon te maken met een tandenstoker. 'Hebt u de mogelijkheid in overweging genomen, Mulgrave, dat Zielinski in de wiskundeles weleens minder vlijtig zou kunnen zijn dan bij Frans?'

Pedant, zelfingenomen mannetje, dacht Jake, maar hij verbeet zijn woede. Munday opende een bureaula.

'Zullen we het straffenboek eens bekijken?' Hij bladerde door een legger. Elke leraar was verplicht de reden en de aard van elke kastijding die hij toediende in het straffenboek te schrijven.

'Praten in de garderobe... inkt aan zijn vingers tijdens de lunch... huiswerk niet af...' Kapitein Munday schoof het boek over het bureau naar Jake. 'Het lijkt allemaal in orde te zijn, meneer Mulgrave.'

Jake wierp een blik op de lijst van pekelzonden. Georges naam verscheen met afgrijselijke regelmaat. Hij keek kapitein Munday aan en zei boos: 'U praat dát goed?'

'Zonder tucht zou de school niet functioneren.'

'En daarom staat u een sadistische pummel zoals Linfield toe zijn wraaklust op een kleine jongen bot te vieren?'

'Let op uw woorden, Mulgrave.' Het quasi-goede humeur wankelde. 'Meneer Linfield is een gewaardeerd docent. Hij geeft al achttien jaar les op Heatherwood.' Kapitein Munday pakte zijn pijp en begon zwarte slierten tabak terug te proppen. Hij keek Jake aandachtig aan. 'Ik herinner me dat u een wat ongebruikelijke achtergrond hebt. U hebt lang in het buitenland gewoond, meen ik?'

Hij slaagde erin, dacht Jake, buitenlandse reizen te laten klinken als een besmettelijke ziekte.

'Ik vraag me af of u het Engelse onderwijsstelsel wel voldoende waardeert. De hele wereld is er jaloers op, weet u. En de jongens pre-

339

feréren een pak slaag.' Munday knikte zelfgenoegzaam. 'Ze zeggen dat de straf dan snel achter de rug is.'

In Frankrijk, de avond voor D-day, had Jake een man achternagezeten. Deze spoorwegbeambte, die met de nazi's heulde, was opgejaagd als een dier en Jake had zijn spoor gevolgd tot hij hem alleen en buiten gehoorbereik van zijn vrienden in het nauw had gedreven. Toen had hij hem de keel doorgesneden.

Hij dreef Linfield in het nauw toen deze, missaal in de hand, uit de kapel kwam. Het was veertien dagen voor het eind van het voorjaarssemester en ze hadden zojuist gebeden om succes voor Heatherwood Court tijdens de laatste rugbywedstrijd van het seizoen. Jake haalde Linfield in toen deze door het bosschage tussen de kerk en de school liep.

'Ik wil je even spreken.'

Linfields kleine voeten schuifelden door met speenkruid bezaaid gras. 'Ik heb geen tijd voor gesprekken, Mulgrave.'

'Het duurt maar even. Ik wil je spreken over George Zielinski.'

'Zielinski's algebra is redelijk, maar zijn begrip van de meetkundige principes is voor verbetering vatbaar...'

'Blijf van hem af, Linfield. Laat hem met rust. Als je iemand pijn wilt doen, zoek dan iemand van je eigen formaat.'

'En anders?' Linfield begon te hijgen. Zijn woorden onderbraken zijn heftige worsteling om adem. 'Wat doe je dan, Mulgrave?'

Jake haalde zijn schouders op. Het bosschage geurde naar angst.

'Vermoord je me dan? Is dat wat je van plan bent?'

'Misschien,' zei Jake, maar hij wist dat hij loog. Hij had Linfield op dat moment zelfs niet kunnen aanraken. De kleine, gladde, bijna kale schedel, de blauw dooraderde, transparante handen boezemden hem afkeer in.

'Laat George met rust. Je hebt ruzie met mij, niet met dat kind.' Het baldakijn van bomen was benauwend geworden; Jake wilde weglopen.

'Je gaat zeker troost zoeken bij die sloerie van je. Je sloerie en haar bastaard!'

Met een ruk draaide Jake zich om. Zijn hart bonsde. Terwijl een ontkenning naar zijn lippen welde – te laat, al te laat – glinsterden Linfields ogen.

'Dus het is waar. Het kind is een bastaard. Ik heb het me altijd af-gevraagd.' Linfield streek de gekreukte plooien van zijn toga glad. 'Zo zo. Dat zou kapitein Munday niet graag horen.' Het hijgen stierf weg terwijl Linfield het zonlicht in liep, Jake achterlatend onder de bomen, met zijn handen machteloos langs zijn lichaam bungelend.

Hij vertelde het haar. Hij had niet anders gekund. Mary luisterde zwijgend, met onbewogen gezicht, en toen zei ze: 'Het is niet jouw schuld, Jake.' Maar hij vond van wel. Deze hele verdomde puinhoop was zijn schuld. Als hij Linfield vorig jaar niet had gestraft omdat hij de jongen pijn had gedaan, als hij zich had omgedraaid en was weg-gelopen, net als iedereen, zou dit alles niet gebeurd zijn.

Twee dagen later vertelde Mary hem dat ze een baan aangeboden had gekregen op een school in Wales. Terwijl ze hem aankeek, was het heel even alsof haar pantser het zou begeven en ze legde haar hand op zijn arm en zei aarzelend: 'Je schrijft me toch, hè, Jake. Je houdt toch contact?'

Hij antwoordde niet. Hij wist dat het onvermijdelijke was begon-nen. Hij zou haar verliezen, zoals hij alles wat belangrijk was in zijn leven had verloren. Niets duurde; dat had hij zich lang geleden al ge-realiseerd, toen hij door het hete, tragische Frankrijk van de zomer van 1940 fietste. Hij zag dat ze op een antwoord wachtte, maar hij liep van haar weg, naar het raam, en na een poos hoorde hij de deur dichtslaan.

13

Op een woensdagmiddag in april gingen ze naar hun hotel in Battersea. De geur van gekookte kool in de ingang, het gladde, mosterdbruine dekbed op het bed. Alles leek precies hetzelfde, maar Faith voelde een trage, heimelijke verandering, een radeloze behoefte om te bewijzen dat ze nog altijd plezier beleefden aan dit hotel en aan elkaar. Ze vrijden, dacht ze, om te bewijzen dat de hartstocht bleef, omdat hartstocht alles rechtvaardigde.

Later sloeg ze het laken om zich heen en liep naar het raam. Het tuintje dat haar die winter zo leuk had geleken, leek in de lentezon lelijk, symboliseerde slechts uitzichtloosheid.

Ze hoorde Guy zeggen: 'Een stuiver voor je gedachten.'

'Ik vroeg me af of we elkaar moeten blijven ontmoeten.' Het was eruit voordat ze het had kunnen tegenhouden.

'Faith...' Hij ging rechtop zitten.

'Het is vijf weken geleden – vijf weken, Guy, ik heb ze geteld – dat we meer dan een halfuur samen hebben gehad.'

'Het spijt me zo, liever.' Hij kwam naar haar toe en legde zijn hand op haar schouder, maar ze draaide zich niet om en na een poos zei hij vertwijfeld: 'Je weet dat ik voorzichtig moet zijn. Die keer toen Oliver....'

'Ik weet het. Natuurlijk.' Ze herinnerde zich het misselijk makende gevoel in haar maag toen Guy haar had gebeld op de avond dat Oliver van school was gestuurd: *Eleanor heeft me de hele middag gezocht... gelukkig was ze te erg van streek om vragen te stellen.*

'Maar ik ben het beu voorzichtig te zijn.' Ze zei het zo zacht dat hij het niet hoorde.

Achter haar begon hij zijn kleren aan te trekken. 'In augustus gaat Eleanor veertien dagen op vakantie met Oliver... dan hebben we zoveel tijd als we maar willen.' Zijn stem klonk sussend.

'Daar gaat het niet om, Guy.'

'Waar dan wel om?' Hij wachtte, zijn das half gestrikt. 'Of voel je niet meer hetzelfde?'

'O, ik hou nog steeds van je, Guy,' zei ze. 'Ik zal altijd van je houden.' Ze dacht: maar het geeft geen vreugde meer. Alleen eenzaamheid, schuldgevoel en angst.

Hij sloeg zijn armen om haar middel. 'Als het niemand pijn doet, kan het niet verkeerd zijn.' Het oude, vertrouwde refrein, maar zelfs hij leek niet overtuigd meer.

Ze riep uit: 'Maar hoe kunnen we daar zeker van zijn? Dat kunnen we niet, Guy. We hebben geluk gehad, die keer, dat is alles. We hadden zó door de mand kunnen vallen...'

'Maar dat zijn we niet. Dat zijn we niet!' Hij trok haar tegen zich aan en begon haar te kussen. Ze voelde de wanhoop in zijn aanraking. 'Praat niet over afscheid nemen, ik smeek het je, Faith. Ik heb je zo nodig.'

Hij hield haar enige tijd vast, haar gezicht tegen het zijne, en zijn enige beweging was zijn ademhaling. 'We horen bij elkaar,' fluisterde hij. 'We hebben altijd bij elkaar gehoord. Dat zul je toch niet vergeten?'

In het begin had Oliver een hekel aan zijn nieuwe school. Gevestigd in een onooglijk gebouw van rode baksteen in een drukke Londense straat probeerde men het kostschoolsysteem te imiteren – huiskleuren, surveillanten en een schoollied – maar ontbeerde zowel de financiën als de overtuiging van de scholen die men parodieerde. De lessen waren niet moeilijk – Oliver was voor met klassieke talen, achter met natuurkunde – en de jongens waren eerder saai dan onaardig. Hij verveelde zich vaak, maar ja, op Whitelands had hij zich ook vaak verveeld. Als een semester op het King Edward VI Lyceum voor hem niet als straf was opgelegd door zijn vader, had hij het misschien niet eens zo'n ramp gevonden.

Zijn moeder wakkerde zijn verontwaardiging aan. 'Wat oneerlijk van papa om je naar die afschuwelijke school te sturen! Nou ja, we moeten ons flink houden, vrees ik, Oliver. Het betekent in elk geval dat we de zomer samen kunnen doorbrengen.' Ze scheen de reden van zijn thuiskomst vergeten te zijn; haar boosheid was uitsluitend tegen papa gericht. 's Nachts, wanneer hij in bed lag en de ruzies van zijn ouders door het huis klonken, stopte Oliver zijn vingers in zijn oren om de bangmakende geluiden uit te bannen. Overdag hing er een sfeer van spanning, van niet openlijk verklaarde, besluiteloze oorlog in het huis aan Holland Square.

Een keer per week gingen hij en zijn moeder thee drinken in het Lyons' Corner House in Marble Arch. Oliver at een roomsoes of een chocoladebol terwijl zijn moeder thee schonk uit een zilveren theepot. Soms vertelde ze over de oorlog, wat saai was, omdat ze zelden praatte over bommen of vliegtuigen of andere opwindende dingen, en soms vertelde ze over het ziekenhuis waarvoor ze ooit had gewerkt, wat nog saaier was. En vaak, vooral als de ruzie de avond tevoren bijzonder luidruchtig was geweest, vertelde ze over papa. Ze vertelde Oliver dat ze met hem meeleefde omdat hij papa's onaardigheid moest verduren, aangezien hij ook tegen haar soms niet aardig was. Ze vertelde hem dat, omdat papa als jongen tamelijk arm was geweest, hij nooit had afgeleerd krenterig te zijn met geld en dat hij zonder haar hulp nog steeds zo arm zou zijn als een kerkrat. Ze vertelde hem dat het feit dat papa hem per se naar het lyceum had willen sturen bewees dat papa minder van hem hield dan zij.

Oliver wilde haar troosten, de juiste dingen zeggen, haar opbeuren. Soms genoot Oliver van zijn moeders vertrouwelijkheden, omdat hij zich daardoor volwassen en belangrijk voelde, maar andere keren maakten de smaakvolle inrichting van het Corner House en het gedempte gemurmel van beschaafde conversatie dat hij zin kreeg om weg te rennen, tafels omver schoppend en theepotten op de vlekkeloze vloer gooiend terwijl hij ontsnapte.

Een paar weken na het begin van het semester maakte hij kennis met een jongen die Wilcox heette. Wilcox was een jaar ouder dan Oliver, zat in het laagste niveau en was dus niet de soort jongen met wie hij normaal bevriend zou zijn geraakt. Ze troffen elkaar in de gang bij de studeerkamer van de directeur, waar zich rond lunchtijd een verzameling boosdoeners verzamelde, wachtend op straf voor hun uiteenlopende vergrijpen. Wilcox stond naast Oliver en zei, tegen de muur hangend, op lijzige toon: 'Sta je verdomme niet in de verkeerde rij, Neville? Moet je niet in Phillips zijn lokaal zijn, voor een aai over je bol, net als al die andere mietjes?'

Oliver haalde zijn schouders op. Wilcox zei: 'Wat heb je gedaan? Je huiswerk vijf minuten te laat ingeleverd? Vergeten je schoenen te poetsen?' Hij keek Oliver aan. 'Nee. De dienstmeid poetst je schoenen, hè?'

Wilcox' schoenen zagen eruit alsof ze nog nooit een blikje schoenpoets hadden gezien. Het bovenleer liet los van de zolen. Zijn stropdas was een kleine, strakke knoop aan de zijkant van zijn hals en zijn blazer was gerafeld.

'Eerlijk gezegd,' zei Oliver, 'hebben we geen dienstmeid.'

'Eerlijk gezegd,' bauwde Wilcox hem met een hoge falsetstem na, 'hebben we geen dienstmeid.'

'En,' zei Oliver, 'ik ben hier omdat ik op de plee heb gerookt.' Hij had leren roken op Whitelands; nu bietste hij af en toe een paar sigaretten uit zijn vaders doos, een soort wraak, dacht hij altijd, voor de vernedering van deze school. Hij keek Wilcox aan. 'En jij?'

'Brutaal geweest tegen Brownlie,' zei Wilcox nonchalant. Meneer Brownlie was de gymleraar, een oud-militair met handen als kolenschoppen.

'Op mijn vorige school heb ik een keer stikstof-trijodide in het lerarentoilet gedaan, zodat, toen de directeur op de pot zat, de hele boel ontplofte.' Het was niet waar; een andere jongen had het voorgesteld, maar niemand had er het lef toe gehad, maar dat hoefde Wilcox niet te weten.

Wilcox brulde van het lachen. 'Recht in zijn reet!'

Die avond ging Oliver naar zijn vaders studeerkamer en pikte vier Players uit de doos in de bureaula. De volgende dag nam hij ze mee naar school. In de pauze zocht hij Wilcox en bood hem een sigaret aan.

'Niet hier, stommeling – dan ziet Brownlie het.' Maar Wilcox liet de sigaret in zijn zak glijden.

Na schooltijd wachtte Wilcox op hem buiten de poort. Op een grauw pleintje bij Great Portland Street deelden ze de sigaretten. Oliver lag op zijn rug en keek de blauwe rook na die de lucht in kringelde. Wilcox hoestte na zijn eerste sigaret, kokhalsde na zijn tweede. Toen hij zich hersteld had zei hij: 'Ik wed dat je in zo'n soort huis woont.' Hij wees naar de hoge, smalle huizen rondom het plein.

'Inderdaad, ja.'

'Is je vader rijk of zo?'

'Hij is dokter. Mijn grootvader ook. Het is de bedoeling dat ik ook dokter word.'

'Mazzelpik.'

'Hoezo?' Hij voegde er oprecht aan toe: 'Ik kan zieke mensen niet uitstaan.'

'Je wordt straks betaald om meiden aan hun tieten te voelen.' Met half dichtgeknepen ogen keek Wilcox Oliver aan. 'Of hou je niet van meiden?'

'Ze zijn wel aardig. Ik geloof niet dat ik er veel ken. Ik heb geen zussen of nichten of zoiets.'

Wilcox zei: 'Je bent toch geen mietje, hè? Ik zou niet in het gras willen liggen met een mietje.'

Oliver keek wezenloos. Wilcox zei geërgerd: 'Weet je dan helemaal niks?' en ging over tot een gedetailleerde uitleg.

Toen Wilcox klaar was, voelde Oliver zich een beetje misselijk, maar hij schudde zijn hoofd en zei: 'Nee, ik hou niet van dat soort dingen. Echt niet.' Zijn stem trilde een beetje, zoals wel vaker tegenwoordig.

Wilcox zocht in zijn zak en haalde er een paar ansichtkaarten uit. 'Moet je deze eens zien. Fantastisch, niet?'

Het waren allemaal foto's van meisjes zonder kleren aan. Terwijl Oliver ze bestudeerde, hoorde hij Wilcox zeggen: 'Ik kan er wel een paar voor je kopen, als je geld hebt. Kosten wel een paar shilling.'

Wilcox liet Oliver delen van Londen zien waar hij nog nooit was geweest. De havens, met hun opwindende chaos van kranen en kratten en schepen. Stuwadoors die naar elkaar riepen en, op de achtersteven van de schepen geschilderd, hun thuishavens. Buenos Aires... Calcutta... Sydney. De woorden alleen al gaven Oliver een vreemd gevoel van opwinding, een glimp van hete zon en onbekende talen en vrijheid.

Soho bood een ander soort opwinding. Soho had, wat Oliver betreft, lichtjaren van Holland Square verwijderd kunnen zijn. Hij kende Derbyshire, bijna tweehonderd kilometer noordelijker, veel beter dan Soho, bijna naast de deur. De vreemde muziek die uit verveloze portieken kwam, het vuil en de kleuren en de meisjes in hun flitsende kleren stootten hem eerst af, maar fascineerden hem toen. Wilcox vertelde over de jazzclubs die de hele nacht openbleven en over de gelegenheden waar meisjes tegen betaling hun kleren uittrokken. Ze probeerden een van die gelegenheden binnen te komen, maar de portier joeg hen weg. Wilcox gaf de schuld aan Oliver, wiens stem nog altijd pijnlijk schommelde tussen sopraan en bas. 's Avonds bestudeerde Oliver de ansichtkaarten die hij van Wilcox had gekocht. Zijn favoriete was een meisje met een zigeunerachtig uiterlijk, zwarte haren, grote, donkere ogen en zware borsten die deinend op haar borstkas hingen. Wanneer hij naar haar keek, voelde hij zich gelukkig en schuldig tegelijk.

Wilcox vertelde Oliver over een winkel in Soho waar ze tijdschriften vol foto's van naakte meisjes verkochten. Hij zou er een voor hem kopen, zei hij zelfverzekerd, als Oliver aan geld kon komen. Oliver vroeg zich af waar hij zo'n tijdschrift in godsnaam zou moeten verstoppen – zijn moeder ruimde elke dag zijn slaapkamer op – maar ging niettemin die avond naar zijn vaders studeerkamer en haalde een pond uit diens portefeuille.

Toen hij het biljet pakte, viel er een verschoten kaartje met ezelsoren op de grond. Oliver bekeek het. 'De Blauwe Vlinder,' las hij, naast een tekening van een vlinder. 'Dag- en avondkleding voor dames, Tate Street 3, W.1.'

Mulgrave-regels, Jake: laat ze nooit merken dat het je iets doet. Hij slaagde er aardig in, dacht Jake, wanneer hij tijdens de pauze in de docentenkamer met de andere leraren zat te kletsen of de jongens op vrijdagmiddag naar crickettraining bracht. Hij hield zich in en als hij dronk, dronk hij in zijn eentje.

Maar het deed hem natuurlijk wel iets. Het deed hem verschrikkelijk veel dat Mary weg was. Het deed hem veel dat haar plaats in de ziekenboeg was ingenomen door een magere, geagiteerde vrouw van middelbare leeftijd en dat, als hij over het rotspad liep, hij alleen was. Eén keer ging hij naar de baai en dwaalde tussen de rotsen en plassen en gooide kiezelstenen in zee. En altijd was hij zich bewust van de diepe woede die hij koesterde.

Mary had hem sinds haar vertrek geschreven; hij had niet teruggeschreven. Hij wilde het verdriet dat hij voelde niet verwoorden, want als hij dat deed zou hij zich kwetsbaar voelen. Hij wist dat hij niet op Heatherwood zou blijven. Hij wist dat ze gelijk had gehad, dat hij verder zou trekken. Maar hij wachtte zijn kans af. Alles wat hij hier altijd had verafschuwd – de hypocrisie, het snobisme, de onderstroming van geweld – was sinds het vertrek van Mary ondraaglijk geworden. Linfield, besefte hij, was slechts een symptoom van een ziekte. Heatherwood en scholen zoals Heatherwood waren er om aangepastheid af te dwingen; mensen zoals Linfield gedijden in zulke omstandigheden. De bekrompen visie van Heatherwood en de grauwheid van zowel de school als het omringende landschap deden hem hunkeren naar ontsnapping.

Voor het eerst kwam het in Jake op dat, als Ralph zijn hele leven in Engeland was gebleven, hij zelf naar zo'n soort school gestuurd zou zijn. Ralph was een zoon uit een traditioneel middenklassegezin geweest; Ralph was opgeleid aan een school zoals deze en was doordrongen van soortgelijke waarden als die van Heatherwood. Als Ralph er niet voor had gekozen anders te zijn, zou hij zelf gedwongen zijn geweest klakkeloos in zijn vaders voetsporen te treden. Jake besefte dat er moed voor nodig was geweest om zich aan dit alles te onttrekken. Voor het eerst in meer dan tien jaar begon hij aan Ralph te denken met iets anders dan minachting. Hij vroeg zich af wat Ralph in zijn situatie zou hebben gedaan en wist dat deze het zich niet braaf zou hebben laten aanleunen, niet alles gepikt zou hebben.

Jake vertelde kapitein Munday dat hij op de gedenkdag ter ere van de oprichter van de school eind april, graag een prijs zou uitreiken. Er waren prijzen voor klassieke talen, prijzen voor geschiedenis, prijzen voor aardrijkskunde, maar niet voor Frans. Na zich ervan te hebben vergewist dat Jake alle kosten voor zijn rekening zou nemen, stemde kapitein Munday ermee in.

Op de bewuste dag bestond Jakes ontbijt uit pure whisky. Die ochtend nam Strickland hem in de lerarenkamer apart.

'Het is voor de docenten niet gepast al vóór zo'n gelegenheid ladderzat te verschijnen, beste jongen. We wachten gewoonlijk tot de ellende achter de rug is.'

'Ik heb me alleen maar wat moed in gedronken.'

'Waarvoor?' Strickland nam hem argwanend op. 'Je hoeft alleen maar een saaie middag uit te zitten.'

'Ik moet een toespraak houden. Heb de tekst nog niet helemaal klaar.'

Strickland legde een hand op zijn schouder. 'Je gaat toch geen gekke dingen doen, Mulgrave?'

Jake zag oprechte bezorgdheid in Stricklands ogen. Hij schudde heftig van nee. 'Ik heb de pest aan spreken in het openbaar.' Maar Strickland zou hij missen.

Omringd door ouders, leraren en leerlingen verorberde Jake een middagmaal van droge rosbief en taaie bonen, weggespoeld met stiekeme teugen whisky uit zijn heupflacon. 's Middags dommelde hij door een cricketwedstrijd heen, nam toen met de andere leraren plaats achter het spreekgestoelte en geeuwde zich door de toespraken. Vervolgens de prijsuitreiking. Vaantjes voor cricket en rugby. Bekroningen voor surveillanten en klassenoudsten en elke andere onbenullige functionaris. Prijzen voor vlijt en vorderingen. Prijzen voor wiskunde, poëzie en Latijnse vertalingen.

Kapitein Munday wenkte Jake. Jake, enigszins wankel, liep naar het podium. Hij wierp een blik over het verzamelde gehoor van ouders en leerlingen.

'De plannen zijn enigszins gewijzigd. Ik heb kapitein Munday verteld dat ik een prijs voor moderne talen wilde uitreiken. De Mulgrave-prijs voor Frans of zoiets idioots. Maar ik heb me bedacht. Heb een betere verzonnen. Een die hier meer op zijn plaats is.' Jake glimlachte. 'De Mulgrave-prijs voor hypocrisie, had ik gedacht.'

Het verveelde kuchen en schuifelen, het gefluister van de jongens, stierf weg.

'Er zijn natuurlijk nogal wat kandidaten. Allereerst natuurlijk de brave kapitein zelf.'

Kapitein Munday siste: 'Mulgrave! Hou daar onmiddellijk mee op.' De sfeer in de zaal was plotseling geladen en verdreef in een oogwenk de middagloomheid.

'Welnu, kapitein Munday betaalt een schijntje aan de onaangepasten en dronkelappen die uw zoons les geven en berekent u de volle mep. Het verschil steekt hij in zijn zak. Slim, vindt u ook niet?' Jake wreef over zijn voorhoofd en deed alsof hij zijn aantekeningen raadpleegde. 'Wie kunnen we nog meer in aanmerking brengen voor deze prestigieuze prijs? Aha, meneer Linfield...'

Een geroezemoes had de stilte verdrongen. Iemand zei hardop: 'Die vent is dronken!' en Jake keek met grote ogen op en zei: 'Volkomen juist. De enige manier om deze tent te verdragen. Maar goed – Linfield. Welnu, Linfield houdt van jongetjes. Wanneer ik zeg dat hij van jongetjes hóúdt, bedoel ik uiteraard niet dat hij respect voor ze heeft of iets om ze geeft, ik bedoel dat hij ervan houdt ze pijn te doen. Het windt hem op. Krijgt het anders waarschijnlijk niet voor mekaar. *Le vice anglais*, zoals ze in Frankrijk zeggen.'

Een hand trok aan zijn mouw. Lodderig richtte hij zijn blik op Strickland. 'Kom mee, makker, voordat je jezelf nog verder onmogelijk maakt.' Stricklands stem klonk zachtmoedig.

Jake schudde zijn hoofd. 'Ik amuseer me kostelijk,' zei hij luid. Maar zijn opgetogenheid begon al een beetje weg te ebben. Hij zette door.

'Bovendien, ik heb mijn prijs nog niet uitgereikt. Er zijn nog meer kandidaten.'

Sommigen van de ouders liepen de zaal al uit. Jake verhief zijn stem. 'Natuurlijk zouden jullie allemaal veelbelovende kandidaten zijn. Ik bedoel u, dames en heren.'

Enkele aanwezigen bleven in de paden staan. Jake riep uit: 'Inderdaad, jullie, de ouders van deze arme, onwetende kinderen.' Zijn stem ging bijna verloren in het geroezemoes. 'Jullie zijn tenslotte degenen die jullie zoons naar deze plek sturen. Jullie weten dat ze elke nacht om jullie huilen. Jullie weten dat ze geslagen worden. Jullie merken, nietwaar, hoe ze veranderd zijn wanneer ze aan het eind van het eerste semester naar huis komen. Ze hebben geleerd hun gevoelens niet te tonen – ze hebben geleerd te veinzen. Jullie hebben ze schijnheiligheid bijgebracht.'

'Jake,' zei Strickland.

De gymleraar stond aan de andere kant van het podium. Jake zei: 'Goed. Bijna klaar.' Hij voelde zich uitgeput; de bedwelmende vreugde van de opstandigheid had hem plotseling verlaten en hij wilde het liefst door de grond zakken. Hij plantte zijn ellebogen op het spreekgestoelte en haalde diep adem om zijn kalmte te hervinden.

'Niet weggaan, dames en heren. Ik sta op het punt de prijs uit te reiken. Wilt u niet horen aan wie ik hem geef? Ik geef hem aan mezelf, natuurlijk.' Hij moest boven het kabaal uit schreeuwen. 'Ik reik de Mulgrave-prijs uit aan Jake Mulgrave. Aan wie anders? Omdat ik mezelf wijs kon maken dat ik me kon aanpassen. Omdat ik me heb neergelegd bij dit alles. Omdat ik niet beter ben dan de rest van jullie. Omdat....'

Handen pakten hem beet en sleurden hem van het podium. De zaal was in opschudding. Door de herrie heen hoorde Jake de stem van kapitein Munday: 'Blijft u zitten, dames en heren! Ik vrees dat meneer Mulgrave een soort zenuwinzinking heeft.' Maar de menigte goedgeklede mannen en vrouwen bleef naar de uitgangen stromen.

Jake werd naar de zijdeuren gesleept. Daar schudde hij zichzelf los en liep alleen de trap op. Onder het inpakken keek hij nog één keer de kleine, opgeruimde kamer rond die het afgelopen jaar zijn thuis was geweest. Hij en Strickland hadden geschaakt aan de tafel bij het raam; hij had met Mary gevrijd op het kleed voor de haard. Toen hij kleren in een rugzak begon te smijten, hoorde hij de deur opengaan.

Een stem zei: 'Ik geloof niet dat ik ooit iemand met zoveel genoegen zijn eigen graf heb zien graven.'

Jake zei luchtig: 'Och, ik heb altijd voor verloren zaken gevochten, Strickland. Ik sloot me aan bij de Internationale Brigades – heb ik je dat ooit verteld? En ik was ervan overtuigd dat de Duitsers Parijs nooit zouden innemen. Ik vond gewoon dat ik eens een poging moest doen om het Engelse onderwijsstelsel te hervormen.'

'Het is niet te hervormen, wist je dat niet? Het beantwoordt aan een doel.'

Het bleef even stil. Jake wierp een blik op de boeken op de plank. 'Kun jij die gebruiken, Strickland? Ik denk niet dat ik ze nodig zal hebben en ze zijn te zwaar om mee rond te zeulen.'

Strickland kwam naast hem staan. 'Wat ga je nu doen?'

'Ik zou het niet weten. Ik denk niet dat een andere school me wil hebben.'

'Dat lijkt me ook niet.' Een stilte. 'Tenzij ze van opruiende toespraken houden.'

Jake maakte de riemen van zijn rugzak vast. Strickland zei: 'Heb je genoeg geld?'

Dat had hij niet, maar hij zei: 'Ik heb wat gespaard.' Hij stak zijn hand uit. 'Ik kan maar beter gaan, lijkt me.'

Ze gaven elkaar een hand. Toen hij de deur uit liep, hoorde hij Strickland zeggen: 'Ik zal je natuurlijk missen, maar misschien was het het waard. Een van de mooiste momenten in mijn leven, denk ik, die uitdrukking op Mundays gezicht.'

Na schooltijd zwierf Oliver door Soho, maar het schorre geluid van saxofoons dat opsteeg uit kelderdeuropeningen en de kapotte, opzichtige uithang- en reclameborden konden hem vandaag niet afleiden. Hij trok zijn schouders op, stak een sigaret op en sloeg een smalle straat in, de soort straat, dacht hij, waar gangsters in duistere portieken met stiletto's op de loer liggen. Hij probeerde er groter, flinker en zelfverzekerder uit te zien. Hij wou bijna dat er een of andere boef te voorschijn zou springen om hem te overvallen; hij zou hem verslaan en dan zouden ze trots op hem zijn en alles zou weer goed zijn. Maar alleen een paar meisjes met ruisende tafzijden petticoats liepen hem voorbij, giechelend en wankelend op hun naaldhakken. Oliver nam vandaag niet eens de moeite om naar hun borsten te kijken, zoals Wilcox hem had geleerd. Hij trok aan zijn sigaret en sleepte zijn schoenzolen over het trottoir.

Hij kwam bij een braakliggend stuk grond. De resten van de fundamenten van gebouwen waren als beenderen zichtbaar tussen doornstruiken en brandnetels. Bomkraters hadden hem altijd al aangetrokken. Hij stelde zich voor hoe de bommen uit de lucht vielen en door bakstenen muren en met pannen gedekte daken drongen. Met woeste vreugde stelde hij zich voor dat de Russen een atoombom op Londen lieten vallen: een gegier en een knal en een grote, paddestoelvormige wolk en dit alles – de gore clubs van Soho net zo goed als de chique huizen aan Holland Square – zou verdwenen zijn. Wat voor gebouwen zouden er uit de puinhopen verrijzen? Grote, hoge, glanzende zuilen misschien, zoals de illustraties van de steden op Mars in zijn exemplaar van *The War of the Worlds*.

Naast het braakliggende terrein stond een winkel. Gewoon zo'n saaie kledingwinkel; Oliver wilde al doorlopen toen hij het uithangbord las. *De Blauwe Vlinder*, in lichtblauw en goud. De naam klonk bekend, hoewel hij aanvankelijk niet kon bedenken waarom. Toen herinnerde hij zich het kaartje dat hij in de portefeuille van zijn vader had gevonden. Oliver bleef een tijd voor de etalage staan kijken en ging toen naar binnen.

Prachtige kleuren, blauw en roze en citroengeel, sierden de muren. Vloerkleden waarvan de kleuren een stemmige, deinende groenblauwe en groene zee vormden, lagen verspreid over de vloeren. De stoelen en lampen en bijzettafels waren eenvoudig en strak, heel anders dan het drukke, met kwasten versierde rood en beige van Holland Square. Oliver dacht dat deze ruimte van een andere wereld afkomstig had kunnen zijn, misschien wel van een andere planeet.

Tegen de muren stonden rekken vol jurken. Over een stoel hingen enkele sjaals van fijne, glinsterende stof. Oliver wierp een blik op het prijskaartje. Ruim drie pond. Voor een sjáál.

Een stem vroeg: 'Kan ik u ergens mee van dienst zijn, meneer?' en hij schrok op. Naast hem stond een grote vrouw met grijze haren. 'Ik kijk even rond,' antwoordde hij op zijn moeders hooghartigste toon. De vrouw keerde terug naar de kassa om een klant te helpen.

Oliver keek oplettend om zich heen. Er waren maar twee winkelbedienden: de grote vrouw en een jongere vrouw in een groene jurk. Het was druk in de winkel, vrouwen liepen de paskamers in en uit, andere bekeken de jurken aan de rekken. De oudste verkoopster was een aankoop aan het inpakken; toen de telefoon ging, nam de vrouw in de groene jurk hem op. Oliver liet de dichtstbijzijnde sjaal van de rugleuning van de stoel in de zak van zijn blazer glijden. Toen liep hij de winkel uit.

Hij zette het niet op een rennen; hij dwong zichzelf rustig door te lopen. Rennen zou verdacht hebben geleken. Zijn mond was droog. Hij was bijna de straat uit en wilde net een diepe zucht van verlichting slaken, toen hij haar voor zich zag staan. Licht haar en ogen met de kleur van zijn moeders onyxbroche: de vrouw in de groene jurk van De Blauwe Vlinder.

Faith zei: 'De sjaal, alsjeblieft,' en stak haar hand uit.

Hij keek zo bang, zo verbijsterd, dat ze bijna medelijden met hem kreeg. Ze legde uit: 'Er is een achteruitgang. Een kortere weg.'

'O,' fluisterde hij en hij haalde de sjaal uit zijn zak en gaf hem aan haar.

'Zegt u het tegen de politie?'

'Misschien.' Ook zij was verbaasd. Winkeldieven waren meestal niet zo jong, zo goed gekleed.

'O,' zei hij opnieuw. 'Niet doen, alstublieft.'

Ze keek hem aan en dacht wanhopig: *En wat moet ik in godsnaam met jou aan? De politie roepen, je ouders bellen of je een knuffel geven en zeggen dat je niet moet huilen?*

Ze zei, tamelijk vriendelijk: 'Hoe heet je?'

'Oliver.'

'Dat is een mooie naam. Nou goed, Oliver, je wilt niet dat ik de politie roep, maar wat vind je dat ik dan moet doen?'

Hij schudde zijn hoofd. 'Ik weet het niet.' Zijn ogen, wonderbaarlijk diepblauw, waren groot en bang en strak op haar gericht.

Op het drukke trottoir staand probeerde ze een besluit te nemen. Hij was een jaar of dertien, veertien, schatte ze, opvallend knap en duidelijk goed verzorgd.

'Het probleem is,' zei Faith langzaam, 'dat ik niet snap waarom je een van mijn sjaals zou willen stelen. Er komen eerlijk gezegd niet veel jongens in de winkel. Tegen Kerstmis een paar, geloof ik, om cadeaus te kopen.' Ze kneep haar ogen halfdicht. 'Was dat het? Was het een cadeau voor iemand?'

Hij knikte zwijgend.

'Je vriendin?'

'Heb ik niet.'

'Wie dan wel?'

Zijn ogen glinsterden. Er was een klein café aan de overkant van de straat. Ze loodste hem naar binnen. 'We bespreken het met koffiebroodjes en Tizer,' zei ze. 'Je vindt koffiebroodjes en Tizer toch wel lekker, hè, Oliver? Ik heb niets liever.'

Ze praatte met de serveerster en gunde Oliver de tijd om zich te herstellen. Ze herinnerde zich dat ze in Madrid was, een jaar of acht, en verdwaald was en het verschrikkelijk vond dat ze verdwaald was, maar nog verschrikkelijker als ze in het bijzijn van vreemden zou gaan huilen. Toen hij niet meer op zijn onderlip beet en zijn Tizer met een rietje naar binnen slurpte, zei ze: 'Zeg eens aan wie je die sjaal had willen geven, Oliver.'

'Aan mijn moeder. Om haar op te vrolijken.'

'Is ze ziek?'

Hij schudde zijn hoofd. Zijn haar was puur goud, dacht ze, met een glans als van de beste ruwe zijde. Hij begon: 'Mama is – en papa...' Hij knipperde weer met zijn ogen en staarde naar het tafelblad. 'Ze hebben vaak ruzie.' De gemompelde woorden waren bijna onhoorbaar.

Faith zei zacht: 'Grote mensen maken weleens ruzie, ben ik bang. Dat wil niet zeggen dat ze niet van elkaar houden.'

Hij zei heftig: 'Ze maken altijd ruzie! Ik haat het. Het maakt me...' Hij zweeg. 'Ik haat het gewoon, dat is alles.'

Hij begon stukjes van zijn koffiebroodje te plukken. Hem aankijkend herinnerde Faith zich hoe ze zich altijd had gevoeld wanneer Ralph en Poppy ruzie hadden. Dat misselijkmakende gevoel in haar maag; de angst dat je hele wereld, waarvan je ouders natuurlijk de hoekstenen waren, op instorten stond.

'Gisteravond hadden ze slaande ruzie.' Oliver praatte geforceerd onverschillig terwijl hij met een vingertop het glazuur dat op zijn bord was gevallen oppikte. 'Ik en opa, we zetten de radio keihard, maar we hoorden ze nog steeds.'

'Arme Oliver.' Faith probeerde de leemten te vullen. 'Dus je mama keek vanmorgen verdrietig....'

'Ze had gehuild.'

'Dus je moeder had gehuild en je wou haar iets geven om haar op te vrolijken?'

'Ja.' Toen, weer naar zijn bord starend, fluisterde hij: 'Het is allemaal mijn schuld, ziet u.'

Ze vergat de sjaal en had plotseling diep medelijden met hem. 'Het is jouw schuld niet, Oliver,' zei ze. 'Niet echt. Kinderen hebben vaak het gevoel dat, als hun ouders onenigheid hebben, het door hen komt, maar dat is niet zo. Het gebeurt gewoon.'

'U snapt het niet.' Hij keek haar met verwijtende ogen aan. 'Ik heb iets heel ergs gedaan.'

Ze zei resoluut: 'Wat je ook gedaan hebt, Oliver, ik weet zeker dat het niet zó erg was. Je bent gewoon...'

'Ik ben van school gestuurd,' zei hij.

Het was alsof ze een stomp in haar maag kreeg. *Ik ben van school gestuurd.* Heel voorzichtig zette ze haar glas neer en vouwde haar handen om het trillen te stoppen. *Oliver,* dacht ze. Dertien jaar. Van school gestuurd. En hij had de sjaal uit de winkel meegenomen...

'Ziet u wel.' Hij keek haar boos aan. 'Ik zei toch dat het erg was.'

Ze zei: 'Ben je van school gestuurd omdat je had gestolen?' en zijn opstandigheid veranderde in schaamte.

'Daarom ben ik deze zomer thuis. Meestal ben ik op kostschool. Papa zei dat ik naar het lyceum moest, maar mama wilde het niet. Het is allemaal mijn schuld.'

'Oliver,' zei ze behoedzaam, 'wat is je achternaam?'

Maar ze wist het al voordat hij antwoordde.

'Neville,' zei hij.

Omdat ze het niet aankon weer naar de winkel te gaan, omdat ze wist dat Con haar geschoktheid en schuldgevoel op haar gezicht zou zien, zat Faith op het braakliggende terrein naast De Blauwe Vlinder en keek naar de vlinders die tussen het kruiskruid fladderden. Lange sprieten basterdwederik, nog niet in bloei, hadden de hobbelige grond veroverd. Ze trok haar knieën tegen haar kin en zei in zichzelf: *Het is voorbij.*

Ze realiseerde zich dat ze al maanden wist dat het op een eind liep. Ze had alleen niet de moed gehad de genadeslag toe te dienen, de laatste ademhaling te smoren. Het was een langzame dood geweest, niet door gebrek aan liefde, maar door gebrek aan lucht. Ze had ontdekt dat liefde zo'n gescheiden bestaan niet kon overleven, dat liefde andere mensen nodig had, een uitwisseling van energie om zich mee te voeden. Het bedrog dat noodzakelijk was geweest sinds het begin van de verhouding, was eerder erger geworden dan minder. Liefde kon niet gedijen op bedrog, bedrog vergiftigde alles wat het aanraakte.

Ze vroeg zich ook af of haar liefde voor Guy altijd gedoemd was geweest. Of de hartstocht die ze vanaf haar vroegste jeugd voor hem had gevoeld niet per definitie verleidelijk en gevaarlijk was geweest. Had ze een puberale geobsedeerdheid door Guy op onnatuurlijke wijze verlengd omdat hij deel was geweest van een gelukkiger, veiliger verleden? Had het haar domweg ontbroken aan de moed om opnieuw te beginnen, zich te binden aan de nieuwe wereld die door de oorlog en haar familiegeschiedenis was gevormd?

Na een poos voelde ze zich kalmer. De late-namiddagzon beroerde haar schouders en de kruin van haar hoofd. De maanden van onzekerheid, van twijfel waren voorbij. Ze moest nog slechts door één verschrikkelijk ding heen en dan moest ze een ander soort leven beginnen. Ze wist niet hoe ze het zonder hem zou redden, maar ze wist dat het moest.

Hij belde de avond daarna. Ze nam de hoorn van de haak en zei: 'Guy, we moeten elkaar spreken.' Ze wist dat hij uit de klank van haar stem zou opmaken dat er iets mis was.

'Waar?'

'Niet hier. Ons café, morgen rond lunchtijd.' Ze legde de hoorn neer.

Hij zat op haar te wachten toen ze er aankwam. Er waren slechts drie andere klanten: een man met een baret op, die zo lang mogelijk over een kop thee deed en twee jongens met strak achterover gekamd haar en leren jacks, die zaten te roken.

Guy stond op toen ze binnenkwam. 'Je bent gekomen om me te zeggen dat het voorbij is.'

Ze had in gedachten honderd keer gerepeteerd wat ze wilde zeggen, maar nu, hem aankijkend, kon ze de woorden niet vinden.

Hij zei wanhopig: 'Ik weet dat je de heimelijkheid verafschuwt en dat doe ik ook, maar...'

'Guy,' zei ze. 'Guy, Oliver is in de winkel geweest.'

Hij verbleekte. De serveerster verscheen; Faith pakte de menukaart en bestelde het eerste wat ze zag. Toen ze weer alleen waren, fluisterde hij: 'Oliver? Míjn Oliver?'

Ze knikte. Nu ze hem aankeek zag ze de overeenkomsten tussen vader en zoon. Een andere teint, maar dezelfde verfijnde trekken. Dezelfde intensiteit, vechtend voor zijn bestaan achter een conventioneel uiterlijk.

'Hoe? Ik snap niet....' Guy keek plotseling bang. 'Wéét hij het?'

'Oliver vertelde dat hij Soho leuk vindt – hij dwaalt na schooltijd vaak door de buurt.' Faith schudde haar hoofd. 'Hij weet niets over ons, maar hij heeft blijkbaar een kaartje van De Blauwe Vlinder in je portefeuille gevonden.'

Hij staarde haar aan. 'Ik heb het bewaard. Die eerste keer... toen ik die sjaal kocht, heb ik het bewaard... Ik kon het niet over mijn hart verkrijgen om het weg te gooien...'

De serveerster zette twee borden voor hen neer: toast met gesmolten kaas met daarbovenop een glanzend, gebakken ei.

'Mijn portefeuille...?'

'Hij leende, zoals hij het noemde, een pond.' Faiths stem klonk grimmig. 'Gisteren, in de winkel, probeerde hij een sjaal te stelen. Ik zag hem en rende achter hem aan. We hebben gepraat.'

Guy keek versuft. 'Stelen... goeie god. Ik dacht dat ik er een eind aan had gemaakt.'

'Hij was van streek, Guy. Ik ben met hem naar een café gegaan en heb geprobeerd met hem te praten.' Ze ging meedogenloos verder. 'En ik heb hem verteld dat een heer toestemming vraagt voordat hij in aanwezigheid van een dame rookt.'

Zijn ogen werden groter. 'Oliver róókt?'

'Ja, Guy.' Ze prikte woest met haar vork in de dooier. Een oranje riviertje stroomde over de kaas. 'Hij had een pakje Woodbines. Wist je niet dat je zoon rookt?'

Zwijgend schudde hij zijn hoofd. 'Wat een verdomde puinhoop heb ik ervan gemaakt... van het vaderschap.' Hij pakte zijn sigaretten, hield Faith het pakje voor; ze schudde haar hoofd.

Na een lange stilte zei hij: 'Ik zal nog eens met hem moeten praten.'

'Niet over die sjaal, Guy. Of over het kaartje van De Blauwe Vlinder. Dat kun je niet doen, want dat zou ons erbij betrekken.'

'Ja. Ja, natuurlijk.' Hij klonk klein, verzwakt. 'Daar had ik niet aan gedacht.'

'Trouwens, dat van dat kaartje heeft hij me in vertrouwen verteld.'

Oliver had haar nog meer in vertrouwen verteld, dingen die ze nooit met Guy kon delen.

'Je schijnt vriendschap met hem te hebben gesloten.'

'Ik vond hem erg aardig.'

'Echt waar? Gezien de omstandigheden...'

Ze glimlachte bijna. 'De omstandigheden waren niet gunstig, maar echt, ik vond hem erg aardig.' Ze keek Guy onderzoekend aan. 'Hoewel hij me een heel ongelukkig jongetje leek.'

'Ongelukkig?' Hij keek gekweld.

'Hij deed me op een merkwaardige manier aan Jake denken. Zo intelligent en knap en hunkerend naar goedkeuring.'

Guy zei bitter: 'Oliver geeft geen bal om míjn goedkeuring.'

'Dat is onzin, Guy, dat weet je best.' Ze sprak koel. 'Wist je ook dat Oliver meent dat hij verantwoordelijk is voor je ruzies met Eleanor?'

Hij kromp ineen. 'Arm joch,' mompelde hij. 'Arm ventje.' As viel van zijn sigaret en dwarrelde op zijn glanzende, onaangeroerde ei.

'Oliver gelooft dat jij en Eleanor ruzie maken omdat hij van school is gestuurd. Maar jij en ik... nou ja, we weten wel beter, niet?'

Guy duwde zijn sigaret uit op de rand van zijn bord. 'Ik maak geen ruzie met Eleanor omdat ik van jou hou, Faith, als je dat bedoelt. Eleanor en ik maken ruzie omdat we niet van elkaar houden.'

'En voordat wij elkaar begonnen te ontmoeten?' Goeie god, dacht ze, wat een eufemisme. *Elkaar ontmoeten.* 'Hadden jullie toen net zo vaak ruzie?' Haar stem was hard, onverbiddelijk.

Hij sloot even zijn ogen. 'Nee,' gaf hij toe. 'Nee, ik denk van niet.'

Er viel een stilte. Ten slotte zei ze langzaam: 'Ik denk dat ik Oliver nooit als een persoon heb gezien. Als de persoon die je bedriegt alleen maar een naam is, een personage in een drama dat zich rondom jou ontwikkelt, dan doen ze er niet zo heel veel toe, nietwaar?'

Hij kreunde en begroef zijn gezicht in zijn handen. 'Ik heb mezelf wijsgemaakt dat het geen invloed op hem zou hebben... hem niet zou kwetsen. En toch denkt hij dat hij ervoor verantwoordelijk is... Ik kan het niet verdragen, Faith. Ik kan het niet verdragen.'

De oude man met de baret slofte het café uit. Faith zag hem weglopen, zijn overjas dichtgeknoopt, ondanks de warmte. Ze zei: 'Je kunt het nog steeds goedmaken met Oliver. Hij houdt van je, Guy, ik zág dat hij van je houdt. Maar wat ons aangaat... We moeten elkaar niet meer ontmoeten. Nooit meer, Guy. Als we elkaar op straat mochten tegenkomen, moeten we vreemden zijn.'

Gekweld riep hij uit: 'Maar wat moet er van me worden, Faith? Zonder jou, wat moet er van me worden?'

Ze zei: 'Een betere vader. Een betere echtgenoot,' en keek hem voor de laatste keer aan. Toen pakte ze haar tas en liep het café uit.

Na zijn vertrek van Heatherwood was Jake aanvankelijk van plan naar het vasteland te gaan. Hij had behoefte aan een zon die hoog aan de hemel brandde, aan stoffige wijngaarden en mensen die wisten wat passie en spontaniteit was. Hij kwam niet verder dan Southampton, met zijn bruisende haven en straten die nog de littekens van de bombardementen vertoonden. Daar liep hij in een pub in Bargate een oude legermakker tegen het lijf. De volgende ochtend werd Jake wakker met een droge mond, een barstende hoofdpijn en een pijnlijke rug van het slapen op een bank in het park. Hij kon zich de tocht van de pub naar het park niet herinneren. Er was geen spoor van zijn oude vriend, of van zijn portefeuille.

Op dat moment begon de laatste woede, de laatste meeslepende verontwaardiging die hem door zijn laatste weken op Heatherwood had geholpen, hem te verlaten. Hij zag zijn daden van de afgelopen paar maanden in een killer licht. Hij zag dat hij niemand had geholpen – George niet, Mary niet en zichzelf evenmin. Hij had dingen kunnen doen – kalmere, minder vlammende dingen – waarmee hij op den duur misschien iets had bereikt. *Altijd het theatrale gebaar, Jake, ouwe makker*, zei hij tegen zichzelf terwijl hij door de straten van Southampton zwierf. Altijd het theatrale, zinloze gebaar. Altijd de zelfzuchtige behoefte om met het hart te reageren, niet met het hoofd. Het kwam in hem op dat de wereld was veranderd en dat ze heroïek en hartstocht met een koeler, cynischer oog bekeek.

Hij belde een school in Northumberland, die een leraar moderne talen zocht, maar toen ze hem om een referentie vroegen, legde hij de hoorn neer. Hij droomde elke nacht. Zijn dromen waren kleurrijk en ingewikkeld en werden altijd begeleid door een snel, koortsachtig commentaar dat door zijn hoofd galmde. Soms zat hij op een strand – in Frankrijk, nam hij aan. Het was Ralphs verjaardag, maar het was geen zomer, want de lucht was koud violetblauw en de zee gepokt met doffe, gekartelde golven. Er kwamen gasten naar het feest. Hij zag de nummers die op Genya's en Sarahs polsen getatoeëerd waren. Hij zwaaide naar de comtesse de Chevillard, maar kon niet zeggen of ze hem wel of niet zag, want haar ogen gingen schuil achter een zonnebril. Rufus bood hem iets te drinken aan; Nicole gooide een bal naar Minette. De spoorwegbeambte die hij in Frankrijk had vermoord, glimlachte naar hem; Jake zag de dunne, vuurrode streep over zijn keel.

Hij wist wat Faith zou zeggen als hij haar over zijn geesten zou vertellen. *Zoek een baan, Jake, dan ben je te moe om te dromen.* Hij vond werk in een pub. Hij herinnerde zich dat Faith ook had gezegd dat hij moest slapen, eten. Maar hij kon niet eten en de geesten bleven. Dus dronk hij maar. Toen de slok whisky zo nu en dan een halve fles werd, gepikt uit de kelder van de pub, kreeg hij de zak.

Hij besloot naar Wales te gaan om Mary op te zoeken. Hij dacht dat hij het met haar had klaargespeeld, dat het toen goed was gegaan. Omdat hij slechts een paar pond op zak had, liftte hij van Southampton naar Swansea. Vanuit Swansea liep hij de achttien kilometer landinwaarts naar de school. Het was mei en het platteland was fris en nieuw. Jake kreeg weer hoop. Hij zou met Mary praten, alles uitleggen, haar zeggen dat hij van haar hield. Hij zou weer overeind krabbelen, een fatsoenlijke baan zoeken. Hij zou zijn referentie verdomme desnoods zelf schrijven.

De school waar Mary werkte lag in een parklandschap. Jake klom over het hek en liep over glooiende gazons, onder bomen vol lentegroene bladeren. De school lag in een dalkom, een pseudo-palladiaans gebouw, een afdankertje vermoedde hij, van voormalige rijken. Hij kwam bij een grindpad dat tussen een groep huisjes en garages door slingerde toen iemand hem riep. Een man met een pet – een soort tuinman, dacht Jake – kwam uit een van de huizen. Hij zei iets onbegrijpelijks in het Welsh en bij het zien van de niet-begrijpende blik op Jakes gezicht spuugde hij op de grond en beval hem, nu in het Engels, het terrein te verlaten. Jake legde uit dat hij een vriendin bezocht. De tuinman wees erop dat het vakantie was en dat de school nagenoeg verlaten was. Trouwens, Jakes soort volk was niet welkom op Redstones.

Zijn soort volk. Jake voelde de woede in hem opstijgen, maar zag toen zijn spiegelbeeld in een van de ramen van het huis. Hij zag zijn vieze, gerafelde kleren, zijn ongeschoren kin. Hij realiseerde zich dat hij zich niet kon herinneren wanneer hij voor het laatst in bad was geweest of naar een wasserette. Hij wist dat hij het niet kon verdragen als Mary hem zo zou zien, dus pakte hij zijn rugzak op en liep het pad af.

Hij ging enkel en alleen naar Southampton terug omdat hij niets beters kon verzinnen. In een pub bij de haven nam hij een dubbele whisky. Hij zag een paar grondwerkers naar hem kijken – zijn veel te lange haren, zijn bekakte accent, de kleine verschillen die hij na alle jaren in Engeland nog steeds niet had gladgestreken – en hij wist dat ze, net als hij, op een knokpartij uit waren. Jake glimlachte en spande zijn spieren.

Faith reorganiseerde haar leven. Guy hoorde bij het verleden en ze zag in dat ze het al lang achter zich had moeten laten. Ze spaarde geen six-pences meer. Ze zou het huis op het platteland, het huis dat haar aan La Rouilly herinnerde, vergeten en gaan sparen voor een appartement in Camden Town of een rijtjeshuis in West-Londen. Ze ruimde het appartement boven de winkel op en verzamelde een piramide van foto's, ansichtkaarten, souvenirs, die ze in de vuilnisbak gooide. Ze frommelde alle brieven van Guy tot een prop en legde ze in de kachel. Toen stak ze een lucifer af en keek toe hoe de grijze, kantachtige vlokken in de schoorsteen verdwenen. Op een avond haalde ze de blauwtjes-jurk uit de kast. Een van de naden was gescheurd van ouderdom; motten hadden de zoom aangevreten. Ze maakte het door de tijd begonnen werk af, scheurde naden open, rukte mouw van lijfje, kraag van halsopening, tot de jurk een chaos van lichtblauwe repen was.

Ze belde vrienden die ze al de tijd dat ze een verhouding met

Guy had gehad verwaarloosd had. Met hen ging ze naar de film, naar de schouwburg, accepteerde uitnodigingen voor feesten. In een duur, wit huis in Richmond dronk ze cocktails en danste met een vreemde. Zijn lippen beroerden haar kruin; zijn onvertrouwde handen gleden over haar ruggengraat. Om twaalf uur verlieten ze het feest. In een kamer vol boeken, papieren en een schrijfmachine, bedreef hij de liefde met haar. Het was anders dan het lang geleden met Rufus was geweest; nu wist ze hoe ze genot moest putten uit zulke ontmoetingen. Guy was een goede leermeester geweest, dacht ze, en ze keek glimlachend op naar het plafond.

Tegen de ochtend stapte haar minnaar uit bed en bracht haar koffie. 'Sorry, geen melk of suiker. Vind je het bezwaarlijk? Vergeten boodschappen te doen.' Hij ging in zijn blootje op de stoel bij het bureau zitten en observeerde haar. In het grijze licht van de dageraad zag ze dat hij amper vlees op zijn ribben had. Met een blik op de stapels boeken op de grond vroeg ze: 'Ben je schrijver?' en hij antwoordde: 'Ik ben mijn autobiografie aan het schrijven. Ik dacht het *Verwoester van Werelden* te noemen. Je weet wel... de woorden van Oppenheimer na het zien van de eerste kernproef: "Ik ben de Dood geworden, de verwoester van werelden."' Hij stak een sigaret op. 'Zie je, ik zat krijgsgevangen toen ze de eerste atoombom op Hiroshima gooiden. Ik zag de witte flits. Vaak, als ik mijn ogen dichtdoe, kan ik hem terugzien. Als een tweede zon.'

Ze dronk haar koffie op en kleedde zich aan. Toen hij haar adres, haar telefoonnummer vroeg, zocht ze uitvluchten. Ze voelde een behoefte in hem en wilde niet iemand zijn aan wie men behoefte had. Ze wilde losgekoppeld blijven van de dagen, de tijd, de mensen die ze ontmoette. Dat weekend, op bezoek in Heronsmead na een afwezigheid van een maand, moest ze op haar tong bijten om het niet uit te krijsen van woede over de chaos. In de slaapkamer lag een berg vuile kleren en onder het aanrecht was een afdichtring losgegaan, zodat soda, zeep en schuurpoeder waren veranderd in een dikke, grijze brij. Ralphs overhemden wassend, een loodgieter bellend, was ze vervuld van een diepe wrok. Toen ze twee dagen later uit Norfolk wegging, keek ze uit de trein niet één keer om naar Ralph, die haar op het perron stond uit te zwaaien.

Op een vrijdagmiddag was ze in De Blauwe Vlinder toen de telefoon ging. Jakes stem zei: 'Faith? Ben jij het?

Jake zat in een politiecel in Southampton. Hij was gearresteerd wegens dronkenschap en ordeverstoring. Hij had niet genoeg geld om de boete te betalen. 'Faith?' zei de timide stem aan de andere kant van de lijn. 'Faith, het spijt me zo. Ik heb me een beetje in de nesten gewerkt.' Ze reed naar Southampton. Rode, witte en blauwe wimpels wapperden slap ter ere van de aanstaande kroning. Etalages waren versierd met uit tijdschriften en kranten geknipte foto's van de nieuwe koningin. Ze haatte de hele boel. Ze wou dat het winter was, zodat het landschap haar gesloten, kille hart had kunnen weerspiegelen.

Ze betaalde de boete; ze lieten Jake uit de politiecel. Er zaten grote blauwe plekken op zijn wang en een zwart-gele kring rond zijn ogen. Hij had alles gekregen, dacht Faith – knap uiterlijk, intelligentie, charme – en had het allemaal verkwanseld. Ze fluisterde, en haar stem trilde: 'Wat heb je jezelf ááangedaan!' en liep toen haastig terug naar de bestelwagen.

Op de terugweg naar Londen zwierde ze met hoge snelheid om langzamere bestelwagens en auto's heen. Toen ze bijna in botsing kwam met een bromfiets, moest ze langs de weg gaan staan en haar bonzende hart tot bedaren brengen. Jake sliep; ze hield haar blik strak op de weg gericht, nauwelijks in staat zijn aanblik te verdragen. Toen ze de bestelwagen op het braakliggende terrein naast de winkel parkeerde, hoorde ze Jake zeggen: 'Faith – het spijt me – wees maar niet bang, ik betaal je terug,' maar ze draaide zich met een ruk om, smeet de winkeldeur achter zich dicht en liet hem alleen naar het appartement gaan.

In de winkel wachtten de meest vermoeiende en meest saaie klusjes op haar. De schappen afstoffen, achter late bestellingen aan gaan, zomen opspelden. Toen ze de kas had opgemaakt, belde Ralph. Hij weidde uit over het weer, de tuin, de vogelnesten onder de dakranden, maar ze luisterde nauwelijks en na een poos onderbrak ze hem, legde de hoorn op de haak en ging naar boven. Jake was in de keuken.

'Er is schijnbaar weinig te eten.'

'Ik heb geen boodschappen gedaan.' Het kostte haar moeite iets tegen hem te zeggen. Zijn gezicht was bleek, ingevallen. Hij had een theedoek rond een van zijn handen gewikkeld.

'Dus heb ik dit maar gemaakt.' Hij wees naar een salade, brood, een vierkante plak lunchworst, roze en glimmend. 'Ik hoop dat het goed is.'

'Wat heb je aan je hand?'

Hij keek ernaar, met beteuterde blik. 'Gesneden, toen ik dit open-maakte.' Hij wees naar het vleesblik. 'Klotedingen.'

Ze draaide de theedoek los. Hij had een snee zo breed als zijn handpalm. Hij grinnikte. 'Ik had het beter een beetje hoger kunnen doen – in mijn pols misschien – dan zou je van me af zijn.'

'Doe niet zo stom, Jake.' Haar stem klonk koud. Ze liep naar de badkamer om pleisters en watten te halen.

Ze hoorde hem zeggen: 'Sorry, Faith, dat ik zo'n lastpost ben,' en haar vingers om het flesje jodium trilden.

Een lastpost... De eisen van haar familie, dacht ze, waren een kooi, verpletterend, opsluitend.

Jake kwam naar de badkamerdeur. Heel even maar ving ze in zijn ogen een glimp op van de wanhoop die altijd schuil ging achter de charme. Toen rook ze de alcohol.

'Je hebt gedronken.'

'Alleen maar een paar biertjes in de pub.'

Ze siste: 'Vijftig pond, Jake! Ik heb die verrekte rechtbank vijftig pond moeten betalen. En er komt nog een rekening van de advocaat. Je verwacht natuurlijk dat ik die ook betaal.'

'Ik ga werk zoeken.' Zijn huid rondom de kneuzingen was bleek geworden.

'Je had werk!'

Hij sloeg zijn ogen neer. Hij liep terug naar de kamer, zocht in zijn zak naar sigaretten en ging op de vensterbank zitten. Zijn kleren waren smerig, zijn kin ongeschoren.

'Wat is er gebeurd, Jake?'

'Ik heb een paar maanden geleden ontslag genomen op school.'

Ze lachte. 'Een record, is het niet? Je hebt het een jaar uitgehou-den, nietwaar? Wat is er gebeurd, Jake?' Ze herinnerde zich Ralphs rechtvaardigingen voor de omzwervingen van haar jeugd. 'Begon je je te vervelen?' Haar stem klonk spottend. 'Was het niet helemaal wat je wou?'

Hij mompelde: 'Zoiets.'

'Als je die school beu was, waarom ben je dan niet gewoon naar een andere gegaan?'

'Ik had geen referentie.'

'Waarom niet?'

Hij ontweek haar blik. 'Ik... ben met onenigheid weggegaan.'

Een stilte. 'Dronk je?'

'Dat was het niet. Niet echt.'

'Vertel me de waarheid, Jake.'

Hij frunnikte aan een losse knoop aan de manchet van zijn jasje. 'Het was meer een kwestie van verschillende principes.'

'Princípes?' Ze stotterde bijna van woede. 'Dus mijn spaargeld – mijn toekomst – is opgeofferd aan jouw kostbare princípes?'

'Ik zei het toch.' De knoop schoot van zijn manchet en rolde op de grond. 'Ik betaal je terug.'

'Weet je hoe vaak pa dat tegen me heeft gezegd? Toen hij een schoorsteenbrand had gehad... toen hij zijn boodschappen in de bus had laten staan... als er rekeningen betaald moesten worden...' Ze staarde Jake, sierlijk op de vensterbank gezeten, aan en zei verbitterd: 'Het is zo idioot dat jij en pa niet met elkaar overweg kunnen. Jullie lijken zó op elkaar.'

Jakes ogen werden donker. 'Faith – hou je mond, in godsnaam.'

'Weet je hoe sterk je op hem lijkt?' Nu ze was begonnen, kon ze niet meer ophouden. Ze was zich bewust van een opwinding bij het onder woorden brengen van gedachten die ze jarenlang had verdrongen. 'Nooit iets kunnen volhouden... altijd in geleende huizen wonen... van andermans geld leven. Jullie hebben zoveel gemeen!'

'Natuurlijk hebben we dat,' zei Jake. 'We hebben dezelfde vrouw gedeeld, nietwaar?' Faith werd plotseling stil en de rest van haar woorden bevroor op haar lippen.

'Wist je dat niet?' Hij glimlachte. 'Had je niet in de gaten dat ik met Linda Forrester naar bed ging?'

Ze liet zich op de armleuning van de canapé zakken. Ze voelde zich misselijk.

'Ik dacht dat je de waarheid wilde.' Jakes ogen waren groot en diep blauw. 'Kijk niet zo geschrokken, Faith. Hoewel, ik moet toegeven, toen ik me realiseerde dat ik... laten we zeggen in zijn voetsporen was getreden... me zelf ook behoorlijk misselijk voelde.' Hij rookte enige tijd zwijgend. Toen zei hij: 'Je hebt natuurlijk gelijk. Ik ben precies zoals hij. Dat heb ik me lang geleden al gerealiseerd.'

'En daarom haat je hem.'

'Een nogal afgezaagde analyse.' Hij dacht na. 'Ik haat hem niet. Vroeger wel, maar nu niet meer. Ik heb zelfs medelijden met hem.'

Tranen drukten tegen de achterkant van haar ogen. 'Maar niet genoeg om naar hem toe te gaan?'

Jake zei niets. Faith wrong zich de handen. Toen hij haar aankeek, was het alsof zijn gladde, verdedigende houding wankelde en hij zei: 'Faith... wat is er gebeurd? Je bent anders nooit zo.'

Haar woede keerde terug, koud en onverzoenlijk. *Je bent anders nooit zo.* Ze was, op dit moment, niet die goeie ouwe Faith, de betrouwbare Mulgrave, de verstandige Mulgrave, de *saaie* Mulgrave.

'Jullie allemaal – jullie blijven me terugtrekken. Jullie willen me niet de vrijheid geven...' Ze onderbrak zichzelf en staarde hem aan. 'Zie je, pa is een oude man nu, Jake. Hij is grijs en hij wordt soms ziek en hij heeft zich zonder ma nooit erg goed weten te redden. Heeft een van jullie – jij of Nicole – zich ooit afgevraagd wie hem onderhoudt? Heeft een van jullie zich ooit afgevraagd wie ervoor zorgt dat hij eten in huis heeft, of kolen voor het vuur? Is het bij een van jullie ooit opgekomen de last te verdelen?' Toen ze haar ribbenkast aanraakte met haar vingertoppen kon ze haar hart voelen bonzen. '*Ik* heb al die jaren voor pa gezorgd, Jake – ik, in mijn eentje, sinds de dood van ma...'

Hij zei langzaam: 'We hebben nogal op je gesteund.'

'Op me gesteund!' Haar keel was rauw. 'Jullie hebben me uitgezogen, stuk voor stuk. "Vorm één front, koste wat het kost" – jullie hebben me te veel gekost, Jake! Ik wilde een eigen gezin, eigen kinderen – en kijk wat ik nu heb! Een zus die de man van wie ik hou afpakte... een broer die mijn vaders maîtresse deelde... een vader die heeft bijgedragen aan de dood van mijn moeder...' Haar lach was vreemd, schor. 'Goeie god. Het lijkt wel zo'n verrekte Griekse tragedie!'

'Faith...' Hij kwam naar haar toe, strekte zijn armen om haar aan te raken, maar ze balde haar vuisten en weerde hem af.

'Ik heb er genoeg van, Jake. Zie je, ik ben veranderd. Ik wil voortaan net zo leven als de rest van jullie. Ik ga mijn hart volgen en alle anderen kunnen barsten. Ik ga leven van andermans geld in plaats van van het mijne. Ik ga mijn eigen dromen najagen, me aan mijn eigen principes houden en me minder druk maken om wat ik anderen mogelijk aandoe.' Ze keek hem aan. 'Wil je me die ruimte geven, Jake? Of duik je over een halfjaar of zo weer op om me te vragen je opnieuw vrij te kopen? Jij en pa...' Haar stem steeg. 'Hoe kan ik ooit íets plannen?'

Hij was grauw van vermoeidheid. 'Wat wil je dat ik zeg, Faith? Wat wil je dat ik zeg?'

Ze fluisterde: 'Ik wil dat je me met rust laat. Ik wil dat jullie allemaal me met rust laten. Ik wil dat jullie me laten doorgaan met mijn leven.'

Hij bleef een ogenblik lang doodstil en keek haar aan, toen boog hij zijn hoofd. 'Ik beloof je dat ik je nooit meer zal lastigvallen.' Hij pakte zijn rugzak op.

Ze hoorde zijn voetstappen op de trap en de deur die achter hem dichtviel. Ze zag de maaltijd onaangeroerd op tafel staan en toen ze naar buiten keek, ving ze een glimp op van Jake, die overstak en snel over straat liep. Plotseling rende ze naar het raam en probeerde het te openen, maar de kruk bleef steken en hoewel ze riep, wist ze dat hij haar niet gehoord had. En toen vervaagde zijn gestalte en voor het eerst sinds zij en Guy uit elkaar waren gegaan, begon ze te huilen. Om Jake, om Guy, om Poppy, om alles wat ze verloren had.

Jake nam het haar niet kwalijk dat ze hem had buitengezet. Hij wist dat hij schuldig was aan alles waarvan ze hem had beschuldigd. Hij liep naar het westen, in de richting van Bath Road. Bij een lommerd in Ealing verkocht hij zijn enige waardevolle bezittingen, een horloge en vulpen. Hij wisselde het grootste deel van het geld in voor een postwissel en schafte van de rest een schrijfblok en een paar goedkope enveloppen aan. Toen liftte hij naar Bristol.

Hij had er twee dagen voor nodig om van Bristol in Cornwall te komen. Auto's en bestelwagens vervoerden hem van de ene weg naar een andere. De steden maakten eerst plaats voor dorpen, toen voor gehuchten en langs de sombere wegen stonden scheef gewaaide bomen. Het laatste stuk van zijn reis voerde hem naar het noorden van de kust van Cornwall. Het was een mooie dag en slechts enkele dunne wolken dreven langs de zon. Jake dacht terug aan die andere tocht, lang geleden, per fiets van Parijs naar het zuiden, in de zomer van 1940. Hij was blij dat deze Engelse zon niet het felle, meedogenloze karakter had dat hij associeerde met die nachtmerrie-achtige dagen. Ditmaal voelde hij niets van de haast, niets van de angst die hij toen had doorstaan.

Rond de middag bereikte hij zijn bestemming. Als hij vanaf de kust landinwaarts was gelopen, door het bos, zou hij Heatherwood hebben gezien. Hij deed het niet. Hij stond op de top van de klif en dacht terug aan de dag dat hij omlaag had gekeken naar de zee, de dag waarop hij zich had gerealiseerd dat het de eerste stap was waar moed voor nodig was en niet de rest. Na een poos volgde hij het pad naar waar de kliffen bogen en ineen doken en de kleine inham met rotsen en plassen vormde. De wind was zwoel en de zee had het groenblauw van de Middellandse Zee.

Jake ging op een rotsblok zitten. Golven zogen aan het zand onder hem. De zon verwarmde zijn ledematen en het was een genot zijn rugzak af te doen en zijn jasje uit te trekken. Zo bleef hij enige tijd zitten, keek naar de zee, dacht terug, en toen haalde hij het schrijf-blok en de enveloppen uit zijn rugzak.

Eerst deed hij de postwissel in een envelop, die hij aan Faith richt-te. Toen adresseerde hij de tweede envelop en staarde lange tijd naar het blanco schrijfblok voor zich. Hij kon niet bedenken wat hij zou schrijven. Wat zei je tegen je vader die je twaalf jaar lang niet had gesproken? Zijn geest leek nog altijd wazig door de gebeurtenissen van weken, maanden, jaren. Na een poos vouwde hij het vel papier op, stopte het in de envelop en deed de envelop in zijn rugzak. De zon was achter de wolken te voorschijn gekomen en zweet biggelde van zijn hals naar zijn borst. Hij trok zijn sokken en schoenen uit. Zijn voeten waren rauw en zaten vol blaren. De zee was de inham binnengekropen; Jake schuifelde over de rotsen omlaag en stak een teen in het water. Het was koel en verrukkelijk. Hij liet zich zakken tot hij in het zachte zand stond en het water rond zijn tenen en enkels kabbelde.

Jake sloot zijn ogen en genoot van de gevoelens die hem be-stormden. De golven die zijn blaren en schrammen wegspoelden, de hete zon die zinderde op zijn rug. Hij verlangde, op dat moment, ver-der niets. Toen hij zijn ogen opende, strekte de zee zich voor hem uit, een weids landschap, koel, blauw en lokkend. De zee die in verbin-ding stond met alle andere zeeën; onder die zee lagen complete, on-verkende continenten. Jake trok zijn overhemd uit, zijn broek, en legde ze naast zijn rugzak op het rotsblok. Toen waadde hij naar voren, de inham uit. Het water klotste tegen zijn kuiten, zijn knieën, zijn dijen en toen begon hij met krachtige, gestage slagen te zwem-men. Toen de zee hem omarmde, was het Jake te moede alsof hij het verleden afspoelde, opnieuw begon.

Op de avond voor de kroning werd er op de voordeur van de winkel geklopt. Toen Faith opendeed en de politieagent zag staan, wist ze dat er iets verschrikkelijks gebeurd was. In haar kleine zitkamer vertelde de politieagent haar dat Jakes bezittingen – zijn kleren, zijn rugzak – op een strand in Cornwall waren gevonden. 'Ze zoeken de inhammen en het strand langs de kust af,' legde de agent zachtmoedig uit en ze wist dat dat betekende dat ze een lijk zochten, gezwollen door het zeewater, uitgespuugd door de golven. Toen ze de volgende dag naar de brievenbus liep, met brieven aan David en Nicole in haar hand geklemd, dreven de wimpels en spandoeken in de straten en de flikkerende glimpen van juichende menigten en vorstelijke stoeten op televisietoestellen de spot met haar. De regen ranselde de straten, droop in stroompjes langs haar nek.

Ze kon niet slapen, kon niet eten. De laatste woorden die ze tegen Jake had gezegd galmden in haar hoofd, een doodsklok. *Ik wil dat je me met rust laat. Ik wil dat jullie me laten doorgaan met mijn leven.* Ze ging naar Heronsmead. Ralph haalde haar af van het station. Ze wierp zich tegen hem aan, begroef haar gezicht in de vertrouwde, stoffige plooien van zijn overjas en huilde. Hij klopte op haar rug, bood haar een gerafelde, grauwe zakdoek aan zei: 'Ik snap niet waar je zo'n heisa over maakt. Ik zei toch aan de telefoon – Jake duikt wel weer op.'

Ze begonnen door de stad te lopen. 'Wat eigenzinnig van je,' ging Ralph verder, terwijl hij over het trottoir beende, 'per se te willen geloven dat hij dood is. Je bent altijd al koppig geweest, Faith. Jake leeft. Ik heb het je al zo vaak gezegd.'

Faith schudde haar hoofd. 'Nee, pa.' Ze had zoveel gehuild dat haar stem beroofd was van emotie. 'Jake is verdronken. Dat is wat de politie denkt. Ze weten alleen niet of het een ongeluk was of zelfmoord.'

'Zelfmoord? Jake? Onzin. Waarom zou Jake is 's hemelsnaam zelfmoord willen plegen?'

Ze dacht: omdat hij niets meer had. Omdat voor Jake niets van waarde ooit blijvend was.

'Natuurlijk heeft hij geen zelfmoord gepleegd.' Ralphs stem klonk opstandig. 'Ik weet zeker van niet.'

Ze riep: 'Hoe kun je dat nou weten, pa?'

Ze staken een straat over, Ralph sleepte haar door het verkeer zonder acht te slaan op het piepen van remmen en banden. Op het trottoir aan de overkant aangekomen waren haar schoenen doorweekt van de plassen en haar adem gierde door haar keel. Ralph zei zelfingenomen: 'Jake heeft me geschreven.'

De politie, zoekend naar een verklaring, had haar Jakes brief laten zien. De envelop met Ralphs adres en het blanco vel papier erin. Van alle meelijwekkende wrakstukken van Jakes leven waardoorheen hij zich, zoekend naar de waarheid, een weg had moeten banen, had die zwijgende brief haar het diepst gekwetst.

Faith begroef haar handen in haar zakken en liep door. Het wolkendek was opengebroken en liet smalle banen zonlicht door. Als Ralph, dacht ze, troost vond in de overtuiging dat Jake nog leefde, in de overtuiging misschien dat zijn zoon hem had vergeven, wie was ze dan om hem die troost te ontzeggen?

Ralph ging door met haar de les te lezen. 'En hoe kan die jongen nou ooit verdronken zijn? Hij zwom goed – ik heb het hem zelf geleerd.'

'Ja, pa.'

'Schiet op, Faith. We missen de bus nog als je niet doorloopt.'

'Ja, pa,' zei ze weer. Ze rende naast hem, deed haar best om hem bij te houden en wou dat ze geen schoenen met hoge hakken aan had.

Ralph liet haar tussen de rommel op zolder zoeken naar een muziekblad dat Felix hem twintig jaar geleden had gegeven. Ralph stond erop dat ze met hem per bus door Norfolk zwierf, op zoek naar een kwekerij waar ze wijnranken kweekten, zodat hij zelf wijn zou kunnen maken. Hij liet haar naast hem op de overloop staan terwijl hij uit het raam leunde, om zijn vooroorlogse jachtgeweer te herladen terwijl hij in het wilde weg op de ratten schoot die het kippenvoer stalen. Aan het einde van die weken, met tollend hoofd van de zenuwslopende uitputting waarmee haar verblijven bij haar vader steevast gepaard ging, fietste Faith snakkend naar stilte en ongestoorde gedachten langs de kust.

Ze liet haar fiets achter in Cley Eye en liep naar de punt van de lange, met kiezel bezaaide landtong die in zee stak en land van water scheidde. Het was hartje zomer, maar de wind beukte op haar in. Ze besloot naar Blakeney Point te wandelen. Ze had de landengte nog nooit helemaal af gelopen; zij en Ralph waren één keer vanuit het dorp Blakeney naar de landtong gevaren, maar te voet was ze altijd halverwege omgedraaid. Het was te ver; de wind vanaf de Noordzee had haar ontmoedigd en het grind dat onder haar voeten weggleed, had haar tempo vertraagd.

Ze trok haar muts diep over haar oren, stopte haar handen in haar zakken en begon aan de tocht. Zeehonden staken hun grijsgroene koppen boven de golven uit en leken haar even aan te kijken, als ongeïnteresseerde zeemeerminnen. Meeuwen kringelden door de loodgrijze lucht. Ze dwong zichzelf te pauzeren op de plek waar zij en Guy hadden gepicknickt en merkte dat ze zocht naar een klokhuis, een schroefdop, een of ander bewijs dat hij en zij ooit hadden bestaan. Maar er was uiteraard niets, alleen een paar zwart geworden touwen van een visnet en een pol lamsoren.

Na ongeveer een uur deden haar enkels pijn van het voortdurende wegglijden van de stenen onder haar voeten. De Point, wazig in een grijze mist, leek niet dichterbij gekomen. Hoewel ze de ene voet voor de andere bleef zetten, leek haar bestemming onbereikbaar.

Het begon te regenen, scherpe naalden die koud waren aan haar gezicht. In de beschutting van de zandduinen bleef ze enkele minuten staan en keek uit over zee. Ze vroeg zich af of ze kon wat Jake had gedaan – zich uitkleden en de grijze golven in lopen – maar wist dat ze er niet toe in staat was. Iets in haar dreef haar voort, dacht ze, ondanks haar gebroken hart. *Koppig*, had Ralph gezegd.

Een visser die over de landengte terugliep naar het vasteland, groette haar met een knik; een tekenaar, gebogen over zijn door de wind openwaaiende schetsboek, keek niet eens op toen ze langs liep. En toen was ze alleen met de meeuwen en zeehonden en het land recht voor haar uit, als een gebalde vuist opstijgend uit de Noordzee, eindelijk duidelijker geworden, gescheiden van het water eromheen.

Halverwege de middag bereikte ze de Point en was aan drie kanten omgeven door de zee. Het was eindelijk opgehouden met regenen en de rietkragen glinsterden in het schrale zonlicht. Faith ging in het grind zitten en trok haar schoenen uit. Haar voeten zaten vol blaren; elke draad aan haar lijf was doorweekt door de regen. En ze had honger. De waanzin, dacht ze; over dit strand lopen, op deze schoenen, met dit weer. En toen ze languit op de kiezels ging liggen en haar hele lijf pijn deed van vermoeidheid, dacht ze opeens aan de katholieke kerken in Bretagne, met hun kleuren en verguldsel en gipsen heiligen. *Dit is boetedoening*, dacht ze. *Ik doe boete, precies zoals die vrouwen met hun zwarte omslagdoeken die, de rozenkrans biddend, voor het altaar knielden, boete deden.* Precies zoals Ralph, *aangespoeld op de koude, ongastvrije kust van een land dat hij ooit verafschuwde, eveneens boete doet.*

Ze dacht: *Ik hield van Guy. Ik hield van Guy en ik wilde met hem samenleven en ik wilde zijn kinderen.* Ze legde het traliewerk van haar vingers voor haar ogen om haar ogen tegen het zonlicht te beschutten. Ze wist dat ze, door zichzelf wijs te maken dat haar gevoelens voor Guy niet meer dan kalverliefde waren geweest, een soort afschuwelijk verlate puberteit, zichzelf had bedrogen. Ze wist ook dat, doordat ze Guy had verloren en dat verlies niet had kunnen verdragen, ook Jake had verloren. Omdat ze boos en verdrietig was geweest, had ze het te moeilijk gevonden om Jake te vergeven. Nu moest ze iets veel moeilijkers proberen. Ze moest proberen zichzelf te vergeven.

De zee stroomde bruisend terug in de geulen. Faith perste haar pijnlijke voeten in haar schoenen en stond op. Toen begon ze naar huis te lopen.

Gunstige winden

1959-1960

14

Het was laat in de middag en De Blauwe Vlinder was verlaten, op een meisje met donkere haren na, dat achter de kassa in een tijdschrift zat te lezen. Oliver liep tussen de rekken en stellingen met kleren door.

'Hai.' Hij keek het meisje aan. Ze was lang en stevig gebouwd en haar schoongeboende gezicht was niet opgemaakt. Hij kon zich haar voorstellen terwijl ze enthousiast over een hockeyveld draafde. Hij schonk haar zijn liefste glimlach, meer uit gewoonte dan iets anders.

'Zou ik juffrouw Mulgrave kunnen spreken?'

'Die is er niet.' Met haar neergeslagen ogen verborgen achter een lange pony bleef ze door het tijdschrift bladeren. Oliver rekte zijn nek en zag dat het, anders dan hij had verwacht, niet *Women's Own* was of desnoods *School Friend*, maar een ontzettend saai uitziend politiek dagblad.

'Ik ben een vriend van Faith. Is ze boven?'

Eindelijk keek het meisje op en richtte haar blik op hem. 'Sorry. Ik dacht dat je zo'n irritante handelsreiziger was. Tante Faith is vanmorgen weggegaan. Ik weet niet precies hoe laat ze terugkomt.'

Oliver was teleurgesteld. Hij had zijn bezoek niet aangekondigd; hij had er pas aan gedacht Faith Mulgrave te bezoeken toen de trein station Princess Street was uitgereden.

'Kan ik helpen?' Ze bloosde licht.

'Het was maar een opwelling. Het is niet belangrijk.' Maar de rest van de dag strekte zich leeg voor hem uit. Het was gaan regenen, zilvergrijze pijpenstelen die op het met afval bezaaide trottoir kletterden.

'Wil je een boodschap voor tante Faith achterlaten?'

Oliver keek haar aan en zei: 'Jij moet Elizabeth zijn.'

'Hoe weet je dat?'

'Faith heeft me alles over je verteld.' Een leugen: Faith had haar nicht ooit één keer genoemd en was toen op een ander onderwerp overgegaan. Maar hij verveelde zich en het regende en hij wilde nog niet naar huis, dus hij kon net zo goed genieten van het spel van flirten met dit simpele, mollige schoolmeisje.

'Echt waar?' Haar blos was dieper geworden.

'Maar je achternaam ben ik vergeten.'

'Kemp. Ik heet Elizabeth Kemp.' Ze stak haar hand uit. 'En jij bent...'

'Oliver Neville.' Ze gaven elkaar een hand. Ze had een donkere corduroybroek aan en een zwarte slobbertrui en ze leek niet op haar plaats tussen de stralende, vrouwelijke kleuren om haar heen. Haar dikke, donkere haar – waarschijnlijk, dacht Oliver oordeelkundig, haar beste eigenschap – was slordig afgeknipt bij de schouders.

Ze zei opeens: 'Heb je zin in een kop thee?'

'Als het niet te veel moeite is... Ik wil je niet van je werk houden.'

Ze snoof misprijzend en zei: 'Ik zou dit geen wérk willen noemen,' en verdween in een achterkamer. Oliver bladerde door het tijdschrift dat ze had zitten lezen. Het heette *The Universities and Left Review* en stond vol langdradige artikelen over de atoombom.

Hij riep: 'Bevalt het je hier?'

Met twee bekers thee in haar handen kwam ze weer de winkel in. 'Ik spring alleen af en toe bij, in de schoolvakanties. Suiker, Oliver?' Ze hield hem de suikerpot voor. 'Zeg eens, hoe ken je tante Faith?'

Tja, ze liet me bijna arresteren wegens winkeldiefstal... Hij zei luchtig: 'Ik heb eens iets gekocht hier, o, eeuwen geleden, en we raakten aan de praat.' Hij haalde zijn schouders op. 'Ik wip af en toe binnen.'

Oliver had zichzelf nooit goed kunnen uitleggen waarom hij al die jaren af en toe op bezoek was blijven gaan bij Faith Mulgrave. Omdat, had hij ten slotte geconcludeerd, hij zijn leven graag verdeelde in kleine, afzonderlijke hokjes. Op die manier was er, als het in één hokje misliep, altijd iets anders om op terug te vallen. Er was een hokje (opzij gezet, voltooid) voor oma en Derbyshire, een ander voor die stomme periode in zijn leven waarin hij dingen had gepikt om indruk te maken op anderen (hij had sindsdien geleerd dat zijn uiterlijk en intelligentie voldoende garantie waren voor aandacht), een ander hokje voor zijn medicijnenstudie en weer een ander voor de meisjes met wie hij naar bed ging. Faith Mulgrave bezette het plekje in zijn hart dat genoot van het onconventionele, het bohémienachtige, het vrijzinnige. Oliver vond het dikwijls vreemd dat hij zulke neigingen had; ze schenen niet met de rest van hem te stroken.

'Ik snap niet dat iemand hier iets koopt,' zei Elizabeth, de winkel rondkijkend. 'Het is allemaal zo lelijk. Ik snap niet dat mensen zich druk maken over kleren als we morgen allemaal dood kunnen zijn.'

Oliver knipperde met zijn ogen. 'Nogal pessimistisch, niet?'

'Ben jij niet bang voor de bom?'

Hij herkende de vlammende hartstocht in haar bruine ogen en zei haastig: 'Natuurlijk wel. Ik vind het angstaanjagend.' In werkelijkheid was hij altijd gefascineerd geweest door de enorme kracht van kernenergie, het vermogen tot ogenblikkelijke vernietiging.

'Doe je dan mee aan de mars?'

'Welke mars?'

'Die van Aldermaston natuurlijk.'

Oliver herinnerde zich vaag televisiebeelden van ernstige mensen in houtje-touwtjejassen die door de regen liepen. Hij mompelde iets vrijblijvends.

Achter in de winkel hoorde hij het geluid van een sleutel in een slot. Elizabeth zei plotseling: 'Als je meer over de mars wilt weten, vrijdagavond is er een bijeenkomst in café The Black Cat – vlak bij Chelsea Bridge; ken je het? Een paar vrienden van me...' Haar gezicht was knalrood geworden.

Een stem riep: 'Lizzie? Ik ben thuis!' en Elizabeth pakte haastig haar tijdschrift. Faith Mulgrave opende de deur van de winkel; regendruppels drupten van haar regenjas.

Ze zette haar paraplu weg en zei: 'Oliver...' Haar stem beefde licht.

Hij vond dat ze er moe uitzag. Hij zei: 'Ik wipte even binnen op weg van de universiteit naar huis. Ik ga wel, als het slecht uitkomt.'

Maar ze glimlachte en zei: 'Helemaal niet. Het is heerlijk je te zien, Oliver. Laten we boven iets gaan drinken.' Ze wendde zich tot Elizabeth. 'Lizzie, ik heb een paar boodschappen, ben ik bang. Het is hondenweer, maar als je je goed inpakt...'

'Een beetje regen zal me geen kwaad doen.' Elizabeth trok een jas aan en sloeg een sjaal om haar hals. 'Zeg maar wat ik moet doen, tante Faith.'

In het appartement boven de winkel moest Faith, met het smoesje dat ze haar haren moest afdrogen, naar de badkamer vluchten; in werkelijkheid moest ze haar bonzende hart tot bedaren brengen. De aanblik van Oliver en Elizabeth samen had haar geschokt. Oliver, de zoon van Guy; Elizabeth, de dochter van de minnares van Guy. Terwijl ze haar haren met een handdoek droogwreef, dwong ze zichzelf rustig adem te halen en dat moment van paniek niet nog eens te beleven.

Ze had, hield ze zichzelf boos voor, jaren geleden een eind moeten maken aan die onverstandige verhouding. Ze was zwak en zelfzuchtig geweest toen ze het goed had gevonden dat Oliver Neville haar bezocht. Ze dacht terug aan die lang vervlogen ochtend waarop Oliver naar De Blauwe Vlinder was teruggekeerd. Het was nu vijf en een half jaar geleden, in de vroege herfst van 1953, en ze was uitgeput geweest, verpletterd door het eind van haar verhouding met Guy en de dood van Jake. Olivers bezoek had, dacht ze, haar terugkeer tot de mensheid gemarkeerd. Ze was uitgeblust geweest, niet in staat iets anders te voelen dan spijt, maar ze was geroerd geweest door zijn verschijning. Teruggaan naar De Blauwe Vlinder moest heel wat van zijn moed hebben gevergd. Hij was vuurrood geweest, had een bos bloemen in zijn hand gehad en veelvuldig gerepeteerde excuses gemompeld. Ze had niet koel kunnen doen; ze had de bloemen niet kunnen weigeren en hem niet kunnen wegsturen. Een paar maanden eerder had ze Jake weggestuurd en Jake had zichzelf verdronken en ze had in die tijd gevonden dat vergevingsgezindheid deel uitmaakte van de verantwoordelijkheid die je mens-zijn met zich meebracht.

Sinds dat eerste bezoek was Oliver een of twee keer per jaar naar De Blauwe Vlinder blijven komen. Elke keer had ze voorzichtig geprobeerd hem te ontmoedigen, gezegd dat ze het druk had of een afspraak had; elke keer als hij wegging verwachtte en hoopte Faith min of meer dat ze hem nooit meer zou zien; zo'n onconventionele vriendschap zou hem wel gaan vervelen. Maar Oliver Neville was naar De Blauwe Vlinder blijven komen. Ze praatte nooit met hem over vroeger, sprak zelden over haar familie. Hun gesprekken waren wilde, kleurrijke sprongen van de hak op de tak die haar hondsmoe maar opgetogen achterlieten. Hoewel ze zijn tekortkomingen – zijn uitvluchten, zijn vermogen om mensen te manipuleren – duidelijk zag, besefte ze dat deze, zijn schijnbare wereldwijsheid ten spijt, een manier waren om op te boksen tegen een wereld die hij vaak verbijsterend vond. Ze dacht niet dat ze van Olivers gezelschap genoot omdat hij een laatste, afgeleide schakel met Guy was.

Terug in de huiskamer schonk ze hen alle twee een gin-tonic in. Oliver zat onderuit gezakt op de sofa, zijn lange ledematen in stijlvolle wanorde. Een enkele lok donkerblond haar viel af en toe over zijn voorhoofd en hij streek hem nonchalant naar achteren. Ze lagen in Edinburgh vast aan zijn voeten, dacht Faith wrang, en ze was blij dat ze Lizzie had weggestuurd. Een onschuldig, beschermd opgevoed meisje zoals Lizzie zou maar al te gemakkelijk vallen voor Olivers gevaarlijke charme.

Ze stond net een citroen te snijden, toen ze hem hoorde zeggen: 'Ze is heel anders dan jij.'

'Lizzie?' Ze was kalm nu. 'Ze lijkt op haar vader.'

'Hoe oud is ze?'

'Zeventien.'

'Ze leek me jonger... die kleren, denk ik.'

'Haar moeder hoopt dat ze iets van de stijl van De Blauwe Vlinder zal overnemen.' Faith deed een schijf citroen in de glazen.

Hij zei afkeurend: 'Ik snap niet waarom sommige meisjes zich als man kleden. Vooral meisjes die...'

Hij zweeg. Faith reikte hem een glas aan. 'Je praat alsof je vijftig bent, Oliver. Misschien kiezen meisjes ervoor om zich als man te kleden omdat ze op dezelfde manier willen worden behandeld als mannen. En wat voor meisjes vooral? Leg me eens uit.'

Hij was rood geworden. 'Ik bedoel gewoon... ik denk... Het doet er niet toe.'

Hij bedoelde, wist ze, vooral weinig aantrekkelijke meisjes. Ze was niet beledigd. Ze kon alleen maar blij zijn dat Oliver nog te jong was om de ernstige, ouderwetse schoonheid van Elizabeth te appreciëren.

Ze vond het leuk hem even te laten kronkelen en sneed toen, naast hem plaatsnemend, een ander onderwerp aan. 'Hoe is het in Edinburgh?'

'Gruwelijk koud en somber.' Oliver trok een gezicht. 'Het heeft de hele week gesneeuwd. Mijn hospita wel me per se elke ochtend emmers havermoutpap voeren omdat ze vindt dat ik moet aankomen.'

Faith lachte. Een van de dingen die ze het leukst vond aan Oliver Neville, was zijn vermogen om haar aan het lachen te maken. 'En de medicijnenstudie?'

'O, goed.' Zijn stem klonk koel, ongeïnteresseerd. 'Vorige week moesten we een oog ontleden. Twee studenten gingen onderuit.'

Een halfuur later liet ze hem uit in de regen. Daarna pakte ze de stalen uit die ze die dag had meegebracht van een leverancier aan de zuidkust en hield de stoffen tegen het licht om de kleuren goed te bekijken.

Beneden hoorde ze een deur slaan. Ze riep: 'Ik ben boven, Lizzie!' en hoorde haar nicht de trap op stommelen.

'Ik ben overal mee klaar, tante Faith. Paddy was niet thuis, dus ik heb alles maar door zijn brievenbus gepropt.' Paddy Calder was de accountant van De Blauwe Vlinder.

'Schenk jezelf als beloning iets te drinken in. Ik zou niet weten wat ik zonder jou moest beginnen.'

Elizabeth keek naar de vloer. 'Je zou waarschijnlijk een schonere salon hebben. Sorry, ik had mijn laarzen moeten uittrekken.'

Er had zich een plasje gevormd rond haar voeten. Elizabeth haalde een dweil en maakte de vloer droog. Ze wrong de dweil uit. 'Ik zou een goede werkster zijn, hè? Denk je dat papa het goed zou vinden?'

'Ik denk niet dat dat precies is wat David voor je in gedachten heeft, Lizzie.'

'Veel nuttiger dan een saaie debutante zijn.' Mistroostig bracht Elizabeth de dweil en de emmer weer naar de keuken.

Elizabeth zou in de zomer van kostschool komen. David was van plan haar in september naar een voortgezette opleiding in Parijs te sturen, waar ze een jaar zou blijven. Daarna het Queen Charlotte-bal en wat er van het debutantencircuit was overgebleven. Elizabeth was niet enthousiast, maar was niet met een uitvoerbaar alternatief gekomen. David had Faith zijn zorgen toevertrouwd. 'Zie je, ik wil niet dat ze maar wat rondzwalkt, Faith.' Ze wist dat hij bedoeld had: *Ik wil niet dat Elizabeth net zo eindigt als Nicole.*

'Heb je nog over een secretaresse-opleiding nagedacht?'

'Het zou misschien niet gek zijn.' Elizabeth ging op de vensterbank zitten en kauwde op een lok donker haar.

Faith vouwde de lappen stof weer op. 'Je hóéft niet iets te gaan doen, Lizzie, dat weet je,' zei ze zachtmoedig. 'Je kunt thuisblijven, voor je paarden zorgen en zo. Misschien zou je paardrijles kunnen geven.'

'Het lijkt allemaal zo nutteloos, vind je niet?' zei Elizabeth ontevreden. 'Precies wat van iemand zoals ik verwacht wordt – rijke meisjes leren paardrijden!' Ze balde haar handen tot vuisten. 'Ik wil iets dóén, tante Faith! Ik wil dingen verbeteren!' Ze keek Faith weifelend aan. 'Ik heb laatst een film over India gezien – al die arme kinderen die op straat slapen... afschuwelijk. Ik dacht dat ik daar zou kunnen gaan werken. Als verpleegster misschien.'

Faith zei geduldig: 'India is een heel eind weg, lieverd. Je vader zou je ontzettend missen. En heus, je zou je er veel nuttiger kunnen maken als je eerst een opleiding zou volgen. Waarom praat je niet eens met je vader over verpleegster worden?'

Ze voelde zich wel eens klemgezet tussen Elizabeths passie en idealisme en Davids overdreven beschermende houding. Ze wilde tegen Lizzie zeggen: *Wacht, je hebt tijd genoeg*, en David voorhouden dat hij zijn geliefde dochter moest loslaten, haar de kans moest geven volwassen te worden, maar ze wist dat ze geen van beiden zouden luisteren.

Ze hoorde Elizabeth zuchten: 'Maar ja, drie jaar! De opleiding duurt drie volle jaren! Ik zou eenentwintig zijn als ik klaar was! *Oud!*'

Oliver verafschuwde de grijze, puriteinse troosteloosheid in Edinburgh en verlangde naar Londen. Maar daar was het steevast alsof er een deken van lusteloosheid en prikkelbaarheid over hem heen werd gelegd. Vorig jaar had hij genoeg geld bijeengeschraapt om de paasvakantie in Frankrijk door te brengen; dit jaar was hij blut, vanwege Marie.

Hij opende de deur van het huis aan Holland Square, plofte zijn tas neer en liep van de ene kamer naar de andere. Hij dacht eerst dat er niets veranderd was in huis, zoals altijd, maar toen begon hij de kleine veranderingen op te merken. De stapel oude kranten op de salontafel, de vuile kopjes op het aanrecht. Oliver, die een hekel had aan rommel, voelde zich ontheemd en lichtelijk afkerig.

Hij ging naar boven. De deur van zijn vaders studeerkamer stond half open; Oliver gluurde door de opening. Guy zat aan zijn bureau. Voor hem lag een stapel paperassen.

Oliver opende de deur. 'Hoi pa.'

Guy keek op. 'Oliver. Wat leuk – waarom heb je niet gezegd dat je zou komen, dan had ik je van het station gehaald. Kom binnen.' Een snelle, stuntelige omhelzing. 'Je bent drijfnat.'

'Verdomd lelijk weer.' Oliver maakte zich los en trok zijn jas uit.

'Het heeft de hele week geregend.'

'In Schotland sneeuwde het.'

'Echt waar? Laat in het jaar, zelfs voor Edinburgh?'

De *banaliteit* van dit alles, dacht Oliver tandenknarsend. De ontstellend Engelse *banaliteit*. Honderden kilometers reizen om je familie te zien en dan over het wéér praten.

Guy stookte het vuur op. 'Kom, ga ervoor staan en droog jezelf, jongen.' Hij stond op. 'Je ziet er goed uit, Oliver.'

'Jij ook, papa.' Een leugen. Zijn vader zag er óúd uit. Oud, moe en verlopen, net als het huis. Bloeddoorlopen ogen en een ingevallen gezicht. 'Heb je het druk, papa?'

'Ontzettend.' Guy gebaarde naar de paperassen op zijn bureau.

'Waar is moeder?'

'Uit,' zei Guy vaag. 'Ze werkt voor een of andere liefdadige instelling, iets met muziek...'

'Het huis is een puinhoop,' zei Oliver.

'O ja? Ik had het niet gemerkt. Mevrouw Dinges is weg, geloof ik. Onze mevrouw Zwabber moet inmiddels in de dubbele cijfers zijn.'

Het was een soort flauwe, gekunstelde grap tussen hen beiden, zijn moeders onvermogen om een hulp langer dan zes maanden te houden. Oliver lachte geforceerd.

'Iets te drinken, jongen? Sigaret?'

Oliver schudde zijn hoofd. De twee glazen gin die hij bij Faith had gedronken, waren grote glazen geweest; hij verafschuwde het gevoel de dingen niet in de hand te hebben, maar voelde zich nu een tikkeltje beneveld.

'Je hebt geen bezwaar als ik er een neem?'

'Natuurlijk niet, papa.' Oliver keek toe terwijl Guy zichzelf twee vingers whisky inschonk en nog een sigaret opstak. Het was niet bijzonder warm in de kamer, maar erg benauwd.

'Hoe gaat het met de studie?'

'Prima,' zei Oliver. De leugens stapelden zich ontmoedigend hoog op. Hij probeerde zich te herinneren wat hij het afgelopen semester had bestudeerd – raar, zij het een opluchting, hoe ver weg het al leek. 'Ik had een negen voor mijn tentamen over de bloedsomloop.'

'Geweldig, Oliver. Geweldig.' Guy keek opgetogen.

Oliver slikte en haalde diep adem. 'Papa... het probleem is, papa...'

'Voor de draad ermee.'

'Het probleem is, papa – ik zit een beetje krap.'

Guy liep naar zijn bureau en trok een briefje van tien pond uit zijn portefeuille. 'Helpt dit? Beschouw het maar als een verlaat "goed gedaan" voor je tentamen.'

Oliver voelde zich alsof hij op het punt stond in een heel diep zwembad te duiken. 'Papa, bedankt voor het tientje en zo, maar het probleem is, het is niet genoeg.' Al voordat hij uitgesproken was, wist hij dat hij precies de woorden had gekozen waarmee hij zijn vader tegen zich in het harnas zou jagen.

'Niet genoeg? Wat wil je daarmee zeggen, Oliver?'

'Daar red ik het niet mee tot het volgende semester,' hakkelde Oliver. 'Ik moet betalen voor...' Hij vroeg zich heel even af waar hij zijn niet geringe toelage aan had uitgegeven. Aan Marie, nam hij aan. Marie, die Edinburgh het laatste halfjaar draaglijk had gemaakt en waarvoor hij een groot aantal dure cadeautjes had gekocht. Hij had gedacht dat hij van Marie hield, maar had op dit moment zelfs moeite zich haar voor de geest te halen. Zwart haar, lichte, sluwe ogen en kleine, scherpe tanden. Zijn herinneringen aan haar stonden los van elkaar, als stukjes van een legpuzzel die hij niet in elkaar kon passen.

'Oliver?'

'Ik moest warme truien kopen... En boeken...'

'Je grootvaders legaat was een aanzienlijk bedrag. Je kunt onmogelijk je hele toelage voor dit semester al hebben uitgegeven, Oliver. De meeste studenten moeten het met veel minder doen. Toen ik studeerde...'

Oliver sloot zichzelf af terwijl zijn vader doorzeurde. Hij had het allemaal al eens gehoord. De ontberingen van de medicijnstudie in de duistere Middeleeuwen. Je geen kolen kunnen veroorloven, je enige overjas moeten verkopen in ruil voor Grays *Anatomie*. Oliver, prikkelbaar van wrok en frustratie, wilde de kamer uit lopen en de deur als een lichtgeraakte puber achter zich dicht smijten, maar hij dwong zichzelf te blijven.

Guy zei zachtmoedig: 'Ik weet dat het moeilijk moet zijn mannen van jouw leeftijd te zien die al een baan hebben, die elke avond kunnen uitgaan, die zich een eigen auto kunnen permitteren – maar uiteindelijk zal het de moeite waard zijn, nietwaar, Oliver?'

Oliver haalde zijn schouders op. Toen hij opkeek, zag hij dat zijn vader hem aanstaarde.

'Je weet toch nog steeds zeker dat medicijnen de juiste studie voor je is, jongen?'

Oliver ontweek zijn vaders blik. 'Natuurlijk, papa. Wat zou ik anders willen doen?'

Een korte stilte, toen zei Guy: 'Daar ben ik blij om. Je moeder en ik zijn heel trots op je, weet je.'

Hij zou aanbieden zijn vader mee uit te nemen om iets te gaan drinken, dacht Oliver. Hem lijmen met een pint of twee en een praatje van vader tot zoon. Ja, hij zou hem op die manier lijmen.

Voordat hij iets kon zeggen ging de telefoon.

'Sylvia... ja? Ja...' Guy zuchtte en keek op zijn horloge. 'Over ongeveer een halfuur dan. Het klinkt niet dringend, maar voor alle zekerheid...' Guy legde de hoorn neer en glimlachte spijtig. 'Ik ben bang dat ik er vandoor moet. We praten straks verder. Maar, Oliver – het is niet zo erg om een beetje te lijden voor je idealen, wel?'

Hypocriet, dacht Oliver, starend naar het whiskyglas en de doos dure sigaretten op het bureau. *Verdomde vuile hypocriet.* Maar hij zei slechts, op berustende toon, bedoeld om schuldgevoelens op te wekken: 'Het geeft niet, papa. Als het niet kan, dan kan het niet. Ik red me wel, op de een of andere manier.' Toen liep hij de kamer uit en deed de deur overdreven zacht achter zich dicht.

Zijn moeder, meelevender, gaf hem twintig pond ('Wat krenterig van je vader dat hij je niet wil helpen'); een mengeling van trots en lusteloosheid weerhield hem ervan meer te vragen. Oliver begon er spijt van te krijgen dat hij eerder naar huis was gekomen. Al zijn Londense vrienden hadden het druk met andere bezigheden; ze deden ófwel benijdenswaardige dingen zoals skiën in Oostenrijk, óf werkten tijdens de paasvakantie braaf in een bar of fabriek. Met ijzeren balken door een bouwput sjouwen leek Oliver nog erger dan de verstikkende spanning van Holland Square.

Die vrijdagavond ging hij met zijn moeder naar de opera. Hij had een hekel aan opera, hij snapte niet dat andere mensen ervan konden genieten, maar zijn moeder deed dat schijnbaar wel, dus hield hij zijn gedachten voor zich. Verveling bracht hem algauw in een staat van apathie. Hoog in een loge gezeten voelde hij zich merkwaardig van alles losstaan. De kleine, jammerende figuren op het podium; het chique, schitterend uitgedoste publiek en zelfs Eleanor naast hem leken nauwelijks dezelfde wereld te bewonen als hij.

In de pauze stelde zijn moeder hem aan eindeloze zwermen vrienden voor.

'Penny. Larry. Jullie kennen mijn zoon, Oliver, meen ik?' of: 'Simon, June, dit is mijn zoon Oliver. Hij studeert medicijnen.'

Waarop ze antwoordden: 'Medicijnen. Wat knap!' om hem vervolgens aan te gapen alsof hij een of ander vreemd, in een museum opgescharreld voorwerp was. Of ze zeiden: 'Hij zal wel naar zijn vader aarden,' en dan antwoordde Eleanor kortaf: 'Zijn grootvader, vind ik steeds. Mijn vader is twee jaar geleden overleden, maar hij zou in de wolken zijn geweest over Olivers prestaties.'

Na afloop reed Eleanor hen naar huis. 'Chocolademelk, lieverd?' vroeg ze terwijl ze de sleutel in het slot stak. Oliver keek op naar het huis, naar de lege ogen van de vierkante, onverlichte ramen. Hij werd overvallen door een plotselinge golf van paniek, die in zijn longen aanzwol en alle lucht uit hem perste. Hij zei haastig: 'Ik denk dat ik nog een ommetje maak, als je het niet erg vindt, moeder. Te lang stilgezeten – ik moet mijn benen even strekken.'

Haar gekwetste uitdrukking negerend liep hij de straat op. Hij liep snel, in een willekeurige richting, en probeerde zijn zwartgallige stemming van zich af te zetten. Hoe verder hij van Holland Square kwam, hoe makkelijker hij scheen te ademen. Hij had gezelschap nodig, dacht hij, en misschien een paar borrels, iets om zijn gedachten af te leiden van de last van de liefde en de verwachtingen van zijn ouders. Maar wie? Hij kon geen beschikbare kennis bedenken. Hij dacht erover naar Soho te gaan, naar een club, maar wist dat hij niet genoeg geld had. Toen herinnerde hij zich de uitnodiging die de nicht van Faith er met een vuurrood hoofd had uitgeflapt.

'Niet jouw type, Oliver,' mompelde hij in zichzelf, maar hij begon in de richting van de rivier te lopen.

The Black Cat was een kleine, studentikoze pub waarvan de ongepleisterde muren volgeplakt waren met aanplakbiljetten van obscure Franse films. Eén klein vertrek, dat rechtstreeks op straat uitkwam, stond vol tafels met tafellakens. Oliver speurde de menigte af, maar kon Elizabeth niet vinden. Hij zag een trap die naar een souterrain leidde.

Onder aan de trap bleef hij staan en keek om zich heen. Het was er zo donker als in een kelder. Kaarsen flakkerden langs de zwarte muren; één enkel zwak licht verlichtte een meisje dat op een kruk gitaar zat te spelen. Toen ze haar lied beëindigde, klonk er klaterend applaus op. Een stem riep Olivers naam.

Hij kreeg Elizabeth in het oog en zigzagde tussen tafel en stoelen naar haar toe. Haar ogen schitterden in het kaarslicht. Ze klopte op de kruk naast haar en Oliver ging zitten.

'Wat leuk – ik had niet gedacht dat je zou komen.' Stralend van blijdschap struikelde ze over haar woorden. Ze had zo te zien dezelfde zwarte slobbertrui en corduroybroek aan als in de winkel. De anderen aan haar tafel waren identiek gekleed. Oliver, in avondkleding, voelde zich lichtelijk dwaas.

'Sorry voor mijn pinguïnpak. Kom net uit de opera.'

Ze trok een gezicht. 'Arme jij. Mijn moeder neemt me weleens mee en ik verveel me te pletter. Ik zal je aan iedereen voorstellen.'

Ze raffelde een reeks namen af die hij meteen weer vergat. Kijkend naar de andere mensen rondom de tafel voelde Oliver slechts minachting. De rafelige truien, de universiteitsdassen, de Ban-de-bom-speldjes. Zo serieus. Zo saai.

Elizabeth zei: 'Oliver loopt mee in de mars.'

Een man met een baard keek hem aan. 'Super. Hoe meer zielen, hoe meer vreugd.'

Iemand anders zei: 'Janetta komt over uit Bretagne. Neemt de nachtboot, net als vorig jaar.'

'Weet je nog die vent die uit Cornwall kwam fietsen? En van uitputting instortte op Falcon Field? Moest bijgebracht worden door de EHBO'ers.'

'Ik ben in de auto van Jimmy Partridge gekomen. In Andover gaf die klote-accu de geest, dus we durfden niet te stoppen voordat we in Aldermaston waren.'

'Ze verwachten dit jaar de grootste opkomst ooit. De politiek zal er niet omheen kunnen.'

Oliver luisterde niet meer. Hij kon zich niet voorstellen dat hij zoveel enthousiasme voor iets kon opbrengen. Misschien, een tijdje, voor een meisje. Of zelfs voor een nieuwe auto. Maar niet voor een of ander vaag, zinloos ideaal.

Het meisje met de gitaar begon weer te zingen. Het werd stil. De man naast Oliver tikte zachtjes op tafel op de maat van de muziek. Een golf van verveling, even bedwelmend als bij opera, sloeg over Oliver heen.

'Oliver?' Elizabeth raakte zijn elleboog aan. 'Oliver, voel je je wel goed? Je kijkt zo verveeld.'

Hij knipperde met zijn ogen. 'Ik zou best iets te drinken kunnen gebruiken.'

'Koffie? Milkshake?'

'Ik bedoelde,' zei hij, 'iets echts. Bier of zo.'

'O.' Ze keek gegeneerd. 'Ze hebben geen tapvergunning, ben ik bang. Je mag je eigen wijn meebrengen als je een maaltijd gebruikt, maar...'

'Het geeft niet,' zei hij.

'We kunnen ergens anders naartoe gaan, als je wilt.'

Hij keek haar aan. 'Je vrienden... hebben jullie niets te doen?'

'Alles is geregeld. Ik maak de spandoeken en Brian en Geoff zoeken de vertrektijden van de treinen en zo uit. Ik wilde eigenlijk net naar huis gaan, maar ik hoef niet meteen te vertrekken.'

'Zal Faith zich niet ongerust maken?' Het liep al tegen twaalven.

'Ik bedoel thúis, niet tante Faith. Ze is het weekend weg, naar opa. Ik woon in Wiltshire, zie je. Alle spullen om de spandoeken te maken liggen thuis.' Ze zei opeens: 'Zou je willen helpen?'

'Waarmee?'

'Met de spandoeken.'

Hij was in de war. 'Ik dacht dat je naar Wiltshire ging.'

'Ik bedoelde, je zou met me mee kunnen rijden.' Een korte stilte. Ze boog haar hoofd en de waterval van donkere haren verborg haar ogen. 'Nee. Natuurlijk niet. Wat een stom idee. Je hebt vast massa's belangrijke dingen te doen.' Hij kon haar gezicht niet zien, maar voelde dat ze bloosde.

389

'Hij zei: 'Met je mee naar Wiltshire rijden, bedoel je?'
'Sorry. Je zult me wel stom vinden. Je ouders verwachten je natuurlijk.'
'Ik zou ze kunnen bellen.' Hij hoorde haar gillen van verrassing en plezier en hij stelde zich voor hoe hij aan Londen zou ontsnappen, door de nacht rijdend onder een baldakijn van sterren, en werd vervuld van verlangen.
'Zullen je ouders het niet erg vinden als je iemand mee naar huis brengt?'
'Ze zijn alle twee het land uit.' Ze begon te ratelen over waar haar familie was; hij luisterde niet. Hij was altijd gek geweest op reizen. Vooral onverwachte reizen. Hij zou vast een paar spandoeken moeten schilderen en meer toewijding aan de Beweging moeten veinzen, maar dat heerlijke gevoel van vrijheid en ontsnapping zou het waard zijn.

Het feest was in het huis van Clio Bettancourt, aan de zuidkant van de rivier. Aan de muren hingen vergulde spiegels en een heleboel portretten van Clio, die actrice was. Faith zag haar spiegelbeeld vermenigvuldigd in het glas: olijfgroene zijden jurk, opgestoken blonde haren, gitzwart collier en oorringen die van Poppy waren geweest.

Een hand raakte haar elleboog aan en een stem zei in haar oor: 'Ze heeft vast een groots, kostbaar project op het oog. Alle groten zijn er vanavond.'

Ze draaide zich om en glimlachte naar Paddy Calder, de accountant van De Blauwe Vlinder, een grote, forse man met warrig blond haar en een blozend gezicht. Het was altijd makkelijker, dacht Faith, je Paddy op een bouwplaats of in de havens voor te stellen dan achter een bureau.

'Paddy. Wat leuk dat ik je zie.' Ze kuste zijn wang.

'Ik heb het perfecte huis voor je gevonden, Faith.' Paddy probeerde Faith over te halen haar spaargeld te beleggen. Hij ging verder: 'Drie verdiepingen plus souterrain. Oorspronkelijke deuren en haarden nog intact. En in een buurt die binnenkort erg in trek zal zijn.'

Ze zei: 'Heel lief van je, Paddy, maar ik voel me best gelukkig waar ik nu ben.'

Hij sloeg zijn sherry achterover. 'Ik zei toch, je kunt je geld niet op de bank blijven zetten, Faith. Het is idioot.'

'O ja?' Ze plaagde hem. 'Waar zou ik het dan moeten bewaren. In mijn matras genaaid? Onder een losse vloerplank?'

'Stom mens,' zei hij en hij hielp zichzelf aan een nieuw glas sherry. 'Je bent niet arm, Faith – je hoeft niet als een zigeuner te leven. En ik bedoelde natuurlijk dat je je geld in onroerend goed moet beleggen, zoals ik je al eeuwen probeer te vertellen.'

Ze zei zachtmoedig: 'Mijn appartement bevalt me goed, Paddy. Ik ben eraan gewend – ik ben er dol op. Als ik 's morgens naar beneden stommel om aan het werk te gaan en ik...'

'Je hoeft niet te wónen in het huis dat je koopt.'

'Wat zou het dan voor zin hebben?'

'Om geld te verdienen, lieve Faith,' zei Paddy geduldig. 'Om geld te verdienen.' Hij haalde een aantekenboekje en een potlood uit zijn zak en krabbelde wat. 'Dít is het tempo waarin je spaargeld groeit als je het op de bank laat staan en dít het tempo waarin het groeit als je het in onroerend goed steekt.'

Ze had nooit iets van grafieken begrepen. Voor De Blauwe Vlinder had ze hard gewerkt om de grote leemten in haar opvoeding te vullen en ze kon nu zonder moeite optellen, aftrekken, vermenigvuldigen en delen. Ze kon ook balansen lezen en begreep het verschil tussen omzet en winst. En vaak was het alsof haar leven beheerst werd door geldstromen. Ze had zichzelf die dingen aangeleerd, ter wille van De Blauwe Vlinder, maar grafieken bleven een mysterie.

'Het probleem, Paddy, is dat ik het appartement zou moeten aanhouden omdat het handig is en je weet dat ik de meeste weekends naar Norfolk ga vanwege pa en het zou... nou ja, nogal... verkwístend lijken om tussen drie huizen te pendelen.' Ze zag zijn blik en voegde er haastig aan toe: 'Maar ik zal het huis eens bekijken, als je wilt, Paddy. Dat beloof ik.'

'Als dit ellendige feest afgelopen is?'

Ze knipperde met haar ogen. 'Zoals je wilt.'

Hij pakte een passerende serveerster een dienblad af en wierp er een weinig enthousiaste blik op. 'O jezus. Pasteitjes. Het slechtste van beide werelden, heb ik altijd gevonden. Een korst die in je mond versplintert als as, gevuld met onduidelijke prut.' Hij stopte drie pasteitjes in zijn mond en zwaaide het blad in Faiths richting. Ze schudde haar hoofd.

Met zijn mond vol kruimels vroeg hij: 'En je toekomstige koper... heb je nog iets van hem gehoord?'

Ze trok een gezicht. Ze had sinds het begin van het jaar een reeks brieven gekregen, allemaal anoniem, allemaal pogingen om haar over te halen De Blauwe Vlinder te verkopen. De toon van de brieven was onaangenaam, enigszins bedreigend geweest.

'Ik heb begin deze week weer een brief gekregen,' bekende ze.

'Heb je aangifte gedaan bij de politie?'

Ze haalde haar schouders op. 'Ja, maar ze zeiden dat ze momenteel weinig kunnen doen. Ze hebben geen enkel houvast. Geen handtekening, alleen een poststempel van Londen. En hij dóét me niets, toch?'

Paddy zei: 'Momenteel niet.'

'Páddy...'

'Ik probeer niet om je bang te maken, Faith, maar die locatie is veel geld waard, dat heb ik je uitgelegd. Midden in Londen... en hoewel ze op zichzelf tamelijk nutteloos is, met het braakliggend stuk grond ernaast...'

Ze zei resoluut: 'Ik verkoop niet, Paddy. Ik laat me niet wegjagen.'

'Natuurlijk niet.' Ze zag de bezorgdheid in zijn ogen. 'Maar er lopen tegenwoordig nogal wat gewetenloze figuren rond. De gedachte dat je daar alleen bent, bevalt me niets.'

'Ik ben gewend alleen te zijn, dat weet je best, Paddy. En als hij niets bereikt, geeft hij het wel op, daar ben ik van overtuigd.' Ze keek hem aan. 'Ander onderwerp graag.'

Paddy zuchtte en vroeg: 'Hoe is het met Con?'

Faith glimlachte. 'Con geniet met volle teugen van haar pensioen. Ze besteedt het grootste deel van haar tijd aan weven. Ze maakt de prachtigste stoffen, Paddy. Maar ze begint erg bijziend te worden en wil per se met fijne garens blijven werken. Het maakt haar verschrikkelijk humeurig.'

'En je vader?'

'Pa maakt het uitstekend. Hij en ik gaan binnenkort op vakantie. Een soort verlate verjaardagstraktatie.'

Paddy veegde enkele kruimels van zijn smokingjasje. 'Waar gaan jullie naartoe?'

'Frankrijk. Het is jaren geleden dat pa in Frankrijk is geweest. Ik wil hem een echt geweldige vakantie bezorgen, dus ik reserveer de beste hotels. Een heel georganiseer, Paddy,' voegde ze er quasi-mee-lijwekkend aan toe, denkend aan de stapel brochures en vertrektijden in haar appartement. 'Het neemt uren in beslag, maar ik wil het allemaal goed doen. Ik wil niet dat hij zich zorgen hoeft te maken over...'

Een stem gilde: 'Faith, lieverd! Wat een fantastische jurk! Je moet er voor mij ook zo een maken.'

'Clio.' Ze omhelsde naar gastvrouw.

'Maar dan citroengeel in plaats van olijfgroen. Citroengeel is mijn kleur.'

Faith werd opgeslorpt door de menigte. Ze zag Paddy Calder niet meer tot drie uur later, toen ze uit het veel te warme huis in de koele lenteavond stapte. Hij hielp haar in haar jas en hield een taxi aan. Ze reden enige tijd zwijgend voort en toen keek hij haar aan en zei: 'Je lijkt wel bevroren. Geef me je handen.'

Hij verwarmde haar koude vingers tussen zijn grote, vlezige klauwen: als het beleg op een sandwich, dacht ze. Na een poos stopten ze in een haar onbekende straat. Paddy betaalde de chauffeur en haalde een sleutel uit zijn zak.

'Het is nog niet eens in de verkoop. Mijn broer heeft me getipt.'

Paddy's broer was makelaar in onroerend goed. Paddy had haar het afgelopen jaar talloze huizen, verspreid over heel Londen, laten zien.

Hij opende de deur en knipte een licht aan. Ze liepen van de ene kamer naar de andere. 'Prachtige deklijsten. En moet je die vloeren eens zien, massief beuken, schuiframen, op het zuiden. Vijf slaapkamers.'

Op de bovenverdieping pauzeerden ze even. De maan, omlijst door het zolderraam, bestreek de kale planken met zilver.

'Ik weet het, het is een beetje smerig, maar... wat vind je ervan, Faith?'

'Het is een prachtig huis, Paddy.' Ze probeerde enig enthousiasme in haar stem te leggen.

'Een echte belegging.'

'Maar het is te groot... vijf slaapkamers... Wat moet ik met vijf slaapkamers?'

Hij haalde zijn schouders op en liep naar het raam. Net voordat hij zich omdraaide zag ze de blik in zijn ogen. Hij liet zijn vingers over het kozijn glijden.

'Ik dacht dat je misschien een gezin wilde. Dat willen de meeste vrouwen.'

Ze zei luchtig: 'Ik heb Ralph, en Elizabeth, en Nicole en David. En Con en jou, Paddy. Dat is voldoende familie, niet dan?'

'Maar... kinderen? Wat vind je van kinderen?

Ze keek hem aan. 'Ik ben achtendertig, Paddy. Ik heb nogal lang gewacht, vind je ook niet?'

'Mijn moeder was tweeënveertig toen ze mij kreeg. Ik probeer je te vragen, Faith...' Hij slaakte een korte, wanhopige zucht en schudde zijn hoofd. 'Ik ben hier niet erg goed in.'

Ze legde haar hand op zijn arm en zei teder: 'Ik heb Ralph en ik heb De Blauwe Vlinder en ik schijn voor weinig anders tijd te hebben, Paddy. Het spijt me.'

Maar later, in haar appartement, vroeg ze zich af of ze de waarheid had gesproken. Dat huis – en Paddy zelf – had ze die twee afgewezen omdat ze ze niet kon inpassen in een vol, druk leven of omdat er een kern van twijfel in haar overbleef, een hardnekkige zweem van een vermoeden dat ze niet precies wist wat ze wilde? Ze lag lange tijd wakker en viel ten slotte in een onrustige slaap, waarin de elegante schittering van Paddy's huis zich vermengde met de spinrag-behangen eenvoud van het huis in Norfolk waarin zij en Guy Neville ooit, lang geleden, de liefde hadden bedreven. In haar droom probeerde ze de huizen waarin ze gewoond had te tellen. Vanaf haar kinderjaren, toen Ralph en Poppy met baby's en Kostgangers op sleeptouw over de wereld hadden gezworven, tot het appartement boven de winkel waar ze nu woonde. Cijfers en beelden flikkerden door haar geest. Een kerkklok, onnatuurlijk luid en snel slaand, telde de verstrijkende jaren af.

Ze werd wakker. De telefoon ging. Faith keek op haar horloge en zag dat het drie uur in de ochtend was. *Pa*, dacht ze, in paniek, *er is iets met pa gebeurd*, en in een lawine van dekens viel ze half uit bed en graaide de hoorn van de haak.

'Hallo?'

'Juffrouw Mulgrave?'

Ze herkende de stem niet. Een man, een beetje schor. Pa's huisarts of de politie of...

'Hebt u nog nagedacht over het verkopen van het pachtcontract voor de winkel, juffrouw Mulgrave?'

Haar angst veranderde in geschoktheid. Hij had het schrijven van brieven dus opgegeven en was haar in plaats daarvan gaan opbellen. 'Wie bent u?' Haar stem trilde van woede. 'Hoe durft u me op dit tijdstip te bellen?' 'Ik heb u een cadeautje gestuurd, juffrouw Mulgrave. Ga maar eens bij de voordeur kijken. En denk dan nog eens goed na.' De verbinding werd verbroken.

De hoorn gleed uit haar hand. Ze staarde naar de ramen met de dichtgeschoven gordijnen. *Ik heb u een cadeautje gestuurd.* Ze vroeg zich af of hij daar buiten was, haar observeerde, wachtte tot ze naar beneden ging. Hij zou zich in de schaduwen van de winkel verbergen en dan...

Maar ze kon het niet verdragen hier te blijven, wachtend zonder iets te weten. Ze trok haar jas over haar nachtjapon aan en pakte de deegrol uit de keukenla. Terwijl ze op haar tenen naar beneden liep, dacht ze dat de zwarte holten in het trappenhuis als dreigende gedaanten opdoemden. Ze opende de deur naar de winkel. Als ze het licht aandeed, zou hij weten dat ze er was. Het amberkleurige schijnsel van de straatlantaarns sijpelde door de jaloezieën. Inktzwarte schaduwen strekten zich uit over muren en vloeren. Er lag iets op de mat onder de brievenbus. Ze hoorde haar eigen snik van angst. Ze tuurde en probeerde erachter te komen wat het was. Het was klein en donker en langwerpig. Een bom, dacht ze; ze zou ernaartoe lopen en daarbij een of andere ontsteking in werking stellen en dan zou de hese stem aan de andere kant van de telefoonlijn niet meer de moeite hoeven nemen om de winkel te slopen nadat hij het pachtcontract had gekocht...

Wat een onzin, hield ze zichzelf streng voor. De schaduw op de deurmat leek groter te worden naarmate ze er dichterbij kwam. Toen ze ver genoeg genaderd was om te zien wat het was, knielde ze op de grond, haar armen om zich heen geslagen, en schokte van het lachen.

Een rat. Hij had gehoopt haar bang genoeg te maken om De Blauwe Vlinder te verkopen door een dode rat door de brievenbus te duwen. Hij moest eens weten, dacht ze, hijgend van onevenredige, opgeluchte hilariteit, van de ratten in de schuur van La Rouilly. Of van de ratten tijdens de luchtaanvallen, hoe de branden ze uit hun schuilhoeken hadden verdreven en ze over haar voeten hadden gerend terwijl ze brancards in de ambulance tilde. Ze was niet bang van ratten. Ze zag de deegrol die ze nog in haar hand hield en lachte nog harder. Toen wreef ze met de mouw van haar jas de tranen uit haar ogen, tilde het beest voorzichtig op aan zijn staart en gooide het in de vuilnisbak op de binnenplaats.

De lucht was opgeklaard en toen ze de stad eenmaal achter zich hadden gelaten, kon Oliver, naar boven kijkend, de sterrenbeelden zien. De Grote en de Kleine Beer en de Gordel van Orion. Elizabeth bestuurde haar gifgroene Morris Minor met een snelheid en behendigheid die hem verrasten. Steden en dorpen gleden voorbij. Het landschap steeg en daalde. Bomen waarvan de takken afgetekend stonden tegen het maanlicht doemden op uit het donker. Olivers sombere stemming verdween naarmate ze zich van de stad verwijderden en werd verdreven door een mengeling van opwinding en opluchting.

Soms dommelde hij weg en wanneer hij dan met een ruk wakker werd, wist hij niet hoeveel tijd er was verstreken. Hij dacht dat Elizabeth misschien moe was en bood aan het stuur over te nemen, maar ze schudde haar hoofd en zei: 'Heel lief van je, Oliver, maar ik ben gek op autorijden. Tante Faith heeft het me geleerd. Ze is in de oorlog ambulancechauffeur geweest, wist je dat?'

Hij viel weer in slaap en toen hij wakker werd, zag hij in het schijnsel van de koplampen dat ze over een uitgestrekte, verlaten vlakte reden.

'Waar zijn we?'

'Mijn op één na favoriete plek.' Ze remde af. 'Kijk.'

De kring van hoge, stenen zuilen doemde, weids, leeftijdloos en gekleurd door sterrenlicht, op uit het donker.

'Stonehenge?'

'Is het niet prachtig?'

Oliver rilde en voelde zich afgrijselijk klein en onbeduidend. Toen ze de kring van stenen achter zich lieten, zag hij dat de lucht aan de horizon lichter kleurde. 'Een paar kilometer nog maar,' zei ze. Bomen onderbraken de kaalheid van het landschap toen ze afdaalden in het dal. Oliver geeuwde en streek met zijn vingers door zijn verwarde haren. Elizabeth ging van de hoofdweg af, naar een met beuken omzoomde laan. Zich tamelijk verfomfaaid voelend, begon Oliver zijn kleren glad te strijken. Elizabeth zei: 'Dit is het. Dit is Compton Deverall.'

Toen hij opkeek, liet hij zijn handen zakken en liet zijn kraag ongestreken, zijn das ongeknoopt. Hij zag het huis met zijn ramen en torens en pleinen en kon geen woord uitbrengen. De omvang ervan. De geschiedenis ervan. *We zijn thuis, Oliver.* Hij dacht: op zo'n plek wonen. Deel uitmaken van zoiets. Zoveel vrijheid. Zoveel macht.

Elizabeth zei: 'Heb je honger? Ik wel. Ik kan iets voor je klaarmaken. Of wil je liever een dutje doen?'

'Ik ben niet moe.' Ze stonden in de hal. De hal van Compton Deverall had, dacht Oliver, weinig gemeen met de hal thuis. De hal aan Holland Square was een lange, wat smalle gang met een perzikkleurig tapijt waarop vuile voetstappen maar al te goed zichtbaar waren, een halvemaanvormig tafeltje met daarop de dagelijkse post, twee foto's (hijzelf en grootvader) en een vaas met bloemen. De hal van Compton Deverall was adembenemend.

Op het plafond waren vervaagde heraldische emblemen geschilderd. Kolossale, donkere meubelstukken wierpen inktzwarte schaduwen. Geen cocktailkabinetten of televisietafels, alleen bewerkte kasten, buffetten, dressoirs en chiffonnières en een enorme, druk bewerkte haard die tot het plafond reikte.

Hij realiseerde zich dat hij stond te gapen, trok een nonchalanter gezicht en zei luchtig: 'Een ontbijt zou eigenlijk wel lekker zijn.'

Hij volgde Elizabeth naar de keuken. Terwijl ze eieren brak en het zwoerd van het spek sneed, sloeg hij haar gade en zag haar in een ander licht. Er zat nog steeds een gat in de elleboog van haar lelijke trui en haar nagels waren nog steeds afgekloven, maar ze leek niet langer een onhandige scholiere; geld en bezittingen hadden haar iets mysterieus gegeven.

Hij vroeg: 'Ben je enig kind?'

Ze knikte. 'En jij?' Ze zette een pot koffie voor hem neer. 'Het zou leuk geweest zijn om broers en zussen te hebben, vind je ook niet?'

Oliver schonk twee koppen koffie in. 'Het zou het leven misschien gemakkelijker hebben gemaakt, neem ik aan. Je zou niet zo verdomd volmaakt hoeven zijn.'

'Ik heb zelfs geen neven of nichten.'

'Ik ook niet. Geen oom of tante. Ik voelde me met Kerstmis altijd behoorlijk tekortgedaan.'

'Ik heb natuurlijk tante Faith.' Ze draaide de lappen spek om. 'En ik heb een oom gehad, maar die is verdronken.'

Oliver mompelde enkele vage betuigingen van deelneming en toen, niet in staat zich in te houden, zei hij: 'Dus jij erft dit alles op een goede dag?'

Ze smeerde toast. 'Ja. Erg, hè? Ik zou het aan iemand willen geven die het echt nodig heeft, maar er zijn allerlei fondsen en zo, dus dat zou moeilijk worden. Trouwens, ik ben er echt dol op. Sommigen van mijn vrienden schrikken van de plees en hoe koud het is, maar ik ben er dol op.'

Ze zette een bord eieren met spek voor hem neer. 'Ik zal je rondleiden, als je dat leuk vindt,' zei ze. 'En je mijn lievelingsplekjes laten zien.' Wanneer ze iets zei, keek ze hem op zo'n manier aan dat er een rilling – van mogelijkheden, van ontsnapping – over zijn ruggengraat liep.

Oliver at, met bonzend hart. Na het ontbijt gaf ze hem een rondleiding door het huis. Zonlicht stroomde door hoge ramen en wierp ruitvormige vlekken op de oude, eikenhouten vloer. Schimmel tierde welig op de gepleisterde muren van enkele van de meest afgelegen vertrekken en toen hij met zijn hand over de lambrizering streek, voelde het hout vochtig aan. Groteske figuren – demonen en groene mannen – waren in de balken gesneden en loerden naar hem terwijl hij zich bukte voor lage bovendorpels. Toen hij zijn tong uitstak en zijn ogen liet rollen, leunde Elizabeth slap van het lachen tegen de muur.

In een galerij die zich over de hele lengte van het huis uitstrekte liet ze hem de portretten van haar voorouders zien. Generaties Kemps met donkere ogen en plechtige gezichten keken hem koel aan. Hij voelde zich ontheemd en oppervlakkig. Elizabeth had een hoofdband om haar warrige haar gedaan, zodat haar hoge voorhoofd, haar lange, rechte neus en haar diepliggende ogen met de dunne, gewelfde wenkbrauwen zichtbaar waren. Oliver zag dat hij haar ten onrechte lelijk had gevonden en dat haar trekken eenvoudigweg bij een ander tijdperk hoorden, het tijdperk van die bleke Tudor-kasteelvrouwen met hun hoge kapsels en stijve, laag uitgesneden japonnen. Hij merkte dat hij die blanke, gave huid wilde strelen, het gewicht van haar zijdezachte donkere haren wilde voelen en hij voelde zich lichtelijk gegeneerd en liep door, de galerij uit en de trap af. Hij had liever wereldwijze vrouwen dan naïeve schoolmeisjes; een nacht zonder behoorlijk slapen maakte hem irrationeel. Toch voelde hij zich klaarwakker, heel alert.

Onder aan de trap aangekomen zei ze: 'Het is zulk mooi weer, we zouden de spandoeken op het binnenplein kunnen maken. Daar is genoeg ruimte om ze uit te spreiden en het is niet erg als we met verf morsen.' Ze keek hem aan. 'Wil je een trui van mijn vader lenen?' Oliver had nog zijn smokingjasje aan. 'Graag. Als je denkt dat hij het goed vindt.'

Terwijl ze naar boven rende, leunde Oliver tegen de trapleuning en wachtte. Hij probeerde zich vluchtig voor te stellen hoe het was om hier thuis te horen. Hij stelde zich voor hoe hij zijn paraplu in de paraplubak liet glijden, zijn jas nonchalant op een haak gooide. Hij sloot zijn ogen en opende ze weer bij het horen van het klossen van Elizabeths schoenen op de trap.

Ze gaf hem een trui. 'Er zitten een paar gaten in, ben ik bang. Papa koopt zelf nooit nieuwe kleren, zodat hij ze alleen krijgt als mama op bezoek komt en ze is in geen eeuwen geweest.'

Oliver trok de oude kasjmiertrui over zijn hoofd. 'Woont je moeder niet hier?'

'O nee. Soms woont ze in Amerika en soms in Europa. Ze zijn gescheiden, zie je.'

'Sorry. Het zal wel...'

'Mij kan het niet schelen.' Haar heldere, donkerbruine ogen richtten zich op hem. 'Echt niet. Op school vonden ze altijd dat ik het erg zou moeten vinden, maar dat doe ik niet. Ze ging weg toen ik nog heel klein was, zie je, dus ik kan me niets anders herinneren. Ik kan me niet herinneren dat ik haar verlóór.'

Ze brachten armen vol oude lakens en halfvolle verfblikken en kwasten naar het binnenplein. Korstmos bloeide op de plavuizen, mos groeide in de voegen. Elizabeth spreidde de lakens uit op het terras. 'Ik kan ze beter aan elkaar naaien. Ik wil de spandoeken even breed maken als de straat, zodat ze echt opvallen.'

Oliver haalde de naaimachine en zocht in een bijgebouw stokken om de uiteinden van de spandoeken aan te bevestigen. Hij stond ervan te kijken dat Elizabeth zo praktisch ingesteld was; hij had warrigheid verwacht, klunzigheid, passend bij de wollige idealen. Hij wist dat haar inspanning een zinloze tijdverspilling was, maar het was verrassend leuk om klusjes voor haar te doen, leuzen en symbolen op repen laken te schilderen, bevrijd te zijn van de last van nadenken. De zon scheen en rond de middag legde Oliver zijn kwast neer en slenterde het huis in. In de keuken pakte hij een stuk kaas, een brood, een zak appels en een fles wijn. Toen hij om zich heen keek, zag hij dat de vulling door gaten in de sofa's naar buiten puilde en dat het zonlicht de brokaten gordijnen vaal maakte, zodat de oorspronkelijke kleuren niet meer te onderscheiden waren. Hij was aanvankelijk geschokt; aan Holland Square werden de meubels vervangen zodra ze kaal werden en zijn moeder wilde elke vijf jaar overal nieuwe gordijnen en nieuwe vloerbedekking hebben. Oliver zelf had altijd de voorkeur gegeven aan het nieuwe, het schone, het strakke boven de gecapitonneerde drukte van het huis aan Holland Square. Maar nu, door Compton Deverall dwalend, kwam het in hem op dat zijn eigen smaak tweederangs was.

Hij verzamelde zijn vondsten in een rieten mand, pakte een paar wijnglazen uit een kast in de eetkamer en liep terug naar het binnenplein.

'Oliver. Wat goed. Ik ben gek op picknicken.' Elizabeth legde haar kwast neer.

Ze droegen de mand naar het weiland achter het gazon en koelden de wijn in de beek. De beek, legde Elizabeth uit, vormde de grens van het landgoed Compton Deverall. Haar vader dacht er weleens over een paar hectare land te verkopen om genoeg geld te hebben voor reparaties aan het huis, maar het scheen er nooit van te komen. Oliver dacht aan Londen, waar kantoorpanden op de kleinste stukjes grond werden geperst en waar elke dag rijen oude huizen werden gesloopt om plaats te maken voor torenflats. Het géld dat je aan dit landgoed kon verdienen. Toen Elizabeth naar een veld naast het bos wees – er graasden niet eens schapen op, het werd voorzover hij kon zien op geen enkele manier benut – merkte Oliver dat hij zich de rijen huizen voorstelde die de lege plekken zouden kunnen vullen.

Met zijn rug tegen een boom viel hij bijna in slaap toen Elizabeth plotseling zei: 'O, kijk eens – wat leuk – daar heb je Geoff en Phil en de anderen.'

Oliver opende zijn ogen en zag de kleine, donkere gestalten op het balkon aan het binnenplein.

'Ze zeiden al dat ze misschien zouden komen helpen.' Elizabeth gooide haar klokhuis in de beek en riep en wuifde. Ze raapte de pick-nickspullen bij elkaar en huppelde over het gazon naar haar vrienden toe.

Oliver zelf slenterde met zijn handen in zijn zakken naar het huis. De ongewone helderheid van de dag hield aan, maar ze begon hem tegen te staan, op de zenuwen te werken, zodat de hartelijkheid van de stemmen van de bezoekers, hun sjofele verschijning en veel te harde gelach hem ergerden. Hij keek op een afstand toe terwijl Elizabeth de pas aangekomenen trots de spandoeken liet zien.

'Jee, dat heb je ontzettend goed gedaan.'

'Gave kleuren.'

'Ze verwachten honderdduizend mensen op Trafalgar Square, na de mars, dus al die dingen zullen een diepe indruk maken.'

'Er zijn nog een paar lakens over,' zei Elizabeth. 'Wil je me even helpen, Oliver?'

Hij volgde haar naar binnen. De vloer en de meubels in haar slaapkamer gingen bijna schuil onder lappen stof en stapels lectuur over de bom. Ze wees naar een stapel lakens boven op een ladekast.

'Zou je die naar beneden willen brengen?'

Toen hij de lakens oppakte, viel er iets tussenuit op de grond. Hij raapte het op.

'Wat is dit?' Hij keek ernaar. Het was een klein olieverfschilderij, tien centimeter in het vierkant. De brede kleurige strepen – rood en goud en amber – leken niets voor te stellen wanneer je ze van dichtbij bekeek, maar als je het schilderij op armlengte hield, vormden ze velden, bomen, rivieren.

'O.' Ze haalde een stuk touw uit de war. 'De spijker kwam uit de muur. Het moet tussen de lakens zijn gekomen.'

'Het is een Corot.' Oliver zag het gat in het pleisterwerk op de plek waar het schilderij had gehangen. 'Je kunt een Corót toch niet zo-maar tussen al die troep laten rondslingeren.' Hij voelde zich opeens doodmoe en zijn stem klonk bitser dan hij bedoeld had.

'Het is maar een schilderij.' Elizabeth klonk gekwetst. 'Het is niet belangrijk.' Ze legde het schilderij weer op de ladekast.

'Natuurlijk is het belangrijk. Schilderijen blíjven.'

Ze liep de kamer uit. Terwijl ze naar beneden liepen zei ze: 'Niets van dit alles zou een kernexplosie overleven. Dat weet je best, Oliver. Dit alles – Compton Deverall, mijn schilderij, jij, ik – alles zou weggevaagd worden. Daarom is het zo belangrijk wat we doen. Veel belangrijker dan dat schilderij.'

Ze waren op het binnenplein. Hij zei luid: 'Maar het maakt allemaal geen enkel verschil, weet je,' en Elizabeths vrienden keken hem aan, meende hij, alsof hij iets onsmakelijks en doorschijnends was dat onder een steen vandaan was gekropen.

'Natuurlijk maakt het verschil.'

'Dat doet het niet.' Hij keek hen minachtend aan. 'Onmogelijk. O, er zullen beelden van zijn op de televisie, dat soort dingen, maar het verandert niets.'

'Oliver.' De man met de baard sprak met een geduld dat Oliver deed tandenknarsen. 'We kunnen allemaal iets veranderen, weet je. Ik weet dat het soms anders lijkt, maar je mag de hoop niet opgeven.'

Oliver leunde tegen de muur en zei: 'De kans dat de Labour Party de volgende verkiezingen wint is klein, dus wat maakt het verdomme uit wat voor resoluties ze aannemen?'

'Je bent vast een Tory.'

Hij haalde zijn schouders op. Zijn oogleden waren zwaar van vermoeidheid. 'Misschien. Bij verstek. Bij gebrek aan iets beters.'

'Maar het heeft niets met politiek te maken.' Elizabeth staarde hem aan. 'Kernwapens zijn verkeerd. Ze vertegenwoordigen het kwaad. Dat is het enige wat ertoe doet. Denk aan Hiroshima... aan Nagasaki...'

Hij zei woest: 'Denk eens aan de Japanse krijgsgevangenkampen. Denk eens aan Hitlers concentratiekampen. Die waren verkeerd, ja? Misschien dat de nucleaire dreiging voorkomt dat zulke dingen nog eens gebeuren. Trouwens, daar gaat het niet om. Wat ik wil zeggen is dat, wat je ook doet, het geen enkel verschíl maakt. O, je zóú de vakbonden op andere gedachten kunnen brengen en die zóúden de Labour Party op andere gedachten kunnen brengen en de Labour Party zóú zelfs aan de macht kunnen komen, je weet maar nooit. Maar het zou nog steeds geen enkel verschil maken, want Groot-Brittannië is onbelangrijk geworden. We', en hij glimlachte, 'tellen gewoon niet mee.'

'Groot-Brittannië heeft invloed op Amerika.'

'Gelul. Volkomen gelul.'

'Het Amerikaanse volk zou het voorbeeld van de Britten kunnen navolgen...'

402

'Zelfs één bom minder...'

'We kunnen niet níéts doen.'

Hij draaide zich naar haar om. Hij kon niet langer afstandelijk, onverschillig blijven, hij voelde slechts de bekende verveling, zij het nu onder een laag woede. 'Jullie dóén ook niets. Dit alles' – en hij gebaarde in de richting van de spandoeken – 'is er alleen maar om jullie een beter gevoel te geven. Het is – níéts.'

Het gezicht van Elizabeth scheen te verschrompelen en haar ogen staken donker af tegen haar bleke huid. Maar ze huilde niet en zei met stille waardigheid: 'We proberen het tenminste,' en ze knielde neer op de stenen en pakte haar verfblik en kwast op.

Oliver liep terug door het huis en door de voordeur naar buiten. Het was laat in de middag en het blauw van de lucht was verbleekt. Hij liep snel, wilde dit huis, en het meisje, dat hij aardig was gaan vinden, ver achter zich laten. Toen hij na lange tijd het geluid van een auto hoorde, keek hij niet om, maar bleef met grote passen doorlopen en draaide zich pas opzij toen ze hem, halverwege de beukenlaan, inhaalde.

Ze was met haar gifgroene Morris Minor. Ze remde af, bleef naast hem rijden en zei: 'Je colbertje, Oliver.'

Hij realiseerde zich dat hij de trui van haar vader nog aan had. Hij trok hem uit, gaf hem door het raam aan haar terug en trok zijn colbert aan.

'Waar ga je naar toe?'

'Naar het station. Mijn ouders zullen zich wel afvragen waar ik verdomme uithang.'

'Ik geef je een lift.'

'Ik loop liever.'

'Het is negen kilometer, Oliver!'

'Nou en? Ik loop liever.' Hij beende door; het grind knarste onder zijn voeten.

Hij hoorde haar roepen: 'Je loopt dus niet mee in de mars?' en hij draaide zich om, bleef heel even staan en schudde zijn hoofd.

'Nee. Ik denk het niet. Bedankt voor het ontbijt en zo, maar ik denk het niet.' Hij liep verder de laan uit.

Guy zei: 'U kunt zich nu aankleden, Sir Anthony,' en hing zijn stethoscoop weer om zijn nek.

'Hoe luidt het vonnis, Neville?' Guy bespeurde angst achter de gebruikelijke opgewektheid van zijn patiënt.

'Uw bloeddruk is wat hoog.'

'Kan dat kwaad?' De stem van Sir Anthony Chant klonk gesmoord achter het scherm.

'Het zet het hart onder druk.' Guy waste zijn handen en snoot zijn neus. Hij had een beginnende verkoudheid; druk klopte achter zijn voorhoofd.

'Meer pillen en drankjes dan?'

'U zou kunnen overwegen wat af te vallen.'

Sir Anthony Chant kwam achter het scherm uit. 'Afvallen?' Hij klopte op zijn brede buik. 'Waarvoor in godsnaam? Hoe?'

'Minder eten,' zei Guy droog en herstelde zich toen. 'Het is maar een voorstel, Sir Anthony. Het zou beter zijn voor uw hart.'

'Ik zie niet hoe.'

Guy begon het verband tussen hartkwalen en overgewicht uit te leggen, maar zijn patiënt viel hem in de rede.

'Geef me nou maar gewoon een paar van die dingetjes die je me laatst hebt gegeven. Daar lukt het wel mee.'

Guy opende zijn mond om nog iets te zeggen, maar sloot hem weer na een blik op Sir Anthony's laconieke, zelfgenoegzame gezicht. Toen hij het recept uitschreef, merkte hij dat hij zijn woede moest verkroppen.

Nadat zijn patiënt was weggegaan, stond hij op en liep naar het raam. Zijn spreekkamer met het kamerbrede tapijt, zijn smaakvolle prenten en replicameubilair maakten hem neerslachtig. Maar het uitzicht bood hem geen verlichting, want er was geen stukje groen te zien tussen de dicht opeengepakte gebouwen. Londen was samengesteld uit vale grijs- en bruintinten. Guy probeerde zijn hoofdpijn en zijn zere keel te vergeten door terug te denken aan zijn jeugdige omzwervingen door vooroorlogs Europa. Hij merkte dat hij verlangde naar een vlek vuurrode hibiscus of het fladderen van een kleurige vlindervleugel. Na een poos draaide hij zich om en stopte een stapel paperassen in zijn aktetas. Toen sloot hij de praktijk af en liep het kleine stukje naar Holland Square.

Hij keek de stapel brieven op de haltafel door en verzamelde de rekeningen en bankafschriften voordat hij naar boven ging. Eleanor riep hem vanuit de salon om hem eraan te herinneren dat ze die avond uitgingen. Het was hem ontschoten. In zijn kleedkamer kleedde Guy zich om in smoking en pepte zich op met aspirine.

De cocktailparty – een van die vreselijke aangelegenheden waar je met glas en bord jongleert en ondertussen een hoffelijke conversatie voert – was bij een collega thuis, Wilfred Clarke, die in Richmond woonde. De gasten waren een mengelmoes van artsen en leeghoofdige, weelderig gebouwde meisjes, voornamelijk uitgenodigd, vermoedde Guy, ter decoratie. Guy at weinig, wat het probleem van het bord vasthouden oploste, maar was, van de ene gast naar de andere bewegend, niet in staat zich te herinneren waar het vorige gesprek over was gegaan.

'Dokter Neville?'

Guy had zijn toevlucht gezocht in een hoek naast een grote plant. Hij keek op. Een jongeman met rode haren en een slechtzittend pak stond voor hem.

'Mijn naam is James Ritchie. Ik ben assistent in het Bart's.'

Ze gaven elkaar een hand. 'Dokter Clarke vertelde dat u in Edinburgh gestudeerd hebt, net als ik,' zei Ritchie. Guy bespeurde een Schots accent. 'Ik vroeg me af wat uw specialisatie was.'

'Ik heb een huisartspraktijk.' Guy hield zijn sigarettenkoker op. Ritchie schudde zijn hoofd.

'Ik denk erover kindergeneeskunde te gaan doen. Ik wil in Afrika gaan werken, ziet u. In Belgisch Congo. Ik heb een neef die daar arts is.'

Guy onderdrukte een hoestbui. 'Klinkt interessant.' Hij bood Ritchie iets te drinken aan uit de fles die hij had geritseld en onder een varen had verstopt.

'Ik drink niet, dank u.'

'Helemaal niet?'

'Ik ben opgevoed als geheelonthouder.' Een wat verontschuldigend gebaar. 'Laat u niet weerhouden, dokter Neville.'

Guy schudde zijn hoofd. 'Ik heb al een barstende hoofdpijn. Ik schijn kou te hebben gevat. Ik heb geen zin mezelf ook nog een kater te bezorgen.' Hij glimlachte. 'Leid me af, dokter Ritchie. Leid mijn gedachten af van die saaie, onbeduidende aandoening. Vertel me over Afrika. Wat hoopt u daar te bereiken? Afrika klinkt altijd enorm warm en ongerieflijk.'

'Maar de nóód, dokter Neville! De nood is zo groot.' Ritchies ogen glansden. 'Er gaan zoveel kinderen dood aan makkelijk te genezen ziekten – mazelen, maagstoornissen enzovoort...'

Terwijl hij luisterde naar James Ritchie keerde het verlangen dat Guy eerder die dag had gevoeld terug, toen hij uit het raam van zijn spreekkamer had gekeken en aan Frankrijk had gedacht. Het was een ongericht verlangen, vermengd met frustratie en rusteloosheid. Hij luisterde terwijl dokter Ritchie praatte over klinieken in het oerwoud, over rivierblindheid en malaria, en heel even bevond hij zich buiten de overvolle, veel te warme salon. Na een poos voegde Ritchie eraan toe: 'Natuurlijk is er ook in Groot-Brittannië gebrek, zij het dat de nationale gezondheidszorg veel heeft veranderd, vindt u ook niet?'

'Ik heb een particuliere praktijk.'

Hij zag de blik in de ogen van de jongeman veranderen en hij dacht woest: *Beoordeel me niet, verdomme, beoordeel me niet.*

Even later verontschuldigde Ritchie zich en verdween in de menigte. Guy, die zich steeds zieker begon te voelen, vertrok kort na hem, alleen. Eleanor bleef liever op het feest. Een vriendin had haar een lift naar huis aangeboden, legde ze uit.

Het regende en de natte straten glommen in het donker. Terwijl Guy door de straten van Londen reed, bleef zijn gesprek met James Ritchie hem door het hoofd spelen, irritant als een zandkorrel in een oesterschelp.

Maar de nóód, dokter Neville... de nood is zo groot.

In beslag genomen door gedachten aan Afrika ving Guy slechts een glimp op van de fietser die, zonder enige verlichting, onverhoeds uit een zijstraat kwam. De bestelwagen vóór de auto van Guy reed te snel om te kunnen stoppen. Een gepiep van remmen, een gerinkel van metaal en glas toen de bestelwagen, in een vruchteloze poging om de fietser te ontwijken, over de weg slingerde. Guy zelf rukte hard aan zijn stuur en trapte op de rem. De wielen van de Rover raakten de trottoirband en Guy's voorhoofd klapte tegen de stuurkolom.

Na enkele ogenblikken, toen hij weer helder kon denken, smeet hij het portier open en rende naar voren. De fietser, een jonge vrouw, lag roerloos op het wegdek. Bij het amberkleurige schijnsel van de straatlantaarn kon Guy de bestuurder van de bestelauto zien, ineengezakt tegen de voorruit van zijn voertuig.

Een kleine menigte begon zich te verzamelen. Guy gooide de jongeman die naast hem stond zijn contactsleutels toe en zei: 'Er staat een zwarte tas in de kofferbak van mijn Rover. Haal die even voor me, wil je?' En terwijl hij zich naast de fietser op het wegdek liet zakken, stuurde hij een vrouw in een gebloemde kamerjas naar binnen om een ambulance te bellen.

Hoewel hij in geen eeuwen acutere dingen had meegemaakt dan een opspelende blindedarm, merkte Guy toen hij in het donker neerknielde en de regen op zijn hoofd en schouders kletterde dat alles wat hij in twintig jaar als dokter had geleerd terugkwam. Controleer of de patiënt vrijuit kan ademhalen... stelp eventuele slagaderlijke bloedingen... probeer het hoofd en de nek niet te verplaatsen in geval van een ruggengraatfractuur... Hij vergat de regen, zijn verkoudheid, het vage, ongerichte verlangen dat hem de laatste tijd steeds sterker kwelde en stelde met kalme, doeltreffende snelheid de conditie van de patiënt vast. Er zat een diepe snee in haar onderarm en hij vermoedde dat een of twee gebroken ribben een van haar longen hadden doorboord. Terwijl hij een knevel aanlegde en het meisje verlegde om haar ademhaling te vergemakkelijken, liet hij een van de omstanders naar de toestand van de bestuurder van de bestelwagen kijken. Terwijl hij vragen dwars over straat riep, realiseerde hij zich dat hij herinnerd werd aan de opwinding en het gevaar van de luchtaanvallen; hij was onafgebroken uitgeput geweest, ja, maar bij god, hij had het gevoel gehad dat hij zijn steentje bijdroeg. Hij had gevoeld dat hij lééfde.

Toen, in een opwinding van zwaailichten en sirenes, arriveerde de ambulance en het meisje en de chauffeur van de bestelwagen werden op een brancard gelegd. Een van de ziekenbroeders vroeg Guy of hij behandeling nodig had voor de snee op zijn voorhoofd en hij bracht zijn hand naar zijn hoofd en voelde bloed sijpelen uit de wond als gevolg van de klap op de stuurkolom. Hij had nog niet eerder gemerkt dat hij gewond was. 'Ik regel het zelf wel,' zei hij en liep terug naar zijn auto.

Toen de ambulance weg was en de straat weer verlaten, bleef Guy enige tijd roerloos achter het stuur van de Rover zitten. In de nasleep van het ongeluk voelde hij zich leeg en uitgeput, bibberig door de reactie en de adrenaline, en zijn hoofdpijn keerde dubbel zo hevig terug. Maar de herinnering aan wat hij had gevoeld toen hij in de regen naast zijn patiënt knielde, bleef hem bij. Hij was vergeten dat je geestelijk volkomen in beslag kon worden genomen, hij was het bedwelmende genot vergeten van het benutten van al zijn vaardigheden, van opgaan in het uitoefenen van zijn vak. Die opwinding bleef en het duurde even voordat Guy de contactsleutel omdraaide en terugreed naar Holland Square.

De voortsluipende chaos die Oliver thuis had opgemerkt rukte op. Het huis was niet echt vies, maar het was een beetje slonzig geworden. Stofpluizen verzamelden zich op de traproeden en soms waren er dingen op – belangrijke dingen, zoals toiletpapier, tandpasta en thee. Een overhemd dat je in de wasmand gooide kwam een week lang niet meer te voorschijn. Oliver vond het allemaal vaag verontrustend. Thuis mocht dan verstikkend zijn, het was meestal betrouwbaar.

De dagen gingen in elkaar over, vormloos, zonder duidelijk patroon. Oliver stond laat op, vergat te eten en sliep slecht. Niemand scheen het op te merken. Zijn vader maakte lange dagen, zijn moeder leek volledig op te gaan in haar liefdadigheidswerk. Toen hij in de spiegel zijn ongeschoren kin en de donkere wallen onder zijn ogen zag, deed hij een poging om tot zichzelf te komen. Hij probeerde zijn studieachterstand weg te werken, maar viel boven zijn boeken in slaap en werd met dikke ogen en een duf hoofd wakker. Hij bood zijn moeder aan te helpen met haar liefdadigheidswerk, maar tot zijn verbazing sloeg ze zijn aanbod af. Er bleef niets anders over dan af en toe met zijn vader naar de praktijk te wandelen om te helpen met de administratie. Zijn vader vond het prachtig, Oliver wanhoopte, maar zelfs in de praktijk werken was beter dan de afstompende onsamenhangendheid die zijn gewone geestestoestand werd.

Op tweede paasdag gebruikten ze een uitgebreide lunch: soep, gebraden kip, strooptaart, kaas en crackers. Daarna vertrok Guy naar zijn club en Eleanor vertelde dat ze naar een vergadering ging. Oliver, die zich oververzadigd voelde, vertrok voor een doelloze zwerftocht door de straten en slenterde toen terug naar huis. Toen hij de achterdeur opende, hoorde hij zijn moeders stem.

'...lijkt zo lang geleden. Hoe lang moeten we doorgaan met die schijnvertoning?'

Hij had haar bijna geroepen, maar iets hield hem tegen. In plaats daarvan bleef hij halverwege de trap naar het souterrain staan en luisterde.

'...jammer voor jou, lieverd. Je weet dat het uitgesloten is.'

De klank van haar stem paste niet bij haar woorden. Ze klonk overredend, koket. Soms, dacht Oliver, praatte ze zo tegen hem, als ze samen een avond uitgingen, als zijn vader er niet bij was.

'Lieverd, wat ondeugend. Je mag zulke dingen niet zeggen!' Een zilveren lach.

Oliver ging zitten. Zijn hart klopte veel te snel. Hij drukte zijn handpalmen tegen zijn ribbenkast en probeerde zich te herinneren of je op je negentiende kon sterven aan een hartinfarct. Er klonk een doffe *tring* toen Eleanor de hoorn op de haak legde. Oliver rende half vallend de trap weer af, door de keuken, de straat op.

Hij liep snel, langs het British Museum, over Oxford Street, door Shaftesbury Avenue, door Charing Cross Road. En al die tijd dacht hij: Lieverd, ze noemde hem lieverd. Hij twijfelde er hoegenaamd niet aan dat zijn moeder met een hem had gepraat.

Ze heeft een minnaar, dacht hij terwijl hij, St. Martin's Lane in slaand, werd opgenomen in de menigte die naar Trafalgar Square trok. *Mijn moeder heeft een minnaar.* De gedachte, twee of drie keer uitgeprobeerd, rondgedraaid in zijn hoofd, was niet makkelijk te verteren. Hij wist dat ze het niet tegen zijn vader had gehad. Hij had zijn moeder zijn vader nog nooit 'lieverd' horen noemen.

Hij begreep aanvankelijk niet waarom er zoveel mensen op Trafalgar Square waren – een grote mensenzee die rond de leeuwen spoelde en de trappen van de National Gallery op – maar toen herinnerde hij zich de Aldermaston-mars. Oliver zag de spandoeken en borden met het bekende cirkelvormige symbool en hij dacht terug aan Compton Deverall, waar hij op zijn knieën op de plavuizen had gezeten om datzelfde symbool te schilderen.

Hij liet zich meevoeren door de menigte. In deze onafzienbare mensenmassa hoefde hij niet langer na te denken. Hij werd heen en weer gestuwd door de kracht van de menigte. Het klaterende applaus dat op de toespraken volgde, vulde zijn hoofd en verdreef tijdelijk alle andere gedachten. Hij begon naar Elizabeth te zoeken. Hij wist dat het belachelijk en zinloos was in deze massa naar haar uit te kijken, maar het gaf hem iets te doen. Het vulde zijn geest en blokkeerde die andere, afschuwelijke gedachten. Hij zocht haar systematisch, verdeelde het plein in gedachten in vakken. Eén vak tegelijk. Ieder meisje met donkere haren en een houtje-touwtjejas. Er waren nogal wat meisjes met donkere haren en een houtje-touwtjejas, dus concentreerde Oliver zich, terugdenkend aan Elizabeth op Compton Deverall, op degenen die een spandoek droegen. Ze zou, wist hij zeker, een spandoek dragen. Ze zou het verrekte ding helemaal van Aldermaston naar Londen hebben gedragen – vijfenzestig afmattende kilometers – uit pure koppigheid en doelgerichtheid. Eigenschappen, dacht hij, heel even geamuseerd, waaraan het hemzelf jammerlijk ontbrak.

Na een halfuur of zo, nadat hij het hele plein twee keer had afgezocht, besefte hij dat het hopeloos was. Hij kon beter iets gaan drinken, dacht hij. Zijn vaders middel tegen een confrontatie met het ondraaglijke. Het was nog te vroeg voor de pubs om open te gaan, maar misschien kon hij een slijterij vinden. Zich door de menigte wurmend zonder erop te letten tegen wie hij op botste, baande hij zich een weg naar de rand van het plein. Toen zag hij haar.

Ze zat op het trottoir, alleen. Ze had geen spandoek; naast haar stond een rugzak. Ze zat aan een van haar schoenen te prutsen. Hij liep naar haar toe en zei haar naam.

Ze keek naar hem omhoog. 'Oliver.' Ze glimlachte niet. 'Ik dacht dat je zei dat je niet zou komen.'

Heel even overwoog hij te liegen, maar merkte dat hij er niet de moeite voor kon doen.

'Ik was de mars eigenlijk vergeten. Ik ben hier toevallig verzeild geraakt. Ik heb geprobeerd je te vinden.' Hij keek haar onderzoekend aan. 'Je ziet er een beetje...'

'Ik zie er verschrikkelijk uit.' Haar stem klonk scherp; ze streek met haar hand door haar haren. 'Ik weet dat ik er verschrikkelijk uitzie.'

'Ik bedoelde: je ziet er moe uit.'

'Ik heb de afgelopen paar nachten in een kerkportaal geslapen. En ik had maagpijn en ik heb in geen eeuwen iets gegeten.' Ze klonk, dacht hij, even beroerd als hij zich voelde.

Hij zei plotseling: 'Ik ben je een paar maaltijden schuldig... Kom – we gaan iets zoeken.'

Toen ze aarzelde zei hij: 'Luister, wat ik laatst zei...'

Haar pony hing voor haar ogen. 'Het geeft niet.'

'Jawel. We hadden een geweldige dag en ik heb hem verpest. Je moet het me laten goedmaken.' Hij had behoefte aan gezelschap, dacht hij. Hij had behoefte aan iemand – willekeurig wie – om zijn gedachten af te leiden van het gesprek dat hij had afgeluisterd. Hij stak zijn hand uit. 'Kom.'

Haar heldere bruine ogen keken hem bedachtzaam aan, maar ze liet zich overeind helpen. 'Een kop thee zou wel lekker zijn.'

Ze liepen richting St. Martin's Lane. Al na een pas of twee begon ze achterop te raken. Hij keek haar aan.

'Heb je iets?'

Haar gezicht was bleek en ze beet op haar lip. Ze probeerde te glimlachen. 'Blaren, Oliver. Ik heb blaren op blaren. Er zat een spijker in mijn schoen.'

'Hier. Steun maar op mij.' Hij hield zijn arm op en loodste haar het plein af. Haar gewicht aan zijn zijde deed hem goed. Hij voelde zich er sterker door. Terwijl ze voorthinkte, sloeg hij zijn arm om haar heen en steunde haar. Hij dacht snel na en herinnerde zich dat hij de sleutel van zijn vaders praktijk nog in zijn zak had. Toen hield hij een taxi aan.

Omdat het een officiële feestdag was, was de praktijk verlaten. De geur die er hing – ontsmettingsmiddel en boenwas – maakte hem zoals altijd een beetje misselijk. De ramen waren gesloten, de lucht bedompt. Oliver verstelde de jaloezieën en stofjes dansen in het zonlicht.

'Eerst thee, of eerst je voeten?'

Elizabeth plofte op een stoel. 'Zeg jij het maar.'

Hij opende zijn vaders bureau en pakte de fles cognac uit de onderste la. 'Beter dan thee.' Hij schonk een fikse hoeveelheid in twee kopjes en gaf er haar een van. Toen ging hij op zijn knieën voor haar zitten en strikte haar schoenen los. Bruine, praktische schoolmeisjesschoenen.

Hij hoorde dat ze haar adem inhield toen hij haar sokken begon uit te trekken. Hij keek op. 'Sorry.'

'Niet jouw schuld.' Haar gezicht was bleek. 'Ik zei toch dat ze een puinhoop waren.'

Haar voeten waren bebloed en ontveld. Hij voelde, anders dan gewoonlijk wanneer hij geconfronteerd werd met de menselijke kwetsbaarheid, geen afkeer, alleen een afstandelijk soort medelijden. Hij zei: 'Neem een slok cognac, Lizzie. Ik zal proberen je geen pijn te doen.'

411

'Je doet me geen pijn.' Elk woord was een snik. 'Je bent erg goed. Je hebt op de universiteit zeker eerste hulp geleerd.'

Hij lachte en trok proppen watten af. 'Zelfs geen beetje. Ze leren ons niets núttigs op de universiteit.'

Er viel een stilte. Pluisjes van haar sok hadden zich aan de ergste blaren gehecht. Hij hoorde haar zeggen: 'Je vindt het verschrikkelijk, hè?'

Verrast keek hij naar haar op. 'Wat?'

'De artsenopleiding.'

'Ja.' Het was de eerste keer dat hij het tegenover iemand toegaf. 'Ja, ik vind het verschrikkelijk.' Hij liep met de kom naar de wastafel, gooide hem leeg en vulde hem met schoon water.

'Waarom doe je het dan?'

Hij knielde weer voor haar neer en zei: 'Alle mannen in mijn familie zijn arts. Mijn vader... alle twee mijn grootvaders...'

'Dat wil niet zeggen dat jíj dokter moet worden. Heb je tegen je ouders gezegd wat je ervan vindt?'

'Natuurlijk niet.' Hij wou dat hij het onderwerp kon laten vallen.

'Waarom niet?'

'Omdat ze...' De stem van zijn moeder galmde door zijn hoofd. *Lieverd, wat ondeugend.* Hij was zich bewust van een hartverscheurend medelijden met zijn vader. 'Omdat ze teleurgesteld zouden zijn,' zei hij toonloos en stond op.

'Ik weet zeker dat ze het zouden begrijpen. Ik weet zeker dat ze alleen maar willen dat je gelukkig wordt.'

Haar vasthoudendheid en onnozelheid maakten hem woest. Hij zweeg, sloot zijn ogen en begroef zijn nagels in zijn handpalmen.

'Oliver?' Haar stem klonk aarzelend, bang.

'Je denkt dat ze willen dat ik gelukkig word?' Zijn stem beefde. 'Ik denk eigenlijk dat ik doorga met mijn studie omdat ík zou willen dat zíj gelukkig zouden worden.'

Hij keerde zich af om te verhinderen dat ze zijn gezicht zag. Hij gooide het vuile verband in de vuilnisbak. Hij zei: 'Zie je, doordat jij maar één ouder hebt, heb je er absoluut geen idee van hoe het is om te moeten samenwonen met twee mensen die elkaar haten. Nou goed, de voor de hand liggende oplossing is: bemoei je er niet mee, laat ze elkaar wurgen als ze willen, maar het probleem is dat je gewend raakt aan een bepaalde levensstandaard, een bepaalde leefwijze, en meestal lijkt het de moeite waard om te proberen de vrede te bewaren. Nogmaals, doordat jouw papa en mama in afzonderlijke werelddelen leven, kun je je niet voorstellen wat voor hoofdpijn je soms krijgt van alleen al moeten lúísteren naar de ruzies die ze maken. Je hebt eigenlijk ontzettend veel geluk, Elizabeth. Ouders zelden thuis, geweldig huis om naartoe te gaan als je het niet langer aankunt, hopen geld zodat je niet hoeft...'

Hij stopte, tot zwijgen gebracht door het merkwaardige, sniffende geluid dat ze maakte. Hij draaide zich om en zag dat ze huilde.

'O, in godsnaam,' zei hij vermoeid. Ze probeerde haar sokken aan te trekken. 'Niet doen – ik heb dat verrekte verband nog niet aangelegd.' Hij liep naar haar toe, pakte haar hand. Haar gezicht was vlekkerig rood; haar neus druppelde.

'Sorry,' mompelde hij. 'Luister, Lizzie – jezus – ik meende het niet – ik heb een klotedag achter de rug.'

Het sniffen veranderde in snikken. Ze snikte, dacht hij, als een klein kind – ongeremd, zonder zich om haar uiterlijk te bekommeren. Omdat hij de troosteloosheid van het geluid dat ze maakte niet kon verdragen, of de aanblik van haar geworstel met bebloede tenen en een kapotte sok, trok hij haar tegen zich aan, klopte haar op haar rug, streelde haar haren, mompelde tegen haar.

'Het spijt me. Ik ben een zak. Ik meende het niet. Je bent een lieve meid, Lizzie, echt waar, en ik wilde je niet van streek maken.' Hij drukte zijn lippen op haar kruin. 'Zo. Niet huilen. Let maar niet op mij – ik heb een pesthumeur – het heeft niets met jou te maken.'

Het snikken werd wat minder. Na een poos keek ze naar hem op en zei, tussen twee snikken door: 'Je vindt me stom – je vindt alles wat ik doe stom...'

'Nee, dat is niet waar,' zei hij sussend. 'Echt niet.' Een zilverig spoor liep uit haar neusgaten; hij pakte zijn zakdoek en hield die tegen haar neus. 'Snuiten.'

Ze snoot en riep toen uit: 'En je vindt me gewoon een dom klein meisje.'

Hij trok haar tegen zich aan, klopte haar weer op haar rug. Haar borsten drukten tegen zijn borstkas. Geen klein meisje, dacht hij, zich plotseling bewust van de begeerte die voelde. Hij kreeg een plotseling, onthutsend beeld van zijn moeder, naakt en in bed met een of andere naamloze echtbreker van middelbare leeftijd. De be-

weging van zijn hand op Elizabeth haar rug veranderde bijna onmerkbaar en werd niet de troost van een vriend, maar de streling van
de minnaar. Hij verlangde naar haar. Hij bewaarde voldoende afstand
om te beseffen dat hij misschien naar iedere vrouw zou hebben verlangd, dat seks voor hem altijd beter had gewerkt dan alcohol en dat
hij alleen in dit scherpe, intense genot kon hopen alle gedachten uit
te wissen die hij niet onder ogen wilde zien.

'Elizabeth,' fluisterde hij en ze keek naar hem op.

Ze zei: 'Ik hou van je. Dat is het hem nou net – ik hou van je,'
en een ogenblik lang terwijl hij in haar donkere, vertrouwende ogen
keek, wist hij dat hij zich voorzichtig zou moeten losmaken, deze
kamer uit lopen, niet doen wat hij op het punt stond te doen.

Hij begon haar te kussen. De gedachte kwam in hem op dat het
niet uitmaakte wat er gebeurde, dat het niet uitmaakte wat hij en
Elizabeth Kemp samen deden, want bij Elizabeth Kemp hoorde dat
huis, dat landgoed, die toekomst.

15

De vakantie was vanaf de allereerste dag een mislukking. Met de bedoeling Ralph de vermoeienissen van trein- en boottochten te besparen, had Faith plaatsen gereserveerd in het vliegtuig naar Parijs. Ralph mopperde aan één stuk door. 'Afschuwelijke dingen. Alsof je in een sardienenblikje reist. De reis is verdomme zo snel voorbij dat je niet het gevoel hebt dat je ergens geweest bent.'

In Parijs had ze – een speciale en peperdure traktatie – een kamer gereserveerd in hotel Crillon. Ralph vond het een verschrikking. Na twee dagen, waarin Ralph eindeloos klaagde over het personeel ('kruiperige lakeien') en het eten ('mee gerotzooid, Faith. Ik heb de pest aan eten waarmee gerotzooid is') was ze blij dat ze vertrokken. Ze zocht samen met Ralph naar een zoekgeraakte handschoen in hun kamer.

'Ik koop wel een nieuw paar handschoenen voor je, pa.' Ze keek voor de zoveelste keer op haar horloge. 'We missen de trein nog.'

'Prima paar handschoenen. Kan niet zomaar een prima paar handschoenen weggooien. Wind je niet zo op, Faith. Als we deze trein missen, komt er wel een andere, zou het niet?'

Ze jammerde: 'Maar ik heb plaatsen gereserveerd! Eersteklasplaatsen!'

'Eersteklas! Waar heb je dat in godsnaam voor gedaan? Veel interessantere gesprekken in de tweede klas, heb ik je altijd gezegd.' Hij keek haar boos aan. 'Waar gaan we trouwens naartoe?'

'Dat heb ik al gezegd pa; we gaan naar Bordeaux. En dinsdag reizen we naar Nice en daar blijven we twee dagen en dan gaan we woensdag naar Marseille. En daarna logeren we vier nachten bij Nicole en dan...'

'Ik wil niet naar Bordeaux. Ik heb een ellendige tijd gehad in Bordeaux – Poppy en ik hadden er een bar, weet je nog, Faith? – in de jaren twintig. Ik wil naar Bretagne.' Ralph grabbelde in de rugleuning van een leunstoel en haalde triomfantelijk een handschoen te voorschijn. 'Ik heb de menhirs in Carnac nog nooit gezien. Ik heb ze altijd eens willen zien.'

'O,' zei Faith slapjes. Ze voelde een knoop in haar maag komen, zoals zo vaak tijdens haar gesprekken met haar vader. 'Pa, we kunnen niet naar Bretagne. Ik heb onze reis, onze hotels, alles gepland.'

Hij bulderde: 'Je kunt niet alles plannen! Wat is er voor lol aan het leven als je alles plant?'

'Pa...'

'De beste stukken van het leven zijn altijd de verrassende stukken! Weet je dát niet eens, Faith?'

Ze gingen naar Bretagne. Ze reisden dicht opeengepakt in een stampvolle tweedeklascoupé met een *curé* en een non en boerenknechts en scholieren. Ralph discussieerde met de *curé* en de non over godsdienst en legde de boerenknechts het irrigatiesysteem uit dat hij in zijn moestuin gebruikte. Halverwege de reis haalde hij een foto uit zijn zak en liet hem aan iedereen in de coupé zien. 'Dit is mijn zoon, Jake. Die jongen is net op reis – ik vroeg me af of jullie hem tegengekomen waren.' Brillen werden op neuzen gezet, de foto bestudeerd, hoofden geschud. Faith beet op haar lip en staarde uit het raam.

In Huelgoat wandelden ze langs het meer en aten *tarte aux prunes* in een patisserie in het dorp. In Roscoff slenterden ze over de boulevard en keken naar de vissersboten die op een grijze, woelige zee dobberden. In Carnac liep Ralph tussen de lange rijen menhirs door en bleef af en toe staan om een steen met zijn hand en ogen vol verwondering aan te raken.

Ze logeerden in kleine *pensions*, reisden per bus en trein. Eén keer, toen het mooi weer was, wilde Ralph per se fietsen huren. Met haar hart in haar keel trapte Faith als een bezetene en worstelde om haar vader bij te houden toen die zich onbevreesd in het verkeer stortte. Ze keek steeds minder vaak op haar horloge; ze wist niet wat voor dag het was. In Quimper kochten ze antiek kant en aardewerk, schitterend rood en blauw en groen beschilderd, en in een *bro-*

cante ontdekte ze lappen oud brokaat, vergeelde zijden kousen en oude caféposters, opgerold en met verfomfaaide randen, van vooroorlogse zangers en dansers.

Iemand vertelde haar over de middeleeuwse markthallen in Vannes, dus sukkelden ze naar de kust en slenterden door de smalle oude straten van de stad. De kramen leken wel schatkamers. Faith vergat Ralph, vergat De Blauwe Vlinder, vergat zelfs de mysterieuze, dreigende telefoontjes. Ze snuffelde tussen truien met gaten en oude, rafelende korsetten en vond een paarse avondjurk met spaghetti-dunne schouderbandjes en een Victoriaanse kanten onderjurk. Toen ze dieper in de hoop oude kleren groef, begon haar hart te bonzen. Ze haalde haar buit op en zocht koortsachtig naar een etiket. Toen betaalde ze de kraamhouder en rende het zonlicht in. Ze zag Ralph aan een tafel op een caféterras zitten.

'Wat een vondst, pa!' Auto's remden piepend toen ze zigzaggend de straat overstak. 'Een Paul Poiret – beïnvloed door Léon Bakst – voor het ballet...' Ze kon nauwelijks praten van opwinding.

Ralph kneep zijn ogen tot spleetjes. 'Ik heb *Shéhérazade* in Parijs gezien, in 1910... of was het '11?'

Ze ging zitten en vouwde de jurk voorzichtig en eerbiedig open. 'Kijk eens wat een prachtige kleuren, pa. O, ik weet dat hij er nu niet uitziet, maar dat komt doordat hij onder lagen en nog eens lagen stof zit. Als ik hem heb gereinigd...'

Ralph zei zelfingenomen: 'Had ik het niet gezegd, Faith, dat we het leuk zouden hebben in Bretagne? En de *patron* vertelde me net dat hij Jake misschien heeft gezien – een paar jaar geleden en zijn haar was misschien anders, langer of zo – en hij leek ouder – en hij was misschien niet zo lang – maar dit is natuurlijk niet zo'n beste foto. Volkomen achterhaald. Ik kan me precies voorstellen hoe Jake hierheen komt lopen, jij niet? Geweldig nieuws,' zei Ralph glimlachend, terwijl hij drie lepels suiker in een heel klein kopje koffie deed. 'Geweldig nieuws.'

Hij zou het uitzingen tot het eind van het zomersemester, dacht Oliver, en dan zou hij tegen zijn ouders zeggen dat hij stopte met zijn medicijnenstudie. Hij had nog niet besloten of hij zo spectaculair voor zijn tentamens zou zakken dat er geen sprake van zou zijn dat Edinburgh hem terug zou nemen, al zou het hem nog zo'n rotgevoel

417

geven, of dat hij zijn best zou doen en hun zou vertellen dat hij hoe dan ook stopte, waarmee hij zichzelf de vernedering zou besparen ze in de waan te brengen dat hij gewoon niet intelligent genoeg was. Voordat hij weer naar Edinburgh was vertrokken, had Elizabeth voorgesteld dat hij hun gewoon de waarheid zou vertellen. Makkelijker gezegd dan gedaan, had Oliver later gedacht, toen hij in de trein zat en Londen zag wegglijden. Hij had zijn ouders nog nooit de waarheid verteld; hij had ze altijd verteld wat hij dacht dat ze wilden horen. Wat hij voor zichzelf ook mocht besluiten, het zou, vreesde hij, in rook opgaan als hij werd geconfronteerd met zijn moeders gekwetstheid, zijn vaders verbijstering. Het gebruikelijke zwaartepunt van zijn emoties – zijn sympathie was altijd meer uitgegaan naar zijn moeder dan naar zijn vader – was verschoven sinds hij zich was gaan afvragen of zijn moeder een verhouding had. Maar de zekerheid die hij die afschuwelijke dag in Londen had gevoeld, was verdwenen en hij had sindsdien gemerkt dat hij zich afvroeg of hij een volmaakt onschuldig gesprek verkeerd had uitgelegd.

Gebukt onder verdenkingen – *Lieverd, wat ondeugend* – was hij vroeg teruggegaan naar de universiteit, onder het voorwendsel dat hij moest studeren. Weer in Edinburgh leken zijn problemen niet minder groot. Wat, dacht hij radeloos, moest hij in godsnaam gaan doen als hij stopte met zijn studie? Het vooruitzicht thuis te gaan wonen stootte hem af, maar voor elke fatsoenlijke loopbaan scheen ófwel kapitaal óf jaren studie óf allebei nodig te zijn. Het legaat van zijn grootvader was afhankelijk van de vraag of hij dokter werd; verder had hij geen geld van zichzelf.

Zijn besluiteloosheid irriteerde hem; negentien, in godsnaam, zei Oliver tegen zichzelf, en nog steeds bang voor wat mama en papa van je denken. Het kwam in hem op dat hij ernaar verlangde dat er iets dramatisch, iets revolutionairs zou gebeuren om hem de beslissing uit handen te nemen. Wandelend van collegezaal naar pension, van pension naar ziekenhuis, stelde hij zich een aardbeving voor die de deftige straten van Edinburgh openscheurde of een wervelstorm die door de overvolle kamers van het huis aan Holland Square raasde.

De omwenteling, toen het zover was, was van een heel andere aard. Hij was in zijn pension en lag op zijn bed *On the Road* te lezen en hij wou dat hij in Amerika woonde (of Canada of Australië – waar dan ook, als het verdomme maar geen Edinburgh was), toen zijn hospita aanklopte en zei dat er telefoon voor hem was. Oliver verstopte het boek onder zijn kussen en liep op zijn dooie gemak de trap af.

De telefoon was in de hal, het ongerieflijkste deel van het huis, een plek vol laarzen en natte jassen en constante onderbrekingen. Hij pakte de hoorn op. 'Hallo?'

'Oliver? Met Elizabeth.'

Ze had hem verscheidene keren geschreven sinds de colleges weer begonnen waren, lange brieven waarvan de hartstochtelijke inhoud niet scheen te passen bij haar ronde, schoolse handschrift. Zijn antwoorden waren ingetogener geweest; hij had altijd het idee dat er een kritisch oog over zijn schouder meekeek wanneer hij schreef, een overblijfsel van kostschool misschien.

'Lizzie.' Hij was verrast. 'Ik wist niet dat je mijn nummer had.'

'Ik heb het aan de telefoniste gevraagd.' Ze zweeg even. 'Het punt is, Oliver...'

Iets in de klank van haar stem maakte dat hij zich onbehaaglijk begon te voelen. Zijn hospita treuzelde in de gang; Oliver keerde haar zijn rug toe.

'Lizzie? Alles goed?' Hij liet zijn stem dalen. 'Waar ben je?'

'Thuis. Papa is gaan wandelen, maar ik zei dat ik hoofdpijn had.'

Opnieuw een stilte. De voordeur werd geopend en twee medestudenten kwamen binnen, lachend en kletsend. Oliver keek ze boos aan.

'Oliver? Ben je er nog?' Elizabeth leek heel ver weg. 'Hmm,' begon ze opnieuw. 'Het punt is, er is een probleempje...'

Mevrouw Phelps-Browne was de laatste patiënt van Guy; hij nam afscheid, deed de deur achter haar dicht, controleerde zijn afsprakenagenda – een vrije avond, godzijdank – en ging toen naar huis. Hij verheugde zich op toast met kaas voor het vuur (druk als ze het had met haar liefdadigheidswerk at Eleanor de laatste tijd zelden samen met hem), een goed boek en dan vroeg naar bed. Toen hij de deur van de praktijk achter zich op slot deed, dacht hij: *Goeie god, wat ouwelijk* en hij liep Cheviot Street uit terwijl zijn neerslachtigheid als een grote, zwarte vogel boven zijn hoofd hing.

Thuis aangekomen werden alle gedachten aan rust en stilte en een vroege nachtrust verdreven toen hij Oliver en Eleanor samen in de salon zag zitten. Guy zei: 'Oliver,' en Oliver stond met zijn handen in de zakken van zijn sportcolbert op, zette enkele stappen in zijn richting en liep toen terug.

'Oliver. Fijn je te zien... maar het is juni... je zou in Edinburgh moeten zijn... je tentamens...'

'Vertel het hem.' Eleanors stem sneed door Guy's verwarring. Guy keek haar aan. Ze zat kaarsrecht op haar stoel, met bleek gezicht en strak opeengeklemde lippen. Ze herhaalde: 'Vertel het hem, Oliver.'

'Vertel me wat?'

'Ik ga niet op voor mijn tentamens, papa.'

Guy knipperde met zijn ogen. 'Heb ik de verkeerde data genoteerd? Je schreef in je laatste brief...' Maar hij wist niet meer wat Oliver in zijn laatste brief had geschreven. Het was weken, misschien wel maanden geleden sinds Oliver naar huis had geschreven.

'Ik ga niet terug naar Edinburgh.'

Bij het zien van de bleke, gespannen uitdrukking op Olivers gezicht begon het tot Guy door te dringen wat zijn zoon hem vertelde. Hij moest gaan zitten; zijn hart bonsde pijnlijk.

'Onzin,' zei Eleanor boos. 'Zeg hem, Guy, dat hij onzin vertelt.'

Oliver meed zijn moeders blikken. 'Het is geen onzin. Ik ga niet terug naar de universiteit. Ik heb het mijn studiebegeleider al verteld.'

Guy hoorde de woorden, maar ze wilden niet onmiddellijk doordringen. Het was bijna als het horen van een onverwacht sterfgeval. De dood van zijn hoop; hij was er altijd van uitgegaan dat Oliver in zijn voetsporen zou treden. Dat Oliver arts zou worden – net als zijn beide grootvaders, net als Guy zelf – was zelden of nooit betwijfeld. Het was het enige geweest waarover hij en Eleanor het altijd eens waren geweest. Hij keek Oliver aan en had het gevoel dat hij op eieren liep; één verkeerd woord en de toekomst zou onherkenbaar gewijzigd zijn.

'Ga zitten, Oliver. We moeten erover praten.'

Met een halsstarrige blik ging Oliver zitten. 'Ik heb er de brui aan gegeven, meer niet. Ik haat het. Ik heb het altijd gehaat.' De lichte onverschilligheid in zijn stem was, vermoedde Guy, bedoeld om te irriteren.

'Zie je wel?' riep Eleanor. 'Waarom zit je daar maar, Guy? Waarom vertel je hem niet hoe belachelijk hij doet?' Ze wendde zich tot Oliver. 'Je moet zulke dingen niet zeggen, Oliver. Je hebt altijd al dokter willen worden.'

Oliver staarde in de verte. Zijn blauwe ogen waren groot. 'Júllie hebben altijd gewild dat ik dokter werd. Ik zeg toch, ik haat het. De viezigheid... de stank... de ellénde.'

Guy meende het te begrijpen. Hij herinnerde zich dat hij hetzelfde had gevoeld. Hij liep naar zijn zoon toe, ging naast hem op de armleuning van de bank zitten en zei zachtmoedig: 'Iedere student medicijnen heeft af en toe twijfels, Oliver. Ik in elk geval wel.'

'Je doet verdorie alsof het een religie is, papa. Van je geloof vallen.' Olivers stem klonk sarcastisch.

'Ik weet nog de eerste keer dat ik amandelen moest pellen – ik viel zowat van mijn stokje.' Guy legde aarzelend een hand op Olivers gespannen schouder. 'Wat het menselijk lijden betreft – inderdaad, dat is het ergste. Maar daar gaat het nou net om, nietwaar? Dat is het voorrecht dat je verdient, als je doorzet. De kans om je idealen in vervulling te laten gaan – dingen verbeteren, lijden verlichten...'

'Net als jij, bedoel je?' Oliver keek Guy aan en glimlachte onaangenaam; Guy's hand gleed van zijn schouder.

'"Dingen verbeteren... lijden verlichten" – wat een gezwets. En jíj praat over ideálen – goeie god, wat een gelul.' De oppervlakkige glimlach verdween niet. 'Moet je jezelf eens zien, papa. Waar zijn je idealen? Wat betekent medicijnen meer voor jou dan een mogelijkheid om een gezond banksaldo op te bouwen?'

Guy had zijn zoon als kind nooit geslagen, maar hij merkte nu dat hij er zin in had. Hij hield zich met moeite in en zei: 'Sla niet zo'n toon tegen me aan, Oliver. Je hebt er het recht niet toe.' Maar zijn stem klonk zelfs in zijn eigen oren hoogdravend en niet-overtuigend.

Worstelend om zijn woede te bedwingen liep hij naar het raam en staarde naar buiten. De lucht was nog licht; wattige lila wolken verborgen de horizon. *Wat betekent medicijnen meer voor jou dan een mogelijkheid om een gezond banksaldo op te bouwen?* Guy balde zijn vuisten.

Met zijn rug naar Oliver zei hij: 'En hoe wil je aan geld komen? Je toelage is afhankelijk van de vraag of je je opleiding afmaakt. Of verwacht je dat ik je zal onderhouden?'

'Niet nodig, papa. Ik red me wel.'

Iets in Olivers stem maakte dat Guy zich omdraaide en hem aankeek.

'Zie je, ik ga trouwen,' zei Oliver glimlachend.

Guy hoorde Eleanors zucht van schrik. Zelf kon hij alleen maar slapjes het laatste woord herhalen. 'Tróúwen?'

'Ja, papa.'

'Je kunt onmogelijk – er is absoluut geen sprake van – tróúwen...' Eleanors onsamenhangende protesten schoten door de kamer. Guy's woede welde weer in hem op. 'Is dat waar het in feite allemaal om gaat? Je hebt jezelf wijsgemaakt dat je verliefd bent op een of ander meisje en dáárvoor wil je een veelbelovende carrière weggooien? Goeie god, Oliver, ik dacht dat je meer verstand had. Denk eens na, man. Wees praktisch. Het kan nog jaren duren voordat je financieel onafhankelijk bent.'

'Lizzie erft, dus over geld hoef ik me niet druk te maken. Goed, hè?' Olivers ogen schitterden. 'Ik heb je niet meer nodig, papa. Ik hoef niet naar je toe te komen kruipen als ik een nieuw pak nodig heb of een week of twee weg wil uit deze tent. Ik ben vrij man.' Hij liep naar het buffet en haalde er een fles sherry uit. Hij schonk drie glazen in en zette er een voor Eleanor neer.

'Ben je niet blij? Feliciteer je me niet?'

'Feliciteren?' Eleanor schoof haar glas weg. 'Terwijl je van plan bent je leven te vergooien voor een of andere del...'

Guy zag de plotselinge flakkering van woede in Olivers ogen en zei haastig: 'Bedoel je dat je je wilt verloven?' Hij pakte het glas aan dat hem werd voorgehouden; het zou theatraal en kinderachtig zijn geweest om het niet te doen. 'Dan wordt het een andere zaak – we hebben er geen bezwaar tegen dat je je verlooft, hè Eleanor?' Een verloving op jeugdige leeftijd – en de verantwoordelijkheid die dat met zich meebracht – zou Oliver misschien temmen, zou hem hogerop kunnen brengen.

'Trouwen, papa,' zei Oliver koel. 'Ik ga trouwen.'

Guy herkende op Olivers gezicht de vastberadenheid en koppigheid die hem in Eleanor zo vaak moedeloos hadden gemaakt.

'Hoe lang ken je... hoe heette ze ook alweer...'

'Lizzie,' zei Oliver. 'Lizzie Kemp.'

Oliver praatte door ('Eigenlijk Elizabeth, Elizabeth Anne Kemp – een beetje provinciaal, vind je ook niet, papa?'), maar Guy hoorde hem nauwelijks. Een aanhoudend, rinkelend geluid vulde de kamer. Het duurde enkele ogenblikken voordat Guy zich realiseerde dat hij het glas hoorde dat hij nog steeds in zijn hand klemde; het trilde op de vensterbank. Toen hij Eleanor aankeek, zag hij dat het laatste beetje kleur uit haar gezicht was verdwenen. Haar huid was krijtwit. Haar mond hing halfopen, alsof Olivers aankondiging haar letterlijk van haar spraakvermogen had beroofd. Het was, dacht Guy verwonderd, in alle moeilijke jaren van hun huwelijk nog niet één keer voorgekomen dat hij haar zo tot zwijgen had kunnen brengen.

Oliver, ergens in zijn monoloog, hakkelde en keek van zijn ene ouder naar de andere. 'Wat? Wat is er? Wat heb ik gezegd?'

'Je... Oliver, de naam van je verloofde...'

'Lizzie. Ja.' Oliver keek verbaasd.

Eleanor staarde Guy aan alsof ze hem in stilte smeekte haar te verzekeren dat dit, haar ergste nachtmerrie, niet gebeurde.

'Lizzie hoe, Oliver?'

'Lizzie Kemp.' Boos ging Oliver verder: 'Waarom kijk je me verdomme zo aan?'

'Haar vader...?'

'Iets in de City. Volkomen respectabel.' Oliver probeerde zijn bravoure te hervinden. 'Fantastisch landhuis, papa. Gigantisch groot. En ze is enig kind.'

'David Kemp?'

Oliver knikte; Eleanors gejammer overstemde zijn antwoord.

'Ken je hem, papa? Op de golfclub ontmoet of zo? Ik heb het genoegen nog niet gehad. Ik geloof dat hij een jaar geleden in de adelstand is verheven, zodat hij nu Sir David Kemp is, maar...'

Eleanor had haar glas gepakt en sloeg de sherry achterover. Aanvankelijk sprak ze zacht, met een vreemd timbre, bijna onhoorbaar. 'Hij wil trouwen met de dochter van Nicole Mulgrave.' Toen steeg haar stem. 'Je kunt niet met háár trouwen. Je kunt onmogelijk met háár trouwen!'

Oliver, geschokt, zei woedend: 'Ik trouw verdomme met wie ik wil!'

Eleanor scheen zich enigszins te herstellen. Wat onvast liep ze door de kamer naar haar zoon. 'Je bent negentien, Oliver. En dat meisje... dat meisje is...'

'Zeventien.'

Als zijn gedachten niet verlamd waren geweest van schrik, had Guy dat zelf kunnen uitrekenen.

Eleanors ogen fonkelden triomfantelijk. 'Tot je eenentwintig bent,

Oliver, heb je onze toestemming nodig om te trouwen. En die zullen we niet geven.'

Olivers gezicht werd harder. 'Dat zul je wel, moeder. Dat zul je wel. Geloof me, dat zul je wel. En je zult me je zegen geven. En Lizzies vader ook.'

Guy voelde de opgekropte agressie van zijn zoon en zijn vermogen tot pure, op bloed beluste vijandigheid.

'Nooit,' fluisterde Eleanor. 'Nooit.'

'O jawel, moeder. Want, zie je, ik móet met Lizzie trouwen.' Oliver glimlachte. 'Ze is namelijk in verwachting.'

Er viel een stilte. Toen wendde Eleanor zich tot Guy. 'Ik neem aan,' zei ze, 'ik neem aan dat je dit grappig vindt?' Haar stem beefde.

'Niet in het minst,' antwoordde hij verbaasd en hij wilde er al aan toevoegen: *Ik ben net zo geschrokken als jij, Eleanor* of woorden van die strekking, maar hij zag dat ze niet naar hem luisterde.

'Ik neem aan dat je vindt dat ik dit verdien vanwege Freddie...'

Hij begreep niet waar ze het over had; hij kon zich op dit moment geen Freddie herinneren. Haar ogen leken uit te puilen. Hij zei: 'Ga alsjeblieft zitten, Eleanor. Ik zal een glas water voor je halen. Ik weet dat het een enorme schok is...' maar ze pakte hem bij de mouw van zijn jasje en hield hem tegen.

'Het is allemaal een vergissing, nietwaar, Guy? Zeg dat het een vergissing is.'

Hij kon niets zeggen; hij schudde slechts zijn hoofd. Eleanors vingers klauwden aan zijn mouw.

'Nee,' zei ze luid. 'Nee, ik zal het niet toestaan. Ik zal niet toestaan dat mijn zoon trouwt met de dochter van die vrouw.'

Hij zei vermoeid: 'Eleanor, Elizabeth verwacht een kind van Oliver. Het is te laat. We staan machteloos.'

Hij schrok van de haat in haar ogen. Toen fluisterde ze: 'Ze hebben gewonnen, hè?' en spuugde hem in het verbijsterde gezicht: 'De Mulgraves. Na al die tijd hebben ze gewonnen.'

'Eleanor...'

'Na alles wat ik voor je gedaan heb... na alles wat ik voor Oliver gedaan heb... gasten ontvangen... dit huis... je carrière... ik heb altijd mijn plicht gedaan... ik heb altijd het juiste gedaan...' Haar ogen fonkelden, haar stem klonk schel.

'En nu moeten we in hún soort wereld leven. Hun sjofele kleren...

hun gebrek aan manieren... ik heb vandaag moeten staan in de metro... niemand bood me zijn plaats aan. En de winkeliers... het huispersoneel' – Eleanor ademde moeizaam, snikkend – 'slordig en onverschillig... zonder een alstublieft of dank u wel... smerige taal...' Haar woorden liepen in elkaar over, maar vanuit de wirwar hoorde hij haar krijsen: 'Mijn zoon en háár dochter! De slet... de berekenende, uitgekookte slet! Precies haar moeder. Precies zoals die andere slet, Faith! Sletten, stuk voor stuk... spreiden hun benen voor iedere man die hun bevalt... goeie god! Ik wou dat we ze nooit hadden gezien!' en hij sloeg haar in het gezicht, hard, met zijn vlakke hand.

Guy hoorde de deur opengaan en het geluid van Olivers snelle voetstappen op de trap. Eleanor staarde hem aan, haar mond een grote, donkere o. Toen liet ze zich met een bleek gezicht met donkerrode vlekken rond haar mond op de sofa vallen en begon te huilen. Guy rende het huis uit, op zoek naar zijn zoon.

Hij vond Oliver op een bank in het perk met de stoffige laurierstruiken tegenover het huis. Olivers hoofd was gebogen en hij drukte zijn handen tegen zijn voorhoofd. Toen Guy zijn naam zei, keek hij op en Guy zag hoe bleek zijn gezicht was.

Met een overtuiging die hij zelf niet voelde zei Guy: 'Je moeder is zo weer in orde, Guy. Het is gewoon de schok.'

Met opgetrokken schouders en zijn handen diep in zijn jaszakken wendde Oliver zijn blik af. Guy ging naast hem op de bank zitten.

'We moeten praten, Oliver. We moeten echt eens praten.'

'We hebben genoeg gepraat. Moeder wil niet dat ik met Lizzie trouw en ik doe het verdomme wel en meer valt er niet te zeggen.'

'Ik moet je over de Mulgraves vertellen.' Hij zag dat Olivers rusteloze opstandigheid enigszins wegebde en wist dat hij zijn aandacht had. 'Zie je, je moeder wil niet dat je met Elizabeth Kemp trouwt omdat ik jaren geleden een verhouding heb gehad met haar moeder, Nicole Mulgrave.'

Maar het leek onwaarschijnlijk nu. Terwijl hij Oliver over zijn jongere ik vertelde, had hij het gevoel dat hij het over iemand anders had, die in een ver land had gewoond. Hoewel hij zich alle details van hun verhouding duidelijk herinnerde – het zien van Nicole in Londen en dat hij haar voor Faith had aangezien, en de sneeuw die

425

de puinhopen van de luchtaanvallen had verborgen – had hij moeite zich te herinneren wat hij had gevoeld.

Het bleef lange tijd stil. Toen zei Oliver met een zuinige glimlach: 'God. Nogal extreme maatregelen, papa.'

'Het is zo. Het is lang geleden, zoals ik zei. Je was pas twee en Elizabeth was een baby.'

'Aha. Dan zijn we in elk geval geen broer en zus. Het is geen incest...' Oliver knipperde met zijn ogen. 'Dat zou een manier zijn om me er van af te brengen, niet? Een beetje *Duchess of Malfi*, maar...'

'Oliver.' Hij wilde hem aanraken, maar voelde de afstandelijkheid, de ternauwernood bedwongen emoties van zijn zoon.

'Hoe heb je haar leren kennen, Oliver? Hoe heb je Lizzie Kemp leren kennen?'

Een stilte. 'De Blauwe Vlinder,' zei Oliver. 'Lizzies tante heeft een winkel in Soho. Daar heb ik haar ontmoet.'

'De Blauwe Vlinder,' fluisterde Guy. Goeie god, De Blauwe Vlinder. De korst van het verleden was inderdaad opengebroken.

Oliver keek hem met gefronste wenkbrauwen aan. 'Het kaartje van die winkel... eeuwen geleden, ik vond het in je portefeuille... ik nam aan dat je er iets gekocht had...' Hij onderbrak zichzelf en zei toen plotseling: 'Faith. Wat moeder zei...'

De Mulgraves... sletten, stuk voor stuk... ik wou dat we ze nooit gezien hadden...

'Je kent Faith ook, hè papa?'

Er was een grens aan de hoeveelheid waarheid die op één namiddag kon worden verteld. *Eerlijk gezegd, Oliver, ik heb ook met Faith een verhouding gehad...*

Guy zei: 'Ik heb alle Mulgraves gekend. Ralph en Poppy – Poppy is in de oorlog gestorven. En de kinderen. Faith en Jake en Nicole.' Hij haalde diep adem. 'Nicole Mulgrave – Nicole Kemp – en ik hebben een verhouding gehad, die in december 1941 begon. Ik zou je redenen kunnen geven, rechtvaardigingen, excuses, maar ik denk niet dat je geïnteresseerd zou zijn. Nicole verliet haar man en haar jonge dochtertje en ging met mij samenwonen. Het duurde niet lang en daarna ging ik terug naar je moeder. Nicole ging naar het buitenland, geloof ik. Ik meen dat ze sindsdien verscheidene keren is hertrouwd.' In een poging eerlijk te zijn, voegde hij eraan toe: 'Nu snap je misschien waarom je moeder je verloving moeilijk te accepteren vindt, Oliver.'

'Ja. Goeie god.' Oliver lachte vreugdeloos. 'Ja.'

De herinnering aan Eleanors hysterie, de woorden die woede en jaloezie uit haar mond hadden gerukt, maakte Guy misselijk. De klap van zijn hand op haar doodsbleke gezicht; zijn hand deed nog pijn. Hij vond het afschuwelijk dat Oliver er getuige van was geweest. 'Als je ons eerder had gewaarschuwd, misschien...' zei hij vertwijfeld. 'Als we enig idee hadden gehad dat je iemand had leren kennen... dat je verliefd was geworden...' Met huiveringwekkende helderheid zag hij de kloof die zich de afgelopen paar jaar tussen hem en zijn zoon had geopend. Hij was zich bewust van een diepe schaamte en gekwetstheid.

'Ik wilde niet dat het zo zou gaan,' mompelde Oliver. 'Ik heb het er niet op aangelegd...'

'En je opleiding. Waarom heb je me niet verteld dat je niet gelukkig was?'

Oliver haalde zijn schouders op. 'Ik weet het niet,' mompelde hij. 'Ik wist niet hoe, denk ik.'

'Kon je me niet in vertrouwen nemen?' Guy was niet in staat het verdriet uit zijn stem te weren.

Hij zag Oliver ineenkrimpen. Oliver zei langzaam: 'Ik was in een soort tredmolen terechtgekomen, denk ik... Ik dacht dat alles moest blijven zoals het was. Je vergeet weleens dat je dingen kunt veranderen, dingen kunt verbeteren.'

Oliver had het grootste deel van zijn leven voor hem verborgen gehouden, dacht Guy, precies zoals hijzelf zijn belangrijkste herinneringen, angsten en teleurstellingen voor Oliver had verborgen.

Hij worstelde om al deze nieuwe dingen te verwerken. 'Dus je bent... bevriend met Faith?'

Een knikje.

Hij moest het weten. 'Hoe is het met haar? Hoe is het met Faith?'

'Goed. Heel goed, denk ik.'

'En Jake?' Hij hunkerde naar nieuws. De Mulgraves hadden zoveel voor hem betekend; hij besefte nu dat het bijna was alsof hij, vijf en een half jaar geleden, weloverwogen een deel van zichzelf had geamputeerd.

'Jake was de oom van Lizzie, is het niet? Hij is dood. Ze zei dat hij verdronken was.' Toen hij zag dat Guy's uitdrukking veranderde, keek hij voor het eerst bezorgd. 'Sorry, papa. Ik wou je niet van streek maken. Vond je hem erg aardig?'

'Heel erg.' Hij kon amper spreken.

Oliver zei: 'Ik moet gaan – ik ben al laat. Lizzie verwacht me.' Hij keek Guy weer aan en legde aarzelend een hand op zijn vaders gebalde vuisten. 'Alles goed, papa?' Guy dwong zichzelf te glimlachen en te knikken, maar van binnen voelde hij zich leeg en wanhopig. Hij keek Oliver na en wist dat hij zojuist zijn zoon had verloren, precies zoals hij Faith, Jake en Nicole had verloren. Ook al hadden ze in het gesprek dat zojuist had plaatsgevonden een begin van een verzoening gemaakt, het was niettemin te laat. Binnenkort zou Oliver een getrouwd man zijn en zelf een kind hebben. Hij en Eleanor zouden niet meer het eerste recht hebben op Olivers genegenheid. Guy bleef tussen de stoffige struiken zitten tot de zon begon onder te gaan en ging toen weer naar binnen.

Oliver ging, zoals afgesproken, naar The Black Cat. Hij had altijd al een hekel gehad aan de metro (het donker, de stoot warme lucht) en ging dus te voet, zijn handen in zijn zakken en zijn hoofd gebogen terwijl hij over drukke trottoirs liep.

Ze wachtte aan haar vaste tafel beneden. Hij wist dat ze lang had zitten wachten: een broodje kaas, gereduceerd tot een hoop kruimels, stond voor haar op tafel en het blad was bezaaid met koppen koffie, koud en met een walgelijk vel van de melk. Ze keek met een ruk op toen hij door het vertrek liep. Ze keek hem aan en zei: 'Was het erg?' en hij ging op de stoel tegenover haar zitten.

'Nogal.' Hij probeerde te glimlachen, maar zijn lippen voelden stijf aan.

Ze stak haar hand uit om de zijne te pakken, maar hij trok hem terug. 'Sigaret,' zei hij. 'Heb je een sigaret, Lizzie?'

Ze schudde haar hoofd. Haar ogen waren groot en donker. 'Ik haal wel een pakje.'

Ze stond op en kwam even later terug met sigaretten en lucifers. Oliver frunnikte aan het cellofaan en de sigaretten vielen uit het pakje. Hij slaagde erin er een tussen zijn lippen te stoppen; er volgde een vernederend geworstel toen hij de lucifer probeerde af te strijken. 'Stik,' mompelde hij toen de eerste lucifer onaangestoken afbrak. 'Stik. Stik. Stík,' toen er een handvol lucifers op zijn schoot viel. Hij hoorde zijn stem steeds scheller worden.

Ze zei: 'Laat mij maar, Oliver,' maar hij stond op, waarbij hij zijn stoel omver duwde. Hij wist dat hij werd aangestaard.

Hij mompelde: 'Ik moet hier weg,' en rende de trap op. Buiten toe-terden auto's naar hem toen hij de straat overstak, in de richting van de rivier. Op de Embankment aangekomen leunde hij tegen de muur en legde zijn voorhoofd tussen zijn ellebogen. Toen hij voelde dat ze zijn haren streelde, zei hij: 'Sorry. Ik dacht dat het weer ging.'

Ze zei teder: 'Het geeft niet wat ze ervan vinden, Oliver. We heb-ben elkaar, toch?'

Hij hief zijn hoofd op, draaide zich om en keek haar aan. Er lagen donkere schaduwen rondom haar ogen. Haar gezicht leek magerder geworden. Hij zei: 'Mama was er eerlijk gezegd niet bepaald blij mee. Het punt is: er is een onverwacht probleem.'

Ze zei niets, keek hem alleen maar aan.

'Een beetje een stok in de wielen.' Hij wilde lachen. 'Zie je... jouw moeder en mijn vader...'

Hij hoorde haar zeggen: 'Mijn moeder en jouw vader... wat? Wat, Oliver?'

Hij zei toonloos: 'Ze hebben een verhouding gehad.'

'O.'

Na een poos, toen ze verder niets zei, draaide hij zich om en keek haar aan.

'Meer niet? Ó?'

'Wanneer? Wanneer hebben ze een verhouding gehad?'

Zijn brein, ongebruikelijk traag werkend, kon aanvankelijk geen antwoord vinden. Toen herinnerde hij zich de details van dat ont-hutsende gesprek met zijn ouders en zei: 'Toen jij een baby was. December 1941. Ja, dat was het – een paar maanden – een oorlogs-bevlieging, neem ik aan.'

'Mama is in november 1941 bij papa weggegaan.'

'Vind je het niet erg?'

Ze dacht na. 'Nee. Nee, niet bijzonder.' Haar heldere bruine ogen ontmoetten de zijne. 'Mama heeft een heleboel mannen en minnaars gehad, zie je. Papa noemt ze de Smoorverliefde Vrijers. Ik heb er een paar ontmoet. Ze zijn natuurlijk allemaal even erg en er is altijd een nieuwe Smoorverliefde Vrijer. Papa praat eigenlijk nooit over hen, of over wat er tussen hem en mama is voorgevallen, maar tante Faith heeft me een paar dingen verteld. Zie je, mama wil iemand vinden die volmaakt is.'

'Volmaakt?' herhaalde Oliver wezenloos.

'Volmaakt voor mama. Ontzettend knap natuurlijk en flitsend. Iemand die van dezelfde muziek houdt en dezelfde boeken en...' 'Belachelijk,' zei Oliver afstandelijk. 'Niemand is volmaakt.' Ze keek hem aan. 'Nee? Ik denk dat het afhankelijk is van je standpunt. Als je maar genoeg van iemand houdt, vind je die persoon interessant en mooi, enkel en alleen omdat ze bij hem horen. In elk geval' – Elizabeth keek Oliver medelevend aan – 'ik denk dat mama voor mij altijd zo is geweest, dus ik ben niet anders gewend. Terwijl jij... jij zag jouw ouders op een bepaalde manier en nu moet je eraan wennen ze op een andere manier te zien.'

Hij voelde zich opeens jaren jonger dan zij in plaats van anderhalf jaar ouder. 'O godver,' zei hij opeens radeloos en hij ging op een bank zitten die op de rivier uitkeek. 'Vind je het dan niet erg dat zíj het waren? Vind je het dan niet erg dat wij... dat zij...?'

Ze stond achter hem. Zachtjes streelde ze zijn haren. 'Het is lang geleden, Oliver.'

Haar handen waren troostend. Hij deed zijn ogen dicht. 'Het heeft niets met ons te maken. Het enige wat ik erg vind, is dat het papa verdriet zal doen.'

'Ik weet niet zeker of ik hem...'

'Ik zal eerst met hem praten. Je hoeft je geen zorgen te maken.'

'Hij vermoordt me waarschijnlijk.'

Ze legde haar wang op zijn kruin. 'Hij zal je waarschijnlijk wíllen vermoorden, maar hij zal het niet doen omdat ik hem zal vertellen hoeveel ik van je hou. En hoe gelukkig we zullen worden.'

Hij zei plotseling: 'Ik vraag me af of ze dáárom ruzie maken. Omdat hij...'

Ze liep om de bank heen, ging op zijn schoot zitten en sloeg haar armen om zijn nek. 'Als jij verliefd zou worden op een ander zou ik haar haten, Oliver. En ik zou ontzettend kwaad op je zijn.'

Achter de zachte, bruine warmte van haar ogen ving hij een glimp op van een ijzeren vastberadenheid. Hij staarde haar aan, wreef over zijn voorhoofd en zei langzaam: 'Zie je, het pleit mij min of meer vrij. Ik heb altijd gedacht dat ze elkaar haatten vanwege míj. Ik dacht dat het mijn schuld was.'

'O, Oliver,' zei ze. 'Arme Oliver.' Ze begon hem te kussen. 'Hoe zou het jouw schuld kunnen zijn? Hoe zou het de schuld van een kind kunnen zijn?' Ze nam zijn handen tussen de hare. 'Kijk,' fluisterde ze. 'Voel het. Wat er ook met ons gebeurt, het kan onmogelijk háár schuld zijn.' En ze stopte zijn hand onder lagen bloes, vest en jeans tot zijn handpalm op haar gladde huid rustte.

Haar buik was vlak, nog rond door het groeiende kind. Ze fluisterde: 'Ik ben er een boek over aan het lezen. Over een paar weken kan ik het voelen bewegen,' en toen hij in haar ogen keek, herkende hij een diepe, ontembare vreugde.

Nicole had een huis gehuurd in de Marais Poitevin. Eromheen lag een netwerk van beekjes vol smaragdgroen fonteinkruid en overschaduwd door wilgen. Er waren twee honden, ontelbaar veel katten, een kanarie in een kooi, een ruwharige ezel en Stefan.

Nicole had Stefan in Rome gevonden. 'Hij is half Pools en half Italiaans. Is hij niet de meest fantastische man die je ooit hebt gezien? En hij speelt goddelijk mooi piano, zij het dat hij een ietsepietsie gretig is met het pedaal. Ik moet heel hard zingen om er bovenuit te komen.' Nicole zette haar borst op en gaf een impressie van zichzelf in een nachtclub, luidkeels *Je ne regrette rien* zingend.

Voor haar vertrek naar Frankrijk had Faith beloofd dat ze Annie, haar assistente in De Blauwe Vlinder, elke avond zou bellen. Maar er was geen telefoon in Nicoles huis en ze merkte dat ze steeds vaker een dag oversloeg omdat ze geen zin had om de tocht naar Niort en een telefooncel te maken. Ze realiseerde zich dat ze zich niet kon herinneren wanneer ze voor het laatst vakantie had genomen. Ze sliep veel, at veel en dobberde op de rivier met Nicole, wegdommelend terwijl de knappe Stefan roeide. Haar favoriete tijdverdrijf was het afschuimen van de naburige markten en antiekwinkels.

Toen ze op een dag onder in haar koffer een stapel papieren van De Blauwe Vlinder vond, die ze tijdens haar vakantie had willen doornemen, staarde ze er een ogenblik naar en stopte ze toen terug in de koffer, niet in staat ze in te kijken. Het besef dat ze De Blauwe Vlinder absoluut niet miste, schokte haar. Ze wist dat ze droomde, maar merkte dat ze zich afvroeg of de winkel het nog een week langer, misschien twee, zonder haar zou redden. De aandrang om verder te reizen, naar het zuiden, was verrassend sterk. Ze vroeg zich af of haar onwil om weer naar Londen te gaan iets te maken had met de anonieme telefoontjes. Ze bekende zichzelf dat het incident met de rat haar zenuwachtig had gemaakt en dat ze sindsdien 's nachts niet goed had geslapen. Ze verweet zichzelf haar lafheid en besloot de volgende dag retourtickets te reserveren. Ze moest naar huis, hield ze zichzelf voor, om de teugels van de winkel weer in handen te nemen. Ze moest naar huis gaan en een leuk huisje kopen in Londen, iets verstandigs, iets praktisch. Maar elke morgen wanneer ze het zonlicht zag en de voorjaarsbloemen, verdween haar vastberadenheid.

Toen kwam het telegram van David, dat haar vertelde dat Elizabeth met Oliver Neville ging trouwen.

David en Elizabeth wandelden door de tuin van Compton Deverall.

'Voor de kerk, Lizzie,' zei David. 'Daar sta ik op. Je trouwt voor de kerk.'

'Maar we geloven niet in die dingen, pappie,' legde Elizabeth uit. 'Oliver en ik zijn atheïst.'

'Het kan me niet schelen al aanbad je de Grote Khan van China, Liz. Sinds de Reformatie is elke Kemp in de dorpskerk getrouwd en dat doe jij ook.'

'Maar dat gaat weken duren. De wekelijkse afkondigingen en zo. We dachten, een speciale vergunning...'

'Nee.' Davids stem klonk vastberaden. 'Het huwelijk van mijn dochter wordt geen stiekeme bedoening. Nee, Lizzie. We doen het zoals het hoort en als dat betekent dat je een paar maanden moet wachten, het zij zo.'

'Maar het wordt vreselijk, papa! Olivers ouders... en mamma...' En gegeneerd voegde ze eraan toe: 'En het zal te zien zijn.'

'Daar had je aan moeten denken voordat je...' Hij onderbrak zichzelf toen hij de uitdrukking op haar gezicht zag. 'Sorry, lieverd. Dat had ik niet mogen zeggen.'

'Het geeft niet, pappie.' Ze zuchtte en stak haar arm door de zijne. 'Goed, in de kerk dan. Maar je weet dat ik een hekel heb aan jurken met frutsels en strikjes.' Ze zei aarzelend: 'Je vindt hem toch wel aardig, hè, pappie?'

David stond met zijn handen in zijn zakken bij de grens van zijn landgoed en keek naar zijn huis, zijn landerijen. Hij glimlachte in een poging zijn gevoel van verlies voor haar te verbergen. 'Om je de waarheid te zeggen, Lizzie: ik verafschuw hem. Ik dacht dat hij een knappe, gewetenloze schurk was, maar aangezien je besloten hebt met hem te trouwen, vermoed ik dat ik het ermee zal moeten doen.

En misschien, te zijner tijd, als hij goed voor je is, zal ik zelfs leren hem te tolereren.'

Aan Holland Square vertelde Eleanor aan Guy dat ze bij hem wegging. 'Freddie en ik hebben al bijna twee jaar een verhouding, Guy. Ik ben bij je gebleven vanwege Oliver, maar nu Oliver voor me verloren is, heeft het geen zin meer om te blijven.' Bij het zien van het onbegrip op zijn gezicht, riep ze radeloos uit: 'Wilfred Clarke, Guy! Wist je het niet?'

Versuft schudde hij zijn hoofd.

'Ik wil van je scheiden, Guy. Je mag het op overspel gooien... het kan me niet schelen. We trouwen zodra de scheiding is uitgesproken. Je zult naar een andere woning moeten uitkijken. Dit huis staat uiteraard op mijn naam. Het leek me alleen maar eerlijk je te waarschuwen. Freddie en ik nemen onze intrek in een hotel, maar als je het zo zou kunnen regelen dat je spullen binnen veertien dagen worden weggehaald...' Ze keek hem onderzoekend aan. 'Je moet je vermannen, Guy. Je hebt jezelf laten gaan.' Ze knoopte haar jas dicht, pakte tas en handschoenen.

Terwijl ze de deur opende, zei hij: 'Het huwelijk...?'

Eleanor talmde zelfs niet. 'Welk huwelijk? Ik weet van geen huwelijk?'

Toen ze de deur achter zich dicht smeet, zag Guy zijn spiegelbeeld in de spiegel boven de haard. Hij wist dat Eleanor gelijk had, dat hij zichzelf had laten gaan. Vanmorgen had hij, toen hij geen schoon overhemd kon vinden, het vuile van gisteren aangetrokken; toen hij met zijn hand over zijn kin wreef, realiseerde hij zich dat hij vergeten was zich te scheren. Hij kon zich niet herinneren wanneer hij voor het laatst had gegeten.

Hij werd achtervolgd door zijn laatste gesprek met Oliver. Zinnen eruit galmden onophoudelijk door zijn hoofd, een onafgebroken, waarschuwend klokgelui dat alles wat hij deed begeleidde. *Fantastisch landhuis, papa. Gigantisch groot. En ze is enig kind.* Wanneer hij terugdacht aan het onverhulde materialisme in Oliver stem, rilde hij. Had hij, in zijn streven naar het beste voor Oliver, Eleanors versie van wat het beste was te makkelijk geaccepteerd? Was het akkoord dat hij na zijn affaire met Nicole Mulgrave met Eleanor had gesloten niet meer geweest dan een voortzetting van de dwaasheid, een zwaardere zonde dan die die tot de affaire had geleid? Oliver had hem laten zien waar hij tekort was geschoten, hem gewezen op de compromissen die hij had gesloten. Zijn samenvatting tegenover Oliver van de idealen die hij ooit had gekoesterd was nietszeggend geweest, het zinloze gebrabbel van een papegaai. Passie, principes: hij was ze beide kwijtgeraakt. Guy dwong zichzelf zich niet af te keren van het onthutsende beeld in de spiegel. Alleen door zijn blik opzettelijk te vertroebelen kon hij de trekken van zijn jongere ik nog onderscheiden. Hij kon zich, dacht hij, niet meer de jongeman herinneren die voor het eerst naar het vasteland reisde en in Bordeaux zijn geld en zijn paspoort had laten pikken. Ook zijn eerste ontmoeting met Ralph of zijn eerste blik op La Rouilly kon hij zich niet meer herinneren. O, hij kon ze zich voor de geest halen, statisch en bevroren in de tijd als kiekjes in een album, maar hij wist niet meer wat hij had gevóéld.

Herinner je, fluisterde hij tegen zichzelf, herinner je. Hij wilde de spiegel op de schoorsteenmantel verbrijzelen, een scherf in zijn vlees drukken tot hij iets, wat dan ook, voelde. Maar dat was nooit zijn stijl geweest. Hij kon alleen aan het verleden krabben, in de hoop dat, als hij lang genoeg over de zere plek wreef, het pijn zou gaan doen.

Maar een aangenamere herinnering bleef. Hij herinnerde zich de warmte van Olivers hand toen ze naast elkaar op het plein hadden gezeten. Oliver had gezegd: *Ik dacht dat alles moest blijven zoals het was. Je vergeet weleens dat je dingen kunt veranderen, dingen kunt verbeteren.* Guy besefte dat ook hij in een sleur had gezeten, in een tredmolen gevangen was geraakt. Hij dacht terug aan de jongeman die hij op het feest van Wilfred Clarke – Eleanors minnaar – had gesproken. Hij had die avond oog in oog gestaan met zijn jongere, betere ik, maar hij had het tot nu toe niet beseft. *Ik wil in Afrika gaan werken... de nood, dokter Neville! De nood is zo groot.* Guy's hart begon wat sneller te kloppen. Hij ging aan de tafel zitten, legde zijn kin op zijn vuisten en vroeg zich af of je, zo laat in je leven, een tweede kans mocht krijgen.

Gedurende de hele terugreis vanuit Frankrijk dacht Faith: *Het is mijn schuld; het is mijn schuld dat Lizzie met Oliver Neville trouwt.* Nadat ze getuige was geweest van die eerste ontmoeting tussen Oliver en

Lizzie had ze, hield ze zichzelf voor, Lizzie naar het andere uiteinde van de wereld moeten sturen. En ze had nooit, nooit moeten toestaan dat Oliver haar in De Blauwe Vlinder bezocht.

In Londen gingen ze uiteen: Ralph om terug te keren naar Norfolk, Nicole om naar Compton Deverall te reizen, Faith om naar haar huis boven De Blauwe Vlinder te gaan. Maar het voelde niet als een thuiskomst. Zowel de winkel als het appartement leek koud, onbekend, ongastvrij. Ze begon onmiddellijk orde te scheppen in de chaos die was ontstaan door haar wekenlange afwezigheid, maar kon er weinig enthousiasme voor opbrengen.

Een week na haar terugkeer werd ze midden in de nacht wakker van een harde klap. Voorzichtig de trap af sluipend ontdekte ze dat er een baksteen door de etalageruit was gegooid. De vloer en de inventaris waren bezaaid met glasscherven, die glinsterden in het licht van de straatlantaarn, zodat het was alsof de jurken bezet waren met diamanten. Een kille wind woei door de kapotte ruit. Faith belde de politie, ruimde de rommel zo goed mogelijk op en inspecteerde de sloten en grendels op de deur tussen de winkel en het appartement. Ze ging terug naar bed, maar kon niet slapen. Rechtop tegen het kussen, met het dekbed om zich heen geslagen, kwam het haar voor dat het ordelijke, rustige bestaan dat ze voor zichzelf had geschapen aan het instorten was. En veel, veel erger: ze wist niet meer zo zeker of ze het wel wilde.

In augustus zouden Faith en Ralph samen van Heronsmead naar Compton Deverall reizen. Faith bereidde de reis tot in het kleinste detail voor. Als ze alle verraderlijke, ronddolende gevoelens die haar in de uren voor de dageraad bestormden had kunnen ordenen, zou ze dat hebben gedaan. Maar op het laatste moment kwam er een kink in de kabel. Hoewel het begin augustus was, regende het pijpenstelen en Ralph was zowel zijn paraplu als zijn huwelijkscadeau kwijt en vond ze pas na een halfuur zoeken terug, in het tuinschuurtje.

Door het oponthoud misten ze de trein in Holt en daardoor ook de aansluiting op Waterloo. Toen de trein op het station van Reading bleef staan, wilde Ralph per se uitstappen om in de perronrestauratie thee en sandwiches te kopen ('Geen ontbíjt, Faith; ik kan dat idiote gedoe niet aan zonder ontbijt') en liet haar achter in de coupé, vervuld van angst dat de stationschef met zijn groene vlag zou zwaaien voordat haar vader weer in de trein zat. Op het station van Salisbury ontdekte Faith dat de bruiloftsgast die opdracht had gekregen hen af te halen er de brui aan had gegeven en dat er geen taxi te vinden was en dat ze gestrand waren, drijfnat in hun paasbeste kleren, terwijl de wijzers van de klok doordraaiden.

'Pokkenland,' vloekte Ralph. 'Pokkenweer. Doe niet zo zenuwachtig, Faith.'

Ze liepen de eerste paar honderd meter naar Compton Deverall, hielden een bus aan die hen het grootste deel van de rest van de tocht meenam en renden toen door het groene laantje naar de kerk. Het kerkplein was verlaten. Door de oeroude muren heen kon Faith het gezang horen. Ralph beende al het portaal binnen. Zich achter in de kerk opstellend zong hij de hymne mee, heel hard en heel vals: 'Goddelijke liefde, elke liefde overtreffend...'

Faith was weer op adem tegen de tijd dat Oliver en Elizabeth door het middenpad liepen. Ze bedacht hoe lief Lizzie eruitzag, en hoe knap Oliver, en zocht in haar zakken naar de rijst waarvan ze zeker wist dat ze die daar had gestopt en vroeg zich af waar Ralph in godsnaam gebleven was. Een van haar hakken was gebroken toen ze over een tourniquet was geklommen; ze had allebei de geruïneerde schoenen onder de bank uitgeschopt. Haar natte haren plakten in slierten in haar nek. Haar jurk, door Con met de hand geverfd, kon niet tegen water: jadegroen liep over in turquoise, tatoeëerde haar huid. Een drom bruiloftsgasten met hoeden en jacquets begon de kerk te verlaten. Iemand trapte op haar tenen, een elleboog porde in haar ribben. Bekende gezichten glimlachten naar haar, oude vrienden riepen een begroeting. Toen draaide ze zich om en stond ze oog in oog met Guy Neville.

Hij was een geest op het feest, dacht Guy. Veel te veel geesten, Mulgrave, Kemp en Neville, in dat kleine kerkje gepropt. Hij was blij dat hij het zo had geregeld dat hij de Kemps zijn pijnlijke aanwezigheid niet al te lang hoefde opdringen.

Achter Oliver waren rijen lege banken; wat een nutteloos, passieloos stel, dacht Guy, waar hij en Eleanor ooit bij hadden gehoord. Hij had zich afgevraagd of Eleanor zich zou hebben bedacht en halverwege de plechtigheid, toen de deur naar het portaal was opengegaan en een vlaag regen had binnengelaten, had hij omgekeken, min of meer verwachtend dat zij het zou zijn. Maar het waren Ralph en Faith.

Op dat moment waren alle stukjes op hun plaats gevallen. In één plotseling, onverwacht, alles overspoelend moment had hij zich herinnerd hoe hij voor het eerst de keuken van La Rouilly was binnengekomen. Geen foto meer, maar een film, volmaakt herinnerd, met klanken, beelden, geuren. Het boeket wilde bloemen dat hij Poppy had gegeven. Poppy's mooie, verfijnde, vermoeide gezicht. Ergens ver weg had een piano geklonken en iemand had gezongen, hartverscheurend. Hij herinnerde zich de enorme, stoffige keuken, de spinnenwebben tussen de lege wijnflessen onder de gootsteen, de kat die zich oprolde in zonlicht dat door het raam viel.

Hij begreep dat hij al die jaren geleden verliefd was geworden. Verblindend, onherroepelijk, voor het eerst in zijn leven. Hij begreep dat hij van hen allemaal had gehouden, op heel verschillende manieren. Ralph, Poppy, Faith, Jake, Nicole. En La Rouilly zelf natuurlijk. Hoewel zijn passie in de loop der jaren van karakter was veranderd, had ze hem nooit helemaal verlaten. Ze hadden hem iets gegeven wat hem had ontbroken, iets waarvan hij nu pas weer een glimp begon op te vangen.

Na afloop van de dienst feliciteerde hij Oliver en Elizabeth en daarna, terwijl ze werden opgeslokt door de menigte vrienden en bekenden van de Kemps, begon hij zich een weg te banen naar de Mulgraves. Alle gasten stroomden de trechter van het portaal in; heel even verloor hij Faith en Ralph uit het oog. Bezorgd keek hij op zijn horloge en toen, opkijkend, zag hij opnieuw een blond hoofd, een blauwgroene mouw. Tussen huilende oudtantes en ongedurige kinderen door zigzaggend haalde hij haar in.

Toen hij haar aansprak, schudde ze haar hoofd, legde haar hand om haar oor: 'Sorry, Guy?'

'Ik zei,' gilde hij, 'je ziet er fantastisch uit.'

Andere gasten botsten tegen hen aan; ze praatte tegen hem, maar hij kon niet verstaan wat ze tegen hem zei, haar mond ging open en dicht als in een stomme film. Hij riep: 'Zullen we naar buiten gaan?' en nam haar elleboog en loodste haar door de menigte heen.

Buiten, in de rust en de beschutting van het kerkhofportaal, was hij een ogenblik lang niet in staat iets te zeggen. Er waren duizend dingen die hij haar wilde vertellen, maar hij wist dat ze stuk voor stuk arrogant en aanmatigend zouden zijn. Hoe kon hij haar zeggen dat hij van haar hield terwijl hij haar telkens en telkens opnieuw in

437

de steek had gelaten? Hoe kon hij haar zeggen dat het zien van haar alleen al zijn ziel had geheeld terwijl hij zich maar al te goed de uitdrukking op haar gezicht herinnerde toen ze voor het laatst afscheid hadden genomen?

In plaats daarvan zei hij: 'Ik vond het zo erg toen ik het hoorde van Jake. Oliver vertelde het. Het is zo moeilijk te geloven dat hij er niet meer is.'

Op het kerkplein stelden fotografen camera's op en bruiloftsgasten vormden een rij om zich te laten fotograferen. Iemand riep hen, wenkte hen om zich bij de groep te voegen.

Faith zei: 'Jake heeft zich verdronken. Ze hebben zijn lichaam nooit gevonden.' Haar woorden waren koel en kortaf. 'Hij is gewoon vanuit Cornwall de zee in gelopen, vlak bij de school was hij les had gegeven.' Toen, heel even, was het alsof haar pantser het begaf. 'Hij liet zijn kleren op een keurig hoopje achter op een rotsblok. Niets voor Jake, hè?'

Hij wilde haar in zijn armen nemen, proberen de pijn te verzachten die hij in haar ogen zag, maar een stem riep zijn naam en toen hij zich omdraaide, zag hij Ralph naar zich toe komen. Faith zei snel: 'Pa houdt hardnekkig vol dat Jake nog leeft. We praten er weinig over.'

Ralph riep: 'Guy! Guy Neville! Geweldig!' en Guy werd gesmoord in massa's natte overjas. Hij hoorde dat Ralph over de preek begon ('Zoetsappig, schijnheilig gewauwel. Ik heb de pest aan priesters') en Guy keek opnieuw op zijn horloge en zag dat de wijzers met ergerlijke snelheid hadden voortbewogen.

Ralph ging verder: 'Je moet met ons meelopen naar Compton Deverall, Guy, voor de receptie.'

'Ik dacht de receptie over te slaan. Een beetje pijnlijk en zo.'

'Me dunkt dat we, nu we die afschuwelijke religieuze poppenkast hebben uitgezeten, allebei wel iets te drinken kunnen gebruiken.'

'Ik probeer te minderen, eerlijk gezegd. Trouwens, de receptie bijwonen zou een beetje te veel van het goede zijn, vind je ook niet?'

'Ik begrijp bij god niet waar je het over hebt.'

'Nicole,' zei Guy.

'O, dat,' zei Ralph wegwuivend. 'Dát is iedereen vergeten.'

Hij keek van Ralph naar Faith. Hij voelde zich alsof hij doormidden werd gescheurd. 'Het punt is,' zei hij, 'dat ik een reis voor de boeg heb.'

438

Haar glimlach vervaagde. Hij zei wanhopig: 'Als ik nu niet ga, mis ik mijn vliegtuig.'

'Een reis,' zei Ralph afgunstig. 'Waar ga je naartoe?'

'Naar Afrika,' zei Guy.

'Afrika, Nicole! Twee jaar. Veel verder kun je niet weggaan, wel?' Faith keek uit het raam. De gazons achter Compton Deverall waren bezaaid met tafels, stoelen en in de steek gelaten paraplu's. Ze hadden het diner en de toespraken in de Great Hall uitgezeten en waren daarna ontsnapt naar een raambank, hadden de gordijnen dichtgetrokken, zich afgesloten. 'Niet dat het er iets toe doet, overigens. We hebben er tijden geleden al een eind aan gemaakt.'

Nicole zette haar champagneglas weg. 'Maar wat wil je gaan doen?'

'Doen? Waarom zou ik iets dóén?'

'Maar... Guy. Je hebt altijd Guy gewild.'

'Ik denk dat het gewoon te lang geleden is.' Maar ze dacht opnieuw terug aan het gesprek dat zij en Guy hadden gehad op het kerkplein. Ze fronste haar wenkbrauwen. 'Herinner je je nog dat restaurant in Aix waar we vaak naartoe gingen? Pa zei altijd dat ze er de beste *cassoulet* van de hele Provence hadden. Als we erheen gingen, moesten we altijd uren wachten en pa kon het niet schelen, want hij werd stomdronken, en ma kon het ook niks schelen, want ze kon tenminste zitten en iemand anders kookte. Maar wij vonden het een ramp.'

Nicole knikte. 'Jake was altijd mísselijk van de honger.'

'En tegen de tijd dat het eten werd opgediend, konden we geen van allen meer een hap eten. Pa was altijd woest op ons en ma dacht dat we iets onder de leden hadden. Maar dat was niet zo, er was niets mis met ons, we hadden gewoon te lang gewacht.'

Faith dacht terug aan de laatste keer dat ze Guy had gezien, in het kleine café met de jukebox, de jongens in leren jacks en de man met de pet. Ze had Guy verboden ooit nog met haar te praten. En nu, nu ze ernaar snakte met hem te praten, nu ze haar successen en teleurstellingen sinds hun afscheid met hem wilde delen, ging hij naar Afrika.

Ze keek Nicole aan. 'Zo is het ook met Guy en mij, denk ik. We hebben gewoon te lang gewacht.'

'Onzin, Faith. Dit is heel iets anders. Je wordt het niet moe van iemand te houden. Liefde bederft niet als een fles melk die je buiten in de zon hebt laten staan.'

'Trouwens, ik vermoed dat Guy vindt dat het allemaal mijn schuld is.'

'Wat is jouw schuld?'

'Dit alles.' Ze gebaarde naar het gazon. Ergens diep in de ingewanden van het huis konden ze Ralph 'Mademoiselle from Armentières' horen zingen. 'Als ik niet had toegestaan dat Oliver me opzocht in De Blauwe Vlinder...'

'O, hou je mond daarover, Faith.' Nicole doopte een koekje in haar champagne en zei met haar mond vol kruimels: 'Oliver kon weleens het beste zijn wat Lizzie kon overkomen. Elizabeth is een Mulgrave. Ze mag dan qua uiterlijk op David lijken, maar daaronder is ze net als wij. Het heeft me jaren gekost om me dat te realiseren, maar ik weet dat ik gelijk heb. Ze is hartstochtelijk. Zonder Oliver zou ze waarschijnlijk de gevangenis in zijn gedraaid na een of andere maffe Ban de Bom-mars. Met hem – en het kind – heeft ze tenminste iets wat de moeite waard is om hartstocht voor te voelen. En we zijn toch alle twee verliefd geworden op Guy. Is het dan zo raar dat Elizabeth verliefd is geworden op zijn zoon?' Nicole straalde. 'Wat een schitterende jurk, Faith. Ik was bang dat ze per se die afschuwelijke trui en jeans aan zou willen.'

'Con heeft hem ontworpen en ik heb hem gemaakt. En de sluier is van Davids grootmoeder.'

Nicole trok een sentimenteel gezicht. 'Ik ben in die sluier getrouwd, weet je nog?' Haar uitdrukking veranderde. 'Kijk niet zo bedroefd, Faith. Het is een brúiloft. Het is de bedoeling dat je je vermaakt.'

'Het probleem is,' zei Faith na een korte stilte, 'dat ik me niet kan voorstellen dat ze gelukkig zullen worden.'

Anders dan Faith min of meer had verwacht, veegde Nicole haar angst niet onmiddellijk onder tafel.

'Ze zijn uiteraard nog erg jong.' Nicole wierp een blonde krul uit haar ogen. 'Elizabeth zou het allemaal even ondraaglijk kunnen vinden als ik. Zij het dat ze een minder grillig karakter heeft, denk je ook niet?'

Faith zei droog: 'Het is moeilijk een grilliger karakter dan het jouwe voor te stellen, Nicole.'

Nicole voelde zich niet beledigd. 'Raar, hè? Ik heb nooit zo willen worden. Precies het tegendeel zelfs.' Ze fronste haar wenkbrauwen. 'Het kán iets worden. Je kunt maar het beste optimistisch blijven. Lizzie zou een vrouw voor één man kunnen zijn, net als jij, Faith. Er is werkelijk niets van te zeggen.'

Faith keek Nicole aan. 'Hoe is het met Stefan?'

Nicole zuchtte: 'Hij voldoet niet, ben ik bang.'

'Echt niet? Hoezo?'

'Hij smakt. Nou, dat kan echt niet, wel?'

'Je zou hem kunnen opvoeden...'

'Heb ik geprobeerd, lieverd. Geloof me. Hij zou volmaakt zijn als hij niet zo hopeloos was met de soep.' Nicole giechelde. 'Vind je het soms niet grappig... jij en ik... jij bent zo praktisch, Faith, en ik ben altijd zo'n hopeloze romantica geweest.' Haar blauwe ogen straalden van vrolijkheid toen ze Faith aankeek. 'Desondanks ben jij al ééuwen verliefd op dezelfde man, terwijl ik...'

'Op zoek naar de ene ben je gevallen voor dozijnen.' Ook Faith begon te lachen.

'En sommigen waren zo verschrikkelijk. Herinner je je Miguel nog?'

'Hij speelde gitaar... verschrikkelijk slecht.'

'En Simon. Sonnétten!' Nicole drukte haar armen tegen haar schokkende lichaam. 'En Rupert... ontzettend knap, lieverd, maar ik geloof niet dat hij echt van vrouwen hield.'

'Die afschuwelijke Rus...' Tranen rolden over Faiths wangen.

Slap van het lachen hapten ze naar adem en toen zei Nicole: 'Trouwens, ik heb de ware al jaren geleden gevonden, maar ik was te stom om het te beseffen.'

Faith wiste haar ogen af. 'David?'

'Natuurlijk. Zie je, ik ben een zwerver, net als Ralph. Verder ben ik nooit veel meer geweest. Alle dingen waarvan ik dacht dat ik ze wilde – een knappe minnaar, een mooi huis, een beroemde zangeres zijn – ik kwam er algauw achter dat ik ze eigenlijk helemaal niet wilde. O, een tijdje wel natuurlijk, maar dan begonnen ze me te vervelen. Ik zing in de afschuwelijkste tenten, Faith. Miezerige kleine clubs, waar het damestoilet de enige plek is waar je je kunt omkleden. Haveloze theaters met een wankel podium. Soms is het publiek dronken en soms biljarten of kaarten ze en soms is er niet eens publiek.'

Ze aten enige tijd in kameraadschappelijk stilzwijgen en toen zei Nicole: 'Je weet toch dat Guy en Eleanor gaan scheiden, Faith?' Lizzie had het haar verteld tijdens een pasbeurt. Faith had bijna een mondvol spelden ingeslikt. Ze fluisterde: 'Eleanor had een verhouding.' Nicole begon weer te giechelen. 'Kun je het je voorstellen? Haar tweedpakje uittrekkend terwijl ze in de armen van haar minnaar springt...'

Toen ze uitgelachen waren zei Nicole opeens: 'O, ik zou willen dat Jake er was! Zonder hem is het niet hetzelfde. Hij zou gediscussieerd hebben met pa en gedanst met Lizzie en al die puisterige meisjes verliefd op hem hebben gemaakt en we zouden allemaal zoveel meer lól hebben gehad.'

Tranen prikten achter Faiths oogleden. Te veel champagne, veronderstelde ze. 'Denk je...?' Ze keek Nicole aan. 'Pa is er nog steeds van overtuigd...'

'Ik weet het niet.' Nicole klonk bedroefd. 'Ik weet het echt niet, Faith.'

Elizabeth trok haar trouwjurk uit. Haar moeder werd geacht haar te helpen, maar haar moeder was nergens te bekennen en dus hielp Oliver haar maar.

Hij maakte de rits los en legde zijn hand rond haar middel. Ze zei, plotseling bezorgd: 'Vind je het erg?'

'Wat?'

'Dit.' Elizabeth klopte op haar buik. Ze had een nogal groot boeket moeten dragen.

Hij antwoordde niet, maar schoof de jurk van haar schouders, legde zijn handen om haar borsten en zuchtte van genot toen hij zijn gezicht ertussen begroef.

Ze zei: 'Óliver. Dadelijk komt er iemand.'

Hij hief zijn gezicht net lang genoeg op om te zeggen: 'Nou en? Het mag nu.'

Ze veronderstelde van wel. Het zou even duren voordat ze daaraan gewend was; het voelde nog steeds verboden aan.

Ze zei weifelend: 'Ik moet dat afschuwelijke mantelpakje aantrekken. Zo warm en plakkerig.'

'Sterker nog,' ging hij verder alsof ze niets had gezegd, 'ik ben verplícht dit te doen.'

'Echt?' De trouwjurk was op de grond gevallen en lag als een grote, roomkleurige omelet om haar voeten.

'Echt. We zijn wettelijk pas getrouwd als we met elkaar naar bed zijn geweest.'

Haar mond werd droog toen hij *naar bed* zei. Ze had de afgelopen twee maanden opgesloten gezeten op Compton Deverall. Ze had zich niet gerealiseerd hoezeer ze het zou missen wat hij met haar deed. Ze zei plotseling: 'Ik vind het geweldig van je vader dat hij in een ziekenhuis in Afrika gaat werken. Je zult wel apetrots op hem zijn.'

Oliver onderbrak zijn bezigheid, het uittrekken van Elizabeths slip, een ogenblik. 'Ik neem aan van wel.' Hij keek verrast.

Ze zei: 'Heb je het leuk gevonden vandaag?'

'De bruiloft? Afgrijselijk. Volslagen afgrijselijk.'

'Ja hè?' beaamde ze heftig. 'De langste, vermoeiendste dag van mijn hele leven.'

'Die onderdrukte gevoelens.'

Hij streelde haar navel met zijn tong. Hij keek op. 'Denk je dat ze nog steeds geil op elkaar zijn – jouw moeder en mijn vader – op een soort middelbare manier natuurlijk?'

Elizabeth trok een gezicht en rilde toen Oliver haar bolle buikje kuste. 'Ze zijn allemaal veel te oud voor zulke dingen,' zei ze resoluut. Ze sloot haar ogen. Zijn goudblonde haren streelden haar dijen. 'O, Oliver,' zei ze. 'We hoeven niet te wachten tot vanavond in het hotel, hè?'

Ralph zat, stomdronken, op de trap en praatte luidkeels tegen een half dozijn vredesbewegingvrienden van Elizabeth. In de Great Hall speelde een grammofoon rock-'n-roll en er werd gedanst. Elizabeth en Oliver waren vertrokken voor hun huwelijksreis naar Cornwall. Het geluid van blikjes en schoenen en serpentines had de waardige rust van Compton Deverall verbroken. Het was opgehouden met regenen en op het terras zat iemand op een gitaar te tokkelen. Andere gasten slenterden door de tuin en lieten hun wijnglazen achter in bloembakken en perken. Een groot aantal jongemannen, studievrienden van Oliver, nam Nicole aan, waren in de keuken cocktails aan het brouwen van restjes sherry en champagne en garneerden de glazen met kersen en stukjes ananas die ze onder uit de dessertschaal hadden gevist. Het was, dacht Nicole, alle inspanningen van David ten spijt, een Mulgrave-bruiloft geworden.

Gasten vertrokken, achterlichten werden kleiner terwijl ze over de beukenlaan verdwenen. Nicole dwaalde door het huis. Vreemd zoals ze zich er nu thuis voelde. Vreemd zoals ze soms, wanneer ze op een strand aan de Middellandse Zee lag of zich in een armoedig kamertje in een club in Los Angeles opmaakte, verlangd had naar door spoken bezochte, galmende gangen en de geur van beukenmast in de regen.

Ze vond hem in de galerij, waar hij de schilderijen stond te bekijken. 'Ik dacht altijd,' zei ze, terwijl ze naar hem toe liep, 'dat ze me afkeurden.'

'Mijn voorouders?' David draaide zich naar haar om en glimlachte. 'Helemaal niet. Ze zouden dol op je zijn geweest en mij onvoorstelbaar saai hebben gevonden.'

Hij was blijven staan voor een Kemp uit de tijd van Jakobus de Eerste. Ze keek ernaar en zei: 'Ik kan me jou niet voorstellen met een oorring en een spuuglok, David.'

'Dat,' zei hij, terwijl ze haar hand op zijn arm legde, 'bedoel ik nou net.' Hij keek haar aan. 'Ik ben gevlucht. Wat doe jij hier, Nicole?'

'Ik zocht jou natuurlijk.' Ze legde de rug van haar hand tegen zijn gezicht. 'Arme David. Je vond het een verschrikking, niet?'

'Zeven uur,' zei hij. 'Dat verschrikkelijke feest heeft bijna zeven uur geduurd.'

'Maak je geen zorgen,' zei ze teder. 'Elizabeth wordt gelukkig, ik weet het zeker.'

'Ze is zo jóng! Een schoolmeisje nog.' Hij schudde zijn hoofd 'En die jongen...'

'Faith mag Oliver enorm graag. En ze heeft mensenkennis. Veel meer dan ik.' Nicole keek hem innig aan. 'Ik heb nooit veel aanleg gehad om te weten welke mensen ik moest vasthouden en welke ik moest loslaten.'

Hij boog zich voorover en kuste haar. Na een poos zei ze: 'Probeer het alsjeblieft niet al te erg te vinden, David. Ter wille van Lizzie. En voor mij ook, misschien. Ik heb van weinig dingen spijt, maar ik heb wel spijt van wat Guy en ik hebben gedaan, een beetje.'

16

De wielen van de Land Rover hotsten over de harde, droge weg. Het was januari en de zon had de rode zandwegen gebakken tot harde sporen, als een reusachtig lint golfkarton. Tien minuten nadat hij van het missieziekenhuis was weggereden, was Guy van top tot teen bedekt met rood stof. 'Plankgas, kerel,' hadden de Afrika-veteranen in de club hem tijdens een eerder bezoek aan Dar es Salaam geadviseerd, 'dan voel je de kuilen niet.' Guy trapte het gaspedaal diep in en dacht: *Mijn patiënten van Cheviot Street moesten me zo eens zien...* Die gedachte was in de eerste vijf maanden van zijn verblijf in Tanganyika talloze malen in hem opgekomen.

Hij kon maar niet wennen aan de extreme natuur. Hij kon niet wennen aan de snelle overstromingen in het regenseizoen, die wegen veranderden in rivieren, beken in woeste stromen. Hij kon niet wennen aan de hitte die, in het droge seizoen, iets was waarmee je lichamelijk moest worstelen.

Hij reed eens per maand naar Dar es Salaam om voorraden en post op te halen. Het was, dacht Guy, een noodzakelijke adempauze. Toen hij indertijd had gesolliciteerd naar een baan in het ziekenhuis van de anglicaanse missie, had hij zich een meedogenloos kluizenaarsbestaan voorgesteld. Door zich te wijden aan werk en armoede zou hij zijn dof geworden ziel polijsten en hopelijk ontdekken dat er nog iets echts en goeds onder het oppervlak was achtergebleven. En inderdaad, Tanganyika schuurde de lagen weg. De tropische zon verbrandde zijn huid en zoals de koortsaanvallen zijn botten van overtollig vet ontdeden, zo beroofde zijn tijd in Afrika hem ook van zelfbedrog. Veel van de kennis die hij de afgelopen dertig jaar had opgedaan was hier nutteloos. Hij had nieuwe vijanden leren kennen. Malaria en slaapziekte; met de symptomen daarvan was hij even vertrouwd geworden als hij dat vroeger was geweest met de symptomen van maagzweren en hartinfarcten. Hij was weer student geworden; 's avonds laat, wanneer zijn lichaam snakte naar rust, zat hij over studieboeken gebogen. *Malaria wordt veroorzaakt door eencellige protozoa van het geslacht Plasmodeum, overgebracht door de Anopheles-muskiet. Er zijn verschillende vormen van malaria; de ernstigste daarvan is malaria falciparum, die de oorzaak is van cerebrale malaria...*

Elke dag werd hij met zijn beperkingen geconfronteerd. Zijn kennis leek nietig en ontoereikend. Er waren nooit genoeg bedden, nooit genoeg medicijnen en er was nooit genoeg tijd. Gedurende zijn eerste paar weken in Tanganyika had Guy gedacht de misère en pijn te kunnen bestrijden. Na een poos had hij zich zijn arrogantie gerealiseerd: hoe kon hij ooit hopen de immense nood en energie die Afrika was tegen te houden?

Terwijl Guy door de voorsteden van Dar es Salaam reed, besefte hij dat het hem nog minder tijd had gekost om erachter te komen dat je op je zesenveertigste niet meer dezelfde veerkracht bezat die je op je zesentwintigste had gehad. Een ijzeren bed en een bultige matras maakten hem de hele dag stijf en pijnlijk en hij kon niet meer zoals vroeger alles eten wat hem werd voorgezet. Nu bonsde zijn hoofd – het gevolg, vermoedde hij, van het eindeloze hobbelen in de hitte.

In de club nam een in het wit gestoken bediende zijn tas over en een andere haalde zijn post. Guy nam de stapel brieven en pakjes mee naar zijn kamer. Hij ging op het bed zitten en zijn handen trilden licht toen een mengeling van hoop, gespannen verwachting en angst samenbalde in zijn maag. Het telegram zat halverwege de stapel. Guy scheurde de envelop open. Hij las: CHRISTABEL LAURA POPPY GEBOREN 18 DEC STOP BEIDEN GOED STOP GELUKKIG NIEUWJAAR STOP LIEFS OLIVER.

Nadat hij een bad had genomen, wandelde Guy naar de strandboulevard. Palmen en mangroven stonden roerloos in de stille lucht. Dhows, elk met een geschilderd oog op de boeg, dobberden in de haven, wachtend op een gunstiger wind om de reis naar Zanzibar te aanvaarden. Het telegram in Guys hand trilde. Christabel Laura Poppy, dacht hij. Tranen stroomden over zijn gezicht. *Mijn kleindochter.*

'Wist je dat niet?' Peggy Macdonald inhaleerde de rook van haar sigaret. 'Ik hoorde het van Dick Farnborough en die had het gehoord van Millie Peckham en die weer van One-eyed Jack.'

Het was avond en ze waren in de bar van de Gymkhana Club. In het aangrenzende vertrek speelde een Indische band Europese dansmelodieën; paren bewogen langzaam over de vloer.

'One-eyed Jack?' zei Guy, belangstelling veinzend. Hij was de roddel die mevrouw Macdonald hem vertelde alweer vergeten.

'Ken je die niet?' Ze knipperde met haar ogen. 'Ik dacht dat iedereen in Dar One-eyed Jack kende. Hij komt hier af en toe, maar' – ze keek snel het vertrek rond – 'vanavond zie ik hem niet. Hij geeft les, geloof ik – aan een school voor inheemse kinderen, niet de Internationale School. Millie leidt een of andere vreemde liefdadigheidsinstelling voor hem. Zamelt thuis tweedehands schoolboeken in. *Janet en John doen boodschappen.*' Ze lachte schor. 'Je vraagt je onwillekeurig af wat die arme schepseltjes ervan snappen.'

Guy glimlachte beleefd en vroeg zich af of hij met goed fatsoen kon gaan. De hitte was bijzonder ondraaglijk. Zijn overhemd plakte aan zijn rug en het kostte hem moeite om zijn glas naar zijn lippen te brengen en om een gesprek te voeren. Moeite, besefte hij grimmig, om te denken.

Hij realiseerde zich dat Peggy Macdonald nog steeds tegen hem praatte en keek verontschuldigend op. 'Sorry. Ik was heel ver weg.'

'Ik zei: je moet morgen komen lunchen.'

'Ik kan niet, ben ik bang.'

'Robert is weg, zie je.' Haar hand lag op zijn arm. 'Dus we hebben de hele dag voor onszelf.'

De uitnodiging was onmiskenbaar. Hoewel ze aantrekkelijk was, goed gekleed, eind dertig, schatte hij, had hij niet de minste belangstelling, voelde alleen maar een mengeling van gegeneerdheid en ongeduld.

'Ik moet inkopen doen,' legde hij uit.

'Inkopen?'

'Ik moet een doopgeschenk kopen voor mijn kleindochter.'

447

'Je kléíndochter?' Ze trok haar wenkbrauwen op. 'Ach, nou ja.' Ze nam het laconiek op. 'Wat wil je voor haar kopen?'

Hij schudde zijn hoofd. 'Ik zou het echt niet weten.'

Mevrouw Macdonald zei behulpzaam: 'Meestal kopen ze een doopbeker, Guy, of een zilveren lepel.'

'Die zal ze al tientallen krijgen. Ik zou haar iets heel anders willen geven. Iets Afrikaans, dacht ik. Iets bijzonders.'

'Dan gaan we toch inkopen doen. Ik zie je in je hotel om... eens kijken, morgenochtend negen uur.' Ze keek hem aan en zei hartelijk: 'Je zou naar bed moeten gaan, Guy. Je ziet er niet zo best uit.'

Zijn ingewanden voerden een onaangename kronkelbeweging uit. 'Ik schijn,' zei hij quasi-meelijwekkend, 'erg veel tijd nodig te hebben om te acclimatiseren.'

'Sommige mensen acclimatiseren nooit, lieverd,' zei ze. Ze klopte nogmaals op zijn hand, maar ditmaal was haar aanraking eerder moederlijk dan verleidelijk. 'Sommige mensen acclimatiseren nooit.'

's Morgens trof Guy Peggy Macdonald in de foyer van het hotel.

Ze kuste zijn wang. 'Je ziet er afgrijselijk uit, lieverd. Weet je zeker dat je dit aankunt?'

Guy zei: 'Volstrekt zeker,' met een overtuiging die hij allesbehalve voelde. Hij zat tot zijn nek toe vol kinine en aspirine. Ze stapten het zonlicht in.

Ze leidde hem langs de marktkramen aan Samora Avenue en door de wemelende doolhof van Kariakoo Market. De geuren, gezichten en geluiden van Dar es Salaam bestormden hem: het toeteren van bussen en taxi's, de kleuren van de specerijen in de kramen en de koppige, zilte geur van de Indische Oceaan, nooit ver weg. Peggy Macdonald bekeek tapijten, koperwaren en houtsnijwerk met kordate efficiëntie.

Ze ontvluchtten de middaghitte door in de Gymkhana Club te lunchen. Ondanks de jaloezieën en de ventilatoren had Guy het niet koeler. In de beslotenheid van de toiletten drukte hij een verhitte hand tegen een even verhit voorhoofd en probeerde te schatten hoeveel koorts hij had.

'Ik zal je zeggen wat ik doe,' zei mevrouw Macdonald, toen hij naar de tafel terugkeerde. 'Ik vraag het Jack.'

'Jack?'

'Je weet wel, over wie ik je laatst vertelde. Ik zal hem vragen een leuk stuk makonde voor je te zoeken.'

Makonde was een type traditioneel ivoorsnijwerk van het Makonde-volk. Op de markt had Guy de donkere, welvende vormen bewonderd; Peggy had ze van inferieure kwaliteit gevonden.

Guy zei weifelend: 'Het lijkt me nogal veel gevraagd.'

'Jack zal het niet erg vinden. Hij heeft vorig jaar een prachtig stuk voor me gevonden voor mijn schoonzus. Jack en ik zijn goede vrienden. En hij heeft ooit les gegeven aan de kostschool van mijn zoon in Engeland. Is dat geen toeval?'

'Een hele overgang, van een Engelse kostschool naar Dar es Salaam.'

'O, Jack heeft van alles gedaan!' Peggy hief haar glas rum-cola. 'Hij is overal geweest en heeft gehandeld in ongeveer alles wat je kunt bedenken – legaal en illegaal, lieverd – en hij beweert dat hij bemanningslid is geweest op een piratenschip in de Chinese Zee, zij het dat ik daar zo mijn twijfels over heb. Die ooglap komt té mooi uit. En Bobby Hope-Johnstone zegt dat ze hem nog kent uit Frankrijk, uit de oorlog. SOE, lieverd,' legde ze uit terwijl ze haar stem liet dalen, 'maar Jack wil er niet over praten.'

De maaltijd arriveerde, kerrie met rijst. De kerriesaus stolde tot een geleiachtige plas. Guy wendde zijn blik af.

Peggy zei: 'Ik zal iets moois voor je zoeken voor de volgende keer dat je in Dar bent. Je komt eens in de maand, nietwaar?' Ze keek hem aan. 'En voel je niet verplicht om ter wille van mij te blijven, Guy. Je ziet behoorlijk groen. Je bederft bijna mijn eetlust.'

Ze had de donkere ogen van Elizabeth en zijn blonde haren. Toen zijn dochter twee weken oud was, wikkelde Oliver haar in lagen omslagdoeken en dekens en liet haar het huis en het landgoed zien. Dit is de galerij, zei hij, en dat zijn portretten van je over-over-overgrootouders. Hun bloed is jouw bloed. Dit is de Great Hall en op het plafond zijn jouw emblemen en wapenschilden geschilderd. Dit zijn jouw landerijen, tot aan de beek in het zuiden en tot aan de zoom van het beukenbos in het noorden. Ik zal dit weiland en die bosschage verkopen en op die manier je erfenis veiligstellen.'

Sneeuw begon te vallen, vlokken die als veren door de windstille lucht dwarrelden, dus bracht hij haar terug naar het warmste deel van het huis. Heel zachtjes opende hij de deur van hun slaapkamer; Elizabeth lag op het bed te slapen, opgerold in een nest van dekens en dekbedden. De kamer was bezaaid met babykleertjes en het talkpoeder dat overal op de geboende houten vloer lag, was een echo van de verbleekte lucht buiten. Kranten en brochures lagen op stapels op een ladekast. De kop van de bovenste luidde: DECENNIUM VAN ONTWAPENING OF KERNRAMP?

Oliver rilde en keek naar zijn slapende dochter in zijn armen. Andere, ongewenste beelden verdrongen haar al vertrouwde trekken. Een obscene paddestoelwolk, foto's van kleine Japanse kinderen met ontvelde ruggen. De angst waarmee zijn intense liefde voor zijn dochter altijd gepaard leek te gaan, dreigde hem te overmannen. Hij voelde zich hulpeloos en machteloos en hij drukte zijn kind tegen zich aan alsof ze in de warmte en beschutting van zijn lichaam bescherming kon vinden tegen alle gruwelen van de wereld.

De makelaar mopperde toen ze de verregende straten van Holt uit reden. 'Ze hadden het jaren geleden moeten veilen. Heb ze gezegd dat ze er nooit een goede prijs voor zouden krijgen. Mensen willen moderne gemakken. Inpandig toilet, centrale verwarming...'

Faith luisterde nauwelijks. Ze waren nu buiten de stad en reden door het platteland, waar water van zwarte, kale takken droop en plassen zich over de weg uitstrekten. De groepjes bomen, de hoge heggen en smalle weggetjes werden bekend. Ze voelde zich onverwacht zenuwachtig en haar mond was droog. Toen de makelaar afremde en mompelde: 'Ik moet op de kaart kijken... verdomd verwarrend...' moest ze haar keel schrapen voordat ze zei: 'Blijf deze weg gewoon volgen, meneer Bolsover, en sla die laan met bomen linksaf in.'

Hij keek haar verbaasd aan. 'Ik dacht dat u het huis nog niet had gezien.'

'In geen jaren,' zei ze glimlachend. 'In geen eeuwigheid.'

Toen ze het pad in draaiden, schokte de auto over de hobbelige grond. 'Mijn vering,' gromde meneer Bolsover.

Faith stapte uit en keek op naar het huis. De mate van verwaarlozing schokte haar. Een van de luiken hing nog maar aan één enkel scharnier en er ontbraken pannen op het dak. Heel even wankelde haar besluit. Toen ze een maand geleden met Ralph inkopen had gedaan in Holt, had ze de advertentie voor het huis gezien achter het raam van het makelaarskantoor, opnieuw te koop. Later had ze in een opwelling de makelaar gebeld en een bezichtiging geregeld. Ze gedroeg zich, dacht ze, als een echte Mulgrave. Ze was van plan een bestaan weg te gooien dat zowel veilig als zeker was – en waarvoor? Voor een droom? Een fantasie?

Meneer Bolsovers stem volgde haar toen ze over het pad liep. 'Uw paraplu, juffrouw Mulgrave!' Grote regendruppels biggelden langs de lange stelen van de hondsrozen. De papierachtige zaden van de judaspenning trilden in de regen.

Meneer Bolsover haalde haar in en zei weifelend: 'Er komt twee keer per jaar iemand om dit weg te maaien, geloof ik. Zou leuk kunnen zijn...' Toen hij de voordeur opende, dwarrelde er een vlaag dorre bladeren de veranda op. Hij keek in de folder.

'De hal.' Hij zette de lichtschakelaar om, maar de kale peer ging niet aan. 'Ik heb ze nog zo gevraagd de stroom aan te sluiten,' zei hij geërgerd. 'Er loopt een eigen kabel naar het landgoed in Deanridge. Dit huis maakte oorspronkelijk deel uit van het landgoed. 'Gelukkig,' – hij glimlachte, tevreden over zichzelf – 'heb ik een zaklamp meegenomen.'

Een bundel verlichtte de smalle gang. Faith opende een deur.

'De huiskamer.' Ze knipoogden tegen het schemerige, stoffige licht. 'Een schat aan oorspronkelijke elementen. U hebt geluk, juffrouw Mulgrave, dat de vorige eigenaars niet te veel wijzigingen hebben aangebracht. Stijlen veranderen. De paneeldeuren en de haard,' zei meneer Bolsover enthousiast, 'maken andere gebreken goed, vindt u ook niet?'

Er was een vogelnest uit de schoorsteen gevallen en had het rooster bedolven onder takjes en stro. Behang bobbelde en bladderde af. Meneer Bolsover zei: 'Zullen we de slaapkamers bekijken voordat we de keuken proberen?' en ze gingen naar boven.

'U zou een van de slaapkamers natuurlijk kunnen verbouwen tot badkamer, juffrouw Mulgrave. Als u alleen in het huis wilt gaan wonen...' Zijn stem stierf weg, alsof hij zich geneerde voor haar kinderloosheid, haar vrijgezellenstaat.

Ze legde uit: 'Mijn vader komt bij me inwonen, meneer Bolsover.'

Ze liepen van kamer naar kamer. Donkere plekken op de muur maakten duidelijk waar het vocht was doorgeslagen en in de kleinste slaapkamer waren brokken pleisterwerk van de muur gekomen. Toen ze de keukendeur opende herinnerde ze zich, een scherp visueel beeld, Guy die zijn vingertop over het stoffige keukenschap liet glijden. *Wat schrijf je?* *Guy houdt van Faith. Wat anders?* Ze liep de keuken door en keek naar het schap. Niets te zien natuurlijk, afgezien van een dikke laag stof. Sinds Guy uit Engeland was weggegaan, had ze zich afgevraagd of hij, door naar Afrika te gaan, niet zozeer de bedoeling had gehad om dingen achter te laten als wel om iets te herontdekken.

De makelaar was aan het woord. '...moet me excuseren voor de staat van het huis, juffrouw Mulgrave. Misschien mag ik u een paar andere panden laten zien? Ik heb een goed gelegen, vrijstaande bungalow in Norwich.'

Faith dacht aan Poppy die met Ralph wegliep en aan Jake die wegliep om in de Spaanse burgeroorlog te gaan vechten. Barst maar met je consequenties, dacht ze. Barst maar met verstandig zijn.

'Dat is heel aardig van u, meneer Bolsover,' zei ze, 'maar ik wil een bod doen op dit huis.' Ze liep terug naar de auto.

Hij was, besefte Guy, nooit meer volledig hersteld van de malaria-aanval die hij in Dar es Salaam had gehad. *Geen enkel medicijn tegen malaria is volkomen effectief* – hij was het wandelende bewijs van de medische studieboeken. In het ziekenhuis had hij maagkrampen gehad, die hem erop wezen dat hem opnieuw een zware nacht te wachten stond. Gezeten op de veranda van zijn hut en kijkend naar het silhouet van de elegante, in rode gewaden gehulde Masai en hun schonkige koeien tegen de ondergaande tropische zon, voelde hij dan hoe het zweet hem uitbrak op zijn voorhoofd. Wanneer hij 's nachts in bed lag, luisterde naar het gonzen van de muskieten en keek naar de dwaze dans van de gekko's op het plafond, was de slaap, die hem respijt geboden zou moeten hebben, uitputtend en beladen met dromen. Eén keer riep hij het uit en een anglicaanse non die van haar nachtdienst in het ziekenhuis onderweg was naar huis, klopte op zijn deur en informeerde of alles in orde was. Op een keer ging hij naar de kapel met zijn lemen wanden en zijn dak van verroeste golfplaten, zoals de meeste andere gebouwen op het terrein, en ging daar zitten, hopend op... hij wist niet wat. De warmte verzamelde en vermenigvuldigde zich in de ommuurde ruimte, maar na een poos begon hij zich beter te voelen.

Op een nacht droomde hij dat hij over Blakeney Point liep. Het grind schoof weg onder zijn voeten en er woei een ijskoude wind vanaf de Noordzee. Hij zocht Faith, maar kon haar niet vinden. Hij wist dat ze er was – dat ze voorbij die landtong stond of in de schaduw van dat duin – maar hoe hij zijn pijnlijke benen ook dwong om door te zetten, hij ving slechts een glimp op van blond haar of een flikkering van een blauwachtig-purperen jurk. De op de houten boegen van de boten geschilderde ogen sloegen hem vanaf de zee gade. Golven rezen op, ranselden het strand, doorweekten hem. De lucht was loodgrijs en op de plek waar water aan de landtong likte, vormde zich ijs en verbond de zee met het land. Toen Guy langs zijn lichaam omlaag keek, zag hij dat de vorst hem had beroerd en een glanzende, ondoordringbare huid had gevormd. De houten ogen loerden naar hem, wijd open, beoordeelden hem. Hoewel het rillen heftiger werd, brak de ijslaag niet. Elke zilte golf die over hem heen sloeg, bevroor.

Guy werd wakker. Koud zweet liep in straaltjes over zijn lichaam. Rillingen trokken door hem heen, schuurden bot over bot. Hij wreef met zijn vuisten door zijn oogkassen. De droom, merkwaardig levendig, bleef hem bij. Het knagende vermoeden dat er net om de hoek iets belangrijks wachtte, als hij maar ogen had om het te zien, bleef. Als hij zijn ogen sloot, flikkerden er fel gekleurde beelden door zijn hoofd, onsamenhangende scènes uit een voortdurend draaiende toverlantaarn.

Toen, alsof ze naast hem stond, hoorde hij mevrouw Macdonald zeggen: *Jack heeft ooit les gegeven aan de kostschool van mijn zoon... Hope-Johnstone kent hem nog van Frankrijk, tijdens de oorlog... SOE, lieverd.* Met plotseling grote, starende ogen dacht Guy: *Jake.*

Hij kwam overeind en schonk zich met trillende handen een glas water in uit de karaf naast zijn bed. Terwijl hij dronk, hield hij zichzelf voor dat hij niet zo idioot moest doen. Dat was het gevolg van de koorts: ze gooiden verbeelding, herinneringen en werkelijkheid door elkaar. Maar het vermoeden liet zich niet verdrijven. Jake had les gegeven op een jongenskostschool; Jake had tijdens de oorlog als geheim agent in Frankrijk gewerkt. Terwijl hij zich weer op de lakens liet vallen, probeerde Guy te bedenken of Jake Mulgrave, die zes jaar geleden vanaf een strand in Cornwall de zee in was gelopen, aangespoeld kon zijn op de stranden van de Indische Oceaan.

Het weekend daarna ging hij terug naar Dar es Salaam. In de eetzaal van de Gymkhana Club zocht hij Peggy Macdonald en zag haar met een glas in de hand bij een open raam staan. Een jongere man, blond en gezet, stond naast haar. Toen Guy naar hen toe liep, draaide mevrouw Macdonald zich om en wuifde naar hem.

'Guy.' Ze glimlachte en kuste hem vluchtig op zijn wang. 'Mag ik je voorstellen aan Larry Raven. Larry is een nieuwe vriend van me.'

Ze gaven elkaar een hand. Guy zei dringend: 'Peggy, ik moet je spreken over die man over wie je het de vorige keer had. One-eyed Jack...?'

Haar hand vloog naar haar mond; ze keek enigszins beschaamd. 'Ik had beloofd dat ik Jack zou vragen je een stuk makonde te bezorgen, hè lieverd? Het spijt me verschrikkelijk, maar het is niet gelukt. Jack is namelijk niet meer in de club geweest. Soms komt hij en soms niet. Het was een cadeautje voor je kleindochter, nietwaar? Heb ik je in een lastig parket gebracht?'

'Het geeft niet. Zou je me zijn achternaam kunnen zeggen?'

'Zijn achternaam? Die van Jack?' Ze keek beteuterd. 'Geen flauw idee, lieverd. Hij is gewoon One-eyed Jack.'

'Hoe ziet hij eruit?'

'O.' Haar mondhoeken gingen omlaag. 'Blond... een ooglap natuurlijk... erg knap, als je die lap over het hoofd zou kunnen zien. Hoewel' – en ze glimlachte – 'ik het iets zwierigs vind hebben.'

'Blauwe ogen?'

'Fantastische blauwe ogen... blauw óóg, bedoel ik. Ik heb me,' voegde ze er met een blik op haar metgezel aan toe, 'altijd aangetrokken gevoeld tot mannen met blauwe ogen.'

'Hoe oud is hij?'

'Jack?' Peggy schudde haar hoofd. 'Ongeveer mijn leeftijd, denk ik. En nu moet je me echt excuseren, Guy. Mijn voeten tíntelen gewoon om te dansen.'

Toen ze zich door de menigte wrong, riep hij haar na: 'Waar kan ik hem vinden?' en ze draaide zich even om en zei: 'In een of andere verlopen bar, verwacht ik. Maar misschien is hij uit Dar vertrokken. Hij houdt van reizen, zie je.'

Guy wist waarom hij doorging met wat zo makkelijk een vruchteloze, zinloze zoektocht zou kunnen blijken. Het was omdat hij zich de blik in Faiths ogen herinnerde toen ze tegen hem zei: *Jake heeft zichzelf verdronken.* Hij herinnerde zich dat ze ook had gezegd: *Ze hebben zijn lichaam nooit gevonden.* Die herinnering gaf hem hoop. Dit was voor Faith. Zijn geschenk aan haar. Welk geschenk was mooier dan haar broer, teruggekeerd uit de dood?

Maar zijn zelfvertrouwen werd kleiner toen hij de stad begon af te zoeken. Elke vraag werd beantwoord met een hoofdschudden of een schokschouderen. Misschien zou hij nooit weten of One-eyed Jack inderdaad Jake Mulgrave was, want die verrekte vent was nergens te vinden.

Hij concentreerde zich op de Afrikaanse wijk van de stad. Gelach en gepraat stierven weg wanneer hij kleine, door één enkele elektrische lamp verlichte bars binnenliep. Geen vrouwen en geen andere blanke gezichten dan het zijne. Lucht die bezwangerd was van de zoete geur van marihuana. Na middernacht liep Guy, met oogleden die zwaar waren van vermoeidheid, door een donkere, smalle steeg. Een kralengordijn ratelde toen hij een slecht verlichte hut binnen dook. In haperend Swahili stelde hij de vraag die hij die avond al twintig keer had gesteld en de barman wees met zijn duim naar een hoek van het vertrek.

Er was slechts één blank gezicht tussen de donkere. Toen hij de man die aan de tafel zat aankeek, voelde Guy een doffe steek van teleurstelling. Toen keek hij nogmaals. De ooglap was misleidend, evenals de smalle strepen littekenweefsel eromheen. Alleen het blonde haar, de elegante houding deden hem denken aan Jake Mulgrave. Maar als hij met zijn ogen knipperde, als hij zijn blik troebel liet worden, zodat de jaren terugdraaiden, was het mogelijk, alleen maar mogelijk...

'Je denkt, Guy, hoe verdomd beroerd ik eruitzie. Ik moet zeggen dat ik ongeveer hetzelfde dacht van jou.'

Jake glimlachte en stond op. Guy stak zijn hand uit. Jake sloeg zijn armen om Guy heen en verbrijzelde bijna zijn botten in de omhelzing.

Later zei Jake: 'Ik moet bekennen dat ik niet van plan was mezelf te verdrinken. Behoorlijk hypocriet, niet? Ik weet eigenlijk niet pre-

455

cies meer wat er gebeurd is. Ik denk dat ik zin had om te zwemmen en me in te diep water waagde en vervolgens merkte dat de stroom sterker was dan ik verwacht had. En toen dacht ik – nou ja, waarom verdomme ook niet? Ik had zo'n verdomde puinhoop gemaakt van alles – vrouwen, familie, werk – het leek nauwelijks de moeite waard om door te gaan.' Hij glimlachte. 'Maar het probleem, Guy, was dat ik gewoon niet scheen te kunnen verdrinken. Ik bleef maar als een kurk op en neer dobberen. Het was een regelrechte klucht.'

Ze waren in Jakes flat. Twee kleine, kale kamers, een stoel en een stapel kussens, waarop Jake met gekruiste benen zat. Een haveloze koffer in een hoek van de kamer en een toren boeken in een andere. Het kwam in Guy op dat Jake letterlijk vanuit een koffer leefde.

Guy spoorde Jake aan. 'Dus je was te diep gegaan...'

'Op drift geraakt, zou ik zeggen. Ja, dat is het juiste woord. Op drift.' Jake lachte. 'In elk geval, ik spoelde verderop langs de kust van Cornwall aan. Ik weet niet waar; ik heb de naam van het dorp nooit geweten. Maar ik was spiernaakt en had het ongelooflijk koud. Ik wist niet of ik eerst gearresteerd zou worden of zou bevriezen.'

'Wat deed je?'

Jake schonk hun glazen nog eens vol. 'Jatte een plunje van iemands waslijn en kuierde naar het volgende dorp. Daar lag een vissersboot die naar de Scillyeilanden ging – ze kwamen handen te kort en ik vroeg om werk. Ik bleef een paar weken op Tresco – leuk, maar zo saai als de hel – en vroeg toen overtocht met een andere boot, naar Brest. Ze verkochten uien of zoiets.' Hij haalde zijn schouders op. 'En toen... toen heb ik de hele wereld rond gezworven. Ik ben er veel van vergeten.' Zijn ene oog werd kleiner. 'Een deel ervan kán ook maar beter vergeten worden.'

'Je oog,' zei Guy nieuwsgierig. 'Wat is er met je oog gebeurd?'

'Tegen mannen zeg ik meestal dat ik een haal van een luipaard heb gekregen en tegen vrouwen dat een hoer in Macau me met een mes te lijf is gegaan, maar jou zal ik de waarheid vertellen, Guy, en die is dat ik veel te veel gedronken had en daarbij god mag weten wat gerookt had en ik kreeg een black-out en toen ik bijkwam was iemand me aan het beroven. Ik verzette me en hij had een mes en ik niet en trouwens, ik was dronken, dus hij was in het voordeel.' Jakes vingertoppen gingen naar de lap, betastten hem en gingen weer omlaag.

'Ik kreeg een glazen oog, maar dat ding donderde er voortdurend uit en dit is makkelijker, echt waar.'

'Jezus,' zei Guy binnensmonds.

'Ik kwam twee maanden in een of ander ellendig ziekenhuis terecht – in Tanger, nota bene – en raakte noodgedwongen van de drank af. Met als gevolg dat ik mezelf eens bekeek. Het beviel me allesbehalve wat ik zag. En nogmaals zelfmoord proberen te plegen zou absurd geweest zijn, waar of niet?' Jake keek Guy scherp aan. 'En jij, Guy? Wat voer jij hier in godsnaam uit?'

'De zieken genezen, is de bedoeling.' Hij trok een gezicht. 'Ik werk in een missieziekenhuis in het oerwoud. Alleen, ik ben erin geslaagd zowel malaria als dysenterie op te lopen, dus ze overwegen me naar huis te sturen. Vroegtijdig ontslag om gezondheidsredenen.'

Jake zei: 'Waarom ben je hierheen gekomen, Guy? De laatste keer dat we elkaar zagen, leek je uitstekend gesetteld in Londen.'

Guy haalde zijn schouders op. 'Het was gewoon niet genoeg. Ik werd steeds rustelozer. Ik liep in een tredmolen en vond het verschrikkelijk, maar ik wist niet wat ik eraan kon doen en toen, toen Oliver me vertelde dat hij met Elizabeth ging trouwen...'

'Oliver? Jouw Oliver?'

Guy keek Jake aan. 'Hij is vorig jaar augustus met Elizabeth Kemp getrouwd.'

Even keek Jake wezenloos. Toen veranderde zijn onbegrip in hilariteit en begonnen zijn schouders te schokken. Hij proestte: Oliver en Elizabeth? Jouw Oliver... en Nicole haar Elizabeth?'

Guy ergerde zich. 'Ik snap niet wat daar zo grappig aan is. Het is niet iets waarvoor we zelf zouden hebben gekozen.'

'Dat is het zelden, niet dan?' Jake probeerde zijn lach in te houden.

'Elizabeth was namelijk in verwachting.'

Jakes ene oog werd groot.

'Ik heb een kleindochter,' zei Guy trots. 'Ze heet Christabel.'

Jake knipperde met zijn ogen. 'Gefeliciteerd.' Zijn stem trilde slechts licht. 'En Eleanor? Géén liefhebbende grootmoeder, neem ik aan?'

'Ik zou het niet weten. We schrijven elkaar niet.'

Jake zei peinzend: 'Ik heb bijna – let wel, bíjna – medelijden met haar.' Hij keek Guy scherp aan. 'Jullie schrijven niet. Is ze dan niet in Afrika?'

'Goeie god, nee. We zijn gescheiden.' Guy fronste nogmaals zijn wenkbrauwen. 'Niet alleen vanwege Oliver en Elizabeth. Dat was niet meer dan een katalysator.' Hij voelde zich opeens enorm neerslachtig. 'Het hele verdomde gedoe – Eleanor en ik – was een vergissing. Kun je je voorstellen hoe het is, Jake, het besef dat twintig jaar van je leven een vergissing zijn geweest?' Zijn stem klonk woedend.

Jakes lippen krulden om. 'Natuurlijk kan ik dat, Guy. Mijn leven is niets anders geweest dan een aaneenschakeling van vergissingen. Een groot deel ervan door eigen toedoen natuurlijk, maar dat zijn vergissingen vaak, nietwaar?'

Er viel een stilte, slechts verbroken door het geluid van rennende voetstappen op straat en een zwerm kleine, witte, stoffige motten waarvan de vleugels tegen de olielamp trilden.

'En nu denk ik,' zei Guy langzaam, 'wat arrogánt van me, te denken dat ik iets zou kunnen veranderen. Te denken dat ik de wereld kon redden – of mezelf. Mijn zelfontdekkingsreis heeft me slechts twee conclusies opgeleverd – dat ik een zwakke lever heb en dat ik op mijn zesenveertigste nog steeds naïef ben.'

Jake zei zacht: 'Je bent een idealist, Guy. Altijd geweest.'

Een grootmoedige interpretatie, dacht Guy. De grens tussen idealisme en zelfbedrog leek hem op dat moment heel, heel dun.

'Dus jij en Eleanor zijn uit elkaar. En Faith... hoe is het met Faith?'

'Ze was op de bruiloft. Ze zag er goed uit.'

'Dat was niet,' zei Jake, Guy ernstig aankijkend, 'wat ik bedoelde.'

'Ik ben vroeg vertrokken. Nou ja, ik kon moeilijk naar de receptie gaan, wel?'

Jake keek alsof hij probeerde niet opnieuw te lachen. 'Ik vind het bijna jammer. Dat ik er niet bij was, bedoel ik. Ik neem aan dat je je een beetje te veel voelde.'

'Absoluut,' zei Guy vol overtuiging.

'Dus je ging gewoon weg?'

Hij zei verdedigend: 'Ik moest een vliegtuig halen.'

'Dus je zag Faith, vertelde haar dat je 'm naar Afrika smeerde en verdween opnieuw uit haar leven?'

'Zo ging het niet. Of als het wel zo ging, bedoelde ik het niet zo.' Maar hij herinnerde zich hoe de uitdrukking op Faiths gezicht was veranderd nadat hij Ralph had verteld dat hij naar Afrika ging. Het doven van het licht in haar ogen.

Jake zei: 'Faith houdt van je, Guy. Ze heeft altijd van je gehouden en zal altijd van je houden.'

Jake aankijkend, begon Guy voor het eerst sinds maanden een vleugje hoop te voelen. 'Denk je dat?'

'Ik wéét het.' Jake klonk vertwijfeld. 'O, in godsnaam, Guy – je wilt toch niet zeggen dat je Faith niet hebt verteld wat je voor haar voelt? Aangenomen tenminste dat je nog steeds van haar houdt.'

'O, ik hou van haar,' zei hij zacht. Hij probeerde het uit te leggen. 'Het zou behoorlijk idioot en arrogant van me zijn geweest, vind je ook niet, om te denken dat Faith, na alles wat er gebeurd is, me nog steeds zou willen. Zelfs ík was niet in staat tot zoveel zelfbedrog.'

'Je moet het rechtzetten.' Jake sloeg met zijn vuist in zijn hand-palm. 'Je moet met haar praten.'

'Precies zoals jij, Jake, Faith hebt verteld dat je nog leeft en het goed maakt?'

'Touché,' mompelde Jake. Hij stond op en gooide de luiken open. Een zwerm insecten stroomde de kamer binnen.

'Waarom heb je haar niet geschreven? Gewoon maar een brief... een ansichtkaart...? Goeie god, man – je moet geweten hebben wat ze zou denken!'

Het was Jakes beurt om schuldig te kijken. 'Ik dacht er in het begin niet vaak aan. Ik had het te druk met de wereld rondjakkeren, op iedereen kwaad worden. En later, toen ik in het ziekenhuis lag, dacht ik... een hoopje kleren, achtergelaten op een strand, een brief in een rugzak... en ja, ik wist wat ze zouden denken. Hoewel ik me wel afvroeg of de man wiens kleren ik had gepikt... of de vissers...?'

'Nee. Blijkbaar niet.'

'In elk geval, ik was van plan te schrijven, maar toen dacht ik: waarom zou je de moeite nemen? Ze waren beter af zonder mij. Faith had gelijk. Sinds de dood van ma zadelden we haar overal mee op.'

'Ralph is ervan overtuigd dat je nog leeft.'

Jake glimlachte. 'Pa heeft altijd een verbazingwekkend vermogen gehad om te geloven wat hij wilde geloven.' Zijn stem klonk warm. Hij keek Guy aan. 'Heb jij er weleens aan gedacht, Guy, dat we er goed aan hebben gedaan alleen maar te overleven?' Donker trok zich samen in het ene oog. 'Bedenk eens wat we hebben meegemaakt. En bedenk wat we hebben verloren. Spanje... en Frankrijk...'

'La Rouilly,' zei Guy.

'En de mensen... dat meisje met wie Faith samenwerkte... en Nicoles vriend van de RAF... Genya en Sarah...'

'Vijf jaar van Olivers leven,' mompelde Guy.

'Ma,' zei Jake. Met zijn rug naar Guy gekeerd zei hij: 'Ik weet nog dat iemand eens tegen me gezegd heeft dat de oorlog ons schudde als een stok kaarten. Ze had gelijk, niet? We zijn er alleen nooit in geslaagd weer in de juiste volgorde te komen. En bedenk eens – bedenk eens wat we hebben meegemaakt. Wat we wéten. Onze generatie – we zijn getuige geweest van het ondraaglijke. Auschwitz... en Hiroshima. Hoe moet je daarmee leven?' Hij voelde aan zijn ooglap. 'Natuurlijk, sommige mensen slagen erin blind te blijven, maar ik denk niet dat jij of ik daartoe in staat zijn.'

De nachtlucht had de kamer enigszins afgekoeld. Guy zei aarzelend: 'Als ze me terugsturen naar Engeland... als je een brief zou schrijven, Jake, zou ik die kunnen posten. Ik zou ervoor kunnen zorgen dat Faith weet dat je veilig en gezond bent.'

'Nee,' zei Jake.

'In 's hemelsnaam...'

'Geen brief.' Jake drukte zijn knokkels tegen zijn tanden. Hij keek op naar Guy. 'Jij gaat naar haar toe. Je gaat Faith opzoeken – persoonlijk, Guy, geen brief en geen telefoontje. Dat moet je me beloven.' Hij staarde Guy doordringend aan. 'Beloof het, Guy.'

Het werd stil. Guy dacht eraan dat hij Faith weer zou zien en zijn hart zwol van verlangen.

Hij stond op. 'En als ik naar Faith ga,' zei hij, 'wat vertel ik haar dan?'

Jake glimlachte. 'Vertel haar dat ik gelukkig ben. Vertel haar dat ik alles heb wat ik verlang.'

Guy wierp een blik op de kleine, kale kamer met de stoel en de kussens en de versleten koffer. Toen gaf hij Jake een hand en liep door de nacht terug naar zijn club.

Ralph had zich aangewend briefjes voor zichzelf te schrijven, anders vergat hij belangrijke dingen zoals eten en de vuilnisemmers buiten zetten en Harry en Ted treffen in de Woolpack. Maar hij had de neiging die briefjes te verliezen. Vergeetachtigheid leek een irritant en pijnlijk bijverschijnsel van oud worden. Op een ochtend wachtend bij de bushalte bekeek hij zichzelf en realiseerde zich dat hij onder zijn overjas nog steeds zijn pyjama aan had; hij liep terug naar Heronsmead, blij dat niemand hem gezien had.

Faith belde 's avond en herinnerde hem aan dingen. Omdat ze de neiging had zich druk te maken, deed Ralph alsof hij nog alles wist wat ze hem in herinnering bracht en zei bijvoorbeeld dat hij de ham die ze in het weekend voor hem had gekookt opgegeten had en niet dat hij groen lag uit te slaan achter in de provisiekast.

Ook zij liet lijstjes voor hem achter: lijstjes van telefoonnummers van artsen en vaklui, lijstjes van de gewassen en gestreken kleren die ze in de kast op een stapel had gelegd, lijstjes van de cakes en pasteien en voorraden in de provisiekast. Ralph gooide de telefoonnummers weg – hij had volop vrienden als hij ze nodig had en hij had altijd een hekel gehad aan dokters – raakte alle andere lijstjes kwijt en vond ze dan met enige verbazing terug op de grond in het kippenhok, vol kippenmest.

Toen de verkoudheid die hij had opgelopen minder werd, besloot Ralph een expeditie te maken. Hij zou naar Cromer gaan, dacht hij. Hoewel zijn reisdoelen niet meer zo ver weg waren als vroeger, had hij af en toe nog behoefte aan het avontuur van een reis. Trouwens, hij moest een cadeautje kopen voor de baby. Faith had hem verteld dat er over een paar weken een feest zou zijn op Compton Deverall en dus had Ralph met koeienletters CADEAU BABY op een stuk papier geschreven en dat op de achterdeur geprikt, zodat hij het onmogelijk kon vergeten.

Hij trok zijn favoriete oude zwarte jas aan (Faith had een nieuwe voor hem gekocht, maar zijn oude jas was een soort dierbare, vertrouwde vriend), wikkelde zijn rode sjaal om zijn nek en zette zijn zwarte hoed op zijn hoofd. Toen liep hij over het pad langs de schorren naar de grote weg. Het was koud weer, maar mooi en slechts een zachte bries streelde de rietstengels. Ralph dacht aan Poppy, zoals altijd wanneer hij naar de schorren keek. Zijn vergeetachtigheid gold alleen het heden, niet het verleden. Hij herinnerde zich dat hij het Duitse vliegtuig had gehoord, en het machinegeweervuur, en dat hij het geweten had. Hij herinnerde zich dat hij haar in zijn armen naar huis had gedragen. Hij herinnerde zich dat hij de dag daarna naar de schorren was gelopen en had geprobeerd haar spoor te volgen over het pad. Hij had willen weten of ze, toen de Messerschmitt haar had neergeschoten, op weg naar huis was geweest. Hij had willen weten of ze hem vóór haar dood had vergeven. Maar de grond was keihard bevroren geweest, net als vandaag, en had de omtrekken van haar voetstappen niet bewaard en na een poos hadden tranen hem verhinderd duidelijk te zien.

In Cromer kocht Ralph thee en gerookte haringen en een pot jam. Hij was zijn lijstje vergeten, maar hij kon de rest van de week uitstekend toe met thee, gerookte haring en jam. Hij dacht eraan dat hij een cadeau voor de baby moest kopen (Christabel Laura Poppy – heel lief) en besteedde een prettig halfuur aan etalages kijken. Achter in een bedompte tweedehandszaak vond hij een tritonshoorn, roze, wit en prachtig gekruld. Toen hij hem aan zijn oor hield, kon hij de zee horen. De verkoopster draaide de schelp in zijdepapier en toen liep hij naar de zee. Er dobberden een paar vissersboten op de golven, maar de badhokjes, de schelpenkramen en de speelhallen waren allemaal gesloten voor de winter. Toen hij, na een halfuur stevig doorstappen, besloot dat het tijd was voor een kop thee, kwam Ralph tot de ontdekking dat ook de cafés aan de boulevard dicht waren. De kou was vinnig geworden; het blauw van zee en lucht was bedrieglijk. Ralph zette door. Hij zou zichzelf op patat en vis trakteren, besloot hij. Patat en vis waren een van de weinig culinaire uitvindingen van dit land. Maar ook de patatkramen waren dicht.

Hij kreeg een groep jongelui aan de overkant van de boulevard in het oog en stak over om ze aan te spreken. 'Neem me niet kwalijk,' zei hij beleefd en hij zette zijn hoed af, 'maar ik vraag me af of jullie me de weg naar een café zouden kunnen wijzen. Al deze gelegenheden schijnen gesloten te zijn.'

Ze droegen allemaal kale leren jacks en dunne, strakke spijkerbroeken. Ze deden hem merkwaardig genoeg denken aan de rijen rekruten die hij in 1914 voor het Gare du Nord in Parijs had gezien. Hun haren waren strak en glanzend achterovergekamd en hun magere gezichten waren blauw van de kou. Eén van hen zei: 'Seizoenssluiting, hè, opa?' maar een ander begon Ralph met aanstellerige, niet-overtuigend geaffecteerde stem na te bauwen ('Neem me niet kwalijk... wat een affreus oord... dat verdomde personeel...') en toen, zich tot Ralph wendend, zei hij: 'Mooie hoed, ouwe,' en sloeg met een plotselinge beweging de hoed van Ralph zijn hoofd.

'Zeg,' zei Ralph. Hij probeerde zijn hoed terug te pakken, maar was veel te langzaam en het ding werd als een voetbal tot halverwege de weg geschopt.

462

'Zeg, jongens,' zei hij opnieuw en hij probeerde te glimlachen, probeerde redelijk met hen te praten, 'ik weet dat jullie alleen maar plezier maken, maar echt, het is verdomd koud.'

Ze schenen hem niet te horen. Er klonk een bulderend gelach en een kreet van: 'Kom op, Jonesy – goal!' en zijn hoed zeilde de lucht in en kwam op het strand terecht. Terwijl hij de weg overstak dacht Ralph dat hij hun kon vertellen over de voetbalwedstrijd die hij eens had gespeeld in de woestijn van Mexico, met een gedroogde pompoen als voetbal en de schedels van wilde honden als doelpalen, maar toen tuimelde een van de jongens, naar achteren struikelend en joelend van het lachen, tegen hem aan en hij viel in de goot, terwijl de inhoud van zijn boodschappennet tot halverwege de straat werd uitgespreid.

Een voorbijganger riep iets en de jongens verspreidden zich en renden over de boulevard weg. Een vrouw hielp hem overeind en raapte de resten van zijn boodschappen op. Het theepakje was gescheurd en had zijn inhoud als as over de straatstenen uitgestrooid en de jampot liep stroperig leeg in de goot. Maar de schelp, die helemaal van de Indische Oceaan naar deze koude kust was gereisd, was ongedeerd. De vrouw keek Ralph bezorgd aan, vroeg of hem niks mankeerde en stelde een kop thee voor om warm te worden, maar Ralph, die opeens en heftig naar huis verlangde, verzekerde haar dat hij zich uitstekend voelde.

Hij haalde zijn hoed op van het strand, veegde het zand van de rand en liep naar de bushalte. Zijn knieën knikten en de bus was te laat; terwijl hij erop wachtte kreeg hij het koud. De hele busrit voelde hij zich uitgeput en leeg. De bus rammelde en schokte en Ralph hield de tritonshoorn op schoot. Hij zou naar huis gaan en de kachel aanmaken, dacht hij, en naar de radio luisteren. En voorlopig niet meer op expeditie gaan.

Hij stapte uit en liep de smalle weg af die naar het dorp leidde. Hij moest langzaam lopen omdat zijn benen nog altijd trilden. Het was kouder geworden en de blauwe lucht van die ochtend was verbleekt tot parelgrijs. De zon was een kleine, glanzende glazen schijf. Er stond geen zuchtje wind en de gaspeldoorn en het riet en zelfs de kleine vogels die er nestelden waren zo stil alsof ze op een foto bevroren waren.

Halverwege bleef hij staan om op adem te komen. Hij voelde zich niet echt ziek, maar wel een beetje raar. Er was een soort druk in zijn borst, alsof er iets op uitbarsten stond. Zijn handen en voeten waren ijskoud. Hij zou graag zijn boodschappentas, die erg zwaar geworden leek te zijn, hebben neergezet, maar zijn vingers om het handvat wilden niet opengaan. Toen hij door probeerde te lopen, werd de benauwdheid in zijn borst erger. Pijn slingerde zich als strakke banden rond zijn ribbenkast en verzengde zijn hele linkerarm. Hijgend ging hij in de berm zitten.

Ralph keek op. Hij kon zijn huis zien, ineengedoken op de rand van de schorren. De zon was heel fel geworden, als de zon op La Rouilly. Ralph staarde naar de lucht. Zijn kindermeisje gaf hem een standje. 'Niet in de zon kijken, Ralph, dat is slecht voor je ogen. 'Verdomd mens,' mompelde Ralph. 'Verdomd bazig mens,' zei hij hardop en toen deed hij zijn ogen dicht.

Faith begon in de keuken, veegde de dikke grijzen koorden van de spinnenwebben weg, sleepte vermolmde kasten en roestige potten en pannen naar buiten. Onder het vieze zeil ontdekte ze tegels met ingebrande kleuren, kleine, volmaakte vierkanten van terracotta, roomkleurig en zwart. Toen het vertrek schoon en leeg was, schilderde ze het plafond wit en de muren turkoois. Hoewel sommige van de andere kamers nog niet bewoonbaar waren en het regenwater op sommige plekken door het opgelapte dak sijpelde, had ze al enkele kostbaarheden van zichzelf meegebracht: een paar grijsgroen geglazuurde vazen, een gebloemd porseleinen theeservies. Ze pasten precies bij het groen en bruin van het huis. In gedachten zag ze dingen voor zich die ze jaren geleden had gehad. Een armband die ze in Marrakesj had gekocht, een Spaanse omslagdoek die ze van Poppy had gekregen. Ze kon zich niet herinneren wanneer of waar ze die was kwijtgeraakt. Het continent was bezaaid met Mulgrave-bezittingen, nam ze aan, vaag opgeslagen in haar geheugen als het kronkelende slijmspoor van een slak in het zand.

Na de lunch maakte ze een brandstapel in de tuin en keek hoe de vonken opstegen, oranje vlekken tegen een winterse lucht. Ze besloot dat ze het die avond met Ralph over haar huis zou hebben. Hij zou aanvankelijk weinig enthousiast zijn, maar, hield ze zichzelf voor, als hij het zag zou hij er dol op zijn. Het was dicht genoeg bij Heronsmead om, als hij dat wilde, elk weekend naar het kerkhof en het strand te kunnen gaan. Ralph kon de grote slaapkamer aan de achterkant nemen, die op de tuin uitkeek, en zelf zou ze de kleine voorkamer leegruimen en hem gebruiken om haar jurken op te slaan. De Vionnet, de Schiaparelli, de Paul Poiret die ze laatst in Frankrijk op de kop had getikt...

Om vijf uur waste Faith haar handen en gezicht in een emmer water, sloot af en reed weg. Ze voelde zich aangenaam moe; over het hobbelige pad rijdend maakte ze in gedachten lijstjes. Ze moest een stukadoor en een schoorsteenveger zoeken, en iemand om de ontbrekende pannen te vervangen. Ze moest de plaatselijke bouwvakkers selecteren. Ze zouden kolen en levensmiddelen nodig hebben. Ze zou een timmerman in de arm nemen om boekenplanken te maken en in rommelwinkels naar geschikte meubels zoeken.

Ze parkeerde de bestelwagen langs de kant van de weg en liep over het met gras begroeide pad dat naar Heronsmead leidde. Ze dacht: en ik moet iemand zoeken om naar de afvoer te kijken en ik moet Paddy vragen of ik genoeg geld op de bank heb om een fatsoenlijke badkamer te laten aanbrengen en ik moet...

Toen ze het hek opende wist ze onmiddellijk dat er iets mis was. De onbekende fiets die tegen de muur stond; de voordeur, die Ralph nooit gebruikte, stond wagenwijd open. Ze begon te rennen.

Toen ze haar vertelden dat Ralph dood was, dat hij op de weg langs de schorren in elkaar was gezakt en gestorven aan een hartinfarct, zei ze: 'Dan ben ik de enige die overblijft, is het niet? Alle anderen zijn weg.' De dorpsagent, die in Heronsmead op haar had gewacht, drukte een glas cognac in haar koude handen en zette haar bij het vuur. Ze realiseerde zich dat ze merkbaar trilde en probeerde zich in bedwang te houden door haar knieën tegen elkaar te duwen en haar voetzolen in de vloer te drukken.

De volgende dag sprak ze met de dominee, de begrafenisondernemer en de dokter. Ze voerde telefoongesprekken en schreef brieven en scheen eindeloos heen en weer te rijden tussen het dorp en Holt en Norwich, waar ze het sterfgeval aangaf. Ze bedacht hoe idioot het was dat je maanden de tijd had om iets leuks zoals een bruiloft te organiseren en slechts een week of twee voor een begrafenis. En dat je moest nadenken over een koffietafel en gezangen en het invullen van allerlei afschuwelijke formulieren terwijl je hoofd een brij van onsamenhangende gedachten was en je dingen vergat zodra ze je verteld waren.

Heronsmead zelf was haar te machtig. Als ze laden opende, viel de inhoud op de grond. Wanneer ze kasten doorzocht gleden stoffige, door de motten aangevreten kleren van de hangertjes en benamen haar de adem. Ze probeerde een lijst samen te stellen van personen die ze voor de begrafenis moest uitnodigen. Ze kon zich niet de namen van alle vrienden van Ralph herinneren; ze wist niet meer wie er nog leefden en wie er dood waren. De telefoon rinkelde onophoudelijk. 'Er is een prachtige passage van Goerdijev, Faith' – een stokoude, bevende Kostganger – 'die je misschien passend vindt voor de dienst. Ik weet dat Ralph niet gelovig was, maar ik voelde altijd dat hij waardering had.' Nadat ze de telefoon had neergelegd, zocht Faith haar lijst. Ze meende dat ze hem op tafel had laten liggen, maar daar was hij nu niet. Ze probeerde zich te herinneren waar ze mee bezig was geweest toen ze de telefoon aannam. Ze had Ralph zijn adresboek gezocht – als hij zoiets had gehad. Of ze was misschien een kop thee aan het zetten geweest. Ze had heel wat koppen thee gezet in de vier dagen sinds de dood van Ralph en was vergeten de meeste ervan op te drinken.

Ze ging naar de keuken, die bezaaid was met vuile kopjes en gebroken koekjes uit het pak dat ze eerder die middag had gezocht om de dominee gunstig te stemmen. De lijst lag niet in de wasmand en niet in de kast. De telefoon ging opnieuw; Annie, van De Blauwe Vlinder, die haar met een stem vol paniek vertelde dat de bestelling die ze hadden gedaan nog niet was aangekomen. Sluit de winkel, zei Faith, en ze genoot even van de geschokte stilte. Ze hing op en zakte op de sofa in elkaar. De kleine huiskamer was bezaaid met paperassen, kartonnen dozen, regenjassen en laarzen. En vroeger was ze zo systematisch geweest, dacht ze vertwijfeld. Toen ze haar handen voor haar gezicht sloeg, wist ze niet of ze huilde vanwege de rommel of om Ralph. De hele inventaris van de kamer, die ooit zo volledig bij hem had gehoord, joeg haar nu angst aan. De kale fauteuils en ouderwetse dressoirs leken haar laatste levenskracht uit haar te zuigen.

Er werd op de deur geklopt. Ze was te moe om in beweging te komen en bleef in de fauteuil zitten, met haar benen onder zich opgetrokken en een oude trui van Ralph om haar schouders geslagen. Als ik niet opendoe, dacht ze, gaan ze wel weg. Ze sloot haar ogen.

Ze zou een dutje doen, besloot ze, en als ze dan wakker werd zou ze haar lijst kunnen vinden of anders zou ze een nieuwe maken.

Het kloppen stopte. Ze dommelde weg toen ze voetstappen hoorde knersen op het sintelpad naast het huis. Ze dacht: *Ralph,* en werd toen echt wakker en wilde weer huilen.

Bij de achterdeur riep Nicole. 'Faith! Ben je daar? Ik ben het.'

De begrafenis van Ralph vond plaats aan het eind van de daaropvolgende week. Nicole organiseerde alles. Nicole overtuigde de dominee ervan dat Ralph, ook al was hij dan geen traditionele gelovige, geschikt was om naast zijn vrouw op het dorpskerkhof te worden begraven. Nicole koos de gezangen ('"Strijd de goede strijd uit alle macht" – dat past wel bij pa'); Nicole overlegde met de begrafenisondernemer. Als Ralph ooit een adres op de achterkant van een snoepwikkel had genoteerd of een telefoonnummer op het schutblad van een boek had gekrabbeld, vond Nicole het, schreef het over en schreef of belde. De kleine dorpskerk zat bij de begrafenis stampvol. Na afloop loodste Nicole de menigte naar Heronsmead, waar Elizabeth de laatste hand legde aan een lopend buffet.

De Kostgangers zaten aan enorme hoeveelheden sandwiches, koekjes en bier toen Elizabeth zich over haar heen boog en fluisterde: 'Ze is nu wakker, tante Faith. Kom haar eens goedendag zeggen.'

Faith volgde Elizabeth naar boven, waar Christabel in haar reiswieg in Ralphs slaapkamer lag en met grote ogen naar het bloemetjesbehang keek. Elizabeth bukte zich en tilde haar dochter op. 'Mag ik je je oudtante Faith voorstellen, lieverd?' Behoedzaam legde ze de baby in Faiths armen. 'Ik moeten even naar beneden, als je het niet erg vindt een oogje in het zeil te houden, tante Faith. De laatste keer dat ik papa zag, werd hij door een ronduit verschrikkelijke Italiaanse graaf aan de tand gevoeld over landbouwsubsidies.'

Met de baby in haar armen ging Faith in een fauteuil zitten. Ze hoorde de deur achter Elizabeth dichtgaan. Ze vermoedde dat Lizzie tactvol probeerde te zijn, dat Lizzie de tranen in haar ogen had zien schitteren. Ze wist niet waarom ze huilde – om het verlies van Ralph of om de bijna vergeten verrukking van het vasthouden van een heel jonge baby – maar ze wist wel dat ze blij was met deze kleine oase van rust in een reeks dagen die aangrijpend en uitputtend waren geweest.

Ze veegde haar tranen weg met haar mouw en keek naar Christabel, staarde vol verwondering naar de gekromde vingertjes met de wonderbaarlijk kleine, schelpvormige nagels en de geschulpte bovenlip met het zuigblaasje. Zoveel volmaaktheid in miniatuur. Donkerblauwe ogen ontmoetten de hare, pauzeerden even, zwierven toen weg. Ze droomde er nog weleens van zelf een kind te hebben. Het verlangen bleef, kwam af en toe naar de oppervlakte en dan onderdrukte ze het meedogenloos.

De deur ging open en Oliver kwam binnen. 'Ik heb nog een omslagdoek gehaald. Ik dacht dat ze het misschien koud zou hebben.'

Faith legde de rug van haar hand op Christabels wang. 'Ik denk dat ze zich prima voelt, Oliver.'

'Dan nog.' Hij knielde naast zijn dochter. 'Lizzie zei dat ze niesde. Misschien is ze verkouden.' Hij keek bezorgd. 'Of koortsig.' Oliver nam Christabel in zijn armen en liep met haar naar het raam. 'Ze is nogal roze. Vind je niet dat ze roze is, Faith?'

'Ze voelt zich uitstekend, Oliver, heus.' En toen, om zijn gedachten van zijn vaderlijke zorgen af te leiden, vroeg ze: 'Heb je nog nagedacht over wat ik zei?'

Hij grinnikte vluchtig. 'Ik heb de bal aan het rollen gebracht, dus ik hoop dat je me niet gaat vertellen dat je van gedachten veranderd bent.'

Hij was zo'n merkwaardig mengsel, dacht ze, van kwetsbaar en praktisch, van gul en inhalig. Hoewel, niet zó merkwaardig, veronderstelde ze, als je aan Guy en Eleanor dacht. Het succes van het huwelijk van Oliver en Elizabeth had haar vroegere angsten verdreven. Het was nog vroeg, bracht Faith zichzelf in herinnering, maar ze had het idee dat zijn ambitie en haar idealisme, die zo makkelijk met elkaar hadden kunnen botsen, een gemeenschappelijk doel hadden gevonden in het conserveren van het landgoed Compton Deverall, in de beschermende houding tegenover hun dochtertje en in hun overduidelijke wederzijdse begeerte.

Hij ging verder: 'Ik heb er een notaris op gezet. Hij zegt dat hij de formaliteiten dubbel zo snel afgewikkeld kan krijgen.' Hij keek haar aan. 'Je weet het toch zeker, hè? Ik bedoel... het moet een hele verandering voor je zijn...'

Ze zei resoluut: 'Ik weet het heel zeker, Oliver. Je moet je leven af en toe overhoop gooien, vind je ook niet?'

'Ja,' zei hij heftig. 'Nou en of.' Hij drukte een kus op Christabels voorhoofd en zei toen: 'O, ik vergat het bijna. Ik heb een brief van papa gekregen. Nou ja... geen brief. Een telegram. Het werd bezorgd net voordat we Compton Deverall verlieten.' Met de baby in de kromming van zijn arm zocht Oliver in zijn zak. 'Er was een boodschap voor jou.' Faiths hart klopte wat sneller. 'Voor mij? Weet je dat zeker?' Hij haalde een zakdoek uit zijn zak, een fopspeen, een pen, een gebreid roze mutsje. Net een goochelaar, dacht ze ongeduldig. Hij zei: 'Een beetje een rommeltje. We wilden papa vertellen over Ralph – ze hebben elkaar vroeger erg goed gekend, hè? – maar papa schijnt ergens in een ziekenhuis te zijn, dus ik denk dat de brieven elkaar gekruist moeten hebben of kwijtgeraakt zijn. De posterijen ginds zijn in elk geval een puinhoop.'

'Is je vader ziek?' zei ze. Ditmaal, dacht ze, moest de klank van haar stem haar hebben verraden.

Maar hij scheen het niet te merken. Als je jong bent, herinnerde ze zich, draait de wereld enkel en alleen om je eigen beslommeringen.

'Niets ernstigs, zo te horen,' zei Oliver.

'Gevonden!' riep hij triomfantelijk, met een stuk papier zwaaiend. 'Alsjeblieft. Een beetje gekreukt. Zal ik het voorlezen, Faith?'

Nicole zei: 'Taxi's, David. Denk je dat je taxi's zou kunnen bellen?' Het was vier uur in de middag. Haar voeten deden pijn.

'Ik zou ze naar het station kunnen brengen, als je wilt. In groepjes.'

Ze schudde haar hoofd. 'Ik heb je hier nodig.'

Hij keek haar bezorgd aan. 'Je ziet er afgetobd uit. Wat kan ik doen?'

Ze dwong zichzelf tot een glimlach. 'Ze alleen maar organiséren, lieverd, alsjeblieft. Ik was vergeten hoe vermoeiend ze zijn.'

Binnen een halfuur waren alle Kostgangers uit Heronsmead weggewerkt. Elizabeth en Oliver waren samen naar boven gegaan (om te rusten, had Oliver gezegd, maar Nicole betwijfelde het) en Faith lag te slapen op de sofa in de voorkamer, wat Nicole plezier deed, want ze had het idee dat Faith de afgelopen tien dagen nauwelijks een oog had dichtgedaan.

Zodat David en Nicole de taak toeviel de puinhoop in de keuken op orde te brengen. 'Ik was wel af,' zei David. Hij hing zijn zwarte colbert over de rugleuning van een stoel. 'En jij praat tegen me.' Hij klopte op de met kussens beklede stoel naast het fornuis.

'Lieve David,' zei Nicole. 'Altijd even bevelend. Bazig.' Ze ging zitten.

David snoof en liet de afwasbak vollopen. Na een poos zei hij: 'Wat zijn je plannen, Nicole?'

'Plannen? Na vandaag, bedoel je?' Ze schudde haar hoofd. 'Ik zou het niet weten. Je weet dat ik nooit plannen maak.'

Er viel een stilte. Toen zei ze langzaam: 'Om je de waarheid te zeggen, David, ik heb geen idee wat ik ga doen. We moeten het huis natuurlijk ontruimen, maar dat hebben Faith en ik al voor een groot deel gedaan.'

'Wat gebeurt ermee?'

'Tante Iris wil het verkopen. Het zal raar zijn, niet, de gedachte dat Heronsmead van iemand anders is. Te bedenken dat het van een vreemde is.' Ze keek naar zijn silhouet tegen het raam. 'Het probleem is, David, dat ik niet verder vooruit heb kunnen denken dan vandaag. De begrafenis, bedoel ik. Het lijkt een slot. Een definitieve punt.'

Hij zette het laatste bord in het afdruiprek, droogde zijn handen af aan een theedoek en kwam naast haar op de leuning zitten. Ze huilde in zijn overhemd. Het was de eerste keer dat ze huilde sinds ze de brief van Faith had ontvangen dat haar vader gestorven was.

Ze hoorde hem zeggen: 'Ik ga weer bazig doen, vrees ik. Ik ga zeggen dat je met me mee terug zou moeten gaan naar Compton Deverall, Nicole.'

Ze snoot haar neus en keek naar hem op. 'Voor een vakantie, bedoel je?'

'Als dat is wat je wilt. Of...' Hij sloot zijn ogen even. 'Nicole, ik heb je, in al die jaren sinds je bij me bent weggegaan, nooit gevraagd terug te komen. De eerste keer dat je wegging, tijdens de oorlog... Toen je naar Amerika verhuisde of later, toen je in Frankrijk woonde... Ik heb het je nooit gevraagd.'

Ze schudde haar hoofd.

'Maar ik vraag het je nu,' zei hij zacht. 'Ik ga Oliver, Elizabeth en de baby dadelijk naar ons hotel brengen, dan hebben jij en Faith wat rust. Maar ik zou willen dat je morgen met me mee naar Compton Deverall zou teruggaan. Om er te blijven, Nicole. Om weer met me samen te wonen.'

Nicole stak haar hand uit. 'Kijk eens wat ik heb gevonden.'

Faith kwam overeind, wreef door haar ogen en keek naar de foto. De drie meisjes Vanburgh, elk met een leuke Victoriaanse bloemennaam, staarden plechtig naar de lens, overlevenden van een bezadigder tijdperk.

'Ma,' zei Faith glimlachend. Ze voelde zich nog aangenaam doezelig. 'Ma, tante Iris en tante Rose.'

'Ze zien er hoopvol uit.'

'Ma lijkt erg jong. Hij moet voor de oorlog gemaakt zijn. De Eerste Wereldoorlog, bedoel ik. Ik vraag me af... als ze hadden geweten wat er met hen zou gebeuren, wat ze dan zouden hebben gedacht?'

'Die arme tante Rose is gek geworden. Iris vertelde het me. Het is kennelijk een verschrikkelijk familiegeheim. Wat ma betreft' – Nicole trok een gezicht – 'ik kan het me niet voorstellen. Ze had pa en ze reisde de wereld rond en ze kreeg drie kinderen...'

'Vier,' zei Faith. 'Herinner je je de baby in Spanje niet meer?'

'Natuurlijk. Vier.'

David, Elizabeth, Oliver en de baby waren naar hun hotel in Holt gereden en hadden Nicole en Faith in het huis achtergelaten. Faith keek op haar horloge. Ze had, realiseerde ze zich, bijna vier uur geslapen.

Nicole legde de foto in een kartonnen doos. 'David heeft me gevraagd met hem naar huis te gaan.'

'Doe je het?'

'Misschien. Ik kan het probéren. Ik weet niet of het iets zou worden. Het is eigenlijk nogal beangstigend.' Ze keek Faith aan. 'En jij?'

'Ik red me wel. Zodra we hier klaar zijn ga ik naar mijn huis.'

Nicole keek twijfelend. 'Ik zie niet graag dat je alleen bent.'

Vreemd hoe moeilijk het zelfs tegenover haar zus was om haar nieuw ontdekte hoop te verwoorden. Vreemd hoe moeilijk het was te geloven dat je te midden van de wanhoop geluk kon vinden.

Nicole keek haar nog steeds aan. 'Wat is er?' Ze kneep haar ogen samen. 'Wat is er gebeurd, Faith? Je kijkt zo...'

'Ik moet je iets vertellen, Nicole.' Het makkelijkste eerst, dacht ze. 'Ik heb De Blauwe Vlinder verkocht. Aan Oliver.'

Nicoles ogen werden groot. Ze opende haar mond om iets te zeggen, maar Faith ging haastig verder: 'Het punt is: ik heb er al tijden geen plezier meer in. Ik dacht dat het was wat ik wilde, maar dat was niet zo. En de rat... de gebroken ruit... ik wilde niet weggejaagd worden, snap je. Maar toen realiseerde ik me uiteindelijk dat ik er genoeg van had en ik dacht aan Oliver.'

'Maar de winkel... ik zie Oliver nog geen winkel drijven.'

Faith lachte. 'Dat doet hij ook niet. Hij wil het erfpachtcontract verkopen en fortuin maken door iets wanstaltigs op de grond te bouwen. Soho staat tegenwoordig vol wanstaltige dingen. Het is zo veranderd sinds Con en ik begonnen. En David vertelde dat Oliver ontzettend goed is in geld verdienen aan grond.'

'Maar wat ga jij doen, Faith?'

Ze zei kalm: 'Ik ga doen wat ik graag doe. Wat ik al jaren geleden had moeten doen. Ik ga tweedehandskleren kopen en verkopen. Al noemen ze die tegenwoordig antíeke kleren. Ik begin geen winkel. Ik wil niet opnieuw een winkel. Ik reis een deel van het jaar rond. In Noord-Afrika bijvoorbeeld kun je de prachtigste dingen vinden – djellaba's en kaftans en schitterende sieraden.' Ze glimlachte. 'Ik neem een risico. Ik weet niet of het iets zal worden, maar het is een avontuur.'

'Iedereen heeft behoefte aan avontuur.' Nicole klopte op Faiths knie. 'Kijk je daarom weer zo blij? Omdat je niet meer aan de winkel vastzit?'

Faith stond op en liep naar het raam. Op de vensterbank stond een kistje met oude sieraden. Ze liet een snoer van Venetiaanse glazen kralen, die ze zich om Poppy's hals kon herinneren, door haar vingers glijden. Ze zei: 'Niet alleen daarom. Zie je, Oliver heeft een telegram gekregen van Guy. Hij komt naar huis.'

'Wanneer?'

'Dat zei hij niet precies. Maar binnenkort. Hij gaat niet terug naar Afrika omdat hij ziek is geweest. Hij komt voorgoed naar huis, Nicole.'

'En...?' fluisterde Nicole.

'En hij komt me opzoeken.' Haar glimlach voelde stroef aan van onwennigheid. 'Hij vroeg Oliver me te vertellen dat hij me komt opzoeken. Hij zegt dat hij een cadeau voor me heeft.'

'Wat voor cadeau?'

'Ik kan me niets voorstellen. Ik heb geen idee.' Het zou genoeg zijn, dacht Faith, Guy gewoon weer te zien. Ze sloeg haar armen om zich heen en keek naar waar de ondergaande zon een regenboog van kleuren op het natte gras wierp.

'Weet hij je te vinden?'

'O, ik denk het wel.' Faith dacht aan de kamer waar zij en Guy hadden gevrijd, hun lichamen vlekkerig van stof en zonlicht. 'Ja, ik denk het wel. Guy is altijd goed geweest in de weg vinden, nietwaar, Nicole?'

Die avond maakten ze een brandstapel. Ze hadden hem in de achtertuin willen aanleggen, maar toen zei Nicole: 'Het strand, Faith, het strand. Ik weet dat het niet de verjaardag van pa is, maar we moeten naar het strand gaan.'

Ze maakten een vuur van wrakhout op het kiezelstrand en gooiden er brieven, kleren, meubelstukken en tot op de draad versleten dekens op. Elke de lucht in dansende vonk leek Faith een herinnering te bevatten. Die stoel, met zijn gammele poot, was de stoel waarop Poppy in de keuken had gezeten om groenten schoon te maken; die das, aan beide uiteinden gerafeld, had ze zelf voor Ralph gekocht in Bordeaux. De vlammen verteerden de herinneringen en stegen als fonkelende juwelen op naar de inktzwarte hemel. Nicole, in haar door de motten aangevreten bontjas, stond naast haar en de zee kabbelde op het strand. Nicoles arm was door die van Faith gestoken en Faith dacht: *Mulgrave-regels: vorm één front, koste wat het kost.* De tranen die over hun wangen gleden glinsterden als goud.

Toen hij uit het vliegtuig stapte en over de landingsbaan van Londen Airport liep, was Guy zich ondanks de kou van een Engels voorjaar, bewust van een opperste verrukking. De vroege-ochtendnevel streek over de daken van de huizen en kleurde ze zilver; de bleke zon erboven ging schuil achter wolken. Guy begroef zijn handen in de zakken van zijn overjas, vulde zijn longen met koude lucht en voelde zich bijna dronken van opluchting bij zijn thuiskomst.

Een taxi zette hem af in het centrum van Londen. Guy nam een hotelkamer, liet er zijn bagage achter en nam toen de metro naar Soho. Toen hij de hoek naar Tate Street omsloeg, werd zijn hart lichter terwijl hij langs de bookmaker liep, de bedenkelijke boekhandel, de jazzclub. Toen hij bij De Blauwe Vlinder aankwam, gierden auto's langs hem heen en voetgangers botsten tegen hem op. Maar voor Guy was het alsof de geschiedenis in zichzelf terugkeerde, een verontrustende tijdstrip van Moebius, die hem terugwierp naar het jaar 1940 en de luchtaanvallen. Het dak van het huis waar Faith had gewoond was verdwenen. Het gebouw was kaal, leeg, blootgesteld aan weer en wind. Er zat geen glas in de ramen en de gordijnen, grijs van het vuil, wapperden in de wind. Dakpannen en bakstenen lagen op een hoop op het braakliggende terrein naast het huis. Hij kon zich bijna voorstellen dat hij de bommenwerpers boven zijn hoofd hoorde.

Guy liep om naar de achterkant van de winkel. De herrie was oorverdovend. Hamers beukten tegen balken, pannen vielen twee verdiepingen omlaag. Hij moest zijn vraag schreeuwen naar een bouwvakker die op een brokkelig stuk muur zat.

'Geen flauw idee, makker!' schreeuwde de man omlaag. 'Ben een week geleden begonnen met slopen – niks te vroeg, gezien de staat waarin het verkeert.'

Toen hij terugliep naar de straat voelde Guy's hoofd vreemd leeg aan. Sinds hij Jake Mulgrave in Dar es Salaam had gevonden, had hij zich dit ogenblik voorgesteld: terugkeren naar Londen, naar de winkel gaan, Faith zien. Hij zou haar vertellen dat haar broer nog leefde – zijn cadeau voor haar – en dan zou alles als door een wonder weer goed komen. Maar het was niet goed. De Blauwe Vlinder bestond niet meer. Faith woonde niet meer in het appartement boven de winkel. Hij wist niet waar hij haar moest zoeken.

Ondanks het kille weer had hij het plotseling warm. Zijn handen trilden; er stond zweet op zijn voorhoofd. Niet nú, zei Guy boos tegen zichzelf, en hij ging het eerste het beste café binnen. Daar bestelde hij thee en iets te eten en werkte een half dozijn pillen naar binnen. Hij wist niet of het kwam door het eten of door de medicijnen, maar na een poos begonnen de vastberadenheid en de zekerheid die hem in de weken van zijn ziekte en gedurende de vermoeiende reis vanuit Afrika overeind hadden gehouden terug te keren. Hij dacht aan Ralph. Ralph zou wel weten wat er gebeurd was, waar ze was. Na het verlaten van het café liep Guy naar station Liverpool Street. In de trein dommelde hij in en werd in Norwich op tijd wakker om over te stappen op de trein naar Holt. Het begon te miezeren, een fijne, zijdezachte regen. In Holt uitstappend zocht hij een taxi, maar vergeefs. Hij zag een bus en stormde, de conducteur aanroepend, de weg over.

De bus schommelde en reed een halfuur. Toen stapte Guy uit bij het driehoekige grasveld waar hij, jaren geleden, Faith ooit had getroffen. Toen hij over de smalle weg langs de schorren liep, werd hij, vreemd genoeg, aan Afrika herinnerd. Het ruisen van het riet bracht hem weer het ruisen van het hoge gras in gedachten; in de verte krijste een zeevogel en zijn nekharen gingen overeind staan.

Hij was nog nooit bij Ralph thuis geweest. Hij miste bijna het pad dat vanaf de weg door een smalle opening in de wilgenstruiken leidde. Doorntakken klauwden naar hem en zijn schoenen gleden uit in de modder. Drijfnat gras sloeg zich om zijn enkels. Hij kwam uit bij een uit vijf planken bestaande poort en zag de naam, *Heronsmead*, op de bovenste plank staan. Maar al voordat hij de poort had geopend, vermoedde hij dat ook deze tocht hem op een doodlopend spoor had gezet. De verwilderde tuin, de lege waslijn en de afwezigheid van rook uit de schoorsteen deden hem zich afvragen of ook dit huis verlaten was.

Hij beukte met zijn vuist op de voordeur en luisterde met gespitste oren of hij voetstappen hoorde. Ralphs gehoor is misschien minder geworden, bracht Guy zichzelf in herinnering, of misschien heeft hij jicht. Hij probeerde uit te rekenen hoe oud Ralph was en schatte geschokt dat hij midden zeventig moest zijn. Na een poos liep hij om naar de achterkant van het huis. Een klapperend geluid maakte hem duidelijk dat de achterdeur open stond en tegen de deurstijl sloeg. Hij duwde hem open. Het fornuis was koud en er stonden geen pannen op de schappen, geen borden op het afdruiprek. De kamers waren leeg en de kille klamheid van het huisje suggereerde dat het al enige tijd onbewoond was.

Hij dacht opnieuw aan De Blauwe Vlinder: het afpellen van lagen – dak, muren, ramen – alsof iemand het verstrijken van een leven probeerde uit te wissen of te wijzigen. De Blauwe Vlinder en Heronsmead, allebei leeg, allebei verlaten. Wat had Faith ertoe aangezet zo'n verandering te ondergaan? Het opgetogen gevoel waarmee zijn terugkeer naar Engeland gepaard was gegaan, was verdwenen en hij dacht met een plotselinge huivering van angst dat ze misschien weer naar het buitenland waren gegaan, dat vader en dochter hadden gekozen voor een terugkeer naar het zigeunerachtige bestaan van Faiths jeugd. Jake had het mis, dacht Guy. Ik heb te lang gewacht. Ik verwachtte dat alles in mijn afwezigheid hetzelfde zou blijven, maar dat is het natuurlijk niet, alles is veranderd en ik heb te lang gewacht.

Maar terwijl hij van het verlaten huis wegliep, kwam er een andere verklaring in hem op. Toen hij van het smalle pad uitkwam op de grote weg, keek hij om zich heen en probeerde zich te oriënteren. Hij zag de dunne naald van een torenspits en zette koers naar de kerk. Op het kerkhof vond hij hen, Ralph en Poppy, opnieuw verenigd. Hij ging op een bank zitten en drukte zijn handen tegen zijn gezicht, terwijl tranen tussen zijn vingers door liepen. Hij herinnerde zich hoe hij bij Bordeaux langs de weg had gestaan, met zijn duim omhoog, doodsbang omdat hij zonder geld of paspoort in een vreemd land was gestrand. Hij herinnerde zich hoe Ralph in een aftandse oude Citroën-bestelwagen naast hem was gestopt en hem een lift had aangeboden. In een mum van tijd had Ralph hem zowel zijn huidige dilemma als een groot deel van zijn levensverhaal ontfutseld. Ralph had erop gestaan dat Guy met hem meeging naar La Rouilly en daar had hij Poppy en Faith ontmoet.

Hij herinnerde zich ook de dood van zijn eigen vader. Zijn gevoel van op zee zijn, een bootje, verloren op een vlakke oceaan. *Op drift,* had Jake gezegd. Hij kon zich slechts een begin van een voorstelling maken van wat Ralphs dood voor Faith moest betekenen. Toen de schok van zijn ontdekking wat minder werd en hij weer kon nadenken, werd Guy's voornemen om haar te zoeken nog versterkt. Ze mocht dit niet alleen hoeven verwerken. En al kon hij haar Ralph niet teruggeven, het nieuws dat Jake nog leefde zou haar pijn verzachten. Hij zou haar alle troost bieden die ze wilde accepteren. Maar, goeie god, waar wás ze? Het kwam in Guy op te doen wat hij misschien al had moeten doen voordat hij uit Londen wegging: Oliver bellen op Compton Deverall en de verblijfplaats van Lizzies tante Faith achterhalen.

Maar toen was het alsof hij haar stem hoorde, door de jaren heen fluisterend. *Het is een zoektocht... Iets wat ik alleen moet doen, voor mijn zielenheil.* En hij herinnerde zich het huis in het bos.

Guy liep terug naar de grote weg. Er kwam geen bus, dus stak hij zijn duim op en kreeg een lift met een vrachtwagen naar Holt. Daar huurde hij een auto. Hij reed aanvankelijk in zuidelijke richting, evenwijdig aan de kust, met de fonkelende zee aan zijn ene zijde. En toen landinwaarts, over smalle landweggetjes tussen hoge heggen.

476

Hij dankte de voorzienigheid dat hij altijd een goed richtinggevoel had gehad, een goed geheugen.

Het schemerde toen hij aankwam bij de beukenlaan die naar het huis leidde. Hij parkeerde de auto aan het begin van het pad en legde de rest van de weg te voet af. Het leek gepaster, op de een of andere manier. Je hoorde zo'n tocht te voet te doen. Als hij jonger en gezonder geweest was, had hij de laatste paar meters van zijn pelgrimstocht misschien op zijn knieën afgelegd. Heel even slechts, toen de vage vorm van het gebouw zichtbaar werd tussen het lichte groen van het dichte gebladerte verloor hij de moed. Maar toen, toen hij uit de schaduw van de bomen kwam en het bovenraam zag en de vrouw achter het raam, wist hij dat hij eindelijk de weg had gevonden, dat hij thuis was.

De kleine, witgekalkte kamer was gevuld met jurken. De kleuren – diep smaragdgroen, glinsterend saffierblauw en schitterend scharlakenrood – omringden haar. Ze stak een hand uit en betastte een fluwelen mouw, een zijden plooi.

Toen ze uit het raam keek, zag ze hem. Een kleine, donkere gestalte die over de bomenlaan naar het huis kwam. Lang geleden had ze op hem gewacht; ditmaal, dacht Faith, had ze niet gewacht, ze was doorgegaan met haar leven en toch was hij gekomen. Ze hadden eindeloos over oceanen gereisd, zij en Guy, en soms waren hun wegen samengevallen, hadden hun paden elkaar gekruist en waren weer uiteengegaan. Stormen hadden hen uiteengedreven, orkanen hadden hen uit hun koers geslagen. Maar al die jaren had ze haar hart gevolgd en zich gehouden aan het pad dat de sterren hadden voorbeschikt. Ze vertrouwde erop dat ze, eindelijk, een gunstige wind hadden gevonden. Ze gooide het raam open, boog zich naar voren en riep zijn naam.

Lees ook de eerder verschenen romans van Judith Lennox:

Het winterhuis

Europa wordt verscheurd door de Eerste Wereldoorlog en de wereld die Helen, Maia en Robin als kinderen gekend hebben, is voorgoed veranderd. De drie hartsvriendinnen groeien samen op op het Engelse platteland en vertellen elkaar geheimen in het Winterhuis aan de waterkant. Ze weten zeker dat hun vriendschap tegen alles bestand zal zijn en hun hele leven zal duren. Opgroeien betekent echter ook uit elkaar groeien, maar ondanks al het verdriet en de vreugde die het leven voor hen in petto heeft, blijft hun vriendschap intact.

480 pagina's
ISBN: 90 410 0437 8

Schimmenspel

Rebecca heeft net een ongelukkige liefde achter de rug als haar gevraagd wordt de biografie van Tilda Franklin te schrijven, en ze raakt volkomen in de ban van het veelbewogen leven van deze alom gerespecteerde weldoenster.
Tilda was jong in de roerige jaren van het begin van de eeuw. De twee wereldoorlogen en de Spaanse Burgeroorlog lieten diepe sporen na in haar leven, en – zelf als ongewenst kind geboren op het Engelse platteland – ontfermde ze zich later in haar leven over de vele ontheemde en verweesde slachtoffertjes van geweld en oorlog.
Rebecca verdiept zich steeds verder in het schimmenspel van Tilda's verleden en ontdekt tijdens haar zoektocht verbijsterende parallellen met haar eigen leven...

432 pagina's
ISBN: 90 410 0580 3

VAN REEMST
UITGEVERIJ

HOUTEN